CLARISSE SABARD

À LA LUMIÈRE DE NOS JOURS

CHARLESTON

MIXTE
Papier issu de sources responsables
FSC® C003309
FSC
www.fsc.org

L'éditeur de cet ouvrage s'engage dans une démarche de certification FSC® qui contribue à la préservation des forêts pour les générations futures.

Pour en savoir plus :
www.editis.com/engagement-rse/

ISBN : 978-2-266-32243-0
Dépôt légal : mars 2022

À Laury-Anne, amie, éditrice et amatrice d'exquises pâtisseries ; merci d'y croire pour la neuvième fois.

« Vivre, c'est s'obstiner à achever un souvenir. »
René Char

« L'avenir peut s'éveiller plus beau que le passé. »
George Sand, *Aldo le rimeur*

Prologue

12 juillet 1977

C'était l'un de ces après-midi d'été longs et secs. Thomas pédalait sur son vélo bleu tout neuf, reçu à l'occasion de ses treize ans. Qu'est-ce qu'il était rapide, ce vélo, rapide à vous donner des ailes ! Tout en filant sur l'ancienne voie de chemin de fer, le jeune garçon s'imaginait en plein Tour de France. Sûr qu'avec un engin pareil, il en décrocherait, des maillots jaunes, Bernard Thévenet n'avait qu'à bien se tenir !

Arrivé au croisement, Thomas prit le sentier qui longeait la rivière. Les grillons menaient grand tapage sous le vert éclatant des arbres. Sous l'effet d'une légère brise, la surface de l'eau fut parcourue d'ondulations rapides. De l'autre côté, l'herbe frémissait sur les prairies. Oui, c'était un temps parfait ! L'adolescent accéléra son coup de pédale quand, au loin, le clocher de l'église sonna quinze heures. La traverse devenant de plus en plus tortueuse, il décida de terminer à pied et marcha en tenant son vélo, une drôle de sensation au creux du ventre. Il se sentait à la fois léger et fébrile. Et pour cause : Delphine Girard lui avait fixé rendez-vous à l'ombre d'un peuplier, loin des yeux indiscrets.

Si après ça on ne le respectait pas enfin, lui, le gros du fond de la classe ! Il n'en avait presque pas dormi de la nuit mais s'était réveillé d'excellente humeur en songeant qu'une fille comme elle avait jeté son dévolu sur lui. Elle était si jolie, Delphine ! Ses boucles dorées lui retombaient en cascade sur les épaules, un peu comme celles de Lindsay Wagner dans *Super Jaimie*. Elle avait aussi de beaux yeux bleus et, chaque fois qu'il la voyait, Thomas avait envie de fredonner la chanson du groupe Redbone, *Come and Get Your Love*, dont il avait presque usé le disque à force de l'écouter. Oh, bien sûr, il savait qu'il n'était pas le seul garçon à lui faire les yeux doux. Il préférait même s'en cacher, convaincu que, de toute façon, il n'avait aucune chance. Pourtant, voilà qu'il avait un coup d'avance sur les autres… Ça allait leur en boucher un coin !

À l'approche de l'endroit où ils devaient se retrouver, Thomas sentit ses mains devenir moites. Allons, il n'allait tout de même pas faire demi-tour maintenant, songea-t-il en soufflant sur ses cheveux châtains qui retombaient tout autour de son visage. Le garçon laissa son vélo dans les hautes herbes et inspira un grand coup. Il était hors de question de renoncer, d'autant plus que, dans trois jours, sa mère et lui partiraient en vacances à la mer. Thomas était très excité à l'idée de revoir enfin le littoral, ces étendues d'eau immenses. Saint-Palais-sur-Mer. Il aimait prononcer ce nom, qui sonnait chaque mois de juillet comme une expédition. La crème solaire à la noix de coco, les flaques entre les rochers chauffés par le soleil, les enfants qui jetaient à manger aux mouettes et les orgies de moules-frites auxquelles ni lui ni sa mère ne pouvaient résister !

— Ah, Thomas ! J'ai cru que tu ne viendrais pas !

Perdu dans ses pensées, l'adolescent sursauta. Delphine se tenait là, devant lui, la peau bronzée sous sa robe à fleurs, un magazine *Salut !* posé près d'elle. La jeune fille sentait bon la vanille et les épis de blé. Thomas lui retourna un sourire nerveux avant de lui planter un bisou sur la joue.

— Assieds-toi, lui proposa-t-elle, en se passant la main dans les cheveux. Alors, ça boume ?

Thomas hocha la tête et fixa la photo de Claude François en couverture de la revue. Soudain, c'était comme s'il avait perdu l'usage de la parole.

— Je pars à la mer dans trois jours, parvint-il finalement à dire.

— C'est bien, répondit simplement la jeune fille, en lui lançant un regard du coin de l'œil.

Elle paraissait aussi troublée que son camarade.

— Nous, on va aller chez Jean-Marc, ajouta-t-elle.

Thomas avait bien du mal à se concentrer sur autre chose que sur les longues jambes de sa camarade.

— Le plus grand de tes frères, c'est ça ?

Fille du directeur de l'école, Delphine était la dernière d'une famille nombreuse. Comme avait coutume de le dire Mémé, admirative, un simple coup d'œil à son mari suffisait pour que Marinette Girard se retrouve fécondée en quelques secondes. Mariée à l'âge de dix-sept ans, elle avait mis sept enfants au monde, dont un mort à la naissance. Vingt ans séparaient Delphine de son frère aîné.

— C'est ça, confirma l'adolescente. Tu sais qu'il a divorcé ? Il va revenir vivre ici avec Corinne, sa nouvelle amie.

Bien sûr que Thomas était au courant. Un gars du coin qui divorçait, c'était un sacré événement. Toutefois, le jeune homme s'abstint de tout commentaire et avala une nouvelle fois sa salive, songeant qu'il aurait donné n'importe quoi pour se rafraîchir avec un sirop à la menthe.

— Tu voulais qu'on se voie…, commença-t-il après un silence qui lui avait paru durer une éternité.

Delphine jeta deux ou trois coups d'œil autour d'elle et répondit, d'une voix plus assurée :

— Bah oui. Je me disais qu'on pourrait peut-être… sortir ensemble, tu vois ?

— Sortir ensemble ?

Thomas resta deux bonnes secondes la bouche grande ouverte et les yeux écarquillés.

— Je ne te plais pas ? s'étonna sincèrement la jeune fille.

Mince, voilà qu'elle se méprenait sur sa réaction !

Quel gros nul il faisait !

— Oh, si, je te trouve attirante, la détrompa-t-il en essuyant ses mains trempées sur son short. Tu… Tu es belle comme le soleil.

Cette réplique, il l'avait lue en douce dans un des romans sentimentaux qu'affectionnait sa grand-mère. Sur le coup, il avait trouvé que ça en jetait, de dire ça à une fille. À présent, il se sentait juste ridicule. Cependant, Delphine eut un sourire.

— Tu pourrais m'embrasser, l'encouragea-t-elle.

— C'est vrai, tu as envie ?

Elle haussa les épaules en guise de réponse. À treize ans, le jeune homme n'avait encore jamais embrassé de fille, mais peut-être que Delphine savait comment s'y prendre. Il se pencha vers elle et, à ce moment-là, les herbes hautes craquèrent dans leur dos. Un rire mauvais surgit derrière Thomas.

— Tu y as vraiment cru, gros balourd, hein ?

P'tit Jacques et sa bande. Ils étaient là tous les trois, Jacques, Thierry et Luc. Un signal de danger s'alluma aussitôt dans le cerveau de Thomas. Quand ces types étaient dans les parages, ça sentait les ennuis, d'autant plus qu'à dix-sept ans, ils étaient bien plus forts que les collégiens qu'ils embêtaient ! Tandis qu'ils se gaussaient de lui, Delphine laissa échapper un petit rire, elle aussi. Humilié, Thomas crut que le sol allait s'ouvrir sous lui.

— Quoi… Tu savais qu'ils viendraient ?

Il plissa les yeux, ne comprenant pas vraiment comment c'était possible. Embarrassée, la jeune fille resta silencieuse. C'était le plus cruel des aveux.

— Mais pourquoi tu m'as fait ça ?

Elle lui lança un regard tiraillé, dans lequel passa une phrase, une phrase qui voulait dire « Je suis désolée, mais j'ai une réputation à tenir ». La déception qui le traversa quand il réalisa qu'elle s'était fichue de lui fut terrible.

Le groupe de garçons s'avança et Jacques, le meneur, adressa un sourire de traviole à Thomas.

— Qu'est-ce que tu veux qu'elle foute avec une tapette comme toi ? le provoqua-t-il.

Thomas se releva, aussitôt imité par Delphine, qui épousseta machinalement le bas de sa robe.

— Laisse tomber, P'tit Jacques, intervint-elle mollement.

Mais ce dernier l'entendait d'une autre oreille. Il secoua la tête tout en faisant claquer sa langue.

— Vous saviez, vous, que son grand-père a couché avec un Boche ? lança-t-il à la cantonade. Des tapettes, je vous dis, et après ça prétend vouloir fourrer sa langue dans la bouche d'une gonzesse !

Cette fois, c'en était trop ! Thomas vit rouge et poussa brusquement Jacques, qui dérapa et s'étala le nez dans l'eau. Les autres restèrent cois un court instant, jusqu'à ce que le meneur donne le signal en se relevant.

— On va te saigner, merdeux !

Thomas détala sans demander son reste, mais les trois garçons étaient déjà sur ses talons. Il ne songea même pas à enfourcher son vélo pour aller plus vite. Tout ce qui lui importait, c'était de fuir, de partir loin, rentrer rue du Lavoir où sa mère lui préparerait des tartines saupoudrées de cacao Benco. La sueur lui dégoulinait sur le visage et les gouttelettes de transpiration lui obstruaient la vue. Il savait qu'en réalité, les autres le rattraperaient. Ils ne lâchaient jamais rien tant qu'un adulte n'intervenait pas. Comme son surnom l'indiquait, P'tit Jacques n'était pas bien grand et il compensait sa petite taille en jouant les teignes.

Le souffle court, Thomas essaya d'accélérer sur la terre grumeleuse. Ses baskets martelaient le sol sec, elles devaient bien peser une tonne. Il n'atteindrait jamais le bourg. Les autres, plus sportifs que lui, se rapprochaient dangereusement. Dans sa course, le garçon avisa un lézard qui se faufilait sur le tronc d'un chêne. Sans aucune logique, il y grimpa, s'accrochant aux branches comme à une bouée de secours.

— Descends de là ! lui cria Jacques, à peine essoufflé.

— Cassez-vous ! haleta Thomas.

— On pourrait lui foutre le feu, à cet arbre ! menaça Luc.

Pour bien souligner son intention, il sortit de la poche de son polo rouge un briquet probablement chipé à son père, avec lequel il se mit à jouer. Le cœur de Thomas battait à se rompre. Sa respiration saccadée annonçait une crise de larmes. Or il n'avait pas envie de leur donner une nouvelle occasion de se moquer de lui ! L'adolescent se hissa sur une branche située un peu plus haut. Ses orteils lui faisaient mal à force d'être crispés, toutefois il devait tenir bon. Il savait le sort qui l'attendait, s'il redescendait. Les garçons ne le tueraient pas, non, ils n'oseraient jamais, mais ils lui colleraient une rouste. Et lui devrait encore mentir à sa mère pour ne pas lui faire de peine. Comme il aurait voulu que le temps s'accélère, qu'il ait l'âge d'entrer au centre d'apprentissage pour ne plus avoir à croiser ces abrutis !

En bas, Delphine venait de rejoindre les autres.

— C'est bon les gars, laissez-le descendre, plaida-t-elle. Vous aviez dit que ce n'était qu'un jeu.

La pitié se lisait à présent dans ses yeux. Elle avait bon fond, Delphine, Thomas n'en avait jamais douté.

— Te mêle pas de ça, toi, rétorqua Jacques en lui secouant le bras violemment.

L'adolescente resta une seconde sidérée, puis, résignée, elle fit demi-tour et disparut. Courir, s'enfuir à toutes jambes plutôt qu'assister à un tabassage en règle. Thomas sut que personne ne viendrait à son secours.

Come and get your love...

Delphine l'avait trahi et lui avait toujours cet air à la con dans la tête, comme si son esprit cherchait un refuge. Tout à coup, Thierry, fit mine de monter à l'arbre.

— Fichez-moi la paix ! hurla Thomas, qui se percha encore un peu plus haut.

— Pleureuse ! Gras du bide !

Peu importe qui l'insultait, il avait envie de se boucher les oreilles. Il se pencha afin de jauger la position des garçons et fut alors pris d'un vertige. La terre ferme était loin, bien loin en dessous. En proie à la panique, l'adolescent chercha un appui solide, mais son pied glissa. Se sentant déraper dans le vide, il tenta de se raccrocher à une grosse branche, en vain. Thomas entendit trois cris surpris et comprit réellement, à cet instant, qu'il était en train de chuter du vieux chêne. Ensuite, tout se déroula en quelques secondes.

C'était rapide et lent à la fois, c'était comme se voir rater une marche, mais en bien plus dangereux.

Juste avant l'impact, Thomas eut une dernière pensée.

Pauvre Maman, je vais gâcher nos vacances.

Puis les ténèbres l'engloutirent.

1

Julia, 2013

— Je suis contente que tu sois venue !

La mine rayonnante, Aurélie m'étreignit comme si on ne s'était pas vues depuis six mois. Je parvins à ébaucher un pâle sourire en constatant que, par chance, elle n'avait convié personne d'autre.

— Pour être honnête, je suis soulagée que nous ne soyons que toutes les deux, lui avouai-je une fois qu'un serveur eut pris notre commande.

Affirmer que j'avais envie de fêter mon anniversaire aurait été faux. Toutefois, Aurélie était si enthousiaste que je m'en voulus aussitôt de ma remarque.

— Pardon, je ne voulais pas plomber l'ambiance d'entrée de jeu.

Elle reposa doucement le menu qu'elle tenait entre les mains.

— Hé, ne t'inquiète pas, me rassura-t-elle. Je me doute que ce ne doit pas être évident.

Nos cocktails arrivèrent. Un spritz pour moi, un sans alcool pour mon amie, enceinte de sept mois. Cette dernière leva son verre pour l'entrechoquer contre le mien.

— À tes trente-quatre ans ! Je suis certaine que tu vas passer ce cap avec brio.

— Merci, répondis-je sincèrement. C'est tout de même étrange de penser que c'est mon premier anniversaire sans elle.

— Au moins, tu ne gardes pas tout ça pour toi. C'est important d'en parler et d'aller de l'avant.

Ce soir, je n'avais pourtant pas franchement la sensation d'aller de l'avant. Ça me faisait horreur de me sentir isolée alors que j'étais si bien entourée.

— Je n'ai pas l'intention de m'appesantir encore, mais en ce moment, je dirais plutôt que je patine. J'ai l'impression de me cramponner à du vide sans parvenir à retrouver des appuis solides.

— La vie ne t'a pas épargnée ces derniers mois. Je suis sûre que la fille joyeuse que j'ai toujours connue finira par reprendre le dessus.

C'était aussi ce que j'espérais. Sauf que j'avais perdu le mode d'emploi. J'avançais à tâtons, je naviguais en eaux troubles. Je ne savais plus où aller et cette situation était très inconfortable. En l'espace de six semaines, j'avais perdu mon travail et ma mère. Ma raison de vivre en décembre, mon point d'ancrage en février. C'était très dur, je me sentais complètement désarçonnée.

— Ça va aller, souffla Aurélie en devinant mon émotion.

Je fis un effort suprême pour ne pas craquer en la remerciant et, durant le dîner, je m'appliquai à maintenir la conversation autour de sa grossesse. Aurélie était d'une humeur joyeuse et, d'ordinaire, son enthousiasme était contagieux. Elle parlait, souriait plein watts, mais je l'écoutais d'une oreille distraite, l'esprit ailleurs. L'après-midi même, le notaire de ma mère m'avait demandé de passer à son cabinet. J'y étais donc allée la boule à l'estomac, persuadée de clore définitivement son dossier et raviver la douleur du deuil par la même occasion. S'il y avait une chose que je n'avais pas prévue, en revanche, c'était une surprise de dernière minute.

Maman... Qu'est-ce que tu as bien pu mijoter ?

Cela faisait quatre mois qu'elle avait rendu son dernier souffle. Un décès d'autant plus déchirant que la maladie avait été fulgurante. Lorsque les médecins lui avaient diagnostiqué un cancer du pancréas, le goût amer de la mort planait déjà au-dessus d'elle. Maman avait combattu et fait tout son possible pour tenir bon, mais il était trop tard. En quelques semaines, le crabe l'avait emportée dans un océan infini d'eaux sombres, me laissant aussi démunie qu'une enfant perdue. En dépit des avis médicaux sans appel, je m'étais fermée à l'éventualité de la voir mourir. À mes yeux, c'était une chose impossible – une ancienne urgentiste ne pouvait pas se laisser terrasser par un cancer. Sa vocation était de sauver des vies, pas de perdre la sienne. Sa disparition avait été un terrible choc.

— Ouh ouh, tu es là ?

Les doigts d'Aurélie claquèrent devant mes yeux, me tirant de mes pensées. Je n'avais pas écouté un traître mot de ce qu'elle me racontait... Elle faisait tout pour me divertir et voilà comment je la remerciais !

— Excuse-moi, je n'ai pas suivi, déclarai-je piteusement.

— Je vois ça ! s'esclaffa-t-elle. C'est juste au sujet du prénom. Je pense qu'en tant que future marraine, tu as voix au chapitre. Romain est à fond sur les trucs anciens, genre Gustave et Jeanne. Alors que moi, je préférerais...

— Quelque chose de plus japonisant ? devinai-je.

Aurélie nourrissait une passion sans limites pour tout ce qui touchait au pays du Soleil levant, où elle avait passé un an à la fin de nos études.

— Je savais que tu me comprendrais ! fit-elle, victorieuse. Mais peu importe cette histoire de prénom… Tu refais ce truc, là, avec ta bouche, alors dis-moi ce qui te préoccupe.

— Quel truc ? Je ne fais rien !

— Si. Tu te mordilles la lèvre inférieure, comme chaque fois que tu es nerveuse. J'en déduis donc qu'il y a autre chose que ce premier anniversaire sans ta mère. Tu peux m'en parler.

Sa gentillesse me noua le ventre. Non seulement Aurélie me connaissait par cœur, mais en plus elle ne s'offusquait pas de mon comportement, à mille lieues de ce qu'elle était en droit d'attendre. L'arrivée prochaine de son bébé ne me laissait pas indifférente, loin de là, je me réjouissais même d'être la marraine. Mais, ce soir, c'était compliqué. La moindre des choses était que je lui explique pourquoi je n'arrivais pas à me concentrer sur la discussion.

— En fait, j'ai vu son notaire tout à l'heure.

— L'appartement a été vendu, ça y est ?

— Non… Enfin, ça ne devrait plus tarder, cela dit, car il a reçu une offre.

Aurélie fronça les sourcils.

— OK. Qu'est-ce qu'il te voulait, alors ?

— Maman lui avait demandé de me remettre une lettre. Aujourd'hui, très précisément.

Elle se pencha vers moi, compatissante.

— Oh, Julia, je comprends que tu sois bouleversée ! Tu l'as lue ?

Mon regard se posa un instant sur mon sac. Ma réponse allait à coup sûr la sidérer.

— Eh bien… pas encore, non.

Comme prévu, Aurélie braqua sur moi des yeux si arrondis que je crus qu'ils allaient sauter dans mon assiette.

— Mais où est passée ta curiosité débridée ? protesta-t-elle. Si ça se trouve, elle t'annonce qu'elle a planqué un million d'euros dans une grotte de Belle-Île-en-Mer !

Sa remarque eut le mérite de me tirer un sourire.

— Je ne sais pas… Je ne veux pas rouvrir une blessure à peine cicatrisée.

Mon cœur ressentait encore parfois des ondes de stupeur et de colère quand je songeais que Maman aurait à tout jamais soixante-huit ans. C'était injuste, de partir comme ça, à une époque où l'espérance de vie pouvait lui assurer de vivre encore bien des années ! Voyant les larmes envahir mes yeux, Aurélie recouvrit ma main de la sienne.

— C'est normal que tu sois triste, Julia. Frédérique était une personne formidable, observa-t-elle avec tendresse. Mais elle n'aurait pas aimé te voir comme ça.

J'avalai un verre d'eau pour dominer mes émotions.

— Je sais… Mais je flippe à l'idée de découvrir ses derniers mots. Elle s'inquiétait beaucoup, après mon échec professionnel. Tu imagines, si ce sont des reproches qu'elle m'adresse ?

Une certaine partie de moi ne pouvait s'empêcher de penser que sans cette angoisse supplémentaire, ma mère aurait peut-être pu surmonter la maladie. Je me sentais un peu responsable.

— Raison de plus pour la lire, cette lettre ! trancha Aurélie. Au moins, tu seras fixée. Tu l'as avec toi ?

Je secouai négativement la tête. J'avais préféré la laisser chez moi, sans quoi j'aurais été tout à fait capable de passer ma soirée enfermée dans les toilettes du restaurant, l'enveloppe entre les mains, à débattre avec moi-même pour savoir si je devais l'ouvrir ou non.

— Bon, de toute façon, reprit Aurélie après un court instant de silence, il vaut mieux que tu le fasses dans l'intimité. Et si tu as besoin d'en parler, tu pourras toujours m'appeler.

Rassérénée par ses paroles, j'opinai avec un peu plus de vigueur. Le serveur nous apporta nos desserts. Lorsqu'il s'éloigna, mon amie m'offrit mon cadeau, un bon pour une journée au spa entre copines, à utiliser après son accouchement.

— J'ai pensé que ça nous ferait du bien à toutes les deux, m'expliqua-t-elle, alors que je la remerciais. Quand je serai au bout de ma vie après deux mois de nuits blanches, par exemple.

— Tu parles ! plaisantai-je. Tu vas adorer pouponner et je serai obligée de te détacher de force de ton bébé pour que tu viennes profiter de ces soins !

Aurélie rit avec moi et plongea ensuite sa cuiller dans son moelleux au chocolat.

— Ce gâteau est délicieux, mais les tiens me manquent, décréta-t-elle. Dire que je comptais sur toi pour contribuer à mes kilos de grossesse !

La pâtisserie avait toujours été l'une des forces motrices de mon existence. Hélas, la passion semblait m'avoir quittée sans préavis.

— Ça fait des mois que je n'ai plus rien fait, murmurai-je. Je n'y arrive plus.

— Honnêtement, je me serais posé des questions sur ta santé mentale si tu t'étais mise à cuisiner des gâteaux comme une possédée, après ce que tu as traversé. En attendant, pourquoi ne retournerais-tu pas à la banque ? Je suis sûre qu'ils te reprendraient.

Aïe. L'épineux sujet, celui que je tenais à tout prix à éviter.

— Je vais y réfléchir, lui promis-je, avant de faire signe au serveur de nous apporter la note.

La vérité était que je n'avais aucun projet concret.

La raison aurait voulu que je suive son conseil, mais je ne me sentais pas capable de faire face à la compassion dédaigneuse de mes anciens collègues, encore moins aux bruits de couloirs que mon retour ne manquerait pas de susciter. Revenir ainsi après avoir tout plaqué était au-dessus de mes forces… Mais je n'avais pas non plus de plan B, alors je devrais sûrement m'y résigner.

Après le dîner, je rentrai chez moi avec la détestable impression d'être devenue une minable. Si seulement j'avais pu me douter, deux ans plus tôt, qu'en acceptant de travailler pour une grande chaîne de télé, un gouffre allait s'ouvrir sous mes pieds, j'y aurais réfléchi à deux fois. Pourtant, je m'étais sentie si flattée qu'on vienne me chercher grâce au succès rencontré par ma chaîne YouTube ! Conseillère bancaire la journée, je donnais libre cours à ma passion pour la pâtisserie le soir en postant régulièrement des recettes que je voulais à la fois gourmandes, esthétiques et accessibles à tous. Des milliers de personnes s'étaient rapidement mises à me suivre et les sollicitations pleuvaient de toutes parts. La boîte de production qui m'avait contactée était alors en quête d'une personne correspondant à mon profil, pour une nouvelle émission. Il s'agissait de juger les créations de pâtissiers amateurs aux côtés du chef Willy Dolenc, dont la réputation n'était plus à faire. Les boutiques de pâtisseries françaises qu'il avait créées à Londres avaient fait de lui un grand nom de ce milieu. Le candidat gagnant empochait une somme rondelette pour lancer son affaire, il y avait donc un réel enjeu. Quant à moi, on m'offrait un cachet très généreux pour intervenir sur douze *prime times.* C'était une promotion parfaite, un rêve éveillé. Du moins jusqu'à ce qu'on me pousse vers la sortie. Quinze jours plus tard, j'apprenais que ma mère était malade…

Allongée sur mon lit, je portai mon poing à ma bouche afin de refouler la montée de désespoir qui menaçait de sortir. La tentation d'avaler un somnifère pour m'offrir un sommeil illusoire était grande. Les yeux fermés, je revis en pensée le visage d'Isa, l'une des chargées de communication de l'émission. Elle avait consenti à me voir, dans un café près de la gare d'Austerlitz, avant de prendre son train pour Toulouse. J'avais plaidé ma cause, refusant de baisser les bras. Mais Isa était là pour me faire comprendre que rien ne saurait infléchir la décision de la production. Tant que je ne critiquais pas publiquement la chaîne, et encore moins le chef Dolenc, je n'aurais aucun problème. Bien sûr, elle ne me l'avait pas dit en ces termes, mais c'était sous-entendu dans son discours.

— Ce n'est pas comme si tu étais à la rue, m'avait-elle assené. Ils t'ont octroyé de bonnes indemnités.

Je n'en revenais pas d'être ainsi éjectée. Je le vivais comme un réel sentiment d'injustice.

— Alors, c'est tout ? On me jette aussi facilement qu'on est venu me chercher ?

— Tu dois passer à autre chose, Julia. Sans ces accusations de plagiat…

Elle avait laissé sa phrase planer dans l'air, sachant pertinemment que tout ça, c'était bidon. Du vent.

— Je n'ai jamais accusé personne de plagiat, tu le sais aussi bien que moi.

Mon seul tort avait été de me prendre d'affection pour Fabien, un ancien gosse dyslexique que le système scolaire n'avait jamais su épauler. Jusqu'à ce déclic, le jour où il avait compris que sa voie, c'était de faire des gâteaux. Chaque membre du jury était chargé de choisir le candidat auquel il croyait le plus et Fabien m'avait donné envie de le prendre sous mon aile. Le fait n'a pas échappé à la production, qui a tourné ce choix en ma défaveur. Ils m'ont montrée sous un angle assez peu flatteur, ne conservant que les séquences où je dispensais des conseils à mon protégé et celles où les créations des autres me laissaient sceptique. On m'a collé l'étiquette de peau de vache et la situation a empiré lorsque, le soir de la demi-finale, j'ai fait remarquer à Céline, grande favorite du public, que son entremets mangue-passion me rappelait celui d'un célèbre pâtissier. C'était un compliment, mais le montage a donné l'impression que je l'accusais de plagiat. Sentiment amplifié par Willy Dolenc levant au ciel des yeux agacés sitôt ma phrase prononcée. Le public en a tiré des conclusions, les rumeurs sont allées bon train sur Twitter et ma cote de popularité a dangereusement chuté. Une seule solution selon les grands décideurs : me virer pour sauver l'audience de la prochaine saison. Glorifiée un jour, détestée le lendemain. Aurélie et ma mère se sont vite persuadées que Dolenc avait manœuvré pour me faire couler, peut-être par peur que je l'éclipse. Je ne me considérais pourtant pas comme sa rivale. Au contraire, avant toute cette affaire je l'admirais malgré son sale caractère.

Tout ça, c'est du passé. Arrête de ressasser.

Poussant un énième soupir, je me retournai sur le côté et sursautai en avisant l'heure sur mon réveil. Il était près de deux heures du matin et je ne dormais toujours pas. Peu de temps auparavant, en cas d'insomnie, mon premier réflexe aurait été de préparer des cookies pour canaliser mes émotions. C'était actuellement la dernière chose dont j'avais envie. Dépitée, je finis par capituler et me lever. Mes pas me conduisirent jusqu'à mon bureau, sur lequel j'avais laissé l'enveloppe remise par le notaire.

Pour Julia.

À ces simples lettres tracées avec élégance, la voix de Maman se mit à résonner dans mon cerveau. Je délaissai un instant l'enveloppe et redressai la tête vers le mur, où j'avais accroché un pêle-mêle de photos. Mes yeux trouvèrent instantanément le portrait de ma mère, celui que j'avais pris trois ans plus tôt à Sauzon, l'une des quatre communes de Belle-Île-en-Mer. Accroupie près d'une barque bleue, elle fixait l'océan, rêveuse et inconsciente du mal qui couvait dans son corps. Le vert de ses prunelles était si doux qu'il faisait toujours l'effet d'un câlin. Je la lui enviais, cette couleur, moi qui avais pris le regard aux reflets ambrés de ma grand-mère paternelle. Des yeux couleur cognac, comme me l'avait fait peu délicatement remarquer un barman que j'avais fréquenté durant quelques semaines.

Maman... Le manque était très cruel cette nuit. Elle aimait tant Sauzon, où elle avait l'habitude de passer ses étés depuis toujours, qu'elle projetait de s'y installer de façon définitive.

— Jure-moi que tu répandras mes cendres dans l'Atlantique.

C'était la promesse qu'elle avait réussi à m'arracher, quand elle avait compris qu'elle ne vivrait plus assez pour pouvoir s'acheter une maison sur ce petit bout de terre posé sur la mer. Promesse que je n'avais pas encore eu le cran de tenir… Était-ce pour me la rappeler, qu'elle m'avait écrit ?

Du bout des doigts, je caressai son écriture sur l'enveloppe. En fin de compte, cette lettre m'apporterait peut-être un peu de réconfort. Respirant un grand coup, je l'ouvris sans plus réfléchir.

Ma chérie,

Si tu lis ces mots, c'est que nous sommes le 3 juin et que je ne suis plus là pour te souhaiter ton anniversaire. En tout cas, c'est ce que les médecins ont prédit, et je les connais un peu, ces loustics, ils se plantent rarement à ce sujet. Alors, certes, je suis partie, pfffiout, envolée, la Frédo ; mais tu ne croyais quand même pas que j'allais tirer ma révérence sans un mot pour tes trente-quatre ans ? Je sais que cela peut te sembler cruel, injuste. Je voudrais néanmoins essayer de t'expliquer mon raisonnement.

Hier soir, il y a eu une rediffusion de « Pâtissiers Amateurs ». C'était cette séquence dans laquelle tu expliquais à cet affreux Dolenc que tu préférais la tarte aux pommes de ta grand-mère à celle de Céline, la candidate qui était alors jugée. Il t'a adressé une espèce de sourire snob, mais toi, tu t'en fichais. Tes yeux brillaient de gourmandise et de nostalgie heureuse. Ah ! cette tarte qu'on n'a jamais réussi à refaire à la perfection alors que ta grand-mère nous avait donné sa recette. Mais je crois que j'ai percé son secret : à mon avis, ce qui la rend si unique, c'est tout simplement parce que c'est la sienne. Tu vois ce que je veux dire ? En tout cas, t'entendre évoquer cette tarte aux pommes, ça m'a fait comme un déclic, ma chérie. Tu as un talent inné pour faire des gâteaux, et je devais être sacrément mal lunée le jour où je t'ai balancé que tu méritais mieux. C'était avant ton entrée au lycée, tu te souviens ? On venait d'acheter des macarons et tu m'avais dit que tu rêvais de devenir pâtissière. Que j'ai été bête !

Tu es sûrement en train de te demander où je veux en venir, aussi je ne vais pas tourner autour du pot plus longtemps : j'aimerais que tu pardonnes à ton père. Non, non, ne lève pas les yeux au ciel en te disant que ça y est, mon traitement me fait perdre les pédales. Je suis tout à fait lucide, alors je t'en prie, poursuis ta lecture et vois ça comme ma dernière volonté (celle à propos de mes cendres tient toujours, au cas où tu te poserais la question).

S'il y a bien une chose que j'ai apprise ces derniers mois, c'est à quel point l'existence est fragile. Sa valeur est inestimable. Je n'ai pas envie que tu te réveilles un matin pleine de regrets, en songeant qu'il est trop tard. Crois-moi, je sais de quoi je parle. Je fais ma belle quand tu viens me voir, je me la joue « même pas peur ! », mais au fond, je n'en mène pas large. Je sais que tu en veux beaucoup à ton père et je regrette de ne pas t'avoir davantage poussée vers lui. D'accord, tu vas me trouver gonflée, puisque c'est moi qui t'ai éloignée de lui, moi qui t'ai brusquement arrachée au clan Lagarde pour t'emmener à Paris. J'accepte ma responsabilité. Mais la vie bouge, nos pensées évoluent. Je m'en veux de t'avoir déracinée. La peur nous fait souvent commettre les pires âneries. Et pourtant... Aujourd'hui, la peur, c'est à ton corps qu'elle est chevillée. Tu essaies de me ménager, mais je vois bien que la lumière de tes grands yeux brille moins, j'ai remarqué que ton sourire a fondu avec tes dernières rondeurs. Ces salopards de la télé t'ont rendue triste et ma maladie te paralyse. Je ne suis pas encore certaine que les anges et les fantômes existent, alors, par précaution, je préfère te guider pendant que mon cœur bat encore. Il n'y a qu'en prenant du recul que tu pourras avancer. Quand on a l'impression de se battre contre des vents contraires, la réponse à nos maux se trouve la plupart du temps au cœur de nos racines.

Fais ce premier pas vers ton père, Julia. Lui, il n'osera jamais, il est encore plus effrayé que je ne l'ai été. Donnez-vous cette opportunité de vous redécouvrir. Demande-lui de te parler de Marcel et Eugénie, les premiers pâtissiers de la famille, ceux à qui tu dois cette passion.

À présent, mon cœur, mon bébé bonheur, je suis fatiguée. La maladie m'épuise, mes forces s'amenuisent très vite. J'espère que je n'ai pas tracé ces lignes pour rien et que, même si tu m'en veux (je me réjouirais presque de n'être plus là pour l'engueulade !), tu prendras le temps de les lire. Je veux que tu saches que tu es la fierté de mon existence, ma plus belle réussite.

La vie fait parfois de jolis cadeaux. N'en doute jamais. Bel anniversaire !

Je t'aime,

Maman.

P-S : si entre-temps tu as déjà repris contact avec ton père et que tu as retrouvé un équilibre, tu peux bien sûr brûler cette lettre et l'oublier. Dans le cas contraire, fais ta valise et fonce, ou je te promets de redescendre. Ce ne sera pas pour te dire si ça regorge de jolies îles bretonnes, là-haut, mais bel et bien pour te mettre un coup de pied aux fesses.

Les mains tremblantes, je reposai la feuille et fermai les paupières en sentant poindre les sanglots. Maman avait deviné beaucoup de choses, en réalité, bien plus que je ne le pensais. La véracité de ses mots me touchait au plus profond de moi, de façon douloureuse. Je laissai une larme rouler le long de ma joue, songeant que j'avais été naïve d'espérer une quelconque consolation. L'avenir m'apparaissait plus flou que jamais. Je relus une nouvelle fois ses instructions. Me rapprocher de mon père, vraiment ? Je n'y comprenais plus rien. Depuis qu'il avait gâché la soirée de mes vingt ans, je m'arrangeais pour l'éviter, nos échanges se limitaient à de brefs SMS envoyés pour Noël et les anniversaires. Je n'attendais plus rien de lui et *vice versa*. Alors, à quoi cela rimait-il ?

Je ne te remercie pas, Maman. Ce n'est pas très cool, ce que tu me fais là.

« *Quand on a l'impression de se battre contre des vents contraires, la réponse à nos maux se trouve souvent au cœur de nos racines.* »

Les racines… Des miennes, il ne restait que des souvenirs. Je n'avais pas envie de les convoquer, mais ils se passèrent de ma permission et vinrent me narguer. Je revis le moulin à vent en bois, devant notre maison. Les chemins de campagne si souvent arpentés à vélo. Le Café des Sports et son assortiment d'habitués, le rideau en crochet suspendu à la porte, le vieux banc au bord de la rivière. Mon cousin et moi, toujours fourrés dehors, à construire des cabanes. Le poulet rôti du dimanche chez ma grand-mère, et ses tartes aux pommes, bien sûr. Les photos en noir et blanc qu'on aimait regarder après le repas, qui racontaient l'époque où mon père était enfant. Les rires joyeux en fond sonore ou les grésillements d'un vieux disque. Moi, juchée sur les épaules de papi Arthur, qui fredonnait pour moi *Ma p'tite Julia*, de Pierre Perret, jusqu'au jour où je me suis vexée, après avoir compris que la chanson parlait d'une chèvre. C'était la vie d'avant, quand les temps étaient légers et heureux. Avant que tout ne vole en éclats et se délite.

Une énorme boule se forma dans ma poitrine. Me tenir sur la pente vertigineuse du passé me bousculait un peu trop. Il y avait si longtemps que je n'avais pas pensé à tout cela ! Une simple lettre et c'était tout un chambardement. Oppressée, j'allai respirer l'air frais à la fenêtre. À cette heure-ci, les bistrots étaient fermés et les passants avaient déserté les rues, à l'exception d'un couple qui longea mon immeuble en riant très fort. Tout le boulevard Pasteur était endormi, sauf moi. C'était idiot de me mettre dans cet état-là.

Va te coucher, ma vieille. Ça ira mieux demain.

Je m'essuyai les yeux d'un revers de la main, tâchant de refouler mon angoisse. En passant près du bureau, je coulai un dernier regard vers la lettre, avant de m'effondrer sur mon oreiller. Tandis que la nuit s'étirait, je me tournai, me retournai, le cerveau trop en ébullition pour trouver un véritable repos. J'avais l'impression de danser avec des fantômes, d'être entraînée dans un tourbillon, avec la voix de ma mère qui m'exhortait à prendre du recul. Il était six heures lorsque j'ouvris les yeux, en sueur, étonnée d'avoir finalement réussi à dormir. Curieusement, alors que d'habitude je m'arrangeais toujours pour traîner dix minutes sous les couvertures après la sonnerie du réveil, je me sentais en pleine forme, malgré trois petites heures de sommeil. Un peu fébrile aussi, comme on peut l'être avant un départ en vacances. N'y tenant plus, je repoussai le drap et avalai un café bien serré. Une douche fraîche, un deuxième café. La lettre était toujours là, sur mon bureau. Je ressentis le besoin de la lire à nouveau, pour m'assurer que les mots n'avaient pas changé dans la nuit. Je ne comprenais toujours pas très bien en quoi ça m'aiderait de retourner en Touraine, mais visiblement ça donnait à ma mère la sensation de voler à mon secours. Est-ce que, de là-haut, elle était en train de se marrer du bazar qu'elle était parvenue à semer dans ma tête ?

Qu'à cela ne tienne, je vais l'exaucer, ta dernière volonté !

D'un pas plus assuré, je me dirigeai vers ma chambre et fourrai quelques vêtements dans une valise. Puis je m'interrompis net, en fixant mon téléphone portable. Je devais sûrement prévenir mon père que je venais. Or, je n'avais pas envie de me lancer dans des explications sans fin, pour l'entendre dire au bout du compte que je ferais mieux de rester à Paris. Tant pis, je jouerais sur l'effet de surprise. Je risquais de me heurter à un mur, cependant je n'avais rien à perdre. Rien ne me forçait à rester plus de quelques jours. Ça passerait ou ça casserait, j'aurais au moins ma conscience pour moi.

Une fois en bas, je jetai un dernier regard à l'arrière-cour, avec ses fleurs et ses vélos. Le soleil se levait en douceur sur le quartier Montparnasse, mais la journée serait grise si je restais ici. Il n'y avait rien à regretter, rien qui nécessitait ma présence à Paris. Il était temps que je m'arme de courage pour affronter tout ce que mes racines symbolisaient pour moi.

2

Ah, tu verras, tu verras / Tout recommencera, tu verras, tu verras / L'amour c'est fait pour ça, tu verras, tu verras…

Je bifurquai sur un chemin terreux et stoppai net ma voiture. La radio s'arrêta aussitôt, coupant le sifflet à Nougaro. Je n'étais pas encore prête pour certaines choses. Tomber sur la chanson fétiche de ma mère en faisait partie. Je venais de rouler plus de trois heures d'affilée, ne me ménageant aucune pause par peur de changer d'avis et faire demi-tour. Je savais que je n'aurais plus jamais l'esprit en paix si je ne cédais pas à cette ultime requête de ma mère. Il n'empêche qu'à chaque kilomètre parcouru, le doute m'étreignait davantage. Cette démarche n'était-elle pas complètement insensée ? Alors si en plus Nougaro s'en mêlait et remuait le couteau dans ma plaie… Décidée à ne plus y penser, je rallumai mon portable. Un message d'Aurélie me parvint. Elle y aurait vu un signe, elle, dans la chanson de Nougaro. Mon amie voulait juste savoir comment j'allais, elle ignorait encore qu'en cet instant, trois cents bornes nous séparaient.

Je sortis de la voiture pour contempler la vue autour de moi avec un intérêt presque nouveau. Baignés par la douce lumière du printemps, les champs dorés s'étendaient en contrebas du vallon boisé. Le sol, encore humide d'une averse probablement tombée dans la nuit, exhalait un léger parfum de terre. De là où je me tenais, un peu en amont, je voyais au loin le village avec la flèche de son église, et au-delà, les routes goudronnées. Pas de doute, j'étais bel et bien de retour à Cressigny, petite bourgade tranquille du cœur de Touraine, cernée par la forêt. Ici, on échangeait les dernières nouvelles en allant chercher le journal et les petits excès de vitesse pouvaient se régler avec une bouteille de Ricard. Ça me semblait si étrange, de me retrouver là ! J'avais beau connaître les lieux comme ma poche, c'était comme si je m'apprêtais à faire un grand saut dans le vide. Qu'allais-je trouver, à l'arrivée ? Je fis quelques pas dans le but de trouver du réseau. Rappeler Aurélie me permettrait d'évacuer un peu de mon stress.

— Salut, beauté, me répondit-elle aussitôt. Alors, quoi de neuf, ce matin ?

— Tu ne devineras jamais où je suis…

— Devant la pâtisserie de Dolenc pour tout faire cramer ? se hasarda-t-elle.

Je m'esclaffai. Mon rire avait un peu la tremblote, cependant.

— Mieux que ça ! Je suis en plein milieu des champs. Tu vas sûrement me prendre pour une fêlée, mais il fallait que j'aille dans mon village d'enfance.

À l'autre bout du fil, Aurélie poussa une exclamation.

— Toi ? Mais qu'est-ce qui t'arrive ? Ça fait des mois que tu n'as rien fait d'aussi… spontané !

— J'ai lu la lettre.

Je lui en résumai le contenu.

— Je te jure que, pendant quelques secondes, je me suis demandé si ma mère n'avait pas fumé la moquette, terminai-je.

— Waouh, tu m'étonnes ! commenta Aurélie. Un retour aux sources… Tu es dans quel état d'esprit ?

D'un ton hésitant, j'admis mon appréhension.

— J'aimerais être folle de joie, mais ce n'est pas ce qui prédomine, loin de là. Si Maman avait exigé ça de son vivant, je n'aurais jamais accepté… Ça fait longtemps que je ne suis pas revenue ici.

Quatre ans s'étaient écoulés depuis la dernière fois. À l'époque, j'avais fait un aller-retour express, quand ma grand-mère avait été victime d'une attaque cérébrale. Puis, rassurée sur son sort, j'étais rentrée à Paris et n'étais plus revenue.

Aurélie affirma qu'elle comprenait mes craintes. Je ne lui avais jamais caché à quel point le comportement de mon père nous avait rendues malheureuses, ma mère et moi.

— Mais, tu sais, continua-t-elle, même si la requête de ta mère peut te paraître délirante, ça te fera du bien de souffler un peu.

Pour le coup, j'étais bien plus sceptique qu'elle. Je décidai toutefois de ne rien laisser paraître.

— Tu dois avoir raison. Pendant que je serai ici à tenter de recoller les morceaux avec mon père, je ne tournerai pas en rond dans mon appartement. D'ailleurs, tu peux récupérer ce qu'il y a dans mon frigo, car je ne sais pas quand je vais rentrer.

— Dis-moi qu'il y a ces yaourts divins saveur tiramisu !

— Je crois, oui.

— Je savais que j'avais fait le bon choix de marraine ! Tu files directement chez ton père, alors ?

— Je vais d'abord faire un saut chez ma tante Méline. Je te tiendrai au courant.

— T'as intérêt ! Encore plus si tu as la révélation de ta vie, comme dans une comédie romantique, et que tu décides de te barrer au Japon pour vénérer les chatons blancs du temple de Setagaya.

— Ça, c'est *ton* rêve ! ripostai-je dans un grand éclat de rire. Parle-moi plutôt de plages thaïlandaises.

— Pourquoi tu n'irais pas ?

— Parce que j'ignore toujours de quoi mon avenir sera fait. Dans le doute, j'évite de jeter mon argent par les fenêtres. La Touraine, c'est davantage dans mon budget.

— Sage décision, ma vieille. Appelle-moi vite.

Je raccrochai de bien meilleure humeur. Au fond, j'étais presque heureuse de m'éloigner un peu de mes turpitudes quotidiennes.

À nouveau au volant, je traversai le bourg sans traîner. Puis, laissant la route qui menait au terrain de camping, je m'engageai dans une ruelle ornée de fleurs, joliment nommée impasse des Dames. C'est là que vivaient ma tante et mon oncle, dans une ravissante maison de campagne aux volets violets et à la façade en pierre recouverte de rosiers grimpants. Je me garai près du petit portail blanc en fer forgé et remontai l'allée. Face à la porte, je tendis la main vers le heurtoir en cuivre, mais personne ne me répondit. Flûte… J'avais réellement envie de voir Méline, avant d'aller me confronter à mon père ! Je comptais sur elle pour me briefer, me dire à quoi je devais m'attendre. Elle seule saurait me donner le courage nécessaire. Un gros chat gris contourna le côté de la maison et vint se frotter contre ma jambe. Je m'agenouillai à sa hauteur pour lui gratouiller le dos, qu'il arrondit de plaisir.

— Salut, toi ! C'est le Japon qui t'envoie ? lui demandai-je, en repensant aux paroles d'Aurélie. Où est ta maîtresse ?

Pour toute réponse, le chat fila aussi rapidement qu'il était apparu. Ne sachant pas quoi faire, je me dirigeai vers le jardin adjacent, espérant y trouver Méline. Bien vu ! Elle était en train d'égrainer du pain dans la mangeoire d'un nichoir. Le simple fait de la voir me remit du baume au cœur. Ma tante était le seul membre de ma famille paternelle à s'être déplacé aux obsèques de ma mère. Elle avait été d'un soutien merveilleux et m'avait réconfortée avec ses paroles douces et ses gratins de légumes. À l'inverse de mon père, dont elle était la sœur cadette, Méline était une femme lumineuse. Le genre de personne avec laquelle on se sent bien d'emblée. D'une patience infinie, elle avait du sourire jusque dans le regard. Pour moi, elle incarnait la vie dans toute sa splendeur, la vie qui chante et qui pétille. Je remarquai qu'elle portait une jupe jaune, sa couleur fétiche. Elle en mettait toujours une touche dans ses tenues, parce que ça lui rappelait le soleil.

— Bonjour, Méline ! lançai-je joyeusement.

— Julia ? s'étonna-t-elle en faisant volte-face. Quelle surprise !

Elle épousseta ses mains sur son tablier et me prit dans ses bras.

— C'est bon de te revoir, ma petite chérie ! dit-elle en relâchant son étreinte. Mais tu aurais dû me prévenir !

— Ça s'est un peu décidé à la dernière minute, à vrai dire.

Ma tante me considéra un instant, l'air de se demander si quelque chose de grave était arrivé pour que je surgisse sans crier gare.

— Tu me parais fatiguée, constata-t-elle. Si tu me racontais tout autour d'un café ?

Je la suivis et nous entrâmes dans la cuisine par la porte arrière. La pièce était décorée dans un style à la fois rustique et convivial. Elle mit la cafetière en route puis se tourna vers moi.

— Ça te va bien, le naturel. Tu es jolie.

Jolie ? Pour avoir eu l'occasion de croiser mon reflet dans le rétroviseur quelques instants plus tôt, j'aurais plutôt dit terne, avec mes cheveux fins d'un banal châtain doré et mon visage pas maquillé.

— Merci, grommelai-je d'un ton peu convaincu. Je n'ai pourtant pas l'impression de ressembler à grand-chose.

— Sornettes ! me contredit-elle, en me tendant la tasse qu'elle venait de remplir. Tu es le portrait craché de ta grand-mère.

Le chat que j'avais vu quelques minutes plus tôt nous rejoignit d'un pas tranquille et me sauta sur les genoux, en quête de caresses, ce qui amusa Méline.

— Je vois que tu as fait la connaissance de Grisette.

— Il me semblait bien qu'elle n'était pas là, la dernière fois, acquiesçai-je.

— Paul l'a trouvée dans la forêt, il y a deux ans. Elle était squelettique, la pauvre. On a eu pitié, alors on l'a gardée.

En parlant de mon oncle, j'étais étonnée de ne pas l'avoir encore vu.

— Où est-il, d'ailleurs ?

— Parti acheter quelques bricoles pour le jardin.

— J'en déduis que vos travaux avancent ?

Méline et Paul avaient pour projet d'ouvrir des chambres d'hôtes. Ils avaient deux pièces inoccupées à l'étage, et comme ils avaient toujours aimé recevoir, c'était une excellente façon d'avoir du monde tout en complétant leur retraite. Leur maison, bâtie au XVIIIe siècle, avait un bon potentiel. Ils l'avaient achetée peu après leur mariage et l'avaient retapée au fil des ans. Tous deux étaient amoureux des vieilles pierres, c'est d'ailleurs ce qui les avait rapprochés. Un jour, en allant rendre visite à ses parents, Paul s'était arrêté boire une bière au Café des Sports, le bar tenu par mes grands-parents, et dans lequel ma tante travaillait alors. Il cherchait déjà une vieille bâtisse à bichonner et Méline s'était fait un plaisir de le renseigner. C'était en 1976. Paul n'était plus jamais reparti de Cressigny.

Méline prit une gorgée de café avant de me répondre, de son timbre calme et doux :

— Ça avance, mais pour l'instant le projet est un peu retardé. Alors, qu'est-ce qui t'amène dans le coin ?

Je décidai de ne pas y aller par quatre chemins.

— Ma mère.

Elle leva un sourcil interrogateur, attendant que je développe. Je sortis la lettre de mon sac à main et la fis glisser vers elle.

— Son notaire me l'a remise hier, précisai-je.

— Ah bon ? Ça alors !

Intriguée, Méline enfila sa paire de lunettes et commença à lire. Je l'observais tandis qu'elle découvrait les mots qui m'avaient tant bouleversée la veille. À soixante-neuf ans, ma tante avait gagné quelques rides au coin des yeux et autour de la bouche. Loin de ternir sa beauté, cela accentuait la force tranquille qui émanait de sa personne.

— Cette lettre est magnifique, déclara-t-elle en reposant la feuille.

Ses prunelles, du même marron que les miennes, brillaient d'émotion. Ma gorge se serra et j'avalai un peu de café, avant de lui poser la question qui me taraudait :

— Tu penses que j'ai bien fait de venir ?

— Tu ne serais pas là si, au fond de toi, tu ne connaissais pas la réponse.

Cela rejoignait ce qu'Aurélie m'avait dit. Si seulement mes doutes pouvaient être si faciles à gommer ! Je massai mes paupières fatiguées. Ma volonté de ne plus me morfondre semblait m'avoir soudainement désertée.

— Je ne sais pas, Méline, je suis perdue. J'ai l'impression d'aller à l'envers, quoi que j'entreprenne.

Aussitôt, elle se leva et fit le tour de la table pour me rejoindre.

— Je suis tellement navrée pour toi ! compatit-elle en passant un bras autour de mes épaules. Est-ce que tu prends un traitement ?

— Non. Je ne déprime pas au point de vouloir me foutre en l'air. C'est juste que l'horizon me paraît bouché.

Elle parut rassurée.

— Je n'aime pas les phrases toutes faites, Julia, mais enfin, il faut parfois tomber pour mieux se relever. Ça arrive à tout le monde, de trébucher. Tu es une jeune femme remarquable, tu ne manques ni de logique ni de fantaisie. Tu finiras par y voir plus clair.

Méline ne s'exprimait pas de façon rhétorique, non. Si elle me dispensait ces mots, c'est parce qu'elle y croyait réellement. Il y avait de la conviction, dans sa voix. Je poussai un soupir.

— Mon comportement est lamentable, hein ? Des gens traversent des choses bien pires que moi et ils avancent, pourtant.

— Ne pense pas ça, ma grande. Il existe différents degrés de douleur, quantité de raisons. Au final, c'est la même chose. Tu as le droit d'avoir mal et de chercher comment rebâtir ton monde. Ça va aller, on est là.

Elle accompagna ses paroles d'une brève caresse sur la joue.

— *Tu* es là, nuançai-je en songeant que j'ignorais encore comment mon père réagirait en me voyant.

Je lui demandai si elle l'avait vu, ces derniers temps. Se rasseyant, Méline m'avoua qu'il ne sortait plus trop de chez lui.

— Une voisine lui fait son ménage chaque semaine. De mon côté, je m'assure qu'il se nourrit correctement.

Je secouai la tête, consternée. Comment mon père, un ancien vétérinaire réputé, avait-il pu tomber si bas ?

— Il s'en veut beaucoup du mal qu'il vous a fait, à Frédérique et toi, reprit Méline. Le passé est présent dans chaque rue, ici, alors il est persuadé que se retrancher chez lui, ça le protège des éclaboussures de malheur.

— Ça fonctionne si bien qu'il est obligé de picoler pour ne plus penser à rien, marmonnai-je, excédée.

Pourtant, personne ne l'avait forcé à tout foutre en l'air ! L'histoire de mes parents était aussi simple qu'universelle. Ils s'étaient rencontrés deux ans avant ma naissance. Au petit matin, ma mère quittait sa garde, soulagée de retrouver bientôt son lit. Au même moment, mon père, en retard à la clinique vétérinaire pour laquelle il travaillait, marchait d'un pas pressé, sans vraiment faire attention. Ils s'étaient percutés à l'angle de l'avenue de Breteuil et, au lieu de se chamailler pour savoir lequel des deux était en faute, ils s'étaient plu et s'étaient revus. Quand Maman était tombée enceinte, ils avaient décidé de s'installer en Touraine. Tout allait comme sur des roulettes. Jusqu'à l'été 1990, où ma mère avait retrouvé mon père au lit avec une autre femme. Elle avait demandé le divorce sans attendre et nous avions déménagé à Paris, où j'avais fait mon entrée en sixième. Depuis, mon père s'était laissé glisser dans une forme de mal-être, qui le poussait à abuser de la bouteille. Cet état était devenu comme une extension de lui-même et je lui en voulais beaucoup, de jouer les victimes alors qu'il était le seul responsable de tout ça.

Ma tante me sourit avec douceur.

— Ça fait six mois qu'il n'a plus bu une goutte d'alcool, m'apprit-elle.

— C'est vrai ? Il m'a envoyé un texto hier, pour mon anniversaire, il ne m'en a même pas parlé.

Ça me rendait triste de constater qu'il n'était même pas fichu de partager une telle nouvelle avec moi.

— Mon frère a toujours été un grand pudique, temporisa-t-elle. Laisse-lui du temps. Tu restes jusqu'à quand ?

Je n'avais pas le moindre début de réponse à lui fournir.

— Je ne sais pas, tout dépendra de la suite. Maman tenait apparemment à ce que Papa me parle de Marcel et Eugénie, dis-je en tapotant la lettre du bout de l'index. Je ne vois pas ce qu'ils viennent faire dans tout ça, c'est bizarre, non ?

— Pas tant que ça. C'est avec eux que notre histoire a débuté, et Serge leur était très attaché.

À aucun moment cela ne m'avait traversé l'esprit. Pour moi, mes arrière-grands-parents étaient des visages plutôt flous sur des vieilles photos. Je n'avais pas connu Marcel, décédé plusieurs années avant ma naissance. Quant à Eugénie, je ne devais guère avoir plus de six ans, quand elle était morte à son tour.

— OK, je verrai bien s'il est disposé à évoquer le passé… Est-ce qu'à tout hasard je peux dormir chez toi ? m'enquis-je timidement.

Méline eut l'air ennuyée et je m'en voulus d'avoir posé la question.

— Je ne veux évidemment pas vous déranger.

— Il ne s'agit pas de ça, tu es toujours la bienvenue, ma chérie. Mais en ce moment, c'est un peu compliqué. Alexandre est revenu vivre à la maison, c'est pour ça que notre projet de chambres d'hôtes est repoussé.

Je la dévisageai, abasourdie.

— Alex ? Ça ne va plus entre Tania et lui ?

Le couple que mon cousin formait avec sa femme paraissait pourtant solide. Ils s'étaient rencontrés et mariés jeunes, ils n'avaient que vingt-deux ans quand Léonore, le fruit de leur amour, avait vu le jour. Et ils avaient su rester unis, même quand les parents de Tania, tous deux avocats d'affaires, leur avaient fait comprendre qu'ils espéraient un meilleur parti pour leur fille.

— La boulangerie n'a pas tenu, me révéla Méline, attristée. Ils se sont mis dans une situation impossible et les huissiers ont saisi leur maison pour rembourser les dettes. On les héberge, le temps que ça aille mieux.

Merde. J'étais loin de soupçonner tout ça ! Pâtissier de formation, mon cousin avait racheté un fonds de commerce à Tours afin de s'établir à son compte. J'étais persuadée que tout roulait pour eux, ils étaient des bosseurs-nés. À quel moment avais-je cessé de prendre des nouvelles de ma famille, au juste ?

Depuis que tu as fait passer ta carrière avant tout le reste, sans doute.

— Je suis désolée pour eux. Qu'est-ce qui n'a pas fonctionné ?

— C'est difficile à définir. Un mauvais emplacement, la fatigue… Plutôt que recruter quelqu'un pour le seconder, Alex s'est mis en tête de fabriquer aussi du pain. Ça lui bouffait énormément d'énergie, si bien qu'il est tombé dans la facilité pour les pâtisseries.

— Je vois. Il s'est tourné vers le surgelé…

Méline confirma d'un hochement de tête.

— La qualité était moindre, comparé à ce qu'il est capable de réaliser. Tania gérait la caisse et les clients, mais ce n'est pas son truc et ça se ressentait. Les gens ont fini par aller voir ailleurs.

— C'est terrible. Est-ce qu'ils ont retrouvé du travail ?

Elle opina à nouveau.

— Alexandre est chez Delorme, à Descartes. Ce n'est pas l'éclate, mais c'est toujours ça. Tania a repris son boulot d'aide à domicile, il y a toujours besoin dans ce secteur.

Je ne pouvais qu'imaginer les horaires de dingue qu'ils devaient effectuer, l'un et l'autre.

— Et Léonore, elle le vit comment ?

À la mention de sa petite-fille, ma tante retrouva son enthousiasme.

— Ah, notre Léo ! Une vraie bouffée de bonheur ! Elle s'est vite intégrée dans son nouveau collège. Elle aime s'occuper du potager avec ton oncle, ça lui plaît. La lecture aussi ; en ce moment, elle dévore mes vieux Agatha Christie. Faut voir comme elle est futée et débrouillarde, on dirait toi au même âge.

— Elle doit avoir grandi ! Elle n'était pas plus haute que trois pommes, la dernière fois que je l'ai vue.

— Tu ne la reconnaîtrais pas. Mais j'y pense, tu n'as qu'à revenir demain ! Alex a ses mercredi après-midi de libres.

La proposition était tentante. Mon cousin et moi avions été très proches en grandissant, du moins jusqu'à ce que ma mère et moi partions pour Paris. À l'adolescence, mes préoccupations étaient devenues plus citadines et je n'étais plus le garçon manqué qu'Alex avait connu. Je ne grimpais plus aux arbres mais passais des heures dans ma chambre, à écouter de la musique et à rêvasser. Un petit fossé s'était creusé entre nous et, par la suite, nous ne nous étions plus croisés que de loin en loin, chacun accaparé par son quotidien. Les occasions de nous réunir n'étaient pas si fréquentes.

— Ça me ferait plaisir, acquiesçai-je.

— On pourrait en profiter pour faire une petite visite à Suzette, suggéra Méline, ravie de ma réponse. Elle aussi serait heureuse de te revoir.

Suzette était ma grand-mère. Hélas, comme avec les autres membres de ma famille, je n'avais pris que trop peu de nouvelles, ces derniers temps. Après son attaque cérébrale, elle s'était installée dans un EHPAD. Je hochai la tête en guise d'assentiment, essayant d'assimiler toutes les informations dont Méline venait de me faire part. La fatigue commençait à me rattraper, pourtant la journée était loin d'être terminée.

Je reculai ma chaise pour prendre congé.

— Bon, il est temps que je file chez mon père. Le plus dur reste à affronter.

D'un mouvement du menton, elle me désigna son téléphone, posé sur la table.

— Est-ce que tu veux que je le prévienne de ton arrivée ?

Sa sollicitude envers moi me touchait, mais sur ce coup-là je préférais me débrouiller toute seule.

— Ce ne sera pas la peine, je te remercie. À demain, ajoutai-je en l'embrassant sur la joue.

— À demain, ma chérie. Et un conseil : fais preuve de patience avec Serge.

Être patiente avec mon père… De tous les scénarios que j'envisageais, celui-ci ne risquait pas de remporter la palme d'or. J'avais même tendance à penser que m'installer chez lui constituait le plus court chemin vers la déprime absolue. Toutefois, je n'avais guère le choix.

3

Après le divorce, mon père avait conservé la maison, située en contrebas du village, dans la descente qui menait à la rivière. C'était une demeure de taille modeste, avec trois pièces au rez-de-chaussée et deux chambres à l'étage. Mes parents l'avaient achetée au moment où Papa s'était établi au village comme vétérinaire. J'y avais fait mes premiers pas, prononcé mes premiers mots. Je m'y étais cassé le poignet, à neuf ans, en dévalant la rampe de l'escalier pour imiter Mary Poppins, j'y avais préparé de nombreux goûters imaginaires pour mes poupées. J'y avais aussi réalisé mes premiers gâteaux et fêté mes anniversaires. C'était ici que j'avais passé les plus belles heures de mon enfance, construit des cabanes dans le jardin avec mon cousin tout en croquant les pommes et les noisettes que nous chapardions sur les arbres fruitiers. Indéniablement, l'endroit où j'avais grandi avait une âme. Une âme dont il ne restait néanmoins plus grand-chose, constatai-je devant le grillage à moitié rouillé. Le portail n'était pas dans un meilleur état et le liseron envahissait une grande partie du sol. Si le bruit de la télévision ne m'était pas parvenu depuis une fenêtre entrouverte, j'aurais pu croire que la maison était à l'abandon.

Apparemment, mon père ne se donnait pas la peine de l'entretenir.

Regrettant déjà de ne pas m'être mise en quête d'un hôtel où loger, j'appuyai sur la sonnette d'un geste presque rageur. La porte ne tarda pas à s'ouvrir sur une espèce de tronche mal rasée, aux cheveux clairsemés qui tiraient sur le gris. Un regard marron affaissé, des vaisseaux éclatés sur le nez : mon père, cet homme autrefois si robuste, n'était plus que l'ombre de lui-même. J'étais sonnée. Et il l'était aussi, visiblement, car l'espace d'un court instant, je crus qu'il allait porter une main à sa poitrine et s'effondrer raide mort. Mais il se reprit en un rien de temps.

— Ah, c'est toi, fit-il avec la voix éraillée de ceux qui n'ont pas l'habitude de parler.

Cache ta joie...

Je n'avais pas préparé ce que j'allais lui dire. Lui balancer que je ne faisais que suivre les instructions de ma mère à titre posthume ne me paraissait pas très avisé. Aussi me contentai-je du minimum syndical.

— Ouais, c'est moi. J'avais besoin de prendre l'air. Est-ce que ça te dérange si je m'installe quelques jours chez toi ?

Une drôle de lueur passa dans ses yeux, mais je ne sus l'interpréter. De toute façon, cela ne dura qu'un millième de seconde.

— Je ne vois pas pourquoi je refuserais, répondit-il avant de s'effacer d'un pas traînant.

Les épaules voûtées, il se dirigea vers la salle à manger. Il était l'image même de la résignation. Découragée par son indifférence, j'allai chercher ma valise. Tout en ouvrant le coffre de ma Peugeot, j'eus l'amère sensation d'être doublement orpheline : orpheline de mère, orpheline de l'affection de mon père. Je ne m'étais bien sûr pas attendue à de grandes effusions, ce n'était pas le style de la maison. Mais j'avais espéré qu'il serait un peu content de me voir, malgré tout. Ce séjour s'annonçait compliqué.

— Ma présence ne te gêne pas, au moins ? le questionnai-je en revenant.

Assis dans son fauteuil, il jeta un coup d'œil perplexe à ma valise puis redressa la tête.

— Non. Mais tu vas rester combien de temps ?

C'est si bon pour le moral, de se sentir aussi bienvenue qu'un cancrelat dans une salade !

À l'évidence, revenir ici, c'était déranger un vieil ours solitaire dans sa caverne. Une caverne meublée de bric et de broc, notai-je en jetant un coup d'œil à la ronde. Le buffet en chêne qui trônait au fond de la pièce depuis ma prime enfance était jonché de livres et de courrier. Un canapé et un fauteuil au cuir fatigué, trois chaises qui auraient mérité d'être rempaillées. Mon père ne vivait pas dans la misère, mais ce n'était pas non plus l'opulence. C'était juste un flagrant laisser-aller.

— Je ne sais pas encore, répondis-je en retenant un soupir. C'est l'histoire de quelques jours, tout au plus.

Cinq minutes me suffisaient déjà… Appuyée contre le chambranle de la porte, j'attendis la suite, mais mon père retourna à son programme télévisé sans plus me calculer. Tant bien que mal, je m'efforçai d'afficher une mine joviale.

— Méline m'a annoncé que tu avais arrêté l'alcool. C'est super, félicitations !

Cette fois-ci, il quitta l'écran des yeux pour me regarder.

— Merci. Ça fait six mois. Je présume que tu veux monter tes affaires là-haut ? sembla-t-il tout à coup réaliser.

Comme je lui fis signe que oui, il se releva pour me précéder dans l'escalier.

— Ta chambre est un peu encombrée, s'excusa-t-il, mais il y a un Clic-Clac pour dormir.

— Ça fera très bien l'affaire.

Cependant, j'eus tôt fait de déchanter lorsqu'il ouvrit la porte. Cette pièce, qui donnait sur le verger, avait autrefois été mon royaume de petite fille. Elle n'était désormais ni plus ni moins qu'un débarras. C'était déroutant. Mal à l'aise, mon père toussota.

— Tu ne venais plus, alors…

— Mais ça sort d'où, tout ce bazar ? m'exclamai-je en posant ma valise dans un coin.

Mes étagères et ma penderie disparaissaient complètement sous un amoncellement de vieilleries, parmi lesquelles un horrible abat-jour orangé qui dépassait d'un carton. Quant au parquet aux larges planches, il semblait ne pas avoir vu d'aspirateur depuis au moins un siècle.

— Ta grand-mère s'est décidée à vendre. On s'est dit qu'on pouvait entreposer ici les affaires que Méline a commencé à trier.

Super. Si je m'ennuie, je pourrais toujours faire des allers-retours à la déchetterie.

C'était très irritant, mais chaque problème en son temps. Il y avait plus urgent ; mon ventre gargouillait, me rappelant que mon petit déjeuner était loin. Je demandai à mon père s'il avait déjà mangé.

— Non. Et je crains de ne pas avoir grand-chose dans le frigo.

Évidemment. Il ne pouvait pas prévoir que je me pointerais à l'improviste.

— Est-ce que tu as des œufs ? hasardai-je.

— Oui.

— Bien. On va faire une omelette.

Une fois notre repas terminé, mon père monta faire une sieste. Je restai un instant sidérée qu'il agisse comme si je n'étais pas là. Et de façon tout à fait contradictoire, j'éprouvai un soulagement indicible en le regardant disparaître dans l'escalier. Son silence m'oppressait, je pressentais que le chemin allait être long avant de pouvoir débloquer les choses entre nous. Armée d'un balai et de chiffons dénichés dans le garage, je passai l'heure suivante à dépoussiérer ma chambre. Il fallait être habile pour manœuvrer entre tous ces cartons ! Une fois que la pièce eut retrouvé un aspect à peu près convenable, je cédai à la fatigue et m'écroulai sur le Clic-Clac. L'après-midi touchait déjà à sa fin lorsque j'émergeai. La première chose que je vis en ouvrant les yeux fut l'orme, devant la fenêtre. Quand j'étais petite, j'étais terrorisée chaque fois que le vent faisait bouger ses branches, créant ainsi des ombres effrayantes sur les murs. À présent, les seules ombres dont j'avais peur étaient celles qui entouraient mon père.

En descendant au rez-de-chaussée, je trouvai ce dernier assis à la table de la cuisine, en train de touiller son café.

— Je n'ai pas osé te réveiller, marmonna-t-il, davantage pour sa tasse que pour moi.

— Tu as bien fait, répondis-je en attrapant un mug. Je n'ai pas beaucoup dormi, la nuit dernière.

J'espérais qu'il se montrerait curieux des raisons de mon insomnie, au lieu de quoi il laissa ma phrase sans réponse et commença à boire son café. Je me servis et désignai les journaux empilés au bout de la table, cette vieille table en Formica marron sur laquelle je faisais autrefois mes devoirs.

— Est-ce que tu veux que je les jette ?

Mon père secoua la tête. En dépit de sa sieste, il avait l'air épuisé.

— Non, déclina-t-il. C'est pour éplucher les légumes.

Je faillis éclater de rire. Il y avait là au moins une quarantaine de journaux, il ne risquait pas d'en manquer !

— Eh bien, ça en fait des patates, lâchai-je d'un ton égal.

Contre toute attente, ma réflexion le fit sourire. On était loin des sourires de nounours en peluche de mon enfance, mais je me félicitai intérieurement d'avoir réussi à susciter une mini-réaction.

— Qu'est-ce que tu veux, je suis comme ta grand-mère, j'entasse, tenta-t-il de se justifier.

— Il y a tant de choses que ça, chez elle, pour que vous soyez obligés de tout stocker dans ma chambre ?

— Des années de souvenirs. Elle nous demande de tout jeter, et à la dernière minute elle veut tout garder. On va devoir décider pour elle.

— Tu sais ce que va devenir la maison ?

— Je présume qu'on trouvera un acquéreur pour le fonds de commerce, dit-il sans joie particulière.

D'aspect extérieur, ce n'était qu'une banale maison de bourg sans recherche architecturale, mais il y avait sans doute moyen d'en faire quelque chose de sympa. Le rez-de-chaussée, entièrement occupé par l'ancien bar, représentait à lui seul une belle surface. À l'étage, le logement était purement fonctionnel, mais avec quelques coups de peinture et du goût pour la décoration, il pouvait devenir agréable à vivre. Bien du monde était passé par là, autrefois ! Durant plusieurs décennies, le Café des Sports, situé entre la place et l'église, avait constitué le centre névralgique du village. Cela faisait huit ans que Méline avait baissé le rideau et depuis, personne n'avait repris la suite. De toute façon, un café plus moderne s'était ouvert à deux pas de là, comme j'avais pu le constater un peu plus tôt, en passant devant.

Je me creusais déjà la cervelle pour trouver un autre sujet de conversation, mais mon père me devança.

— Comment est-ce que tu encaisses tout ça ?

Je relevai la tête, étonnée qu'il s'intéresse à ma vie. C'était une première depuis bien longtemps !

— Si par « tout ça », tu fais référence à mes déboires professionnels et à la disparition de Maman, c'est un peu compliqué. Mon avenir est une équation indéchiffrable.

Durant quelques secondes, il eut l'air de méditer mes paroles. Puis il s'éclaircit la voix.

— Et travailler dans une pâtisserie, ça ne te brancherait pas ? Ce n'est pas ce qui manque, à Paris.

— Je n'ai pas les bons diplômes.

— Tu peux encore y remédier.

Je me levai pour débarrasser nos tasses vides, ignorant délibérément sa suggestion. Je n'avais pas envie de m'effondrer comme une loque en lui expliquant que j'avais perdu la flamme.

— Il va falloir faire des courses, fis-je remarquer.

— Si tu veux y aller, c'est encore ouvert.

Parce que toi, tu ne peux pas te bouger ?

Bien qu'agacée, je ravalai ma réplique cinglante. Mon ressentiment était grand et ce n'était pas l'envie qui me manquait de donner un coup de pied dans la fourmilière, mais Méline m'avait recommandé d'être patiente. À présent, je comprenais mieux pourquoi.

— Ça va être l'heure de « Questions pour un champion », ajouta-t-il en remettant sa chaise en place.

Évidemment, je ne pouvais pas rivaliser avec Julien Lepers.

— OK, capitulai-je, j'y vais. J'essaie de faire vite.

Je pris ma voiture et remontai lentement la route qui débouchait au centre de Cressigny. Les façades des habitations étaient presque toutes recouvertes de fleurs, ce qui donnait un aspect joyeux au bourg. L'ancien maire avait eu l'idée de planter des rosiers et autres vivaces dans tout le village afin de le rendre plus attrayant. Il ne s'était pas trompé ; chaque été, de nouveaux touristes affluaient et les demandes d'hébergements étaient en hausse. C'était de bon augure pour les futures chambres d'hôtes de Méline !

Arrivée dans la Grand-Rue, minuscule contrairement à ce qu'indiquait son nom, je vis que rien n'avait changé. Et en même temps, tout paraissait différent. C'est là que mon père avait eu autrefois son cabinet vétérinaire, parmi les autres commerces. Les vitrines au charme suranné étaient comme figées dans le temps, peu de boutiques avaient survécu. Une médiathèque se trouvait à proximité de la maison de la presse. Le bureau de poste, un bar et un petit hôtel complétaient l'ensemble des enseignes qui bordaient la place principale, entourée de tilleuls. Plus loin, près de l'église, un salon de coiffure figé dans les années cinquante, mais encore en activité. Et l'ancien café de mes grands-parents, vide et triste, avec ses grandes vitres bouchées par des stores en plastique. Je poussai un soupir en songeant aux nombreux souvenirs que j'avais là. Mince, je n'allais quand même pas me la jouer nostalgique alors que, pendant des années, j'avais tout fait pour éviter de revenir !

Au carrefour, je tournai à droite, à l'angle du nouveau café, puis je longeai un musée et l'école, avant de traverser une zone pavillonnaire. Enfin, le supermarché apparut, à la sortie du village. Je décidai de faire un énorme ravitaillement, histoire de remplir les placards.

Quand mon tour arriva, au rayon boucherie, l'employée s'exclama :

— Oh, bah ça ! C'est la petite Lagarde !

Je répondis par un sourire gêné. De mémoire, elle travaillait déjà ici lorsque j'étais enfant – quel âge pouvait-elle avoir, bon sang ? – et son badge m'indiqua qu'elle se prénommait Bernadette. J'échangeai quelques mots avec elle pour la forme. Un homme âgé qui attendait son tour braqua son regard sur moi. Il devait avoir quatre-vingt-dix ans bien sonnés et me toisait d'un air pincé. À tous les coups, ce bonhomme était un des piliers de la vie sociale de Cressigny et d'ici le lendemain matin, la nouvelle de mon arrivée aurait fait le tour du village. L'employée me tendit les saucisses emballées et je la remerciai. C'est alors que j'entendis le vieil homme marmonner :

— Ça sent encore les problèmes à plein nez, ça.

— Je vous demande pardon ?

Bernadette me fit signe de ne pas faire attention. J'en conclus que le vieux devait débloquer un peu. Sans toutefois parvenir à me défaire d'un vague sentiment de malaise, je m'éloignai vers le rayon des friandises. Des oursons en guimauve, voilà exactement ce qu'il me fallait pour survivre en milieu hostile ! Quelques minutes plus tard, j'en étais à choisir une salade lorsque je tressaillis, me sentant à nouveau observée.

Pourvu que ce ne soit pas encore le vieux cinglé...

En tournant la tête, je tombai nez à nez avec un homme d'environ mon âge, qui me détaillait avec une insistance embarrassante.

— Julia ! claironna-t-il, apparemment ravi. C'est bien toi !

Merde, une fois de plus, je ne voyais pas du tout à qui j'avais affaire. L'inconnu avait une bouteille de vin calée sous le bras, mais ça ne m'aidait pas. Je soutins son regard, tentant d'y déceler le moindre indice qui me ferait tilter. Un visage ouvert et plutôt sympathique... Est-ce que je le connaissais vraiment ou m'avait-il vue à la télé ? À Paris, c'était le genre de trucs un peu bizarres qui se produisaient parfois. Un soir où j'étais sortie au cinéma avec Aurélie, une femme s'était plantée dans la rangée du bas pour me prendre en photo sans me demander mon avis. Son culot m'avait tellement sidérée que je n'avais pas eu le réflexe de protester. Mais ici, c'était la cambrousse, cela ne risquait pas de se produire. En théorie, du moins.

L'homme dut se rendre compte de mon incertitude, car il esquissa un pas vers moi.

— Loïc Hénault, se présenta-t-il. Tu ne te souviens pas de moi ? Ça fait longtemps, remarque !

— Loïc, mais oui !

Nous étions ensemble à l'école primaire, et faisions souvent des sorties à vélo le mercredi après-midi avec d'autres copains. Je m'excusai de ne pas l'avoir reconnu plus tôt.

— Tu as changé !

J'avais bien conscience du ridicule de cette réplique. Encore heureux qu'il n'ait plus la tête du petit garçon que j'avais connu à l'époque ! Dans ma mémoire, Loïc était un enfant comme on en croisait dans toutes les cours de récréation, un gamin qui jouait à la balle au prisonnier et arborait fièrement le maillot de foot de l'équipe locale, dans laquelle il jouait. Aujourd'hui, son air assuré, ses vêtements très ajustés et son regard foncé contribuaient à faire de lui un homme séduisant. Un homme qui avait conscience de son charme et n'hésitait certainement pas à en jouer. Peut-être était-il commercial ou quelque chose dans le genre. À vrai dire, je m'en fichais un peu.

Le sourire enjôleur, il répliqua :

— Je pensais que tu aurais vu ma photo de profil sur Facebook. Tu m'as accepté sur ton compte, l'année dernière.

— Je ne vais plus sur les réseaux sociaux, lui dis-je, sans m'étaler davantage.

Ce n'était pas un mensonge. Je m'en étais pris tellement plein la tronche avec cette histoire que je n'avais plus envie de lire tous les commentaires insultants qui pleuvaient à mon sujet.

Bien sûr, Loïc voulut savoir ce que je faisais dans les parages.

— Tu rentres au bercail ?

— Euh non, je ne fais que passer, répondis-je de manière évasive.

Il eut l'air déçu.

— Je m'attendais à ce que tu cherches une résidence secondaire ou quelque chose de ce style, s'expliqua-t-il. C'est très à la mode, en ce moment.

Quelle idée !

— Oh non. Ma famille m'héberge quand je descends, alors autant en profiter. On se voit si peu !

À ce rythme-là, j'allais bientôt lui jouer la mélodie du bonheur.

— Bon, eh bien, si tu as besoin, n'hésite pas. Je suis dans l'immobilier.

Par politesse je pris la carte de visite qu'il me tendait. Après tout, si ma grand-mère n'avait pas encore choisi à quelle agence confier sa maison, l'expérience de Loïc pourrait s'avérer intéressante. Ce dernier en profita pour revenir à la charge.

— En tout cas, félicitations, tu es devenue célèbre ! Ça doit leur faire drôle, à tes parents.

Je me mordis la lèvre inférieure pour m'empêcher de lui dire que ma mère n'était plus de ce monde. De plus, je n'aimais du tout cette façon qu'il avait de me fixer avec l'insistance propre aux dragueurs de bas étage.

— Détrompe-toi, je n'ai aucun traitement de faveur ! La preuve, c'est moi qui suis obligée de me taper les courses, ajoutai-je en désignant mon Caddie. D'ailleurs, je vais devoir te laisser, j'ai aussi le dîner à préparer.

Loïc ne paraissait pas pressé de partir, mais il fut bien obligé de s'incliner.

— Bon, peut-être que nous nous recroiserons…

Il laissa planer sa phrase, attendant probablement que je lui donne mon numéro de téléphone ou que je lui propose d'aller boire un verre un de ces quatre. Or je n'étais pas d'humeur à flirter.

— Peut-être, qui sait ? me contentai-je de répondre, avant de filer en direction des caisses.

Lorsque je rentrai, mon père était toujours assis devant la télé.

Un jour, on va le retrouver momifié dans ce fauteuil !

Gardant mes réflexions pour moi, je me dirigeai vers la cuisine.

— J'ai pris un rôti de veau pour ce soir, l'informai-je en posant mes sacs sur la table. Ça te convient ?

— Oui, merci. C'est gentil, Julia.

Je souris, contente que mon attention lui fasse plaisir. Le rôti de veau aux pommes de terre et aux tomates était son plat favori. J'avais aussi raflé les deux dernières parts de flan du rayon pâtisserie, ça me paraissait de circonstance pour le remercier de m'héberger. C'était de l'industriel, mais ça ferait l'affaire. J'avais dans l'idée de passer une bonne soirée en famille, tout simplement. Une fois mes achats rangés, je mis la viande au four et l'arrosai. Il y en avait pour une bonne heure de cuisson, aussi montai-je prendre une douche. Tout en me savonnant, je me repassai dans ma tête le fil de cette longue journée. Les confidences de

Méline m'avaient fichu un coup au moral, je m'en voulais de n'avoir pas pris plus régulièrement des nouvelles de ma famille. Quelle réaction aurait ma grand-mère, demain, en me voyant ? Suzette n'avait jamais manqué de tempérament et si l'envie lui prenait de m'engueuler, elle ne s'en priverait pas.

— Ça sent bon ! déclara mon père avec gourmandise, lorsque je redescendis.

Peut-être que, ce soir, nous pourrons enfin nous parler à cœur ouvert, songeai-je. *Tu regardes trop de films niais, ma fille. Il a envie de tout, sauf de parler.*

Nous passâmes à table sans plus attendre. Durant une bonne partie du repas, aucun de nous ne prononça le moindre mot. Ce n'était peut-être pas plus mal, que nous gardions le silence. Ne pas se dire les choses donnait l'illusion qu'elles n'étaient pas. C'était moins douloureux. De temps en temps, je relevai la tête et jetai un coup d'œil à travers la fenêtre de la cuisine pour observer le soleil qui se couchait lentement dans le champ piqué de rouge par les coquelicots. Le ciel était coloré d'une infinie gamme de pourpre. Le printemps n'était pas tout à fait terminé, mais l'été jetait déjà ses premiers feux sur la Touraine. C'était un spectacle simple, mais beau.

— La nature a de sacrés talents artistiques, remarquai-je à voix haute.

— C'est vrai que c'est beau, me dit mon père en sauçant son assiette. Et ton rôti était délicieux.

Prise d'une subite inspiration, je lui proposai de manger dehors demain.

— Le temps est magnifique, on pourrait s'installer à la table du jardin.

— Pourquoi pas…

Je débarrassai nos couverts, puis disposai les parts de flan sur des assiettes à dessert.

— J’ai croisé Loïc Hénault, au supermarché, lançai-je, davantage pour entretenir la conversation que par véritable intérêt. Je ne l’avais pas reconnu, dis donc.

L’expression de mon père devint soudain méfiante.

— Il n’est pas très net, ce gars.

— Qu’est-ce qui te fait dire ça ? Il présente plutôt bien.

Je gardai pour moi la gêne que Loïc m’avait inspirée. Je l’avais trouvé bavard et indélicat, mais ce n’était pas suffisant pour me faire une quelconque opinion à son sujet. Mon père reposa sa serviette tout en secouant la tête. Son flan était déjà englouti.

— Il n’a jamais rien fait de ses dix doigts.

— Ah oui ? Il m’a dit qu’il était dans l’immobilier.

— Alors, c’est récent… Il sent les embrouilles à plein nez, évite-le. En plus, il a mis la petite Blanchard enceinte et l’a laissée tomber.

— La petite Blanchard, c’est Maud ?

— Qui veux-tu que ce soit d’autre ? Elle est fille unique.

— On était dans la même classe, elle n’est plus si petite que ça ! m’esclaffai-je.

— Toujours est-il qu’il n’est pas correct, ce type. Sa famille a toujours trempé dans des histoires louches.

J’avalai ma dernière bouchée de dessert en lui promettant de faire attention. Ma réponse sembla le satisfaire. Tout de même, je le trouvais plutôt bien informé, pour quelqu’un qui ne sortait jamais ! Mon père se leva et ouvrit la porte arrière de la cuisine. Il cala son mètre quatre-vingt-cinq dans l’encadrement, puis alluma une cigarette.

— Tu t’es remis à fumer ?

Ma voix était montée dans les aigus malgré moi. Le tabagisme assez important de ma mère avait été un facteur aggravant de son cancer. À mes yeux, le tabac constituait une vraie saloperie.

— J'ai déjà arrêté de boire, je peux bien fumer un peu, se justifia-t-il de mauvaise grâce.

Soit. Je n'allais pas non plus me transformer en cerbère.

— Je suis surprise, c'est tout.

Il fit quelques pas sur le seuil sans un mot de plus. La tension devenant palpable, je ressentis le besoin de m'activer et entrepris de débarrasser les assiettes.

— Méline m'emmène voir Suzette, demain. Est-ce que tu veux te joindre à nous ?

Mon père hésita, haussa une épaule.

— Non, je vais rester ici. Je lui rends visite une fois par semaine.

— Toi ?

Décidément, il n'avait de cesse de me surprendre ! Il acquiesça d'un mouvement de la tête et tira sur sa cigarette.

— À quoi est-ce que tu vas occuper ta journée, alors ? Tu ne t'ennuies pas, tout seul, devant ta télé ?

Il dut se sentir agressé, car il écrasa vivement son mégot dans une vieille boîte de conserve et me toisa d'un regard accusateur.

— C'est quoi, cet interrogatoire ?

Il était rentré dans la cuisine et me fixait, dans l'expectative. Son tee-shirt remontait, laissant apparaître la peau de son ventre par-dessus son jogging. Ce laisser-aller me mettait hors de moi et je ne parvins pas à museler ma colère plus longtemps.

— Quel interrogatoire ? m'emportai-je en luttant contre l'envie de le secouer, au sens propre du terme. Je me fais du souci pour toi, tu peux le comprendre, ça ? Regarde-toi, tu n'as plus aucun contact avec l'extérieur, tu ne fais même plus ton ménage ni tes courses !

Le visage de mon père vira au rouge et il traversa la pièce pour se poster près de moi. Les reflets ambrés de ses yeux me lançaient des éclairs.

— Tu commences à me casser les roustons ! explosa-t-il. Si tu es venue pour me faire la morale, crois-moi, ça ne servira à rien ! Tout ce que je veux, c'est qu'on me foute la paix.

Il quitta la cuisine au pas de charge, et le carreau de la porte trembla lorsqu'il la fit claquer. Au lieu de le rejoindre pour tenter d'apaiser les choses, je sortis dans le jardin. J'avais besoin de mettre un peu d'ordre dans mes idées confuses ; j'étais à deux doigts de reprendre mes affaires et de retourner à Paris. Maman m'avait mise dans une situation impossible, avec cette lettre ! Comment voulait-elle que je me réconcilie avec mon père, s'il refusait de voir la réalité des choses ? J'y avais presque cru, pourtant. J'étais prête à prendre sur moi, à m'armer de patience. En dépit de tous mes efforts pour passer un bon moment ensemble, il avait réussi à gâcher la soirée. Son attitude me blessait au plus haut point, d'autant plus que ma présence semblait le laisser perplexe.

Essuyant une larme qui s'était mise à rouler sur ma joue, j'inspirai plusieurs fois profondément, jusqu'à ce que je me sente calmée, puis rentrai me coucher.

4

Le lendemain, j'arrivai chez Méline, soulagée à l'idée de voir un visage amical. Une nuit chez mon père, c'était une sacrée victoire !

Naturellement, je n'avais pas beaucoup fermé l'œil, ressassant trop notre querelle pour ça. J'avais décidé de ne pas manquer à la promesse faite à ma tante, celle d'aller voir ma grand-mère, mais je n'étais pas certaine de rester davantage. De nombreux obstacles se dressaient entre mon père et moi, j'en étais autant attristée qu'irritée. Lorsque je m'étais levée, il avait déjà pris son petit déjeuner et n'avait pas jugé bon m'adresser la parole. À midi, résignée, j'étais finalement allée manger un sandwich toute seule, au bord de l'eau, à écouter les bruits familiers de la campagne : le vent qui jouait dans les feuilles, l'aboiement d'un chien, au loin, le craquement d'un peuplier. Je m'accommodais très bien du calme, alors si mon père pensait me punir par son silence, grand bien lui fasse !

— Ah ! Te voilà, Julia !

Méline m'attendait sur le pas de la porte. Un sourire radieux plissait ses joues.

— Tu veux boire un café avant qu'on se mette en route ? me proposa-t-elle.

J'acquiesçai de bon cœur et la suivis dans la cuisine, où mon oncle était en train d'essuyer la vaisselle. Habitué à mettre chacun à son aise, il me salua lui aussi avec chaleur.

— C'est chouette que tu sois là, déclara-t-il. Ça va faire du bien à ton père, de t'avoir auprès de lui.

Je lâchai un rire aigre.

— Je n'ai pourtant pas le sentiment d'être une consolation pour lui.

— C'est si terrible que ça, alors ? s'enquit ma tante.

Je lui racontai la scène de la veille.

Paul leva les yeux au ciel.

— Eh bien ! Tu as du mérite ! Il pourrait quand même faire preuve d'un minimum de savoir-vivre.

— S'il ne s'agissait pas de la dernière volonté de Maman, je me serais déjà barrée.

Méline s'assit près de moi.

— Il y a de quoi être agacée, c'est sûr, mais aussi fou que ça puisse paraître, je t'assure que ton père est un homme bien. Il faut juste gratter un peu pour que ça se voie.

— Dans ce cas, j'espère que tu as des Spontex de compétition ! J'en ai marre de devoir prendre des pincettes, j'ai l'impression d'avancer en terrain miné chaque fois que je lui parle.

Paul me pressa gentiment l'épaule et nous servit le café. Mon oncle n'était pas du style à se répandre en bavardages, mais c'était quelqu'un sur qui on pouvait compter. Avec Méline, ils formaient un couple modèle et complice. Leur bonheur était durable et serein. Les savoir près de mon père me rassurait. Peut-être m'étais-je trop reposée sur cette proximité, d'ailleurs.

— Tu viens voir Suzette avec nous ? lui demandai-je.

— Non, on commence les travaux dans le jardin, cet après-midi.

Il m'expliqua qu'ils avaient l'intention d'installer un salon d'extérieur sous une pergola.

— Ça fera un plus pour nos futurs pensionnaires.

Je ne pouvais qu'approuver ce projet.

— Tu ne fais pas ça tout seul, quand même ?

Méline lui jeta un coup d'œil furtif et je crus déceler en elle une pointe d'embarras.

— Nous avons fait appel à un professionnel, répondit-elle à sa place.

Alexandre parut à cet instant. Il s'arrêta sur le seuil de la cuisine et un soudain silence s'abattit sur la pièce. Je constatai qu'à trente-cinq ans, mon cousin n'avait presque pas changé : il était grand et mince, sa silhouette conservait quelque chose de juvénile, et il avait de beaux yeux marron pailletés d'or. Quand nous étions petits, ma grand-mère le qualifiait de « gentil garçon ». Et c'était vrai, je l'avais toujours connu attentionné et prévenant. Toutefois, les problèmes d'argent avaient marqué son visage, c'était indéniable. Un pli soucieux barrait son front et il n'avait pas franchement une expression épanouie.

— Salut, me dit-il après m'avoir lui aussi dévisagée.

Je me levai pour lui faire la bise.

— Je suis contente de te revoir, après tout ce temps !

— Ouais… Bah personne ne t'a empêchée de revenir plus tôt, répliqua-t-il d'un petit ton acide.

Sa réflexion me désarçonna. C'était comme s'il venait de me mettre une claque en pleine figure.

— Alex ! protesta mon oncle.

Je faillis lui dire que ce n'était rien. Au fond, Alexandre avait raison, quatre ans sans venir voir ma famille, c'était trop, et j'en étais la seule responsable. Je ravalai cependant mes excuses ; l'instant n'était pas très bien choisi pour mettre le sujet sur le tapis.

Mon cousin prit la tasse que Méline lui tendait et s'installa à l'autre bout de la table.

— Léo termine son devoir de maths et elle nous rejoint, nous informa-t-il en s'asseyant.

Nous bûmes en parlant de la pluie et du beau temps. Notre conversation n'avait rien de naturel, la gêne était totale. Méline elle-même n'avait pas trop l'air de savoir comment se comporter, consciente des regards en coin que me coulait Alex. Durant un quart d'heure, j'essayai de me faire aussi discrète que possible, n'ouvrant la bouche que par politesse, si on me posait une question. Puis, à mon grand soulagement, Léonore descendit enfin.

— Voilà, j'ai fini ! lança-t-elle. Elle abuse trop sur les devoirs, la prof !

Sa spontanéité eut au moins le mérite de détendre l'atmosphère.

— Qu'est-ce que ça va être quand tu seras au lycée ! plaisanta Alex.

— Je n'ai jamais dit que j'avais l'intention de prendre la filière scientifique, P'pa, rétorqua-t-elle sur le même ton, avant de m'embrasser.

— Allez, on y va ! lança ma tante en tapant dans ses mains.

Dans la voiture, je pris place à l'arrière, à côté de Léo. Ma petite-cousine, qui entrait tout juste dans l'adolescence, était une fille pétillante : des yeux comme des planètes, une salopette en jean portée sur un tee-shirt noir, d'épais cheveux châtains ramenés en queue-de-cheval. Son allure intrépide me la rendit immédiatement sympathique. Méline n'avait pas menti, on retrouvait un peu en elle la gamine que j'avais été. Sans se préoccuper de la tension qui régnait entre son père et moi, Léo me bombarda de questions sur les coulisses de l'émission.

— Tu as rencontré des gens connus ? Et Déborah, celle qui ne connaissait pas la crème au beurre, elle est vraiment bête ou c'était exagéré ?

Je tâchai de lui répondre avec la plus grande franchise, insistant sur le fait que le petit écran ne dévoilait qu'une infime partie de la réalité.

— Mmm… En gros, c'est beaucoup de poudre aux yeux, analysa-t-elle avec justesse. Moi qui trouvais ça cool, d'avoir une cousine célèbre !

L'expression de son visage, à la fois curieuse et solennelle, me fit sourire. Forçant le ton pour paraître détachée, je lui confiai que la célébrité n'était qu'un mirage.

— Crois-moi, rien ne vaut la vraie vie !

Au volant, Alexandre me jeta un coup d'œil à travers le rétroviseur. Pourquoi se montrait-il si froid envers moi ? J'admettais qu'il m'en veuille de ne pas avoir donné signe de vie pendant si longtemps, mais je ne comprenais pas pourquoi nos retrouvailles devaient être placées sous le signe de la discorde. La voiture ralentit et j'émergeai de mes réflexions. Méline se pencha vers moi tandis qu'Alexandre se garait sur le parking.

— Au fait, Julia, il se peut que tu sois surprise en voyant ta grand-mère. Elle ne se déplace plus qu'avec un déambulateur, et encore, pas plus de quelques mètres.

Pauvre Suzette ! Elle que j'avais connue si énergique !

— Qu'est-ce qu'elle a ? Est-ce que c'est lié à son AVC ?

— Elle a qu'elle est vieille, répliqua Alexandre, avec impatience. Tu le saurais si tu…

— Si je venais plus souvent, l'interrompis-je, agacée. Je sais. Est-ce que tu comptes m'adresser la parole juste pour me rappeler mes torts ?

Méline se planta entre nous deux et nous dévisagea l'un après l'autre, de la même façon qu'elle l'aurait fait avec des enfants en maternelle.

— Sinon, vous pouvez aussi prendre le parti de passer un agréable moment avec votre grand-mère ; vous en êtes capables, non ?

Alex poussa un profond soupir et marmonna une réponse qui pouvait s'apparenter à un oui. Pour ma part, j'acquiesçai d'un mouvement de la tête, encore sidérée par la colère qui rongeait mon cousin. En sortant de la voiture, je réalisai qu'il faisait une chaleur de plomb, pour un mois de juin. Le soleil tapait comme en plein midi, et il y avait dans l'air un parfum de paille. Tout concourait à donner une impression estivale. Je les suivis sur l'allée gravillonnée. La résidence Les Orchidées était une construction moderne peinte en blanc, située à l'extérieur d'un village de l'Indre, département frontalier. Nous avions parcouru une quarantaine de kilomètres pour venir là.

— J'aurais peut-être pu apporter une boîte de chocolats, dis-je en arrivant devant la porte de l'établissement.

— J'ai pris des tulipes, me répondit Méline en agitant le bouquet qu'elle tenait entre ses mains. Elle les aime bien.

Alexandre ouvrit la porte, puis se tourna vers nous.

— Je voudrais d'abord la voir seul, déclara-t-il en me toisant, comme pour me mettre au défi de protester.

— Comme tu veux.

Méline lui tendit les tulipes.

— Donne-les-lui, elle sera contente. Maman se fatigue vite, me précisa-t-elle, mieux vaut éviter d'y aller tous ensemble.

— Je ne peux pas venir avec toi, P'pa ? s'enquit Léonore, en tentant de l'amadouer avec des yeux de cocker battu.

— Je n'en ai pas pour longtemps, mon chat, lui promit-il, avant de s'éloigner en direction des chambres.

Je le suivis des yeux jusqu'à ce qu'il disparaisse, puis reportai mon attention sur ma tante.

— Qu'est-ce qu'on fait, en attendant ?

— Il y a une machine qui délivre du café tout à fait infect. Je t'en offre un ?

Nous récupérâmes nos boissons et Méline nous entraîna ensuite vers le parc ombragé qui entourait la résidence. De rares pensionnaires tentaient quelques pas, tandis que d'autres somnolaient dans leur fauteuil roulant. L'endroit était tranquille. Léonore s'assit sur un banc et se plongea dans le livre qu'elle avait apporté avec elle. *La Bibliothécaire*, de Gudule. Cela me fit sourire. À l'époque où je faisais du baby-sitting pour gagner un peu d'argent de poche, il n'était pas rare que des collégiens lisent ce même bouquin. Il semblait traverser les générations !

Profitant du calme ambiant, je revins sur la mauvaise humeur de mon cousin.

— Alex est braqué contre moi, déplorai-je en regardant Méline.

Celle-ci se laissa tomber sur le banc, à côté de Léo. Ses doigts entouraient son gobelet comme s'il s'agissait d'un oiseau fragile.

— Je ne sais pas quoi te dire, ma chérie. Son attitude me déconcerte.

Pourtant, il en fallait beaucoup pour ébranler ma tante.

— De toute façon, il fait tout le temps la gueule, depuis qu'on a quitté Tours.

L'intervention soudaine de Léonore nous prit de court.

— Je te croyais plongée dans ton livre, toi ! s'esclaffa Méline en lui ébouriffant les cheveux.

— Ça ne veut pas dire que je suis sourde.

Elle ramena ses pieds sur le banc et posa son menton en appui sur ses genoux, avant de continuer :

— Papa en veut à la terre entière en ce moment. L'autre soir, ça a clashé sévère, avec Maman. Ce n'est pas dirigé contre toi, Julia.

Cette môme avait une sacrée maturité. Bien sûr, avec les soucis rencontrés par ses parents, c'était logique. Certaines choses poussaient à grandir trop rapidement. Je savais ce que c'était, l'enfance qui s'envole pour ne plus revenir.

— Léo a raison, approuva Méline. Alex se tracasse de tout et je présume que ton retour remue pas mal de choses en lui.

Je penchai la tête, pensive. Que voulait-elle dire, au juste ? Insinuait-elle que ma présence rappelait à Alexandre l'insouciance perdue de notre enfance ? Je n'eus néanmoins pas le temps d'en débattre avec elle, car elle enchaîna :

— Avant que nous n'allions voir Suzette, il y a une chose que j'aimerais que tu saches.

Je fronçai les sourcils, m'attendant au pire.

— Rien de grave, au moins ?

Léo étant toujours près de nous, cela n'avait probablement aucun rapport avec Alex et Tania.

— C'est sûrement sans importance, mais je préfère que tu l'apprennes par moi. Comme tu le sais, nous avons entrepris des travaux d'aménagement dans le jardin. Et nous avons fait appel à un architecte paysagiste, afin de nous conseiller.

Jusque-là, il n'y avait rien d'anormal.

— Oui, autant que vous fassiez bien les choses.
Méline eut un sourire gêné.

— Oh, ce sera le cas… Car ce professionnel, c'est Ben.

Dans mon ventre, une détonation.

Ben ? Merde. Merde de chez merde.

Je restai soufflée, incapable de réagir.

— Il a décidé de revenir vivre dans le coin, poursuivit ma tante. Vu son expérience, ça nous a paru naturel de lui confier ce chantier. Ça ne te pose pas de problème, au moins ? s'enquit-elle en percevant mon émotion.

— Non, aucun, répondis-je, la gorge sèche. Ça fait quatorze ans, j'ai tourné la page.

J'accompagnai ma phrase d'un sourire mal assuré. À vrai dire, j'avais du mal à réaliser qu'autant de temps s'était écoulé depuis notre rupture.

Ça ne peut pas continuer entre nous, Julia. Je suis désolé. Ben. Benjamin, le complice de mon enfance, celui qui partageait toutes nos espiègleries, avec mon cousin. Qui nous aidait à bâtir des cabanes, à cueillir des mûres sans nous écorcher, qui prenait toujours la tête de nos excursions à vélo. Ben, mon alter ego, ces promesses que rien n'aurait dû briser. Et puis, le divorce de mes parents. Le départ à Paris. Quand je revenais à Cressigny pour les vacances, lui partait dans le Sud, chez ses grands-parents maternels. Le destin nous avait finalement réunis, par un coup dont lui seul a le secret. C'était à Paris, en 1998. Nous avions dix-neuf ans. J'étais en fac de droit et Ben s'était embarqué dans cinq ans d'études pour devenir architecte paysagiste. *A priori*, nos chemins n'auraient pas dû se recroiser. Et pourtant, tout s'était joué par un simple concours de circonstances.

Un bar, près de la Bastille, un soir d'Halloween. Un ami d'ami avait organisé une fête, il était pote avec le patron. Ce soir-là, j'avais accompagné Aurélie au lieu de réviser. Elle avait peur de tomber sur son ex et j'avais cédé. Je n'avais même pas de costume, juste une cape, histoire de me donner des allures de vampire. Je l'ai repéré tout d'un coup, assis au comptoir. Il se tenait de profil et discutait avec un garçon. Cheveux clairs, mâchoire carrée. Cette silhouette ne m'était pas inconnue. Je me suis avancée et il a pivoté en se sentant fixé. Je n'oublierai jamais notre stupéfaction quand nos regards se sont rencontrés. Le sien, d'un bleu profond, n'avait pas bougé. Il avait même encore cette petite cicatrice en bas de l'œil droit, due à une mauvaise rencontre avec un coin de table quand il était petit.

Passé l'effet de surprise, nous avons discuté des heures en buvant des black velvet, un mélange de bière et de champagne. Lui était venu par défaut, parce que son rencard avait annulé au dernier moment. Un copain l'avait entraîné jusqu'ici. C'était comme si nous étions seuls au monde, dans ce café rempli de la clameur des fêtards, qui reprenaient en chœur *I Will Survive*, célébrant encore la victoire des Bleus trois mois après la Coupe du monde. Après cela, nous ne nous sommes plus quittés. Entre nous, c'était à la fois évident et irrationnel. Notre complicité était intacte, et quand nous racontions aux autres que nous nous connaissions depuis toujours, c'était avec une forme d'incrédulité dans la voix. Nos retrouvailles avaient fait basculer notre ancienne amitié en amour. Un amour avec une bande-son unique, qui ne correspondait qu'à nous et nos souvenirs. Lorsque je fredonnais *Quand la ville dort*, de Niagara, lui enchaînait avec Indochine ou Balavoine. Il m'avait déniché sur une brocante ce vieil album de Vanessa Paradis que j'écoutais en boucle quand j'étais gamine, celui dans lequel il y avait la chanson *Marilyn & John*, et il se bouchait les oreilles en riant dès que j'essayais de monter dans les aigus pour suivre le refrain. Nous mangions des choses très sucrées après l'amour, nous avions des fous rires aux plus mauvais moments, et des tas de projets plus ou moins sérieux : tester tous les restaurants asiatiques de la capitale, faire un marathon de films des années 1980 en nous goinfrant de pop-corn, et partir un an au Canada une fois nos études terminées. Ce genre de trucs que font tous les amoureux, des bonheurs fugaces qui avaient pour nous un goût d'éternité. C'était un avenir radieux qui se dessinait.

Et puis, il y a eu la soirée de mes vingt ans. Ben est venu à Cressigny avec moi. Il est reparti sans moi. Ce soir-là, il avait bu un peu plus que d'habitude, alors il a voulu téléphoner à son père pour qu'il vienne le récupérer. C'était plus prudent. Toutefois, mon père s'est énervé et l'a pris à partie.

— Je te jure que si ton paternel fout les pieds ici, je l'accueille à la carabine !

Papa était complètement bourré, il ne savait pas ce qu'il disait. Mais Ben était choqué et c'est Méline qui l'a raccompagné. Le lendemain, face à l'ancienne gare, il m'annonçait que tout était terminé entre nous. C'était le 6 juin 1999. Nous ne nous sommes plus jamais revus, après ça. J'ai jeté les cassettes sur lesquelles j'avais enregistré la musique de notre amour, et je me suis consolée en testant neuf recettes différentes de cookies. J'en voulais cruellement à mon père, mais aussi à Ben. Je le trouvais lâche de n'avoir pas voulu comprendre ses problèmes d'alcool et de me briser le cœur juste pour une altercation.

Je retins un soupir en m'efforçant de chasser cet épisode de ma tête. Et dire que j'avais mis une application toute particulière à ne plus penser à cette période ! En réalité, je m'en souvenais avec autant de clarté que si ça s'était passé une semaine plus tôt.

5

Mon cœur se serra lorsque nous pénétrâmes dans la chambre de Suzette. Méline avait beau m'avoir prévenue, trouver ma grand-mère aussi diminuée me fit un choc. Assise dans son fauteuil, une couverture sur les genoux malgré la chaleur, elle paraissait toute frêle. Son visage, quant à lui, était devenu un réseau de rides, une carte qui retraçait le parcours de sa vie. Suzette avait quatre-vingt-douze ans, c'était beau d'atteindre cet âge. En dépit de sa fragilité, ses grands yeux marron conservaient un reste d'éclat et je me rendis compte qu'elle ne se laissait pas aller, bien au contraire. En témoignaient le joli chemisier à imprimés Liberty qu'elle avait revêtu et la fine couche de rose étalée sur ses lèvres.

— Bonjour, Mamie, lui dis-je depuis le pas de la porte, en essayant d'avoir l'air courageuse.

— Julia ! s'exclama-t-elle. Viens m'embrasser, ma poupée. Ça fait si longtemps !

Elle m'ouvrit grand les bras et l'odeur poudrée de sa crème m'imprégna tout entière.

— Je suis désolée de ne pas être venue plus tôt, m'excusai-je en repensant aux propos culpabilisants d'Alex.

Elle balaya mes excuses par un rire insouciant.

— Tu n'es pas venue, et alors, ça fait quoi ? Je me demande bien où tu aurais trouvé le temps. Ce qui compte, c'est que tu sois là, maintenant.

Suzette me fit signe de m'asseoir et reprit, tout en me détaillant de haut en bas :

— Mais dis-moi, est-ce que tu te nourris correctement à Paris ? Tu n'as plus que la peau sur les os.

— C'est vrai que tu as perdu du poids, renchérit Méline.

Douze kilos, très exactement.

Les semaines suivant la disparition de ma mère m'avaient vue ensevelie sous la douleur et le deuil. La nourriture était bien le cadet de mes soucis, je devais me faire violence pour avaler le moindre bol de soupe. Je pouvais comprendre le choc de ma grand-mère, cela dit. Avant, j'arborais quelques rondeurs, sans chercher à forcer la nature pour obtenir une silhouette de sylphide. Il faut dire que j'ai toujours préféré les choux à la crème aux choux de Bruxelles.

— Le rythme des tournages était intense, tentai-je d'expliquer.

Peu dupe, ma grand-mère plissa les yeux.

— La vie t'a fait un sacré coup de vache, quand même. Oh ! si tu savais comme ça m'a chagrinée, quand j'ai su pour ta maman !

Suzette n'étant pas du style à s'apitoyer par principe, je sus que sa peine était sincère. Des larmes troublaient son regard et le voile de tristesse qui lui nouait la gorge ne pouvait pas être feint. Évoquer le décès de ma mère la remuait.

— Frédérique et moi avons eu quelques mots, autrefois, poursuivit-elle, mais je l'aimais bien.

Je secouai lentement la tête, me souvenant d'une scène que j'avais surprise malgré moi, à onze ans. Le divorce venait d'être prononcé et les valises étaient prêtes. Nous devions partir pour Paris le lendemain. Suzette avait débarqué le soir même et, de ma chambre, je l'avais entendue argumenter, hausser le ton pour convaincre Maman de rester dans la région.

— Cette petite n'a toujours connu que le calme de nos vallées et toi, tu veux la déraciner ? Elle va mal le vivre, crois-moi ! Tu commets une erreur, Frédérique !

Ma mère n'avait rien voulu entendre. Pour moi, partir à Paris, c'était un peu la grande aventure, je ne réalisais évidemment pas tout ce que ça impliquait. Et Suzette ne s'était pas trompée ; en un clin d'œil, j'étais passée de mes champs verdoyants à un ciel gris pollution. Il m'a fallu quelques mois pour m'y faire et, durant les premières semaines, j'en ai beaucoup voulu à ma mère.

Partie dans l'évocation de ses souvenirs, ma grand-mère continua :

— Ta mère m'a toujours un peu rappelé cette actrice américaine, Jean Seberg, avec son adorable petit minois et ses cheveux courts. En brune, bien sûr.

J'échangeai un sourire avec Méline, soulagée que Suzette me parle comme si on s'était quittées la veille.

— Mais je manque à tous mes devoirs, reprit-elle. Vous devez avoir soif !

— On va se servir, la rassura Méline. Tu prends quelque chose, Julia ?

— Ce n'est pas de refus. Le café n'était vraiment pas terrible.

Les traits de Suzette s'animèrent avec malice.

— Si tu veux trinquer, je planque du porto dans mon placard. J'aime bien en boire un doigt, à l'occasion, ça me conserve.

J'arrondis les yeux, ne sachant pas si je devais rire ou la sermonner.

— Ne me regarde pas comme ça ! s'exclama-t-elle, comme si elle lisait dans mes pensées. Tous les centenaires te diront qu'un verre de temps en temps, ça ne fait de mal à personne. J'ai l'esprit encore aussi vif qu'une jeune fille. Tu en veux, ou pas ?

Je la reconnaissais bien là ! Amusée, je m'esclaffai :

— Je ne remets pas en doute les bienfaits de ton porto, mais je suis pas sûre d'apprécier.

Elle éclata de rire.

— Ta tante fait semblant de l'aimer, elle, au moins !

Méline grimaça.

— De l'eau fera très bien l'affaire pour aujourd'hui, déclara-t-elle en attrapant une carafe.

Suzette lui indiqua le petit réfrigérateur.

— Fraîche, ce sera meilleur. En tout cas, Julia, rassure-toi, je ne propose jamais d'alcool à ton père.

Encore heureux !

— Alors, c'est vrai, il vient vraiment te voir une fois par semaine ?

Ça collait si peu à son côté reclus !

— Bien sûr, opina-t-elle. Il passe tous les dimanches, on se goinfre de mignardises en refaisant le monde.

J'esquissai un sourire. Ainsi, Papa n'avait pas complètement baissé les bras, c'était une bonne nouvelle.

— D'ailleurs, en parlant de lui, comment le trouves-tu ?

Je bus quelques gorgées d'eau, le temps de réfléchir. Pour moi, mon père était un mystère, muré derrière une paroi infranchissable.

— Eh bien, il a perdu pas mal de ventre depuis qu'il a arrêté l'alcool. C'est mieux pour sa santé. Cela dit… Il reste renfermé sur lui-même et ses silences sont déconcertants.

Suzette approuva d'un signe de la tête.

— Pauvre de lui, il s'est empêtré dans ses malheurs sans se rendre compte que la Terre continuait de tourner. Si tu veux mon avis, Julia, il a fait deux grosses erreurs : laisser partir ta mère et céder son cabinet.

— Il aurait pris sa retraite un jour ou l'autre, temporisa Méline. Ce n'était qu'une question de temps, il n'allait pas exercer à vie.

— Il n'empêche qu'il est parti trop tôt. Il n'était pas prêt à se retrouver inactif du jour au lendemain.

Sur ce point, je n'allais pas la contredire. Brillant dans son métier, Papa s'était constitué une large clientèle. Les gens n'avaient plus besoin de parcourir dix à trente kilomètres pour faire soigner leurs animaux. Les habitants des villages alentour n'hésitaient pas à lui confier la santé de leurs bêtes. Mon père était alors très estimé, son savoir-faire incontestable. Cependant, une chose le rebutait : l'euthanasie. C'était un geste qu'il ne pratiquait qu'en tout dernier recours, à contrecœur, et le désespoir des maîtres endeuillés le rendait malade. Sous son apparence robuste, il était très sensible. Le jour où il a dû apaiser les souffrances de Titi, son épagneul qui avait été renversé par une voiture, ça avait été un pas de plus vers l'étrange dépression dans laquelle il s'était enfoncé. À cinquante-neuf ans, il avait cessé toute activité et cela faisait maintenant onze ans qu'il tournait en rond dans sa maison.

Ma grand-mère m'interrogea ensuite sur mes projets professionnels. Je lui répondis de façon très évasive, arguant que si j'étais de retour dans la région, c'était surtout pour faire le point. Pour le moment, je préférais passer sous silence la lettre de Maman, refusant de la bouleverser à nouveau. Méline faisant dévier la conversation sur des personnes que je ne connaissais pas, j'en profitai pour faire le tour de la chambre. C'était en réalité un studio, auquel ma grand-mère avait apporté des touches personnelles. Elle vivait là avec des traces de sa vie d'avant. Je reconnus certains meubles, comme le fauteuil ou le buffet sur lequel était posée la télé. Au-dessus de son lit, Suzette avait accroché un joli pastel représentant un pique-nique au bord de l'eau. Cela me rappela ceux qu'elle nous préparait, l'été, à Alex et moi. Elle apportait un plaid à carreaux, de la citronnade, des sandwichs aux œufs durs et au saucisson, les mêmes casse-croûte qu'elle servait au bar, le midi. Tandis que mon cousin et moi batifolions dans la rivière, elle tricotait ou faisait des mots croisés, assise sur sa chaise pliante. Si on était sages, elle nous achetait une glace, à la fin.

Ces souvenirs déclenchèrent en moi une sorte de vague à l'âme. Je m'extirpai de la contemplation du tableau pour découvrir les portraits de famille disposés sur une console et remarquai tout de suite un cliché d'un autre temps, dans un cadre en étain. Un couple entre deux âges posait face à la devanture d'une boutique. Le visage avenant, l'homme bombait le torse sous son tablier à bavette. À côté de lui, la femme, vêtue d'une robe foncée sur laquelle elle avait agrafé un camée, souriait de façon plus timide, mais ses yeux parlaient pour elle. Sur la vitrine, on avait peint en belles lettres blanches « PÂTISSERIE ROSSIGNOL ».

— Ce sont tes parents ? demandai-je à Suzette en m'avançant vers elle.

Elle me prit le cadre des mains et le regarda un moment.

— Oui, c'était avant la gucrrc, quand ils ont ouvert le second magasin. Tu as vu comme ils étaient beaux ?

— Je ne sais pas beaucoup de choses à leur sujet, dis-je en repensant aux mots tracés par Maman. J'ignorais même qu'ils avaient deux pâtisseries… Ils se sont rencontrés à Cressigny ?

Suzette agita la main, de la même façon qu'elle aurait chassé un moucheron.

— Pfft ! Pas du tout ! La première fois qu'ils se sont vus, c'était dans un bidonville, à Paris.

Mon air ahuri fit sourire Méline.

— Tu me fais marcher, Mamie !

— Non, c'est la vérité. Mais je suis étonnée que tu accordes une quelconque importance à ces choses. Tu es jeune, à ton âge on ne se préoccupe pas de ces vieilles histoires. Et moi, je suis trop fatiguée pour remuer le passé aujourd'hui.

Je compris qu'elle ne me dirait rien de plus. L'heure était venue de prendre congé et d'aller chercher Léonore pour qu'elle puisse passer quelques minutes en sa compagnie. Il ne me restait plus qu'à espérer que mon père consente à m'en apprendre davantage.

*

Il était un peu plus de dix-neuf heures lorsque je rentrai. Après notre visite à Suzette, Méline nous avait offert des rafraîchissements à la terrasse d'un café et nous avions ensuite un peu traîné sur les routes de campagne. Ma tante voulait probablement m'éviter de croiser Ben en arrivant trop tôt chez elle et ça m'arrangeait. De surcroît, je n'étais pas non plus pressée de retrouver l'ambiance oppressante qui régnait chez mon père. Cependant, une surprise de taille m'attendait : l'intérieur de la maison sentait le propre, les lourds rideaux avaient été ouverts, les pièces semblaient soudain plus grandes et plus claires.

— Papa ? appelai-je, perplexe.

Sa voix me parvint de l'étage.

— Je suis là !

Il descendit l'escalier, rasé de frais. Il portait encore un vieux tee-shirt sur un jogging informe, mais à l'évidence, il s'était passé quelque chose en mon absence.

— Ta voisine est venue faire le ménage ?

Je notai que les coussins du canapé avaient été retapés et l'aspirateur passé. Au sol, le carrelage brillait.

— Non, c'est moi, répliqua mon père, avec un naturel désarmant.

Ma parole, il va neiger !

Il se dirigea vers la cuisine, sans tenir compte de mon étonnement.

— J'ai préparé une salade pour le dîner, tu en veux ? me demanda-t-il quand je le rejoignis.

Son regard était une invitation à la paix. Notre petite querelle de la veille avait eu du bon. Restait encore à savoir si ses effets n'étaient que transitoires ou s'ils s'inscriraient dans la durée. Papa avait dressé la table dehors, comme je l'avais suggéré. C'était agréable, de profiter de la douceur de ce début de soirée. Les ombres des arbres s'étiraient sous nos pieds alors que le soleil déclinait. En mangeant, je lui racontai notre visite à Suzette. Ma grand-mère m'avait fait promettre de revenir la voir avant mon départ.

— On pourrait y aller ensemble, dimanche, qu'est-ce que tu en dis ?

— Oui, c'est une idée, concéda-t-il en hochant la tête.

S'il avait consenti à faire des efforts sur la tenue de la maison, il n'avait vraisemblablement pas très envie de parler. Je partis chercher un assortiment de fromages de chèvre et le posai sur la table.

— On a aussi évoqué Marcel et Eugénie, enchaînai-je. Je ne connaissais pas cette photo où ils posent devant leur pâtisserie. Elle est belle.

Il me répondit par un monosyllabe.

Bon, ce n'est pas gagné. Ce serait encore plus simple de faire avaler des brocolis à un gosse de deux ans.

Je ne comptais pas me laisser abattre pour autant. Pas question que je monte me coucher sans connaître l'histoire de mes arrière-grands-parents !

— Mamie m'a dit qu'ils se sont rencontrés dans un bidonville, insistai-je. C'est dingue !

Cette fois-ci, mon père reposa son pain dans son assiette et redressa la tête.

— Oui, c'était ce qu'on appelait la « zone », à l'époque. C'est là que vivotaient les laissés-pour-compte, jusqu'à la construction de logements sociaux.

Il laissa un instant son regard errer dans le vague, comme s'il fouillait ses souvenirs, puis reprit, d'un ton amusé :

— Dès qu'on se plaignait de ce qu'on avait dans notre assiette, Méline et moi, Eugénie ne ratait pas une occasion de nous rappeler à quel point c'était la misère, là-bas.

Il fit une courte pause et se mit à l'imiter :

— « De notre temps, quand on n'avait qu'une pomme à manger, on ne faisait pas les difficiles ! »

Voir qu'il se laissait enfin aller me fit sourire.

— Comment est-elle passée de la Touraine à ces bas-fonds parisiens ? le questionnai-je. Elle était bien fille de ferme, non ?

Mon père avala son dernier morceau de fromage et se cala contre le dossier de sa chaise. Alors, il commença :

— En fait, c'est Germain, son père, qui a pris la décision de l'envoyer à Paris…

6

Eugénie, 1919

Debout dans la carriole, Eugénie arrangeait les cagettes de légumes pour la vente du lendemain. Le clocher allait bientôt sonner dix-huit heures et il lui restait encore une terrine de volaille à sortir du fourneau. Ce n'était pas aujourd'hui qu'elle verrait Jean, songea-t-elle en poussant un grognement de dépit. La jeune fille devrait ensuite aider la mère à la cuisine et préparer le ragoût. En été, les travaux des champs étaient interminables, on veillait bien plus tard qu'en hiver… Et pas question de se plaindre ! Il fallait savoir se soumettre. À tout juste dix-huit ans, ce n'était pas exactement ce dont elle rêvait. Certes, Eugénie ne rechignait pas à vendre les légumes au marché avec la mère. Elle appréciait particulièrement ces instants suspendus, tôt le matin, où les commerçants ouvraient leurs rideaux, où les femmes de paysans installaient leurs tréteaux sur la place. Elle aimait voir le village s'éveiller, les charrettes défiler les unes après les autres, le bourg s'emplir d'un joyeux brouhaha. Et puis, les parents de Jean avaient un emplacement pile en face des siens, c'était un avantage non négligeable ! Quand il le pouvait, le jeune homme se débrouillait pour être présent et l'adolescente le dévorait des yeux à la moindre occasion. Ces jours-là, elle portait une attention plus soutenue à sa coiffure, enroulant sa longue tresse châtain sur sa nuque. Elle savait qu'ainsi, les contours délicats de son visage au teint clair étaient mis en valeur. Il n'était bien sûr pas question de s'éclipser avec Jean, comme elle avait réussi à le faire deux soirs de suite, une fois ses corvées terminées, alors elle se contentait d'observer ses moindres gestes, se surprenant parfois à rêver à un avenir à ses côtés.

Eugénie fut brusquement interrompue dans ses pensées. Les hommes revenaient des champs, le chien galopant à leurs pieds en poussant de joyeux aboiements. Le père boitait, souvenir d'un réseau de barbelés rouillés dans lequel il s'était pris dans la Marne. La jeune fille vit que la sueur striait son cou de lignes crasseuses. À ses côtés, son frère, Gaspard, fredonnait. En tendant l'oreille, elle crut saisir les paroles de *La Madelon*, que les gars du village lui avaient sans doute appris le soir du 14 Juillet. Lui aussi, avait transpiré, à travailler sous cette chaleur de plomb.

— Le blé est quasi mûr pour la moisson, lança le père, qui ne se plaisait qu'à la tâche.

Avant ce fatal jour d'août 1914 où les hommes avaient été appelés sous les drapeaux, il ambitionnait même de moderniser sa ferme. Hélas, ces projets avaient été mis de côté par la force des choses, et depuis qu'il avait vu de quelle barbarie l'être humain était capable, il n'avait plus vraiment goût à penser au futur. Ce qu'il avait lui suffisait, avait-il confié un soir à la mère, ajoutant que le bonheur ne se trouvait pas dans les richesses, mais dans le devoir vaillamment accompli.

— Nous ne commencerons pas trop tard, cette année, lui répondit Eugénie, soulagée de le savoir sur place pour diriger les opérations. La campagne est très prospère.

— Je prendrai de la main-d'œuvre, précisa-t-il en trempant ses mains dans une cuve d'eau pour les laver.

Il s'interrompit, scrutant le ciel d'un œil soucieux.

— Ça monte noir, on va avoir un orage. J'espère que ça n'abîmera pas le blé… Si ça germe, c'est foutu.

À son tour, la jeune fille leva la tête et constata que le temps était en effet en train de virer.

— On ferait bien de rentrer les légumes, déclara-t-elle en sautant de la carriole, sinon ils seront invendables.

S'essuyant les mains dans un chiffon, Gaspard tenta de relativiser.

— Avec un peu de chance, ce ne sera pas grand-chose.

Le père n'était cependant pas du même avis. Son regard se rembrunit.

— Tu n'en sais rien, rabroua-t-il son fils. Un orage en juillet vaut du fumier, mais deux orages peuvent ruiner un fermier. C'est le dicton.

Une terrible crue avait eu lieu en 1889, à la suite des trombes d'eau qui s'étaient abattues sur le village durant une nuit de juin. Les récoltes avaient été gâchées et, dans certaines maisons, l'eau était montée jusqu'à un mètre cinquante. Le père se souvenait de cette jeune fille qu'on avait retrouvée terrorisée, grimpée en haut de son armoire. Depuis, les anciens guettaient la pluie non sans appréhension, redoutant toujours une nouvelle catastrophe.

Gaspard marmonna quelque chose d'incompréhensible, avant d'aider sa sœur. Celle-ci le regarda avec une immense tendresse. Du haut de ses quinze ans, son frère était un grand garçon longiligne, aux cheveux en permanence ébouriffés. Son jeune âge lui avait permis d'échapper à la guerre et il avait été d'une grande aide en l'absence des hommes, même s'il n'était encore qu'un enfant à l'heure où la mobilisation avait sonné. Face aux nouveaux impératifs liés à la situation, il avait pris à cœur les travaux de la ferme, travaillant avec les femmes du lever jusqu'au coucher du soleil. Gaspard avait ainsi appris le maniement des outils, l'arrachage des pommes de terre. Il s'était aussi dévoué lorsqu'il avait fallu soulever des paniers qui pesaient parfois plus de cinq kilos, ou repiquer des plans. D'un caractère un brin canaille, sa bonne humeur constante avait allégé ces jours sombres et il ne faisait désormais aucun doute que d'ici quelques années, il deviendrait le patron. Normalement, la ferme aurait dû revenir à Brice, le frère aîné. La logique aurait voulu qu'il épouse une bonne fille, qui serait venue s'installer sur leurs terres. Sauf que la guerre ne leur avait jamais rendu le garçon. Il était mort en Champagne, sous une rafale de mitrailleuse, à seulement dix-neuf ans. Mort en défendant sa patrie, comme le leur avait expliqué M. le Maire, ce qui, loin de consoler la mère, n'avait fait qu'attiser ses pleurs et ses cris de chagrin. Au moins, le père s'était vu épargner les derniers combats de 1918, le temps de sa convalescence. Les brancardiers avaient mis plusieurs heures à le localiser dans les barbelés et il était ensuite resté plusieurs mois à l'hôpital, manquant de peu de perdre sa jambe. Il boiterait toute sa vie, mais il était vivant. Taiseux, mais vivant.

— Eugénie Dubois !

La jeune fille sursauta en reconnaissant la voix de sa mère. Augustine, qui était partie laver le linge quelques heures plus tôt, arrivait au pas de course dans la cour empierrée et, à en croire son regard empreint de désapprobation, elle était en colère. Avait-on idée d'assumer une tâche si pénible, à son âge ! Eugénie s'était pourtant proposée pour aller au lavoir à sa place. De nature curieuse, elle aimait bavarder avec les autres femmes qui venaient laver leur linge, ça la distrayait. Toutefois la mère n'avait rien voulu entendre ; elle l'avait cantonnée aux terrines et à la préparation des légumes, arguant que la cuisine était ce qu'elle savait faire de mieux.

Augustine posa par terre le bac en fer-blanc plein de linge, se redressa et pressa son dos à deux mains.

— Dieu que c'est lourd, jura-t-elle en chassant une poule trop curieuse de la pointe du pied. Eugénie, tu rentres tout de suite à la maison.

— Il faut que j'aide Gaspard, protesta la jeune fille, tout en se demandant ce qu'elle avait bien pu faire pour s'attirer les foudres de sa mère.

La veille, elle lui avait demandé la permission d'acheter un coupon de tissu pour se confectionner un nouveau corsage, à partir d'un modèle qu'elle avait vu en feuilletant des images de mode avec son amie Blanche, la sœur de Jean. Augustine avait répondu qu'elle en parlerait au père, mais elle ne se faisait guère d'illusions. Il fallait faire des économies et on pouvait très bien tailler de nouveaux vêtements dans d'anciennes jupes, sans avoir à dépenser un franc de plus.

— Ton frère peut se débrouiller tout seul, répliqua Augustine, de sa voix grave et forte. File.

Gaspard jeta un coup d'œil interrogateur à sa sœur, auquel celle-ci répondit par une moue d'ignorance, avant de suivre sa mère. Le père était dans la cuisine, unique pièce du rez-de-chaussée, en train de lire le journal.

— La CGT a décidé d'ajourner la grève générale prévue dans deux jours, commenta-t-il à l'attention de sa femme et de sa fille. Le ministre du Ravitaillement a démissionné.

— Eh bien ! maugréa Augustine, tout en se servant un verre d'eau. Les gens ont voulu quitter la campagne pour aller à la ville parce que ça leur assurait un salaire, et maintenant les voilà qui protestent parce que la vie est chère. On se demande à quoi ça rime.

Elle soupira avant de revenir à ce pour quoi elle avait convoqué sa fille dans la cuisine.

— Je dois te parler, Germain. C'est à propos d'Eugénie.

La casquette toujours vissée sur sa tête, ce dernier fronça les sourcils.

— Si c'est pour le tissu, commença-t-il, je t'ai déjà dit que…

— Ce n'est pas de ça, qu'il s'agit, le coupa-t-elle tandis qu'Eugénie, plus nerveuse que jamais, sortait sa terrine du four.

Alléché par la bonne odeur qui s'en échappait, Germain se coupa un morceau de pain et étala un peu de pâté dessus. Une satisfaction gourmande se lisait sur son visage.

— Le gars que tu épouseras sera heureux d'avoir une aussi bonne cuisinière, lui prédit-il, la bouche encore pleine.

La mine sombre, Augustine posa du vin devant son mari.

— Encore faudra-t-il trouver à la marier… Assieds-toi, Eugénie, ordonna-t-elle à sa fille en la dévisageant.

Mal à l'aise, la jeune fille baissa ses yeux bleus et obéit. Sa mère n'était pas très grande et sa silhouette s'alourdissait avec l'âge, mais la guerre lui avait appris à affirmer son caractère. Cet effroyable conflit avait donné aux femmes une sorte d'autorité qu'elles n'avaient pas avant, quand elles devaient s'effacer pour laisser toute la place au mari, le seul qui pouvait décider. Les choses reprenaient peu à peu leur place, depuis que les hommes étaient revenus, mais Augustine avait conservé une fermeté que le père ne lui contestait pas. Si d'autres n'avaient pas su reconnaître le courage exemplaire des femmes, qui avaient nourri le pays à la force de leurs bras une fois les chevaux réquisitionnés, Germain, lui, était conscient de toutes ces prouesses. Combien de fermes étaient tombées à l'abandon, complètement en friche ? Ah ça, Augustine ne manquait pas de volonté ! Alors, pour qu'elle insiste, à vouloir causer au lieu de s'atteler au repas, c'est qu'il devait être arrivé quelque chose.

Eugénie réprima un soupir ; à tous les coups, Blanche avait vendu la mèche pour Jean et elle. Mais pourquoi son amie l'aurait-elle trahie ?

— Le curé est passé au lavoir, lança Augustine, tout en regardant sa fille par en dessous.

— On peut savoir pourquoi il va traîner ses semelles là-bas, lui ? s'étonna Germain.

— Parce que ta fille fricote avec le premier gars venu dès qu'on a le dos tourné !

Ainsi, c'était bien ça ! La mère savait. Et c'était encore pire si Blanche avait confessé au curé qu'elle les couvrait ! La jeune fille sentit une chaleur envahir ses joues, comme si on venait de lui administrer une gifle. Ce qui n'allait certainement pas tarder, d'ailleurs.

— C'est vrai, Eugénie ? s'enquit le père en penchant légèrement la tête pour guetter sa réaction.

Au fond de lui, il espérait encore que sa fille, la préférée de ses trois enfants, allait nier ces accusations, démontrer qu'il s'agissait d'une méprise

— C'est n'importe quoi, bredouilla-t-elle, consciente que son attitude penaude était des plus éloquentes.

— Tu parles ! tonna Augustine. Le curé t'a vue sortir du pré des Morvan, avec le plus vieux de leurs gars.

En une fraction de seconde, les yeux du père se teintèrent d'une immense déception. Affichant une assurance qu'elle était loin d'éprouver, Eugénie se redressa sur sa chaise, prête à sortir de la réserve que le respect dû à ses parents lui imposait.

— Il m'a vue, et alors ? J'aidais Jean à chercher son chien.

Germain frappa de son poing sur la table. Il était rouge de fureur.

— Bon sang de bois ! Tu crois qu'on va se laisser *emboucaner* par tes bobards ? Je ne tolérerai pas que tu mentes sous mon propre toit !

Puis il se leva, annonçant qu'il allait à l'étable.

— Je n'ai pas fini, intervint Augustine.

— J'en ai déjà assez entendu. On réglera ça après.

Il sortit, alors qu'au loin le roulis du tonnerre commençait à se faire entendre.

— Voilà qu'il est contrarié, souffla Augustine d'une voix sourde. Ça va lui en faire, encore, du tracas… Allez, aide-moi à préparer le souper.

Dans la pièce, l'ambiance était devenue lourde et ce n'était pas seulement lié à l'orage d'été qui menaçait. La jeune fille gardait le regard baissé sur le lapin qui avait été tué le matin même. Les larmes brouillaient sa vue, mais elle entendait sa mère s'activer à côté d'elle. Elle devait trouver quelque chose pour apaiser la tension.

— Jean m'aime. Il me l'a dit.

— Oh, juste ciel ! se désola Augustine. Si tu commences à croire aux sornettes que racontent les hommes, tu n'as pas fini.

Un reniflement lui répondit. Augustine se rapprocha alors d'Eugénie.

— Dis-moi… Vous n'avez pas fait la chose, au moins ?

Elle suspendit son souffle, le regard perdu dans celui de sa fille. L'adolescente resta muette, mais sa main tremblait tandis qu'elle assaisonnait le ragoût. Oui, ils avaient fait *la chose*, ainsi que la nommait la mère. Jean l'aimait, ses promesses ne pouvaient pas être vaines. Son silence était un aveu.

— Mais ce n'est pas vrai ! s'emporta la mère, en lui secouant le bras. Où as-tu la tête ?!

Augustine se mit à faire les cent pas autour du fourneau. Son cerveau réfléchissait à vive allure. Finalement, elle s'immobilisa près d'Eugénie et la força à se tourner vers elle. La jeune fille vit que tout le visage de sa mère était crispé par le souci. Avec les quelques mèches blanches qui s'étaient immiscées dans sa chevelure brune et sa peau tannée par le travail en plein air, Augustine paraissait plus que ses quarante-deux ans.

— Qu'est-ce que tu vas devenir, s'il t'a fait un petit ?

Eugénie eut un mouvement d'épaule. Les choses s'arrangeraient, c'était certain.

— On se mariera, répondit-elle.

Augustine écarquilla les yeux.

— Vous marier ? Mais enfin, ma fille, reviens à la raison ! Ton Jean, il doit épouser Marthe Frémont, les bans seront publiés la semaine prochaine.

Eugénie prit le coup de plein fouet. C'était impossible ! Jean lui avait juré qu'il était amoureux d'elle et qu'un jour…

— Tu mens ! hurla-t-elle, en proie à l'émotion. Tu mens parce que tu veux me punir !

Et, sans attendre une quelconque réplique de sa mère, elle monta se réfugier dans sa chambre, dont la porte claqua dans un bruit sec qui se confondit avec le premier coup de tonnerre qui éclata au même instant.

*

Eugénie et sa mère venaient de terminer de laver la vaisselle. Exténué par sa rude journée de labeur, Gaspard était monté se coucher. Seul le père attendait, assis à la table, lui qui d'ordinaire était le premier à rejoindre son lit. Sa jambe couturée de cicatrices violacées était posée sur une chaise, la douleur étant ravivée par la pluie qui tombait dru. Augustine s'avança vers lui, un onguent à la main.

— Plus tard, déclara-t-il en stoppant son épouse d'un geste de la main.

Les massages de sa femme avaient la vertu de calmer ses tiraillements, mais la trêve n'était en général que de courte durée. Et puis, ce soir, il y avait plus urgent à régler. Incertaine, Augustine posa sa pommade sur la table. Germain appela sa fille, qui rangeait les assiettes.

— Viens t'asseoir.

La jeune fille déglutit, ignorant quel sort l'attendait, désormais. Son visage était tout délavé d'avoir tant pleuré dans sa chambre, incapable de contenir ses larmes mêlées de rage et de déception. Le choc l'avait laissée pantelante de douleur. Elle avait l'estomac noué, réalisant que sa mère n'aurait jamais menti, contrairement à Blanche, qu'elle pensait être son amie et qui n'avait à aucun moment jugé bon de la prévenir du prochain mariage de Jean. Ce n'était pas ainsi que les choses étaient censées se passer ! Eugénie avait surpris les voix étouffées, lorsque le père était rentré de l'étable. Un cri de surprise, une chaise tirée. Des soupirs. Le souper s'était déroulé dans un silence tendu, chargé de sentiments divers. Même Gaspard, qui parvenait toujours à détendre l'atmosphère, n'avait pipé mot. Une fois le repas débarrassé, il était allé remplir de paille les clapiers à lapins, avant de filer à l'étage.

— Alors, comme ça, commença Germain, tu t'es compromise avec le fils Morvan…

Eugénie sentit ses lèvres trembler à la simple évocation de Jean. Une nouvelle crise de larmes menaçait. Sans se laisser attendrir par le désarroi de sa fille, le père reprit :

— Tu as jeté le déshonneur sur notre famille, c'est mal. Je refuse de subir l'opprobre des autres parce que tu as agi comme une…

Il secoua la tête, ne parvenant pas à terminer sa phrase. Le mot était trop fort, trop douloureux. Et pourtant, il savait très bien quelle serait la réputation de sa fille, puisque des oreilles indiscrètes avaient saisi les propos que le curé avait échangés avec Augustine.

— Tu imagines la réaction des Morvan, quand ils sauront ? poursuivit-il, voyant qu'elle ne répondait pas. Tu ne peux pas rester là.

Eugénie laissa filtrer un mince soupir. Ah ça, l'opinion des autres, ça comptait ! Ça primait même sur tout le reste !

— Les gens bavarderont toujours à tort et à travers, de toute façon, dit-elle en redressant la tête. Et puis, comment vous allez justifier mon absence, avec les moissons qui arrivent ?

Sa main serrée nerveusement sur le pli de sa jupe démentait son attitude décidée.

— La petite n'a pas tort, intervint soudain Augustine, qui jusque-là était occupée à repriser un mouchoir. On a besoin de bras pour travailler.

Surpris, son mari tourna la tête vers elle.

— T'inquiète pas pour ça, j'y ai réfléchi. Le père Berthillaud a trop d'enfants et pas assez de terre pour les nourrir. On va prendre son dernier avec nous.

Cette fois-ci, Augustine s'affola pour de bon.

— Quoi ? s'écria-t-elle. Le Firmin, *çui* qui est tout chétif ? Mais on ne va rien pouvoir en tirer !

Germain eut un geste d'apaisement.

— Tu n'as pas besoin de brailler comme une oie, ma femme ! Il a quinze ans, ce garçon, il apprendra, et Gaspard travaille comme deux.

À moitié convaincue, Augustine afficha une moue sceptique.

— On pourrait d'abord s'assurer de l'état d'Eugénie, non ?

Celle-ci remercia mentalement sa mère pour son soutien inattendu. Où donc le père comptait-il l'envoyer, de toute façon ? À la campagne, tout se savait, les distances entre les villages étaient réduites, si bien que la rumeur la suivrait, où qu'elle aille. Cependant, Germain ne se laissa pas fléchir par les arguments de son épouse. À la lueur de la lampe à pétrole suspendue au-dessus de la table, Eugénie le vit arborer une expression pleine de gravité.

— Ma décision est prise, déclara-t-il sans ciller. Aucun gars du bourg ne voudra d'elle, après ça.

Au bord de la crise de nerfs, la jeune fille eut un rire sarcastique.

— Pour ce qu'il reste comme garçons, dans le village ! Ils ont soit un membre en moins, soit la tête fêlée.

La gifle tomba sans qu'elle l'ait vue venir. Elle était bien consciente de l'avoir cherchée, mais elle se sentait empreinte d'une telle amertume, tout à coup, qu'elle n'avait pu retenir cette méchante réflexion. Le silence retomba dans la pièce. Dehors, la pluie s'était enfin calmée et il n'y avait plus aucun bruit, hormis celui d'un chien, qui aboyait au loin. La joue en feu, Eugénie garda les yeux baissés sur le bois de la table.

— Tu vas aller chez ma sœur, à Paris, lâcha le père au bout de ce qui lui sembla être une éternité. Ça fait un moment que l'idée me trotte dans la caboche, il y a du travail, là-bas.

La jeune fille se trouva tout interloquée. Paris, vraiment ? Constatant son trouble, Germain reprit :

— Tu as eu un comportement de dévergondée, mais il y a de l'intelligence en toi. Tu es encore à l'orée de ta vie, ça ne te servira à rien de la gâcher ici.

— Mais si moi je ne veux pas partir à Paris ? s'indigna-t-elle.

— Il fallait y penser avant de te faire retrousser la jupe ! s'emporta Germain, en frappant à nouveau sur la table. Tu nous mets dans une situation impossible.

— Comment peux-tu penser à courir les garçons alors que nous portons encore le deuil de ce pauvre Brice ? renchérit Augustine.

Eugénie tâta machinalement le brassard noir qu'elle portait noué autour de la manche de son corsage. Évidemment, qu'elle regrettait son frère, mais ce deuil interminable lui pesait. Elle préférait, de loin, s'intéresser aux vivants. Comme la plupart des villages français, Cressigny était ressorti de la guerre exsangue et meurtri, amputé d'un bon nombre d'hommes, tombés dans la fleur de l'âge. Chaque famille avait eu sa tragédie. La hantise des filles était de ne pas trouver à se marier. Parmi ceux qui étaient revenus, il y avait des estropiés, qui n'étaient plus bons au labeur. Il y avait aussi ceux dont la tête était cabossée de l'intérieur, tous avaient laissé une partie de leur âme dans le nord-est. Alors, quand Jean, que ce conflit avait endurci et rendu homme, s'était mis à lui tourner autour, Eugénie s'était prise à espérer, sans songer un instant qu'il ne faisait que s'amuser et était promis à une autre. Sans songer à Brice, tombé pour la France, ni à la table recouverte d’un drap noir dans l’église, quand on avait donné une messe pour un mort sans corps. Elle n’avait songé qu’à l’instant présent, à la joie retrouvée après quatre années éprouvantes. Et on allait la punir en l’arrachant à ses terres ? À cette pensée, Eugénie avait envie de crier, de donner libre cours à une déferlante de rage. C’était une véritable tempête qui sévissait en elle. Mais cela ne l’avancerait à rien, à part recevoir une nouvelle gifle. Elle préféra se draper dans sa dignité pour surmonter son émotion.

— Très bien, se résigna-t-elle. J’irai à Paris, puisque vous ne voulez plus de moi ici. Mais je reviendrai, et ça, personne ne pourra m’en empêcher.

7

Durant les jours qui suivirent, il ne fut plus question que des préparatifs du départ.

Eugénie continuait le travail qui lui était octroyé à la ferme, mais le cœur n'y était plus. Elle qui avait toujours travaillé consciencieusement effectuait désormais ses tâches de façon mécanique et, le soir venu, cousait avec sa mère. Ironie du sort, il avait bien fallu acquérir du tissu afin de lui confectionner deux nouveaux chemisiers. Pour autant, il n'était pas question du corsage à rayures bleues que la jeune fille avait repéré sur un modèle. Elle devrait se contenter de ses fades vêtements gris et blancs. Il était juste nécessaire qu'elle s'habille de neuf en vue d'éventuels entretiens avec des employeurs

Par une fin de matinée ensoleillée, elle se rendit au pré afin d'apporter le casse-croûtc du midi à son frère, qui gardait les vaches. Augustine avait glissé dans la musette un demi-pain fourré à l'omelette et des groseilles.

— Et tu ne traînes pas en route ! avait-elle recommandé à sa fille, sous forme d'avertissement.

Eugénie avait haussé les épaules. Après ce qu'elle avait appris, elle n'avait plus envie de voir Jean, alors sa mère se faisait bien du mouron pour rien. La jeune fille marchait sous le soleil, qui était haut dans le ciel, au-dessus des champs. Les épis de céréales crépitaient au frôlement de sa jupe et les tiges des fleurs s'écrasaient sous ses pieds. Plus loin, il y avait la rivière, où les vaches passaient parfois à gué pour rejoindre l'autre rive. Eugénie y avait tant de fois pêché des brochets, avec ses frères et son père ! Ces paysages arborés lui manqueraient cruellement ! Consciente de la nostalgie grandissante qui l'envahissait alors qu'elle n'était même pas encore partie, elle pressa le pas. La chaleur brouillait son horizon, elle vit cependant la silhouette de Blanche émerger du chemin rocailleux qui partait à gauche, en direction du village. Celle-ci devait avoir couru, car son visage ruisselait de sueur et quelques mèches de ses cheveux blonds s'échappaient du fichu noué sur sa tête.

— Eugénie ! appela-t-elle, essoufflée. C'est toi, que je venais voir.

Malgré la promesse qu'elle s'était faite de l'ignorer, Eugénie protesta abruptement :

— Fiche-moi la paix. Je n'ai rien à faire des paroles d'une traîtresse.

Stupéfaite, Blanche s'immobilisa, la bouche grande ouverte.

— Mais enfin, qu'est-ce que je t'ai fait ? demanda-t-elle en haussant le ton, voyant que son amie poursuivait son chemin, comme si de rien n'était.

Les épaules raidies de colère, Eugénie se retourna.

— Tu aurais pu me préciser que Jean allait se marier ! s'écria-t-elle.

Blanche avait accepté de les couvrir, alors elle devait bien se douter que leurs rencontres n'avaient rien d'angéliques ! Elle savait qu'Eugénie était secrètement amoureuse de son frère depuis la première fois qu'il était revenu en permission, deux ans plus tôt. Jean était alors âgé de dix-huit ans, Eugénie en avait seize. Bénéficiant de quatre jours de repos, il en avait profité pour passer saluer toutes ses connaissances du village. Augustine lui avait évidemment ouvert sa porte et ils avaient bu du café en mangeant une tarte aux fruits tout juste sortie du four. Assise près de lui, Eugénie l'avait écouté parler. Il avait volontairement évité d'évoquer les horreurs quotidiennes qui se déroulaient dans le Nord, ne s'attardant que sur la façon dont ils repoussaient les Allemands. Aux yeux de l'adolescente, il était un héros, un garçon devenu homme, avec des yeux gris si pénétrants qu'ils en étaient troublants. En repartant, il lui avait adressé un sourire désarmant, qu'elle avait pris pour un engagement futur. Et quand il avait été démobilisé, au début de l'année, elle avait été la première à l'apercevoir sur la place quand le car avait ramené les gars au village. Il ne lui avait pas fallu beaucoup de temps pour succomber ensuite à ses belles paroles, ce soir du 28 juin, où on avait fêté comme il se devait le traité de paix. À présent, le visage de Blanche était décomposé.

— Alors, c'est pour ça que tu es fâchée ? souffla-t-elle. Tu penses que je t'ai…

— Je t'en prie, la coupa sèchement Eugénie, ne fais pas cette tête d'innocente.

Blanche eut une moue désabusée. Elle esquissa les cinq pas qui la séparaient de son amie et se planta face à elle, poings sur les hanches.

— Le mariage s'est décidé il y a dix jours, figure-toi, énonça-t-elle d'une voix claire. On me l'a appris dimanche, après la messe. Comment est-ce que j'aurais pu t'en parler puisque nous ne nous sommes pas revues, depuis ?

Déstabilisée, Eugénie fronça les sourcils.

— Dix jours ? répéta-t-elle, sous le choc.

— Hé ! Si je te le dis !

— Mais pourquoi maintenant ? Et pourquoi avec Marthe ?

La famille d'Eugénie ne fréquentait pas vraiment les Frémont, qui tenaient la petite épicerie du bourg. Aussi l'adolescente n'avait-elle aucune opinion tranchée sur la future épousée. Cependant, ce choix la laissait non seulement attristée, mais aussi très étonnée. Jean, avec une fille qui n'avait jamais mis les mains dans la terre ? Vraiment ?

— Allez, viens, la coupa Blanche. On va apporter le repas à ton frère, il doit être affamé.

Elle glissa un bras sous le sien et toutes deux se remirent en route.

— La Marthe attend un marmot, confia-t-elle à Eugénie, alors que le pré se dessinaït devant elles.

Un vent léger s'était levé, tempérant l'ardeur du soleil. Pourtant, Eugénie sentit soudainement la sueur lui dégouliner le long du dos.

— Quel est le rapport avec Jean ? interrogea-t-elle d'une voix sourde, devinant déjà la réponse.

Blanche poussa un gémissement.

— Tu me mets dans une position délicate, là !

Cette moitié d'aveu lui fit l'effet d'un coup de poing dans l'estomac. Elle en eut le cœur serré, au point d'avoir du mal à respirer.

— Il avait dit qu'il m'aimait ! siffla-t-elle entre ses dents.

— Ma pauvre Ninie, je suis désolée ! compatit Blanche, sincèrement peinée pour Eugénie.

Elle laissa passer un court silence, avant de reprendre :

— Tu sais, là-haut, quand ils ont fait la guerre, ils n'avaient pas beaucoup de distractions. Alors sans doute que…

— Un amusement ?! s'offusqua Eugénie. Tu crois que c'est tout ce que je représentais à ses yeux ?

Elle en voulait à Blanche, de chercher ainsi des excuses à son frère. Elle exigea de savoir depuis quand il fréquentait la fille Frémont.

— On ne sait pas trop, lui répondit Blanche, hésitante. Ils se sont sûrement vus en cachette, après les feux de la Saint-Jean. Les gars étaient éméchés, c'était la première fois qu'ils fêtaient quelque chose depuis leur retour. Et la Marthe, elle était plutôt à son avantage, dans sa robe décolletée.

Eugénie soupira une nouvelle fois. Ainsi, il suffisait d'un seul coup de reins pour décider d'une vie. De plusieurs vies.

— Je suis désolée, répéta Blanche, au moment où elles arrivèrent à hauteur de Gaspard.

Eugénie tendit la musette à son cadet et se laissa choir près du cours d'eau. Furieuse, elle arracha un brin d'herbe, tandis que, derrière elle, Gaspard et Blanche murmuraient, probablement à son sujet. Qu'allait-il se passer si, comme Marthe, elle portait l'enfant de Jean ? Devrait-elle l'abandonner ? Elle avait beau se repasser en boucle les regards de velours du jeune homme, les caresses de ses mains rêches et burinées sur son corps en demande et ses sourires incroyables sous sa fine moustache blonde, elle n'arrivait pas à assimiler le fait qu'il ait pu se moquer d'elle. Dans l'histoire, c'était ce qui lui faisait le plus mal.

— C'est vrai ce que me dit ton frère, tu vas partir ?

La voix de Blanche la fit sursauter tant elle était perdue dans ses sombres pensées. Son amie venait de s'asseoir près d'elle et fixait le lit de la rivière, dans laquelle elles s'étaient si souvent baignées durant la guerre, à l'abri des regards masculins.

— Mon père a décidé de m'envoyer à la capitale à cause de Jean, répondit-elle avec ressentiment. Le curé nous a surpris et a tout raconté à ma mère.

— Je sais, c'est pour ça que je suis venue te voir. Il est passé à la maison pour dispenser à Jean son sermon de bonne moralité.

Loin de la réjouir, cette nouvelle inquiéta aussitôt Eugénie.

— Donc, tes parents sont au courant.

Blanche opina.

— Ils ont peur que je suive ton exemple. Si tu veux mon avis, ils ne vont pas tarder à me serrer la bride.

Eugénie se sentit abattue. Évidemment, que Jean séduise toutes les jeunes filles qu'il croisait, on trouvait cela normal. Le pauvre, il avait fait la guerre ! À l'inverse, les filles en question, qui avaient pourtant effectué un travail de bête durant le conflit, ne devenaient que des dévergondées aux yeux des autres. C'était ainsi depuis la nuit des temps, et elle doutait que les mentalités puissent un jour évoluer. Il n'y avait qu'à voir comme on avait vite renvoyé les femmes aux fourneaux, une fois les hommes revenus !

Son pain à la main, Gaspard vint les rejoindre.

— Ne sois pas triste, Ninie, dit-il gentiment à sa sœur. Tu vas en voir, des choses, là-bas.

— Paris ! énonça Blanche, songeuse. Ah ça, ça fait rêver son monde ! Tu as plutôt de la chance, dans ton malheur.

Surpris par le meuglement d'une vache, une volée d'étourneaux s'agita bruyamment dans les arbres. Eugénie regarda tour à tour son frère puis son amie.

— Je ne sais pas si j'ai de la chance, murmura-t-elle, mais cet éloignement sera peut-être le moyen de m'arracher Jean du cœur.

*

Le grand jour était arrivé. Le père avait préparé la carriole, puis attelé la mule, qui les conduirait à Loches. Là-bas, ils prendraient tous deux le train pour Tours, où Eugénie effectuerait son changement pour Paris, tandis que Germain ferait le trajet en sens inverse. Gaspard les accompagnerait jusqu'à Loches pour garder la mule, et il ramènerait ensuite son père à la ferme. L'heure était à présent aux au revoir. On avait chargé les affaires d'Eugénie qui, de surcroît, apportait une terrine et des conserves pour sa tante. L'affaire avait été convenue, cette dernière la logerait et enverrait ses deux enfants, René et Charlaine, la récupérer à la gare d'Austerlitz. L'édifice avait été touché par un raid aérien allemand l'année précédente, mais les trains avaient repris du service.

La veille au soir, Augustine avait entrepris d'expliquer à Eugénie de quelle façon elle pourrait savoir si elle était enceinte. La jeune fille avait bien compris qu'elle devrait surveiller ses saignements durant les semaines à venir.

— Et si j'attends vraiment un petit, Maman ? avait-elle chuchoté, terrorisée.

— Il faudra prendre certaines décisions. Ce ne sera pas facile.

— Il existe bien des femmes qui les font passer, non ? Ainsi, ça ne se saurait pas et je pourrais revenir.

La mère avait tristement secoué la tête.

— J'en ai connu une qui le faisait oui… La Barbot, tu sais, celle qu'on appelait « la sorcière ». Elle était réputée pour pratiquer ce genre de choses. Mais c'est risqué, et de toute façon, le gouvernement appelle à repeupler la France. Ces femmes-là se cachent, elles ont trop peur des représailles.

Eugénie s'était alors sentie gagnée par le désespoir. Aucune des solutions envisageables ne lui convenait. Devenir fille-mère et subir l'opprobre des autres, ou abandonner un bébé dans un orphelinat déjà surchargé… Les prochains jours allaient s'annoncer difficiles. Après cette discussion, elle n'était pas parvenue à trouver le sommeil et se sentait épuisée.

Au moment où elle allait se hisser pour prendre place à côté de son père, Eugénie entendit un sanglot et découvrit avec stupéfaction qu'il provenait de sa mère.

— C'est bête, renifla celle-ci, mais j'ai peur de ne plus jamais te revoir. La dernière fois que j'ai laissé partir un de mes enfants…

Elle ne parvint pas à terminer sa phrase, à nouveau secouée par les pleurs. Gaspard lui passa un bras protecteur autour des épaules.

— Allez, la mère, ne t'en fais pas. Elle ne part pas faire la guerre, notre Ninie.

Attendrie par son frère, la jeune fille ne put s'empêcher de sourire, songeant qu'elle allait tout de même devoir livrer de multiples batailles.

— Je reviendrai, Maman, promit-elle une nouvelle fois, plus résolue que jamais.

La détresse de cette séparation lui fendait le cœur, néanmoins, une petite part d'elle-même était excitée par ce long voyage qui durerait six heures. C'était la première fois qu'Eugénie prenait le train. À sept centimes et demi le kilomètre, le trajet en lui-même ne coûtait pas cher, mais représentait toutefois une somme dans le modeste budget familial.

— Allez, on y va ! lança Germain, mal à l'aise devant tant d'effusions.

Tous trois se mirent en route. Alors que la mule s'éloignait sur le chemin, Eugénie se fit violence afin de ne pas se retourner et contempler ce qu'elle laissait derrière elle. Sa vision était troublée par les larmes qu'elle avait du mal à ravaler. Dans le bourg, l'épicerie des Frémont, l'école, l'église et la place du marché entourée de tilleuls défilèrent sous leurs yeux. Le village s'égayait, on avait déjà ouvert les rideaux des commerces. Eugénie poussa un imperceptible soupir en songeant qu'elle ne prendrait désormais plus part à cette animation. Tout le monde devait être au courant de ce qu'elle avait fait, car sur chaque pas-de-porte de la Grand-Rue, on se tenait pour les regarder passer et la dévisager. Pour sûr, les hommes iraient ensuite se retrouver au café du père Mareuil, autour du rituel ballon de rouge pour commenter les frasques de la fille Dubois, bien heureux que cela ne se soit pas produit avec leurs gamines.

Le père bifurqua par la rue de l'Abreuvoir, passa sur le petit pont de pierre qui enjambait l'une des deux rivières entourant le village, et ils débouchèrent sur la route qui menait à Loches, à une vingtaine de kilomètres. Sous la lumière du soleil matinal, les champs des hameaux avoisinants étaient encore pénétrés de silence. Puis tout à coup, la forêt se dressa autour d'eux, si verte et si dense ! Par ici, on disait qu'une fois par an, un des étangs se transformait en or, ou encore que chaque nuit de Noël, apparaissait le fantôme d'une jeune fille qui s'était jetée dans les eaux glacées afin d'échapper à son mariage avec un baron. C'était là qu'Eugénie avait grandi, elle savait que la mémoire faisait partie de la terre. Ce qui s'y était déroulé n'en partait plus jamais. La gorge serrée, l'adolescente s'autorisa enfin à laisser rouler une larme sur sa joue.

— Tu nous écriras, quand tu seras là-bas ? risqua Gaspard, alors qu'à l'horizon, le château de Loches apparaissait déjà.

— Je croyais que tu n'aimais pas lire, grand bêta ! répliqua-t-elle en s'essuyant brièvement les yeux.

Plaisanter pour ne pas laisser transparaître son émotion. La jeune fille ne parvenait pas à refouler sa tristesse, mais elle refusait de la laisser déteindre sur son frère.

— J'apprendrai à aimer, jura celui-ci. Et puis, je suis sûr que tu auras des milliers de choses à nous raconter.

— Ta sœur y va pour travailler, lui rappela Germain, pas pour flâner.

Quelques instants plus tard, ils stoppèrent la carriole face à la petite gare. Il n'y avait pas beaucoup de monde, à part quatre hommes bien mis de leur personne, une vieille femme vêtue de noir, et un groupe d'anciens, qui observaient ce maigre ballet de voyageurs. Gaspard aida à charger les affaires dans le wagon et planta deux gros baisers émus sur ses joues. Pour ne pas pleurer, Eugénie fixa la tour Saint-Antoine, qui surplombait l'édifice.

Tout en s'installant sur la banquette, le père suggéra à Gaspard d'aller faire boire la mule.

— J'en ai pour trois heures, lui expliqua-t-il. Ta mère a mis de la tourte et du fromage, si tu as envie de casser la croûte.

Ce départ n'en finissait plus et Eugénie inspira un grand coup lorsque le train s'ébranla. Elle appuya sa tête contre la cloison, tentant de dissimuler sa peine de tout laisser ainsi derrière elle. Le père, lui, avait un regard dur qui ne laissait rien filtrer de ses sentiments. Était-il triste ? En colère de devoir en arriver là ?

— Tu sais, faut pas croire que ça me plaise, murmura-t-il soudain, comme s'il devinait les pensées de sa fille.

— Alors ne m'envoie pas à Paris ! réagit-elle aussitôt, profitant de cette minuscule brèche. Je me fiche de devenir vieille fille, je me fiche de ce que pensent les autres. Paris ne m'intéresse pas.

— Allons, cesse de parler à tort et à travers, la sermonna-t-il. Pour le moment, tu es malheureuse, mais là-bas, c'est un boulevard d'opportunités qui t'attend.

L'adolescente eut un mouvement d'épaule.

— Tu m'as dit que ta sœur n'avait plus de travail, fit-elle, perplexe.

Eugénie ne connaissait pas vraiment la tante Antoinette, qui était d'un an plus jeune que son père. En 1910, son mari, l'oncle Théodore, avait quitté son métier de métayer pour s'installer à Paris. Tous deux avaient des idées modernes et ne voulaient plus s'échiner aux travaux des champs. La jeune fille croyait se souvenir que sa tante était entrée comme femme de ménage dans une maison bourgeoise, alors que l'oncle était devenu ouvrier dans le bâtiment. Mais tout cela datait d'avant 1914.

— Antoinette a perdu son emploi avec la guerre, confirma Germain. Beaucoup de grandes familles ont été ruinées et ont dû se défaire d'une partie de leur personnel.

— Alors, que veux-tu que je fasse ? rebondit Eugénie. Je ne connais personne, à Paris !

— Mais tu es jeune, tu n'auras aucune difficulté à te placer. Il y a des magasins, des usines.

Des usines. Eugénie nota mentalement le mot. Ces dernières années, durant le conflit, de nombreuses femmes, à Tours, avaient remplacé les hommes dans ces usines. Un travail éreintant et pas cher payé, d'après Blanche, dont l'une des cousines en avait fait l'amère expérience. La jeune fille se détourna pour regarder défiler le paysage verdoyant et ils ne parlèrent plus durant tout le reste du trajet. À Tours, le père ne s'éternisa pas sur les au revoir, ils échangèrent à peine quelques paroles. Vérifiant qu'elle était bien installée dans son second train, il lui recommanda de ne parler à personne et d'attendre ses cousins dans la gare quand elle serait arrivée à Paris. Il ne l'embrassa pas, se contentant de lui souhaiter bon voyage.

*

En descendant sur le quai, Eugénie réprima un haut-le-cœur. Le voyage s'était avéré bien plus difficile que prévu, entre les odeurs de transpiration, liées à la chaleur de plomb qui régnait dans la voiture, celle des volatiles qu'un paysan transportait, et de la fumée de charbon qui leur revenait depuis la locomotive. Dans le wagon brinquebalant, les banquettes en bois étaient des plus inconfortables, si bien que ces six heures lui avaient paru une éternité. À l'entrée en gare d'Austerlitz, quand le train s'était immobilisé dans un laborieux *teuf-teuf*, la jeune fille pensait sincèrement que son cauchemar prendrait fin. Elle s'était fourvoyée. Les quais résonnaient du bruit des pas des voyageurs, c'était une cacophonie, un tourbillon de longues jupes sales qui traînaient par terre. L'air était chargé de la fumée crachée par les locomotives vers le haut plafond.

Découragée, Eugénie fut, l'espace d'un court moment, tentée de monter dans le premier train qui repartait pour Tours, mais elle n'avait même pas de quoi s'offrir un billet. De plus, elle ignorait comment elle était censée reconnaître ses cousins, avec tout ce monde qui courait partout. Qu'allait-elle faire, s'ils l'avaient oubliée ? Jamais encore elle ne s'était sentie aussi perdue.

— Ah ! Pas de doute, voilà la paysanne ! lança soudain une voix féminine près d'elle.

Eugénie tourna la tête en direction de la jeune femme qui venait de parler. Âgée d'environ vingt ans, elle n'était pas très grande et portait un corsage à carreaux

aux manches courtes sur une jupe foncée. Ses cheveux bruns étaient à peine relevés dans un chignon lâche, et ses yeux bleus donnaient de la vivacité à son visage. Elles auraient pu se ressembler, si son interlocutrice n'avait pas une expression désabusée gravée sur ses traits.

— Tu es Charlaine ? supposa Eugénie en avançant d'un pas.

Cette dernière opina du chef.

— Affirmatif. Et lui, précisa-t-elle avec un geste vers l'adolescent un peu gauche qui l'accompagnait, c'est René, mon frère. Tu nous suis ?

René empoigna une partie des affaires de sa cousine et Eugénie essaya tant bien que mal de se frayer un chemin derrière eux, parmi cette foule à laquelle elle n'était pas habituée. En quelques minutes, ils se retrouvèrent sur le parvis, où se mêlaient voitures et chevaux. La jeune fille découvrit avec stupéfaction que René chargeait ses bagages sur une charrette, qui n'aurait absolument pas choqué à la ferme. Un cheval un peu trop maigre y était attelé.

— Bah fais pas cette tête ! la railla Charlaine. Tu ne vas pas me faire croire que tu n'as jamais vu de bêtes de ta vie.

Éberluée, Eugénie cligna des yeux.

— C'est juste que… mes parents m'ont dit que je prendrais sûrement le métro.

Charlaine éclata de rire, aussitôt imitée par son frère.

— Le métro ? Tu t'imagines qu'on est riches, ou quoi ? Allez, la paysanne, grimpe là-dedans, ajouta-t-elle en désignant l'attelage.

La paysanne. Refusant de se laisser atteindre par les moqueries de sa cousine, la jeune fille s'abstint de lui rappeler qu'elle aussi avait passé les premières années de sa vie dans le monde pastoral, ce qu'elle semblait avoir oublié.

— Je m'appelle Eugénie, lui répondit-elle sèchement.

Charlaine lui adressa un sourire peu charitable.

— Eh bien, je me demande ce qu'on va pouvoir faire de toi.

8

— Arrête ou je te vire avec mon pied au cul ! gouailla une voix, tandis que le cheval pénétrait sur un terrain envahi de cabanes.

Eugénie jeta un coup d'œil interrogateur à ses cousins.

— Te formalise pas, fit Charlaine. Ça doit encore être un gamin de la tireuse de cartes qui a voulu chiper les œufs des poules de la mère Dépierre.

— D'accord, mais… qu'est-ce qu'on fiche ici ?

Après avoir quitté la gare, ils avaient pris la direction du sud de la capitale. Immobile et raide dans la charrette, Eugénie avait regardé le paysage sans vraiment le voir, trop effrayée par l'inconnu et le cœur brisé en mille morceaux. Elle avait toutefois été saisie d'un profond étonnement face à l'odeur pestilentielle de viandes et entrailles de poisson qui pourrissaient à même le sol dans certaines rues. Une odeur de plus en plus prononcée au fur et à mesure qu'ils s'éloignaient du centre de Paris. Eugénie se doutait que sa famille ne vivait pas au milieu des quartiers aisés, mais elle se demandait franchement pourquoi elle avait atterri dans ce bouge, qu'elle scrutait avec des yeux inquiets.

René esquissa un semblant de révérence avec sa casquette.

— Bienvenue à Malakoff, votre altesse !

— Vous vivez ici ? interrogea-t-elle, abasourdie, en fixant une flaque d'eau boueuse qui semblait stagner là depuis des mois.

La boule à la gorge, Eugénie peinait à masquer son dégoût et sa peur. Elle promena son regard sur les roulottes et les masures édifiées à l'aide d'un assemblage de matériaux improbables : planches de bois, tissus, tôle. Ces baraques rudimentaires se dressaient dans une promiscuité épouvantable.

— C'est mieux que rien, déclara sa cousine en sautant de la charrette. Bon, tu viens ?

Désappointée, elle la suivit dans ce labyrinthe de boyaux non pavés, dont Charlaine paraissait connaître les moindres recoins. Très à l'aise, la jeune fille saluait les gens qui étaient dehors, occupés à étendre leur linge ou à fumer une cigarette. Eugénie fronça le nez en avisant l'amoncellement de déchets qui traînaient par terre. Des monceaux de textiles, de tonneaux, de vaisselle, de ferraille et de gravats se dressaient là, dans la puanteur caractéristique des ordures restées trop longtemps au soleil. Elle fit un bond en arrière quand un chat famélique déboucha devant elle à vive allure, ce qui ne manqua pas d'amuser ses cousins.

— Eh bien, tu n'es pas sortie de l'auberge si tu as peur d'un rien, releva René. Il doit courser un rat.

Eugénie sentit son visage se décomposer mais conserva le silence. Crier ne lui servirait à rien, de toute façon. Ils s'arrêtèrent devant une bicoque à peine plus présentable que les autres. Un tuyau de poêle pointait par une ouverture et une vitre cassée avait été colmatée avec du carton.

— Maman ? appela Charlaine en écartant le rideau à lanières en plastique de la porte ouverte.

La tante Antoinette apparut et Eugénie eut une hésitation. Cette vieillarde ne pouvait pas être la sœur de son père ? À quarante-cinq ans, elle en paraissait quinze de plus ! Sa peau déjà ridée et ses cheveux grisonnants témoignaient de la rudesse de sa condition. Quant à ses yeux, d'un gris de ciel d'orage, ils étaient éteints. Son sourire heureusement était sincère, bien qu'amputé de quelques dents.

— Ma nièce ! s'exclama-t-elle en embrassant Eugénie. Viens, entre donc. Tu as sûrement soif, avec cette fournaise.

En effet, l'été était exceptionnellement chaud. Le thermomètre atteignait les trente-quatre degrés et les faubourgs s'étaient transformés en étuve. On descendit d'abord les bagages de la jeune fille de la charrette, puis Antoinette mit un pichet d'eau sur la table posée au centre de la pièce. Eugénie lui donna les vivres que lui avait confiés sa mère.

— C'est moi qui ai fait les terrines, ajouta-t-elle.

Visiblement alléchés, Charlaine et René tendirent le cou. Leurs yeux brillaient de gourmandise ; leur cousine aurait pu parier qu'ils ne mangeaient pas souvent à leur faim.

— Ce n'était pas nécessaire, la remercia Antoinette.

— Bien sûr que si. Une bouche en plus à nourrir, ce n'est pas rien, affirma Eugénie, sans pouvoir s'empêcher de scruter la maisonnette.

Une vie entière s'entassait dans la pièce principale, aux murs noircis de suie, lui donnant des allures de bric-à-brac : une table, un poêle, des chaises, un fauteuil, des couverts dépareillés, une armoire de guingois. Des casseroles et des baquets. Une croix, fixée sur l'un des murs. Dans la seconde pièce, encore plus petite, la jeune fille devina un lit et des paillasses. Elle était effarée. Surprenant son regard peu rassuré, sa tante envoya Charlaine et René dehors.

— Votre père doit être fourré à la buvette, allez le chercher.

Antoinette parlait d'un ton autoritaire qui rappela à Eugénie sa propre mère. Comme elle allait lui manquer, dans ce sinistre endroit qui puait le rance et les ordures !

— Et pourquoi, on ne peut pas rester ? protesta Charlaine. On sait très bien pourquoi elle est là, y a pas besoin de faire des cachotteries.

Eugénie rougit sous le regard acéré de sa cousine.

— Tu files et tu ne discutes pas ! gronda Antoinette. Et n'allez pas dire aux autres qu'Eugénie a apporté à manger.

Une fois ses enfants dehors, elle s'assit à côté de sa nièce.

— Ici, tout le monde tire le diable par la queue et louche sur ce qu'a le voisin, lui expliqua-t-elle. Faudrait veiller à ne pas faire d'envieux, tu vois.

Grands dieux, où donc était-elle tombée ?

— Je comprends, répondit-elle cependant, d'une voix assourdie par l'angoisse.

— Oh, j'imagine bien que ça te fait un choc. Je n'ai pas tout dit à ton père.

La honte et le regret se lisaient sur son visage. Face à tant de misère, Eugénie ne put que secouer la tête.

— Tu sais, ma tante, il ne t'en aurait pas voulu si tu avais refusé de m'héberger.

Antoinette balaya sa réflexion d'un geste de la main.

— Ne dis pas de sottises. Si c'est pas la famille qui vous aide, qui le fera ? Je te le demande !

— Il est pourtant évident que je vais être une charge supplémentaire pour vous. Déjà que…

Elle s'interrompit, par peur de la vexer.

— Déjà que quoi ? Que nous vivons chichement ? Ça n'empêche pas qu'on peut rester solidaires.

— Pourquoi n'as-tu rien dit à Papa ? insista-t-elle. J'aurais apporté plus de nourriture !

Sa tante lui coula un regard peu amène.

— On ne veut pas de la charité. C'est à nous de nous en sortir tout seuls, c'est comme ça.

Consternée, Eugénie but son verre d'eau à petites gorgées. La résignation d'Antoinette l'embarrassait, tout comme sa propre situation. Si son père avait su, jamais il ne l'aurait imposée dans ce dénuement.

— Comment est-ce que c'est arrivé ? osa-t-elle enfin demander. Je sais que tu as perdu ton travail, mais…

Antoinette renifla, les yeux baissés sur son verre.

— Je suis trop usée pour qu'on me prenne ailleurs, fit-elle, laconique. Et puis ton oncle est rentré avec un bras en moins, plus personne ne veut l'embaucher. Foutue guerre ! Paraît qu'on l'a gagnée, tu parles… Elle nous a tout pris. Tout.

Il y avait de l'amertume dans le ton qu'elle employait. Un sentiment que partageait entièrement Eugénie, quand elle pensait aux ravages causés par ce conflit. On avait donné des décorations aux soldats, à ces hommes qui s'étaient battus pour le pays. Mais que devenaient ces héros, quand les estropiés et les traumatisés n'avaient aucun avenir devant eux ? On était en droit de se demander ce qu'il pouvait y avoir de glorieux, là-dedans.

— Et ton père ? voulut savoir Antoinette. Comment il s'en remet ?

— Il a la cuirasse dure. Sa blessure l'embête parfois, mais il travaille comme un forcené. Quand il est rentré, il nous a dit que la guerre avait été une boucherie atroce. Ensuite, il n'en a jamais reparlé.

Sa tante hocha la tête.

— Un peu comme mon Théodore. C'est abominable, ce qu'ils ont vécu. Ils préfèrent oublier.

— Mais pourront-ils y parvenir ?

Un long silence méditatif s'ensuivit, jusqu'à ce qu'Antoinette finisse par s'extraire de ses pensées.

— Ce n'est pas le tout, déclara-t-elle en se levant, mais le souper ne va pas se préparer tout seul.

— Je vais t'aider, décréta Eugénie, qui s'empara sans attendre d'un couteau pour couper le poulet que sa tante avait plumé.

*

Les jours suivants, la jeune fille fit de son mieux pour s'accoutumer à ce lieu aussi glauque qu'étrange que l'on nommait « la zone ». Ce qui était loin d'être facile, tant tout cela la répugnait et la désorientait. Des éclats de voix lui parvenaient régulièrement des baraques voisines, l'intimité était inexistante. On suspendait même son linge sur des cordes, à la vue de tous. Eugénie avait été incapable d'écrire une première lettre à ses parents ; chaque fois qu'elle posait le crayon sur sa feuille, c'était une petite rivière de chagrin qui sinuait sur le papier. Les conditions de vie étaient pires que tout ce qu'elle aurait pu imaginer.

Construites à peine cent ans plus tôt, les fortifications, édifiées pour la défense de Paris, s'étaient révélées inefficaces dans le conflit contre la Prusse, en 1870, ainsi que le lui apprit son oncle, un soir. Ce qui avait fait le bonheur des laissés-pour-compte, qui n'avaient pas tardé à prendre possession de ces enceintes à l'abandon. On trouvait donc sur cette ceinture noire de la misère l'écume du petit peuple parisien, chassé par les mutations de la capitale. Les marchands de vin, les familles ouvrières et même des vagabonds se côtoyaient, condamnés à vivoter tant bien que mal. Eugénie dut apprendre à cohabiter avec tous ces gens qui s'entassaient sur la vaste friche insalubre, loin de toute infrastructure et des commodités.

Malgré sa répugnance, elle ne tarda pas à constater que les « zonards » s'organisaient pour gagner quelques sous. Certains fabriquaient des petits meubles ou des paniers, puis les vendaient. Mais la véritable activité commençait aux alentours de cinq heures du matin, avec ceux qu'on appelait les chiffonniers. Ainsi, deux jours après son arrivée, Eugénie surprit ses cousins qui se levaient bien avant l'aube. Quand ils lui expliquèrent qu'ils allaient travailler, elle ne dissimula pas son étonnement.

— Je pensais que tu t'occupais de la maison avec ta mère, souffla-t-elle à Charlaine, en veillant à ne pas réveiller son oncle.

— Eh bien, tu te trompes, répondit sèchement celle-ci. Faut bien faire bouillir la marmite.

S'avisant de l'air un peu perdu d'Eugénie, elle se radoucit et lui raconta que de nombreux habitants de la zone gagnaient leur croûte en triant des ordures.

— Il y a les ravageurs et les tafouilleux, qui s'occupent des déchets charriés par les cours d'eau, énuméra-t-elle. Nous, les biffins, on collecte tout ce qu'on peut sur la voie publique.

Chiffons, os, papiers, tout se ramassait. Charlaine lui indiqua qu'il fallait ensuite classer les trouvailles en trois catégories : papier, croûte, verre.

— La ferraille, on ne garde pas, ça part vers les usines de récupération de métal, qui nous donnent un paiement en contrepartie.

Eugénie l'écoutait parler, hochant gravement la tête au fur et à mesure qu'elle se rendait compte des difficultés de ce travail. Avec ce rythme épuisant, il n'y avait rien de surprenant à ce que sa cousine soit parfois si brusque dans ses manières.

— Je pourrais peut-être travailler avec vous, avança-t-elle.

René manqua de recracher sa gorgée de café.

— Toi ? fit-il, comme si elle venait de se proposer pour soulever un bœuf. Tu ne tiendrais pas deux heures.

— Je suis résistante à la tâche, rétorqua-t-elle, vexée du peu de considération qu'on avait à son égard.

— Pas question, trancha Charlaine. T'es pas comme nous autres, et ton père ne t'a pas envoyée ici pour que tu le deviennes.

Eugénie soupira, dépitée.

— Je ne peux pas rester à rien faire ! Je ne sais même pas à qui m'adresser pour trouver du travail, il n'y a rien, ici.

Prenant sur elle pour conserver son calme, sa cousine lui conseilla de garder les oreilles ouvertes.

— Certains voisins reçoivent de la famille, le dimanche. Si on cherche quelqu'un, ça se sait vite. Mais assez causé, la paysanne, conclut-elle en nouant un fichu sur ses cheveux, faut qu'on file avant que d'autres mangent notre part du gâteau.

Eugénie les regarda s'enfoncer dans la nuit encore noire. Elle avait l'impression d'être complètement dépassée. Comment comprendre ce monde qui lui était encore inconnu quarante-huit heures plus tôt ? Les codes lui échappaient, elle ne savait pas comment se comporter face à toutes ces personnes qui, pour la plupart, avaient des figures patibulaires. Ils étaient braves, pourtant, lui avait assuré son oncle, mais les bassesses de la vie leur avaient fait oublier comment sourire.

Le vendredi soir trouva la jeune fille incapable de s'endormir. Elle ne faisait que ruminer, se tâtant à écrire à ses parents pour les supplier de la laisser rentrer. Le vide en elle était si grand qu'elle arrivait à peine à respirer, se retournant sans cesse sur sa paillasse. Allongée non loin de là, Charlaine poussa un soupir.

— Tu ne peux pas faire moins de bruit, non ? lui reprocha-t-elle à voix basse.

À défaut de trouver le sommeil, Eugénie se leva. Sortir lui ferait sûrement du bien, car elle étouffait dans cette bicoque lourde et incommodante. La soirée était claire et la température agréable pour une promenade nocturne. *Il suffirait de ne pas trop s'éloigner*, songea-t-elle en passant les piquets de bois qui formaient un portillon pour délimiter le bout de terrain.

— Alors, la belle, on se promène ?

La jeune fille sursauta en se retrouvant face à deux garçons sortis de nulle part. Tous deux portaient un foulard autour du cou et une cigarette fichée au coin du bec. Elle n'avait même pas fait trois pas. Par réflexe, elle reposa sa main sur le portail, prête à se réfugier dans la maisonnette. Le jeune homme qui venait de s'adresser à elle avait une balafre qui lui barrait la moitié de la joue et ses yeux sombres ne lui inspiraient pas la moindre confiance.

— Je prends l'air, murmura-t-elle, dans une déglutition nerveuse.

Le comparse du premier eut un sourire retors.

— On s'est un peu perdus, lui dit-il, tu pourrais peut-être nous accompagner pour nous montrer le chemin ?

— Je ne suis pas d'ici, répondit-elle de façon plus catégorique.

Eugénie n'était pas née de la dernière pluie. Elle n'avait absolument aucune envie de suivre ces deux garçons à l'allure louche.

— Une nouvelle ! s'exclama le premier, en la détaillant telle une pièce de viande. C'est encore mieux. T'es plutôt jolie, ce n'est pas négligeable.

À ce moment-là, la porte de la masure s'ouvrit sur Charlaine.

— Eugénie ! aboya-t-elle. Rentre !

Sa cousine n'avait que trois ans de plus qu'elle, mais son ton ferme ne laissait place à aucune réplique. Ses yeux vibraient d'une colère sourde, qu'elle avait du mal à contenir.

— Et vous, bande de cochons, ajouta-t-elle à l'attention des deux jeunes hommes, vous feriez bien de ne pas poser vos sales pattes sur elle.

— Du calme, temporisa le balafré, en levant les mains, en signe de reddition. Je ne savais pas qu'elle était de ta famille.

— Eh bien maintenant, tu le sauras ! Toujours à l'affût d'un mauvais coup, ceux-là, maugréa-t-elle tandis qu'ils s'éloignaient.

Eugénie suivit sa cousine sans demander son reste.

— Nom de Dieu, mais tu es inconsciente, ou quoi ? jura celle-ci haut et fort, une fois à l'intérieur.

— Arrête, protesta Eugénie, tu vas réveiller tes parents.

— Ça m'étonnerait, ils sont en train de cuver leur vin.

En effet, d'imperturbables ronflements provenaient de la chambre. Furibonde, Charlaine se mit à faire les cent pas à travers la pièce.

— Tu sais qui sont ces gars, au moins ? la sermonna-t-elle.

— Je ne…

— Non, bien sûr que tu ne le sais pas ! fit-elle en levant les bras au ciel. Ce sont des Apaches, espèce de crétine.

À la mention de cette bande sinistrement renommée, Eugénie la fixa avec une incrédulité teintée d'effroi. Elle avait eu l'occasion de lire dans les journaux illustrés les comptes rendus des méfaits dont certains de ces voyous s'étaient rendus coupables, avant d'être expédiés au bagne.

— Je ne pensais pas qu'ils sévissaient encore, avoua-t-elle, très gênée.

— Oui, eh bien tu tâcheras de mieux penser, à l'avenir ! fulmina Charlaine. Depuis qu'on les a envoyés en première ligne dans le Nord pour servir de chair à canon, ceux qui sont revenus sont encore plus affamés qu'avant. À tous les niveaux.

Bagarres entre bandes rivales, crimes, vols, fêtes et ivresse, tel était le quotidien de ces jeunes qui refusaient de rentrer dans le rang.

— De leur point de vue, une fille qui se promène seule le soir est une fille qui leur appartient, continua Charlaine. À ta place, j'éviterais de mettre le nez dehors une fois la nuit tombée, si tu n'as pas envie de te retrouver sur le trottoir. Ne sois jamais gentille avec eux. Jamais.

Le sang d'Eugénie se mit à pulser à ses tempes quand elle comprit ce à quoi elle venait sans doute d'échapper. La prostitution, ni plus ni moins ! Cet endroit infâme était décidément le lieu de toutes les perditions. Sans sa cousine…

— Attends une minute, tiqua-t-elle, interloquée, alors que Charlaine faisait mine de retourner se coucher. Les Apaches sont réputés pour être terribles. Comment se fait-il que celui-ci te mange dans la main ?

Une ombre de sourire passa sur la bouche de Charlaine.

— Il ne me mange pas dans la main. Il me tient en respect depuis que j'ai soigné sa sœur, l'année dernière.

— Tu es infirmière ? s'étonna Eugénie.

— Pas vraiment, non, mais ma mère m'a appris à utiliser les plantes. Alors, quand la sœur de Joseph – c'est le prénom du balafré – est tombée malade, il est venu me trouver. Je l'ai envoyé chercher tout ce qu'il me fallait pour la guérir, il n'a pas bronché. Il dit que sans moi elle serait sûrement morte. C'est elle qui l'a élevé, tu comprends…

— On a déjà vu mieux en matière d'éducation, ne put s'empêcher de relever Eugénie.

Charlaine gloussa et Eugénie remarqua qu'en plus de s'exprimer avec une emphase inhabituelle, elle s'était un peu empourprée. Il lui semblait déceler en sa cousine une sorte de fièvre qu'elle avait elle-même bien connue, cette fièvre qui faisait briller les yeux et battre le cœur un peu plus fort. Est-ce que par hasard… ?

— Doux Jésus, Charlaine ! Se pourrait-il que tu en pinces pour ce Joseph ?

Sa cousine recula, comme si elle venait de se prendre un seau d'eau glacée à la figure.

— Arrête, c'est un voyou ! se défendit-elle. Il baigne dans la violence.

— Certes, mais ça n'aurait rien d'incongru. Si on met de côté sa balafre et l'aura de danger qu'il dégage, admets qu'il est beau garçon.

Le visage écarlate, Charlaine soupira et se laissa tomber sur une chaise.

— Même si… j'en pinçais pour lui, comme tu dis, je refuse de fréquenter ce genre de gars. Je ne suis pas sotte, il n'y a rien à en attendre, à part de gros ennuis. Alors, oui, il m'a semblé apercevoir chez lui une once d'humanité, quand j'ai soigné sa sœur, et ça m'a peut-être un peu troublée. Mais je n'aime pas les filous, les oiseaux de nuit sans foi ni loi. La façon dont ils mènent leur existence me met hors de moi ! ajouta-t-elle avec virulence.

Eugénie coula vers elle un regard compatissant. Ainsi, Charlaine connaissait elle aussi les affres des amours impossibles !

— Tu ne diras rien, hein, la paysanne ? enchaîna cette dernière, inquiète.

— Je serais bien mal placée pour ça.

Charlaine ne pipa mot, le regard baissé sur la vieille table en bois. Elle paraissait hésitante, tout à coup.

— Tu l'aimais, le gars avec qui tu as fauté ? demanda-t-elle au bout de quelques secondes de silence.

Eugénie haussa les épaules.

— Que je l'aie aimé ou pas, ça n'y changera rien. Il va se marier avec une fille qu'il a engrossée.

Charlaine ne put s'empêcher de grimacer.

— S'il t'a laissé un marmot à toi aussi, tu es dans une sacrée panade. Ça t'a fait quoi, de savoir qu'il est allé avec une autre ? Tu es vexée ou tu as de la peine ?

Eugénie redoutait d'éclater en sanglots. Cela lui en coûtait, de revenir sur cette histoire, elle qui s'efforçait d'oublier les fugaces instants de bonheur qu'elle avait connus entre les bras de Jean.

— Je n'ai pas envie d'en parler, marmonna-t-elle.

— Fais comme ça te chante. De toute façon, l'amour, ce n'est pas ce qui te sera le plus utile, si tu veux te sortir ce monde-là.

Après ses confidences, sans doute encouragées par l'impression d'intimité qu'apportait l'obscurité, Charlaine n'évoqua plus le sujet. La vie reprit son cours, et avec elle une incessante ronde de questionnements et d'incertitudes.

9

— Allez, le bougnat, fais donc danser ma cousine !

Amusée, Charlaine fixait le jeune homme un peu timide qui avait rejoint leur groupe d'amis. Cela faisait à présent deux semaines qu'Eugénie était arrivée et, en ce dimanche, elle avait accepté de prendre part aux festivités qui se tenaient près du pont de la Vallée. Ainsi, ses cousins l'avaient entraînée dans une guinguette, leur lieu de rendez-vous dominical favori.

— Je n'ai pas très envie de danser, protesta Eugénie, gênée par l'exubérance de Charlaine.

Surtout, elle voyait bien que Marcel, celui que l'on surnommait « le bougnat » en raison de ses origines auvergnates, aurait préféré disparaître six pieds sous terre plutôt que se donner en spectacle avec une inconnue. Son attitude réservée contrastait d'ailleurs avec celle de toutes ces personnes venues se divertir sans retenue. Les jeunes, particulièrement, s'égayaient sur la piste, tentant de séduire une jolie fille ou un gars qui sortait du lot. On dansait, comme au bon vieux temps, on chantait les femmes, les amours de bals musette et les bistrots. On tournait au son de *L'Hirondelle du faubourg*, une chanson qui parlait à plus d'un, par ici.

— Tu n'es pas drôle, soupira Charlaine en regardant Marcel s'éloigner en compagnie de René pour aller se rafraîchir d'une citronnade.

Les deux garçons se mêlèrent à un groupe d'ouvriers qui commentaient l'actualité de manière plutôt versatile. Quelques jours auparavant, le pilote Charles Godefroy était passé sous l'Arc de triomphe avec un avion de chasse. Ce genre de démonstrations éveillaient en eux perplexité et colère. Le pays allait mal, trois cent mille travailleurs s'étaient mis en grève durant les trois mois précédents, afin de faire appliquer la loi des huit heures de travail journalier. En vain. On avait dénombré des blessés, des morts, mais le patronat avait encore gagné. Selon l'avis général, on les traitait drôlement, ces hommes qu'on avait envoyés défendre la patrie et qu'on brimait à présent.

Eugénie promena rapidement son regard sur les danseurs.

— Le balafré n'est pas là, constata-t-elle.

— La renifle l'a à l'œil, lui répondit Charlaine, en évoquant les patrouilles de policiers qui essayaient de remettre de l'ordre dans toute cette populace réputée dépravée. Il y a eu une bagarre, l'autre soir, à cause d'une fille. Il va se faire oublier pendant quelques jours. On va se promener ?

Eugénie la suivit et toutes deux déambulèrent parmi les badauds. L'ambiance était à la gaieté et différait franchement du reste de la semaine. C'était un joyeux défilé de diseuses de bonne aventure, de vendeurs de moules-frites, de marchands de berlingots ou de ballons. Dans un recoin, près d'un ruisseau malodorant, Eugénie surprit un couple en train de se quereller à voix basse. Le foulard noué autour du cou de l'homme et l'air prématurément usé de la femme ne laissaient aucun doute sur leurs activités. Plus loin, des rires aigus venaient contrebalancer leur discussion animée. On s'amusait dans les relents d'alcool et de musique, et on se disait que c'était la vie.

Après avoir marché ainsi quelques minutes, les deux cousines s'assirent sur un talus pour partager quelques pralines. À côté d'elles, un homme lourd d'ivresse s'était assoupi dans l'herbe ; il ronflait comme un bienheureux, ce qui ne manqua pas de provoquer leur hilarité. Eugénie commençait à apprécier Charlaine qui, derrière son apparente dureté, cachait un cœur qui ne demandait qu'à s'épanouir, dans un environnement plus propice à une fille de son âge. Cette dernière s'étendit dans l'herbe sèche et ferma un instant les yeux. En silence, Eugénie contempla la vue, plutôt intéressante, que l'on avait depuis ces anciennes fortifications. La Seine ondoyait à l'horizon et, au loin, on devinait les paysages agricoles. Ici, c'était presque la campagne. Voir les champs lui permettait de mieux respirer.

— Dis, demanda-t-elle tout à coup à Charlaine, pourquoi tu as dit que je n'étais pas comme vous autres, l'autre jour ?

Sur le moment, les paroles que sa cousine avaient prononcées lorsqu'elle avait proposé de travailler avec eux ne l'avaient pas vraiment atteinte, persuadée que c'était encore une moquerie de sa part. Pourtant, elles avaient suivi leur petit bonhomme de chemin dans l'esprit d'Eugénie.

Charlaine se redressa sur ses coudes et la considéra, durant un court instant, comme une parfaite idiote. Puis elle lâcha, d'un ton égal :

— Parce que tu n'es pas comme nous, c'est la vérité. Toi, y a tout un monde qui t'attend.

Eugénie fronça les sourcils.

— De quoi est-ce que tu parles ?

Charlaine désigna l'ensemble des badauds d'un revers la main.

— Tu n'as pas remarqué ces airs résignés et apathiques ? La pauvreté les a bouffés, elle nous ronge tous. Mais toi, t'es pas comme ça, parce que ça ne fait pas assez longtemps que tu es là. Alors il faut que tu te tires pendant qu'il en est encore temps.

— Je voudrais juste retrouver mes champs, murmura la jeune fille, davantage pour elle-même que pour sa cousine.

Charlaine eut un mouvement d'humeur.

— Tu n'es qu'une rêveuse ! Tu me fais penser à Marcel, tiens.

— Je n'ai rien à voir avec Marcel, enfin ! Lui, il semble toujours si pensif. Cela dit, pour le peu que j'en ai vu, il a l'air d'un bon gars, il a belle allure. Je suis sûre qu'il ferait un bon fiancé pour toi, tiens !

Certes, le garçon n'était pas très épais, mais il était difficile de manger à sa faim, dans les parages.

Charlaine émit une sorte de bruit qui pouvait s'apparenter à un rire.

— Un fiancé ! répéta-t-elle. Tu en as de bonnes, toi ! Non, je préfère rester seule. Les hommes sont des empêcheurs d'exister.

À présent, Eugénie la fixait avec circonspection. Elle n'était pas certaine de partager cet avis, trop tranché à son goût.

— C'est vrai, quoi ! poursuivit Charlaine. Ils décident de tout, ils ne veulent même pas qu'on vote, comme si nous n'étions pas capables d'avoir une opinion politique. Par contre, pour nous envoyer au turbin pendant qu'ils font la guerre et nous reprendre ensuite ce semblant d'indépendance, il y a du monde ! Tu trouves ça normal, toi ?

Bien qu'une sourde révolte se soit emparée d'elle lorsqu'on l'avait punie pour s'être laissé séduire par Jean, Eugénie ne savait plus trop si cet agacement était légitime. Après tout, il en avait toujours été ainsi. Les hommes décidaient, point. Tant que le soleil se lèverait à l'est et se coucherait à l'ouest, il n'y avait aucune raison pour que ça change.

Charlaine parut lire dans ses pensées.

— Regarde ce qui t'est arrivé, la paysanne ! Ton sort a été scellé par un homme, à cause d'un homme. Ils se fichent éperdument de ce que *toi*, tu aurais voulu. Pour ma part, je resterai libre. Se marier, c'est se soumettre.

Eugénie pencha la tête de côté, réfléchissant à ce point de vue.

— Tu ne seras jamais vraiment libre, Charlaine, observa-t-elle. Même si tu ne te maries pas, tu continueras à dépendre de ton père.

— Ce n'est pas pareil. Mon père, on dirait qu'il a laissé toute son autorité avec son bras, dans la Marne, ajouta-t-elle, de la tristesse dans les yeux. Bref… Pour en revenir à Marcel, c'est d'une gentille fille dont il a besoin. Moi, je suis trop…

Elle se tut, le temps de chercher le terme adéquat.

— Endurcie ? proposa Eugénie.

— Disons les choses ainsi. Crécher ici, ça forge le caractère, c'est sûr. Or il a été élevé dans un autre monde, le Marcel.

— Ah oui ?

Charlaine arracha un brin d'herbe, qu'elle fit rouler entre ses doigts.

— Sa famille tenait une petite pâtisserie, avant la guerre. La mère a essayé de la faire tourner comme elle a pu, mais elle est morte l'année dernière de la grippe espagnole, sans avoir revu ses hommes.

— C'est triste.

— Le plus, triste, c'est que si Marcel est rentré de la guerre sans une seule blessure, son père, lui, n'a pas eu cette chance ; il s'est pris des balles de mitrailleuse en plein visage.

Elle ne put s'empêcher de frémir à l'évocation du drame.

— Une gueule cassée, murmura Eugénie.

— Oui. Il ne sort jamais sans sa cagoule.

— Grands dieux ! C'est à ce point ?

Eugénie avait croisé des estropiés à plusieurs reprises. Le père de Charlaine se baladait lui-même avec une manche vide qui pendait le long de son corps. On finissait par s'y habituer. Mais des hommes au visage arraché, jamais elle n'en n'avait vu.

— Je l'ai surpris, une fois, alors que Marcel lui passait un gant sur la figure, reprit sa cousine. C'est horrible, le pauvre. Évidemment, il n'était plus question pour lui de vendre des gâteaux, alors il a atterri ici. Marcel aide Papa pour les rats, ça leur fait un peu de sous.

— Les rats. Bien entendu.

Quelques jours plus tôt, Eugénie avait en effet appris que l'oncle Théodore participait à la chasse aux rats. On en donnait vingt-cinq centimes par queue et certains n'hésitaient pas à en faire des élevages. Cette nouvelle l'avait tout d'abord laissée sans voix. Elle avait pourtant pris toute la mesure de la déchéance dans laquelle était tombée cette branche de sa famille. Il n'y avait qu'à voir Charlaine, qui s'était forgé une épaisse carapace derrière laquelle elle ruminait sa colère d'avoir dû renoncer à ses rêves de jeune fille, ou René, contraint de grandir trop vite. Théodore, lui, subissait ses journées comme s'il n'était plus décisionnaire de rien. Quand il ne sortait pas pour tendre des pièges aux rats ou s'en jeter un petit derrière la cravate avec d'autres hommes, il restait assis dans son fauteuil, à mâchouiller pensivement sa pipe. Quant à Antoinette, elle forçait un peu trop sur la piquette pour se consoler de ses malheurs et noyer sa honte, parce que tout s'oubliait plus facilement au fond du verre. Si le père d'Eugénie avait pu la voir, il l'aurait sans aucun doute qualifiée de pochtronne.

Jour après jour, Eugénie sentait grandir en elle la terreur de ne jamais parvenir à s'extirper de cette zone, qui broyait ses habitants. Ses champs lui manquaient, elle voulait retrouver sa ferme, où l'existence était rythmée par le doux ronronnement des saisons. Malgré la rudesse du travail, il y avait toujours du réconfort à se réunir le soir autour d'une soupe épaisse, dans la chaleur de la cuisine aux fenêtres embuées. Ici, elle redoutait déjà l'hiver, qui devait être plus froid et humide que n'importe où ailleurs. Il fallait à tout prix que son père accepte son retour, Eugénie ne voyait pas d'autre issue.

*

Ce matin-là, en se réveillant, la jeune fille laissa passer quelques secondes avant de comprendre ce qui lui arrivait. Puis elle s'autorisa à sourire. La tache rouge et humide qui s'était formée durant la nuit était sans appel : elle n'attendait pas d'enfant ! Elle en aurait esquissé quelques pas de danse si elle n'avait pas eu peur d'être prise pour une folle. Cette nouvelle lui remit du baume au cœur. Enfin, elle allait pouvoir écrire à ses parents ! En cette fin août, le plus gros des moissons était passé et Eugénie ne savait pas ce qu'avait donné la récolte. Était-il tombé d'autres pluies ou le blé avait-il pu être préservé ? Elle réalisa avec amertume qu'il ne lui avait fallu que trois semaines pour se retrouver totalement coupée du monde paysan. *Mais cela ne durera pas*, songea-t-elle en redressant la tête. Bientôt, elle serait de retour dans sa campagne.

— Te voilà bien réjouie, constata Antoinette, qui préparait le café.

Eugénie hésita, ne voulant pas froisser sa tante avec des paroles maladroites et une manifestation trop évidente de sa joie.

— Eh bien… Je crois que je vais pouvoir m'en retourner à la ferme.

Antoinette plissa les yeux, décontenancée par les propos de sa nièce.

— Ton père t'a écrit ? voulut-elle savoir.

— Non, mais… Je ne suis pas enceinte, chuchota-t-elle, afin d'épargner les détails à son oncle, qui faisait sa toilette dans la chambre.

Antoinette poussa un imperceptible soupir et se versa du café dans une tasse en métal.

— C'est une bonne chose, commença-t-elle, d'un ton ennuyé. Mais ce n'est pas pour autant que tu pourras rentrer à Cressigny.

Sous le choc, Eugénie se cramponna au dossier d'une chaise.

— Pourquoi est-ce que tu me dis ça ? s'indigna-t-elle, au bord des larmes.

Sans rien ajouter, sa tante se releva et ouvrit le tiroir du buffet, duquel elle extirpa une lettre.

— Lis, lui commanda-t-elle. Tu verras qu'il n'y a aucune méchanceté de ma part, juste la vérité.

La jeune fille déplia la feuille et découvrit l'écriture de son père. C'était la lettre qu'il avait envoyée pour demander à Antoinette d'héberger Eugénie. De façon très brève, il lui exposait les raisons de ce départ précipité et conjurait sa sœur de faire le nécessaire pour que sa fille trouve un travail… et un mari !

« *Tu sais comme ils sont, dans nos terres, les langues se délient et tout le monde est déjà au courant de la disgrâce dans laquelle est tombée ma droyère. Aucune famille ne voudra la marier à son garçon! Un des fils Berthillaud envisageait de se déclarer. Ce n'était pas forcément un bon arrangement vu les difficultés qu'ils rencontrent, mais des gars jeunes, il n'en reste plus beaucoup, par chez nous. De toute façon, dès qu'il a appris que le curé avait surpris Eugénie avec Jean, il a renoncé. Son avenir est donc à Paris qui, j'espère, fera d'elle une femme honorable.* »

Eugénie reposa la feuille, avec la sensation d'avoir pris un coup de poing dans l'estomac. Le père ne s'étendait pas davantage sur l'affaire, mais ses propos étaient assez explicites. Si Eugénie osait se montrer au village, ce que ses parents ne lui autoriseraient pas, on lui ferait payer le fait d'avoir cru aux promesses de l'amour. C'était injuste, d'autant plus qu'elle se moquait bien des commérages. Ses illusions s'effondraient à nouveau au fur et à mesure que son désarroi allait grandissant. Une grosse larme roula sur sa joue quand elle réalisa pour de bon ce que signifiait la lettre de son père : elle devrait rester dans cette ville qu'elle détestait par-dessus tout.

10

Le mois de septembre arriva, charriant avec lui des feuilles mortes et des pluies d'automne. L'ambiance était de plus en plus lourde et, avec le mauvais temps qui s'installait, l'oncle Théodore quittait rarement son fauteuil. Il râlait des heures durant, ne supportant plus de devoir être assisté dans son quotidien, qu'il s'agisse de se laver ou juste de couper ce qu'il y avait dans son assiette. Eugénie tentait d'aider du mieux qu'elle le pouvait. Personne ne lui reprochait d'être là, bien sûr, mais regarder les autres se démener pour gagner leur croûte la mettait mal à l'aise. Afin de se rendre utile, la jeune fille s'épuisait à la tâche. Elle avait commencé par nettoyer la petite maison de fond en comble et elle passait des heures à coudre des vêtements à partir de fripes ramassées dans la rue par ses cousins. Ils les vendaient ensuite pour deux francs six sous. Ainsi, elle avait l'impression de mériter ses repas. Surtout, le simple fait de s'activer était une victoire qui la sortait de la panique dans laquelle elle s'enlisait depuis qu'elle avait lu les mots terribles et sans appel de son père. Elle lui vouait un certain ressentiment et refusait catégoriquement d'écrire à ses parents, malgré les supplications de sa tante.

— Ça leur ferait plaisir d'avoir de tes nouvelles.

— Je n'ai pas envie de leur faire plaisir. Raconte-leur ce que tu veux à mon sujet, ça m'est égal.

Oui, elle en voulait beaucoup à son père d'avoir gâché son avenir. Si elle s'était rendue coupable d'avoir déshonoré sa famille, lui avait fait pire en la plongeant dans une situation inextricable.

Un soir où une fine bruine tombait sur la ville, René et sa sœur rentrèrent, après une journée passée à démarcher les différentes usines des alentours. À la suite du licenciement massif d'ouvriers après les grèves, ils espéraient dégoter un vrai travail et se faire une place en dehors de ce trou. Pourquoi pas à Belleville ou Ménilmontant. Pourquoi pas à la Villette, où il y avait les abattoirs ? Mais les places vacantes avaient vite été comblées.

— Est-ce que Marcel peut souper avec nous ? s'enquit René en posant sa casquette humide près du poêle. Son père doit passer la nuit à l'hôpital, ils veulent lui faire des examens pour une recons… euh…

— Une reconstruction faciale, termina Charlaine.

Comme de nombreux enfants durant la guerre, René avait été contraint de quitter l'école très tôt afin d'apporter une contribution supplémentaire au foyer. À seize ans, il était un jeune homme brave et courageux, pas physiquement déplaisant, mais il manquait de vocabulaire, sachant à peine lire une phrase entière sans buter sur un mot. Eugénie trouvait que c'était un sacré gâchis. Son cousin n'était peut-être pas voué à faire de grandes études, mais il méritait cent fois mieux ! Au lieu de quoi, à l'instar de sa sœur, il ramassait les ordures des autres. À présent, même les habitants des jolies maisons situées en bordure de la zone employaient les chiffonniers pour les débarrasser de ce dont ils ne voulaient plus. Charlaine y avait trouvé son compte, rapportant des vêtements jugés passés de mode par sa propriétaire, mais dans lesquels on pouvait tailler de nouveaux habits.

— Bien sûr qu'il va manger avec nous, répondit Antoinette au sujet de Marcel. Tu ajouteras quelques patates en plus au ragoût, Eugénie.

La jeune fille acquiesça, se remettant aussitôt à la tâche.

— Ça va être un repas de fête, observa Charlaine en avisant le dessert, posé dans un coin.

En effet, Eugénie avait découvert des pommiers à quelques pas de là. Elle avait préparé une tarte avec les fruits récoltés. Les arbres fruitiers ne manquaient pas, dans les environs et elle avait également repéré un groseillier, qui s'avérerait utile pour faire des confitures. Comme à la ferme, la cuisine était son domaine. Elle parvenait à concocter des plats avec trois fois rien. Deux fois par semaine, quand tout le monde était revenu de la récolte des déchets, on allait ramasser des légumes dans les semblants de jardins ouvriers qui se déployaient dans les fossés. Des choux, des navets, des pommes de terre, parfois un peu pourris, mais dont elle parvenait toujours à tirer quelque chose. René posait des pièges pour prendre des lapins, que la jeune fille cuisinait en ragoûts. Malgré tout, ce quotidien lui pesait, elle aurait donné n'importe quoi pour sortir des ruelles sombres et boueuses de Malakoff. Paris avait beau être une grande ville, pour les habitants de la zone, leur univers s'arrêtait souvent là.

Eugénie fut tout à coup tirée de ses pensées par l'arrivée de Marcel. Un vent frais s'engouffra dans la bicoque quand il ouvrit la porte. Charlaine, qui terminait de mettre la table, râla pour la forme.

— Vas-y doucement, le bougnat, c'est pas bon, les courants d'air !

Le jeune homme éternua en guise de réponse et, en relevant la tête, Eugénie vit qu'il portait une blouse déchirée. Il n'y avait rien d'étonnant à ce qu'il prenne froid à la moindre baisse des températures !

— Si tu as des vêtements à ravauder, je peux m'en occuper, lui proposa-t-elle.

— Des vêtements à quoi ? fit-il, autant surpris par le terme que par le fait que la jeune fille s'adresse à lui.

Charlaine lui tendit un verre de vin en étouffant un rire.

— Ravauder, ça veut dire raccommoder, répondit-elle à la place d'Eugénie. C'est du langage paysan.

Marcel hocha la tête et s'installa sur une chaise, sans quitter Eugénie du regard. Soudain mal à l'aise, la jeune fille fut tentée de baisser les yeux, mais elle décida de ne pas se laisser troubler. Profitant de poser les couverts sur la table, elle se mit à l'observer vraiment, pour la première fois depuis leur première rencontre à la guinguette. Avec les beaux reflets ambrés qui dansaient dans ses prunelles d'un marron aussi doux que l'automne, Marcel était séduisant, elle devait en convenir. Ce constat réveilla en elle une agréable sensation, qu'elle s'efforça néanmoins de refouler. Une fois avait suffi, il n'était pas question pour la jeune fille de s'attirer d'autres ennuis.

On mangea en évoquant le travail et les nouvelles. Marcel leur confia que son père n'était pas certain d'accepter la reconstruction faciale dont il était question. Il en garderait d'horribles cicatrices, ce qui, en définitive, ne risquait pas de changer grand-chose pour lui.

— Son visage serait peut-être moins impressionnant, non ? suggéra Charlaine.

— En théorie, oui, mais les médecins ne peuvent rien garantir. Et ces différentes opérations ne seraient pas sans douleurs. Il n'a pas envie de morfler encore pour un résultat approximatif.

— Quel dommage, tout de même, souffla Antoinette en terminant son vin.

Théodore, qui mangeait de son seul bras valide, opinait en silence, gardant pour lui ce qu'il en pensait.

— De toute façon, lança René, ce qui est fait est fait. On ne peut pas revenir en arrière.

Son père releva la tête pour le toiser d'un air furieux.

— C'est facile de dire ça quand on est en un seul morceau ! lâcha-t-il d'une voix enrouée.

Sur cette réflexion, Antoinette descendit un autre verre de vin. Pour faire diversion, Eugénie servit sa tarte, qui lui valut des compliments de tous.

— Elle est excellente ! la félicita Marcel, en lui offrant son plus beau sourire. Ça me rappelle naguère, quand on avait la pâtisserie.

Eugénie voulut lui rendre son sourire, mais le jeune homme avait à peine terminé sa phrase que son regard se voila d'une sorte de nostalgie.

— Tu n'as pas pensé à te faire pâtissier, toi aussi ? demanda Théodore, après quelques secondes.

— Bien sûr que si, concéda Marcel. Seulement, on préfère embaucher des gars qui présentent mieux que moi. Et puis, j'ai vingt-deux ans, je me fais vieux.

— Pourtant, tu es doué, lui fit remarquer Antoinette. Il y a toujours besoin de pâtissiers, les bourgeois ils aiment bien les petits gâteaux à la crème.

Marcel esquissa un geste fataliste de la main, tandis que Charlaine s'indigna en s'agitant sur sa chaise :

— Ils sont pénibles, ces boutiquiers si engraissés qu'ils en oublient le petit peuple ! Eugénie a raison, faut qu'on s'occupe de tes vêtements, Marcel. Avec ce que j'ai récupéré, on pourrait te rhabiller de la tête aux pieds. Sûr que tu trouveras du boulot !

— Tu crois que ce sera suffisant ?

— Ça, mon vieux, il n'y a qu'en essayant qu'on saura. Mais je vais te dire une chose : le neveu du balafré a réussi à entrer comme loufiat dans un café réputé. Alors tout est possible.

— Garçon de café ! siffla René. Ça ne me déplairait pas de faire ça !

Sa mère se chargea de lui ramener les pieds sur terre.

— Ouais, bah en attendant, toi, si tu veux gagner ta croûte demain matin, tu ferais bien d'aller te mettre au lit.

Après ce dîner, Marcel revint plusieurs fois, parfois accompagné de son père. Armand Carbolet était un homme taciturne et peu bavard, qui prenait toujours son souper chez lui, refusant obstinément d'ôter sa cagoule devant ses voisins. Il savait qu'en général, cela suscitait au mieux des réactions de pitié, au pire de la répulsion. Or, il ne voulait plus lire cela dans les yeux des autres. Afin qu'il profite lui aussi de sa cuisine, Eugénie lui apportait une part du repas qu'elle avait préparé, et il les rejoignait ensuite, après avoir mangé dans son coin. C'était compliqué d'établir le contact avec quelqu'un qui se cachait. Elle fut tentée, un soir, de lui dire que personne ne pousserait de cris d'effroi s'il découvrait son visage, mais elle s'abstint, constatant que chacun respectait sa décision. Si Armand ne prenait pas vraiment part aux conversations, il se satisfaisait cependant du fait d'avoir de la compagnie. Les jeunes faisaient tout pour le divertir, même lorsqu'il échangeait des regards graves avec Théodore, des regards qui les renvoyaient sans aucun doute sur les champs de bataille, où tous deux avaient tant perdu et laissé d'eux-mêmes. Dans ces moments-là, René et Charlaine s'efforçaient toujours d'apporter un brin de bonne humeur. Ils devisaient gaiement, commentant avec humour et éloquence les événements qui survenaient chez les voisins. La tireuse de cartes attendait son huitième enfant, et on se demandait où elle allait bien pouvoir le caser une fois qu'il serait sorti de son ventre. Il y avait aussi ce gars, un ouvrier sans histoires, qui avait failli se faire trancher la gorge après avoir piqué une des filles liées aux Apaches. Ah ça, il avait vu le canif de très près !

Ils bavardaient plus qu'ils ne parlaient, mais ça rendait la soirée plus douce. On jouait souvent aux cartes, les garçons étaient inlassables et auraient pu enchaîner les parties jusqu'au bout de la nuit, tels des enfants trop longtemps privés de jeux. Marcel s'amusait et Eugénie aimait le voir se départir de son air mélancolique. Pendant que ses cousins devisaient ou se chamaillaient, il lui adressait par-dessus ses cartes des sourires qui lui donnaient presque une impression de bonheur.

*

Un dimanche de mi-septembre, le soleil avait de nouveau fait son apparition et les températures s'étaient radoucies. Charlaine et Eugénie se préparaient pour aller à la guinguette. Cette dernière arrangeait sa tresse en la nouant de plusieurs façons possibles, tout en fredonnant un vieil air populaire :

— *Ah ! Si vous voulez d'l'amour / Ne perdez pas un jour / Cueillez le bonheur qui passe…*

Charlaine l'interrompit en lui octroyant une bourrade dans l'épaule.

— Eh bien ! Si cette fois tu ne danses pas avec Marcel, je veux bien qu'on me pende ! ricana-t-elle.

— Tais-toi donc, crétine ! Il fait beau, j'ai juste envie de chanter.

Pourtant, elle sentit ses joues se colorer à l'évocation de Marcel. À sa grande surprise, le jeune homme occupait beaucoup ses pensées, ces derniers temps. Les soirs où elle savait qu'il venait dîner, son cœur lui paraissait bien plus léger et, dès qu'il repartait, elle sentait poindre en elle comme une hâte de le revoir. Eugénie se trouvait stupide, car elle avait déjà compromis sa réputation une fois et il n'était pas question de recommencer. Seulement, c'était plus fort qu'elle ; la nuit, quand elle avait du mal à s'endormir, il lui arrivait de revoir ses beaux yeux ambrés posés sur elle. Chaque fois, leurs échanges de regards étaient furtifs, mais suffisants pour qu'elle soit déstabilisée par l'expression indéchiffrable de ses prunelles. Ce garçon avait su toucher une corde sensible en elle.

Elle grogna et chercha un moyen de changer de sujet. C'était mal connaître Charlaine, qui insista :

— Ce que j'en dis, c'est qu'à mon avis, tu vas vite l'oublier, ton gars de la campagne.

Jean... Même si elle ne l'aurait jamais avoué à sa cousine, il était vrai que cela faisait un moment qu'elle n'avait pas songé à lui. La séparation ne lui faisait plus autant mal qu'avant. Voire plus du tout.

— N'importe quoi, rétorqua-t-elle. De toute façon, tu l'as dit toi-même, ce n'est pas en s'amourachant d'un gars d'ici qu'on s'en sortira.

En une fraction de seconde, Charlaine se rembrunit. Peut-être se préoccupait-elle du balafré, qui n'avait toujours pas reparu depuis sa fuite. Ou de sa propre condition de ramasseuse d'ordures.

— C'est bon, je te charriais, marmonna-t-elle. Ça n'empêche pas que le Marcel, il te regarde comme si tu étais un objet précieux.

À ce moment-là, la porte s'ouvrit sur Antoinette, qui haletait comme si elle avait couru. Elle revenait de chez l'une de ses voisines, qui l'avait invitée à boire le café.

— Eugénie, je te cherchais !

La jeune fille pivota, surprise par l'irruption de sa tante.

— Je suis là, je m'apprêtais à faire un tour avec Charlaine.

— En vérité, elle allait danser avec le beau Marcel, taquina cette dernière, ce qui lui valut un pincement à la taille de la part d'Eugénie.

— Oublie et suis-moi, déclara Antoinette, le visage animé. On t'attend chez Henriette.

Ravalant sa déception, Eugénie obéit, non sans demander ce qu'on pouvait bien lui vouloir. En chemin, sa tante lui expliqua que Henriette recevait aujourd'hui la visite de sa sœur.

— Octavie est employée comme cuisinière chez le patron d'un grand magasin. Et tu ne sais pas la meilleure ? La petite jeune qui la secondait s'est mariée, ils cherchent quelqu'un pour la remplacer, termina-t-elle d'un ton joyeux.

Incapable de définir si elle devait se réjouir, Eugénie se contenta d'acquiescer. Elle pénétra à la suite de sa tante dans un minuscule jardin attenant à une bicoque tout aussi étroite, mais qui semblait bien tenue. Là, deux femmes âgées d'une soixantaine d'années bavardaient autour d'une table.

— Voici ma nièce ! annonça Antoinette, non sans fierté.

— Si c'est pas un beau brin de fille, ça ! admira Henriette.

Octavie, une petite dame rondouillarde aux cheveux blancs bien coiffés, leur sourit et entra directement dans le vif du sujet.

— Il paraît que tu cherches une place à Paris ?

Intimidée, Eugénie ravala sa salive et confirma par un signe de tête. Octavie enchaîna, répétant à peu près mot pour mot ce qu'Antoinette lui avait déjà dit.

— Si c'est vrai que tu es plutôt douée dans ce que tu fais et que tu n'as pas peur de vider une volaille ou un poisson, tu m'intéresses.

— Tout ça, je sais faire, affirma la jeune fille. À la ferme, il m'arrivait de tuer moi-même les poulets quand ma mère avait trop d'ouvrage.

Sa voix trembla un peu à la fin de sa phrase. Évoquer les lieux qui lui manquaient tant réveillait toujours en elle une douleur mêlée de colère. Elle se reprit cependant, et énuméra les différentes tâches dont elle était capable. Antoinette appuyait ses propos à grand renfort de hochements de tête approbateurs. Octavie la détailla avec attention, avant d'opiner du chef elle aussi.

— Tu as l'air vaillante et déterminée, la môme. Est-ce que tu pourrais te présenter demain matin au majordome, de ma part ?

Eugénie n'osait y croire. Comme les choses s'accéléraient, soudain !

— Je serai là à la première heure, s'entendit-elle promettre.

Néanmoins, il subsistait un point qui pourrait s'avérer embarrassant : si jamais elle était embauchée, la jeune fille allait devoir trouver le moyen d'effectuer le trajet deux fois par jour, qu'il pleuve, qu'il vente ou qu'il neige.

— Mais pas du tout, voyons ! s'exclama Octavie. Les De Ferrière préfèrent que leurs employés logent sur place. La maison est grande, nous avons un étage aménagé sous les combles.

Eugénie fut subitement submergée d'émotions contradictoires. C'était bête, mais l'idée de ne plus voir

Marcel la rendait triste. Et pourtant, elle sentait grandir en elle un espoir qu'elle ne pensait plus possible. Travailler au service de cette famille, ce ne serait pas seulement gagner de l'argent ; ce serait aussi, et surtout, quitter la zone.

Choisir son destin et non plus le subir.

Elle comptait bien tout mettre en œuvre pour y parvenir.

— Demain matin, à la première heure, répéta-t-elle, plus décidée que jamais.

11

Julia, 2013

Mon père étouffa un bâillement et je sus qu'il arrêterait là son récit pour ce soir. Je tentai néanmoins d'en savoir plus.

— Qu'est-ce qui s'est passé, ensuite ? le questionnai-je. Est-ce qu'Eugénie a été embauchée ?

— Bien sûr que oui, affirma-t-il. Ma grand-mère était la détermination même. Mais je préfère garder la suite pour une autre fois, je suis fatigué.

Je me levai pour débarrasser la table, m'efforçant de ravaler ma frustration. C'était tout un pan insoupçonné de l'histoire familiale que je découvrais et force était d'admettre que je me laissais volontiers prendre au jeu !

— Je n'avais jamais entendu parler de ces cousins parisiens, lançai-je en faisant allusion à René et Charlaine.

Mon père me révéla que c'était tout à fait normal, puisqu'ils n'avaient pas eu de descendance.

— Il ne reste plus personne issu de cette branche.

C'était peut-être un peu bête, mais je me sentais triste pour eux. Surtout, j'étais d'autant plus curieuse de découvrir ce qui leur était arrivé, ainsi qu'à Eugénie.

Mon instinct me soufflait que mon arrière-grand-mère, aussi perdue qu'elle l'était au début, avait su développer un sacré tempérament.

— En tout cas, j'ai hâte que tu m'en dises plus.

Toutefois, il me faudrait peut-être prolonger mon séjour si je voulais tout savoir. Mon père était tellement renfermé sur lui-même qu'il était bien capable de laisser passer plusieurs jours avant d'accepter de me parler à nouveau. Sans ajouter un mot, il monta dans sa chambre, me laissant seule au rez-de-chaussée. Je n'avais pas sommeil, il était encore trop tôt pour moi, et m'affaler devant la télé ne me tentait guère. Le soleil n'étant pas tout à fait couché, je laissai la vaisselle de côté, enfilai un vieux gilet accroché à la porte et sortis marcher sur les chemins qui longeaient les champs luxuriants. Les alentours de la maison, arborés et verdoyants, rappelaient que la forêt se trouvait à proximité. À l'exception de vaches allongées dans un pré, il n'y avait pas âme qui vive. C'était apaisant. Réchauffée par la douce lumière dans mon dos, je bifurquai à droite, pour rejoindre les abords du terrain de camping, puis continuai en direction de la rivière, qui sinuait près de là. Le cours d'eau était enjambé par un vieux viaduc, sur lequel passait autrefois la voie ferrée, devenue un sentier depuis la fin des années soixante. Si je continuais tout au bout de la route, je savais que je trouverais la piscine municipale et un vaste espace boisé où l'on organisait bon nombre de fêtes estivales.

Rien n'a changé, ou si peu !

Revoir ces lieux m'emplit le cœur de tristesse. C'était difficile, de ne plus penser au passé, d'accepter ne pas pouvoir revenir en arrière pour savourer une ultime fois un plongeon dans l'eau fraîche de la Creuse ou un câlin de ma mère, à l'ombre du verger, le nez enfoui dans son cou qui sentait bon la fleur d'oranger. Mes pensées dérivèrent sur Eugénie, qui avait été plus ou moins chassée de ces terres. Je comprenais à quel point cela avait dû être difficile pour elle, de voir son petit univers voler en éclats, au nom des conventions et des carcans de l'époque. Une branche s'accrocha à mes vêtements et je sursautai. Sans en avoir conscience, je m'étais aventurée vers l'une des berges de la rivière. Avant, il y avait un vieux banc de bois moussu, qui ajoutait à l'ambiance bucolique. C'était là que s'achevaient souvent nos escapades à vélo du mercredi après-midi. Cette partie de la rive étant redevenue un peu sauvage, j'écartai les ronces avec précaution pour me frayer un chemin. Le banc était toujours là, au bord de l'eau, et je remarquai la silhouette solitaire d'un homme assis. À côté de lui, un magnifique golden retriever se prélassait dans les derniers rayons du soleil. Le chien redressa la tête au moment où je m'apprêtais à rebrousser chemin et trahit ma présence en poussant un gémissement interrogateur.

Et merde, ce type va croire que je l'espionnais !

Je me constituai aussitôt un sourire de circonstance, du genre « Ce n'est absolument pas ce que vous croyez ».

— Qu'est-ce qu'il y a, Simba ? demanda l'homme, avant de fouiller les environs des yeux.

Cette voix... Oh, non !

Mon sourire s'évanouit en une fraction de seconde. L'homme pivota vers moi au même instant. Il y eut comme un carambolage dans ma tête. Mon cœur trébucha, avant de repartir en accéléré. Je m'attendais à tout, sauf à tomber sur Ben. Frappée de stupeur, je restai figée. Un millier de fois, j'avais imaginé ce que je pourrais lui dire, si un jour le destin le mettait à nouveau sur ma route. Lui faire comprendre que j'avais très bien remonté la pente, merci, et que ma vie était totalement épanouissante, s'il savait ce qu'il avait perdu, le pauvre ! On a toutes ce genre de dialogue imaginaire avec les garçons qui nous ont brisé le cœur. Mais bien sûr, alors qu'il était à quatre mètres de moi, me toisant comme s'il voyait un fantôme, j'avais la bouche sèche et le cerveau complètement vide. Je demeurai pétrifiée, refusant d'analyser ce que je ressentais. Quatorze ans s'étaient écoulés depuis qu'il avait mis un terme à notre histoire. Si je m'étais remise de la déconvenue amoureuse, il m'avait fallu plus de temps pour digérer la façon dont, au passage, il avait fait table rase de la belle amitié qui nous avait unis durant notre enfance. Ben avait littéralement coupé les ponts, disparu de la circulation du jour au lendemain. Ça avait été très douloureux.

Nos yeux s'accrochèrent. Aucun de nous deux ne souriait et pourtant, c'était tout un passé commun qui flottait entre nous. Notre affrontement était muet, mais intense. À sa tête défaite, j'aurais pu parier qu'il s'attendait à passer un sale quart d'heure. Mais quatorze ans après, à quoi bon ? Je n'étais pas une de ces hystériques rancunières, prêtes à tout pour pourrir la vie de leurs ex. Je soutins son regard un instant de plus, puis déguerpis brusquement, sans avoir prononcé une seule parole.

En rentrant, je me frottai le visage. Merde, sur un peu plus de mille habitants que comptait Cressigny, pourquoi était-ce sur Ben que je devais tomber ? Et surtout, pourquoi est-ce que ça me mettait en vrac ? Je grimaçai en voyant mon aspect dans le miroir : entre mes cheveux emmêlés et le gilet trois fois trop grand emprunté à mon père, Ben avait dû conclure que j'étais devenue une vieille folle.

*

Les deux jours suivants, j'évitai consciencieusement de traîner dans le bourg et les autres endroits où j'étais susceptible de revoir Ben. Notre rencontre inopinée avait eu pour effet immédiat de me convaincre de rentrer à Paris, sans préavis. Puis je m'étais souvenue que j'avais promis à ma grand-mère de lui rendre visite. Il me restait donc quatre jours à passer dans le coin, et ensuite je serais libre de reprendre la route. Libre de m'éloigner de ce passé bien trop encombrant.

Je regrettais mon élan de panique face à Ben. N'importe qui d'autre se serait contenté de marquer un temps d'arrêt de quelques secondes, avant de s'exclamer, en forçant un peu le ton : « Ça, alors ! Toi, ici ! » Mais apparemment, quelque chose chez moi ne tournait pas rond, car j'étais ce genre de fille à trouver des heures après ce qu'elle aurait dû dire sur le coup.

— Je vais faire un tour à la ferme d'Eugénie, annonçai-je à mon père, le jeudi, après avoir lavé la vaisselle du déjeuner. Tu viens avec moi ?

Reposant sa tasse de café, il soupira d'un air morose et fit non de la tête.

— Il n'y a plus grand-chose à voir, là-bas.

— Je m'en doute, répondis-je d'un ton hésitant. Mais, je me disais que… Je ne sais pas, ça pourrait être l'occasion de… (*nous rapprocher un peu*)… faire une sorte de retour aux sources. Et puis, j'irais bien faire un peu de shopping, après.

Mon père me fixa avec un air perplexe qui m'agaça, mais je décidai de ne pas en tenir compte.

— OK, message reçu. J'y vais seule. Est-ce que tu as besoin de quelque chose ?

À part d'une nouvelle coupe de cheveux et d'un bon électrochoc ?

Quelques minutes plus tard, je garai ma voiture sur le parking qui faisait face à un complexe de boîtes de nuit. La ferme était autrefois située à la sortie sud du village ; la seule chose dont je me souvenais avec netteté, c'est que, parfois, nous passions voir Eugénie à l'improviste en revenant du supermarché. Mon arrière-grand-mère avait sa sempiternelle blouse à imprimés sur le dos et elle ne manquait jamais de sortir une boîte en fer pleine de biscuits ramollis pour accompagner le café qu'elle offrait à mes parents. Nous étions alors dans les années quatre-vingt et il n'y avait plus aucune activité agricole depuis des lustres, mais Eugénie avait tenu à conserver la maison. Après sa mort, tout avait été racheté, puis rasé. À la place, on avait bâti cet affreux dancing de campagne, qui tenait par on ne sait quel miracle, en diffusant des tubes passés de mode depuis plus de vingt ans. Cependant il subsistait encore des prés alentour. Je m'engageai sur un sentier et le suivis jusqu'au cours d'eau qui s'étendait en contrebas. Ce devait être ici qu'Eugénie se baignait durant la guerre et pêchait des poissons avec son père. Derrière une rangée de haies, je distinguai les murs d'une zone pavillonnaire. Assurément, le paysage n'avait plus rien à voir avec celui de 1920. Heureusement qu'Eugénie n'avait pas vu cela de son vivant, elle qui aimait tant ses champs, à en juger par ce que mon père m'avait décrit. Toujours est-il qu'il ne s'était pas trompé : il n'y avait rien à voir de ce côté. Aussi je rebroussai chemin et remontai dans ma voiture.

Après cela, je passai le reste de la journée à me balader dans les rues de Loches. Si le trajet était un peu long à l'époque de mon aïeule, il ne me prit que très peu de temps en voiture. Je flânai devant les boutiques du centre historique, pris le temps de choisir un tee-shirt pour mon père, puis remontai jusqu'au château.

En cette période de l'année, les rues médiévales commençaient à s'animer et ce n'était pas désagréable. Cela me permit d'oublier un moment toutes les pensées qui se bousculaient dans ma tête. Du moins, jusqu'à ce que je m'offre un thé en terrasse. La réalité de ma situation me revint en pleine face et je ressentis une grosse bouffée de honte, d'être assise là, sans occupation. Venir chez mon père m'avait paru être la chose à faire, mais tout à coup je n'en étais plus si sûre. C'était ridicule de m'octroyer quelques jours de vacances alors que j'aurais mieux fait de m'occuper du trou béant qu'était devenue ma vie professionnelle. Je sortis mon portable de mon sac à main pour appeler Aurélie. J'en avais tellement marre de ressasser toujours les mêmes choses ! Par chance, mon amie me répondit très vite.

— Laisse-moi deviner ! me dit-elle après m'avoir saluée. Ton père et toi avez fait la paix et tu rentres.

— J'ai vu Ben.

Oups. Ce n'était pas ce qui était censé sortir en premier.

— Quoi ? s'écria mon amie. Tu parles *du* Ben, le petit con qui t'a larguée comme une vieille chaussette puante quand on était étudiantes ?

— Je n'aurais pas présenté les choses comme ça, mais oui, il s'agit de ce Ben-là.

J'enchaînai en lui racontant les circonstances de notre rencontre.

— Ma tante m'avait bien prévenue qu'il était de retour dans le coin, mais franchement, je ne m'attendais pas à tomber sur lui.

— Qu'est-ce que tu lui as dit ?

— Rien.

— Comment ça, rien ?

— En fait, j'étais trop sidérée pour parler. Je me suis enfuie.

Aurélie ne manqua pas de s'esclaffer.

— Tu t'es enfuie ? répéta-t-elle. Non, mais j'y crois pas ! Il est devenu si moche que ça ?

— Non, c'est moi… Disons que j'aurais préféré avoir les cheveux propres et porter autre chose qu'un gilet double XL de mon père.

— Sans blague. Là, c'est carrément lamentable, il va croire que tu te laisses aller.

Je poussai un profond soupir.

— Au fond, il peut penser ce qui lui chante, ça m'est bien égal. J'ai envie de rentrer à Paris.

— Ma parole, tu es folle ! s'exclama Aurélie. La ligne 13 du métro te manque tant que ça ?

Je ris avec elle. Cette rame, bondée en permanence, était notre hantise à toutes les deux.

— Bien sûr que oui ! Je ne connais pas de meilleur bonheur que celui de me retrouver la tête coincée contre un torse inconnu.

— C'est si terrible que ça, la Touraine ?

— Eh bien… Si on oublie Ben et mon cousin qui tire la tronche, c'est assez supportable, admis-je.

— Qu'est-ce qu'il a, ton cousin ?

Je lui expliquai brièvement la colère qu'il semblait nourrir à mon encontre.

— Je vois, analysa Aurélie. Encore un qui a dû s'imaginer que tu étais devenue une sorte de petite pimbêche parce que tu es passée à la télé.

Je savais qu'elle faisait allusion à un couple d'anciens amis, qui m'avait tourné le dos dès l'instant où les journaux avaient commencé à parler de moi. Le fait d'atteindre une certaine forme de notoriété provoquait parfois de drôles de réactions chez les gens. Il y avait ceux qui voulaient à tout prix devenir proches de moi, et ceux qui s'éloignaient, se figurant que j'allais me penser trop bien pour eux. C'est du moins ce que nos amis avaient confié à Aurélie. J'étais soulagée d'être débarrassée de cette forme de pression.

— Je ne sais pas si c'est ce que pense Alex, répondis-je. J'ai l'impression que c'est plus profond que ça. La bonne nouvelle, c'est que mon père m'a un peu parlé de sa grand-mère.

Je lui relatai avec enthousiasme ce que j'avais appris au sujet d'Eugénie.

— Alors, si je comprends bien, commenta mon amie, tu cherches à découvrir qui tu es ?

Je la détrompai très vite.

— Je sais qui je suis. Je l'ai toujours su. Mais c'est très instructif de se plonger dans l'histoire de ses ancêtres.

— Mmm… Jure-moi que tu ne vas pas devenir atrocement chiante et écrire un bouquin du style *Ce voyage intérieur qui a changé ma vie* !

— Promis ! dis-je en riant.

Aurélie me parla ensuite de sa grossesse et du lit qu'elle venait d'acheter pour son bébé. Je sentais sa hâte d'accoucher. Nous discutâmes encore quelques minutes, puis je raccrochai et réglai l'addition au salon de thé. En rentrant, j'offris le tee-shirt à mon père, qui, durant quelques secondes, observa le vêtement comme s'il ne savait pas quoi en faire.

— J'ai pensé que ça te ferait plaisir, lui dis-je pour briser le silence. La couleur s'accorde bien à tes yeux.

En vérité, j'ignorais s'il aimait ce joli vert d'eau et si cela ferait vraiment ressortir ses prunelles marron, mais il me remercia, m'octroyant même une ébauche de sourire. Toutefois, à ma grande déception, il n'évoqua pas Eugénie de la soirée, se calant devant un feuilleton policier sitôt le dîner terminé. Désœuvrée, je montai dans ma chambre, où je tentai sans succès de me plonger dans le dernier roman de Stephen King. Aussi passionnant qu'était ce voyage dans le temps pour tenter de sauver JFK, j'étais trop intriguée par l'histoire de mon arrière-grand-mère pour parvenir à me concentrer. Beaucoup de questions restaient en suspens, je n'arrêtais pas de me demander comment Eugénie avait fini par se rapprocher de Marcel, et comment tous les deux s'étaient ensuite retrouvés à la tête de deux pâtisseries. Si, la veille, mon père m'avait entrouvert comme une porte qui donnait sur un jardin secret, il l'avait trop vite refermée à mon goût. Demain serait peut-être un autre jour…

*

Le lendemain matin, la première chose que je remarquai en me réveillant fut que mon téléphone clignotait, annonçant un message. Le SMS provenait de Méline.

Bonjour, ma chérie ! Pas trop dure, la cohabitation avec ton père ? Si tu as besoin de te changer les idées, mon club de lecture se réunit chaque vendredi chez moi. Joins-toi à nous ce soir. J

Je louchai sur l'écran, interdite.

Un club de lecture ? Vraiment ?

J'attendis d'avoir bu mon café pour rappeler ma tante.

— Oui, Julia ? fit-elle en décrochant. Tu as eu mon message ?

Je répondis par l'affirmative.

— Le réseau fait parfois des petits miracles.

Bon, d'accord, j'exagérais un tout petit peu. Cela faisait au moins cinq ans qu'il n'y avait plus besoin de grimper sur le toit pour espérer capter de quoi passer un coup de fil.

— Est-ce que ça te dit de venir, alors ?

— Je ne sais pas trop, hésitai-je en m'immobilisant face à la fenêtre. Ça m'embête un peu de laisser Papa tout seul.

À travers les carreaux, je vis que ce dernier se trouvait dans le jardin, penché sur ses plants de tomates. C'était bien les seules choses dont il prenait encore soin.

— Embarque-le avec toi, proposa aussitôt Méline. Il n'est pas exclu.

Je lâchai un reniflement sceptique.

— Je vais essayer de le convaincre, mais à mon avis…

— Alex et ton oncle seront de virée au bowling avec Léo. Il préférera peut-être aller avec eux.

Hum. J'avais du mal à imaginer à quand remontait la dernière sortie de ce genre de mon père. Il faudrait un ouragan pour le déloger de sa maison. Et encore. Je m'abstins toutefois de tout commentaire.

— Je mentionnerai la soirée, on va voir ce qu'il décide. C'est quoi ton club, alors ? Vous parlez bouquins, c'est ça ?

Méline émit un petit rire.

— C'était la première intention, oui. Et puis, de fil en aiguille, c'est devenu un peu plus que ça.

Je l'écoutai m'expliquer que l'idée était de se rencontrer autour d'un morceau de gâteau tous les vendredis soir pour papoter de tout et de rien. C'était comme se retrouver dans un café entre copines. Les hommes étaient les bienvenus, eux aussi, mais ils préféraient généralement faire des trucs de leur côté.

— C'est une soirée ouverte à qui en a envie. Ça casse un peu la solitude, tu vois ?

Je n'étais pas certaine de tout saisir, non, mais la manière dont elle en parlait rendait la chose sympa.

— Est-ce qu'il y a beaucoup de monde ? voulus-je savoir, peu encline à être projetée au centre de l'attention et des commérages.

— Il nous est arrivé de nous retrouver une dizaine autour de la table.

— Oh.

Ce n'était pas exactement ce que j'avais envie d'entendre. Méline dut sentir ma réticence, car elle rebondit très vite :

— Mais ce soir, seulement deux personnes seront là, trois si tu viens. En ce moment, tout le monde est accaparé par les préparatifs de la kermesse de l'école.

Tant qu'une de ces personnes n'est pas Ben, ça me convient.

— Et donc, qui sera là ?

— La voisine de ton père, Colette, et Maud Blanchard. Vous étiez à l'école ensemble, non ?

— Exact. Je serai contente de la revoir, tiens. Je ne te promets rien pour Papa, mais tu peux compter sur moi.

Avant de raccrocher, je lui demandai si elle savait où je pouvais dénicher des photos d'Eugénie.

— Mmmh, réfléchit-elle. Il me semble avoir rangé des albums dans les cartons que j'ai déposés chez ton père, mais je n'ai pas pris le temps de les feuilleter. Tu peux toujours y jeter un œil.

12

— Qu'est-ce que tu fais avec ça ? s'enquit mon père, étonné, alors que je posais un lourd carton étiqueté « Affaires personnelles » sur la table de la salle à manger.

— Je compte occuper mon après-midi, lui dis-je d'un ton pince-sans-rire.

Comme je le soupçonnais, mon père n'avait pas daigné accepter l'invitation de Méline. Quant à l'idée d'aller au bowling avec son beau-frère et son neveu, ça ne l'emballait pas non plus. Passer une soirée en famille ne pouvait qu'améliorer son humeur, pourtant, mais je n'avais pas osé insister. Après tout, il était majeur et libre de ses mouvements.

— Ta tante a déjà trié ce qu'il y a dans ces boîtes, fit-il valoir.

— En fait, je cherche des photos d'Eugénie.

Mon père se releva du canapé et esquissa quelques pas vers le buffet.

— Il fallait me demander, Julia, déclara-t-il en ouvrant un tiroir. J'en ai quelques-unes.

Il fit glisser sur son nez les lunettes qui étaient juchées sur le haut de son crâne et me tendit une boîte en fer-blanc.

— Si je me souviens bien, il y en a même une où elle te tient sur ses genoux.

— Super ! Tu les regardes avec moi ?

Je pris place sur une chaise et il se pencha par-dessus mon épaule tandis que j'ouvrais la boîte. Il y avait dedans une dizaine de clichés un peu jaunis, pris lors d'une fête de famille. Je les parcourus rapidement, m'attardant sur un portrait de groupe. Mon père pointa son index sur la vieille dame qui se tenait au centre de la photo.

— Tu vois, le bébé qu'elle tient dans ses bras, c'est toi.

Je souris devant cette scène immortalisée l'année de ma naissance. Les cheveux blancs attachés en un épais chignon, Eugénie me serrait avec fermeté, sûrement par crainte de me laisser tomber. Mes parents nous entouraient. À l'expression béate de leurs visages, je sus qu'à cette époque, ils étaient heureux. À droite de mon père, Méline, grande et brune, agrippait Alex par les deux mains. Mon cousin devait avoir tout juste un an. À gauche, Suzette avait un bras passé autour de la taille d'Arthur.

— *Tutur*, soufflai-je en utilisant le surnom par lequel on désignait tous le second mari de ma grand-mère.

Je n'avais pas connu mon véritable grand-père, décédé en 1944. Suzette avait épousé Arthur en secondes noces, dans les années cinquante. Celui-ci s'était éteint peu avant le divorce de mes parents. En repensant à tout ça, je me rendis compte que j'ignorais totalement les circonstances du décès de mon grand-père biologique. Ce n'était pas le genre de choses que l'on évoquait comme ça, au milieu des conversations. Mais il devait être très jeune, lorsque c'était arrivé. Si je savais qui j'étais, comme je l'avais assuré au téléphone à Aurélie, l'histoire de ma famille comportait quand même certaines zones d'ombre.

— Si je ne dis pas de bêtises, reprit mon père, toujours penché sur la photo, on fêtait ce jour-là les soixante-dix-sept ans d'Eugénie.

J'opinai doucement.

— J'ai très peu de souvenirs d'elle. J'avais quoi, six ans, quand elle est morte ?

— À peu près, oui. Elle en avait quatre-vingt-trois. Elle est partie dans son sommeil, comme ça.

En dépit du temps écoulé, je sentais que le sujet restait douloureux pour lui. Méline m'avait prévenue que mon père avait été proche d'Eugénie.

— J'aimerais bien voir des photos de sa jeunesse…

Il n'eut pas le temps de me répondre car la sonnerie de mon téléphone nous interrompit. Je fronçai les sourcils en découvrant le numéro du notaire de ma mère.

— Je dois décrocher, m'excusai-je, avant de sortir dans la cour.

Quelques secondes plus tard, j'écoutai maître Arnaud m'informer de la vente de l'appartement.

— Le couple qui était intéressé a confirmé. C'est une excellente chose pour vous !

Bien que je n'aie envisagé aucune autre option que celle de la vente, je me sentis prise de court.

— Eh bien, je… C'est allé vite, en réalité, bafouillai-je.

— Tant mieux, cela vous évitera de payer des taxes supplémentaires.

— Oui, bien sûr. Alors, que va-t-il se passer, maintenant ?

— J'aurais besoin que vous passiez signer les papiers à l'office.

Quoi ?

— Je ne suis pas à Paris en ce moment. Je rends visite à ma famille, en Touraine.

Il y eut un court silence, puis j'entendis le notaire taper sur le clavier de son ordinateur.

— Si vous pouvez vous arranger pour être de retour en fin de semaine prochaine, ça me convient, reprit-il. Mettons vendredi, à onze heures, ça vous laisse de la marge.

Dans sept jours, donc.

— Entendu, je viendrai.

Je raccrochai, hagarde et éberluée.

— Tout va bien, Julia ?

Depuis le seuil de la porte, mon père m'observait, l'air soucieux.

— Oui, c'était le notaire de Maman. Le… L'appartement est vendu.

Je me détournai en m'apercevant que j'avais les larmes aux yeux. Je n'avais pas de réel attachement pour ce trois-pièces situé près du quai Blériot, mais c'était encore une page qui se tournait. Encore un événement qui venait me rappeler de plein fouet que plus jamais je ne pourrais la serrer dans mes bras. Et ça, c'était toujours aussi dur.

— Et zut, je m'étais promis de ne pas pleurer quand ça arriverait, marmonnai-je en essuyant une larme qui avait roulé le long de ma joue.

Gêné, mon père ne semblait plus savoir où se mettre.

— Est-ce que tu veux boire quelque chose ? me proposa-t-il.

J'acquiesçai en le suivant dans la maison. S'il n'avait pas été en plein sevrage d'alcool, je lui aurais volontiers demandé un whisky.

— Je vais rentrer à Paris la semaine prochaine, lui annonçai-je.

— Déjà ?

— Entre la paperasse à signer et mon avenir professionnel… Il y a des problèmes qu'on ne peut pas occulter éternellement.

Mon père parut sur le point de dire quelque chose, mais il se ravisa.

— Qu'est-ce qu'il y a ? questionnai-je.

— C'est sans importance.

— Apparemment, ça en a quand même un peu, insistai-je.

Il prit une inspiration.

— L'idée que tu aurais envie de t'établir dans le coin m'a furtivement traversé l'esprit, m'avoua-t-il en regardant son verre.

J'en restai comme deux ronds de flan.

— Tu n'es pas sérieux, si ?

Mon père haussa les épaules, non sans une pointe d'agacement.

— Je te l'ai dit, ce n'était qu'une idée fugace.

Bien. Très bien.

Je ne voulais surtout pas qu'il commence à se faire des illusions. Cela dit, m'imaginer revenir m'installer dans la région n'était peut-être pas synonyme de bonne nouvelle, à ses yeux. Ce n'était pas comme si nous étions proches l'un de l'autre. Ce que j'avais pris pour de l'agacement n'était sûrement qu'une espèce de soulagement. Rien d'autre.

Après cela, quelqu'un frappa à la porte. C'était Colette, la voisine.

— Mais tu ne m'avais pas dit que ta fille était là, Serge ! s'exclama-t-elle en me faisant la bise comme si nous nous connaissions depuis toujours.

C'était en réalité la première fois que je la voyais.

— Je suis arrivée un peu à l'improviste, lui expliquai-je sans entrer dans les détails.

— Votre papa doit être content d'avoir de la compagnie.

Je me retins pour ne pas éclater de rire.

— Il adore ! répondis-je de façon théâtrale, en coulant un œil teinté d'ironie vers le principal concerné.

Colette, qui était venue pour faire le ménage, se retrouva désappointée en constatant qu'elle n'aurait rien à faire aujourd'hui. Je lui proposai gentiment de rester boire un café. Cette petite dame aux cheveux poivre et sel et à l'énergie communicative m'était très sympathique, et ça me faisait fulminer que mon père lui confie ses tâches ménagères alors qu'il en était tout à fait capable !

Posant le café sur la table, j'entamai la discussion :

— Il paraît qu'on va se voir ce soir chez ma tante.

— C'est vrai ? Je suis ravie que vous veniez. Méline a eu une excellente idée, avec ce club. Je trouve que ça resoude les liens de la communauté.

Elle trempa une langue-de-chat dans sa tasse, puis ajouta, en regardant mon père :

— Toi aussi, tu devrais te joindre à nous, Serge.

Ce dernier balaya sa remarque d'un geste de la main.

— Tu sais, les papotages, ce n'est pas trop mon truc.

— On ne fait pas que bavarder, contrecarra-t-elle. En fait, c'est surtout un prétexte pour manger des petits gâteaux. J'ai pris trois kilos depuis le début de nos réunions hebdomadaires.

Mon père ne cilla pas. J'aurais bien aimé être pourvue du don de télépathie pour lire dans ses pensées.

— Et tes enfants, ils viennent quand ? s'enquit-il tout à coup, après un court silence.

En les écoutant discuter, j'appris que Colette était elle aussi divorcée. Son fils, âgé de quarante ans, était directeur d'école à La Rochelle, et sa fille, un peu plus jeune, s'était engagée dans la gendarmerie. Elle venait tout juste d'être mutée à la Martinique.

— Cédric passera quelques jours chez moi pendant les vacances avec sa femme et les enfants, répondit-elle. Ensuite, ils ont prévu de descendre dans le Sud. Quant à Sabrina, j'ai bien peur qu'elle ne rentre pas avant au moins l'année prochaine. Heureusement qu'il y a le Web, pour communiquer.

Mon père ne risquait pas d'être sensible à ce genre d'argument, lui qui n'avait toujours pas fait installer de ligne Internet. Il possédait un vieux téléphone portable à touches, ce qui n'était déjà pas si mal.

— Ça fait longtemps, que vous vivez à Cressigny ? demandai-je à Colette. Il ne me semble pas vous avoir croisée, avant.

— J'ai grandi ici, acquiesça-t-elle. Mais j'ai ensuite suivi mon mari à Poitiers, pour le travail. Ça fait trois ans que je suis revenue, après mon divorce… Mon village me manquait trop. Ce qui est drôle, c'est que je ne savais pas que j'aurais Serge pour voisin.

Je reposai mon café, étonnée.

— Parce que vous vous connaissiez déjà ?

— Colette et Méline étaient des copines d'enfance, m'indiqua mon père.

Je faillis dire que le monde était décidément très petit, mais en fait, c'était Cressigny qui l'était. Nous n'étions pas à Paris, seulement dans un village de mille âmes. Le tour était vite fait, ce que j'avais tendance à oublier.

Colette esquissa un sourire timide.

— La vie est simple, ici, c'est tout ce que je recherchais. La première chose que j'ai faite à mon retour a été de recueillir trois chats. Mon ex-mari les tenait en horreur.

— Papa adore les animaux ! m'exclamai-je.

Ma réflexion les fit tous les deux tressaillir. Bon, je m'étais peut-être exprimée avec un peu trop d'ardeur. Mais Colette avait une façon de regarder mon père qui ne laissait aucun doute quant à ses sentiments ; à l'évidence, elle espérait devenir un jour bien plus qu'une simple voisine qui passait faire le ménage par amitié. En avait-il conscience, au moins ? J'aurais parié que non. Ce serait pourtant formidable de le voir s'ouvrir à nouveau à l'amour ! En partant du principe qu'une femme puisse le supporter… Et ça, à mon avis, ce n'était pas gagné !

Je m'éclaircis la voix et entrepris de me justifier :

— Il était vétérinaire, avant. Alors si… euh… Je pense que s'il y a le moindre problème, vous pouvez vous adresser à lui. Hein, Papa ?

Ce dernier me lança un regard qui devait signifier quelque chose du genre « Rentre chez toi ». Quant à Colette, elle me considérait à présent avec la plus grande prudence, comme si je venais de m'évader d'un asile. Je terminai mon café sans demander mon reste et inventai une course urgente à effectuer. Un petit moment en tête à tête ne leur ferait pas de mal et préserverait ce qui me restait de dignité.

13

Il était un peu plus de vingt heures lorsque je me garai devant chez ma tante. Je la trouvai dans la cuisine, en train de s'affairer autour du lave-vaisselle. Comme elle fredonnait doucement une chanson de Françoise Hardy, je décelai une certaine fragilité dans sa voix, une fragilité belle et touchante.

— *C'est le temps de l'amour / Le temps des copains...*

— *Et de l'aventuuuure*, terminai-je en m'approchant d'elle.

Méline fit le même bond qu'une tartine éjectée du grille-pain.

— Oh, Julia, c'est toi ! souffla-t-elle en reprenant ses esprits. C'est une chance que je ne sois pas cardiaque.

Je m'excusai, lui tendant au passage la bouteille de champagne que j'avais achetée quelques heures plus tôt, lors de ma balade improvisée. Cette fois-ci, je n'avais croisé personne de ma connaissance au supermarché. Il faut dire que j'avais pris grand soin de me faire discrète, passant même à la caisse d'une petite jeune qui m'était inconnue. Aucun risque qu'elle me juge, en allant colporter un peu partout que j'encourageais mon père à boire.

Ma tante me répondit que j'avais bien fait d'entrer.

— En revanche, pour le champagne, tu n'étais pas obligée.

— C'est ma petite contribution à la soirée. Tu chantes drôlement bien, dis donc.

Elle me fit un sourire.

— J'ai retrouvé mes vieux disques… C'est bête, je mets de la nostalgie partout, depuis que j'ai commencé à vider la maison de Maman.

Je hochai la tête, triste.

— Je comprends… Ça m'a fichu un coup quand j'ai dû m'occuper de l'appartement de ma mère. D'ailleurs, il est vendu, son notaire m'a appelée cet après-midi.

Le visage de Méline redevint grave et elle me pressa le bras avec bienveillance.

— Comment est-ce que tu te sens, ma chérie ?

— Bizarre. Je présume que je vais m'y habituer.

— La première année est toujours la plus difficile, tu sais. Après, petit à petit, tu te rendras compte que ça fait moins mal.

Je me demandai si c'était ce qu'elle avait ressenti à la mort d'Arthur. Ce dernier l'avait sûrement élevée comme sa propre fille. Je ne m'étais jamais posé la question auparavant, mais le fait d'avoir regardé les photos avec mon père me faisait à présent considérer les choses sous un nouvel angle. Avant que je ne puisse rebondir sur le sujet, Méline m'invita à la suivre dans le jardin.

— Les filles ne vont pas tarder.

Je poussai un cri de ravissement en découvrant la table qu'elle avait dressée pour l'occasion. Elle l'avait recouverte d'une jolie nappe printanière et empilé dessus des assiettes à dessert un brin rétro. Plus loin, la balancelle était surmontée d'une guirlande lumineuse.

— Waouh ! Tu es vraiment douée pour recevoir. Ton agenda ne va bientôt plus désemplir !

Méline avait toujours su créer des ambiances douillettes, qui nous donnaient envie de rester pour l'éternité. Modeste, elle chercha à minimiser :

— Ce n'est pas grand-chose ! Des babioles dénichées ici et là, rien de plus. J'ai préparé une tarte tourangelle, tu aimes ça, j'espère ?

J'acquiesçai avec gourmandise. Si mes souvenirs étaient exacts, elle en servait déjà à l'époque du bar. Cette tarte, une spécialité faite à base de rillettes et de rillons de porc, était absolument indécente d'un point de vue diététique, mais j'étais incapable d'y résister.

— Tania est au bowling avec les autres ? voulus-je savoir en remarquant l'absence de la femme de mon cousin.

— Non, elle va bientôt nous rejoindre. Le vendredi, elle termine sa tournée un peu tard car elle doit mettre un grand-père au lit.

— Je la trouve bien courageuse. Ce n'est pas un métier facile.

— C'est vrai. Mais elle aime prendre soin de ses petits vieux, comme elle les appelle.

— Et Alexandre, comment ça va ?

J'aurais bien aimé voir mon cousin et discuter avec lui. Son attitude à mon égard me peinait et je n'avais pas envie de reprendre la route pour Paris en étant fâchée avec lui.

— Il est un peu comme ton père, répondit Méline en faisant la moue. Ils n'extériorisent pas beaucoup leurs sentiments, ces deux-là… En parlant de Serge, je présume qu'il ne s'est pas laissé convaincre de venir ?

— Eh non…, soupirai-je.

— Qu'est-ce qu'il peut être têtu !

Colette et Maud firent leur apparition à ce moment-là, par le petit portillon du jardin.

— Julia ! Ça, alors, quelle surprise ! s'écria mon ancienne camarade de classe.

Son sourire éclatant n'avait pas changé.

— Qu'est-ce que je suis contente de te revoir ! m'exclamai-je à mon tour.

Je ne pus m'empêcher de la détailler d'un coup d'œil. Quand nous étions plus jeunes, Maud avait de beaux cheveux blonds et soyeux dont j'étais secrètement jalouse, le menton volontaire, et elle parlait vite, comme si elle avait peur de manquer de temps. Plus de vingt ans après, c'était toujours le cas, hormis ses cheveux, qui étaient désormais un peu plus courts. Elle renvoyait quelque chose de naturel et rafraîchissant.

Méline la débarrassa du millefeuille qu'elle tenait entre ses mains.

— Je suis désolée, il vient du supermarché, déplora-t-elle. Je n'avais pas le temps de me mettre en quête d'une boulangerie encore ouverte.

— Ne t'en fais pas pour ça, la rassura ma tante. Je suis certaine qu'on va se régaler.

Colette et Maud prirent place autour de la table, et je les imitai tandis que Méline entreprit de couper sa tarte tourangelle. Maud ne tarda pas à se tourner vers moi.

— Alors, tu es revenue pour t'occuper de ton père ?

Je me récriai, sous le regard amusé de ma tante :

— Oh là, non ! Il peut très bien s'occuper de lui tout seul. Je ne suis de passage que pour quelques jours.

— Tu devrais faire un communiqué officiel, parce que je peux te dire que les spéculations vont bon train.

— Sérieusement ? fis-je en arrondissant les yeux.

— Il paraît que tu es allée à Intermarché, l'autre jour. Ce n'est pas le genre d'événement qui passe inaperçu, par ici. Mais c'est génial, ça leur fait un sujet de conversation.

Loin de faire montre du même enthousiasme, je lui adressai un sourire contraint, qui me donna sûrement l'air d'avoir été électrocutée.

— Je n'ai pourtant pas croisé tant de monde que ça.

— Non ? En tout cas, Loïc t'a vue.

— C'est vrai, nous nous sommes rencontrés au milieu des salades.

Et mon père m'a dit qu'il t'a fait un gosse avant de se tirer.

Bien entendu, je m'abstins de mentionner ce fait. Colette, en revanche, ne laissa pas passer l'occasion.

— Tu lui as laissé Antonin pour le week-end ? voulut-elle savoir.

Maud opina sans aucune joie.

— Ouais… Il est partant pour le garder jusqu'à dimanche. Autant en profiter, c'est tellement rare !

Se tournant vers moi, elle me fit un résumé du feuilleton amoureux qu'avait été sa relation avec Loïc. Une relation pleine de hauts et de bas, à la fois houleuse et passionnelle, faite de « je t'aime, mais je te quitte ».

— Il a rompu de manière définitive quand je suis tombée enceinte.

— J'étais plus ou moins au courant, lui avouai-je.

— Le contraire aurait été surprenant, s'esclaffa-t-elle.

— Ton fils a quel âge, maintenant ?

— Six ans. Loïc a eu l'extrême générosité de le reconnaître à la naissance, ajouta-t-elle d'un ton empreint d'ironie. Je m'estime chanceuse.

Ces révélations me rendaient triste pour elle, même si elle paraissait avoir surmonté ça. Au moins, le comportement de Loïc n'avait pas eu raison de son regard rieur. D'un ton complice, je lui demandai si elle avait rencontré quelqu'un d'autre, ce à quoi elle répondit par un grand éclat de rire.

— Si c'était le cas, tout le monde serait déjà au courant, Julia ! Il est impossible de garder un secret, dans ce village. Et c'est encore plus vrai quand tu as le malheur de tenir l'unique guichet de La Poste.

— Quelle mauvaise langue tu fais ! plaisanta Colette. Cela dit, on se demande ce que tu attends pour passer à l'action. Jolie comme tu es, ce serait bien du gâchis que tu finisses seule.

Tania arriva sur ces entrefaites et nous salua joyeusement. Cela faisait quatre ans que je ne l'avais pas vue et la première chose qui me frappa fut qu'elle semblait exténuée. Sa silhouette auparavant élancée s'était comme tassée sous le poids des soucis et ses yeux, d'ordinaire pétillants, étaient cernés. Elle avait perdu sa belle insouciance, elle qui prenait autrefois la vie comme elle venait et s'émerveillait d'un rien.

— Ça fait plaisir de te voir parmi nous ! me glissa-t-elle avant de se laisser tomber sur une chaise.

Je fus soulagée de son accueil, bien différent de celui que m'avait réservé Alex.

— Je ne vais pas faire long feu, ce soir, ajouta-t-elle en étirant ses longues jambes sous la table. Je suis vannée.

Méline lui servit une part de tarte.

— J'espère au moins que tu vas tenir jusqu'au dessert. Julia a apporté du champagne.

— Dans ce cas-là, je peux faire un effort, concéda-t-elle, un sourirc fatigué aux lèvres.

La tarte de ma tante était délicieuse et je passais vraiment une agréable soirée. Les flammes des bougies que Méline avait pris soin d'allumer faisaient briller le vin rouge dans nos verres. On était bien, dans cette atmosphère de complicité simple et chaleureuse.

Tout en mangeant, Tania rappela à l'assemblée que l'anniversaire de Léonore tombait dans deux semaines.

— On pourrait le fêter le vendredi soir, si ça vous dit, proposa-t-elle en m'incluant dans le lot.

— Quelle bonne idée ! s'enthousiasma Méline. Tu ferais le gâteau, Julia ?

Je faillis m'étouffer avec ma tarte.

— Je ne crois pas, non, dis-je en m'emparant de mon verre.

Le silence retomba autour de la table et quatre paires d'yeux me fixèrent. Je bus une gorgée pour reprendre contenance.

— En fait, commençai-je, je…

Je n'arrive plus à faire la moindre pâtisserie depuis des mois.

— C'est juste que, dans deux semaines, je serai déjà rentrée à Paris.

Méline eut l'air déçue.

— Zut, je n'avais pas envisagé cette possibilité.

— Alex ne pourrait pas s'en charger ? demandai-je. C'est son boulot, après tout.

Tania secoua la tête d'un air désabusé.

— Il est tellement crevé, quand il rentre du travail… Je ne me vois pas lui annoncer qu'en plus, ce serait bien qu'il prépare le gâteau d'anniversaire de sa fille.

Deux, trois soupirs furent poussés, puis Colette ouvrit la bouche, uniquement pour remuer le couteau dans la plaie :

— Le problème, c'est qu'il n'y a plus de boulangerie à Cressigny. Le bureau de poste fait office de dépôt de pain, sinon on doit aller au supermarché. C'est compliqué de dénicher quelque chose de bon.

— Mmmh, c'est vrai, acquiesça Maud, en désignant le millefeuille un peu sec d'un mouvement du menton.

Ma parole, les œillades qu'elles m'adressaient, toutes les deux, auraient arraché des larmes à une pierre !

Elles n'étaient pas en train d'essayer de me faire culpabiliser, par hasard ?

— Bah, ne vous en faites pas ! lança Méline. Je vais essayer de le faire, ce gâteau.

Elle termina sa phrase en me jetant un regard oblique, regard que je m'efforçai d'ignorer. Il était de notoriété publique que ma tante était beaucoup plus douée pour les plats salés que pour la pâtisserie, mais il était hors de question que je prolonge mon séjour pour confectionner un gâteau que j'avais toutes les chances de rater.

Tania frappa brusquement dans ses mains, mettant fin au silence.

— Bon ! On l'ouvre, cette bouteille de champagne ?

Quelques minutes plus tard, nos coupes s'entrechoquèrent et nous trinquâmes à mon séjour. La bouche pleine de millefeuille, Maud calcula que ça faisait quatorze ans que nous ne nous étions pas vues.

— C'est énorme ! m'exclamai-je, faussement étonnée.

Je savais parfaitement à quand remontait notre dernière rencontre. C'était ce fameux soir où mon père avait semé un bordel monstre pour mon anniversaire. Maud était présente, c'est entre ses bras que je m'étais écroulée lorsque Ben était parti en claquant la porte. Mais je n'avais pas envie de me lancer maintenant dans une psychanalyse de comptoir entre copines.

— Notre jeunesse est loin derrière nous, ma vieille, me répondit-elle.

— Ne m'en parlez pas, souffla Tania. J'ai parfois l'impression d'être octogénaire.

— Non mais, écoutez-les ! gronda doucement Colette en levant les yeux au ciel. Qu'est-ce qu'on devrait dire, nous, Méline ?

— Qu'il est temps de servir une deuxième tournée de champagne ! rétorqua celle-ci, en avisant nos verres déjà vides.

Tania et Colette déclinèrent, aussi le reste de la bouteille fut partagé entre Maud, Méline et moi. La soirée était belle, les joues un peu rouges et les voix de plus en plus joyeuses. Tania se leva pour esquisser quelques pas et s'arrêta devant l'emplacement de la future tonnelle.

— Ça avance bien, constata-t-elle.

— Je dois reconnaître que Ben est très efficace dans son travail, acquiesça Méline.

— Avec toutes les études qu'il a faites, il peut ! embraya Maud.

Je gardai les yeux rivés sur ma coupe de champagne, ou du moins ce qu'il en restait, puisque je venais de la siffler presque d'un coup. Je me contrefichais de savoir que Ben était brillant, je n'avais pas envie de me sentir concernée par ce que les autres pouvaient penser de lui.

Colette se rapprocha de nous en affichant un air de conspiratrice, ce qui me fit relever la tête.

— Si c'est de Benjamin Girard dont vous parlez, commença-t-elle sur le ton de la confidence, on m'a dit qu'il a racheté La Mercerie…

Colette avait à peine terminé sa phrase que Méline devint blême et s'affaissa dans sa chaise.

— Tout va bien ? m'enquis-je, inquiète.

Ma tante s'efforça de sourire, mais elle paraissait s'être pris un coup de massue sur le crâne.

— Ce n'est rien, je crois que l'alcool m'est monté un peu trop vite au cerveau, me répondit-elle.

Elle se tourna ensuite vers Colette.

— Donc, Ben a racheté la maison du hameau ? Il ne m'a rien dit, je pensais bêtement que ses parents l'hébergeaient.

Bien qu'elle tentât de se donner une contenance, sa voix trahissait une préoccupation que je semblais être la seule à déceler.

— Oh, c'est tout frais, reprit Colette. Il s'y serait installé le week-end dernier.

— La Mercerie… C'est cette vieille baraque que vous nous interdisiez d'approcher quand on était gamins, non ? demandai-je à Méline.

Si mes souvenirs étaient exacts, il s'agissait d'une bicoque abandonnée, située à l'orée des bois. Lorsque nous étions petits, elle nous attirait comme un aimant. L'un des sentiers que nous suivions à vélo y menait directement, mais les adultes nous avaient raconté qu'elle était hantée et que nous devions éviter de traîner aux alentours. Ben n'en était que plus fasciné, lui qui avait pourtant l'esprit le plus cartésien du monde.

Ma tante eut un rire quelque peu forcé.

— Oui, c'est bien cette maison. Vous adoriez fouiner autour… On était terrifiés à l'idée qu'il y ait un accident. Avec les planchers pourris, ça peut vite arriver.

— Je savais bien que c'était n'importe quoi, ces histoires de fantômes ! déclarai-je avec humour.

— Il n'empêche que je trouve ça dingue, que Ben revienne s'installer dans le coin, médita Maud.

— Je ne vois pas ce qu'il y a de si extraordinaire, objecta Colette. Je l'ai bien fait, moi.

— Oui, mais quand même, il a décroché des récompenses à travers le monde entier, pour son travail ! Quitter San Francisco pour Cressigny, c'est un peu raide.

San Francisco ? Ah oui, il est parti vachement loin, en fait.

Après être restée pensive un moment, Méline déclara d'une voix atone :

— Nos racines finissent toujours par nous rappeler, à un moment ou un autre. On ne peut rien contre ça.

Décidément, elle n'était pas dans son état normal.

Était-ce vraiment lié à l'alcool ? Après tout, c'était possible. La tête me tournait un peu et ma tante avait bu autant que moi. Je sentis une main me tapoter le genou. C'était Colette, prête à poser une nouvelle question.

— On m'a dit que tu as été liée à Ben, par le passé ?

Il fallait bien que ça tombe à un moment ou un autre. Colette ayant une curiosité débridée, comme tous les gens du coin, je pouvais m'estimer heureuse qu'elle ne m'ait pas interrogée plus tôt sur ma vie sentimentale. Tania dut voir les fusées de détresse lancées par mes yeux, puisqu'elle annonça :

— Je ne sais pas vous, mais moi, je vais me coucher.

Elle me décocha un clin d'œil en commençant à débarrasser les vestiges de notre repas, et je la remerciai d'un sourire reconnaissant. Colette et Maud se levèrent à leur tour, prêtes à l'aider.

— Laissez, protesta Méline. Je vais m'en occuper.

En me redressant pour enlever les assiettes, je dus me rattraper au bord de la table. Le sol n'était plus très stable.

— Oups. Je ne vais pas pouvoir conduire.

Colette proposa aussitôt de me ramener.

— On déposera Maud au passage.

Je déclinai poliment, n'ayant pas envie de subir un interrogatoire en bonne et due forme. En outre, je ne pourrais pas rentrer chez mon père dans cet état sans être escortée par un désagréable sentiment de honte.

— Flûte, tu as raison, gloussa Méline. Je crois bien qu'on est un peu pompettes. Ça nous va bien de faire la morale à ton père, tiens.

— Il vaut mieux que tu restes dormir ici, enchaîna Tania. Je vais te descendre des couvertures, si le canapé te convient.

— Ça ira très bien, approuvai-je non sans réprimer un bâillement.

À peine couchée, je m'endormis comme une masse. Je n'entendis même pas Paul, Alex et Léo rentrer de leur soirée bowling.

14

Je savais que ce n'était pas vrai. C'était impossible. Je rêvais, je n'avais pas pu subitement redevenir une gamine de neuf ans. Et pourtant, l'épouvante occultait ma conscience.

— Allez, Julia ! Je parie que tu n'es pas capable de me rattraper !

La voix de Ben me nargue. Juché lui aussi sur son vélo, il me précède, riant aux éclats et pédalant à vive allure. Son tee-shirt gris se gonfle sous l'effet de la vitesse et ses cheveux éclaircis par le soleil semblent vouloir suivre le mouvement. Je ris à mon tour et presse davantage le pédalier. C'est chaque fois un plaisir grisant de laisser la route pour les chemins terreux, bordés de hautes herbes et d'aubépines. Sillonner ces sentiers équivaut à en prendre pleine possession. À l'approche des bois, nous nous amusons généralement à nous faire peur et terminons nos excursions en trempant nos pieds fatigués dans les cours d'eau.

Aujourd'hui, nous filons vers la maison hantée, alors que Méline me l'a formellement interdit. Elle n'est pas sévère, Tata, pour qu'elle ait insisté de la sorte, c'est peut-être qu'il y a réellement un fantôme dans les parages. D'ailleurs, je commence à le regretter. Ben doit sentir la terreur qui grandit en moi, car il ralentit un peu. Quand il se tourne vers moi, son visage est flou. Le soleil disparaît peu à peu, nous laissant dans une atmosphère viciée et poussiéreuse, un peu comme dans cet horrible film de guerre que mes parents ont regardé, l'autre jour, Apocalypse Now. *La chair de poule me hérisse les poils, j'ai des sueurs froides alors qu'il fait au moins trente degrés. Je ne vois plus Ben et me trouve à présent devant une vaste demeure délabrée. Des gens trinquent, réunis dans un jardin envahi de ronces, et ils rient de façon détestable. Des racines d'arbres sortent de la maison, elles s'étirent à l'infini.*

Alors, je lève la tête vers l'une des fenêtres. Ben est là, derrière. Il me regarde fixement en pointant l'index vers quelque chose qui semble se trouver dans mon dos. Je sais que je ne dois pas me retourner, parce que ce que je vais découvrir risque de me faire très peur. Mais je suis tentée, très tentée. Je commence à pivoter lentement.

Un flash lumineux m'éblouit.

Je sursautai et ouvris les yeux en poussant un gémissement. Une affreuse migraine me vrillait les tempes. Quelle heure était-il, bon sang ? Il devait faire encore nuit !

Éteignez, pitié !

Apparemment, je venais de penser à voix haute, car une silhouette s'approcha.

— Oups. Pardon, c'est vrai que tu es là.

Penché au-dessus de moi, mon cousin, en pleine forme. Et à en juger par son sourire narquois, il ne semblait pas du tout désolé.

— Alex ? Mais qu'est-ce que tu fiches debout ? Tu ne dors jamais ?

— Il est quatre heures et demie, je vais bientôt embaucher.

Je vis à l'expression de son visage qu'il avait envie d'ajouter une vacherie. Il avait arboré exactement la même tête le jour où, âgés de huit ans, nous avions ouvert tous les clapiers à lapins, chez les voisins de mes parents, pour sauver ces petites bêtes d'une mort certaine. Plan qui avait lamentablement échoué, soit dit en passant, puisque le fermier, en colère, nous avait coursés sur quelques mètres avant de récupérer ses lapins.

— Je parie que tu ne te levais pas si tôt, pour faire tes petits gâteaux devant les caméras.

Je vis à l'expression de son visage qu'il était content de l'avoir sortie, sa vacherie.

— Garde tes vannes pour toi, ce n'est pas le moment, marmonnai-je.

— Ah bon ? Moi je trouve que c'est pourtant le moment idéal. Ma mère m'a dit que tu voulais qu'on parle.

Je me redressai tant bien que mal sur le canapé, m'efforçant de repousser les dernières bribes tenaces de mon cauchemar. Cette maison à glacer le sang était une version déformée et effrayante de celle qu'avait rachetée Ben. Mon cerveau avait quand même besoin de peu de choses pour se mettre à dérailler !

Une fois assise, je soupirai, puis tentai de formuler une phrase cohérente :

— Alex, il ne fait pas encore jour et hier soir, on a un peu picolé. Je ne suis pas franchement en état de…

Interrompant mon piètre argumentaire, il me tendit une tasse de café.

— J'ai un quart d'heure devant moi, Julia. Pas une minute de plus.

D'un geste de la main, je déclinai le mug fumant, non sans jeter à mon cousin le regard le plus noir dont j'étais capable. Je n'avais pas envie de ce café, je n'avais pas envie de crever l'abcès entre nous maintenant. Je voulais juste me rendormir et rêver d'une plage de sable blanc.

— Alors, de quoi est-ce que tu voulais me parler ? me demanda Alex, tout en s'asseyant dans un fauteuil, de façon à me faire face.

Les coudes en appui sur les genoux et ses yeux plantés dans les miens, il attendait vraisemblablement une réponse claire et concise. Ce qui relevait pour moi d'un effort surhumain, vu l'heure et les circonstances.

— Tu le sais très bien, répondis-je néanmoins. On ne peut pas dire que tu m'aies accueillie avec des effusions de joie.

Il lâcha un rire désabusé.

— Des effusions de joie, répéta-t-il. Voyez-vous ça… Tu ne comptais pas non plus que je te déroule le tapis rouge ?

On allait droit dans le mur, c'était inévitable.

— Alex…

— Non, Julia, me coupa-t-il sèchement. Tu t'attendais à quoi ? Tu n'as pas donné signe de vie durant des années et tu débarques comme une fleur… Tu as peut-être brillé sur le petit écran, mais ici, tu as surtout brillé par ton absence.

Je baissai la tête parce qu'il n'y avait rien à répliquer. Les torts qu'il énonçait étaient justifiés.

— Que tu ne viennes plus nous voir, passe encore, enchaîna-t-il. Mais tu as complètement laissé tomber ton père. Ce n'est pas correct.

Cette remarque me fit bondir. Avait-il oublié à quel point ce dernier m'avait fait souffrir ?

— C'est faux ! m'insurgeai-je. Je me fais un sang d'encre pour lui.

Un petit silence plana entre nous, puis Alexandre haussa les épaules.

— Dans ce cas, où étais-tu, quand il a eu ses problèmes d'alcool ?

Son attaque m'estomaquait.

— C'est lui qui a laissé tomber, Alex, tu le sais aussi bien que moi.

Mon cousin se pencha vers moi. Il paraissait se contenir, afin de ne pas réveiller toute la maison en haussant le ton.

— Si tu lui avais rendu visite plus souvent, ça l'aurait aidé, m'assena-t-il.

— Tu n'es quand même pas en train de m'imputer son alcoolisme ?

Au fond de moi, l'incrédulité se mêlait à la colère. Je le trouvais gonflé de vouloir me faire culpabiliser de la sorte. Il secoua la tête.

— Tu ne lui as laissé aucune chance, Julia. OK, ce n'était pas cool ce qu'il a sorti à Ben le soir de ton anniversaire… Mais tu trouves que Ben a été plus futé, en te larguant pour si peu ?

Ses mots firent mouche. L'espace d'un bref instant, je le considérai, interloquée. Cette conversation avait presque un goût d'irréel. L'esprit encore un peu ensommeillé, j'avais du mal à assimiler, à comprendre pourquoi Alexandre laissait sortir maintenant toute sa rancœur accumulée. Pourtant, une infime partie de moi-même me soufflait qu'il y avait un peu de vérité, dans ses propos. Mais je devais faire front ; hors de question de me laisser accuser comme ça, sans me défendre !

— C'est bon, inutile de t'énerver, rétorquai-je. Je te rappelle que le gouffre s'est ouvert bien avant cette soirée d'anniversaire. Si ma mère a jugé bon de m'éloigner d'ici, elle avait sans doute de bonnes raisons.

En aucun cas je ne suis responsable des actes de mes parents.

Alex ouvrit la bouche et la referma avec une grimace. Il ne m'aurait pas regardée différemment si je l'avais giflé.

— Non, tu n'en es pas responsable, me lança-t-il en se relevant. Mais c'est toi qui as choisi de garder tes distances. Est-ce que ça t'a rendue heureuse, au moins ?

J'encaissai. Alex me jeta un coup d'œil oblique, dans lequel je lus toute la peine qu'il pouvait ressentir. Puis, sans un mot de plus, il se retira pour aller travailler. Alors, je m'abandonnai aux larmes.

— Non, me murmurai-je à moi-même. Apparemment, ça ne m'a pas rendue heureuse.

*

Près de trois heures plus tard, j'étais assise autour du petit déjeuner en compagnie de Méline et Léonore. Tania, qui ne travaillait pas ce matin-là, dormait encore, quant à mon oncle, il se trouvait dans la salle de bains. Le soleil entrait à flots dans la cuisine, mais ce matin, toute cette lumière m'était désagréable.

— Tu sembles fatiguée, Julia, observa Méline en trempant sa tartine dans son bol de café.

J'acquiesçai d'un hochement de tête. Pour être exacte, je me sentais d'humeur grognon. Après le départ d'Alex, il m'avait été impossible de me rendormir. Ses paroles m'avaient heurtée et, depuis, je n'arrêtais pas de me demander si je n'aurais pas dû mieux agir et me poser les bonnes questions. Est-ce que prendre la mouche contre mon père n'avait pas été une solution de facilité, en définitive ? Une excuse pour ne plus avoir à remettre les pieds ici et raviver les blessures ?

— C'est le champagne, répondis-je en beurrant mon pain.

— En plus, Papa l'a réveillée, ajouta Léonore.

Méline arqua un sourcil.

— Alex veille pourtant à ne faire aucun bruit, d'habitude.

Léo se chargea de lui fournir l'explication :

— Il a décrété qu'il voulait mettre les choses à plat avec Julia. Et tu connais Papa, quand il a décidé quelque chose…

— Mais comment se fait-il que tu sois au courant ? l'interrompis-je.

— Parce que j'ai tout entendu, fit-elle comme si c'était une évidence.

Ses longs cils se rabattirent sur son bol de céréales. Du bout des doigts, Méline entreprit de se masser les tempes. Elle semblait complètement dépassée.

— J'ai du mal à vous suivre, les filles, soupira-t-elle. Si je comprends bien, Julia, Alex t'a réveillée avant l'aube pour que vous discutiez, et toi, Léo, tu ne dormais pas ?

La petite eut une mimique embarrassée.

— Papa et Maman se sont pris la tête au moment de se coucher, du coup je n'ai pas très bien dormi.

— Encore…, souffla Méline, l'air navrée.

Léonore se tut un instant. Elle avait l'air de réfléchir et je pouvais presque voir les rouages de son cerveau s'activer. Lorsqu'elle nous regarda à nouveau, l'expression de son visage était un peu trop grave pour une fille de son âge.

— Vous croyez que… Enfin, est-ce qu'on peut vraiment se séparer pour des problèmes d'argent ?

Une bouffée d'amour traversa les prunelles de ma tante, qui lui passa un bras autour des épaules.

— Tu n'as pas à te préoccuper de ces choses-là, mon cœur, dit-elle pour la réconforter. Tes parents vont s'en sortir, rien ne peut être grave quand on s'aime.

Sa phrase me redonna le sourire. Il n'y avait que Méline pour prendre la vie ainsi, avec tendresse. Je croquais dans ma tartine lorsque la sonnette de la porte d'entrée retentit. Mon oncle dévala les escaliers en annonçant d'un air satisfait :

— C'est Ben ! Toujours à l'heure, ce garçon !

Mon sourire valdingua aussi sec et je me sentis devenir blême.

— Ben ? articulai-je, sans parvenir à réprimer mon affolement.

Ma tante ferma les yeux une seconde face à ces nouveaux ennuis qui se profilaient.

— Je suis désolée, Julia... J'ai oublié de te prévenir, hier soir, mais il vient également nous filer un coup de main le samedi matin.

Je jetai un regard de détresse vers la porte qui donnait sur le jardin. Peut-être qu'en m'échappant de ce côté... ? Toutefois, je n'eus pas le temps d'approfondir mon plan d'évasion, Paul et Ben se tenaient déjà sur le seuil de la cuisine.

— Hello ! nous salua machinalement ce dernier, avant de se figer net.

Il resta sans bouger, me toisant d'une façon pas très flatteuse qui me donna l'impression d'être un insecte répugnant.

— Un café ? lui proposa mon oncle, qui n'avait pas saisi que l'ambiance avait viré au froid polaire.

— Non, merci.

Il y eut un long blanc, durant lequel je pris conscience de ma tenue : les cheveux en vrac, je portais un vieux tee-shirt que Tania avait déniché au fond d'un placard. Un tee-shirt qui aurait pu être tout à fait insignifiant s'il n'était pas rescapé de sa période David Guetta. Le logo F*** ME I'M FAMOUS, inscrit en lettres dorées, me procura tout à coup un grand sentiment de solitude. Ben devait ête en train de se dire que son ex était devenue une vraie pétasse imbue de sa propre gloire.

La honte... Ne le regarde surtout pas !

En une fraction de seconde, mes joues passèrent de livides à cramoisies. Je n'aurais pas été étonnée de dégager un peu de fumée. Baragouiner que ce vêtement ne m'appartenait pas me parut être une option, mais l'idée que ce seraient les premiers mots que j'adresserais à Ben au bout de quatorze ans m'y fit renoncer. De toute façon, je n'avais même pas la force d'ouvrir la bouche, priant intérieurement pour que le sol m'engloutisse et que personne n'entende plus jamais parler de moi.

Le silence devenant inconfortable, Méline se leva et arrangea une nouvelle fois les choses.

— Allez donc vous occuper du jardin, je vous apporte une Thermos !

Mon oncle sembla alors réaliser pourquoi nous étions tous gênés.

— Oui, bien sûr, répondit-il avec empressement.

En passant, Ben ébouriffa les cheveux de Léonore, qui le fixait avec des yeux énamourés.

— Alors, je parie que tu leur as mis une raclée, au bowling ? lui lança-t-il.

Léo opina avec joie.

— Mon grand-père veut prendre sa revanche. Tu viendras avec nous, la prochaine fois ?

— Pourquoi pas ?

Son ton était peu convaincu, ce qui n'échappa pas à Léo.

— C'est une façon de te défiler ou une question d'emploi du temps ? rétorqua-t-elle malicieusement.

Non, ma puce, c'est juste qu'il est très gêné par ma présence et qu'il aimerait bien pouvoir s'éloigner.

— Laisse Ben un peu tranquille, intervint Méline. Tu sais qu'il doit travailler.

Comme j'étais assise à côté de Léonore et que Ben n'avait sans doute pas envie de paraître malpoli, il me fit un signe réticent de la tête.

— Tu vas bien ? me demanda-t-il d'un ton contraint.

Tout baigne, il n'y a pas de meilleure vie que la mienne.

— Ça va. Mais je ne suis toujours pas du matin, marmonnai-je en fixant mon bol.

Waouh, je n'avais rien trouvé de mieux que lui rappeler l'un des sujets sur lequel il me chambrait à l'époque où nous étions ensemble ! Alors là, je me surpassais ! Au moins, Ben comprit qu'il était temps de mettre fin au supplice, car il s'éclipsa dans le jardin sans un mot de plus. Je relâchai mon souffle. J'avais presque envie de pleurer en repensant au cauchemar que j'avais fait quelques heures plus tôt. Malgré la sensation angoissante qu'il avait générée, il m'avait rappelé la complicité que nous entretenions tous les deux, par le passé. Le temps qui n'était plus faisait mal et me remuait l'estomac.

— Eh bien, murmura Léo, je comprends pourquoi tu es sortie avec lui, Julia. À ta place, je n'aurais pas hésité.

Cette fois-ci, ma gorgée de café faillit bel et bien ressortir de ma bouche.

— Parce que tu es courant pour ça aussi ? articulai-je dans une quinte de toux.

— Je crois que ma petite-fille écoute un peu trop aux portes, dit Méline, en tentant de prendre une expression sévère qui ne fonctionnait guère.

Ça ne me disait pas comment ma relation avec Ben était arrivée sur le tapis. Je savais qu'on pouvait parfois s'ennuyer, à la campagne, mais cette raison me paraissait peu plausible. Je m'éclaircis la voix, essayant de paraître moins ahurie que je ne l'étais.

— Et ça vous arrive souvent, d'évoquer ma vie sentimentale ?

— Bien sûr que non, me répondit Méline. En fait, Alex s'est un peu énervé quand il a su qu'on avait choisi Ben pour superviser les travaux du jardin. Il sait qu'il t'a fait très mal et il ne comprenait pas notre choix.

Tiens, tiens...

Je me surpris à sourire malgré moi. Ainsi, derrière son accueil glacial et ses reproches, mon cousin n'avait pas totalement un cœur de pierre.

15

— Tu as bien pris les mignardises ?

— Ça fait déjà deux fois que tu me poses la question, Papa ! Elles étaient dans le coffre quand on est partis. Elles ne vont pas se volatiliser.

Le lendemain du petit déjeuner chez ma tante, nous faisions route vers l'EHPAD. Après l'arrivée de Ben, je m'étais réfugiée chez mon père et n'étais plus sortie de la journée, occultant les raisons pour lesquelles je n'étais pas rentrée dormir. Si mon père n'était pas dupe, il ne m'avait cependant fait aucune réflexion, me laissant me reposer, ou du moins, à défaut d'y parvenir, ressasser les derniers événements dans mon coin. Entre ma conversation houleuse avec Alex, et Ben, qui surgissait au plus mauvais moment, j'étais servie ! Mon séjour en Touraine commençait à tourner à l'épreuve. Je comptais donc sur notre visite à Suzette pour me changer un peu les idées. Assis à côté de moi, mon père était toutefois une véritable boule de nerfs. Ses genoux s'entrechoquaient l'un contre l'autre, dans une cadence incessante. J'ignorais ce qui le mettait dans cet état-là, mais c'était pénible. Lui coulant un regard, je notai qu'il avait fait un effort vestimentaire et portait le tee-shirt que je lui avais offert. Il avait également troqué son jogging contre un jean, nettement plus présentable.

Tandis que je conduisais, il changeait de fréquence radio toutes les minutes.

— Arrête de stresser, lui reprochai-je en fixant la route. Ça me déconcentre.

— Je ne stresse pas, me mentit-il.

— Eh bien, qu'est-ce que ça doit être quand c'est le cas ! Et laisse la radio un peu tranquille, j'adore cette chanson, ajoutai-je, avant de me mettre à fredonner *I Want to Break Free*, en chœur avec Freddie Mercury.

Mon père poussa un premier soupir, puis un second, que je feignis d'ignorer. L'après-midi était d'une grande douceur et je n'avais pas l'intention de le laisser gâcher ce moment avec son humeur maussade. Quelques heures plus tôt, j'avais récupéré les mignardises qu'il avait fait mettre de côté au supermarché, puis je m'étais faufilée dans le champ voisin afin de cueillir des fleurs sauvages pour ma grand-mère. J'étais satisfaite de mon joli bouquet, composé de marguerites, de petites fleurs mauves, de folle avoine ainsi que de quelques coquelicots qui avaient poussé en touffe un peu par hasard au milieu du reste.

— *God knows / God knows I want to break free*...

Je chantais à tue-tête, comme si j'étais seule dans l'habitacle et mon père s'efforçait de regarder défiler le paysage. Je savais que j'étais en train de lui casser les oreilles, c'était voulu. Face à mon entêtement et une fausse note particulièrement stridente, il finit par concéder :

— Bon, d'accord… Je le reconnais, ça me terrifie de savoir ma mère aussi diminuée. Alors je tiens à ce que tout soit parfait quand je vais la voir.

Stupéfaite, je baissai d'un coup le volume de la radio. Tant pis pour Freddie Mercury.

— Je ne sais pas quoi te dire, Papa… C'est sûr que c'est un choc, quand on l'a connue si active.

Suzette avait mis des années avant d'accepter de prendre sa retraite. Après la mort d'Arthur, elle s'était accrochée à son bar comme à une bouée de secours. Elle avait été une grand-mère dynamique, qui ne se laissait marcher sur les pieds par personne. Une fois, Alex et moi étions entrés dans le café sans saluer les clients ; elle nous avait empoignés chacun par une main pour nous mettre à la porte, nous assurant qu'elle recommencerait autant de fois que nous ne dirions pas bonjour. À côté de cela, mon cousin et moi avions connu des moments complices avec elle, notamment de longues parties de petits chevaux quand le mauvais temps nous condamnait à rester à l'intérieur, les jours où elle nous gardait. J'aimais la regarder étaler son rouge à lèvres carmin avant de sortir, sentir l'odeur de son eau de Cologne, l'écouter lire les noms des nouveau-nés dans le journal ou dévorer les petites annonces locales juste pour tenter de deviner qui vendait quoi. Suzette, c'était aussi cette femme généreuse qui donnait toujours une pièce au mendiant qui jouait de l'accordéon devant l'Intermarché. Dès qu'il la voyait sortir de sa petite Fiat Uno rouge, il entamait un air de Tino Rossi, le chanteur préféré de ma grand-mère.

Alors oui, je comprenais la tristesse de mon père, et j'étais touchée qu'il prenne soin d'elle comme d'une fleur délicate. C'était une nouvelle facette de lui qu'il me faisait découvrir, une belle facette qu'on ne soupçonnait pas forcément, à le voir, ce vieil ours solitaire aux mains larges comme des battoirs.

— Je trouve ça bien, que tu égaies ses dimanches, lui dis-je, la gorge serrée d'émotion.

Il laissa ma phrase sans réponse, se contentant de hocher la tête avec raideur. Nous étions arrivés à destination.

Suzette nous accueillit avec un large sourire. Assise sur son fauteuil, elle laissait le soleil lui réchauffer doucement les jambes. Une revue consacrée aux potins de stars et un roman de Françoise Bourdin étaient posés près d'elle.

Ma grand-mère ne bouda pas son plaisir en avisant les petits gâteaux et le bouquet de fleurs.

— Vous me gâtez beaucoup trop !

Je lui rendis son sourire et me dirigeai vers le vase dans lequel les tulipes de la dernière fois étaient en train de faner. Leurs tiges brunissaient déjà et les feuilles s'asséchaient. Je les remplaçai sans attendre par mon bouquet champêtre.

— J'adore les fleurs, commenta Suzette, qui me regardait faire, mais ça devient compliqué pour moi de changer leur eau.

— Pourquoi tu ne demandes pas au personnel ? s'enquit mon père, tout en disposant des assiettes en carton sur la petite table.

— Je n'ose pas les déranger. Ils ont assez à faire, les pauvres.

Elle tendit la main pour s'emparer d'une tartelette aux fraises et mon père l'imita.

— Tu ne prends rien ? me demanda-t-il.

Ces mignardises me faisaient envie, bien sûr, mais je ne faisais que me gaver de gâteaux depuis que j'étais là. Pire, de gâteaux *industriels*, bourrés d'additifs en tous genres et absolument inutiles. Je me prenais presque à rêver d'entremets délicats, de dacquoises ou de génoises, que j'avais tant de plaisir à concocter, par le passé.

— Tu devrais goûter les petits choux à la crème, me conseilla Suzette. Ils ne valent pas les choux Rossignol, mais ils ne sont pas mauvais.

— Les choux Rossignol ? tiquai-je.

Elle hocha la tête.

— La spécialité de mon père. Ses choux ont fait le succès des boutiques.

— Eh bien, je regrette de ne pas avoir connu ça !

Je me servis, surtout pour lui faire plaisir, et balayai la chambre du regard.

— En tout cas, Mamie, tu as l'air de vivre dans un bon établissement.

— Cet endroit, c'est la Rolls des maisons de vieux ! me confirma-t-elle. Toutes mes journées se ressemblent, mais ce n'est pas pour me déplaire. À mon âge, la routine c'est réconfortant.

— Comment est-ce que tu t'occupes ?

— Je tricote des chaussettes pour bébés, je regarde des films, je joue aux cartes avec d'autres résidents. J'aime bien lire des romans ou des magazines *pipoles*, aussi.

— J'espère que tu te reposes, répliqua mon père, soucieux.

Suzette leva sa petite main ridée et grimaça un sourire.

— Mes enfants veulent me couver comme si j'étais mourante. Je me dis que j'ai eu du flair, de choisir un EHPAD éloigné de chez eux, ça leur évite de me surveiller en permanence.

Hermétique à sa tentative d'humour, mon père secoua la tête. Il avala sa dernière bouchée de tartelette, puis se leva.

— Je vais fumer.

— Tu devrais faire attention, protesta Suzette. Mon père est tout de même mort d'un cancer du poumon, je n'ai pas envie que ça t'arrive aussi.

— Tu n'as pas à t'en faire, je suis raisonnable, lui promit-il avant de refermer la porte, nous laissant ainsi en tête à tête.

Ma grand-mère reporta alors son attention sur moi.

— Ton père n'en a toujours fait qu'à sa tête. J'ai l'impression qu'il tient de moi, pouffa-t-elle, comme une adolescente un peu rebelle.

— Au moins, il ne t'a pas menti ; je ne l'ai pas souvent vu la clope au bec, depuis que je suis là. Et, au fait, il a commencé à me raconter la vie de tes parents.

— Ah oui ?

Je lui fis part de ce qu'il m'avait dévoilé sur Eugénie.

— Je suis très curieuse de connaître la suite.

— C'est drôle que le passé t'intéresse.

Je faillis lui demander pourquoi elle ne m'en avait jamais parlé, lorsque j'étais plus jeune, mais je me ravisai. À vrai dire, je n'avais jamais manifesté le moindre intérêt pour l'histoire de ma famille. Du moins, jusqu'ici.

Sans attendre ma réponse, Suzette se renfonça plus confortablement dans son fauteuil et enchaîna, à brûle-pourpoint :

— Puisque nous sommes entre nous, j'aimerais qu'on papote un peu. Tu ne vas pas si bien que ça, n'est-ce pas ?

J'hésitai un instant sur le discours à tenir. Je savais qu'il fallait la ménager le plus possible, lui éviter les contrariétés et émotions trop violentes. Mais lui mentir aurait été une erreur, elle n'était pas dupe. Faute de mieux, je pris le parti d'atténuer légèrement la vérité.

— C'est un peu difficile en ce moment, mais rien d'insurmontable.

Elle me renvoya une moue perplexe.

— À d'autres, Julia ! Les petits vieux, ça remarque tout. Parce que je suis une vieille dame, on croit que je n'ai pas besoin de tout savoir… Tu parles ! Tu peux tout lui dire, à ta mémé.

— Je m'en veux beaucoup du décès de Maman, avouai-je dans un soupir. J'ai du mal à avancer en vivant avec ce sentiment de culpabilité.

Voilà, c'était dit. Pourtant, je ne me sentais pas plus soulagée. Suzette ne dissimula pas son étonnement.

— Et de quoi pourrais-tu bien t'en vouloir ?

Je pris une inspiration, refoulant les larmes qui menaçaient d'affluer.

— Si elle ne s'était pas tracassée au sujet de mes soucis professionnels, elle aurait peut-être pu lutter davantage contre son cancer, non ? Je n'arrête pas d'y penser et, au point où j'en suis, je ne sais plus ce qui est ma faute ou ce qui ne l'est pas.

Ma grand-mère fronça les sourcils. Durant deux secondes, elle parut méditer sur les paroles que je venais de prononcer. Peut-être qu'elle aussi pensait que j'avais été une mauvaise fille envers mes parents. Je déglutis en attendant qu'elle reprenne la parole.

— C'est courant, de se reprocher la mort d'un proche, déclara-t-elle d'une voix étrangement voilée. Mais gaspiller notre temps en remords, ça ne ramène pas les gens à la vie.

— Je le sais… J'ai bien conscience qu'on ne peut pas revenir en arrière, mais je ne trouve pas non plus l'élan nécessaire pour faire un pas en avant.

Suzette but un peu d'eau, avant de reprendre :

— À mon avis, le problème, c'est que tu ne t'autorises pas à avancer. C'est dommage d'avoir tiré un trait sur ta passion pour la pâtisserie. Tu étais douée.

Pour exemple, elle cita la fête d'anniversaire de ses soixante-quinze ans. Une soirée joyeuse, durant laquelle on avait réussi à la faire danser sur la *Suzette* de Dany Brillant. Alexandre et moi lui avions préparé une charlotte constituée de poires pochées et d'une ganache au chocolat.

— J'en ai encore le goût au bord des lèvres, murmura-t-elle.

Je secouai tristement la tête.

— De toute façon, même si l'envie était là, ce serait impossible. Toutes les portes me sont fermées, à présent.

— Tu n'as pas gardé des amis, dans ce milieu ?

J'émis un grognement sarcastique.

— Oh, la célébrité, tu sais… On forme une grande famille quand ça va, mais dès que les choses tournent au vinaigre, plus personne ne te connaît.

Elle acquiesça avec un clin d'œil.

— Les paillettes ! Quand on gratte, ce qu'il y a dessous n'est pas toujours très beau… Oh !

Suzette venait de tourner la tête vers la fenêtre. Intriguée par son intonation, je jetai moi aussi un coup d'œil à l'extérieur. Mon père était en train de remonter l'allée… accompagné de Méline et Alexandre ! Cerise sur le gâteau, ma grand-mère arborait à présent la même mine qu'une collégienne prise en train de fumer derrière le gymnase.

— Il semblerait qu'on se soit donné le mot pour te rendre visite aujourd'hui, constatai-je d'un ton soupçonneux.

— Oui, c'est drôle, fit-elle d'une petite voix peu convaincante. En fait…

Elle ne termina pas sa phrase, car la porte s'ouvrit sur ma famille.

— Regardez qui j'ai trouvé en route ! annonça mon père.

Tout cela était bien suspect. D'ordinaire, Papa ne manifestait jamais le moindre enthousiasme et son ton était plus que forcé. Alexandre s'avança vers Suzette.

— Bonjour, ma jolie madame, lui dit-il en l’embrassant. Alors, il paraît que tu voulais nous voir ?

— Ce genre de convocation est inhabituelle de ta part, enchaîna Méline, en lui faisant la bise à son tour. Tu étais sérieuse, en évoquant un conseil de famille ?

Qu’est-ce que c’est que ce délire, encore ?

D’un coup, j’avais l’impression d’être plongée dans un film hyper-compliqué, un peu comme *Inception*. En gros, je n’y comprenais rien.

Je toussotai.

— Est-ce que quelqu’un pourrait m’expliquer ? Papa ?

Ce dernier eut un geste d’ignorance.

— Je n’en sais pas plus que toi.

Suzette, elle, paraissait se délecter de la situation.

— Bah alors, Mamie, tu nous fais des cachotteries ? plaisanta Alexandre.

Sous ses airs blagueurs, je le sentais néanmoins un peu tendu.

— C’est quoi, cette histoire de conseil de famille ? insistai-je.

Suzette nous demanda de nous asseoir.

— Je voulais vous voir tous les quatre aujourd’hui pour une raison précise.

Mon Dieu… Allait-elle nous apprendre qu’elle était atteinte d’une maladie ? Accablée, je me laissai tomber sur une chaise, tandis que mon père et Méline s’installaient sur lc rcbord du lit, prenant garde à ne pas déranger l’édredon et les coussins disposés avec soin. Alexandre, lui, resta debout. Et vu l’inquiétude que je décelais sur ses traits, il y avait fort à parier qu’il redoutait la même chose que moi.

— Tu n’es pas malade ? l’interrogea-t-il d’une voix blanche.

Suzette laissa échapper un rire fluet.

— Oh non ! Je suis vieille, ce qui est déjà loin d'être plaisant, alors que le Tout-Puissant me garde de tomber malade par-dessus le marché !

Un soulagement perceptible se fit sentir dans la pièce et je cessai aussitôt de me mordiller les lèvres. L'annonce d'une tumeur ou autre désastre de ce genre nous aurait tous achevés. Je n'avais pas envie de revivre un tel drame et, si j'avais conscience de l'âge avancé de ma grand-mère, je n'étais pas prête à la voir partir elle aussi.

Méline tendit le bras vers un mini-éclair au café.

— Que se passe-t-il alors ? s'enquit-elle, avant de croquer dans le gâteau. Si c'est à propos de ta maison, j'ai commencé à la vider.

Suzette acquiesça.

— Il s'agit de ça, en quelque sorte. Il se trouve que j'ai beaucoup réfléchi, ces derniers jours.

Mon père arqua un sourcil.

— Tu ne veux plus vendre ? C'était peut-être trop tôt pour toi.

Elle le détrompa d'un geste de la main.

— Non, Serge, là n'est pas la question. En fait, j'ai pris une décision.

Alexandre voulut savoir en quoi ça nous concernait, lui et moi.

— Nous ne sommes pas tes héritiers directs, donc nous n'avons pas à intervenir.

— Tu vas vite comprendre, mon chéri.

Mon cousin fronça les sourcils. Adossé à un mur, il maltraitait entre ses mains une petite figurine prise sur une étagère. Visiblement, cette conversation le rendait nerveux. Sentiment que je partageais sans peine. Cette affaire ne me regardait pas et je commençais à me sentir de trop. Suzette se pencha un peu en avant pour s'adresser à mon père et à ma tante :

— Je ne crois pas me tromper en prétendant qu'aucun de vous deux ne voudra récupérer le bar et la maison ?

Déstabilisés, ils échangèrent un long regard qui semblait contenir tout une conversation. Ma grand-mère s'empressa de les rassurer :

— Ce n'est pas un reproche que je vous fais. Je peux comprendre qu'à vos âges, vous ne sauriez pas quoi en faire. En revanche, je connais deux jeunes gens, ici présents, qui ont besoin de se remettre sur les rails.

Quoi ?

Un lourd silence s'abattit sur la pièce. Suzette étaitelle en train de perdre la boule ? Son port de tête altier indiquait pourtant tout le contraire. Instinctivement, je cherchai un soutien muet auprès de mon cousin. Celui-ci, la mine défaite, gardait les yeux baissés sur ses chaussures, comme hypnotisé.

Je poussai un soupir incrédule.

— Qu'est-ce que tu essaies de nous dire, Mamie ?

— Ça me paraît évident, déclara-t-elle d'une intonation claire et déterminée. Alexandre est complètement prostré depuis la faillite de sa boulangerie. Quant à toi, Julia, tu piétines tes rêves juste pour une déconvenue.

J'ouvris la bouche pour protester, mais elle m'interrompit derechef.

— Je n'ai pas terminé. Je me souviens avec une nette précision des deux gamins que vous étiez. Je me souviens des tartes aux pommes que vous me réclamiez sans cesse pour le goûter, du plaisir que vous preniez à pétrir la pâte avec moi. Vous disiez tout le temps que, lorsque vous seriez grands, vous ouvririez votre propre pâtisserie pour donner du bonheur aux gens.

Elle nous considéra avec une profonde gravité. Ses yeux étaient embrumés d'émotion. Force était de constater que ses souvenirs étaient exacts. Moi aussi, je me rappelais ces moments ponctués de rires.

— J'y croyais, murmura-t-elle. Votre passion n'était pas feinte.

Alex prit une grande inspiration.

— La vie en a décidé autrement. Tu le sais aussi bien que nous.

J'acquiesçai vivement pour appuyer ses dires. Suzette ne se laissa pas démonter pour autant et nous gratifia d'un sourire désarmant.

— Argument pertinent, je vous le concède. On ne pèse jamais bien lourd face à ce que le destin décide pour nous, je ne le sais que trop bien. Mais ce n'est pas une raison suffisante pour baisser les bras ; vous ne feriez que récolter une amertume qui vous collera aux basques durant toute votre existence.

Ma grand-mère était redoutable. L'entendre prononcer ces mots renforça mon sentiment d'échec et me piqua au vif.

Irritée, je lançai :

— Alors, quoi ? Tu veux qu'on reprenne le bar et qu'on remplace les ballons de rouge par des tartes aux pommes ? Tu n'y penses pas sérieusement, quand même ?

— Julia ! s'offusqua mon père.

Je me pinçai le haut de l'arête nasale en fermant les yeux, avant de m'excuser d'une voix enrouée :

— Pardon, Mamie. Je n'avais pas à te crier dessus.

Malgré son expression de surprise blessée, elle reprit le plus naturellement du monde :

— Ce n'est rien. Je veux juste que vous sachiez que ça me fait de la peine de vous savoir si malheureux, Alex et toi. C'est pourquoi j'ai envie de vous proposer un pacte.

— Un pacte ? répéta mon cousin, dubitatif.

— J'aimerais vous louer ma maison.

OK, à l'évidence, les mignardises du supermarché sont bourrées de substances louches.

Faisant fi de nos visages perplexes, ma grand-mère continua, imperturbable :

— Il y aura des travaux à faire, mais la partie bar est assez grande pour être transformée en pâtisserie. Quant au logement au-dessus, tu pourrais t'y installer avec ta petite famille, Alexandre. Si ça fonctionne, eh bien, l'ensemble vous reviendra lorsque je ne serai plus là.

Un silence sidéré accueillit sa déclaration. Je n'en revenais pas ! Elle n'était pas sérieuse, ce n'était pas possible ! Méline se décida à rompre notre mutisme.

— Tu es sûre de toi, Maman ? fit-elle avec douceur.

— Sûre et certaine. J'ai d'ores et déjà prévenu ma notaire, qui pourra au besoin attester de ma santé mentale et préparer tous les papiers.

Ma stupeur monta encore d'un cran. Ainsi, elle avait pensé chaque détail. Ma tante hocha la tête comme pour peser le pour et le contre.

— C'est une offre généreuse, souffla-t-elle en risquant un coup d'œil vers Alex, qui avait le visage défait.

Je me tournai vers mon père, afin de jauger sa réaction. Celui-ci esquissait un début de sourire. Apparemment, l'idée de sa mère ne lui déplaisait pas. Ce qu'elle nous proposait était pourtant périlleux. Je devais à tout prix la ramener à la raison.

— Mamie, je sais que tu veux faire de ton mieux pour nous aider, mais… Ouvrir une pâtisserie à Cressigny ?

— Mes parents l'ont bien fait, dans le temps, argua-t-elle. Vous pourriez aussi vendre du pain, puisqu'il n'y a plus de boulangerie.

— Après les revers professionnels qu'Alex et moi avons essuyés ?

— Vous ne manquez pas de courage, tous les deux, intervint mon père. Je parie que vous vous en sortiriez la tête haute.

Je le toisai, surprise qu'il défende autant le point de vue de sa mère. J'avais bien compris qu'il voulait lui faire plaisir, mais là, on frôlait le grand n'importe quoi.

— Le courage, ce n'est pas une ressource inépuisable, dis-je en déglutissant. Je n'arrive plus à créer la moindre pâtisserie, alors de là à ouvrir une boutique…

— Eh bien, justement ! répondit ma grand-mère. Ce serait l'occasion idéale pour remettre le pied à l'étrier.

Sans que je ne sache trop pourquoi, mon cœur se mit à battre très fort. Est-ce que j'allais faire une crise d'angoisse, là, devant ma famille, juste parce qu'on me demandait de refaire des gâteaux ? En tout cas, mes pulsations étaient en train de partir en vrille. J'inspirai un grand coup pour me calmer. Au même moment, Alex redressa la tête et coupa court aux divagations de Suzette :

— Désolé, mais c'est hors de ma portée.

— Vous avez besoin de laisser décanter quelques jours, c'est normal, fit-elle, conciliante. Personne n'attend de vous une réponse immédiate, et quelle que soit votre décision, je vous soutiendrai. Mais dépêchez-vous quand même, parce qu'avoir toute la vie devant soi, à mon âge, ça ne signifie plus rien du tout.

— Ils y réfléchiront, acheva Méline, à laquelle je décochai un regard réprobateur.

C'est déjà tout réfléchi.

Ces quelques heures en notre compagnie avaient fatigué Suzette. Il était temps pour nous de partir. Après lui avoir dit au revoir, nous quittâmes le bâtiment en silence, chacun plongé dans ses réflexions.

Cette main tendue aurait été fantastique dans d'autres circonstances. Mais comment voulait-elle qu'Alexandre et moi puissions réussir un tel tour de force ? Et surtout, je n'avais pas prévu de quitter Paris, encore moins de m'installer au cœur de la Touraine. Qu'est-ce qui pouvait bien lui faire imaginer le contraire ?

Focalisée sur mes pensées, je manquai de me faire renverser par un déambulateur électrique que je n'avais pas vu arriver. Mon cousin m'attrapa de justesse par le coude pour m'écarter de sa trajectoire.

— Faut regarder où vous allez ! me sermonna au passage le propriétaire de l'engin, une espèce d'archétype de vieux fermier qui n'aurait pas dépareillé sur un tracteur.

J'aurais plutôt dit que c'était lui qui était en train de me foncer dessus, mais je n'allais pas chipoter pour si peu.

— Désolée ! criai-je pour me faire entendre, tandis qu'il s'éloignait.

— Quand je dis que les personnes âgées sont dangereuses au volant ! s'esclaffa Alex.

Heureuse de le voir se dérider enfin, je me mis à rire avec lui.

— De vraies plaies ! renchéris-je. Il n'avait pas l'air commode, en plus, je crois bien que tu viens de m'épargner un procès.

Alexandre reprit tout à coup son sérieux, ce qui mit un terme à ce semblant de connivence retrouvée.

— En parlant de personnes pas commodes, qu'est-ce qu'on va dire à Suzette ?

— Très bonne question. Enfin, je pense qu'on devrait surtout se demander *comment* on va lui dire. Car il n'est pas question d'accepter, n'est-ce pas ?

Son regard éloquent valut toutes les réponses. Nous arrivâmes sur le parking. Méline et mon père attendaient déjà à côté des voitures.

— Vous dînez avec nous ? voulut savoir ma tante.

Mon père me fit signe de décider pour nous deux.

— J'ai plutôt envie d'une soirée au calme, déclinai-je.

— Aucun problème, ma chérie. Je vais continuer à faire un peu de tri dans la maison de Maman, demain. Est-ce que ça te dit de passer ?

— Bien sûr, acquiesçai-je. Je viendrai t'aider avec grand plaisir.

Comme ça, je pourrais prouver que transformer l'ancien bar en pâtisserie était de la folie pure.

— Alors, à demain, en début d'après-midi.

Sur le trajet du retour, je laissai le volant à mon père. J'étais encore trop sonnée par la proposition de Suzette pour parvenir à me concentrer sur la route. À travers la vitre, je fixai les champs sans vraiment les voir. Cressigny approchait et la voiture s'engagea sur la route qui traversait la forêt. Je me fis la réflexion que la maison rachetée par Ben se trouvait derrière ces arbres, dissimulée au bout du sentier. Ben… Qu'est-ce qui avait pu le pousser à quitter San Francisco pour notre trou paumé ? Je soupirai, me morigénant intérieurement de ruminer là-dessus. Ses motivations à revenir s'installer dans le coin ne me concernaient pas le moins du monde. Je m'entendis néanmoins questionner mon père :

— Tu étais au courant ?

— Je savais seulement que ta grand-mère avait demandé à Méline de venir, mais j'ignorais pourquoi, me répondit-il sans quitter la route des yeux.

Je battis des cils, le temps que mon cerveau établisse les bonnes connexions. Papa n'avait pas compris que ma question concernait Ben. Bon, la façon dont je l'avais tournée n'était pas très limpide, non plus. Cette méprise me soulagea. Autant éviter les sujets qui fâchent. Évoquer Ben n'apporterait rien de bon.

— Et donc, qu'est-ce que tu en penses ? questionnai-je, l'air de rien.

J'espérais qu'il allait me dire que Suzette était sans doute en proie à une lubie qui passerait aussi vite qu'elle était venue. Au lieu de quoi, il haussa une épaule.

— Ce que j'en pense n'a aucune importance, Julia. Ce n'est pas moi qui dois prendre la décision.

Nouveau silence. Décrypter ce que mon père ressentait au fond de lui-même, c'était encore plus compliqué qu'une énigme de Léonard de Vinci.

— Je t'ai vu sourire, tout à l'heure, tentai-je néanmoins. J'en conclus que l'idée te semble moins farfelue qu'à moi.

— Non, ce n'est pas ça. L'évocation de la pâtisserie m'a brièvement rappelé mon enfance. Eugénie nous mettait souvent des choux de côté, à Méline et moi, pour notre retour de l'école.

Je crus déceler une intonation un brin nostalgique.

— Tu parles d'un goûter équilibré ! plaisantai-je.

Les nutritionnistes s'arracheraient les cheveux.

— C'était le bon vieux temps. Celui où la Pâtisserie Rossignol faisait la renommée de la famille.

— Pourquoi « Rossignol », au fait ? Marcel et Eugénie s'appelaient bien Carbolet, non ?

— Ah, ça, c'est une longue histoire ! répliqua-t-il en pénétrant dans la cour.

Mon père stoppa ma voiture face au garage, puis coupa le moteur. Il n'allait quand même pas s'arrêter en si bon chemin et me laisser sur ma faim ?

— Si tu n'as rien de prévu ce soir, je peux continuer à te la raconter, finit-il par me dire, avant d'ouvrir sa portière.

Je poussai un petit cri de joie. Enfin, j'allais en savoir davantage sur Eugénie !

16

Eugénie, 1919

La porte de la cuisine s'ouvrit brusquement, faisant sursauter Eugénie. La jeune fille confectionnait une meringue pour accompagner les poires qui seraient servies lors du dîner prévu par ses patrons le soir même, et l'opération était plutôt délicate. Elle pivota pour toiser l'intrus qui osait ainsi la déconcentrer dans sa tâche. À tous les coups, c'était encore Baptiste, le chauffeur de Monsieur, qui se trouvait désœuvré et venait quémander une part de gâteau pour passer le temps ! Eugénie ouvrit la bouche, prête à rouspéter. Elle la referma aussitôt, en découvrant la superbe jeune femme qui se tenait sur le seuil. Ses cheveux blond vénitien étaient coupés court, et elle avait belle allure, dans sa robe de mousseline blanche et noire garnie de draperies de soie, dont la couleur évoquait les pétales d'une rose. La nouvelle venue s'avança vers Octavie, la cuisinière.

— Je n'en peux plus ! s'exclama-t-elle. Quand vont-ils comprendre que leurs réceptions vouées à me trouver un mari ne m'intéressent pas ?

Tandis qu'Eugénie restait bouche bée devant ce spectacle, Octavie jeta un coup d'œil affolé à la ronde et laissa de côté la sauce qu'elle était en train de préparer pour les filets de sole. Agitant les mains, elle se mit à chuchoter :

— Allons, mademoiselle Marie-Rose ! Faites un peu moins de bruit, votre mère va vous entendre !

Mademoiselle Marie-Rose, se répéta silencieusement la jeune fille, en comprenant que cette jeune femme n'était autre que l'unique héritière des De Ferrière. Eugénie travaillait depuis maintenant deux semaines dans cette vaste maison du faubourg Saint-Marcel. Bien que le quartier eût longtemps été pauvre, le contraste avec la zone était saisissant, et elle ne regrettait pas d'avoir quitté cet endroit lugubre. Elle y retournait cependant le dimanche, afin de rendre visite à sa famille. Ses patrons, eux, vivaient dans le grand luxe, indéniablement. D'après ce qu'elle avait saisi des propos d'Octavie, Hector De Ferrière était issu d'une famille qui avait fait fortune dans les tanneries, autrefois emblématiques de l'arrondissement. Lui-même s'était illustré dans l'industrie textile, avant de prendre les rênes d'un grand magasin, situé sur la rive gauche.

Contre toute attente, la jeune fille ne se déplaisait pas dans ce nouvel univers. Il ne lui avait pas fallu longtemps pour prendre ses marques. Bien sûr, elle ne bénéficiait pas des mêmes privilèges que les propriétaires des lieux, devant emprunter l'escalier de service pour regagner sa chambre le soir, mais elle ne s'en souciait guère, consciente de la place de chacun. Elle avait un travail et un toit sur la tête, c'était tout ce qui lui importait, d'autant plus qu'elle était tranquille ; ses patrons ne se montraient que rarement. Par conséquent, Eugénie était amenée à côtoyer uniquement les domestiques, dont le nombre avait été réduit durant la guerre. Restaient tout de même un majordome sans âge, qui remplissait son rôle à merveille en adoptant une attitude guindée envers le reste du personnel, et Georgette, la jeune femme de ménage timide et lunaire, qui commettait souvent des bourdes et faisait aussi office de femme de chambre. Le personnel comprenait également Baptiste, le chauffeur, qui ne cachait pas son faible pour Georgette. Octavie et Eugénie s'occupaient de la cuisine. Ils logeaient tous au dernier étage de la demeure, sous les combles. Chacun possédait sa propre chambre, qui, bien que petite, était chauffée et pourvue de l'eau courante. C'était une véritable révolution pour Eugénie, jamais elle n'avait connu un tel confort auparavant ! Mis à part le majordome, qui affichait un snobisme à toute épreuve, ils avaient tous très bien accueilli Eugénie. Au gré des repas qu'ils prenaient ensemble dans la cuisine, soit à l'aube, soit après leur service, la jeune fille avait pu se faire une idée de leurs personnalités, découvrant un Baptiste blagueur et toujours en verve, et une Georgette laissant tomber ses couverts pour un rien, mais plutôt sympathique. Octavie, elle, faisait un peu office de mère, prodiguant des conseils qu'on lui demandait à maintes reprises. Il y avait en elle une franchise et une bienveillance rassurantes.

— Je me fiche de ma mère ! tempêta une nouvelle fois Marie-Rose. Ne serais-je donc que du bétail destiné au plus offrant ?

Face à ce ton si véhément, Eugénie ne put s'empêcher d'arrondir les yeux. C'était la première fois qu'elle rencontrait Mademoiselle et elle ne se l'était pas imaginée ainsi. On l'avait prévenue qu'elle pouvait s'avérer capricieuse et qu'elle passait le plus clair de ses journées le nez plongé dans des livres, quand elle ne sortait pas avec ses amies pour parader sur les Grands Boulevards. Aux portes qui claquaient régulièrement dans les étages, Eugénie avait compris que la jeune femme était d'un tempérament volcanique, mais jamais encore, en deux semaines, elle ne l'avait vue venir jusqu'ici pour confier ses tourments à la cuisinière. Cela était si incongru ! Pourtant, Octavie ne s'en montrait pas surprise. Ce devait donc être une drôle d'habitude établie entre les deux femmes.

— Voulez-vous boire une tasse de thé, Mademoiselle ? lui demanda la cuisinière. Pour apaiser vos nerfs.

— C'est bien cela, le problème ! soupira Marie-Rose. Tout le monde voudrait que je sois une adorable créature parfaitement calme.

Elle se remit à faire les cent pas dans la pièce, puis s'arrêta net devant Eugénie, étonnée de la trouver là.

— Oh, pardon, je ne vous avais pas vue ! Je suis un peu myope sur les bords. Vous êtes la nouvelle recrue, je présume ?

Toutes les deux se dévisagèrent, tandis qu'Octavie entreprit d'effectuer les présentations.

— Eugénie nous a en effet rejoints il y a quinze jours, déclara-t-elle.

Marie-Rose tendit la main.

— Soyez la bienvenue dans notre maison. Mère déteste que je fricote avec les domestiques, comme elle dit, mais vous apprendrez que je préfère amplement votre compagnie à celle de tous ces gens si engoncés dans leurs convenances désuètes.

Eugénie lui sourit, saisissant tout à fait ce que son interlocutrice voulait dire. Plusieurs fois, elle-même avait songé que s'ils avaient encore été vivants, elle n'aurait pas été surprise de devoir préparer des gâteaux pour la reine Victoria ou le tsar de Russie. Les fréquentations des De Ferrière avaient l'air d'appartenir à un monde révolu, celui d'avant la guerre. Elle faillit lui dire qu'elle partageait son point de vue, puis elle se ravisa, consciente de la situation. Bien que Marie-Rose ait l'air de se démarquer de ceux de son rang, avec ses beaux yeux verts qui reflétaient une certaine intelligence, mieux valait faire attention et ne pas se faire remarquer. Eugénie n'avait aucune intention d'être renvoyée et, pire, de devoir retourner à Malakoff !

— Vous semblez pensive, observa Marie-Rose. J'espère que je ne vous ai pas fait peur ! J'ai conscience d'être parfois un peu excessive.

Octavie se racla la gorge.

— Eugénie a été surprise par l'arrivée de Mademoiselle, c'est tout. D'ailleurs, elle doit terminer sa meringue, ajouta-t-elle en coulant un regard appuyé à la principale concernée.

— Oui, bien sûr, obtempéra Eugénie en se remettant au travail.

Marie-Rose se laissa lourdement tomber sur un des deux bancs qui flanquaient la table de part et d'autre. Elle semblait tout à coup accablée, comme si on l'avait obligée à porter tout le poids du monde sur ses frêles épaules. Octavie déposa un thé fumant devant elle. La jeune femme contempla un instant le liquide ambré.

— Tout ce cirque pour me faire épouser un vieux bonhomme dégoûtant, constata-t-elle, amère.

— Vos parents auront sûrement convié quelques jeunes hommes, temporisa Octavie.

— Je ne crois pas. À vingt-deux ans, je suis déjà presque vieille, pour eux. J'ai cru comprendre que, ce soir, ce sera un colonel veuf et fortuné, grimaça-t-elle.

Eugénie, qui ne perdait pas une miette de la conversation, se sentit pleine de compassion. On en revenait toujours au même problème ! Est-ce qu'un jour une femme pourrait avoir son mot à dire sur sa propre destinée ?

— Il faudra bien vous faire une raison, lui préconisa Octavie. Vos parents souhaitent seulement vous mettre à l'abri pour le restant de vos jours.

Marie-Rose secoua la tête. Elle ne l'entendait pas de cette oreille.

— Je veux un homme qui me fera littéralement chavirer ! Sans rouflaquettes ni dentier.

— Vous lisez trop de romans d'amour, Mademoiselle.

— Vous êtes injuste. Vous savez très bien que je préfère les récits d'aventure ! Mais là n'est pas le problème… Il est hors de question que mon avenir consiste à jouer les potiches. Je compte lui faire passer l'envie de me demander en mariage, à ce colonel je-ne-sais-plus-quoi.

La cuisinière esquissa une moue amusée.

— Et comment allez-vous vous y prendre, cette fois-ci ? La dernière fois, vous aviez…

— Roté à table en prétextant une aérophagie ! s'esclaffa Marie-Rose. Je me souviendrai à vie de leurs regards effarés ! J'ai bien cru que Mère allait avoir une syncope.

Eugénie se retint de rire, imaginant la jeune femme mettant tout en œuvre pour saborder les espoirs de ses soupirants.

— Vous y êtes allée un peu fort, ce soir-là, gloussa Octavie. Il faut avoir du cran.

Comme mue par une énergie nouvelle, Marie-Rose se redressa.

— Pas d'éructation ce soir, promis. Il paraît que le vieux croûton n'aime pas trop les femmes cultivées. C'est fort dommage, figurez-vous, car j'ai l'intention d'évoquer avec lui les philosophes grecs, que j'ai étudiés tout exprès.

Elle ponctua sa phrase par un petit rire.

— Je me demande aussi ce qu'il pense des mouvements en faveur du droit de vote des femmes. Peut-être devrais-je aborder le sujet.

Ajoutant de la farine à sa sauce pour la lier, Octavie fit mine de frémir.

— Voilà une soirée qui promet d'être agitée. Et dire que je ferai le service !

— J'essaierai de ne pas pouffer de rire quand vous entrerez dans la pièce. Mais pour l'heure, je dois filer aux essayages, Georgette a préparé ma robe. Elle tremble tellement que la dernière fois elle m'a piquée avec une épingle.

— Un rien l'intimide, lui rappela Octavie. Soyez patiente, Mademoiselle.

Celle-ci se fendit d'un large sourire.

— Si la patience était ma principale vertu, ça se saurait depuis longtemps. En attendant, je me réconforte en pensant au succulent repas que vous nous servirez ce soir.

Elle salua les deux employées, puis s'éclipsa. Stupéfaite par cette rencontre, Eugénie fixa un instant la porte qui venait de se refermer.

— Eh bien ! souffla-t-elle.

— C'est un sacré numéro, cette fille, commenta Octavie. Si tu veux mon avis, la môme, elle n'a pas fini de leur en causer, du tourment.

— Je crois que je l'aime bien, moi.

— Oh, elle est adorable, c'est certain ! Une adorable chipie pleine d'aplomb. Elle aurait dû naître homme, ça l'aurait rendue plus heureuse.

*

Le lendemain était un samedi. C'était le jour où Octavie sortait de très bonne heure afin d'aller se ravitailler en provisions. Ce matin-là, elle avait prévu d'emmener Eugénie avec elle. Celle-ci ne s'était toujours pas familiarisée avec la ville, puisque le seul dimanche où elle s'était rendue à Malakoff, Octavie lui avait fait emprunter le métro. La jeune fille avait détesté les secousses et les insupportables cliquetis de ferraille, qui étaient assourdissants. Sans parler de ces kilomètres de tunnels creusés sous la capitale ! Elle s'était promis d'étudier les trajets en omnibus.

— Pitié, ne me dites pas que l'on va encore devoir prendre le métro ! s'entendit-elle supplier, alors qu'Octavie enfilait une épaisse cape.

— Non, nous y allons à pied. Couvre-toi bien.

Parcourue par un petit frisson d'excitation, Eugénie se hâta. Enfin, elle allait voir ce qu'était Paris ! Se méprenant sur sa fébrilité, Octavie reprit :

— J'espère que la marche ne t'effraie pas. Nous avons trois kilomètres, jusqu'aux Halles.

Eugénie termina de boutonner son paletot.

— De là où je viens, on s'habitue très jeune à marcher.

Le fait de penser à toutes ces heures passées à courir à travers champs avec Blanche ou ses frères lui déclencha un pincement au cœur. La fraîcheur de l'air qui la saisit lorsqu'elles se mirent en route eut au moins le mérite de chasser ses idées noires. Octavie avait vu juste : dehors, il faisait froid et humide. La ville était noyée sous une brume grise, rappelant que l'hiver était proche.

— Dieu que c'est laid, murmura la jeune fille en découvrant les façades grises aux volets encore clos.

Octavie leva les yeux pour scruter le ciel.

— C'est rien que du brouillard matinal. La journée ne sera pas trop moche.

Eugénie répliqua par une moue sceptique. Tout ce qu'elle voyait, pour l'instant, c'est que le soleil rechignait à se lever. Elles remontèrent le boulevard de l'Hôpital jusqu'au Muséum d'histoire naturelle, puis traversèrent le pont d'Austerlitz en direction de la gare de Lyon. La grosse horloge qui surmontait le bâtiment richement orné et le tramway passant devant ne parvenaient pas à faire oublier la monotonie des immeubles qui se succédaient le long des trottoirs. Des publicités colorisées étaient affichées un peu partout sur les pierres grises. Chocolat Menier, savon Cadum, apéritif à la gentiane, les galeries Dufayel ou encore les imperméables Parlo… Il y en avait pour tous les goûts. Des deux côtés de la route, les enseignes de magasins s'alignaient sans fin, annonçant triperie, fruiterie, coiffeur, restaurant, hôtel, tonnelier, commerce de vins. À la terrasse d'un bistrot, un cafetier qui essuyait les tables d'un coup de chiffon expert émit un sifflement approbateur au passage d'Eugénie. Outrée, elle pesta en resserrant son paletot autour de ses épaules.

Octavie dédramatisa :

— Bah, c'est courant ici ! Ça veut dire que tu es une jolie fille et que tu ferais bien d'éviter de traîner toute seule.

Eugénie n'en avait aucune intention. Elles poursuivirent leur route, sous les bavardages incessants de la cuisinière, qui n'avait de cesse de multiplier les recommandations.

— Tu verras, depuis la fin de la guerre, Paris compte moins de chevaux dans les rues. Tout est motorisé, maintenant, il n'y a que le progrès qui compte.

Réprimant un bâillement d'ennui, Eugénie initia un début de conversation :

— Vous ne m'avez pas dit si Mlle De Ferrière doit s'attendre à une demande en mariage de la part de son colonel.

Octavie plissa la bouche dans une moue affligée et soupira très fort.

— Elle ne sait pas être raisonnable. L'ambiance était loin d'être chaleureuse, durant le temps qu'a duré mon service. Elle a tout fait pour contrarier ce pauvre homme, plus personne ne pipait mot au dessert.

Eugénie sourit. Décidément, elle l'admirait, cette fille qui avait le courage d'affronter sa famille en refusant d'être offerte au premier bon parti venu ! Si seulement elle-même avait su tenir tête à ses parents de la même façon ! Mais elle repoussa aussitôt cette pensée, consciente que leurs situations différaient en de nombreux points. Si toutes les deux avaient en commun d'être des jeunes femmes de 1919, dont le destin dépendait de décisions masculines, Marie-Rose avait un luxe qui faisait défaut à Eugénie : aussi insolent que pouvait être son comportement, ses parents ne la banniraient jamais, parce que dans ce milieu-là, cela ne se faisait pas. Il y avait toujours moyen d'arranger les choses.

— À quoi tu penses ? s'enquit Octavie, alors qu'elles suivaient la rue de Bercy, elle aussi criblée d'enseignes et d'annonces commerciales.

— Je me demandais si c'est un grand marché, les Halles.

— Il l'a été, oui. La vente au détail est finie depuis vingt ans, mais les marchands s'étendent dans les rues avoisinantes.

À vrai dire, la jeune fille avait du mal à se faire une idée précise de ce qui l'attendait. Le seul marché qu'elle avait connu jusque-là était celui de son village, qui tenait tout entier sur le champ de foire. Une fois, quand elle était petite, elle avait été autorisée à accompagner son père à celui de Loches, un peu plus grand, où il lui avait offert des berlingots à partager avec ses frères.

Elle se doutait qu'il n'y aurait certainement rien de comparable.

Elles marchèrent encore durant de longues minutes. Eugénie n'avait de cesse de regarder autour d'elle. Des anciennes églises et des rues malfamées encombrées d'escaliers en fer forgé laissaient la place à des monuments majestueux, tout en dorures et verreries époustouflantes. Elle aperçut la tour Eiffel qui émergeait du brouillard, et la grande roue qu'on avait laissée en héritage de l'Exposition universelle de 1900. Puis, à nouveau, des ruelles délabrées, sombres et étroites, aux immeubles décrépis. Sur les quais, des ouvriers s'activaient, entamant le long labeur de leur journée. C'était le cœur historique, le poumon d'une capitale en pleine mutation. En bonne Parisienne de naissance, Octavie avançait d'un pas sûr. Elle connaissait chaque recoin comme sa poche. Eugénie s'efforçait de la suivre, incapable de se repérer dans ces dédales de rues.

Lorsqu'elles atteignirent l'Hôtel de Ville, la cuisinière lui recommanda de bien rester près d'elle.

— C'est très animé, dans le coin. Je n'ai pas envie que tu te perdes.

La jeune fille écarquilla les yeux face à l'encombrement de véhicules qui se gênaient et devaient souvent s'arrêter. Des charrettes à bras et des omnibus circulaient au milieu des voitures motorisées, ce qui se révélait très chaotique. C'était une telle ébullition ! Les poissonnières trimballaient leurs produits sur de grands chariots et criaient l'objet de leur commerce. Les cultivateurs, eux, étalaient navets, choux et carottes le long des trottoirs puisqu'ils n'avaient plus accès au marché central. On trouvait également des corbeilles remplies de fleurs de toutes les couleurs. Eugénie avait presque le tournis devant ce petit monde à part qui créait l'effervescence entre les murs de la capitale, et en même temps, elle avait ce sentiment d'émerveillement propre aux nouveautés. Octavie acheta des légumes à une marchande des quatre saisons. Cette dernière était accompagnée de son enfant, une jolie petite fille d'environ cinq ans. La fillette avait un gros nœud blanc sur ses cheveux bruns coupés au carré et elle jouait avec une poupée en chiffon. Sa mère, béret en laine posé sur la tête, gardait le sourire malgré la fatigue qui se lisait sur son visage. Eugénie remarqua qu'elle portait des sabots rembourrés de paille, comme cela se faisait à la campagne.

Une fois ses achats effectués, Octavie remercia la marchande et lui glissa une pièce entre les mains.

— Tu achèteras quelque chose de chaud pour la petite et toi.

Les yeux de la jeune femme s'emplirent de larmes de gratitude et Octavie lui pressa les mains, dans un geste affectueux. Alors qu'elles s'éloignaient, Eugénie l'interrogea sur son geste généreux.

— Tu as vu comme elles sont maigres ? Ça ne leur fera pas de mal de se remplir le ventre.

— Vous avez l'air de bien la connaître, insista la jeune fille.

Octavie leva les yeux au ciel, l'air faussement exaspérée.

— Tu es une sacrée curieuse, toi ! C'est donc vrai, que les campagnards aiment bien cancaner.

Eugénie se constitua une mine innocente, à laquelle Octavie ne put résister.

— T'es un sacré numéro, la môme ! Simone était une copine d'école de ma fille. Son mari a été porté disparu après la guerre, elle a tout perdu du jour au lendemain. Ils vivotaient dans un immeuble insalubre, près de la gare du Nord. Ses beaux-parents l'ont recueillie dans leur ferme, pas loin d'ici, avec la petite, mais ils n'ont pas beaucoup de moyens. J'ai de la peine pour elle, si tu veux tout savoir.

Eugénie assimila ces nouvelles informations. Décidément, la ville était un lieu brutal, faite de fausses promesses, de faux espoirs. Le profit aux dépens de l'humain.

— J'ignorais que vous aviez une fille, fit-elle en jetant un coup d'œil furtif à sa compagne.

— Eh bien maintenant, tu le sais, marmonna Octavie, avant de s'enfermer dans le silence.

Cela ne fit qu'éveiller davantage l'intérêt de la jeune fille. D'ordinaire, la cuisinière pouvait parler sans discontinuer de tout et de rien. Ce mutisme renfrogné lui ressemblait si peu ! Eugénie se garda bien de poser de nouvelles questions, se doutant que son interlocutrice se renfermerait encore davantage sur elle-même. Toutefois, à sa grande surprise, Octavie reprit au bout de quelques minutes :

— Ma fille s'appelle Madeleine.

L'expression opaque, elle continua :

— Elle est partie en Lorraine avec son mari. Un de ses cousins l'a fait embaucher dans une mine de fer. Je n'ai pas beaucoup de nouvelles.

— C'est dommage.

— C'est la vie. Elle a eu beaucoup de chagrin quand son père est mort. Mon mari était un homme bon, tu sais.

Eugénie demanda si c'était la guerre qui l'avait emporté lui aussi.

— Oh non, c'était bien avant, en 1908. Une maladie du cœur. Faut dire qu'il trimait dur, il travaillait pour le marché aux bestiaux de la Villette. Comme j'avais de bonnes références de mes anciens patrons, j'ai repris un emploi pour gagner ma croûte. C'est comme ça que je suis entrée au service des De Ferrière. Madeleine m'en veut parce que je n'ai pas le temps de leur rendre visite. Je ne connais même pas mon dernier petit-fils.

Eugénie perçut une pointe de regret dans les intonations d'Octavie. Le lien avec ce besoin que la cuisinière avait de materner les uns et les autres n'était pas compliqué à établir. L'éloignement avec Madeleine devait être une source de souffrance bien plus grande qu'elle ne voulait bien l'admettre.

Leurs courses étant terminées, Octavie tourna à un coin de rue, où des femmes servaient de la soupe et du café dans un vacarme retentissant amplifié par le bruit des sabots des chevaux claquant sur les pavés, et des camions desquels on déchargeait œufs, beurre et fromage. Prenant Eugénie par le bras, elle l'entraîna vers l'une des échoppes.

— Je crois qu'on a mérité une bonne soupe !

Eugénie dut bien s'avouer que cette pause était la bienvenue. Paris n'était que bruit. Des tas de gens allaient et venaient, criaient, parlaient fort et riaient. C'était aussi stimulant qu'abrutissant. Elle mangea de bon appétit le bol de potage qu'on lui servit, dans les relents de tabac et de vin. Octavie fit ensuite signe à un couple d'amis qu'elle connaissait de longue date et ils les ramenèrent toutes les deux jusqu'à Saint-Marcel, à bord de leur charrette tirée par une mule. Eux-mêmes s'en retournaient après du côté d'Ivry, sur un campement aussi délabré que celui de Malakoff.

17

Eugénie repoussa sa feuille et cessa un instant de mâchonner son crayon. Sa lettre était prête à être envoyée. Comment serait-elle accueillie ?

Les confidences qu'Octavie lui avait faites la veille, à propos de sa fille, l'avaient amenée à réfléchir. Il n'y avait pas que la vie à la ferme qui lui manquait, c'était un tout, dont son frère et sa mère faisaient partie. En ce dimanche après-midi, elle avait donc décidé de leur écrire. Depuis le matin, une bruine désagréable tombait sans discontinuer et Eugénie ne se sentait pas assez vaillante pour se rendre chez ses cousins, affronter le métro, les baraques de guingois, les cris des enfants qui s'égaillaient dans la boue en dépit du mauvais temps, parmi les montagnes d'objets rouillés et cabossés.

Avant de la cacheter, la jeune fille relut sa lettre une dernière fois. Elle faisait un compte rendu détaillé de l'emploi qu'elle avait trouvé, expliquant que la vie de domestique était moins terrible qu'on ne le pensait. Elle évoquait également le marché des Halles, la tour Eiffel aperçue au loin et toutes ces vitrines de magasins qui s'offraient à la vue du promeneur.

« *Mais cela ne risque pas de me monter à la tête. Pour moi, rien n'égalera jamais la beauté de notre Touraine, nos champs si prospères et la forêt touffue. J'imagine que les arbres ont revêtu leurs couleurs d'automne et que la température de l'eau ne permet plus de s'y baigner. Ici, il n'y a pas de ruisseaux dans lesquels tremper les pieds et quand Octavie m'a emmenée sur cet immense marché des Halles, mon cœur s'est serré en pensant au nôtre.* »

Elle s'enquérait ensuite des affaires de la ferme et de la santé de sa mère, demandait si ce chenapan de Gaspard avait encore grandi. À aucun moment elle n'évoquait le père. Lorsqu'elle pensait à lui, elle ne ressentait toujours que colère et incompréhension. Son cœur était enclin au pardon, mais sa tête lui martelait toute l'injustice de sa situation et de celle des femmes en général. Mais cela, elle ne pouvait pas l'expliquer à sa famille, qui ne comprendrait pas. La jeune fille plia la lettre et referma l'enveloppe, puis elle se leva pour regarder par la lucarne, qui donnait sur un semblant de parc pas très grand, mais arboré. Le ciel gris comme le plomb gâchait les couleurs rouges et mordorées qu'avaient prises les feuilles des arbres. Réprimant un frisson, elle songea à quel point l'hiver risquait d'être rude, pour les habitants de la zone.

— Eugénie ? Tu es là ?

Reconnaissant la voix de Georgette, Eugénie alla lui ouvrir.

— Je ne te dérange pas ?

Engoncée dans sa robe du dimanche, la jeune femme de ménage triturait son chapeau déplumé entre ses mains.

— Non, je rêvassais, répondit Eugénie. Comment s'est passée ta sortie avec Baptiste ?

Les traits de Georgette s'animèrent aussitôt. Le chauffeur s'était enfin décidé à l'inviter à Magic City, le parc d'attractions qui se trouvait près du quai d'Orsay. Les gens aimaient s'y retrouver pour se distraire.

— C'était fabuleux ! s'enthousiasma-t-elle. Figure-toi qu'il y a une grande piste de danse avec un orchestre, une grande roue, des montagnes russes, aussi ! Ça secouait tellement que j'en ai perdu deux épingles à cheveux !

— La pluie ne vous a pas dérangés ?

— On était protégés. Oh ! J'ai même pu voir un village indigène !

— Des indigènes ? Raconte ! Ils étaient comment ?

— La peau foncée, les yeux bridés… Ils viennent des Philippines.

Georgette parlait avec verve, évoquant encore des gondoles vénitiennes, un parcours scénique sur lequel des objets et personnages étaient mis en scène, ou la descente de la cascade, à bord d'un wagonnet en bois, qu'elle n'avait pas voulu tenter.

— Arrête-toi un peu ! s'esclaffa Eugénie. On dirait que tu ne sais plus où donner de la tête !

Georgette s'assit.

— C'est un peu vrai. Il y a tant de choses à voir !

— Moi, tout ce qui m'intéresse, c'est de savoir si Baptiste t'a embrassée, répliqua malicieusement la jeune fille.

Se sentant rougir, Georgette se cacha le visage entre les bras. Il n'en fallut pas davantage à Eugénie pour déduire que la réponse était oui.

— Je le savais ! s'exclama-t-elle tout en entamant une gigue joyeuse.

Sans relever la tête, Georgette la supplia de garder le secret. Eugénie cessa de tournoyer et vint à côté d'elle.

— Tu sais, personne n'est dupe de votre manège.

Seul un gémissement lui répondit. Georgette avait tendance à s'angoisser d'un rien, et l'idée que son idylle avec Baptiste puisse remonter aux oreilles de ses employeurs la mettait dans tous ses états. Elle craignait d'être renvoyée, comme elle finit par l'expliquer à Eugénie. À l'inverse de la jeune fille, elle n'avait pas du tout envie de se voir obligée de retourner dans son village natal, en Bourgogne.

— Tu comprends, il n'y a plus personne, là-bas, à part des veuves et des vieillards. La plupart des fermes sont à l'abandon. Sur trois cents habitants, une quarantaine au moins a été décimée.

— Maudite guerre ! jura Eugénie. Mais à mon avis, tu n'as pas à t'en faire. Tant qu'on ne te retrouve pas dans le lit de Baptiste…

Elle s'interrompit en voyant les joues de Georgette prendre une nouvelle fois une teinte pivoine, puis éclata de rire.

— Bon, à l'évidence, vous n'en êtes pas encore là !

— Je n'ai que vingt ans, enfin ! protesta Georgette. Je n'ai encore jamais été fiancée.

Eugénie baissa les yeux, sachant que sa collègue ne manquerait pas de la cataloguer comme une dévergondée si elle apprenait qu'elle s'était déjà offerte à un garçon.

— Eh bien, j'espère que ça marchera, entre Baptiste et toi.

Encore en proie à l'émotion, Georgette ne répondit pas. Elle laissa son regard errer un instant sur la petite table près de laquelle elle était assise.

— Tu as écrit une lettre ? fit-elle en avisant l'enveloppe posée là.

— À ma mère, oui. Je n'avais pas encore trouvé le temps de lui annoncer que j'étais entrée au service des De Ferrière.

— Et comment ça se fait que tu sois montée à Paris, toi ? Tu es encore jeune.

Eugénie soupira, cherchant la meilleure manière d'édulcorer la vérité.

— Je suis tombée amoureuse des promesses de l'amour… Des vaines promesses, puisqu'il en a épousé une autre.

Pourvu que Georgette ne veuille pas en savoir davantage !

— Ma pauvre ! compatit celle-ci. Les hommes sont impitoyables… Tu sais, nous avons beaucoup de chance, toi et moi, d'être tombées dans cette maison. Mademoiselle Marie-Rose peut parfois piquer des colères spectaculaires, mais au moins, Monsieur ne nous poursuit pas de ses assiduités, comme c'est le cas ailleurs. Ce n'est pas facile, d'être une femme !

La jeune fille acquiesça. Elle se souvenait avoir entendu Octavie raconter qu'une de ses nièces avait été renvoyée après avoir refusé les avances très insistantes de son patron. Et cette histoire était malheureusement monnaie courante. Si les filles avaient appris à ne pas faire d'esclandres, elles se refilaient sous le coude les adresses des maisons où il valait mieux éviter de demander du travail. Le pire était pour celles qui se retrouvaient engrossées puis jetées à la rue comme des malpropres, condamnées à une vie de misère.

Eugénie poussa un soupir.

— Oh, non ! Ce n'est vraiment pas facile d'être une femme.

*

Le lendemain après-midi, la jeune fille était en train de pétrir une pâte feuilletée, tout en discutant avec Octavie. La cuisinière lui rapportait les dernières nouvelles de la zone, où chacun se préparait à affronter l'hiver. Même le balafré avait repris ses quartiers chez sa sœur et évitait de trop se faire remarquer.

— Je ne sais pas combien de temps ça durera, il a le diable au corps, ce garçon.

Eugénie faillit lui confier que sa cousine en pinçait pour lui, mais elle se ravisa. Cela ne concernait que Charlaine et celle-ci avait suffisamment la tête sur les épaules pour ne pas commettre d'imprudences.

— J'ai trouvé que ton oncle tousse beaucoup, reprit Octavie.

Eugénie répliqua qu'avec l'humidité qui régnait sur le campement, il n'y avait rien d'étonnant à cela.

— Si encore ils pouvaient se calfeutrer correctement ou avoir enfin un logement digne de ce nom !

Cette situation la révoltait. Elle avait lu dans un journal que le nombre des zonards s'élevait à quarante-deux mille, ce qui était énorme. C'était un miracle qu'un drame ne soit pas encore survenu, entre l'insalubrité, le manque d'hygiène et les voyous qui y rôdaient. Pour l'instant, seuls quelques faits divers étaient à déplorer. Une femme battue qui décédait sous les coups de son mari, un ancien des tranchées qui se suicidait, un règlement de comptes entre Apaches. Ces gens subissaient sans broncher, résignés à leur sort.

— Le gouvernement aurait pour idée de…

Octavie ne put terminer sa phrase, puisque Marie-Rose déboula dans la pièce sans crier gare, faisant entrer avec elle les effluves de L'Heure Bleue, de Guerlain, son parfum aux accents d'iris, de violette et de vanille. Vêtue d'une robe d'intérieur aux longues manches flottantes, la jeune femme les salua en affichant un immense sourire.

— Puis-je boire un thé en votre compagnie ? Mère est sortie avec l'une de ses assommantes amies et je m'ennuie.

Octavie lui jeta un regard par-dessus son épaule.

— Comment se fait-il que vous ne soyez pas le nez plongé dans un livre ?

— Je viens de terminer *Les Trois Mousquetaires*. Et ma foi, ma vie me paraît bien plate maintenant, ajouta-t-elle de façon théâtrale.

Essuyant ses mains pleines de farine sur son tablier, Eugénie s'occupa du thé.

— Est-ce que Mademoiselle prendra une part de gâteau, avec ?

Marie-Rose la toisa avec un petit air contrarié.

— Allons, vous pouvez oublier ce ton guindé en ma présence. Après tout, je ne suis guère plus âgée que vous.

— Vous êtes ma patronne, Mademoiselle, lui opposa Eugénie.

La jeune femme rectifia :

— C'est mon père, votre patron. Et non, je n'ai pas faim, merci.

Octavie leva les yeux au ciel. Surprenant son agacement, Eugénie se mordit les lèvres pour ne pas rire et retourna à la confection de sa tarte. Marie-Rose commença à siroter son thé. Autour d'elle, le silence était complet, à l'exception d'un vieux chat roux qui ronronnait près du fourneau.

— Vous pouvez reprendre votre conversation comme si je n'étais pas là, déclara-t-elle. De quoi parliez-vous ?

D'un ton placide, la cuisinière lui répondit :

— De choses qui ne vous intéresseront sûrement pas.

Marie-Rose arqua un sourcil qui venait démentir ces suppositions.

— Dites toujours, sauf si cela concerne le prochain dîner organisé par mes parents, bien sûr.

— Oh, pour ça, je crois que vous serez tranquille une bonne semaine, s'amusa Octavie. Eugénie et moi discutions de la visite que j'ai rendue hier à ma sœur.

Eugénie vit Mademoiselle hocher la tête d'un air entendu, comme elle l'aurait fait s'il s'était agi d'un membre de sa famille. Quelle fille étonnante ! Derrière ce petit visage pointu aux yeux rêveurs se cachait une grande détermination.

— Votre sœur, bien sûr. J'espère qu'elle se porte bien. Il me semble qu'elle habite…

Elle s'arrêta, le temps de convoquer un souvenir qui ne reviendrait pas puisqu'elle n'avait encore jamais évoqué le sujet avec Octavie.

— À Malakoff, lui indiqua prudemment cette dernière.

— Seigneur ! s'écria Marie-Rose. Est-ce que par « Malakoff », vous entendez ces terrains épouvantables dont on a récemment parlé dans les journaux ?

Octavie opina du chef.

— Je m'apprêtais justement à dire à Eugénie que la zone va être rasée. Le gouvernement veut construire des habitations bon marché, à la place.

— Cela me semble être une bonne nouvelle, commenta Eugénie.

— Le problème, c'est que ça va prendre des années. Certains refusent même de quitter leurs baraques, ils se considèrent comme propriétaires… Si ce n'est pas stupide, franchement !

Les trois femmes se turent, chacune réfléchissant à l'affaire. Tout comme Octavie, Eugénie avait bien du mal à comprendre ceux qui voulaient s'accrocher à la misère dans laquelle ils ne faisaient que survivre. Elle ne connaissait rien de plus réconfortant qu'avoir un vrai toit sur la tête et un lit dans une pièce bien chauffée.

Marie-Rose avala une nouvelle gorgée de thé.

— Peut-être redoutent-ils simplement de perdre leur liberté ? suggéra-t-elle. J'ai cru comprendre que l'ambiance était parfois… festive.

Eugénie manqua de s'étouffer. Comment pouvait-on s'imaginer que cet endroit baignait dans la joie ? C'était une ineptie.

— Festive ? répéta-t-elle. Je ne vois pas ce qu'il y a de festif à risquer sa peau si on a le malheur de sortir à la nuit tombée, ni à trembler entre des draps trop froids. Et je ne vous parle même pas des rats, Mademoiselle. Non, leur réalité n'a rien d'euphorique !

Consciente qu'elle était en train de s'emporter, la jeune fille tâcha de se refréner.

— Bien sûr, ces gens font tout pour se distraire le dimanche, mais je vous assure qu'au quotidien, ce n'est pas très amusant, termina-t-elle avec moins de flamme dans la voix.

Le silence s'abattit à nouveau sur la pièce. Les traits de Marie-Rose ne révélaient rien de ce qu'elle pensait, mais Eugénie s'attendait à être rabrouée pour lui avoir parlé sur ce ton courroucé. Cependant, la jeune femme lui demanda avec douceur :

— Vous venez de là-bas ?

N'ayant pas envie de s'étaler sur sa vie, Eugénie hésita avant de lui répondre :

— Moi, non. Mais mon oncle et ma tante logent dans une bicoque avec mes cousins. La guerre leur a tout pris.

Elle se tut, ne voulant surtout pas se laisser aller à des sentiments antipatriotiques. Marie-Rose mesura cette réponse durant quelques secondes, puis elle se tourna vers la cuisinière.

— Et votre sœur, Octavie ?

Quelque peu rembrunie, la cuisinière poussa un léger soupir.

— Son mari et elle étaient matelassiers sur les quais de Seine, dans le temps. Ils ne gagnaient pas beaucoup d'argent, mais ils n'étaient pas malheureux. La rue où ils vivaient a été rasée, parce qu'elle était insalubre et que la promiscuité des immeubles empêchait l'air de circuler, paraît-il. C'était au moment de la campagne sur la tuberculose… Ça leur a surtout servi à rallonger un boulevard, oui ! Fallait bien que ma sœur s'installe quelque part, après ça.

L'œil pétillant d'un vif intérêt, Marie-Rose souffla :

— Je serais très curieuse de me mêler à cette population, juste pour voir comment ils vivent.

— Vous n'y pensez pas, Mademoiselle ! se récria Octavie. Vos parents s'arracheraient les cheveux, s'ils vous entendaient. C'est trop dangereux pour une fille comme vous.

— Vous voyez toujours tout de travers ! Si c'est si dangereux pour moi, ça doit l'être également pour vous, non ?

— Ce n'est pas à mon âge que je vais risquer grand-chose.

Débarrassant la tasse de Mademoiselle, Octavie en profita pour faire revenir la conversation à du simple bavardage.

— Marcel m'a demandé de tes nouvelles, Eugénie, lança-t-elle en lui coulant un regard en biais.

— Ah oui ?

Eugénie tenta de conserver une expression impassible, mais en réalité, elle avait envie de bondir de joie. Pourtant, elle ne pouvait pas prétendre qu'elle pensait beaucoup à Marcel, depuis qu'elle était entrée au service des De Ferrière. Elle travaillait trop pour en avoir le temps. Cependant, elle gardait un souvenir troublé du garçon.

— Je lui ai dit que j'étais très satisfaite de ton travail, continua Octavie. De son côté, il pense se présenter dans une usine, à défaut de pouvoir mieux se placer. Quel gâchis, tout de même !

Le majordome pénétra alors dans la pièce. Il se figea en découvrant Marie-Rose assise sur le banc, en train de caresser le chat qui avait sauté sur ses genoux. Eugénie le toisa avec méfiance ; cet homme était tout à fait capable de leur reprocher la présence de la jeune femme dans la cuisine et de faire ensuite un mauvais rapport à Monsieur.

— Je peux faire quelque chose pour vous, Hubert ? lui demanda Octavie.

Les yeux perçants du majordome se tournèrent vers la cuisinière.

— Georgette vous demande dans la chambre de Monsieur. Un pigeon s'est introduit par la fenêtre et elle a peur d'entrer seule dans la pièce.

Eugénie pouffa, imaginant la scène.

— Bien sûr, vous êtes trop débordé pour vous en occuper, ironisa Octavie.

Ignorant son sarcasme, il reporta son attention sur Marie-Rose :

— Mademoiselle a-t-elle besoin de quelque chose ?

Une lueur d'amusement passa sur les traits de celle-ci.

— Non, je vous remercie, Hubert. Vous pouvez disposer et aider Octavie à chasser le pigeon, fit-elle en désignant la porte d'un mouvement du menton.

N'ayant d'autre choix, le vieil homme sortit, précédé d'une Octavie qui bougonnait son mécontentement. Faisant mine de retourner à sa tarte, Eugénie fut à nouveau interrompue par Marie-Rose, qui l'interrogea, le sourcil gentiment froncé :

— Marcel, hein ? Est-ce votre amoureux ?

La jeune fille se redressa comme un ressort.

— Non ! Non, pas du tout ! C'est juste… un ami de mes cousins, rien de plus.

Une fossette mutine creusa la joue de son interlocutrice.

— Il doit être beau garçon, pour que vous rougissiez ainsi ! Quelle chance vous avez !

Eugénie fut surprise de déceler une pointe d'envie dans le ton de Mademoiselle.

— Allons, je suis sûre que les prétendants se pressent autour de vous comme des abeilles autour d'un pot de miel.

La regardant disposer des quartiers de pommes sur son fond de tarte, Marie-Rose s'emporta :

— Ils sont tous fats et si suffisants ! Mes parents voudraient que je devienne raisonnable, comme si l'amour devait quoi que ce soit à la raison… Je veux vibrer et aimer, pas m'encroûter et devenir une pâle copie de ma mère !

Ce discours frappa Eugénie, qui réalisa que les affaires de cœur n'étaient jamais simples, quel que soit le milieu social dont on était issu.

— Aimer, ça ne mène pas toujours droit au bonheur, répondit-elle prudemment.

— Vous parlez comme ma grand-mère, Eugénie. Je suis certaine que vous ne pensez pas un traître mot de ce que vous dites.

Le nez penché sur sa tarte, la jeune fille haussa une épaule. Marie-Rose reprit :

— Et puis vous, vous avez le choix. Personne ne fera obstruction si vous tombez amoureuse d'un type moins bien loti que vous.

Eugénie eut un rictus amer. Aussi curieuse et intelligente que pouvait se montrer Marie-Rose, elle n'était pas très en phase avec le monde réel.

— Détrompez-vous, Mademoiselle. Avant que je ne vienne ici, mes parents envisageaient de me faire épouser un garçon de ferme sans me demander mon avis.

Cette révélation sembla déstabiliser Marie-Rose, qui inclina la tête pour détailler la jeune fille.

— Et vous vous êtes rebellée, c'est pour ça qu'on vous a envoyée à Paris ?

Eugénie ne démentit pas. À quoi bon s'épancher auprès de cette jeune femme, qui était déjà bien assez fantasque comme ça ?

— Les miens, de parents, continua Marie-Rose, sont tellement résolus à me dénicher un mari qu'ils sont capables de finir par passer une annonce dans *La Femme moderne*. Vous imaginez ? Je vois ça d'ici :

« Urgent. Jeune femme de bonne famille cherche un vieil époux patient, qui saura la ramener à la raison. Rouflaquettes et dentier déconseillés. »

Elle termina par un frémissement d'horreur, qui la fit s'esclaffer, puis son rire éclata franchement, sans qu'elle ne puisse plus s'arrêter. D'abord déconcertée, Eugénie se laissa gagner par cette manifestation de gaieté contagieuse et céda à son tour au fou rire, un rire à la fois libérateur et complice. Tandis que l'une s'évertuait tant bien que mal à terminer la préparation du dessert, l'autre se tenait les côtes, car elle en avait mal à l'estomac.

C'est alors que la porte s'ouvrit à toute volée sur une Octavie complètement affolée.

— Taisez-vous ! cria-t-elle en agitant les mains dans tous les sens. On vous entend ricaner depuis l'étage et votre mère s'apprête à rentrer, Mademoiselle. Le chauffeur vient de se garer devant la maison.

Pleurant à force de rire, Marie-Rose se couvrit la bouche afin de refréner son hilarité et disparut aussi vite qu'elle était arrivée, une heure plus tôt.

18

Le mois de novembre fut là sans que personne ne le vît venir. En cuisine, Eugénie et Octavie travaillaient sans relâche et la jeune fille accompagnait désormais la cuisinière aux Halles chaque samedi matin. Elle s'habituait peu à peu au tumulte de la cité grouillante, mais il lui semblait qu'elle était à Paris depuis une éternité. Elle se languissait tant du calme de son village. De son côté, Mlle Marie-Rose avait éconduit un nouveau prétendant, lui reprochant d'avoir l'âge de son père et de loucher d'un œil.

— Tout de même, j'ai ma fierté ! l'avait-on entendu crier à sa mère, qui la blâmait pour être trop difficile.

Baptiste et Georgette, eux, filaient le parfait amour, en témoignaient les regards qu'ils échangeaient, le soir, à table. Un après-midi, alors qu'elles profitaient toutes les deux de leur pause en buvant un café chaud sur le pas de la porte de la cuisine, la femme de ménage confia à Eugénie que Baptiste lui avait déjà parlé mariage.

— Il voudrait bien qu'on reprenne une ferme, en Bourgogne. Son oncle y vit encore.

— Je croyais que tu ne voulais pas y retourner, lui lança Eugénie qui, à sa grande honte, ne pouvait réfréner une pointe d'envie.

— Baptiste me fait reconsidérer bien des choses. Il connaît le travail des champs, tu sais, il a vécu là-bas jusqu'à ses quinze ans.

Eugénie l'écouta lui raconter que les parents de son amoureux vivaient dans un immeuble modeste du quartier de la Goutte-d'Or. Ils faisaient partie de ces provinciaux qui étaient « montés » à Paris pour trouver du travail et avaient réussi, à leur niveau. Le père de Baptiste était garçon de café près de Rivoli et sa mère vendeuse au Bon Marché. Malgré cela, à trente ans, le chauffeur de Monsieur aspirait à autre chose. Eugénie, qui attendait avec impatience le jour où le train la déposerait à nouveau en Touraine, songea que Georgette avait bien de la chance. Le bonheur de sa collègue lui mettait presque le cœur à l'envers. Heureusement, elle reçut une lettre de sa mère, qui vint un peu adoucir ses tourments. Elle la relut jusqu'à en connaître chaque mot sur le bout des doigts. Augustine ne se montrait pas très loquace dans sa façon de lui rapporter les dernières nouvelles, mais Eugénie s'en contenta. Elle apprit ainsi que la ferme était désormais munie d'une faucheuse, ce qui faciliterait le travail pour le père. Ce dernier avait arrêté de fréquenter le café de Raymond Mareuil, car trop de rancœurs avaient éclaté depuis que la mairie avait lancé son projet de monument aux morts. On allait jusqu'à reprocher à certains d'être encore en vie, c'était plus que ce que Germain pouvait supporter. Gaspard, lui, continuait de grandir. Les filles se pâmaient devant lui quand il se rendait sur la place du village ; un vrai coq ! Mais l'événement majeur avait été ce photographe de Tours, venu immortaliser les scènes de vie de Cressigny, sur la place de l'église. Les habitants s'étaient prêtés au jeu, ravis de se faire tirer le portrait.

« *Je te joins une photo de nous trois, ainsi que de Blanche, qui a posé avec vos anciennes camarades de classe, Marguerite et Odile. Il faudra me les renvoyer dans ton prochain courrier, car ce sont les seules que nous avons. Blanche t'écrira, je lui ai donné ton adresse.* »

Eugénie n'avait de cesse de regarder ces clichés, comme pour mieux s'en imprégner. Son frère et ses parents arboraient des mines très sérieuses, ne sachant pas à quelle sauce le photographe allait les manger. À l'inverse, Blanche, le chapeau de travers, Marguerite et Odile, souriaient à pleines dents, très jolies dans leur robe du dimanche. Ces photos la rendaient nostalgique de ce qu'elle avait perdu.

Mais, à Paris, son quotidien était bien rempli et il n'y avait guère que le soir qu'elle avait le temps de s'appesantir sur ces considérations. En cuisine, on s'activait beaucoup, les De Ferrière multipliant les occasions de trouver un époux pour Marie-Rose qui, plusieurs fois par semaine, venait s'en plaindre auprès d'Octavie et Eugénie. C'était presque devenu un rituel. D'une certaine manière, l'excentrique jeune femme égayait leurs après-midi. Elle en profitait pour leur raconter aussi les films et les pièces de théâtre qu'elle allait voir. Eugénie entendit le trouble dans sa voix le jour où elle leur raconta avoir assisté au spectacle du trapéziste Barbette, un artiste venu des États-Unis, qui jouait beaucoup de son ambivalence physique.

— Bien entendu, cela ne plaît pas à Mère. Selon elle, il n'est pas normal qu'un homme ressente l'envie de se travestir en femme. C'est pourtant très réussi, vous devriez voir ça.

Les narines d'Octavie se dilatèrent en guise de désapprobation polie. La cuisinière préférait quand

Mademoiselle évoquait les pelleteuses à vapeur qui continuaient de creuser Paris, en perpétuelle mutation, ou encore ses amies et les dernières modes, souvent inspirées des vedettes de cinéma. D'ailleurs, copiant l'attitude de ces dernières, la jeune femme ne se déplaçait plus sans son fume-cigarette, bien qu'elle ne fumât pas. Elle aimait juste la sensation que lui procurait cet objet, celle d'être une femme moderne et libre. Une femme de son temps, comme elle aimait le répéter. Un après-midi, elle suggéra à une Eugénie effarée d'opter comme elle pour une coupe de cheveux à la garçonne.

— Mais enfin, ça ne m'irait pas du tout ! s'étrangla la jeune fille, en portant machinalement une main protectrice à son épaisse chevelure ramenée en chignon.

L'idée fut oubliée aussi vite qu'elle avait été lancée.

En contrepartie de ces joyeuses heures de distraction qu'elle offrait aux deux cuisinières, Marie-Rose aimait qu'elles lui parlent de leurs visites dans la zone.

— Il n'y a pas grand-chose à dire, rouspétait Octavie, qui voyait d'un mauvais œil cet attrait de la jeune femme pour un monde qui se trouvait à mille lieues du sien. L'hiver est une période difficile, là-bas.

Chacun s'enfermait du mieux qu'il le pouvait dans sa cabane. Il faisait froid, humide, on toussait, on reniflait et on tentait de se réchauffer avec des soupes bien maigres. Dehors, les sentiers tracés de façon aléatoire s'enlisaient dans la brume à la nuit tombée et l'humeur générale était morose. En dépit de ces descriptions peu flatteuses, Marie-Rose continuait à nourrir pour l'endroit un intérêt quasi anthropologique.

— On dirait un roman d'Émile Zola, analysa-t-elle un jour.

Octavie rétorqua qu'elle n'appréciait guère les romans, bourrés d'idées sentimentales. Elle convint néanmoins que Zola comprenait le peuple.

— Père me serine sans cesse que je ne devrais pas lire ce genre d'ouvrages, grimaça Marie-Rose.

— Je suis d'accord avec lui. Ce ne sont pas des lectures pour vous.

— C'est pourtant très réaliste, non ? Grâce à ça, j'ai pris conscience que l'existence ne se déroule pas toujours dans une cage dorée. J'ai également été très saisie par *Les Misérables*, de Victor Hugo. Vous connaissez ?

Un peu perdue, Eugénie leur avoua qu'elle n'avait pas lu beaucoup de livres.

— C'est fort dommage, répliqua Mademoiselle. La littérature, c'est une porte ouverte sur le monde.

La jeune fille hocha poliment la tête sans s'impliquer davantage. Marie-Rose avait beau se montrer bienveillante à son égard, Eugénie n'en oubliait pas pour autant qu'elle n'était pas son amie. Elle restait toujours un peu méfiante et se tenait sur ses gardes, par crainte que ses employeurs ne découvrent un jour leur fille en plein bavardage dans la cuisine. Elle avait bien compris que ça contrarierait Madame, qui, à juste titre, ne manquerait pas de trouver cela déplacé, et elle redoutait qu'on la renvoie, même si ce n'était pas de son fait. L'époque avait beau se vouloir avantgardiste, certaines choses n'étaient toujours pas admises.

*

Le dimanche, Eugénie sortait parfois pour marcher. Elle ne poussait guère plus loin que le Muséum d'histoire naturelle, par peur de ne pas retrouver son chemin. Octavie ne pouvait pas l'accompagner, puisqu'elle profitait de son jour de congé pour rendre visite à sa sœur. Quant à Georgette et Baptiste, ils étaient trop occupés à bâtir les fondations de leur amour. Alors, lorsque la météo était clémente, la jeune fille trouvait plaisant de déambuler dans le grand parc qui s'étirait tout autour du musée aux multiples édifices. Cette promenade lui donnait un peu l'impression de respirer l'air de la campagne. Elle s'asseyait sur un banc entouré d'un tapis de feuilles mortes laissé par les arbres dénudés, et regardait les gens passer, se demandant à quoi pouvait bien ressembler leur vie. Mais en ce dernier jour de novembre, il n'était pas question de flâner. Marcel fêtait ses vingt-trois ans et, par le biais d'Octavie, ses cousins l'avaient conviée à se joindre à eux. Eugénie, qui jusque-là s'était dérobée le plus souvent possible pour ne pas retourner aux baraquements, avait accepté. Elle n'avait revu Marcel qu'à une seule reprise depuis septembre, en coup de vent, puisqu'il avait dû filer après avoir promis son aide à des voisins pour bricoler leur roulotte. C'était tout juste s'il s'était rendu compte de la présence de la jeune fille.

— Fais bien attention où tu mets les pieds, lui recommanda Octavie, lorsqu'elles quittèrent l'autobus qu'elles avaient emprunté afin de se rapprocher au maximum de la zone.

Un vent glacial les cueillit et elles parcoururent la fin du chemin à grandes enjambées pour se réchauffer. Eugénie redoublait de précautions pour éviter de trébucher dans la boue, veillant à protéger l'unique robe du dimanche maintes fois reprisée qu'elle possédait. Elle apportait le dessert, bien protégé dans un panier, un gâteau qu'elle avait réalisé à base de farine, d'œufs, de sucre et de fruits secs, comme ceux que faisait sa mère durant l'hiver. Ce fut donc chargée et transie de froid qu'elle se présenta à l'heure du déjeuner chez son oncle et sa tante. Les retrouvailles furent joyeuses.

— Tu embellis, la paysanne ! s'exclama Charlaine, toujours aussi spontanée dans ses réactions.

— C'est gentil, répondit la jeune fille en embrassant sa cousine. Mais tu n'aurais pas maigri, toi ? On sent tes côtes.

Antoinette s'avança pour la débarrasser du gâteau.

— Elle n'arrête pas ! dit-elle en désignant sa fille du regard. Les voisins tombent malades les uns après les autres avec ce froid, et comme ils n'ont pas de sous pour payer le docteur, c'est Charlaine qui va les soigner.

— Fais attention à toi, lui recommanda Eugénie. La grippe espagnole n'est pas si loin.

Le virus semblait être endigué depuis le printemps, mais le bruit courait qu'à l'échelle mondiale, il avait fait plus de morts que la guerre. Charlaine haussa les épaules.

— Bah, ne t'inquiète pas ! Je suis solide.

Eugénie salua ensuite son oncle. Les cheveux de ce dernier étaient de plus en plus dégarnis, sans parler de cet air hanté de celui qui avait vu bien plus d'horreurs que ce qu'un homme pouvait supporter. Théodore esquissa néanmoins un mince sourire en se levant de son fauteuil, visiblement content de recevoir la visite de sa nièce.

— Ta mère nous a écrit ! lança Antoinette, tout en remuant son ragoût. Les affaires semblent aller pour le mieux, à la ferme.

Eugénie acquiesça.

— J'ai reçu une lettre, moi aussi. Maman a ajouté des photos.

Ayant prévu de leur montrer les portraits pris par le photographe, elle tira de sa poche l'enveloppe qu'elle avait pris soin d'apporter avec elle. Oncle, tante et cousins se pressèrent autour d'Eugénie sans se faire prier, commentant chaque détail qu'ils décelaient. Antoinette siffla :

— Tu parles d'un grand échalas, ton frère ! Il va en faire, des ravages.

— C'est vrai qu'il est bien bâti, observa Théodore. Il a la carrure de ton père.

Tous tombèrent d'accord pour dire que, malgré sa jambe boiteuse, Germain avait l'air d'aller bien, tandis que le regard méfiant de la mère, qui fixait l'objectif comme si une chose affreuse allait en sortir, avait quelque chose de comique.

— Tes amies sont belles, admira René, quand sa cousine arriva à la photo représentant Blanche, Odile et Marguerite.

Charlaine ne rata pas l'occasion de le charrier :

— Tu dis ça de toutes les filles ! Même le dernier des laiderons, tu la trouverais charmante.

— Bah ! Il trouvera plus facilement une fiancée, comme ça ! renchérit Antoinette, sur le même ton.

Marcel entra dans la cabane au même instant. Surprise, Eugénie laissa tomber les clichés par terre. Virant au cramoisi, elle se pencha aussitôt pour les ramasser. Marcel s'élançant lui aussi, ils se retrouvèrent tous les deux agenouillés au sol, les mains agrippées sur la même photographie. Dans la confusion, leurs yeux se croisèrent et ils se dévisagèrent avec une intensité amplifiée par le soudain silence qui s'était abattu autour d'eux. Eugénie resta un court instant immobile et le cœur palpitant, avant de se redresser. Troublée, elle lissa machinalement l'ourlet de sa robe. Ses oreilles étaient comme bouchées par de la ouate et il lui sembla tout à coup qu'il faisait très chaud.

Alors que le reste de la famille entourait Marcel pour lui souhaiter son anniversaire, Charlaine se rapprocha de sa cousine.

— C'est malin, te voilà émue à l'os, maintenant ! lui souffla-t-elle.

Le repas se déroula dans la bonne humeur. Il fut question de la grève générale entamée quinze jours plus tôt par les ouvriers imprimeurs, privant ainsi les gens de journaux. Le gouvernement avait réagi en faisant paraître son propre quotidien, *La Presse de Paris*, mais on savait que cela ne durerait pas indéfiniment. Charlaine pestait contre les grands patrons, qui, selon elle, allaient mettre le pays à feu et à sang, à force de maltraiter les travailleurs.

— Ta cousine n'a pas l'air de se plaindre de sa condition, releva Antoinette, attirant ainsi l'attention sur Eugénie.

Marcel se tourna vers la jeune fille.

— Alors, ça se passe bien pour toi ?

Eugénie termina son verre de vin pour se donner une contenance.

— Je ne suis pas malheureuse, c'est vrai.

Hector De Ferrière, leur expliqua-t-elle, était un bon employeur. Ce grand homme de forte corpulence, à l'allure toujours soignée et à la moustache bien fournie, rémunérait ses domestiques avec justesse.

— En contrepartie, il exige de nous rigueur et loyauté. C'est normal.

— Quand même, ça ne doit pas être drôle de l'avoir sans cesse sur le dos, fit René. Moi, ça m'impressionnerait.

Sa cousine le détrompa sur ce point :

— Je ne l'ai croisé qu'une ou deux fois depuis que je travaille chez eux. Madame et lui sont toujours très occupés. En revanche, leur fille aime passer du temps avec nous, je crois que ça la divertit.

Avide de ragots, Antoinette l'interrogea aussitôt :

— Comment est-elle ?

— Sûrement hautaine, supposa Charlaine.

— Elle est belle ? enchaîna René.

Croulant sous les questions, Eugénie entreprit donc de leur dépeindre Marie-Rose, la décrivant comme une demoiselle fort expansive, qui ne manquait pas de caractère.

— Elle me pose beaucoup de questions sur… cet endroit. Elle devait penser que ça n'existait que dans les romans qu'elle lit.

— Une pimbêche, en somme, commenta sa tante.

— Oh non, pas tant que ça. Disons qu'elle est juste un peu originale.

— Peuh ! Des nèfles, oui ! s'emporta Charlaine. Elle baigne dans le luxe, je ne vois pas en quoi on peut bien l'intéresser.

Eugénie eut un geste d'ignorance.

— Je ne sais pas… à un niveau différent, c'est un peu comme quand nous, on découvre des indigènes pour la première fois. Oh, à ce propos ! Ma collègue Georgette en a vu au Magic City.

René faillit recracher son vin.

— Elle fréquente de drôles de lieux, ricana-t-il.

Les sourcils froncés, la jeune fille lui demanda ce qu'il insinuait. Charlaine leva les yeux au ciel.

— Mince, la paysanne, tu es toujours aussi innocente, à ce que je vois. D'après le balafré et ses copains, des hommes travestis vont danser là-bas le samedi soir.

Sans trop savoir pourquoi, Eugénie ne put s'empêcher de rougir. Elle songea à Marie-Rose, qui avait parlé de ce trapéziste un peu bizarre, qui se produisait grimé en femme, et se dit que cela devait s'en rapprocher. De son côté, elle s'en fichait pas mal, mais elle n'avait que trop conscience du poids des on-dit et des réputations qui ne tenaient qu'à un fil. Si jamais Antoinette écrivait à ses parents qu'elle allait dans un tel endroit pour s'amuser…

— Oh, fit-elle, dépitée. Moi qui espérais aller un jour sur ces manèges.

Marcel lui sourit avec gentillesse.

— Il faudra qu'on t'emmène au Luna Park, quand le temps sera meilleur.

La mine réjouie, Charlaine battit des mains.

— Tu as de bonnes idées, le bougnat ! Tu vas voir, Eugénie, on s'amuse bien, là-bas. C'est près de la porte Maillot.

Antoinette servit ensuite le gâteau, qui régala tout le monde. On décida d'en mettre une part de côté pour le père de Marcel, à nouveau terré chez lui depuis qu'un gamin haut comme trois pommes l'avait surpris sans sa cagoule et crié au monstre. Ses accès de mélancolie se multipliaient et ses jambes étaient parfois prises de tremblements inexpliqués, si bien que tout le monde s'inquiétait.

Persuadé que ce gâteau était une initiative d'Antoinette, Marcel la remercia avec chaleur.

— Ce n'est pas de la pâtisserie, c'est de l'amour, la flatta-t-il.

À ces mots, Eugénie ne sut plus où se mettre. Un immense sourire s'afficha sur les traits de Charlaine, qui lança, fière de son effet :

— Ce n'est pas ma mère qui l'a fait, c'est ma cousine !

Sans doute enhardi par le vin qu'il avait bu, Marcel répondit d'une voix enjouée :

— Il met le sourire au coin des yeux, ton dessert.

Si elle n'avait pas été assise, la jeune fille aurait pu jurer que le sol allait se dérober sous ses pieds. Heureusement, Antoinette se levait déjà pour passer au café.

— Tout le monde en prendra ? s'enquit-elle, le pas traînant.

Eugénie se leva à son tour.

— Attends, laisse-moi faire. Repose-toi un peu.

Sa tante lui octroya un regard reconnaissant et retourna s'asseoir. Tandis que la jeune fille mettait l'eau à bouillir, René poussa un long soupir.

— J'aurais bien proposé une balade, mais il pleut des cordes. Ce temps me déprime.

Cela faisait en effet près de trois quarts d'heure que des trombes d'eau s'abattaient avec force sur le toit de la masure. Eugénie jetait des coups d'œil inquiets au plafond, redoutant que la tôle ne finisse pas céder.

— Octavie doit me récupérer dans une heure, souffla-t-elle. J'espère que la pluie aura cessé, car nous devrons marcher pour reprendre l'autobus.

L'échéance approchait et elle se rendait compte qu'elle n'avait pas envie que cette journée se termine.

— Au moins, ce soir, tu seras au chaud, fit valoir Charlaine, non sans une pointe d'amertume dans la voix.

— Tu as raison, convint la jeune fille, quelque peu honteuse d'avoir oublié combien elle était privilégiée par rapport à eux.

Dans une volonté de détendre l'atmosphère, Marcel se mit à plaisanter :

— Bah ! Je suis sûr que, bientôt, chacun d'entre nous possédera son hôtel particulier intra-muros.

— Pour ça, il va au moins falloir que tu ouvres une pâtisserie renommée dans le monde entier, plaisanta Théodore.

Le jeune homme secoua tristement la tête.

— Pouvoir intégrer une boulangerie de quartier me suffirait déjà. Je suis peut-être une espèce d'illuminé, mais je ne me vois vraiment pas faire autre chose.

— Tu y arriveras, proféra René, davantage pour lui remonter le moral que par réelle conviction.

Marcel poussa un soupir découragé.

— Ce qui est sûr, c'est qu'en attendant je vais devoir me contenter de l'usine, si je veux nous sortir de là, mon père et moi.

Ils burent le café, en attendant l'arrivée d'Octavie. Eugénie ne pouvait s'empêcher d'observer Marcel à la dérobée. Il avait un sourire si merveilleux, quand quelque chose l'amusait ou l'attendrissait ! C'était tout de même malheureux que le sort ait décidé de ne pas se montrer clément envers ce garçon. Décidément, l'après-guerre voyait trop de vocations contrariées.

La jeune fille l'ignorait encore, mais le hasard ne manquait jamais une occasion de bousculer les destins.

*

Un après-midi, quelques jours après l'anniversaire de Marcel, Eugénie et Octavie étaient occupées à frotter des cuivres lorsque Mme De Ferrière fit irruption dans la cuisine. La plus jeune manqua de s'évanouir au moment où la porte s'ouvrit sur sa patronne, convaincue que celle-ci venait la sermonner à propos de Marie-Rose.

Octavie fut la plus prompte à réagir.

— Madame, salua-t-elle avec respect.

Eugénie se reprit et l'imita aussitôt, gardant la tête baissée afin de dissimuler sa nervosité. Élisabeth De Ferrière était une grande femme blonde aux yeux vifs, dont la beauté ne se démentait pas avec l'âge. Elle possédait une prestance indéniable. Se tenant droite comme un I, elle alla droit au but.

— C'est vous que je souhaitais voir, Octavie. Je reçois mes amies après-demain pour un goûter, mais il me semble que nous devrions changer de pâtisserie.

Alors qu'Eugénie eut un subreptice soupir de soulagement, la cuisinière arqua un sourcil.

— Puis-je vous demander pourquoi, Madame ?

— Ces derniers temps, les gâteaux de M. Rossignol sont bien fades. C'est fort dommage, d'ailleurs, car c'était auparavant une enseigne de qualité. Une décision s'impose.

— Très bien, Madame, j'en prends note, répondit Octavie, qui paraissait néanmoins froissée.

Mme De Ferrière en profita pour inspecter la cuisine du regard, puis, l'air satisfait, ajouta :

— Je tiens également à vous informer que nous passerons les fêtes de Noël dans notre manoir, à Fontainebleau. Vous n'aurez donc pas à vous occuper du repas.

Octavie opina une nouvelle fois du chef. N'ayant plus rien à faire dans la cuisine, Madame se retira.

— Eh bien ! murmura Eugénie, une fois la porte refermée. J'étais quasi sûre qu'elle allait me houspiller.

— Au sujet de Mademoiselle ? Penses-tu ! Elle ne se vante sûrement pas de passer autant de temps à nous raconter ses malheurs.

— Et si le majordome cafardait ?

Octavie afficha une moue sceptique.

— Il est sévère mais n'en fera rien. Il n'a pas envie de s'attirer les foudres de Mademoiselle, crois-moi.

Eugénie pouffa de rire.

— C'est sûr que quand elle se met à crier, mieux vaut s'abriter !

— En attendant, me voilà dans le pétrin pour dénicher un nouveau pâtissier en si peu de temps, bougonna la cuisinière.

— Ça a l'air de vous contrarier.

Octavie se servit un verre d'eau et lui expliqua que M. Rossignol était un cousin par alliance de son défunt mari.

— Un homme très doué dans sa profession, et gentil, avec ça ! Mais il est vrai que depuis la mort de Cécile, sa femme, il se laisse aller, ce n'est plus ce que c'était. J'espérais que Madame n'y verrait que du feu.

— Il travaille seul ? s'étonna la jeune fille.

— Cécile l'aidait, de son vivant. Après son décès, il n'a jamais pu se résoudre à employer quelqu'un, ça fait huit mois, pourtant.

Eugénie, qui s'était remise à frotter une casserole, se figea, le chiffon en l'air. Une idée venait de germer dans son cerveau.

— S'il embauchait quelqu'un de compétent, vous pensez que ses affaires repartiraient ?

— La clientèle fuit depuis qu'il a baissé les bras. Je ne sais même pas s'il aurait de quoi payer un vendeur.

La jeune fille insista :

— Mais si les produits retrouvaient leur qualité d'avant, ce serait possible, n'est-ce pas ?

Octavie la dévisagea, les yeux plissés.

— Toi, ma môme, tu as quelque chose en tête.

Eugénie s'essuya les mains sur son tablier et se retourna vers Octavie, un sourire aux lèvres.

— Eh bien, vous connaissez Marcel…

19

Dans la maison, les jours qui précédèrent Noël furent emplis d'une énergie nouvelle. Les De Ferrière ayant choisi de passer les festivités à Fontainebleau, où un couple de régisseurs et leur fille aînée s'occupaient du domaine, tout le personnel se retrouva en congés, à l'exception de Baptiste, le chauffeur. L'âme en peine, Georgette dut se résoudre à passer les fêtes seule, chez ses parents, en Bourgogne. Le lundi après-midi, sitôt les patrons partis pour la campagne, Octavie entraîna Eugénie dans les rues parisiennes afin de faire les magasins. La cuisinière adorait ce genre d'expéditions, pendant lesquelles elle ne manquait pas de commenter les faits et gestes des flâneurs qui croisaient leur chemin. Une robe trop près du corps par-ci, un couple dévergondé par-là. Et ces voitures qui vrombissaient et pétaradaient, pour l'unique plaisir de leurs conducteurs, qui aimaient se montrer et étaler leur argent ! Il ne fallait pas s'étonner qu'il y ait des accidents, à les voir foncer ainsi !

— En réalité, vous êtes une vraie concierge ! s'amusa Eugénie, tandis qu'elles s'engageaient dans la rue de Clignancourt.

Octavie secoua la tête avec force.

— Je n'ai rien d'une bignole ! Ces bonnes femmes sont mauvaises comme la gale, et jusqu'à preuve du contraire ce n'est pas mon cas.

— Oh, je crois bien que vous ai vexée ! plaisanta la jeune fille qui, en effet, n'imaginait pas Octavie passant ses journées à récurer des halls d'immeubles et jeter des seaux d'eau crasseuse dans la rue en critiquant ses locataires.

Elles entrèrent dans le grand magasin Dufayel, dont Eugénie avait aperçu tant de fois les réclames affichées sur les murs. Ici, on proposait aux gens d'acheter à crédit s'ils voulaient se meubler, c'était du jamais-vu ! Le bâtiment était richement décoré, c'était très impressionnant. Les rayons bien garnis occupaient tous les étages et il y avait même un restaurant. Eugénie, qui avait prévu de faire Noël à Malakoff, dénicha des écharpes et des chaussettes bien épaisses pour sa famille, auxquelles elle ajouta des tablettes de chocolat. Puisqu'elle était de nature économe, ces dépenses n'amputaient pas son budget. L'austérité ne lui faisait pas peur et, au quotidien, elle se contentait de ce dont elle avait besoin. Pourtant, quand plus tard elles passèrent devant une librairie, la jeune fille ne put résister à l'envie de s'offrir un livre d'occasion, *Jane Eyre*. Octavie rouspéta pour la forme en avisant le roman :

— Bon sang, la môme ! Ne me dis pas que Mademoiselle a réussi à te fourrer ses fadaises romanesques dans la tête !

Eugénie ne moufta pas. C'était en effet Marie-Rose qui, lors d'un après-midi pluvieux, avait évoqué ce livre de Charlotte Brontë avec des trémolos dans la voix. À l'écouter, c'était le plus beau roman qu'elle avait jamais lu. Les sentiments amoureux étaient purs, des personnages tourmentés, et surtout, l'héroïne, particulièrement volontaire, refusait de vivre sa vie comme une victime. Cela faisait quelques jours qu'Eugénie se sentait plus réceptive à tout ça. Désormais, elle aussi avait envie de découvrir la lecture, de rêver aux héros romantiques et d'en ressortir subjuguée.

*

Le matin du 24 décembre, la jeune fille prit le bus seule pour la première fois. Intimidée, elle tenta de se faire la plus discrète possible, se refusant à quitter la route des yeux pour ne pas rater son arrêt. Il n'y eut aucun incident et Eugénie poursuivit ensuite son chemin à pied sans encombre. Un soudain découragement l'envahit quand elle arriva à hauteur des baraquements qui, enfoncés dans l'hiver sinistre et maussade, formaient un triste spectacle. Le sol était gelé et, tout autour, les arbres dressaient leurs branches dénudées vers le ciel d'un gris d'ardoise. On avait allumé les poêles, des filets de fumée s'échappaient des tuyaux qui perçaient à travers les bicoques. Un chien galeux, dont le museau exhalait de la vapeur, la frôla. Le cabot était sans doute en quête de nourriture. Plus loin, un homme avançait tant bien que mal, une béquille de fortune en bois coincée sous l'aisselle, tandis qu'une mère usée hurlait sur sa progéniture.

Eugénie ne put réprimer un frisson face à tant de désolation et regretta amèrement de n'avoir pas eu l'autorisation de rentrer à Cressigny. Tous les ans, Augustine décorait la ferme de houx et de gui pour les fêtes. Cette ambiance gaie et chaleureuse allait lui manquer, cette année ! Sa seule consolation était d'apporter avec elle les quelques présents qui réjouiraient sans doute sa famille. Et puis, surtout, la bonne nouvelle à annoncer à Marcel, si elle parvenait à le voir ! Eugénie se sentait anxieuse, pour ne pas dire au bord de la crise de nerfs tant elle avait du mal à contenir son impatience et redoutait la réponse du jeune homme.

— Eh bien, rentre donc ! l'apostropha tout à coup Charlaine qui, depuis la minuscule fenêtre de la masure, l'avait vue devant la barrière.

Extirpée de ses pensées, la jeune fille tressaillit en se rendant compte que cela faisait quelques minutes qu'elle était plantée là, dans le froid. Un coup à attraper la grippe ! Quand elle pénétra dans la cabane, sa cousine lui fit remarquer qu'elle avait l'air maussade.

— Souris, c'est Noël !

Voyant sa tante occupée à éplucher des légumes sur les pages d'un vieux journal, Eugénie marqua un temps d'hésitation. Elle ne pouvait pas avouer qu'elle aurait préféré fêter la naissance du Christ ailleurs, ce n'était pas gentil envers eux, qui l'avaient hébergée quelques mois plus tôt, sans rien attendre en retour.

— C'est juste un petit coup de cafard, répondit-elle en se débarrassant de son paletot. Ma maison me manque.

Antoinette leva vers elle un regard compatissant, avant de retourner à ses pommes de terre.

— Tu es quand même bizarre, la paysanne ! s'esclaffa Charlaine. Qui d'autre que toi préférerait pelleter des bouses de vache plutôt que vivre chez des bourgeois ?

— C'est toujours mieux que si elle faisait des chichis, rétorqua Antoinette. Ça arrive souvent à ceux qui travaillent pour les rupins.

Elle repoussa ses épluchures du tranchant de la main et servit du café. Toutes les trois le sirotèrent en attendant le retour de Théodore et René, partis vendre les rats qu'ils avaient réussi à piéger.

— Est-ce que nous verrons Marcel ? s'enquit timidement Eugénie, ce qui fit tiquer Charlaine.

Pointant un doigt inquisiteur sur sa cousine, cette dernière lui lança :

— Vrai, t'es sacrément entichée de lui, hein ? Quand je pense que tu voulais m'en faire un fiancé !

Eugénie s'empourpra, ne sachant plus quoi dire. Un sourire au coin de la bouche, Antoinette lui apprit que Marcel ferait la veillée avec eux.

— Théodore a même convaincu son père de se joindre à nous. On ne va pas le laisser tout seul, ce pauvre Armand.

Malgré les allusions de Charlaine, Eugénie se sentit requinquée de savoir que le jeune homme serait présent. Et de fait, le réveillon fut joyeux. Armand accepta de remonter sa cagoule juste au-dessus de la bouche afin de pouvoir manger et personne ne frémit d'horreur. À table, les hommes racontèrent des blagues qui firent lever les yeux des femmes au plafond, à l'exception de Charlaine, qui railla une nouvelle fois son frère :

— Bouche-toi les oreilles, René ! Tu ne peux pas entendre ça, t'es encore qu'un moutard !

— Et toi, t'es une sacrée peste ! répliqua celui-ci, en faisant mine de la frapper avec sa serviette.

Il y eut des discussions sérieuses, des cancans aussi. Le balafré avait convaincu une nouvelle fille de tapiner pour lui et les mères craignaient pour leurs adolescentes. Charlaine fulminait, arguant qu'il fallait être stupide pour choisir de devenir un tel loubard.

— Il est irrattrapable ! La semaine dernière encore, il s'est vanté d'avoir planté un gars. Ah, sa pauvre sœur !

Eugénie n'était pas dupe de sa colère, elle ressentait même une forme de compassion envers sa cousine. Elle n'aurait pas aimé être à sa place… Ça ne devait pas être facile de refouler son attirance pour un pareil vaurien. Du coin de l'œil, elle jaugeait Marcel, qui discutait avec les hommes. Lorsque leurs regards s'interceptaient, elle détournait vite le sien, consciente de rougir plus que de raison. Le jeune homme fut acclamé quand il leur montra les châtaignes qu'il avait apportées. Il se leva pour les faire chauffer sur le poêle. Bêtement émue, Eugénie observa ses gestes nets et précis. Ce furent les meilleures châtaignes qu'elle dégusta. On s'échangea ensuite les cadeaux en poussant des cris ravis.

— C'est pour vous remercier de ce que vous avez fait pour moi, se justifia Eugénie, quand sa famille protesta devant tout ce qu'elle leur avait acheté.

— Dis donc, tu ne vas quand même pas nous faire pleurer ? bougonna Antoinette.

À son tour, Charlaine lui tendit un paquet.

— Ce n'est pas grand-chose, mais j'espère que ça te plaira.

Surprise, la jeune fille déballa une robe que sa tante et sa cousine avaient reprisée pour la lui offrir. Le vêtement provenait de l'une des maisons voisines, dont la propriétaire donnait souvent à Charlaine et René ce qu'elle ne voulait plus.

— On s'est dit que ce joli bleu printanier serait assorti à tes prunelles, déclara Antoinette. Ça aurait été dommage de la vendre.

Touchée, Eugénie admira la robe, retaillée de façon à former une toilette un peu plus moderne. Elle en eut les larmes aux yeux.

— C'est que tu vas être élégante, là-dedans ! affirma Charlaine. Allez, viens l'essayer.

Elle empoigna sa cousine par le bras pour l'emmener dans la chambre. Luttant pour ne pas trembler de froid, la jeune fille se déshabilla puis enfila la robe. Antoinette lui tourna autour, admirant le tombé parfait du tissu.

— Superbe ! confirma-t-elle. Ça te fera une jolie tenue de sortie quand le beau temps sera de retour.

Les garçons, qui tenaient absolument à découvrir le résultat, furent mis à la porte à grands cris scandalisés. La scène se termina par un fou rire général. À minuit, les cloches des églises se mirent à sonner à toute volée, au loin. L'un des romanichels du campement sortit avec son violon et commença à jouer des airs de Noël. Chacun s'emmitoufla et se pressa dehors, reprenant les chants en chœur. Certains marchaient en zigzaguant, d'autres rataient une note et riaient très fort.

— Quelle belle soirée ! chuchota Marcel près d'Eugénie.

La jeune fille crut que son cœur allait s'arrêter.

— Il faudrait que je te parle, Marcel, lui dit-elle, lorsque le violon cessa de jouer.

Déjà, Armand saluait ses hôtes, les remerciant avec vigueur pour ce repas. Marcel lui fit signe de partir devant, il le rejoindrait. Comprenant que quelque chose d'important allait sans doute se jouer entre les deux jeunes gens, le reste de la famille rentra se mettre au chaud et Eugénie fit semblant de ne pas deviner la silhouette de ses cousins qui se profilait derrière la fenêtre. Une fois son père parti, Marcel se tourna vers la jeune fille. À la lueur de la lampe à pétrole, les reflets ambrés de ses yeux brillaient de mille feux, apportant une profondeur troublante à son regard. Comment avait-elle pu ne pas le remarquer dès leur première rencontre, à la guinguette ? Comme il la fixait, attendant qu'elle s'exprime, Eugénie toussota avant de se lancer :

— Est-ce que tu as toujours envie de faire des gâteaux ?

— C'est mon rêve, oui. Malheureusement, tous les rêves ne sont pas faits pour être réalisés.

— Ne dis pas ça…

Il enveloppa les baraquements d'un geste ample.
— Je ne suis pas grand-chose aux yeux du monde. Sans doute un misérable, même, puisque je vis ici.
Son ton était placide, résigné. Eugénie eut une envie folle de le prendre dans ses bras, mais elle s'abstint, sachant que cela n'aurait pas été convenable et que, derrière la vitre, on l'espionnait. Elle lui répondit avec douceur :
— Ce qui importe, ce n'est pas qui tu es, mais qui tu souhaites devenir. Regarde, j'ai bien réussi à entrer dans une grande maison, moi.
Marcel se passa la main sur la nuque.
— Pourquoi me dis-tu ça, Eugénie ? Je présume que ton intention première n'est pas de philosopher sous la lune.
Prenant une inspiration, la jeune fille lui raconta alors la situation de M. Rossignol, pâtissier à Montmartre, qui perdait ses clients un à un depuis que sa femme était morte subitement, fauchée par une voiture.
— Il a beaucoup de mal à se consoler de sa perte, et à moins d'employer quelqu'un pour reprendre la boutique en main, il devra mettre la clé sous la porte.
Convaincue par l'idée d'Eugénie, Octavie était allée le voir et lui avait parlé du jeune homme. Après avoir écouté le plaidoyer de la cuisinière durant de longues minutes, le père Rossignol avait consenti à rencontrer Marcel.
— Il t'attend vendredi matin, après-demain.
Elle se tut et scruta les traits de Marcel, à l'affût de sa réaction, séquestrant son moindre souffle.
— Ce serait… Ce serait formidable ! bafouilla-t-il au bout de quelques secondes. Une pâtisserie… Montmartre…
Le jeune homme paraissait à la fois incrédule et fou de joie.

— Il ne pourra pas te payer comme il se doit, les premiers temps, reprit-elle avec prudence, mais tu serais logé chez lui, au-dessus de la boulangerie.

Marcel poussa une exclamation joyeuse :

— Je n'en reviens pas ! Merci, Eugénie !

Sa gaieté était si contagieuse qu'Eugénie en oublia sa timidité.

— Tu me remercieras quand tu auras le poste, le défia-t-elle. Avant, ça porte malheur.

Dardant ses yeux sur les siens, il répliqua :

— Je n'y manquerai pas.

Cette sentence sonnait presque comme une promesse et la jeune fille sentit une bouffée de désir enfler en elle. Bien qu'il avait à l'évidence envie de s'attarder, Marcel désigna la barrière en bois.

— Il faut que je file. On se reverra demain.

— Oui, bien sûr. À demain, Marcel.

Ce dernier marqua un temps d'hésitation, puis se pencha et lui déposa un baiser sur le front.

— Bonne nuit, murmura-t-il, avant de s'éloigner.

Eugénie le suivit des yeux tandis qu'il marchait prestement dans la nuit glaciale, voûtant les épaules pour lutter contre le froid. Au bout du chemin, il se retourna pour lui faire un petit signe de la main et repartit d'un pas rapide. Un sourire euphorique aux lèvres, Eugénie rentra et cria à ses cousins qu'ils feraient mieux de faire la vaisselle, au lieu de jouer les concierges.

*

L'année 1920 débuta dans une routine plaisante et confortable. Marcel fut embauché à la pâtisserie, à sa plus grande joie. Il était encore trop tôt pour affirmer que les affaires de Gérard Rossignol étaient sauvées mais, de l'avis général, les gâteaux avaient retrouvé leurs saveurs d'antan. Sans rien dire, Octavie acheta un saint-honoré pour l'une des réunions de Madame. Celle-ci débarqua le soir même dans la cuisine, affirmant haut et fort que jamais elle n'en avait mangé d'aussi bon.

— Il faudra me donner la nouvelle adresse, Octavie. Je suis conquise, et je ne suis pas la seule ! Mes amies veulent absolument savoir qui fait des pâtisseries aussi excellentes.

La cuisinière ne put s'empêcher de se rengorger :

— C'est la maison Rossignol, Madame. Le déclic tant espéré a eu lieu.

Les commandes affluèrent de nouveau dans la petite boutique de Montmartre et Marcel travailla sans compter ses heures. Au départ, Eugénie craignit même de le voir moins souvent. Ce fut tout le contraire qui se produisit. Un dimanche sur deux, il attendait Octavie et la jeune fille devant la grille de la maison. Tous trois se mettaient en route pour Malakoff, parlant de tout et de rien, et refaisaient ensemble le trajet en sens inverse alors que la nuit tombait. Marcel s'inquiétait pour son père, qui allait mal, il s'en voulait d'être parti. Eugénie fut en mesure de le rassurer.

— Ma tante s'occupe de ses repas, il a dû te le dire.

— Oui. Et je sais que ton oncle passe du temps auprès de lui, mais je n'aime pas le voir dépérir.

Les jambes d'Armand tremblaient de plus en plus et le jeune homme redoutait que son père finisse par avoir un accident. Octavie l'informa qu'elle avait lu un article où on disait que de nombreux hommes avaient développé tout un tas de symptômes étranges, au retour de la guerre.

— Ils les mettent chez les fous.

Marcel souhaitait ne pas devoir en arriver là.

Les jours où ils ne rendaient pas visite à leurs familles respectives, le jeune homme passait chercher Eugénie en début d'après-midi et ils flânaient sans but précis à travers les rues de la capitale, rêvassant dans les jardins du Luxembourg ou des Tuileries, longeant les étals vert bouteille des bouquinistes, sur les quais de Seine. Les yeux grands ouverts, Eugénie découvrit les hommes-sandwichs qui animaient les trottoirs des Grands Boulevards, les hommes-orchestres, les montreurs d'ours et les avaleurs de sabres. C'était un spectacle permanent, entretenu par les chanteurs de rue et les marchands de cravates qui exposaient leur commerce dans des parapluies renversés. C'était une autre vision de Paris, qui s'ouvrait à Eugénie. Il n'était pas rare que Marcel s'arrête, posant une main sur l'épaule de la jeune fille pour lui désigner tantôt une curiosité, tantôt un détail sur un monument. Dans ces cas-là, elle souriait béatement, brûlant d'envie qu'il l'embrasse. Elle commençait d'ailleurs à douter qu'il puisse nourrir des sentiments romantiques à son égard, car il ne tentait rien. Peut-être avait-il conscience qu'elle n'envisageait pas son avenir sans un retour à la campagne. Serait-ce un frein à leur relation ? Cette idée la déroutait autant qu'elle la faisait bouillonner.

Une fois par mois, Eugénie écrivait à sa mère et à Blanche. Cette dernière mettait un point d'honneur à lui rapporter les derniers ragots du village. Elle-même fréquentait Paulin, un apprenti menuisier de leur âge qu'elle avait rencontré au bal, et espérait une demande en mariage dans les semaines à venir. Eugénie la félicita, lui assurant qu'elle espérait bien être de retour à temps pour assister à la noce. Elle n'osait pas évoquer Marcel tant qu'elle n'était pas fixée sur ses intentions. Peut-être n'en avait-il aucune, se disait-elle parfois, ce qui ne manquait pas de la déprimer. Pour oublier ses tourments, elle se replongeait dans *Jane Eyre*. Il n'était pas difficile de comprendre l'engouement de Mlle Marie-Rose pour ce livre ! Elle aurait presque voulu rencontrer un M. Rochester, elle aussi. Si seulement Marcel se décidait ! Cette situation allait la rendre folle. Chaque fois, elle attendait avec impatience leurs rendez-vous du dimanche, en se disant que les choses allaient changer. Mais le jeune homme se faisait désirer.

*

Par une journée de mars claire et ensoleillée, Marcel et Eugénie retrouvèrent les cousins de la jeune fille au Luna Park. Le prix d'entrée, fixé à un franc, comprenait une attraction gratuite, sauf le vendredi, lui expliqua Charlaine, où c'était le jour de la clientèle mondaine. Marcel refusa qu'Eugénie paie son ticket.

— Je t'ai promis que je te remercierais de m'avoir fait entrer chez Rossignol. Laisse-moi te faire plaisir.

Cet après-midi s'écoula comme une parenthèse où le temps était suspendu. Eugénie voulut essayer toutes les attractions : la roue diabolique, le moulin de la rivière mystérieuse, la tour aux avions. Ce furent des rires et des cris sans fin, la foule se pressait dans une bonne humeur évidente. René se retournait toutes les trente secondes, dès qu'une demoiselle croisait sa route, Charlaine lançait des regards appuyés à sa cousine tout en désignant Marcel du menton. Eugénie laissa le jeune homme lui offrir des frites, qu'il acheta à un vendeur ambulant. Elle les partagea avec lui, et plusieurs fois leurs doigts se frôlèrent quand ils plongeaient la main dans le cornet. Le ventre lourd de nourriture, ils s'étendirent un moment sur la pelouse, se dévisageant en silence. Ils avaient à peine conscience de la présence de

René, près d'eux, qui tenait la chandelle en mâchouillant un brin d'herbe, pendant que sa sœur était partie acheter des limonades.

La voix de Charlaine retentit brusquement, rompant le charme.

— Va te faire voir chez plumeau, rue de la balayette ! Non, mais je vous jure !

Tout en criant, elle brandissait le poing en direction d'un garçon dépenaillé qui venait de lui mettre la main aux fesses. Cinq minutes plus tard, elle en riait.

— Les curés vont encore pouvoir brailler que c'est à cause de la trop grande liberté des modes féminines !

Elle faisait allusion aux évêques de France qui avaient protesté en début d'année contre les danses nouvelles et les robes qui raccourcissaient.

— Comme s'ils y connaissaient quelque chose ! ajouta-t-elle en secouant la tête.

Après cela, les quatre jeunes gens montèrent dans les montagnes russes. Marcel et Eugénie prirent place dans le même wagonnet. Grâce à l'électricité, les voitures atteignaient une vitesse vertigineuse et plusieurs fois Eugénie, terrorisée, se blottit contre le jeune homme. À la fin, quand tout le monde s'apprêta à se séparer, Charlaine chuchota à l'oreille de sa cousine :

— Si tu veux mon avis, la paysanne, c'est le grand jour ! Il n'a pas arrêté de te dévorer des yeux.

— Oh, je ne pense pas. Ça fait trois mois que nous nous fréquentons et il ne m'a pas pris la main une seule fois.

Charlaine lui lança un dernier clin d'œil.

— C'est un gars réfléchi, il n'agit jamais sans être sûr de lui.

Puis elle se sauva, car René s'impatientait. Le trajet du retour fut étonnamment silencieux. Marcel et Eugénie marchaient côte à côte, sans oser parler. Le cœur de la jeune fille battait à se rompre, elle avait l'impression qu'il allait exploser. Ils s'immobilisèrent en arrivant à hauteur de la maison des De Ferrière. L'obscurité commençait à gagner du terrain sur le jour. Nerveuse, Eugénie toussota.

— Merci pour cette journée, Marcel.

Celui-ci ouvrit la bouche comme pour dire quelque chose, puis il la referma. Le regard grave, il esquissa alors un pas vers la jeune fille et se saisit de son poignet pour l'attirer à lui.

— Oh, Eugénie !

Et, sans ajouter un mot de plus, il posa ses lèvres sur les siennes, l'embrassant tout d'abord lentement, puis avec une ardeur qui la laissa tremblante. Ce soir-là, ils se quittèrent avec des étoiles plein les yeux.

*

— Vous pétillez comme du champagne ! lui fit remarquer Marie-Rose, le lendemain. Allez, vous pouvez bien me l'avouer ; vous avez rencontré quelqu'un ? Ou c'est ce fameux Marcel dont j'ai déjà entendu parler ?

Consciente qu'Eugénie avait envie de conserver jalousement son bonheur pour elle, Octavie répondit à sa place :

— Laissez-la donc un peu tranquille !

Car elle n'était pas dupe, elle s'était bien rendu compte du changement sur les traits de la jeune fille. Cela ne pouvait être attribué qu'à une seule chose : l'amour. L'air faussement sévère, elle reprit, à l'attention de Mademoiselle :

— Qu'en est-il de ce banquier que vos parents vous ont présenté ?

— Il est à mourir d'ennui, déplora-t-elle. Je ne dis pas qu'il n'est pas gentil, mais c'est bien tout ce qui le caractérise. Il a du ventre et des cheveux si clairsemés qu'on dirait du duvet d'oiseau.

Et elle enchaîna, leur rappelant une nouvelle fois à quel point sa vie était si prévisible, son quotidien bien trop morne pour ses aspirations. Cela faisait systématiquement soupirer la cuisinière et rire Eugénie.

Un peu plus tard, lorsqu'elles furent seules dans la cuisine, Octavie déclara à la jeune fille :

— Ce Marcel, c'est un chic type. Vous ferez un beau mariage.

Eugénie sentit le rose lui monter aux joues.

— Oh, mais nous n'en sommes pas là !

Octavie lui coula un regard entendu.

— Eh bien, cela ne saurait tarder. Je n'ai rien dit jusque-là car ce ne sont pas mes affaires, mais enfin, il suffit de vous voir ensemble pour comprendre ce qu'est l'amour.

La jeune fille eut beau s'en défendre, le bonheur n'était pas une émotion que l'on dissimulait facilement. Elle avait en permanence le sourire aux lèvres, fredonnait des chansons sentimentales, rêvait de plus en plus alors qu'elle tranchait de la viande ou des légumes, ce qui lui valut quelques coupures aux doigts. Elle se rejouait sans cesse la scène de leur premier baiser. La digue qui avait lâché en elle n'avait rien de comparable à ce qu'elle avait pu ressentir autrefois pour le frère de Blanche. L'alchimie qui les liait semblait infinie. À chacune de leurs rencontres, c'était comme s'ils se découvraient pour la première fois.

Durant deux ou trois semaines, toutes les personnes de leur entourage multiplièrent les allusions. Antoinette s'y mit également, un jour où sa nièce leur rendait visite.

— Est-ce que je dois écrire à ton père pour lui parler de Marcel ? S'il y a une noce à organiser…

— Je n'ai pas reçu de demande en mariage, à ce que je sache ! l'interrompit la jeune fille, cramoisie.

Antoinette et Charlaine échangèrent un coup d'œil, mais n'osèrent pas insister, sachant que ce n'était qu'une question de jours.

Un dimanche de mai, Marcel entraîna Eugénie dans l'une de leurs balades dominicales. Le temps était radieux, la capitale vivait un printemps très doux. La jeune fille avait revêtu la jolie robe que sa tante et sa cousine lui avaient offerte pour Noël, elle se sentait très en beauté, dedans. Cependant, Marcel paraissait anormalement tendu. Portant une casquette neuve sur la tête, il parla beaucoup de son travail, apprenant à Eugénie que le père Rossignol parvenait enfin à lui verser un salaire convenable. La jeune fille l'écoutait d'une oreille distraite, ses pensées tourbillonnaient dans son cerveau telles les ailes d'un moulin un jour de grand vent. Pourquoi Marcel avait-il l'air si inquiet, puisque tout allait bien ? Quand ils arrivèrent sur la passerelle Debilly, près du Trocadéro, il était si fébrile qu'Eugénie fut convaincue qu'il s'apprêtait à rompre. Un poignard invisible lui transperça le cœur et les larmes affluèrent au bord de ses paupières. Affolé par son soudain changement d'humeur, il prit ses deux mains dans les siennes.

— Chérie, que se passe-t-il ? Tu ne te sens pas bien ?

— Tu ne veux plus de moi, c'est ça ? fit-elle, en tentant de refouler le sanglot qui obstruait sa voix.

Interloqué, le jeune homme arrondit les yeux.

— Mais… Mais où es-tu allée chercher une pareille idée ?

Eugénie haussa une épaule en reniflant.

— Tu es bizarre, aujourd'hui.

Un magnifique sourire illumina alors les traits de Marcel, qui la serra contre lui.

— Tu n'y es pas du tout, mon ange.

S'essuyant les joues, elle le somma de lui expliquer ce qui le tracassait. Marcel relâcha son étreinte et recula d'un pas pour mieux la contempler. Il prit le visage de la jeune fille entre ses mains, son pouce s'attardant sur ses lèvres si pleines, qui lui faisaient penser à des cerises.

— Mon amour… Si je suis nerveux, eh bien, c'est tout simplement parce que je voulais te dire à quel point je t'aime.

Elle déglutit tandis que Marcel continuait :

— Je n'envisage pas mon existence sans toi, Eugénie. Tout le temps que j'ai vécu avant de te connaître me paraît superflu, comparé à ce que je vis auprès de toi. Je ne suis pas bien riche, je ne suis certainement pas le prince charmant dont rêvent les demoiselles, tout ce que j'ai, c'est mon amour pour toi.

Bouleversée, la jeune fille n'arrivait pas à croire ce qu'elle entendait.

— Marcel… Est-ce que tu es en train de me demander en mariage ?

Il lui répondit, avec un sourire taquin :

— Si tu me laisses te poser la question, c'est fort possible.

— Oh, mon Dieu…

— Veux-tu bien devenir ma femme, Eugénie ?

Elle resta muette, incapable de proférer le moindre mot. Les larmes dévalaient à nouveau le long de ses joues.

— Tu ne vas pas refuser, n'est-ce pas ?

La respiration coupée, Eugénie tenta de mettre de l'ordre dans ses idées.

— Je… Il y a quelque chose que tu dois savoir sur moi. Et je redoute qu'après cela, tu n'aies plus envie de te marier avec moi.

Le jeune homme fronça les sourcils et Eugénie s'en voulut aussitôt de gâcher un si beau moment. À l'évidence, Marcel l'idéalisait, il était loin de soupçonner ce qu'elle avait fait par le passé. Or, elle avait envie d'être honnête avec lui. Parce que, tôt ou tard, il finirait bien par s'apercevoir qu'elle avait connu les bras d'un autre homme. Elle prit une grande inspiration et ouvrit la bouche avant de ne plus avoir le courage de parler.

— Si mon père m'a envoyée à Paris, c'est parce que je me suis très mal conduite.

Fermant les yeux par peur de voir le visage de Marcel se décomposer ou virer à la colère, elle évoqua alors sa courte liaison avec Jean. Quand elle eut terminé, le jeune homme se frotta la mâchoire, comme pour s'extirper d'un mauvais rêve. Puis, lui tournant le dos, il s'éloigna de quelques pas et s'arrêta au milieu de la passerelle. Il leva la tête en direction du ciel, resta ainsi quelques secondes durant lesquelles Eugénie crut que le chagrin allait la tuer sur place. Pourtant, Marcel revint vers elle et lui prit à nouveau les mains.

— Je t'aime par-dessus tout, Eugénie, je me fiche du passé. Seul l'avenir compte et doit monopoliser nos espérances.

Pleurant et riant en même temps, elle le considéra avec émotion, puis se jeta à son cou, indifférente aux regards courroucés des passants, et se laissa entraîner dans un tourbillon de bonheur, sans commune mesure. Son être et son cœur tout entiers venaient de chavirer.

— Je t'aime tant ! murmura-t-elle.

20

Armand Carbolet approuva immédiatement le choix de son fils.

— Ta mère aurait été conquise par Eugénie, lui confia-t-il, ému, alors que les deux jeunes gens étaient passés le voir pour lui faire part de leur projet.

Il fallut ensuite écrire à Germain et Augustine afin d'obtenir leur accord à ce mariage. Eugénie aurait dix-neuf ans en juillet, elle n'était donc pas majeure. Plus que tout, elle redoutait un refus de son père, qui, ne connaissant pas Marcel, risquait de se braquer. La tante Antoinette glissa un mot en faveur du jeune homme, le décrivant comme un bon gars, sérieux et travailleur.

Ils ajoutèrent dans l'enveloppe un portrait d'eux qu'ils avaient fait faire par un peintre de rue, à Montmartre. Le dessin, fidèle à leurs traits, coûtait bien moins cher qu'une photographie. Une semaine plus tard, un mardi, l'heureuse nouvelle arriva : Germain donnait son assentiment. Eugénie, qui avait fébrilement attendu le soir afin de lire la lettre de son père, sauta comme une folle dans toute sa chambre, entraînant avec elle Georgette et Octavie. On fixa la noce en octobre. La jeune fille demanda une seule faveur : se marier à Cressigny. Marcel n'y vit pas d'inconvénient.

Cependant, Armand ne se sentait pas capable de faire le déplacement. Il avait peur des regards qu'on ne manquerait pas de poser sur lui, peur que les tremblements de ses jambes le reprennent au plus mauvais moment.

Théodore et Antoinette rassurèrent les tourtereaux :

— T'en fais pas, Marcel ! Votre mariage, on va le fêter de notre côté et ton père sera avec nous. C'est pas tous les jours qu'on vit un bonheur comme *çui-là*.

Eugénie informa ensuite ses patrons de sa prochaine situation et il fut décidé qu'elle quitterait la maison en septembre. Elle se rendrait chez ses parents deux semaines avant le mariage, puis s'en retournerait à Paris en tant que Mme Carbolet. Radieuse, la jeune fille mesurait chaque jour sa chance. Sa gaieté fit des émules et Baptiste se décida enfin à demander la main de Georgette.

— Mère est ulcérée que ses employées se marient toutes avant moi ! lui confia Marie-Rose.

— Vous finirez par rencontrer l'amour, Mademoiselle.

— Peut-être que je devrais me dénicher un garçon du peuple, moi aussi. Un ouvrier, un cafetier, que sais-je !

Octavie lui retourna son regard des mauvais jours.

— Vous voulez causer la mort de votre père, Mademoiselle ?

Cette phrase glissa sur la jeune femme sans trouver de prise. Pensive, elle laissa filtrer un petit rire.

— C'est curieux de se dire que même Georgette a trouvé à se marier. Baptiste n'a peur de rien.

Octavie en retrouva sa bonne humeur.

— Pauvre Georgette ! s'esclaffa-t-elle. Maintenant, elle rase les murs quand elle croise Madame votre mère.

Eugénie pouffa à son tour en se remémorant l'affaire qui avait agité toute la maison, quelques jours plus tôt, quand la femme de chambre n'avait pas vu le chat se faufiler à l'étage, un reptile dans la gueule. Ce furent les cris de Madame qui l'alertèrent. Elle la retrouva perchée sur son lit, un orvet se tortillant sur le tapis. Au lieu d'aller chercher de l'aide, elle se mit à hurler elle aussi et sauta à son tour sur le lit, se cramponnant à la patronne comme si sa vie en dépendait. Il fallut l'intervention d'Octavie et du majordome pour calmer tout le monde, ce qui ne fut pas une mince affaire.

Les mois suivants défilèrent à toute vitesse. À la surprise générale, René, le cousin d'Eugénie, fut embauché comme cheminot. Après une grève qui avait duré de février à mai, quinze mille d'entre eux venaient d'être révoqués et on cherchait des nouvelles recrues. Le jeune homme avait décidé de saisir sa chance, c'était son unique voie de sortie de la zone. On fêta l'événement dans la bonne humeur. René leur expliqua qu'il économiserait ses salaires pour pouvoir emménager dans un appartement. Eugénie ressentit une immense fierté pour ce cousin qui avait su prendre son avenir en main, alors qu'elle n'aurait pas forcément misé sur lui. Pour une fois, même Charlaine laissa ses taquineries de côté et le félicita lorsqu'ils trinquèrent à la bonne nouvelle. De son côté, la jeune femme continuait à s'occuper des malades du campement. Elle semblait avoir trouvé sa voie, seulement cela ne lui rapportait rien. On lui donnait parfois des confitures ou des œufs en contrepartie, rien qui ne lui permette toutefois de gagner sa vie. Antoinette l'encourageait à fréquenter des garçons de son âge, mais cela ne l'intéressait pas. Charlaine répétait à l'envi qu'elle voulait rester libre de ses mouvements et qu'un homme ne ferait que l'entraver. D'ailleurs, quand il lui arrivait de croiser le balafré, la flamme avec laquelle elle le regardait autrefois s'était progressivement muée en colère. Si à un moment elle avait cru qu'il pourrait se remettre sur le droit chemin, elle avait fini par comprendre qu'il n'était qu'une cause perdue. Joseph multipliait les larcins, mettait des filles sur le trottoir et n'hésitait pas à s'impliquer dans des bagarres au couteau pour assurer son territoire. Auprès de sa sœur, il se justifiait en prétendant que, quand on grandissait dans un tel endroit, c'était le seul moyen de survivre.

Le 13 juillet, Eugénie reçut la permission de terminer sa journée de travail plus tôt que d'habitude. Marcel et elle étaient attendus à Malakoff pour la fête nationale. On avait prévu des festivités sur deux soirs et la jeune fille était bien résolue à prendre un peu de bon temps. Un peu avant dix-huit heures, Marie-Rose l'intercepta en haut de l'escalier de service.

— Où allez-vous comme ça ? Vous ne nous quittez pas déjà ?

Agacée par ce contretemps, Eugénie s'efforça de sourire.

— Mais non, Mademoiselle, vous savez bien que je pars dans deux mois. Je vais chez mes cousins.

— Ah ! Quelle chance, vous allez vous amuser !

Eugénie arqua un sourcil, se demandant si Marie-Rose n'avait pas bu de l'alcool. Sa diction était embarrassée et elle parlait beaucoup trop fort. Malheureusement, Octavie, qui était seule pour préparer le repas du soir, se trouvait dans la cuisine.

— Est-ce que vous êtes sûre que tout va bien, Mademoiselle ?

— Pourquoi est-ce que ça n'irait pas ? La vie est belle, non ?

— Vous semblez contrariée.

Pressée, Eugénie se dirigea sans plus tarder vers sa chambre pour récupérer son sac. Elle sentit que Marie-Rose la fixait, depuis le seuil.

— Vous êtes amoureuse, vous, dit enfin cette dernière. Tout le monde se réjouit pour vous. Et moi, on me reproche de vouloir l'être à mon tour, on me dit que ce n'est pas raisonnable. Je ne veux pas mourir sans aimer, vous comprenez ?

Elle termina sa tirade dans un sanglot. Eugénie en eut assez de ces jérémiades.

— Je comprends surtout que vous devriez aller vous allonger un peu, Mademoiselle. Vos parents risquent de ne pas être ravis de vous trouver dans cet état.

— Mes parents… Porter leur nom est le pire des fardeaux !

Eugénie réprima un soupir. À ce train-là, jamais elle n'allait partir !

— Et pourquoi donc, Mademoiselle ? Votre famille est très honorable.

— Trop riche et trop bourgeoise, surtout ! Savez-vous ce qui m'est arrivé, cet après-midi ? Mon amie Joséphine m'a emmenée dans l'un de ces cafés à la mode, à Montparnasse. Nous avons bu un verre ou deux en écoutant des poètes déclamer leurs vers. L'un d'eux, en particulier, m'a plu. Il était très beau. Mais quand je me suis présentée à lui…

Le visage rembruni, elle laissa tomber, avec une exclamation de dégoût :

— J'ai lu dans ses yeux tout le mépris que mon nom lui inspirait. Et tout ça pourquoi ? Parce que mes parents ont de la fortune. Oh ! Ce que je déteste cette situation !

Déconcertée, Eugénie ne sut pas trop quoi répondre à cela.

— C'est bien triste pour vous, Mademoiselle, dit-elle enfin, mais pour commencer, vous n'auriez pas dû boire autant. À présent, je suis désolée, mais je dois partir, Marcel m'attend.

— Laissez-moi venir avec vous !

Eugénie eut un mouvement de recul.

— Il n'en est pas question. Allez vous reposer, vous vous sentirez mieux après cela.

Marie-Rose la dévisagea un instant sans rien dire et Eugénie descendit. Au passage, elle prévint Octavie que Mademoiselle n'était pas dans son état normal, sans oser préciser qu'elle avait bu. La cuisinière se contenta de hausser les épaules.

— Bah ! Encore une de ses humeurs, ça lui passera !

Après quoi, la jeune fille rejoignit Marcel et ils se hâtèrent afin de ne pas rater l'omnibus. La soirée débuta sous les meilleurs auspices. Armand vint dîner avec eux et ils se régalèrent d'un poulet. Ils accompagnèrent le café de meringues, que Marcel avait rapportées de la pâtisserie. Ensuite, tout le monde se rendit près du pont de la Vallée, où se tenait la guinguette. La journée se préparait à s'abandonner à la nuit et le ciel arborait de magnifiques couleurs orangées. On ne pouvait espérer meilleur temps ! Les jeunes gens valsaient sur la piste, des rires aigus éclataient ici et là. Marcel et Eugénie dansèrent plusieurs fois, puis retournèrent s'asseoir pour reprendre leur souffle. Cette soirée était belle et joyeuse. Fort de son nouveau statut de cheminot, René flirtait avec Pierrette, une fille de son âge, tandis que Charlaine, un peu pâlichonne, jetait des regards noirs au balafré, qui errait dans le coin avec sa bande, certainement à l'affût d'une nouvelle rixe.

— Est-ce que tu as soif, chérie ? demanda Marcel.

Eugénie acquiesça et le jeune homme se leva pour aller à la buvette. Elle en profita pour se rapprocher de sa cousine.

— Tu es blanche comme une revenante, Charlaine. Tu m'inquiètes.

Celle-ci balaya l'air d'un geste de la main.

— Ce n'est rien, juste un peu de fatigue. J'ai dû m'occuper d'une vieille dame malade. On l'a envoyée à l'hospice parce que mes décoctions ne suffisaient pas.

— Oh… Et c'est grave ?

— Je n'ai pas de nouvelles. Elle m'a dit qu'elle s'était fait mordre par un rat, je présume que ça s'est infecté.

Eugénie grimaça.

— Quelle horreur…

René s'approcha alors, interrompant les jeunes filles. Il proposa à sa sœur de la faire danser.

— Je te suis, sale gosse, répondit celle-ci en lui ébouriffant les cheveux.

Restée seule sur sa chaise, Eugénie jeta un coup d'œil à la buvette, où la file d'attente s'allongeait. Marcel attendait son tour sous les guirlandes lumineuses, en discutant avec d'autres garçons. Son visage attrapait les éclats de lumière et, en cet instant, elle le trouva si beau qu'elle en fut bouleversée.

Tout à coup, un cri sorti de nulle part retentit. La jeune fille tressaillit mais tenta néanmoins de se rassurer ; la musique était si forte qu'elle ne pouvait être certaine de rien. C'était peut-être juste le miaulement aigu d'un chat… ou son imagination qui lui jouait des tours. Elle reporta son regard sur la piste de danse, où Charlaine riait aux éclats à une blague de son frère. Mais il y eut un nouveau cri, plus prononcé que le premier. Cette fois, cela ne pouvait pas être une illusion. Une femme appelait à l'aide. Coïncidence troublante, le balafré n'était plus en vue. Que devait-elle faire ? Eugénie n'était pas sans ignorer que Joseph était dangereux. Mais si quelqu'un se trouvait en danger… Sans plus réfléchir, elle se redressa, laissant le bal derrière elle. Les cris avaient l'air de provenir de l'une des ruelles sombres qui contournaient la guinguette. Elle croisa quelques noceurs et leur demanda si eux aussi avaient entendu. L'un d'eux, le menton en galoche et l'haleine chargée d'alcool lui rétorqua :

— Vaut mieux pas s'occuper de ces affaires-là, petite.

Puis il reprit son chemin en titubant. S'avançant prudemment vers l'endroit où de nouveaux bruits de voix s'élevaient, Eugénie se figea face à la scène qui s'offrit à ses yeux : le balafré était en train de malmener une jeune femme, la tenant fermement par un coude. Il avait réussi à la coincer contre un mur et, de sa main libre, tentait de se frayer un passage sous ses jupes.

— Allons, la biche, ahanait-il, tu ne vas pas me raconter que t'es pas venue pour ça.

La jeune femme se débattait tant bien que mal, ruant pour donner des coups de pied. Comme l'ombre la dissimulait en partie, il était difficile de distinguer son visage. En revanche, Eugénie reconnut très bien ses intonations, lorsque celle-ci vitupéra :

— Mais laissez-moi, espèce de rustre !

Melle Marie-Rose ! Catastrophée et comprenant le danger que courait la fille de ses patrons, Eugénie prit son courage à deux mains et parcourut les quelques mètres qui la séparaient de la scène. Déterminée à ne pas laisser poindre la terreur dans sa voix, elle lança d'un ton ferme :

— Joseph ! Lâchez-la immédiatement !

Un type accourut pour voir ce qu'il se passait, mais à la vue du balafré il détala comme un lapin apeuré. Un sourire mauvais aux lèvres, Joseph détailla Eugénie.

— Tiens donc, la paysanne ! Tu veux te joindre à nous ?

Il était ivre. Eugénie ressentit un élan de panique, cette peur instinctive que seules les femmes connaissaient, quand elles se trouvaient face à la brutalité masculine. Les coups dans sa poitrine étaient si fort qu'elle avait l'impression que Joseph pouvait les entendre.

— Je pourrais peut-être la garder ici et demander de l'oseille à ses parents, reprit-il, l'air mauvais.

— Oh, vous êtes détestable ! fit Eugénie avec colère.

Elle le trouvait méprisable, avec son port de tête arrogant et ses mauvaises manières. Marie-Rose, en larmes, poussa un gémissement. Le balafré se mit à ricaner et, perdant le contrôle d'elle-même, Eugénie le gifla violemment.

— Je me demande ce que ma cousine peut bien vous trouver, sale porc !

À la mention de Charlaine, l'expression de Joseph changea du tout au tout.

— Laisse ta cousine en dehors de ça, veux-tu !

— Alors laissez cette jeune femme d'abord ! Elle ne sera jamais l'une de vos…

— Que se passe-t-il, ici ?

Eugénie et Joseph pivotèrent d'un même chef en reconnaissant la voix de Marcel. À côté de lui, Charlaine, les poings sur les hanches, affichait un air furibond. Surpris, le balafré desserra son étreinte autour du poignet de Marie-Rose, qui courut se réfugier près d'Eugénie. Charlaine détailla la jeune femme en un coup d'œil. Il ne lui fallut pas longtemps pour saisir qu'elle n'était pas de leur monde.

— Merde ! jura-t-elle en regardant sa cousine. Ne me dis pas qu'il s'agit de qui je pense ?

Eugénie acquiesça en silence et Marcel entoura ses épaules d'un bras protecteur. Les défiant du regard, Joseph leur lança :

— Vous feriez bien de déguerpir avant que je siffle mes gars.

Une immense déception dans les yeux, Charlaine secoua la tête.

— T'es vraiment misérable. Tu ne changeras jamais, hein ?

Ils se toisèrent ainsi durant un court instant. Le balafré parut décontenancé, mais cela ne dura qu'une fraction de seconde. Pressentant qu'il pourrait effectivement rameuter sa bande, Eugénie entraîna Marie-Rose et Marcel à l'écart. Charlaine, non sans avoir flanqué un coup de pied dans une palissade qui se trouvait là, les suivit, la mine lugubre. Les jeunes gens filèrent vers la cabane de tôle où, heureusement, Antoinette et Théodore n'étaient pas encore rentrés.

— Ma cousine va soigner vos égratignures, Mademoiselle, indiqua Eugénie.

— Oh. Oui. Très bien.

À l'évidence, Marie-Rose était secouée par cette mauvaise rencontre. Charlaine lui demanda comment elle avait bien pu faire pour atterrir ici. La jeune femme rougit un peu en avouant :

— J'ai suivi Eugénie quand elle est partie de la maison.

— Quoi ? s'exclama cette dernière. Mais vous avez perdu la raison, ma parole !

Marie-Rose eut un mouvement d'épaule.

— Je me sentais vraiment mal, vous savez. Il fallait que je défie ma condition… Mais je vous ai perdue de vue, je me suis égarée. Et en voulant rejoindre la guinguette, je suis tombée sur cet ignoble individu.

Eugénie était affligée par ce qu'elle entendait.

— Bon, eh bien maintenant que vous avez vu ce qu'est la misère, je présume que vous êtes satisfaite.

— Même pas, fit-elle, penaude. Je suis désolée, je n'avais pas l'intention de vous gâcher la soirée.

Sarcastique, la jeune fille lui répondit qu'il était certain qu'elle n'avait plus envie de faire la fête.

— Quant à vous, Mademoiselle, je suis sûre que vous voilà dégrisée, à présent.

Charlaine s'occupa du poignet de Mademoiselle. Il y eut quelques longues minutes de silence. Puis, la Marie-Rose fantasque et insouciante qu'Eugénie connaissait reprit soudain le dessus.

— Au fond, il n'était pas laid, ce garçon, si on excepte cette balafre qu'il a en travers de la figure. C'était même palpitant.

L'espace d'un instant, Eugénie se demanda si sa cousine n'allait pas frapper la jeune femme, tant ses yeux lui lançaient des éclairs.

— Palpitant ? répliqua vertement cette dernière. Mais enfin, si nous n'avions pas été là, vous auriez pu être violée !

Sa colère était palpable dans chaque syllabe. Eugénie aussi se sentait furieuse. Comment Marie-Rose avait-elle pu commettre une telle imprudence ?

— Ce que vous pouvez être immature, à la fin ! Qu'allons-nous dire à vos parents ?

— Je vous promets que vous ne serez pas impliquée dans tout cela.

Charlaine la toisa une dernière fois d'un air sévère.

— Si j'apprends que vous avez causé du tort à ma cousine, vous aurez affaire à moi ! Vos blessures sont légères, pensez à les nettoyer. D'ici quelques jours, elles n'y paraîtront plus. Mon frère et Marcel vont vous raccompagner chez vous.

Avant de partir, Mademoiselle répéta à Eugénie à quel point elle était navrée. Les mâchoires crispées, la jeune fille lui fit signe de s'en aller.

Marie-Rose tint sa promesse. Lorsque ses parents, furieux de sa disparition, l'interrogèrent, elle admit avoir fugué le temps de quelques heures, mais refusa obstinément de dire où elle était allée. Elle jura toutefois ne pas avoir déshonoré son nom. Durant quelques jours, Eugénie fit tout pour l'éviter. Elle ressentait encore du courroux pour la jeune femme, qui, en se mettant dans cette situation impossible, aurait pu la compromettre elle aussi. Certes, elle comptait quitter la maison en septembre, mais deux mois de gages en plus ou en moins, ce n'était pas rien quand on allait se marier ! Marie-Rose parvint pourtant à se retrouver seule avec elle quelques minutes, en l'attendant près de l'escalier de service comme elle l'avait fait le 13 juillet. Elle lui renouvela ses excuses, reconnaissant qu'elle avait été très sotte d'agir ainsi.

— Et maintenant, vous voilà fâchée contre moi, avec mes sottises. J'en suis peinée.

Eugénie, qui avait bon fond, dédramatisa :

— Mais non, je ne suis pas fâchée. Vous qui vouliez vivre aussi intensément que dans vos romans, vous avez été servie.

— C'est le moins qu'on puisse dire. Je crois que j'ai eu ma dose de sensations fortes pour un moment. Toujours est-il que je vous suis redevable. Alors si vous avez besoin de la moindre chose, n'hésitez pas à m'en faire part.

La jeune fille esquissa un vague geste de la main.

— Allons, n'y pensons plus.

Près de deux semaines plus tard, par un chaud matin d'été, le majordome vint chercher Eugénie après le petit déjeuner. Cette dernière songea aussitôt que Marie-Rose avait fini par craquer et tout avouer à ses parents. On allait la jeter à la porte comme une malpropre.

Aussi, quelle ne fut pas sa surprise quand Hubert lui fit savoir que René la demandait à la porte de service !

— Il dit que c'est important.

Prise d'une angoisse soudaine – pour que son cousin débarque à l'improviste, c'était forcément parce qu'il avait de mauvaises nouvelles –, la jeune fille se précipita à sa rencontre. Le jeune homme arborait un visage rongé par l'inquiétude.

— René ? Que fais-tu ici ?

La casquette entre les mains, il lui annonça que Charlaine, très malade, avait été transportée à l'hospice des pauvres.

— Elle a eu beaucoup de fièvre d'un coup et une grosseur dans l'aine, un bubon, qu'ils appellent ça. Ils disent que c'est la peste.

Eugénie crut qu'elle allait défaillir. Elle se retint machinalement à la poignée de la porte.

— La peste ? Mais comment est-ce possible ?

— La vieille dame dont elle s'est occupée en est morte. Son fils aussi.

— Seigneur, souffla-t-elle. Est-ce qu'il y a beaucoup de malades ?

Elle vit René déglutir.

— La sœur du balafré est décédée hier. Elle a assisté à une veillée funèbre, du côté de Saint-Ouen, un oncle qui avait attrapé la maladie, à ce qu'il paraît. Là-bas, y aurait des rats crevés dans tous les coins. Et le Joseph, il commence à être mal en point lui aussi. Eugénie sentit le sang déserter ses veines.

Ce n'était pas possible ! Comment une épidémie de peste pouvait-elle encore se répandre en 1920 ?

— Et tes parents, ils sont touchés ?

René lui fit signe que non.

— Ils m'ont envoyé pour te prévenir de ne pas venir nous voir, tant qu'on n'est sûrs de rien. Si tu peux passer le mot à Marcel.

— Oui, bien sûr.

Après cette entrevue, Eugénie eut bien du mal à refouler ses craintes. Charlaine allait-elle s'en sortir ? Et si Marie-Rose était contaminée, elle aussi ? Octavie, qui était au courant du petit secret de Mademoiselle, essaya de réconforter Eugénie du mieux qu'elle le pouvait, arguant que la fille des patrons aurait déjà développé des symptômes, si tel était le cas.

— À mon avis, il n'y a pas à s'en faire.

Elles demandèrent toutefois à Marcel de se renseigner sur la maladie auprès du docteur qui vivait à côté de la pâtisserie et venait régulièrement se fournir en tartelettes aux fruits, son péché mignon. Le jeune homme leur apprit ainsi que pour être infecté à son tour, il fallait avoir eu un contact prolongé avec un foyer épidémique, ou avoir ramassé un rat pesteux. Il n'y avait donc plus qu'à attendre.

Par miracle, aucune autre personne de leur entourage ne fut victime de l'épidémie. Grâce aux soins reçus à l'hospice, Charlaine en guérit. Le balafré, lui, n'eut pas cette chance et périt un soir de fin juillet. Personne ne le pleura vraiment.

Quand Eugénie fut autorisée à rendre visite à sa cousine, cette dernière, le visage encore très pâle, lui confia néanmoins :

— Tu sais, Joseph, s'il avait voulu, il aurait pu devenir quelqu'un de bien.

La jeune fille lui passa délicatement la main sur le front.

— Ne te tourmente pas avec ça, Charlaine. Tu as fait ce que tu as pu.

— Non… Non, écoute-moi, s'il te plaît. Tu te souviens, l'année dernière, quand je t'ai raconté que j'avais soigné sa sœur ?

Eugénie acquiesça. C'était peu de temps après son arrivée sur le campement. Cela remontait à un an, déjà. Dieu que le temps passait vite !

— En fait, je ne t'ai pas tout dit, Eugénie. Joseph et moi, on avait un secret. Quand il est revenu de la guerre, on a commencé à se voir. Il voulait se ranger des mauvaises fréquentations. Je… Je suis tombée enceinte. Bien sûr, mes parents n'étaient pas au courant. On se disait qu'on pourrait partir à la campagne, Joseph paraissait déterminé. Mais un matin, au bout de deux mois, je me suis réveillée avec du sang sur les cuisses. J'ai réussi à faire croire à ma mère que ce n'était que mon cycle…

Elle ferma un instant les paupières, bouleversée par ses souvenirs.

— Tu as perdu le bébé, devina Eugénie.

Charlaine hocha la tête.

— J'ai cru que ça ne changerait rien entre Joseph et moi. Pourtant, dès le lendemain, ses vieux démons l'ont repris, alors j'ai mis un terme à notre relation.

— Mon Dieu, Charlaine !

Eugénie pressa la main de sa cousine, partageant sa peine. Cependant, sa révélation ne l'étonnait guère. Le soir de l'agression de Marie-Rose, la jeune fille avait cru déceler plein de non-dits et de regrets dans l'échange de regards silencieux entre Charlaine et le balafré.

— Les hommes, on ne peut pas leur faire confiance, reprit sa cousine au bout d'un moment. Mais toi, la paysanne, tu seras heureuse, avec ton Marcel.

Eugénie déglutit.

— Tu le penses vraiment ? Tu crois que ça va bien se passer, pour nous ?

Charlaine se redressa vivement sur son lit.

— Bien sûr que oui, nom d'une pipe !

Eugénie sourit, heureuse de constater que sa cousine était bel et bien de retour dans la vie.

*

À la fin septembre, Eugénie fit ses adieux à ses patrons et au personnel de la maison. Marie-Rose vint la trouver dans sa chambre tandis qu'elle réunissait ses dernières affaires, prête à partir pour la gare d'Austerlitz.

— Oh, vous allez terriblement me manquer ! s'exclama Mademoiselle, les yeux brillants d'émotion.

Eugénie se détourna, redoutant de ne pouvoir contenir ses larmes beaucoup plus longtemps.

— Je parie que dans quinze jours vous ne vous souviendrez plus de moi, la contrecarra-t-elle.

— Alors là, ça m'étonnerait. Qu'allez-vous faire, une fois mariée ? Devenir femme au foyer ?

— Certainement pas ! M. Rossignol est d'accord pour que je travaille à la pâtisserie avec Marcel. Je suis impatiente de commencer.

— Fort bien, je redoutais que vous ne décidiez de devenir une vache à lait. Tenez, j'ai quelque chose pour vous.

Marie-Rose lui tendit deux livres.

— *Émile Zola et George Sand*, lut-elle sur les couvertures.

— Deux auteurs qui me plaisent beaucoup.

Eugénie la remercia, gênée de devoir accepter ce cadeau.

— Vous n'étiez pas obligée, vous savez, lui dit-elle en retournant à sa valise.

— Vous m'avez probablement sauvé la vie, il y a deux mois, je ne peux pas l'oublier. Et comme je n'ai pas trouvé d'autre façon de me racheter auprès de vous…

Eugénie s'immobilisa, son chapeau en l'air. Bien qu'elle n'aimât pas l'idée de quémander, elle avait une petite idée de ce que Mademoiselle pourrait faire en retour, mais n'avait pas encore trouvé le cran de la formuler. C'était le moment ou jamais.

— En fait, il y aurait bien quelque chose… Hélas, je crains que ce ne soit pas compatible avec votre caractère.

Un sourire amusé, Marie-Rose l'encouragea :

— Dites toujours.

Eugénie s'exécuta, non sans appréhension :

— Lorsque vous aurez trouvé un mari, j'aimerais que vous donniez un emploi à ma cousine. Peu importe quel sera ce travail, elle mérite beaucoup mieux que ce qu'elle a actuellement.

Son interlocutrice lui promit de voir ce qu'elle pourrait faire.

— Mais peut-être n'aurai-je pas besoin d'un mari pour exaucer votre souhait, ajouta-t-elle avec malice.

Les deux jeunes filles se quittèrent bonnes amies. Dix minutes plus tard, dans la cuisine, le nez rouge à force d'avoir pleuré, Octavie embrassa Eugénie sur les deux joues.

— Je te souhaite le plus grand des bonheurs, ma môme, renifla-t-elle. Et un conseil : fais savoir à ton bonhomme et au père Rossignol que tu n'es pas corvéable à merci. Ces temps-là sont révolus.

Eugénie alla prendre son train le cœur gonflé d'espoir. Elle avait vu Marcel la veille au soir et il l'avait tendrement embrassée, impatient de s'unir à elle quinze jours plus tard. Arrivée à Tours, elle prit un deuxième train et se laissa bercer, indifférente aux secousses des wagons et à la locomotive qui semblait vouloir rendre l'âme chaque fois qu'elle freinait. En gare de Loches, ce fut son frère qui l'accueillit sur le quai. Ils se serrèrent dans les bras, heureux de se revoir enfin après ces treize mois de séparation. Eugénie lui fit remarquer à quel point il avait grandi.

— Tu es un homme, maintenant, Gaspard !

— Et toi, tu vas te marier, Ninie ! Je n'en reviens pas.

Son bonheur d'être de retour était infini, mais un point continuait de la tracasser. Installée dans la carriole, elle s'enquit :

— Le père est dans quelles dispositions à mon égard ?

— Il est content de te voir, qu'est-ce que tu crois !

— Je craignais qu'il m'en veuille encore pour cette histoire avec Jean. J'ai été si bête !

Gaspard fit partir la mule.

— C'est du passé. Le Jean a eu un garçon, d'ailleurs.

Eugénie opina.

— Ils ont réussi à faire croire qu'il a été conçu après la noce ?

— Non. Ils ont raconté que le bébé était né avant terme, mais enfin personne n'est dupe.

La jeune fille sourit, soulagée de constater que cette histoire ne lui faisait plus mal. Le cœur léger, elle regarda la forêt défiler sous ses yeux. Les arbres étaient parés de leurs couleurs chatoyantes et il y avait une odeur de sous-bois dans l'air. Elle pensa aux omelettes aux champignons de sa mère et son ventre se mit à grogner de gourmandise.

— Et toi, petit frère, est-ce que tu as une fiancée ? demanda-t-elle, tandis qu'ils approchaient du village.

Le garçon s'esclaffa.

— Il se pourrait que j'aie quelqu'un en vue. Elle s'appelle Léontine. Mais je veux attendre encore un peu, je suis trop jeune pour le mariage.

À la ferme, l'accueil de ses parents fut au-delà de ses espérances. Augustine versa sa petite larme en constatant à quel point sa fille était encore plus jolie qu'avant. Germain adopta une attitude plus pudique, mais la joie était lisible dans ses yeux. Pendant ces quinze jours qu'ils passèrent ensemble, ils discutèrent beaucoup. Eugénie avait apporté des photos que lui avait prêtées Marcel, afin que sa famille puisse se faire une idée plus précise que par le dessin qu'elle leur avait envoyé. Elle leur apprit qu'à leur retour à Paris, ils s'installeraient dans un petit appartement de Montmartre, près de la pâtisserie.

— Ce ne sera pas bien grand, mais ça reste dans nos moyens.

Plusieurs soirées durant, elle évoqua les De Ferrière et la romanesque Marie-Rose. Ils rirent à gorge déployée quand elle leur raconta ensuite les gaffes de Georgette, qui s'établirait bientôt en Bourgogne avec Baptiste. Puis elle leur décrivit les conditions dans lesquelles vivaient Théodore et Antoinette. Le père en fut contrarié.

— Je te jure que je ne savais pas, répéta-t-il trois ou quatre fois, complètement atterré.

Le lendemain, juste avant le dîner, Germain entraîna sa fille sur l'un des chemins qui partaient derrière la ferme. Ils marchèrent un instant en silence sous le soleil déclinant, puis le père s'arrêta, l'air tout gêné.

— Bon, écoute, Ninie, je veux que tu saches que je ne suis pas sans cœur.

— Oh, Papa ! Je le sais bien.

Celui-ci passa une grosse main calleuse sur sa moustache.

— Quand je t'ai envoyée à Paris, je ne me doutais pas que ma sœur était à ce point tombée dans la misère. Si je l'avais su… Je voulais pour toi un avenir meilleur que ce que tu aurais eu si tu étais restée ici. Tu comprends ?

Eugénie inclina la tête, perplexe. Non, elle ne comprenait pas où il voulait en venir.

— Même sans cette histoire avec Jean, je crois que je t'aurais proposé de partir. Ce n'est pas bien drôle, de voir un enfant quitter le nid, mais j'ai toujours été convaincu que tu méritais ta chance. Et je ne me suis pas trompé. C'est une belle vie, qui t'attend. Il n'est pas très grand, ni très costaud, ton Marcel, mais enfin, il a le plus doux des visages, il faut en convenir.

Émue, Eugénie se jeta au cou de son père qui, n'ayant jamais été habitué aux effusions, lui tapota pudiquement l'épaule.

Blanche vint la voir pour les essayages de sa robe de mariée et elles refirent le monde, comme autrefois, chantant et dansant tout autour de la pièce, sous le regard attendri d'Augustine. À présent qu'elle était rentrée chez elle, Eugénie savourait chaque lever de soleil, chaque crépuscule. Le temps était encore doux et clair pour un mois d'octobre, et la jeune fille prit plaisir à aller ramasser des noix ou cueillir des mûres. La végétation offrait le plus magnifique des spectacles et semblait s'embraser, avec ses couleurs pourpre et orange vif. Loin de la ville, elle savourait enfin la sérénité de ses champs, cette paix qui, elle le savait, ne durerait pas.

Le jour du mariage, Eugénie retrouva Marcel, qui l'attendait près de l'autel. La veille, Gaspard était allé le chercher à la gare pour le conduire à l'auberge du village. Le futur marié jetait des coups d'œil nerveux vers la porte. Il avait pommadé ses cheveux avec soin et était très élégant dans son costume. Eugénie remonta l'allée centrale au bras de son père. Tous les regards étaient braqués sur elle, et surtout sur sa superbe robe blanche en dentelle qu'Augustine avait passé des heures à ajuster. Un voile de tulle retenu par une couronne de fleurs en satin recouvrait ses beaux cheveux châtains. Marcel eut bien du mal à camoufler son émotion. Après l'échange de leurs consentements, ils sortirent de l'église sous les acclamations. On les congratula de toutes parts. Les villageois, curieux, interrogèrent le marié pour savoir ce qu'il faisait dans la vie.

Une quarantaine de personnes se réunit pour festoyer dans la grange, qu'on avait décorée de guirlandes en papier crépon. Ce fut une soirée magique et magnifique. Un vieux sortit son accordéon et on chanta. Puis tout le monde dansa dans la cour, à la lueur des lampions. Les deux mariés, rompus mais heureux comme jamais, regagnèrent l'auberge pour une nuit qui s'avéra pleine de promesses. Ils s'explorèrent, se fondirent l'un dans l'autre et se donnèrent sans retenue, étonnés par leur désir qui se transformait en soupirs d'extase. Juste avant la naissance de l'aube, ils s'endormirent peau contre peau.

Le lendemain, Eugénie fit à nouveau ses adieux au village, qu'elle quitta à la fois comblée de bonheur et le cœur gros. Elle fondit en larmes lorsque Gaspard les déposa à la gare.

— Ne pleure pas, Ninie, sinon je vais m'y mettre aussi. La honte !

— Vous allez tellement me manquer !

Quelques minutes plus tard, le visage collé à la vitre du train, elle regardait la Touraine qui s'éloignait peu à peu. Tenant sa main dans la sienne, Marcel lui jura qu'elle la reverrait très vite, sa campagne. Son séjour lui avait paru si court ! Pourtant, elle savait que son père avait dit vrai : son avenir se jouerait à Paris. La petite boutique du père Rossignol n'attendait qu'elle et serait le théâtre d'une vie à construire

— Je ferai tout pour te rendre heureuse, ma chérie, lui souffla Marcel.

Alors, elle sécha ses joues et se pelotonna contre lui. Son mari.

21

Julia, 2013

Mon père leva la tête vers la pendule accrochée au-dessus de la porte.

— Il est plus de minuit, constata-t-il.

Déjà? Je n'avais pas vu défiler les heures! Afin d'étayer son récit, il était allé chercher le carton dans lequel Méline avait rangé les photos et vieilles lettres retrouvées au grenier. Avec émotion, j'avais découvert l'écriture ronde d'Eugénie, demandant à ses parents la permission d'épouser Marcel. Leur portrait avait disparu, sans doute rangé ailleurs ou égaré au fil du temps, mais cela n'avait pas entaché mon plaisir de tenir entre mes mains la feuille de papier jaunie, légèrement déchirée dans un coin, et d'autres, dans lesquelles elle racontait son quotidien. Ces lettres étaient de précieux souvenirs dilués dans l'encre.

Rattrapé par la fatigue, mon père commença à rassembler les photos éparses sur la table. Je me saisis d'un cliché sur lequel Eugénie tenait une fillette par la main. Toutes deux posaient face à la devanture de la pâtisserie montmartroise.

— La petite, c'est Suzette?

Il acquiesça.

— Elle a au moins six ans, sur cette photo, calculai-je à vue de nez. À partir de quand sont-ils revenus s'installer ici ?

— Dans les années trente, je crois. Ma mère était déjà adolescente.

— Alors, ils sont restés un moment à Paris. Ça n'a pas dû être simple pour Eugénie.

— Au contraire, elle a été heureuse. En tout cas, elle ne s'est jamais plainte auprès de moi. Elle s'est beaucoup investie dans la pâtisserie, quand ils étaient à Montmartre. C'est en partie grâce à Eugénie que c'est devenu une adresse incontournable.

Je hochai doucement la tête et l'aidai à ranger les dernières reliques de ce passé romanesque. Le parcours d'Eugénie, sa rencontre avec Marcel, la personnalité de Charlaine et celle de Marie-Rose… Cette histoire m'avait requinquée ! J'aurais voulu en apprendre encore et encore à leur sujet, mais mon père avait raison ; il était très tard et j'avais promis à Méline de l'aider le lendemain. Je m'endormis sur l'idée réjouissante que mon père et moi pouvions à nouveau nous adresser la parole sans que cela ne vire au pugilat. Il y avait encore du chemin à parcourir, mais ma mère aurait été fière de moi : j'avais en partie rempli ma mission.

Il était près de neuf heures quand j'ouvris les yeux. Les tourterelles chantaient non loin de ma fenêtre. En entrant dans la cuisine, je découvris mon père en train de s'activer pour préparer le petit déjeuner. Il avait allumé la radio, qui diffusait le dernier tube de Daft Punk, *Get Lucky*, et, à moins que je ne sois victime d'une hallucination, il se trémoussait sur la musique !

Il fit volte-face en m'entendant glousser.

— Ah, tu es réveillée. Je ne t'ai pas entendue descendre.

— Tu étais si bien occupé à travailler ton déhanché ! m'esclaffai-je. Ça sent le pain chaud, c'est normal ?

Le sourire aux lèvres, mon père déposa sur la table une miche tout juste sortie du four.

— Recette de ma grand-mère ! annonça-t-il en se rengorgeant.

Je clignai des yeux, surprise.

— Waouh ! J'ignorais que tu avais hérité de ce talent, toi aussi.

Il s'assit et me sourit.

— Non, c'est la seule chose que je sache faire. Pour le reste, il n'y a que deux héritiers : Alex et toi.

Ma bonne humeur prit aussitôt la poudre d'escampette. J'attrapai un bol dans le placard et me servis du café.

— Vous nous surestimez, déclarai-je en faisant référence au pacte que Suzette nous avait proposé, la veille.

— Tu dis ça parce que tu n'as aucun recul, pour l'instant. Moi, je trouve qu'il y a matière à réflexion.

J'aurai vraiment tout entendu...

Je me coupai un morceau de pain et tartinai un peu de beurre, qui imprégna la mie en fondant.

— C'est délicieux.

— Merci.

En silence, il scruta le fond de mes prunelles. Je sentais qu'il attendait que je rebondisse sur cette histoire de pâtisserie, que je lui laisse entrapercevoir une microparticule d'espoir. Ce dont j'étais incapable. J'avalai une gorgée de café pour me donner une contenance.

— Je ne me vois pas vivre ici, tu sais. En plus... Ben est revenu, terminai-je dans un murmure.

Le regard de mon père resta ancré au mien. Il ne souriait pas. Lui parler de Ben alors qu'il était à l'origine de notre séparation… Je n'aurais pas pu trouver mieux pour le braquer.

Bravo, ma fille. Tu as un don inné pour mettre les pieds dans le plat.

— C'est ce que j'ai entendu dire, oui, répondit-il simplement, avant de se lever.

Sidérée, je l'observai mettre une casquette sur sa tête et se diriger vers la porte qui donnait sur le jardin.

— Tu t'en vas ?

Un ange passa. De mauvais poil, l'ange.

— Je dois m'occuper du potager. Je te laisse débarrasser, quand tu auras fini ?

Sans un mot, je replongeai le nez dans mon bol. L'apaisement entre nous n'avait pas duré bien longtemps.

En début d'après-midi, je retrouvai Méline à l'heure convenue. Elle avait enfilé une salopette un peu trop grande pour elle, ce qui lui donnait un air juvénile.

— On dirait une adolescente ! dis-je en avisant sa tenue.

— Vu la poussière qu'il y a là-dedans, mieux vaut des vêtements qui ne craignent rien, me répondit-elle en sortant un énorme trousseau de clés de son sac.

Elle ouvrit la porte côté bar et je la suivis à l'intérieur. Les stores laissaient filtrer la lumière à travers leurs lames en plastique et je dus laisser mes yeux s'accoutumer à la demi-pénombre. Des particules de poussière flottaient effectivement un peu partout autour de nous. Méline m'annonça qu'elle comptait s'atteler à la chambre de ma grand-mère.

— Quand tu vas voir tout ce qu'elle a accumulé !

— Sacrée Suzette ! Je me doute que chaque objet a son histoire.

— Et les armoires en sont pleines, de ces histoires. On va pouvoir mettre les bouchées doubles.

Si le comptoir en zinc était toujours là, il n'y avait cependant plus aucune trace des tables et chaises bistrot d'autrefois.

— Ça fait vide, soufflai-je en balayant la salle du regard.

Malgré moi, j'essayai de m'imaginer cet espace transformé en pâtisserie. On pourrait garder le comptoir, pour le côté atypique, et y ajouter des vitrines afin d'exposer les gâteaux. Les murs auraient besoin d'être repeints et l'affreux carrelage devait être changé, mais si quelqu'un reprenait cet endroit, il pourrait en faire quelque chose de sympa. Il y avait même de la place pour une ou deux petites tables.

Bon sang, est-ce que j'étais réellement en train de me projeter dans une potentielle pâtisserie ?

— On attaque ? lança Méline, ce qui me força à revenir à des considérations plus concrètes.

La nostalgie me submergea quand je posai mon sac à main sur la vieille table de la cuisine. J'avais des souvenirs plein le cœur, ici. Le chocolat au lait avec la peau qui flottait à la surface et les biscottes craquantes des matins sans école, quand je dormais chez mes grands-parents le samedi soir. Les haricots que Suzette nous donnait à équeuter, à Alex et moi. Arthur, qui ne ratait jamais un épisode de *MacGyver* et avait installé une télé dans la cuisine pour pouvoir suivre sa série depuis le bar… Méline alla ouvrir la porte du fond, qui menait à l'étage. Je m'engouffrai après elle dans l'escalier et découvris que le petit salon avait été entièrement vidé, à l'exception des bibliothèques et du piano.

— Suzette nous a donné l'autorisation de le jeter, me dit-elle en désignant l'instrument. Ça ne va pas être une mince affaire de le faire sortir de la maison.

Le parquet craqua sous mes pieds quand je m'avançai dans la pièce. Ce piano avait toujours eu une fonction purement décorative. Si les gros bouquets de fleurs que ma grand-mère disposait autrefois dessus avaient disparu, il restait les cadres en étain recouverts de poussière, qui contenaient des vieilles photos de famille. Je laissai échapper une exclamation en reconnaissant mes arrière-grands-parents sur leur portrait de mariage.

— C'est vrai que Marcel n'était pas très épais, à cette époque, constatai-je en détaillant le cliché.

— La pauvreté et les privations de la guerre, me répondit distraitement Méline, en ouvrant les fenêtres pour aérer.

— Je sais. Papa m'a tout raconté. Je crois qu'il m'a davantage parlé en une soirée que durant toute ma vie, ajoutai-je en laissant traîner mes doigts sur les touches du piano désaccordé, qui émit un son pas très mélodieux en guise de protestation.

Ma tante se retourna vers moi avec un petit sourire.

— Je suis contente qu'il l'ait fait. Eugénie adorait lui transmettre ses vieilles histoires. Ton père était un peu son chouchou, précisa-t-elle, sans aucune animosité. Premier petit-fils, seul garçon…

— L'unique héritier mâle des Pâtisseries Rossignol, en somme ! clamai-je, amusée. Comment se fait-il qu'il ait choisi de devenir vétérinaire, d'ailleurs ?

— Parce que c'était sa vocation. Il a toujours aimé manger des gâteaux, pour sûr, mais les faire ne l'a jamais intéressé. En revanche, il ramenait sans cesse à la maison tous les animaux blessés ou errants qu'il croisait. Ça rendait ma mère complètement dingue…

Elle fit une courte pause, se remémorant quelque chose qui la fit rire.

— Un jour, il s'est pointé avec une couleuvre qu'il avait ramassée près de la rivière. Il la brandissait fièrement dans sa chambre. Si tu avais entendu les cris de Maman ! Les clients du bar se demandaient ce qui se passait.

— À le voir, on n'imaginerait pas ! m'esclaffai-je.

Un nouveau constat s'imposa alors : Suzette non plus n'avait pas repris le flambeau de la pâtisserie. En y réfléchissant, ça me paraissait plutôt étrange, car à l'époque, il était courant de faire perdurer l'entreprise familiale. Je fis part de mes pensées à Méline, qui m'apprit que les choses étaient plus complexes que cela.

— Après le mariage de mes parents, Marcel a embauché mon père, probablement dans l'idée qu'il prenne la suite. Mais comme tu le sais, il est mort peu après la Libération. Je pense que Maman n'a pas eu la force de se lancer là-dedans. Et puis, elle avait sa propre carrière…

— Sa carrière ? répétai-je, perplexe. Au bar ?

Voilà qui m'étonnait franchement ! N'avait-elle pas commencé à y travailler dans les années cinquante, après avoir épousé Arthur en secondes noces ?

— Mais non, rectifia Méline. Elle était cantatrice.

Il y eut un moment de flottement. Je ne me souvenais pas avoir entendu quiconque mentionner ce fait auparavant.

— Qu'est-ce que tu me racontes ?

— Ton père ne t'en a jamais parlé ?

Je secouai la tête, désarçonnée. Ma tante semblait s'en vouloir un peu.

— Remarque, vous n'avez peut-être pas eu l'occasion d'évoquer tout ça, reprit-elle. Suis-moi, je vais te montrer.

Elle m'entraîna alors dans la chambre de Suzette et se dirigea sans hésiter vers le secrétaire encombré de papiers. Elle en fit coulisser l'un des tiroirs.

— Où est-ce que c'est rangé ? l'entendis-je marmonner, tandis qu'elle fouillait dans le bazar amoncelé par ma grand-mère. Ah ! Je l'ai, regarde.

Elle me tendit une photo, sur laquelle une ravissante jeune fille posait à côté d'un homme plus âgé qu'elle. Elle portait un collier de perles ainsi qu'une robe en soie, qui laissait ses épaules dénudées, et semblait intimidée. Lui, chevelure plaquée en arrière et yeux de velours, esquissait un sourire de gendre idéal. Au dos, je pus lire : *Suzie Rossignol et Tino Rossi, mai 1938.* La surprise me cloua le bec durant quelques secondes.

— Merde, alors, murmurai-je en retrouvant enfin l'usage de la parole. Mamie cantatrice... et avec Tino Rossi !

— La photo remonte au début de sa carrière, me précisa Méline. Elle n'avait que dix-sept ans, mais elle était capable d'atteindre des notes incroyablement aiguës. Tino Rossi est venu un soir la féliciter en personne. Il était son idole ! C'est d'ailleurs la seule photo qu'elle ait conservée de cette époque.

Je lâchai une nouvelle exclamation.

— C'est épatant !

Ce que ne démentit pas ma tante, bien au contraire :

— Son talent lui a valu une renommée mondiale. Elle est allée jusqu'à se produire aux États-Unis.

Ma stupéfaction allait grandissant.

— Comment se fait-il qu'elle n'en parle jamais ? Ce n'est pas rien !

— Oh, tu sais, Maman appartient à une génération qui n'a pas appris à se contempler le nombril. Pour elle, le passé c'est le passé. Quand elle a mis un terme à sa carrière, en 1952, elle a tiré un trait définitif sur tout ça.

— Et à la place, elle est devenue patronne de bar, soufflai-je. Ça alors, c'est complètement fou.

— Elle souffrait de ne pas beaucoup nous voir, ton père et moi... Comme elle partait souvent, Marcel et Eugénie nous ont pratiquement élevés. Mais nous n'étions pas malheureux, loin de là.

C'était bête, mais jamais encore je ne m'étais interrogée sur l'enfance de mon père, avant que Suzette épouse Arthur. D'ailleurs, il n'y avait aucune photo de famille antérieure aux années cinquante. Je scrutai encore un instant le portrait, comme s'il allait me révéler un secret. La jeune Suzette y était émouvante, avec ses joues un peu rebondies, ses cheveux fins qui lui retombaient sur les épaules et ce regard qui m'était si familier, puisque je le croisais chaque jour dans le miroir. C'est vrai que je lui ressemblais un peu.

— Eh bien, dis-je en replaçant le cliché dans le tiroir, je ne pensais pas en apprendre autant sur ma famille. Suzette est une vraie cachottière, en fait !

Méline sourit, puis me désigna l'armoire calée contre le mur du fond.

— On ferait mieux de s'y atteler, au lieu de papoter.

Deux heures plus tard, le meuble était vide et les vêtements restants pliés dans des sacs que ma tante apporterait à une association. Sous une pile de draps, j'avais déniché deux disques microsillon, des enregistrements de ma grand-mère réalisés en public. Méline m'autorisa à les prendre avec moi. Nous récupérâmes nos affaires et, une fois le bar à nouveau fermé à clé, je frottai mes vêtements pleins de poussière et de toiles d'araignées. Me tournant vers la rue, je sursautai en avisant un vieillard qui nous fixait depuis le trottoir d'en face. J'aurais pu ne pas lui prêter attention, s'il ne s'agissait pas du vieil homme sur lequel j'étais tombée au supermarché, le jour de mon arrivée. Assis sur un banc, il nous toisait avec défiance, dans un silence hostile. Ma tante ne paraissait pas plus à l'aise que moi. J'étais sur le point de lui demander si elle le connaissait, quand le nonagénaire se leva et traversa la route pour nous rejoindre. Il se planta face à nous, nous dévisageant l'une après l'autre, de ses yeux noirs et perçants.

— Alors comme ça, petite, on rend visite à sa famille, me lança-t-il d'une voix enrouée.

Méline, d'ordinaire si avenante, eut un geste d'impatience.

— Il me semble que ça ne te regarde pas, André, rétorqua-t-elle sans aménité. Tu nous excuseras, mais nous devons y aller.

Le vieux bonhomme eut un rire sardonique

— Ah, ma chère Méline ! Tu passeras le bonjour à ta maman, dit-il avant de tourner les talons.

Je le regardai s'éloigner et tourner dans une rue adjacente. Ma tante siffla alors entre ses dents :

— Quel fumier !

— C'était qui ? demandai-je, interloquée de la voir dans cet état. Je l'ai déjà croisé en faisant les courses… En me voyant, il a marmonné que c'était le retour des ennuis, ou quelque chose du style.

Méline prit une lente inspiration.

— Maman s'est toujours méfiée de lui, me dit-elle de façon succincte. Il ne s'entendait pas avec mon père.

Alors, c'était tout ? On se regardait méchamment juste pour des inimitiés qui remontaient à plus de soixante-dix ans ? Incroyable !

— Donc, pour résumer, vous entretenez de vieilles rancœurs dont plus personne ne se souvient de l'origine. C'est bien ça ?

Mon analyse eut au moins le mérite de lui rendre son sourire.

— Dit de cette façon, cela peut paraître bizarre, mais en gros, oui, c'est ça.

— Vous menez quand même une drôle de vie, dans ce village, soupirai-je.

22

En rentrant chez mon père, je trouvai Colette en train de faire les cent pas devant la porte de la maison, dans un état d'agitation extrême.

Elle parut soulagée de me voir.

— Tout va bien ? la questionnai-je en passant le portail.

Je me doutais que la réponse avait peu de chances d'être positive, mais je ne m'attendais pas pour autant à ce qui allait suivre.

— Oh, Julia ! Tu arrives à temps, je ne sais plus quoi faire. C'est ton père…

Je sentis mon estomac se tordre.

— Quoi ? Qu'est-ce qu'il a ?

— Il a bu et…

— Nom de Dieu ! m'écriai-je en me ruant à l'intérieur de la maison.

Mon père était affalé sur le canapé, l'air complètement ahuri, et je remarquai aussitôt la lettre qui gisait à ses pieds. C'était celle que ma mère m'avait écrite. Je l'avais laissée sur mon bureau avant de partir… et apparemment il était tombé dessus.

Et merde !

Se rendant compte de ma présence, mon père redressa la tête. Ses yeux avaient un reflet vitreux caractéristique.

— Julia ! se mit-il à brailler d'une voix pâteuse.

Il ânonna ensuite une série de syllabes indistinctes. Affolée, je demandai à Colette, qui m'avait suivie dans le salon, ce qu'il avait bien pu boire.

— J'ai trouvé une bouteille de whisky dans la cuisine ! me répondit-elle, impuissante. Il a dû en acheter en douce pendant ton absence.

— Merde !

— Qu'est-ce qu'on va faire ?

— Le mettre au lit.

La voix de mon père s'éleva pour protester :

— J'veux pas dormiiiiir !

Je fis signe à Colette et nous le prîmes chacune par un bras pour lui faire monter l'escalier.

— Bon sang, ce qu'il a le souffle infect ! pestai-je en ouvrant la porte de sa chambre.

Une fois allongé sur le lit, il s'endormit instantanément.

— Je suis vraiment désolée, Colette, déclarai-je en la raccompagnant en bas. C'est ma faute, je n'ai pas été assez vigilante, je ne pensais pas que…

Elle se voulut rassurante.

— Allons, ne t'en fais pas. Les rechutes sont fréquentes chez les personnes alcooliques. On va veiller sur lui.

— Tu es arrivée au bon moment, la remerciai-je.

— Oh non… J'étais dans mon jardin quand ton père est sorti. Il tenait des propos incohérents, ça m'a mis la puce à l'oreille.

Colette se proposa de rester jusqu'à ce qu'il se réveille, mais je lui dis que ce n'était pas la peine. J'étais si déconfite par ce qui venait de se passer que j'avais besoin d'être seule. Je ramassai la lettre restée par terre dans le salon. Elle était humide des larmes de mon père et les miennes me montèrent aux yeux. J'aurais dû faire attention et ranger la feuille dans mon sac à main, comme d'habitude. À cause de mes conneries, il risquait de replonger dans ses travers. J'hésitai à envoyer un SMS à Méline, mais mieux valait ne pas l'alerter pour rien. J'aviserais quand mon père aurait recouvré les esprits. Résignée, je montai prendre une douche, puis me préparai une assiette de fromage avec des crackers. Je n'avais pas vraiment faim, mais il fallait bien que je passe le temps. Je n'avais pas envie de regarder la télé, encore moins de lire. Une heure s'était écoulée depuis que j'avais mis mon père au lit et ses ronflements me parvenaient de l'étage. Je pris finalement les disques trouvés dans l'armoire de Suzette et effleurai du bout des doigts son nom, inscrit en lettres dorées.

Suzie Rossignol. Un clin d'œil évident à la pâtisserie familiale.

La photo qui ornait la pochette était un portrait en noir et blanc, sur lequel elle posait en souriant. Et dire que je ne l'avais jamais entendue chanter autre chose que du Tino Rossi ou des airs qui passaient à la radio ! Prise d'une inspiration soudaine, je sortis mon portable de ma poche, décidée à faire quelques recherches. En tapant son nom de scène, je tombai immédiatement sur un site créé par des admirateurs. Soixante ans après la fin de sa carrière, c'était plutôt drôle que des gens prennent le temps de lui dédier une page ! Un extrait d'opéra ouvrait le site et j'eus des frissons en entendant pour la première fois cette voix d'une pureté divine, qui montait sans forcer dans les notes les plus aiguës… comme un rossignol ! Je lus la biographie en ligne :

Suzie Rossignol, née Suzette Carbolet, le 8 octobre 1921 à Paris, est une cantatrice soprano. Elle passe son enfance entre Paris et la Touraine. Très tôt attirée par le chant lyrique, elle est remarquée dès l'âge de douze ans par ses professeurs de musique et formée durant deux années au bel canto. Ses aptitudes vocales extraordinaires la conduisent à remporter un concours organisé par l'Opéra de Paris en 1937. Elle a alors seize ans et c'est la consécration. Signée par une maison de disques, elle donne un récital Salle Gaveau, ce qui marque ses débuts dans le music-hall. Suzie devient célèbre dans le monde entier, en atteignant des notes stratosphériques. De Los Angeles à l'Union soviétique, elle fait l'unanimité. Durant la Seconde Guerre mondiale, elle accepte même de chanter en Touraine, où elle réside, au profit d'œuvres sociales. Après la disparition soudaine de son mari, Max Lagarde, elle poursuit sa carrière jusqu'en 1952, avant de se consacrer à sa famille. On a ensuite perdu sa trace puisqu'elle a souhaité retrouver l'anonymat, hélas pour nous.

En haut, les ronflements cessèrent. Le plancher craqua, puis il y eut une espèce de son inarticulé. Je remontai l'escalier et ouvris doucement la porte de la chambre. Assis sur son lit, mon père serrait sa photo de mariage à pleines mains, comme s'il pouvait étreindre Maman et la ramener à la vie. Il semblait écrasé de douleur.

— Est-ce que tu veux un café ? lui proposai-je à voix basse.

Il ne me répondit pas. Je m'assis à côté de lui, cherchant les bons mots pour le réconforter.

— Tu es venue uniquement parce qu'elle te l'a demandé, n'est-ce pas ? lâcha-t-il avant que je n'aie pu ouvrir la bouche.

Prétendre l'inverse aurait été malhonnête de ma part. Cependant, je pouvais encore arrondir les angles.

— Oui, c'est vrai... Mais je ne le regrette pas. Maman a eu raison de me pousser.

— Elle avait souvent raison. Et moi, j'ai été trop con, déplora-t-il, les yeux embués. Je pense à elle tous les jours.

Je lui retirai la photo des mains avec précaution et la posai un peu plus loin.

— Je sais que la douleur de la perte peut nous dévorer, Papa. Mais il faut s'en accommoder, on ne vit plus sinon.

Ça me va tellement bien de dire ça !

Il renifla, sceptique.

— C'est la vérité, insistai-je.

— La vérité..., répéta-t-il en étouffant un sanglot. Tu veux savoir ? Elle écorche vif, la vérité. J'ai brisé notre famille pour une foutue infidélité ! J'ai tout gâché, tout.

Sa réaction me serra le cœur. Je ne devais surtout pas craquer et me mettre à pleurer moi aussi.

— Arrête de t'apitoyer, ça n'y changera rien. De toute façon, elle t'avait pardonné. Tu le sais, puisque tu as lu sa lettre.

Mon père secoua piteusement la tête.

— J'étais juste monté remettre un carton en place... Quand j'ai vu la feuille, sur ton bureau, j'ai tout de suite reconnu son écriture. Ça m'a fait mal. Tout me blesse autour de moi, Julia, le passé ne desserre jamais ses griffes.

— Laisse le passé là où il est ! C'est facile de se retrancher derrière cette excuse pour ne pas avoir à affronter le mal qui a été fait, répliquai-je vertement.

J'avais conscience de la dureté de mes paroles, mais il fallait que ça sorte.

— Tu m'en veux, constata-t-il.

— Un peu. Tu t'es détruit sans même avoir essayé de nous sauver.

Malgré mes bonnes résolutions, ma voix se brisa et j'eus bien du mal à rester forte. Mon père baissa à nouveau la tête, dans un abattement total. Ses doigts épais aux ongles craquelés trituraient le rebord de sa couverture avec nervosité.

— Ma propre défection m'a laminé, Julia, tu sais… Une fois qu'on s'est retranché en soi-même, on ne sait plus comment s'en sortir. J'imagine que c'est confortable, quand on est fait pour la solitude, mais moi, ça me broie de l'intérieur.

Je déglutis pour déloger la boule de tristesse dans ma gorge. Jusque-là, je n'avais pas mesuré tout ce qu'il avait traversé. Il nous avait fait beaucoup de mal, d'accord, mais de mon côté, qu'avais-je fait pour l'aider à aller mieux ? Rien. Absolument rien.

— Je suis désolée pour tout ça, Papa. Si je m'étais rendu compte de ton désarroi, j'aurais fait l'effort de venir plus souvent. Mais cette histoire avec Ben…

— Je sais, souffla-t-il. J'ai réagi comme un connard ce soir-là. Je le regrette sincèrement.

Je hochai la tête, soulagée. C'était tout ce que j'avais besoin d'entendre.

— Tu ne pensais pas ce que tu disais. Tu étais sous l'emprise de l'alcool.

Mon père cilla un peu, mais n'ajouta rien.

— Bon, dis-je en me relevant. Je présume que tu devrais te reposer. Je suis là, si tu as besoin. Mais ne t'avise surtout pas de te remettre à picoler.

Il me sourit un peu tristement et me toucha le bras pour me remercier. Un signe de détente entre nous. Je redescendis, le cœur noué d'émotion.

*

Le lendemain, je me proposai d'aller chercher du pain au bureau de poste. Mon père avait l'air d'aller mieux. Peu avant minuit, il avait grignoté un reste de poulet et du fromage, puis il était monté se recoucher. Il avait dormi comme une souche jusqu'à huit heures et m'avait jeté un coup d'œil penaud en me rejoignant dans la cuisine.

— Je suis désolé pour hier soir. Je ne recommencerai pas.

Je lui avais fait signe que ses excuses étaient acceptées. Mais, ce matin, j'avais besoin de prendre l'air. Au moment où j'allais sortir, mon téléphone me signala un appel de Méline. Ma tante m'annonça qu'il valait peut-être mieux que je ne vienne pas l'aider dans l'après-midi, Ben ayant prévu de passer. Avant de raccrocher, elle nous convia à dîner, le lendemain soir, mon père et moi, puisque je rentrais à Paris dans deux jours. Quelques instants plus tard, au lieu d'aller chercher directement le pain, je partis vers la sortie du bourg. Le fait d'avoir parlé de Ben avait réveillé ma curiosité, et j'avais envie de voir ce qu'il avait fait de La Mercerie. Arrivée à l'orée du bois, je garai ma voiture, puis empruntai à pied le petit sentier. Derrière moi, des vaches broutaient paisiblement dans un pré verdoyant. Le ciel était d'un superbe bleu sans nuages et les oiseaux s'interpellaient en voletant d'une branche à l'autre. C'était vraiment très agréable ! Finalement, je commençais à comprendre le choix de Ben de revenir dans la région.

J'embrassai du regard le paysage environnant, afin de m'assurer que je ne risquais pas de me faire prendre la main dans le sac. Personne en vue, seulement le bruissement des feuillages. Parfait. Je n'avais pas l'intention de commettre un acte illicite, bien sûr, mais je n'avais pas non plus envie de tomber nez à nez avec mon ex. Il devait déjà être chez ma tante, en train de travailler sur la pergola, donc la voie était libre. J'avançai encore un peu et repoussai une branche qui menaçait de me fouetter en pleine figure.

La demeure m'apparut après un dernier virage. Construite sur deux étages, elle tenait davantage du petit manoir de campagne que d'une villa. Sous l'effet du soleil, elle ne semblait pas aussi menaçante que dans mon souvenir. Au-dessus de l'escalier qui menait au perron, un auvent affaissé penchait dangereusement, mais à part ça, la maison n'était pas pas plus délabrée que ça. Le long de la façade, roses et jasmin s'entremêlaient dans une belle harmonie. À présent que ma curiosité était satisfaite, j'aurais dû regagner ma voiture, mais la grille en fer forgé était ouverte. C'était trop tentant ! Sans plus réfléchir, je pénétrai dans la propriété. Sous l'effet de l'adrénaline, mon cœur se mit à battre de façon désordonnée. C'était tout juste si je n'avais pas l'impression de faire partie du grand banditisme ! Puisque j'étais là, autant faire le tour du terrain ! Il s'étendait sur une sacrée surface, se prolongeant jusqu'à l'entrée des bois. Ces terres, je les connaissais depuis toujours, mais je ne m'étais pas encore aventurée si loin puisque j'en avais l'interdiction lorsque j'étais enfant. Je longeais un enclos de fleurs sauvages et de hautes herbes. En face, il y avait une grange à moitié écroulée. L'un des murs, percé d'une brèche, était envahi par les ronces. Les bribes du cauchemar que j'avais fait chez Méline me revinrent d'un coup et un désagréable frisson me parcourut les bras.

Ne sois pas stupide. Les maisons maudites, ça n'existe pas.

Je m'apprêtai à rebrousser chemin quand un aboiement me stoppa dans mon élan. Jetant un coup d'œil par-dessus mon épaule, je découvris le golden retriever de Ben… ainsi que Ben en personne, qui tenait son chien par le collier, bien que ce dernier n'ait absolument pas l'air méchant.

— Julia ?

Et merde, te voilà dans de beaux draps !

J'étais prise en faute et j'avais intérêt à trouver un prétexte très crédible pour justifier ma présence. Sauf que, manifestement, mon cerveau venait de court-circuiter. J'étais incapable de penser.

— Je… Euh… Désolée, je ne pensais pas que tu serais là.

Ben relâcha son chien, qui vint aussitôt enfouir son museau humide dans ma main.

— Salut, Simba ! croassai-je, tandis que son maître me dévisageait, l'air méfiant et tendu.

Je n'osais plus respirer.

— J'en déduis que tu n'es pas venue te faire offrir le café, prononça-t-il au bout d'une éternité.

Quel génie, bravo !

— Non… J'ai juste une forte propension à la curiosité, admis-je en grimaçant.

Ô miracle ! Les commissures de ses lèvres se relevèrent d'un bon millimètre. J'avais oublié à quel point ses yeux bleus pétillaient quand il souriait. En tout cas, ma tension artérielle y était toujours très sensible.

Reprends-toi, idiote ! Il t'a larguée comme une vieille chaussette.

Non mais, qu'est-ce qui ne tournait pas rond, chez moi ?

Au lieu de me virer de sa propriété, Ben reprit :

— J'aurais dû me douter qu'en à peine dix jours, tout le monde serait déjà au courant de mon emménagement.

— Tu ne peux pas leur en vouloir. Un tel événement, par ici, c'est rare.

Je m'interrompis pour désigner la maison du menton.

— Elle est moins sinistre que par le passé.

— Ça doit faire un sacré moment que tu n'es pas venue, alors. L'ancien propriétaire a effectué pas mal de travaux.

Je m'abstins de mentionner que je n'avais pas remis les pieds ici depuis l'année de notre rupture, très exactement. Je n'avais pas envie d'une confrontation, qui ne servirait qu'à faire remonter à la surface des choses douloureuses. Mais à mes yeux, cet endroit était associé à Ben et aux escapades de notre enfance, je n'y pouvais rien.

— Quoi qu'il en soit, c'est super que tu l'aies achetée ! lançai-je pour combler le silence qui menaçait de s'installer. Tu concrétises un rêve, non ? C'est une bien grande maison quand on est tout seul, mais…

Mais tais-toi ! Qui te dit qu'il vit seul, d'abord ?

— … Enfin, ce que je veux dire, c'est qu'elle te fascinait, quand on était gamins. Donc c'est logique, en fait.

Je me tus avant de m'enfoncer davantage. Ça commençait à devenir difficile, de parler toute seule, sans compter que Ben me regardait avec l'air de se demander si je n'avais pas égaré ma santé mentale quelque part dans les bois. Sa mine suggérait qu'il aurait préféré ne pas me trouver là, à fouiner autour de son terrain.

— Bon, eh bien, je vais te laisser, annonçai-je en esquissant un sourire forcé.

Il opina du chef, ne se donnant même pas la peine de me raccompagner jusqu'au portail. Je n'aurais su dire si j'étais soulagée ou déçue.

Quelques instants plus tard, je pénétrais dans le petit bureau de poste pour acheter du pain. Maud m'accueillit avec un grand sourire.

— Que ça fait du bien, cette bonne humeur ! ne pus-je m'empêcher de m'exclamer, après m'être assurée que nous n'étions que toutes les deux.

Elle se leva et fit le tour du guichet pour m'embrasser.

— Pourquoi dis-tu ça ? s'enquit-elle alors que je regrettais déjà ma réflexion.

Je balayai l'air d'un revers de la main.

— Oh, pour rien… Des soucis familiaux, rien de plus.

— Qu'est-ce que tu dirais d'aller boire un verre entre filles, en fin de journée ? me proposa-t-elle aussitôt. Antonin sera chez mes parents. Tu me raconteras tes malheurs, comme ça.

Je protestai, un peu gênée :

— Oh non, Maud ! Enfin, oui, ce serait cool de sortir, mais autant que ce soit pour passer un bon moment.

— Super ! On dit dix-huit heures ?

— Où ça ? demandai-je par simple réflexe.

— Je ne sais pas, Julia, il y a tellement de choix ! s'esclaffa-t-elle. Tu préfères les Champs-Élysées ou Rivoli ?

La stupidité de ma question me fit rire aussi.

— J'avais oublié… Il n'y a qu'un seul bar, ici.

Elle va me traiter de snob et je l'aurai bien mérité.

— Exact ! Le Paddock, énonça-t-elle avec entrain. Tu verras, ils sont très sympas.

J'acquiesçai, réjouie à la perspective de reprendre une vie sociale à peu près normale. Puis j'achetai le pain et pris congé.

Une heure plus tard, pendant le déjeuner, mon père m'informa que Colette était passée boire un café, ce dont je lui sus gré.

— Tu t'en vas après-demain, c'est ça ? voulut-il savoir.

J'acquiesçai. À vrai dire, je n'étais pas trop tranquille de le laisser après son coup de mou de la veille, mais j'essayai de me rassurer en me disant qu'il n'était pas tout seul. Colette et Méline veillaient.

— Oui, je partirai l'après-midi. J'ai rendez-vous avec le notaire vendredi, en fin de matinée.

Après quoi, j'avais prévu de déjeuner avec Aurélie, qui redoutait que je ne me sente pas super bien une fois les papiers signés. Mon père hocha la tête. Je n'arrivais pas à déterminer si ça l'intéressait vraiment ou s'il s'efforçait juste d'entretenir la conversation. Toutefois, il poursuivit :

— Qu'est-ce que tu vas faire, ensuite ?

Sa question me prit au dépourvu et me laissa comme un goût amer dans la bouche. À aucun moment je n'avais envisagé l'après. En venant ici, j'avais tout mis en stand-by, évitant avec un soin tout particulier de m'interroger sur l'avenir. Bien sûr, Suzette avait tenté de nous bousculer, avec son idée farfelue, mais je n'avais pas eu *la* fameuse révélation, comme ces héroïnes de romans capables de tout quitter du jour au lendemain pour refaire leur vie à la campagne. Apparemment, je n'étais pas faite de ce bois-là.

Je répondis d'un ton peu convaincu :

— Je vais reprendre un poste à la banque. C'est un emploi… stable.

Et ennuyeux. Et fade. Et ce n'est pas du tout ce que j'ai envie de faire, mais je n'ai plus tellement le choix.

— Si tu y trouves satisfaction, marmonna-t-il dans sa barbe.

Je passai l'après-midi plongée dans les vieux souvenirs d'Eugénie, lisant ses lettres avec passion. Après son mariage, elle avait directement pris ses fonctions à la pâtisserie, qu'elle décrivait comme une jolie petite boutique, que l'on dénichait à l'angle d'une rue pavée, après avoir gravi les nombreuses marches qui menaient à Montmartre.

« *J'ai suggéré à M. Rossignol de faire repeindre la devanture, car il est dommage que ce beau bleu s'écaille complètement. À part cela, Marcel réalise de très bons gâteaux, à me donner des complexes. Il manie le fouet et les spatules comme personne, j'ai parfois l'impression d'avoir épousé un virtuose. Il faut le voir, quand il travaille ses choux à la crème, il est aussi délicat que s'il s'agissait de ses enfants ! Les clients ne tarissent pas d'éloges et en redemandent.* »

Les lettres se succédaient ainsi jusqu'à l'année 1937. Il en manquait probablement dans le tas puisque j'en dénombrai une dizaine, seulement. Ce fut suffisant pour que je découvre que M. Rossignol, après avoir décidé de prendre sa retraite en 1926, avait proposé à Marcel de devenir le nouveau propriétaire de la pâtisserie. C'était grâce à lui et à Eugénie si les Parisiens se refilaient l'adresse, celle où l'on pouvait déguster les fameux choux Rossignol. Cependant, mes arrière-grands-parents ne possédaient pas la totalité de la somme nécessaire. Le père d'Eugénie, fier de cette réussite, leur avait prêté ce qu'il manquait. La réputation de la boutique étant faite, ils avaient conservé le nom de « Rossignol » sur l'enseigne.

Dans une autre lettre, il était question de Charlaine. Grâce aux relations de Marie-Rose, elle était devenue infirmière auprès d'enfants malades. Je lus à voix haute pour mon père :

« Je ne crois pas qu'elle se mariera un jour. Elle est dévouée corps et âme à ses petits patients et ne sort que pour nous rendre visite. »

— Charlaine est restée célibataire toute sa vie ? demandai-je, la feuille entre les mains.

Il me confirma que oui.

— Elle ne s'est sans doute jamais remise de son histoire avec Joseph, ajouta-t-il, pensif.

— Tu l'as bien connue ?

— Non, je n'en ai pas eu l'occasion. Elle est décédée jeune, d'une hémorragie intracrânienne à la suite d'un accident.

— Oh, quelle tristesse… Et son frère ?

À la mention de René, il eut un rictus amusé.

— C'était un vrai don Juan, celui-là ! Lui non plus, ne s'est jamais fixé, mais contrairement à Charlaine, il papillonnait d'une femme à une autre.

Ces découvertes étaient passionnantes. La vie de mes ancêtres était si différente de ce que j'avais imaginé !

— Je n'en reviens pas qu'Eugénie t'ait raconté tout ça. Quand on sait combien Suzette est si peu loquace sur le passé…

— Ma grand-mère en était le parfait opposé, se souvint mon père, le sourire aux lèvres. Quand elle se sentait d'humeur à bavarder, elle pouvait être un redoutable moulin à paroles. Elle adorait me parler du Paris de cette époque, elle me disait que tout ce qu'elle avait vécu là-bas lui avait forgé le caractère.

— Je veux bien le croire. Il faudra que je fasse un saut à Montmartre pour retrouver l'emplacement de la pâtisserie, tiens !

— Oui, ça pourrait être sympa, m'encouragea-t-il.

Je ne l'avais jamais vu autant sourire depuis mon arrivée. À l'évidence, il était ravi que je m'intéresse à nos racines, heureux de pouvoir partager cette histoire dont il était en quelque sorte le dépositaire. Je remis les lettres en place en réalisant que si je voulais être à l'heure à mon rendez-vous avec Maud, je n'avais pas de temps à perdre.

— Je monte prendre une douche, l'informai-je, en refermant la boîte.

— Tu dînes ici ?

— Oui, on va seulement papoter un peu entre copines. Je serai de retour vers vingt heures.

23

À l'heure convenue, je retrouvai Maud devant le bar à la façade recouverte de glycines. Mon amie était resplendissante dans sa robe bleue et blanche. À côté, je me fis presque l'effet d'une paysanne dans mon débardeur noir sans chichi et mon jean.

— C'est très joli ! dis-je en admirant le cadre.

— N'est-ce pas ? Le maire a visé en plein dans le mille, en voulant fleurir le village. Non seulement ça sent bon, mais en plus ça fait venir les touristes. On s'installe dehors ?

J'opinai du chef. Le soleil commençait à se cacher derrière le clocher de l'église, dont la silhouette se détachait sur un ciel qu'aucun nuage ne venait troubler. Il faisait encore assez bon pour profiter de la terrasse. Le patron, un homme dans nos âges dont la chemise laissait deviner des pectoraux bien développés, vint prendre notre commande. Je perçus un subtil changement de comportement de la part de Maud quand il s'adressa à elle. Elle redressa les épaules, mettant ainsi son décolleté en avant, et arbora un sourire XXL en demandant une bière.

— Je vous apporte ça, les filles !

— Merci, Nathan, répondit-elle, comme s'il venait de lui promettre la meilleure bière au monde.

Une fois le patron parti, je me tournai vers elle.

— Je me disais bien que cette petite robe, juste pour un verre entre filles, c'était quand même un peu sexy.

Maud éclata de rire.

— OK, tu m'as démasquée ! Mais avoue que Nathan est plutôt canon, ajouta-t-elle en baissant le ton.

— Si on aime le style fêtard, sûrement oui.

— J'adoooore le style fêtard, clama-t-elle avec exagération. Mais ne le répète à personne, surtout. Loïc fait tout un foin chaque fois que j'essaie de faire de nouvelles rencontres.

— Oh. Je croyais que c'était terminé depuis un moment, entre vous.

Elle souffla un peu tristement.

— Il n'admet pas que je puisse avoir envie de refaire ma vie. Dès que je rencontre quelqu'un, c'est toujours la même chose ; il me balance qu'il ne voulait pas me perdre, qu'il regrette, etc.

— Qu'est-ce qui cloche, chez lui, au juste ?

Je ne voulais pas être indiscrète, mais Maud semblait avoir envie de parler. Elle émit un soupir.

— Il a fait quelques conneries, par le passé. Disons qu'il est un peu trop influençable… Il s'est fait prendre à plusieurs reprises pour diverses magouilles, mais il essaie de rentrer dans le rang. Enfin, je crois. Il a trouvé un truc dans l'immobilier.

— Oui, c'est ce qu'il m'a dit, quand je l'ai rencontré au supermarché. Mais tu as le droit de voir d'autres hommes. Tu ne vas quand même pas le laisser t'en empêcher ?

— Non, évidemment… Mais il reste le père de mon fils, je ne peux pas non plus couper les ponts. Je suis convaincue que, quelque part, derrière la façade, il existe une meilleure version de lui. Même si elle est très enfouie.

Elle s'interrompit, Nathan nous apportant nos boissons.

— Vous êtes nouvelle dans la région ? me demanda-t-il.

— Pas vraiment, non. J'ai grandi ici. Mes grands-parents possédaient l'ancien bar, d'ailleurs, précisai-je en lui montrant du doigt la bâtisse située un peu plus haut, de l'autre côté de la place.

— D'accord. Je n'ai pas connu, ça ne fait que deux ans que je suis installé là. Maud, je passerai au bureau de poste demain, j'ai un colis à récupérer, fit-il en lui lançant un clin d'œil.

— Pas de problème, tu viens quand tu veux, répondit-elle avec un sourire sans équivoque.

Je vais peut-être les laisser tous les deux, ça devient chaud bouillant, là.

Toutefois, Nathan s'effaça en voyant arriver de nouveaux clients. Maud le suivit des yeux, puis revint à moi quand je lui fis remarquer que tous les signaux étaient au vert.

— Tu crois ? Ma condition de mère célibataire a tendance à faire flipper les mecs, en général, me confia-t-elle. Mais Nathan est divorcé et a un enfant, lui aussi. Alors je me dis que ça pourrait fonctionner, entre nous.

Je confirmai d'un hochement de tête. Contrairement à moi, Maud ne manquait ni de cran ni d'assurance. Si elle en pinçait pour Nathan, elle saurait mettre toutes les chances de son côté.

— Tu sais quoi ? Tu t'en fiches, de Loïc. S'il ne voulait pas te perdre, il n'avait qu'à te le prouver plus tôt.

— Bien dit ! approuva-t-elle en levant son verre pour trinquer. Et toi, les amours ?

— Ouh… Vaste programme !

— Tu n'as personne en vue ?

Je lui fis signe que non. Depuis ma rupture avec Ben, je n'avais pas réussi à construire de relation solide.

— Dès que ça commence à devenir un peu sérieux, je me rends compte qu'en fait le type n'a que des défauts et je ne le supporte plus. Chaque fois, c'est comme si je courais après des fantômes.

Maud répliqua d'un air malicieux :

— *Des* fantômes ? Moi, j'aurais dit *un* fantôme.

— Comment ça ?

— La façon dont Ben t'a quittée a dû être tellement traumatisante, Julia !

Je devais bien admettre que, sur le coup, ça avait été plus dur que quiconque n'aurait pu imaginer. Mais j'avais tourné la page.

— Cela fait presque quinze ans, c'est loin tout ça.

— L'un n'empêche pas l'autre. C'était beau de voir qu'avec vos retrouvailles, votre amitié avait évolué en amour, vous formiez le couple idéal. Et du jour au lendemain, cet âne bâté trouve le moyen de tout foutre en l'air.

Je fixai ma bière, espérant presque qu'elle réponde pour moi.

— C'est à cause de mon père qu'il a rompu.

Et si je n'arrivais pas à entretenir de relation longue durée, c'était aussi en partie parce que je redoutais l'inévitable moment des présentations à la famille.

Maud secoua la tête de gauche à droite.

— Je reste convaincue que Ben s'est caché derrière le comportement de ton père. L'amour est censé résister à ça, Julia. Et ce dont je suis sûre, c'est qu'il t'aimait.

— Peu importe. Tout ça appartient au passé. D'ailleurs, je l'ai croisé trois fois depuis que je suis ici et, comment te dire… Je crois qu'un missile nucléaire tombé dans son jardin lui aurait davantage fait plaisir.

— Tant d'années d'études pour être aussi con, franchement ! déplora-t-elle. Ah, les mecs !

Sa remarque nous fit rire toutes les deux. Elle me demanda ensuite des nouvelles de ma grand-mère.

— Après son AVC, ça nous a tous fait bizarre de ne plus la croiser dans le village. Tu te souviens, quand on étalait toutes nos Barbie au fond du bar, le mercredi après-midi ?

— Si je me souviens ! On avait ordre de faire le moins de bruit possible pour ne pas déranger les clients qui s'enfilaient leurs ballons de rouge en fumant clope sur clope. Et elle avait le coup de torchon facile.

Maud pouffa.

— De nos jours, les services sociaux débarqueraient pour moins que ça. Quand je vois toutes les recommandations aseptisées dont on nous bombarde pour élever nos enfants, j'ai limite l'impression d'être une rescapée.

— C'est ce que nous sommes, ma vieille ! Des rescapées des années quatre-vingt.

Je terminai mon verre avant d'enchaîner :

— Pour en revenir à ma grand-mère, elle semble se plaire à l'EHPAD. Elle ne marche presque plus, mais elle est toujours vive d'esprit. Tiens, tu ne connais pas la dernière : elle aimerait que mon cousin et moi ouvrions une pâtisserie à Cressigny !

Une flamme s'alluma dans son regard.

— Des gâteaux, quelle bonne idée ! s'exclama-t-elle. Moi, je vote pour en tout cas ; ça apporterait un plus à la communauté, ce serait…

Quitte à paraître abrupte, je l'arrêtai d'un geste de la main.

— Je n'ai pas l'intention de revenir vivre ici. Je repars après-demain, qui plus est.

— Quoi ? Oh, je suis déçue. Si tu savais le nombre de personnes qui me demandent quand est-ce qu'on aura enfin une boulangerie dans le bourg. Ça manque, tu sais. J'en déduis que tu as d'autres projets ?

— Non, pour l'instant je suis au point mort.

Chaque fois que je prononçais ces paroles, j'avais l'horrible sensation de n'être qu'une ratée.

— Qu'est-ce qui t'empêche d'essayer, dans ce cas ?

Prenant une grande inspiration, je fis de mon mieux pour lui expliquer les choses.

— Depuis tout ce qui m'est tombé sur la tête, je n'arrive plus à concevoir le moindre gâteau, je bloque complètement. Alors ouvrir une boutique, c'est au-dessus de mes forces. Encore plus avec mon cousin, qui passe son temps à me reprocher de ne pas avoir été plus présente.

Je poussai un soupir désolé.

— Je ne sais pas pourquoi je te raconte tout ça, m'excusai-je. Je déteste me plaindre.

Maud me lança un regard plein de douceur.

— Ça fait du bien de parler de ses problèmes. Parfois, ça permet même d'y voir plus clair.

Lorsque je rentrai chez mon père, une agréable odeur de cuisine me mit l'eau à la bouche.

— Tu as fait à manger ? lançai-je, à moitié ahurie.

Un tablier passé autour de la taille, mon père était en train de dresser le couvert. La pile de journaux qui encombrait la table avait disparu, si bien que la pièce paraissait plus claire.

— Côte de bœuf et gratin de pommes de terre, annonça-t-il fièrement. Tu préfères peut-être dîner dans le jardin ?

La nuit commençait à tomber et l'air se rafraîchissait.

— Non, ici ce sera très bien. Je… Waouh, excuse-moi, mais je n'en reviens pas.

Quelle mouche t'a piqué ? Tu as vraiment fait ça tout seul ?

— Ce sera notre dernier dîner en tête à tête, déclara-t-il gravement. J'avais envie de marquer le coup.

— Eh bien, c'est réussi. J'ai hâte de goûter tout ça, ajoutai-je en allant me laver les mains.

Dix minutes plus tard, nous étions assis autour de la table. La viande était parfaitement cuite et tendre, quant au gratin, il était gourmand à souhait.

— Je ne me souvenais plus que tu cuisinais aussi bien, dis-je en terminant mon assiette.

— Il a bien fallu que j'apprenne, si je ne voulais pas me nourrir exclusivement de soupes lyophilisées, plaisanta-t-il.

— Ça aurait été une honte vis-à-vis de la famille, répondis-je sur le même ton. À propos, je vais voir Suzette, demain. Est-ce que tu penses que je peux lui poser quelques questions sur l'époque où elle était cantatrice ? Méline m'en a un peu parlé.

Mon père secoua la tête, catégorique.

— Elle ne te dira rien. C'est une période qui reste trop douloureuse, pour elle.

— C'est dommage. J'ai vu sur Internet qu'elle a toujours des admirateurs. Ils lui ont même consacré un site, tu te rends compte ?

— C'est formidable, en effet, mais je t'assure qu'elle n'aime pas évoquer ça. Les rares fois où Méline et moi, plus jeunes, avons tenté de l'interroger sur notre père et sur la guerre, elle a occulté.

— La mort de son mari a dû être terrible pour qu'elle réagisse ainsi, réalisai-je.

— Certainement. Ses yeux rougissent encore, les rares fois où elle prononce son prénom. Pour Méline et moi, c'est plus simple, car on ne l'a pas connu.

— Mais vous n'auriez pas aimé en savoir plus ? insistai-je.

Mon père eut l'air de réfléchir.

— Oui et non. Les circonstances de sa disparition ne sont pas très claires, mais nous n'avons pas souffert du manque d'un père. Arthur a su s'y substituer, et Marcel avant lui.

— J'entends bien que c'était douloureux pour Mamie, objectai-je, mais de là à ne jamais évoquer le sujet…

— C'était comme ça, à l'époque. On vivait avec le poids des secrets, on ne parlait surtout pas de ces choses-là.

Il s'interrompit pour nous servir la salade et le fromage.

— Qu'est-ce que tu as l'intention de lui dire, demain ? voulut-il savoir.

Question piège. Il savait très bien que si j'allais voir Suzette, ce n'était pas pour lui annoncer ce qu'elle avait envie d'entendre. Mais visiblement, il avait besoin que ce soit formulé à voix haute.

— Il est probable que je l'informe qu'Alex et moi déclinons sa proposition.

Mon père soupira.

— Je présume que rien ne suffira à t'en dissuader ?

— Papa…, commençai-je avec impatience.

— Tant pis, se résigna-t-il. J'aurais fait tout mon possible.

À la façon dont ses épaules se voûtèrent, j'eus le sentiment qu'il faisait allusion à plusieurs choses en même temps. Il avait l'air si triste, tout à coup ! Le jour se fit alors dans mon esprit et mes yeux s'embuèrent de larmes.

Oh, Papa...

Je venais de comprendre que malgré sa maladresse et son côté rustre, malgré nos disputes et son alcoolisme qui avait ravagé nos relations, il voulait réellement que je m'installe ici. C'est pour ça qu'il m'avait parlé de Marcel et Eugénie et qu'il redoublait d'efforts. C'est pour ça qu'il avait mis tant de cœur à concocter ce dîner. Parce qu'il aimait l'idée de me savoir près de lui. Mon menton trembla d'émotion.

J'aurais aimé pouvoir me départir de mes doutes et lui dire que je restais, mais j'en étais incapable. Je m'en voulais de lui infliger cette peine, cependant, je ne pouvais pas faire autrement.

— T'en fais pas, je reviendrai vous voir plus souvent, lui promis-je, la voix écorchée.

24

— Tu as l'air fatiguée, ma chérie, constata Suzette lorsque je pénétrai dans sa chambre, le lendemain.

Fatiguée était un moindre mot pour décrire mon état. Sur le parking, mes jambes avaient carrément failli se dérober sous l'effet de l'anxiété. Je venais annoncer à ma grand-mère que j'allais la décevoir ; si cela ne faisait pas de moi un monstre, je devais sacrément m'en approcher.

— C'est sûrement l'air de la campagne, répondis-je en l'embrassant.

Cela dit, elle n'avait pas tout à fait tort. La nuit dernière, j'avais très mal dormi. Ma discussion avec Maud tournait en boucle dans ma tête, sans parler du sentiment de culpabilité que je ressentais à présent vis-à-vis de mon père. Dans mon sommeil, toutes ces pensées avaient fini par se télescoper. Tour à tour, j'avais eu des visions d'Eugénie vendant ses choux à la crème, puis de ma grand-mère, qui chantait devant un public conquis. Quelqu'un me poussait ensuite pour que je m'avance sur la scène, mais une fois au milieu, je me figeais, incapable du moindre mouvement. Le public, mécontent, scandait furieusement qu'il fallait me virer. Pour finir, comme si ce n'était pas suffisant, j'avais rêvé de Ben. Encore ce foutu cauchemar, dont je me serais bien passée, encore ce réveil au moment où j'allais me retourner pour découvrir ce qu'il y avait derrière moi. Mon subconscient commençait sérieusement à me fatiguer.

Suzette me désigna une chaise. Je ne pus m'empêcher de la scruter avec des yeux incrédules en songeant à ce qu'elle avait été autrefois. C'était presque comme s'il s'agissait d'une autre personne, mon esprit ne parvenait pas du tout à relier ma grand-mère à Suzie Rossignol.

— Assieds-toi, tu ne paieras pas plus cher, dit-elle pour entamer la conversation. Est-ce que tu es venue me faire part de ta décision ?

Quand je lui avais téléphoné ce matin, son ton réjoui n'avait laissé place à aucun doute : elle était persuadée que j'allais accepter sa proposition. De façon inévitable, j'allais plomber le moral d'une deuxième personne en moins de vingt-quatre heures.

Je lui adressai un sourire embarrassé.

— En fait, je pars demain. L'appartement de Maman est vendu et le notaire a besoin de moi pour signer les papiers.

Durant une fraction de seconde, elle parut déconcertée.

— Bon… Mais tu reviens, après ?

Mon Dieu… Il y avait tant d'espoir dans son regard ! Quels que soient les mots que je prononcerais, aucun ne serait bon.

— Eh bien, je… C'est compliqué, parce que…

Voyant que je m'embourbais, Suzette leva la main pour me couper la parole.

— Allons, ma chérie, je ne suis pas sotte.

Tu es minable, Julia.

Sans attendre ma réponse, elle reprit :

— Tu sais, il y a une chose que je n'ai jamais dite à personne.

Surprise, je redressai la tête. Je n'avais même pas conscience de fixer mes pieds, jusque-là.

— Ah oui ? fis-je d'une voix incertaine.

— Quand j'étais petite, et même des années plus tard, j'étais toujours très impressionnée de voir à quel point mes parents avaient le don de redonner le sourire aux gens grâce à leurs pâtisseries. Je me souviens des dimanches où il y avait la queue jusque sur le trottoir… Les clients se bousculaient pour que les choux à la crème de mon père figurent au menu du déjeuner dominical. Ces images et ces voix sont à tout jamais gravées dans ma mémoire.

Elle marqua une courte pause.

— Dès l'instant où Alex et toi avez développé des aptitudes pour la pâtisserie, je me suis mise à espérer secrètement qu'un jour, vous sauriez recréer cette magie. Entendre une nouvelle fois le petit carillon de la porte, admirer les belles vitrines et voir les visages béats des clients… Ça aurait vraiment ensoleillé mes derniers printemps.

Je déglutis, me maudissant intérieurement d'avoir brisé le dernier de ses rêves. Mais au lieu de lui expliquer pourquoi je ne me sentais pas capable de me lancer dans une telle entreprise, je fis dévier la conversation.

— Tu n'as jamais songé à devenir pâtissière, toi aussi ?

Mon ton était un peu trop enjoué pour paraître crédible. J'étais une piètre dissimulatrice. Je savais ce qui l'en avait empêchée, mais je voulais entendre sa version.

Suzette balaya ma question d'un revers de la main.

— À quoi bon ressasser le passé ? Ma vie a pris la tournure qu'elle devait prendre, c'est tout.

OK, elle se dérobait. Au moins, je savais à présent de qui je tenais mon don pour l'esquive.

— Moi, je trouve ça intéressant, protestai-je doucement. Évoquer le passé, ça m'a permis d'apprendre qu'Eugénie n'était pas juste une fille de ferme qui a épousé un pâtissier. Maintenant, je sais qu'elle était avant tout une jeune femme forte et pleine de volonté, qui a su tirer Marcel vers le haut et l'extraire de la zone.

Suzette me saisit les mains et plongea son regard dans le mien.

— Toi aussi, tu es forte et pleine de volonté, ma chérie. Je me doute que ton cousin et toi devez penser que je suis une vieille folle, mais ce que je vous ai proposé, j'y ai beaucoup réfléchi. Vous avez trente-quatre et trente-cinq ans, c'est un âge merveilleux où tout est encore possible ! Ce sont vos plus belles années qui commencent, le timing est parfait pour reprendre la place laissée vacante.

— Les temps ne sont plus les mêmes qu'à l'époque de tes parents, me défendis-je, de façon un peu molle.

Ma volonté première de lui opposer un refus net et catégorique faiblissait dangereusement. Et Suzette n'étant pas née de la dernière pluie, ce fait ne lui échappa pas.

— Vous avez peur, c'est normal compte tenu de vos situations respectives. Tu citais ma mère, tu sais ce qu'elle me disait, lorsque l'angoisse me paralysait ?

J'esquissai un geste d'ignorance et elle se mit à réciter, comme une comptine apprise sur le bout des doigts :

— « Vivre, c'est affronter la peur, Suzette. Alors, debout ! » Elle ne se laissait démonter par rien ni personne.

Je souris en pensant à ce petit bout de femme qui avait débarqué à Malakoff avec pour seuls bagages sa timidité et sa colère contre son père. Elle avait osé gifler le balafré, ce souteneur des faubourgs, dans le seul but de sauver la peau de Marie-Rose. La peur, elle l'avait affrontée plus d'une fois.

— Dans quelles circonstances t'a-t-elle dit cela ?

J'espérais que ma grand-mère laisserait échapper quelques indices sur les sujets qu'elle évitait d'aborder, mais je n'y croyais pas trop. Elle était coriace. Toutefois, elle se laissa un peu fléchir.

— C'était l'époque durant laquelle je me demandais où les gens trouvaient la force nécessaire pour vivre, fit-elle, pensive.

Je l'encourageai du regard, mais elle se ressaisit en une fraction de seconde et secoua la tête. La détermination qui brillait à présent dans ses yeux me rappela la Suzette qui brandissait ses torchons comme une menace quand nous lui désobéissions.

— Tu vas rentrer à Paris, et réfléchir encore un peu, déclara-t-elle. Je te donne le week-end pour ça. Si lundi, ce projet ne te tente toujours pas, alors j'accepterai ta décision.

— Marché conclu, lui répondis-je, pressée de clore la discussion.

C'était surtout pour lui faire plaisir, car de mon point de vue, c'était tout réfléchi. La seule chose qui me réconfortait était qu'elle ne m'avait pas laissé lui briser le cœur aujourd'hui. Mais ce n'était qu'une question de jours. Après un court silence elle ajouta :

— Je me console en me disant que la lettre de ta mère t'aura au moins permis de te rapprocher de ton père.

Après un quart d'heure, je la quittai plus confuse que jamais.

*

Je retrouvai mon père assis dans le jardin, face au champ de coquelicots. Ses doigts tapotaient nerveusement l'accoudoir de sa chaise et il semblait plongé dans ses réflexions. Je devinai à sa mine sombre qu'il s'était passé quelque chose.

Pourvu qu'il n'ait pas encore bu !

Redoutant déjà le pire, je m'avançai vers lui, ce qui lui fit relever la tête.

— Le dîner chez Méline est annulé, m'informa-t-il avant que j'aie pu l'interroger.

— Elle t'a donné une raison particulière ?

Les annulations de dernière minute ne faisaient pas partie des habitudes de ma tante et mon père avait l'air franchement soucieux.

— Alex et Tania se sont disputés... Tania veut partir.

Choquée, je restai un instant sans mots. J'avais bien saisi que la situation était tendue entre eux, mais je ne pensais pas que c'était à ce point.

— Alors, c'est vraiment grave ? soufflai-je en me laissant tomber sur une chaise.

— Tania est rentrée dans une colère noire quand Alex lui a dit que vous n'ouvririez pas la pâtisserie. Elle l'a traité de crétin fini, et toute la panoplie qui va avec.

— Merde... Et la pauvre Léo, qui se retrouve au milieu de tout ça !

Pour l'avoir vécu, je savais combien c'était dur pour un enfant de voir ses parents se quereller et atteindre le point de non-retour.

— Paul est sorti avec elle pour lui changer les idées pendant que Méline tente de recoller les morceaux.

Sans plus réfléchir, je tirai mon téléphone portable de ma poche.

— Qu'est-ce que tu fais ? s'étonna mon père.

— Je vais les appeler. Si je peux aider…

Il écarquilla les yeux.

— À ta place, je m'abstiendrais, Julia. Alex te tient pour responsable de tout ça.

Je bondis, manquant de faire valser mon téléphone.

— Pardon ?

— Il cherche un coupable, minimisa-t-il.

— Dans ce cas il doit être très heureux que je reparte ! criai-je malgré moi. Quel con, vraiment !

Mon père me sermonna, comme une enfant rétive.

— C'est de ton cousin que tu parles, Julia.

— Eh bien, ça n'empêche pas qu'il soit con, dis-je en tournant les talons.

En proie à la colère, je me dirigeai vers la cuisine et ouvris le réfrigérateur pour sortir une plaquette de beurre. Puis je dénichai de la farine dans un placard. Fulminant entre mes dents, je me mis à pétrir le beurre pour l'amener à température ambiante. Alex ne manquait pas de culot, merde ! À cette allure, il allait bientôt m'imputer les problèmes de famine et de climat, au lieu d'essayer d'arrondir les angles avec sa femme ! Je coupai machinalement le beurre en petits morceaux, ajoutai la farine, du sucre, un peu de sel et un demi-verre d'eau. Mélangeant l'ensemble pour former une boule, je ne vis même pas mon père entrer à son tour dans la pièce.

— Tu fais une pâte à tarte ? s'enquit-il, surpris.

Sa question me fit sursauter et je baissai les yeux sur mon plan de travail. Le résultat me laissa abasourdie.

— Apparemment, oui.

Depuis combien de temps est-ce que je n'en avais pas fait ? Maintenant que j'étais lancée, il était hors de question que j'abandonne en route.

— Est-ce que tu aurais des pommes ? murmurai-je.

Il me sembla apercevoir un vague sourire, mais je tenais à rester concentrée. J'avais presque peur de rompre le charme.

— Bien sûr, je vais t'en chercher, dit-il en souriant.

Sous les rayons flamboyants du soleil couchant qui inondaient la pièce, il m'aida à couper les fruits en fines lamelles et je les fis revenir avec un peu de vanille. Une fois la préparation prête, j'enfournai le tout et poussai un immense soupir, comme si je venais de réaliser l'ascension de l'Everest.

Une heure et demie plus tard, à la fin du dîner, mon père avalait sa deuxième part de tarte.

— Eh bien, siffla-t-il, tu devrais te mettre en colère plus souvent.

— Je ne comprends pas… Je n'y arrivais plus, pourtant.

— Tu es faite pour la pâtisserie, que tu le veuilles ou non.

Ma gorge se serra. Je savais très bien où il voulait en venir et je refusais de m'engager sur ce terrain-là.

— Méline m'a montré une photo de Suzette, l'autre jour, est-ce que tu penses que je pourrais passer au bar pour la récupérer, demain, avant de partir ?

Une ombre passa dans le regard de mon père, mais je m'efforçai de l'ignorer. Il finit par acquiescer.

— Oui, tu as le droit de prendre ce que tu veux, il n'y a pas de raison. Je te donnerai mes clés, tu n'auras qu'à les laisser dans la boîte aux lettres. Méline me les rapportera.

Je le remerciai puis montai préparer ma valise.

*

Le lendemain, ce fut avec des larmes plein les yeux que je me mis en route. Jetant un coup d'œil dans le rétroviseur, je constatai que mon père s'était avancé jusqu'à la grille pour regarder ma voiture s'éloigner. En proie à un sentiment de tristesse, je remontai en direction du bourg et me garai le long du trottoir, avant d'entrer dans l'ancien café. La tentation de m'adonner à la nostalgie était grande, mais je n'avais pas de temps à perdre. Aussi montai-je aussitôt dans la chambre. Si je ne me trompais pas, ce que je cherchais se trouvait dans le deuxième tiroir à gauche. Je le fis coulisser et laissai échapper un petit rire devant des babioles disparates et sans intérêt : un vieux cahier de comptes, quelques épingles à cheveux, des dessins d'enfants peuplés de bonshommes bâton et d'oiseaux en V, dont un signé « Thomas ». Un ancien camarade de mon père ou d'Alex, peut-être, car ce prénom ne m'évoquait rien. La pauvre Méline n'allait pas manquer de boulot, quand elle voudrait vider ce meuble. La photo était posée là où je l'avais remise la dernière fois, sur un annuaire téléphonique de 1981. Au moment où je voulus la ranger dans mon sac à main, les cloches de l'église voisine déchirèrent le silence ambiant en sonnant les deux coups de quatorze heures. Je sursautai et laissai échapper la photo, qui tomba sous le secrétaire.

— Quelle nouille ! lâchai-je pour moi-même, en me baissant sur le parquet pour la ramasser.

Une flaque de soleil avait réussi à s'infiltrer dans la pièce. En relevant les yeux, je remarquai une sorte de petite trappe fixée sur la face interne du meuble. Il fallait vraiment avoir les yeux dessus pour la voir et je ne pus m'empêcher de sourire en songeant à ces romans de détectives que je lisais quand j'étais gamine. Était-ce mal, si j'ouvrais cette trappe ? Peut-être que Suzette elle-même ignorait son existence.

Ouais, c'est ça, rassure ta conscience comme tu peux.

Bien entendu, je l'ouvris. En plongeant ma main dans la cavité, je priai toutefois pour ne pas tomber sur les restes d'un rongeur ou, pire, sur une araignée velue. À mon grand soulagement, mes doigts ne rencontrèrent qu'un paquet kraft, plutôt épais. Intriguée, je le sortis, et découvris un carnet emballé dans du papier de soie bleu. Sa couverture en cuir était maintenue fermée par une cordelette. Je restai un moment sans bouger, à examiner ma trouvaille du coin de l'œil. Que pouvait donc contenir ce cahier? Il n'y avait qu'un seul moyen de le savoir. Cédant à la curiosité, je l'ouvris à la première page. Une odeur de vieux papier m'assaillit et mes yeux se posèrent sur l'écriture légèrement penchée qui annonçait : *Journal intime de Suzette Carbolet.*

Comme prise en flagrant délit d'indiscrétion, je le refermai dans un claquement sourd. Si ma grand-mère avait tenu un journal, elle n'avait peut-être pas envie qu'on le découvre. Sinon, elle ne l'aurait pas caché. Et en même temps, l'écriture évoquait celle d'une adolescente, avec des ronds en guise de points sur les « i ». Il se pouvait qu'elle l'ait tout simplement oublié là, et si tel était le cas, ça pourrait être amusant de faire connaissance avec la jeune fille qu'elle avait été. Sans plus réfléchir, je rangeai le carnet dans mon sac, puis remis la trappe en place. L'heure avançait et je ne voulais pas arriver trop tard à Paris, au vu de la journée qui m'attendait le lendemain.

Longeant le trottoir pour retourner à ma voiture, je tombai nez à nez avec Ben. J'aurais adoré faire comme s'il était invisible, mais il m'avait vue, lui aussi. Fuir le passé était décidément une chose impossible, par ici.

Il s'arrêta pour me saluer.

— Je voulais justement te parler, me dit-il.

Allons donc, c'est la meilleure !

— Je suis un peu pressée, là.

— Je n'en ai pas pour longtemps, Julia. J'ai manqué de politesse l'autre jour, j'aurais pu te proposer de visiter la maison. Toi aussi, elle t'attirait, avant.

Je balayai l'air d'un geste de la main.

— Oh, ce n'est pas grave. Je n'avais pas à m'introduire comme ça, sur ton terrain, de toute façon.

— En tout cas, si tu veux passer, ça ne me pose aucun problème.

Je le considérai, quelque peu stupéfaite. Nous parler comme si nous n'avions été que de simples connaissances m'aurait paru moins bizarre.

— Je… En fait, je rentre à Paris, là. Maintenant.

— Oh. J'étais persuadé que tu étais revenue pour de bon, toi aussi.

— Non, j'avais deux ou trois choses à régler, rien de plus.

J'avais bien conscience des minutes qui défilaient, mais curieusement, j'avais envie de m'attarder. Je n'aurais su dire si c'était lié à l'odeur de son parfum chaud comme une promesse d'été, ou au fait qu'il me fixait avec un sourire en coin, mais je me sentis sur le point de vaciller. Et j'avais beau le reluquer sans retenue, son visage restait insondable.

— Bon, fit-il en se passant une main sur la nuque, je ne vais pas te retenir plus longtemps.

J'opinai en bredouillant quelque chose du genre « à bientôt ». Quelle empotée ! Heureusement, tout cela serait très vite derrière moi. Je repris la route, encore déconcertée. La Touraine et ses vallons s'effacèrent peu à peu, les kilomètres défilaient et je ne parvenais pas à me départir d'un sentiment déplaisant. Quelque chose me turlupinait et je savais que ce n'était pas entièrement lié à cette rencontre inopinée avec Ben. Était-ce la trouvaille du journal de Suzette ?

La fatigue et ces dix jours éprouvants y étaient sans doute pour beaucoup.

Au bout de quelques heures, Paris se dessina à l'horizon.

Seigneur, ces bouchons !

Revoir le périph et tous les véhicules collés les uns aux autres me fit un choc. Je n'étais pas partie longtemps, et pourtant, j'avais l'impression qu'il s'agissait d'une autre vie. Mon appartement me fit un peu le même effet. C'était vide, silencieux. J'ouvris la fenêtre pour entendre le bruit de la rue et me fis réchauffer un plat surgelé puisque j'avais la flemme d'aller faire des courses après ce long trajet. J'envoyai quelques textos pour prévenir que j'étais bien rentrée, allumai la télé histoire d'avoir un fond sonore, mais rien ne réussit à me distraire. À vingt-deux heures, étouffant un bâillement, je finis par aller me coucher. Malgré la fatigue, je ne parvins pas à m'endormir. J'appréhendais mon rendez-vous avec le notaire, je n'étais pas certaine d'être psychologiquement prête à clore le dossier de manière irrévocable. À admettre que Maman ne reviendrait jamais. Les pensées tourbillonnaient dans mon cerveau. Marcel et Eugénie me hantaient, eux aussi. Ils avaient beau ne plus être de ce monde depuis des décennies, j'avais le sentiment de les avoir trahis, en quittant Cressigny sans considérer davantage la proposition de ma grand-mère.

Le sommeil étant résolu à me fuir, je me levai et me préparai une infusion. Peut-être qu'un mélange vanille et fleur d'oranger, mon préféré, m'aiderait à me détendre. Je n'avais pas envie d'une nouvelle nuit de douloureuse introspection. L'air doux pénétrait dans la pièce par la fenêtre ouverte et je me dis qu'un peu de lecture ne me ferait pas de mal non plus. Posant mon mug sur la table basse, je tendis la main vers mon sac à main et sortis le carnet de Suzette, dans l'espoir d'y trouver un dérivatif. Je pourrais toujours le feuilleter un peu, et si jamais c'était trop intime, je n'irais pas plus loin.

Rassérénée par cette bonne résolution, je lus donc les premiers mots qu'elle avait inscrits :

10 octobre 1936

Cher journal,

Aujourd'hui, j'ai eu quinze ans. C'est Tante Marie-Rose qui m'a expédié ce carnet, elle l'a fait fabriquer exprès en Égypte ! Tu te rends compte ? En ÉGYPTE *! J'ai trouvé cela tellement excitant ! Dans le mot qui accompagnait son cadeau, elle m'a dit que je pouvais y noter tout ce qui me passerait par la tête, ajoutant que c'est ce qu'elle faisait quand elle avait mon âge. Maman a levé les yeux au plafond, quand je lui ai lu ça, c'était d'un comique !*

Ce soir, malgré tout, je suis triste, alors ça me semble être le bon moment pour écrire. Nous étions tous réunis autour du gâteau que Papa m'avait fait, quand on a sonné à la porte. C'était un télégramme. En le lisant, Maman est devenue si blanche que j'ai cru qu'elle allait s'évanouir. Il provenait de l'oncle Gaspard, de Cressigny...

25

Suzette, 1936

Assise en bout de table, Suzette souriait sans discontinuer. Théodore, Antoinette, Charlaine et René étaient venus fêter son anniversaire. Les conversations animées, le grincement des chaises, l'ambiance joyeuse, tout cela contribuait à son bonheur. Pour l'occasion, la jeune fille portait une jolie robe rose à col blanc et ses souliers vernis. Sa mère avait bouclé ses cheveux au fer et le résultat lui plaisait beaucoup. Toutes les chanteuses qu'elle admirait avaient cette coiffure. Si seulement elle pouvait leur ressembler, plus tard ! Mais M. Mancini, son maître de bel canto, n'avait de cesse de lui répéter que la vanité ne la mènerait nulle part. Elle peaufinerait son image une fois qu'elle maîtriserait son art, pas avant. Il se montrait intransigeant là-dessus. Suzette acceptait avec résignation et trompait son impatience en rêvant au moment où elle pourrait enfin monter sur une scène, face à un public. Chanter était ce qu'elle aimait le plus au monde.

Elle se tourna vers Charlaine, qui était en train de raconter à sa mère qu'elle avait commencé la veille un livre très intéressant.

— *Les Quatre Filles du docteur March*, dis-tu ? répéta Eugénie. Il me semble que Suzette l'a déjà lu. Je ne me trompe pas, ma Suzie ?

L'adolescente n'eut pas le temps de confirmer, car son père pénétra dans la pièce avec le paris-brest qu'il avait préparé. L'assemblée égayée par le vin entonna aussitôt un tonitruant « Joyeux anniversaire ».

— *Joyeux anniversaire, Suzette ! Joyeux anniversaire !*

La jeune fille éclata de rire lorsque Marcel tenta, en vain, d'imiter la voix d'un ténor.

— Heureusement que la petiote chante mieux que toi, le bougnat ! le railla Charlaine.

Un sourire moqueur lui plissait les yeux et Suzette se dit que la bonne humeur lui allait décidément très bien. La cousine de sa mère était d'une nature bougonne et autoritaire, mais elle appréciait ces réunions de famille dans le vaste appartement situé au-dessus de la pâtisserie. Il y faisait chaud et on s'y sentait bien.

— Souffle et fais un vœu ! lança Eugénie.

Suzette s'exécuta, espérant de tout son cœur que la destinée exaucerait son souhait de devenir une grande cantatrice. Antoinette lui ébouriffa les cheveux.

— Je parie que tu as pensé à un garçon !

— Le seul qui fait battre son cœur, c'est Tino Rossi, répondit Eugénie, d'un ton affectueux. Elle voulait qu'on lui fasse envoyer des choux, afin de l'attirer dans la boutique.

— Maman ! protesta Suzette, le rouge aux joues.

— Quoi ? répliqua celle-ci. Je ne serais pas fâchée d'avoir un client si prestigieux !

Marcel servit le gâteau. La jeune fille avala sa première bouchée avec gourmandise. Le paris-brest était son dessert favori et son père le réussissait à merveille. La couronne en pâte à choux était à la fois tendre et croustillante, quant à la crème mousseline pralinée, c'était un bijou d'onctuosité et de légèreté.

— C'est exquis, Papa !

Celui-ci lui sourit tendrement en retour. À coup sûr, ses copines allaient encore l'envier quand elle leur décrirait le gâteau. Qu'il s'agisse de Julie, Paulette ou Jeanne, chacune espérait pouvoir déguster l'un des fameux « choux Rossignol » quand elles venaient prendre le goûter avec elle. Suzette avait conscience de la chance qu'était la sienne. Sa mère lui avait raconté maintes fois qu'avec son père, ils avaient débuté au bas de l'échelle et que seul un travail acharné leur avait permis de gravir les échelons. Ils vouaient une reconnaissance éternelle au vieux M. Rossignol, décédé trois ans plus tôt, qui avait placé toute sa confiance en eux à l'époque où il possédait encore la boutique. On avait repeint la devanture, peaufiné la présentation des gâteaux et accueilli les clients comme s'ils étaient le roi d'Angleterre en personne. Marcel disait souvent, de l'admiration plein le regard, qu'il devait tout à sa femme et que c'était elle qui avait su faire de la Pâtisserie Rossignol une véritable institution. Ce à quoi Eugénie répondait, non sans rougir, que c'était pourtant lui qui faisait les gâteaux, et que par conséquent, elle n'y était pour rien. Aux yeux de Suzette, ses parents formaient le couple idéal, ils incarnaient l'image même du bonheur.

La voix éraillée d'Antoinette ramena Suzette au moment présent :

— Tiens, ma jolie, on a pensé à toi, dit-elle en lui tendant un petit paquet.

— Qu'est-ce que c'est ? voulut-elle savoir, inquiète à l'idée que sa grand-tante ait pu faire une dépense trop conséquente pour elle.

Depuis que la zone avait été rasée des années plus tôt, l'oncle Théodore et sa femme logeaient dans une HBM, ces habitations bon marché que l'on avait construites à la place. Frappé par les conditions dans lesquelles ils vivaient, Germain leur avait proposé de retourner vivre à Cressigny, leur promettant qu'il y avait de la place pour eux à la ferme. Offre qu'ils avaient obstinément refusée, arguant qu'ils n'étaient plus faits pour la campagne. Germain avait toutefois tenu à les indemniser pour avoir hébergé Eugénie quand elle était arrivée à Paris. Il leur avait fait parvenir un peu d'argent, avec lequel ils s'étaient acheté des meubles d'occasion pour leur nouvel appartement. Bien que son poste de cheminot lui aurait permis mieux, René avait emménagé près de chez ses parents. Comme l'avait souligné un jour Eugénie, il veillait ainsi à ce qu'Antoinette boive moins. Charlaine, elle, vivait à Ménilmontant, Ménilmuche, comme elle appelait ce quartier. Si son salaire d'infirmière restait modeste, il lui permettait toutefois de vivre correctement.

— Ouvre-le ce cadeau, tu verras bien ! souffla cette dernière à la jeune fille.

L'adolescente découvrit un joli bracelet d'argent.

— C'est de notre part à tous les quatre, précisa René.

Suzette les remercia avec émotion. Ce bijou, elle en rêvait depuis qu'elle avait vu Greta Garbo en porter un similaire, sur une photo. Ce n'était pas tout à fait le même bien sûr, sa famille n'en avait pas les moyens, mais il faisait parfaitement illusion.

— Tu deviens coquette, ma fille, fit remarquer Eugénie, pleine de tendresse.

— Tu l'étais autant à son âge, lui rappela Charlaine.

— C'est vrai, Maman ? voulut savoir Suzette.

Marcel opina avant que sa femme ne réponde.

— Le jour où je l'ai demandée en mariage, elle portait une superbe robe bleue que toutes les jeunes filles lui enviaient.

Il échangea un sourire complice avec Eugénie, qui concéda :

— Oui, j'ai toujours aimé m'habiller. Quand je vivais à la ferme, Blanche et moi rêvions devant les images de mode que nous parvenions à nous procurer. Mais ce n'était pas facile d'obtenir de nouveaux vêtements, à l'époque.

Elle s'interrompit pour tendre un paquet à Suzette.

— Tiens, ma chérie, c'est arrivé d'Égypte, pour toi.

Tout en joie, l'adolescente se mit à battre des mains.

— Oh ! Je suis sûre que c'est Tante Marie-Rose, qui me l'envoie ! s'écria-t-elle.

La jeune femme n'était pas sa tante à proprement parler, mais en tout cas, c'était ainsi qu'elle la considérait. Elle savait que sa mère avait travaillé comme aide-cuisinière chez les parents de Marie-Rose et que toutes les deux avaient noué une sorte d'amitié, bien qu'Eugénie ne s'était jamais résolue à la tutoyer et utilisait toujours un respectueux « Mademoiselle » avant d'employer son prénom. C'était si drôle ! Marie-Rose avait tout de même aidé Charlaine à devenir infirmière, et puis elle envoyait toutes ses relations amicales se fournir à la pâtisserie ! C'était Marie-Rose, encore, qui l'avait présentée à son maître de bel canto, un ami des De Ferrière, quand ils s'étaient rendu compte de ses prédispositions pour le chant lyrique. Elle en connaissait, du monde !

— Qu'est-ce qu'elle devient ? s'enquit Antoinette, en entamant une deuxième part de paris-brest.

Eugénie eut un sourire.

— Eh bien, son mariage tient toujours, et elle est sans cesse partie aux quatre vents. Je crois que c'est la vie dont elle rêvait, en définitive. Ses jumeaux viennent d'avoir huit ans.

Charlaine resta un instant songeuse, sa fourchette à dessert en l'air.

— Je sais que ça va bientôt faire dix ans qu'elle l'a rencontré, son archéologue, mais je n'en reviens toujours pas qu'elle ait fini par se marier, déclara-t-elle. Elle qui disait vouloir être libre…

— Elle l'est, je t'assure. Walter est aussi excentrique qu'elle et ça l'amuse de l'emmener avec lui sur les sites de fouilles. Il est exactement le genre d'homme dont elle avait besoin. Si ça peut te rassurer, Octavie ne s'en remet pas non plus.

— Elle est toujours en Lorraine ?

Eugénie acquiesça avec nostalgie.

— Oui, et je me dis que je ne la reverrai sans doute plus jamais. Elle verra grandir ses petits-enfants, au moins, même si elle me manque beaucoup…

— Regardez ! les coupa Suzette en brandissant son cadeau. C'est un carnet. Marie-Rose l'a fait fabriquer en Égypte pour que j'y écrive tout ce qui me passera par la tête. Elle dit que c'est ce qu'elle faisait quand elle avait mon âge, et que ça l'aidait à y voir plus clair dans ses tourments.

Eugénie leva les yeux au ciel dans une mimique digne des plus grandes tragédiennes. L'adolescente s'esclaffa.

— Oh, Maman ! Tu vas encore me dire que Tante Marie-Rose exagère toujours.

— Moi ? Mais pas du tout ! À défaut d'avoir eu une fille, elle te gâte outrageusement, c'est tout.

À ce moment-là, quelqu'un sonna. Marcel rouspéta en descendant ouvrir.

— Ce doit être quelqu'un qui n'a pas compris que nous sommes fermés aujourd'hui.

Lorsqu'il revint au bout de deux minutes, il tendit un courrier à sa femme.

— Un télégramme pour toi.

Suzette vit sa mère froncer les sourcils.

— C'est curieux, je n'attends aucune nouvelle.

Sous les regards attentifs de tout le monde, Eugénie décacheta le télégramme d'une main tremblante, comme si elle redoutait ce qu'il pouvait contenir.

— Oh, mon Dieu ! souffla-t-elle, tout à coup pâle comme un linge.

Marcel se précipita vers elle, la forçant à s'asseoir sur le canapé à fleurs. Elle semblait réellement sur le point de s'évanouir. Saisie d'un mauvais pressentiment, Suzette demanda de façon à peine audible :

— Que se passe-t-il, Maman ?

Eugénie posa des yeux hagards sur sa fille.

— Mon père a eu une crise cardiaque, annonça-t-elle d'une voix sans timbre.

L'adolescente eut aussitôt l'impression de recevoir un coup en plein estomac.

— Quoi ? Il est mort, lui aussi ? cria-t-elle.

Charlaine posa une main habituée à apaiser les autres sur la sienne. Mais les larmes perlaient déjà aux paupières de Suzette. L'an passé, c'était Pépé Carbolet qui avait quitté ce monde. Le père de Marcel était mort après une mauvaise chute dans les escaliers. Ses jambes l'avaient trahi une fois de plus, mais cette fois-ci, il n'avait pas eu le temps de se rattraper à la rampe. Cela avait été un grand choc pour Suzette, qui aimait beaucoup son grand-père. Tous deux étaient très complices, la naissance de sa petite-fille avait eu sur Armand un effet quasi salvateur. Très fier de son don inné pour le chant, il l'avait toujours encouragée dans cette voie. Suzette était l'une des rares personnes en présence de qui il acceptait de retirer la cagoule qui cachait ses terribles cicatrices.

— Non, ma chérie, il n'est pas mort, déclara Marcel après avoir lu le télégramme à son tour. Mais il doit rester alité.

Bouleversée, Eugénie secoua la tête.

— Il ne le supportera pas, je le connais.

*

Durant les mois qui suivirent, Eugénie effectua régulièrement des allers-retours entre Paris et la Touraine. Elle partait le vendredi et revenait le dimanche, chaque fois très affligée. L'état de santé de Germain n'empirait pas, mais, ainsi qu'elle l'avait redouté, ne plus pouvoir participer aux activités de la ferme le déprimait. Désormais, c'était l'oncle Gaspard qui gérait les affaires. Trois ans après le mariage d'Eugénie, celui-ci avait épousé Léontine, la fille cadette d'un agriculteur voisin. Germain avait agrandi la maison d'une pièce supplémentaire pour le couple et leurs futurs enfants. Hélas, au bout de treize ans d'union, la seule ombre à leur bonheur était justement leur incapacité à concevoir un bébé. C'était injuste, car Léontine était la plus adorable des femmes, travailleuse et attentionnée. Eugénie savait qu'avec elle, son père était entre de bonnes mains, mais elle s'en voulait de ne pas pouvoir en faire davantage.

— Si seulement je pouvais être plus présente ! déplorait-elle.

Pour la première fois, Suzette sentit naître une certaine tension entre ses parents. Des non-dits et des silences lourds de sens planaient entre eux. L'adolescente avait conscience que, d'une façon ou d'une autre, c'était lié à Cressigny, car sa mère poussait toujours d'affreux soupirs dès qu'elle rentrait à Paris. Très prévenant, Marcel faisait en sorte de l'accueillir avec un bouquet de roses ou du chocolat, mais il était évident que cela ne suffisait plus à lui redonner le sourire. Parfois, Suzette saisissait des bribes de conversations menées à voix basse, qui se terminaient par des chuchotements hystériques.

— Tu avais promis, pourtant ! entendit-elle un soir sa mère reprocher à son père.

Huit mois après la crise cardiaque de Germain, alors qu'ils étaient en train de dîner, Marcel suggéra à sa femme d'aller passer l'été à Cressigny en compagnie de Suzette.

— Cela vous ferait du bien à toutes les deux. En outre, ça te permettrait de passer du temps avec ton père, Eugénie.

— Mais la boutique ? protesta-t-elle. Il faut bien la faire tourner.

Marcel fit valoir que les trois employés qui travaillaient pour eux depuis sept ans étaient efficaces.

— Louison et Annette s'en sortiront très bien à la vente, et j'ai Maurice pour m'aider.

Eugénie ne répondit pas, suivant pensivement des yeux le trajet de la fumée de la cigarette de son mari.

— Je ne t'ai jamais vue prendre de vrai repos, Maman, plaida Suzette. Je trouve que c'est une bonne idée.

— Bon, eh bien, pourquoi pas, finit-elle par céder. Mais s'il y a le moindre problème, Marcel, jure-moi de m'appeler. Je rentrerai immédiatement.

Il promit et Suzette ne put retenir un cri de victoire. Elle aimait tant les étés à Cressigny ! De plus, Silvio Mancini voulant la présenter au concours de l'Opéra de Paris à la rentrée, elle se doutait que ces vacances, sûrement les dernières avant un bon moment, auraient une saveur particulière.

Gaspard les récupéra donc à la gare de Loches par un lumineux après-midi de début juillet. Elles le retrouvèrent sur le quai, où il fumait sa cigarette brune roulée à la main. Suzette sourit en voyant son oncle s'avancer à leur rencontre. Gaspard avait la plaisanterie facile et elle lui avait toujours connu une mine joviale.

— Ma parole ! siffla-t-il en tendant la main pour les soulager de leurs bagages. Vous comptez emménager à la ferme ? J'espère qu'il y aura assez de place dans la voiture.

La vieille charrette avait en effet été reléguée à la grange depuis quelques mois, au profit d'un véhicule fonctionnel acheté d'occasion.

— Il faut parer à toute éventualité, se justifia Eugénie, tandis que son frère entassait les valises dans la voiture. Et puis tu feras attention, il y a des assiettes dont on ne se sert plus à la pâtisserie. Léontine en aura sûrement l'utilité.

Gaspard esquissa une moue amusée et fit démarrer la voiture. Suzette ne mit pas longtemps à se rendre compte qu'il aimait pousser la vitesse à son maximum. Le tacot rebondissait à chaque ornière, ce qui la faisait hurler de rire. La jeune fille se cramponnait à sa mère pour ne pas valser de gauche à droite.

— Roule moins vite, enfin ! jura Eugénie. Tu vas finir par nous tuer !

— Ne t'inquiète pas, je la connais, cette route.

À ce moment-là, la voiture fit une brusque embardée pour éviter une poule qui se promenait en plein milieu du chemin.

— Ma vaisselle ! s'écria Eugénie, affolée.

— Bah elle est dans le coffre, répondit Gaspard, nonchalant, en adressant un clin d'œil à sa nièce.

Les rires de Suzette redoublèrent, au grand désespoir de sa mère. Quelques minutes plus tard, ils arrivèrent à bon port, sains et saufs. Pompon, le chien de la ferme, leur fit la fête en les voyant sortir de la voiture. L'adolescente lui flatta la tête, puis elle vit mémé Augustine et la tante Léontine qui attendaient sur le seuil. Elle se pressa pour embrasser sa grand-mère. Grande, blonde, les joues roses et un beau sourire aux lèvres, Léontine l'étreignit à son tour. Les deux femmes tombèrent d'accord sur le fait que Suzette avait grandi, depuis la dernière fois.

— Regarde-moi ça, ma Suzie, voilà que tu dépasses ta mère ! lança Augustine.

L'adolescente réalisa que cela faisait un an qu'elle n'était pas revenue.

— J'ai poussé d'un coup, en trois mois, s'enorgueillit-elle, elle qui avait longtemps été complexée par sa petite taille.

Eugénie lâcha un petit soupir.

— M. Mancini s'en est même inquiété, confia-t-elle à sa mère et à sa belle-sœur, il avait peur que cela n'affecte sa voix.

Heureusement, il n'en avait rien été et, deux ans après avoir entamé sa formation, Suzette était désormais capable de prouesses vocales dignes des plus grandes.

Une fois les valises déchargées du coffre, Augustine leur proposa de boire une citronnade. S'apprêtant à les suivre dans la cuisine, Suzette remarqua alors un garçon à la silhouette dégingandée qui sortait de l'étable. Ses cheveux châtains, en bataille, tiraient sur le roux. Intriguée, elle le regarda s'éloigner en direction de l'enclos aux cochons.

— C'est qui ? voulut-elle savoir.

Les autres étant rentrés, Eugénie tendit le cou dans la direction que sa fille lui indiquait.

— C'est vrai que je n'ai pas eu l'occasion de te parler de lui. C'est Arthur, Gaspard l'a embauché pour remplacer ton grand-père aux travaux. Il est un peu timide mais brave. Allez, viens, ne faisons pas attendre ta grand-mère.

— Oui, j'arrive tout de suite.

Suzette s'attarda néanmoins quelques secondes supplémentaires sur le perron pour respirer le parfum de son terroir. L'odeur si caractéristique des champs prêts pour le labour et celle, plus âcre, du fumier qu'on avait remué quelques heures plus tôt, se mélangeaient pour lui rappeler que c'était ici qu'elle avait ses racines. Bien qu'ayant grandi à Paris, elle s'était très vite montrée réceptive à cet amour de la terre qu'Eugénie avait su lui transmettre. Dès son plus jeune âge, elle s'était habituée à jouer avec Francine, la fille de Blanche, née la même année qu'elle. Les deux fillettes avaient fait leurs premiers pas ensemble, pieds nus dans les champs de blé. Suzette avait des souvenirs à la pelle avec son amie, notamment cette fameuse journée d'août, l'année de leurs six ans, quand Eugénie avait entrepris de leur couper les cheveux au carré, la frange aux sourcils. Un véritable désastre ! Les étés à Cressigny étaient également synonymes de rires sans fin. Si à Paris ses amies et elle adoraient aller au cinéma et dévorer *La Semaine de Suzette* – cela ne s'inventait pas –, l'hebdomadaire auquel Eugénie l'avait abonnée, ici elle prenait un certain plaisir à se promener dans la nature et cueillir des fruits à même les arbres en compagnie de Francine. Elles aimaient danser, aussi, Francine avait longtemps été obnubilée par cette chanson de Maurice Chevalier, *Dans la vie faut pas s'en faire*, qu'elles connaissaient toutes les deux sur le bout des doigts à force de l'avoir écoutée sur le gramophone de Blanche. Quand l'une parlait à l'autre de la vie parisienne, la seconde commentait par des mots issus du patois local. Comme leurs mères avant elles, l'éloignement n'avait jamais eu raison de leur amitié. Cette année, elles pourraient même se rendre ensemble au bal du 14 Juillet ! Suzette attendait l'événement avec impatience, sa mère lui ayant promis une nouvelle robe pour l'occasion.

La jeune fille prit une nouvelle inspiration, savourant son bonheur paisible d'être là. Puis elle se décida à rejoindre les autres à l'intérieur.

26

— Alors, est-ce que ça se passe toujours aussi bien avec Arthur ? demanda Eugénie, en trempant un biscuit dans son café.

Jusque-là occupée à observer une grosse abeille qui bourdonnait en se cognant contre la vitre, Suzette redressa la tête. Elle s'était réfugiée là, dans ce coin près de la fenêtre, après avoir embrassé son grand-père. Assis face à la porte ouverte qui donnait sur le jardin, ce dernier avait à peine réagi en voyant sa petite-fille. Il paraissait perdu dans la contemplation de la pelouse, d'un beau vert émeraude piqueté de pâquerettes. Suzette était attristée de le voir si inerte. Augustine avait bien essayé de la consoler en lui tendant un biscuit fait avec les œufs et le beurre de la ferme, mais sa douce saveur n'avait pas réussi à chasser la boule de chagrin qui lui obstruait la gorge.

La tante Léontine, qui s'affairait déjà aux fourneaux pour préparer le souper, répondit à Eugénie qu'ils étaient tous satisfaits d'Arthur.

— Il est très attachant, ce gosse. En quatre mois, il a bien assimilé ce que Gaspard lui a montré.

Augustine ajouta que Léontine s'était mis en tête de lui apprendre la lecture.

— Je ne sais pas si ça lui servira, renifla-t-elle, perplexe. Il a dix-sept ans, c'est peut-être un peu tard.

— Il n'est jamais allé à l'école ? s'enquit Suzette, interloquée.

Eugénie lui accorda un petit sourire.

— C'est un gamin de l'Assistance publique.

Suzette apprit avec effroi qu'il avait été abandonné à la naissance, sans doute par une fille-mère, comme dans la plupart des cas.

— Il a été déposé comme du linge sale dans un panier, à la porte de l'orphelinat à Loches.

— Et il n'a pas été adopté ?

Léontine lui indiqua qu'Arthur, à l'instar de bon nombre d'enfants comme lui, avait été placé de ferme en ferme depuis son plus jeune âge. Et il avait fugué à plusieurs reprises.

— Ces pauvres gosses sont sans cesse brimés. On les fait travailler comme des esclaves pour pas un sou ! Au moins, il est bien tombé avec nous. On ne le bat pas.

— Suzette n'a peut-être pas besoin d'entendre toutes ces horreurs, protesta Augustine.

L'adolescente poussa un soupir. Augustine avait tendance à l'infantiliser, ce qui avait le don de l'agacer.

— C'est bon, Mémé, je ne suis plus un bébé. Je sais que la vie n'est pas tendre avec tout le monde.

— Adresse-toi mieux à ta grand-mère ! la reprit Eugénie.

— Bah ! lâcha Augustine. Laisse-la donc, cette petiote ! On dirait toi au même âge… Pour en revenir à Arthur, il n'est pas malheureux ici, vrai ! La Léontine le gâte comme si c'était son petit. Faut la voir quand elle le ressert plusieurs fois à table. Il mange tout sans broncher. Pour sûr, il sait qu'il sera pas maltraité sous notre toit.

Suzette eut un regard plein de tendresse pour sa tante. Elle était comme ça, Léontine ; elle cajolait, s'inquiétait d'une toux suspecte ou d'une assiette pas terminée, elle rapportait toujours des cacahuètes grillées quand elle se rendait dans le bourg et la bordait dans son lit, les soirs d'été. C'était dans sa nature profonde et il était évident qu'elle reportait sur les autres toute l'affection qu'elle n'avait pas pu donner à un enfant, puisque la destinée en avait décidé autrement. Alors il n'y avait rien d'étonnant à ce qu'elle ait accueilli Arthur comme son propre fils.

*

Après le dîner, tout le monde monta se coucher, même Eugénie, qui prétexta être éreintée. Cependant, Suzette n'était pas dupe, elle avait bien vu l'étincelle d'inquiétude qui passait dans le regard de sa mère chaque fois que celle-ci scrutait Germain. N'étant pas particulièrement fatiguée, la jeune fille demanda la permission d'aller se promener un peu dans les champs.

— Il fait encore clair et j'aimerais voir le coucher du soleil.

Eugénie acquiesça, lui déposant un baiser sur le front.

— Bien sûr, ma Suzie, tu peux y aller. Moi, je suis trop épuisée pour t'accompagner, le voyage a été long. Tu ne rentres pas trop tard, promis ?

La jeune fille hocha gaiement la tête et prit son chapeau suspendu au crochet près de la porte, puis elle partit d'un pas léger sur la route de terre qui menait jusqu'à la rivière. Avant, son grand-père l'y emmenait pour pêcher le sandre ou la brême. *Pauvre Pépé !* songea-t-elle en s'asseyant sur un endroit plat et herbeux, au bord de la rive. Il avait surmonté les blessures d'une guerre terrible, ainsi que le lui avait raconté Eugénie, et voilà qu'il suffisait que son docteur lui interdise le moindre effort pour qu'il se laisse accabler. Quel gâchis ! Ôtant ses chaussures, Suzette trempa ses pieds dans le cours d'eau et se mit à réfléchir. N'y avait-il pas moyen d'aider son grand-père à aller mieux ? Qu'adviendrait-il une fois qu'elle serait rentrée à Paris ? La routine reprendrait vite le dessus. Ses parents avaient donné leur accord pour qu'elle se présente au concours de l'Opéra, c'était quelque chose qu'elle espérait depuis des années ! Pourtant, maintenant que l'échéance était proche, elle se sentait terrorisée à l'idée de se retrouver paralysée de trac au moment de chanter. Elle resta quelques instants face à la rive, jouant machinalement avec un brin d'herbe. Les rayons du soleil couchant flamboyaient dans des tons orangés, et ce spectacle si apaisant déclencha en elle la certitude qu'ici, en plein cœur de sa campagne, il ne pouvait rien arriver de mauvais. Au loin, les grenouilles entamaient leur concert nocturne, disputant la partie avec le chant des grillons. Seul le doux clapotis de l'eau leur faisait écho. Cressigny était un tel havre de paix !

— Qu'est-ce que tu fais là ?

Suzette se retourna dans un sursaut et découvrit Arthur, qui se tenait non loin d'elle. Durant le souper, elle n'avait pas pu s'empêcher de l'observer à la dérobée, se demandant à quoi il pouvait bien penser tandis qu'il mangeait en silence, tête basse. Un éclair de gourmandise était passé dans son remarquable regard bleu-gris quand Léontine avait servi les pâtisseries qu'Eugénie avait apportées dans une glacière, et, d'une voix qui manquait d'assurance, il avait marmonné un vague merci. À présent qu'il se trouvait seul face à Suzette, le garçon n'avait pas l'air beaucoup plus sûr de lui, même s'il semblait moins impressionné.

La jeune fille se releva et frotta le bas de sa robe. Les grands yeux d'Arthur étaient posés sur elle et il la regardait avec méfiance.

— Je prends l'air, et toi ? Tu ne devrais pas déjà être couché ?

— Si, mais je n'arrive pas à m'endormir tant qu'il fait encore jour.

Les mains enfoncées dans ses poches, il se dandinait d'une jambe sur l'autre. Suzette en conclut que soit sa présence le gênait, soit il avait une envie pressante. Cette dernière supposition la fit glousser.

— Qu'est-ce qu'il y a de drôle ? voulut savoir Arthur, le sourcil en accent circonflexe.

— C'est toi qui es drôle, déclara Suzette. On dirait que tu as envie de faire p…

Elle s'interrompit en entendant une voix féminine s'élever du sentier opposé :

— Arthur ? Tu es là ?

Le jeune homme donna l'impression de vouloir disparaître sous terre.

— Tiens, tiens ! le taquina Suzette. Aurait-on fait une conquête ?

Son visage se décomposa quand elle se rendit compte que la conquête en question n'était autre que son amie Francine. Celle-ci arrivait en gambadant, avec l'insouciance qui la caractérisait. Elle se figea néanmoins en découvrant Suzette, dont le regard passait frénétiquement d'Arthur à elle.

— Vous deux ? lâcha Suzette, sans parvenir à refréner son étonnement.

Elles avaient parfois échangé leurs impressions sur l'amour, sans trop savoir de quoi elles parlaient et en pouffant de rire. Il y avait eu des baisers volés et des amourettes innocentes, mais rien de plus. Francine avait même tendance à rougir dès qu'un garçon lui adressait la parole !

— Oh… Suzette, bredouilla cette dernière, aussi déconcertée qu'elle. Je ne savais pas que tu venais si tôt, cette année. D'habitude on ne te voit pas avant août.

Quittant son amie des yeux, elle chercha de l'aide dans le regard d'Arthur, mais celui-ci, penaud, se tenait en retrait des deux filles. Son attitude laissait penser qu'il était à deux doigts de prendre ses jambes à son cou. Suzette se ressaisit et esquissa un pas vers Francine pour l'embrasser.

— Je t'ai écrit hier pour te prévenir de mon arrivée, mais tu n'as pas dû recevoir ma lettre.

— Ah.

— Bien…, reprit Suzette, en tentant de mettre de l'ordre dans ses pensées. Je présume que vous attendez de moi que je vous laisse tranquilles, mais si je le fais et qu'il se passe des choses inconvenantes…

Elle marqua une courte pause, le temps de déglutir.

— Mon Dieu, je n'arrive pas à croire que je prononce ces mots, grimaça-t-elle. Mais vous comprenez que je dois au moins essayer de vous en dissuader ? Parce que si cela tournait mal pour toi, Francine, eh bien…

Suzette avait conscience qu'elle se ridiculisait, mais Eugénie avait tant insisté, en lui expliquant les risques encourus à accepter des rendez-vous secrets, qu'elle ne pouvait pas laisser son amie dans une situation compromettante.

— Je ferais mieux de rentrer, annonça Arthur, après un moment de blanc.

Il détala sans attendre en direction de la ferme.

Francine eut l'air aux abois.

— Tu es contente, j'espère ? demanda-t-elle à Suzette.

— Je ne voulais pas te froisser, Francine. Mais enfin, tu ne songes pas sérieusement à fréquenter Arthur, si ?

Il était évident que ses parents ne la laisseraient jamais se marier avec un garçon qui venait de l'Assistance publique. Francine soupira.

— Et pourquoi pas ? Il n'est pas laid.

— C'est surprenant de ta part. Tu sais très bien ce qui aurait pu arriver.

— Oh, je t'en prie, Suzie, ne me regarde pas avec ces yeux-là ! Je ne suis pas une *marie-couche-toi-là*.

Suzette secoua la tête, incrédule.

— Je sais que tu n'es pas une traînée. Mais permets-moi d'être surprise ; dans ta dernière lettre, tu me disais que tu avais des vues sur le fils de l'aubergiste…

— Corentin Hénault, confirma Francine. Oui, mais il n'arrive pas à se décider. C'est long, d'attendre.

— Pas si tu l'aimes vraiment.

La jeune fille ne connaissait rien d'autre à l'amour que ce qu'elle avait lu dans les romans conseillés par Tante Marie-Rose, mais il lui semblait que le comportement de Francine n'était pas très approprié.

— Et depuis quand est-ce que tu rejoins des garçons en cachette ? reprit-elle. Tes parents savent que tu es sortie, au moins ?

Francine baissa la tête, piteuse.

— J'ai raconté que j'allais retrouver Henriette…

— Francine ! s'offusqua Suzette.

— C'est la première fois, je te le jure ! Hier, Arthur a accompagné ta grand-mère au marché. Corentin passait sur la place… Alors pour le faire réagir, j'ai fait semblant de m'intéresser à Arthur.

— Et Arthur y a cru, devina Suzette.

— Eh bien, sans doute puisqu'il m'a proposé de le rejoindre ce soir. Mais je ne comptais pas me donner à lui, juste… Je ne sais pas, le laisser me courtiser. La vie est tellement ennuyeuse, par ici.

Suzette ne répondit pas. Elle était affligée par le comportement de son amie. Déçue, aussi, qu'elle puisse ainsi se jouer des deux garçons. Corentin, qui n'était que victime de sa timidité, et Arthur, qui risquait un renvoi pur et simple s'il compromettait Francine.

— Tu ne diras rien, hein ? demanda craintivement cette dernière, comme si elle lisait dans ses pensées.

— Tu as ma parole. Mais ne recommence plus jamais.

Soulagée, Francine l'embrassa sur les deux joues.

— Au fond, tu as raison, Arthur ne me plaît pas plus que ça, admit-elle.

Elles contemplèrent un instant le lit de la rivière sans rien dire, puis Suzette réalisa que la nuit était presque entièrement tombée. Si elle ne rentrait pas au plus vite, elle serait punie. Suzette prit donc congé de Francine. Tout en s'éloignant, elle réfléchit à ce qui venait de se produire. Qu'avait-il donc bien pu passer par la tête de son amie ? Auparavant, jamais elle n'aurait agi de la sorte. Comme elle l'avait elle-même souligné, peut-être qu'elle s'ennuyait au village, mais ce n'était tout de même pas une raison ! Si en plus cela venait à remonter aux oreilles des adultes… En descendant le chemin qui arrivait à la ferme, Suzette aperçut Arthur qui l'attendait au coin de la grange. La tante Léontine lui avait proposé un lit dans la maison, mais habitué à des conditions rudimentaires, l'adolescent préférait dormir dans la chaleur du foin.

Suzette s'arrêta à sa hauteur. Le garçon triturait nerveusement sa casquette entre ses mains, il n'allait plus en rester grand-chose s'il continuait ainsi. Il semblait si nerveux qu'elle eut pitié de lui.

— Ne maltraite pas ta *gâpette* comme ça, je ne dirai rien.

Il en parut aussitôt soulagé.

— C'est vrai ?

— Puisque je te le dis ! Ma tante est très attachée à toi, ça lui donnerait beaucoup de chagrin si elle devait se séparer de toi.

— Je sais, fit-il, embarrassé. Moi non plus, ça ne me plairait pas de devoir partir.

— Alors fais en sorte que ça n'arrive pas.

Elle n'aimait pas jouer ainsi les cheftaines, mais elle supportait encore moins de voir les gens malheureux. Avant d'aller se coucher, Suzette voulut s'assurer d'un dernier point :

— Est-ce que tu as des sentiments pour Francine ?

Arthur eut un mouvement de recul.

— Des sentiments ? répéta-t-il, comme s'il entendait ce mot pour la première fois. Ouh là, non, faut peut-être pas s'emballer. Elle est mignonne, mais je ne la connais pas plus que ça. Je voulais juste prendre du bon temps, moi.

La jeune fille lâcha un imperceptible soupir de soulagement. Arthur n'aurait pas le cœur brisé, c'était toujours ça. Après lui avoir fait jurer de ne pas déshonorer son amie, elle rentra se mettre au lit, l'esprit bien plus tranquille.

*

Le début des vacances s'écoula dans une relative sérénité. Francine et Suzette ne reparlèrent plus de l'incident. Francine passait ses après-midi à la ferme où elle écoutait Suzette s'entraîner pour son concours, comme le lui avait recommandé le sévère M. Mancini. Eugénie supervisait, récompensant sa fille en lui servant de généreuses parts de tarte aux fruits. Les vocalises de l'adolescente avaient d'ailleurs le mérite de tirer Germain de sa torpeur. À la fin, le vieil homme avait toujours le sourire aux lèvres et s'extirpait de son silence pour participer ensuite à la conversation, le soir, autour du dîner.

Les deux jeunes filles faisaient également de longues balades sur les chemins. Il n'était alors pas rare qu'Eugénie se joigne à elles, désireuse de retrouver les sentiers qu'elle avait arpentés durant sa jeunesse. Elle leur racontait des anecdotes sur son enfance et celle de Blanche, puis toutes les trois allaient nager, là où le lit de la rivière s'enfonçait dans une eau profonde. Personne ne venait jamais les déranger, c'étaient des moments joyeux. Il n'échappait pas à Suzette que sa mère semblait plus détendue qu'à Paris, bien qu'elle n'osât pas lui en faire la remarque. Si à la maison elle ne vivait que pour le bon fonctionnement de la pâtisserie, ici, Eugénie souriait à pleines dents et riait aux traits d'humour de Gaspard, en dépit de l'inquiétude qu'elle nourrissait pour son père. À l'évidence, ces vacances lui faisaient un bien fou.

Dix jours après leur arrivée, Augustine entra un matin dans la cuisine, au bord de la panique ; elle avait mal fermé les clapiers des lapins et une partie des bêtes s'était fait la malle. Ce fut aussitôt le branlebas de combat pour les retrouver : Eugénie se chargea du jardin et du potager, Gaspard et Léontine poussèrent les recherches dans les champs tandis que Suzette et Arthur fouillèrent les chemins et les prés adjacents. Tout en marchant, Suzette entreprit de faire la conversation. Elle posa des questions au jeune homme sur l'orphelinat et les fermes où il avait été placé. D'abord réticent, il finit par lui confier que c'était souvent l'enfer.

— L'année de mes onze ans, on m'a envoyé dans une famille qui avait déjà cinq enfants. On ne me donnait que des restes à manger et les aînés me frappaient.

Suzette eut un regard d'effroi.

— Mais c'est terrible !

— C'est pour ça que je me suis sauvé. Certains encaissent sans broncher, mais moi je refuse, expliqua-t-il, la mâchoire crispée.

La jeune fille le regarda, navrée. Ces mauvais traitements expliquaient son attitude réservée et méfiante. Il était gentil, pourtant. Elle assistait parfois aux leçons de lecture que lui donnait Léontine, et force était de constater qu'il faisait son maximum pour s'appliquer et ne pas la décevoir.

— On ne t'a pas renvoyé chez eux, au moins ? voulut-elle savoir.

— Non, les bonnes sœurs ont bien vu les bleus sur mon corps. Et puis j'avais beaucoup maigri.

Il se perdit dans un silence méditatif, avant de reprendre :

— Mais bon, ce n'est pas pour ça que c'était mieux ailleurs. Même les chiens sont mieux traités que nous… Depuis que je suis dans ta famille, c'est la première fois de ma vie que je me sens bien quelque part.

Il s'interrompit en repérant un lapin et fit signe à Suzette de garder le silence. Avançant à pas de loup, il bondit pour attraper la bête apeurée, qu'il brandit triomphalement en la tenant par les oreilles.

— Oh, arrête ! supplia la jeune fille. Ça me fend le cœur !

— Faut pas être sensible comme ça. Tu seras bien contente de manger le civet de ta tante.

Elle se cacha les yeux, s'attendant presque à ce qu'il écorche le lapin devant elle.

— Tais-toi, c'est ignoble !

Ils trouvèrent deux autres lapins, qui se débattirent autant que le premier. Chaque fois, Suzette était au bord des larmes. Sur le chemin du retour, Arthur lui coula un regard tout à coup presque timide.

— Si tu chantais, ça les apaiserait peut-être.

— Je ne crois pas, non, répliqua-t-elle.

Plusieurs fois Suzette avait aperçu Arthur qui traînait près de la fenêtre alors qu'elle s'entraînait. Elle n'avait pas su définir s'il était curieux ou s'il aimait simplement l'entendre. Eugénie lui avait défendu de le questionner à ce sujet, redoutant de le brusquer.

— Ce pauvre garçon n'a pas connu beaucoup de joies dans sa vie, alors si ça lui fait plaisir de t'écouter, laisse-le donc, il ne fait rien de mal.

Suzette hésita quelques secondes, mais, incapable de résister, elle l'interrogea :

— Est-ce que ça te plaît, ce que je chante ?

Se doutant qu'il n'avait jamais eu l'occasion d'entendre du chant lyrique auparavant, elle n'aurait pas été étonnée qu'il ne se montre pas réceptif.

— Tu as une jolie voix, lui répondit-il. Et tu montes très haut… Qu'est-ce que ça doit être quand on te contrarie !

Cette réflexion la fit rire.

— Détrompe-toi, au quotidien je dois préserver ma voix. Pas question de crier pour un oui ou un non.

— Mmmh, fit-il pensivement. Tu sais ce que je trouve dommage ? Je ne comprends rien aux paroles.

Suzette s'esclaffa à nouveau, puis comprit qu'il était sérieux. Elle lui expliqua alors ce qu'était l'opéra, qu'elle avait découvert grâce à Marie-Rose – celle-ci l'avait un jour emmenée voir une représentation de *La Flûte enchantée* de Mozart.

— Les chanteurs réussissaient à émouvoir le public rien qu'avec leurs cordes vocales. *L'Air de la reine de la nuit* m'a subjuguée. Ce soir-là, j'ai su que je voulais devenir soliste et me produire sur scène. J'en avais les larmes aux yeux tant cette certitude brûlait en moi.

— C'est beau, ce que tu dis.

— Il faut le voir, pour le comprendre, déclara-t-elle avec flamme. Moi, c'est ma raison de vivre. Un jour, Arthur, je t'emmènerai à l'Opéra.

— Bah dis donc ! siffla-t-il. Faudrait peut-être pas oublier que je ne suis qu'un *drôle* de la campagne, moi !

Ils rirent encore tous les deux et cette mini-battue signa le début de leur amitié. Le soir même, Arthur fixa ostensiblement Suzette quand le plat de viande fut servi, ce qui n'échappa pas à la jeune fille.

Mon Dieu, pas du lapin, je vous en prie ! pensa-t-elle.

— Qu'est-ce que c'est ? demanda-t-elle, le cœur au bord des lèvres.

— Bah enfin, ma fille ! répliqua Eugénie. Tu ne sais plus reconnaître du poulet ?

Arthur étouffa un rire et Suzette fut si soulagée qu'elle pouffa à son tour.

Le surlendemain, c'était le tant attendu bal du 14 Juillet. Francine devant s'y rendre avec ses parents, Suzette avait convenu de la retrouver sur place. Très impatiente, elle se mit donc en route avec Eugénie, Léontine, Gaspard et Arthur, qui avaient eux aussi envie de se distraire. Comme tout le monde ne logeait pas dans la voiture, il fut décidé d'y aller à pied. La fête se déroulait à moins de trois kilomètres, en contrebas du bourg, sur un grand terrain près de la rivière. Dès leur arrivée, Suzette repéra Francine. On se scinda aussitôt en petits groupes. Eugénie, Léontine et Blanche filèrent s'asseoir sur les chaises disposées autour de la piste de danse, tandis que Gaspard et Paulin, le père de

Francine, se dirigèrent vers la buvette pour retrouver des copains. Arthur, lui, se fit un devoir de chaperonner les jeunes filles. Toutes les deux dansaient en observant les adolescents de leur âge. Entre les filles qui en faisaient trois tonnes et s'esclaffaient à gorge déployée dans le seul but de se faire remarquer, et les garçons qui tentaient des approches maladroites, c'était vraiment comique. Elles dénombrèrent au moins une gifle, deux ou trois pieds écrasés et un chignon défait. Et des dizaines de rires qui fusaient, soulignant à quel point l'on s'amusait et l'on était heureux de faire la fête sous les drapeaux français. Francine, au comble du bonheur, dansa avec Corentin. De son côté, Suzette accepta de tournoyer sur *Qu'est-ce qu'on attend pour être heureux ?* avec le Grand Lulu, comme on surnommait le fils du charpentier. C'était un gentil garçon, mais il avait grandi trop vite et transpirait abondamment. Pendant deux minutes, il n'arrêta pas de lui répéter qu'elle était belle et Suzette fut soulagée quand elle put enfin retirer sa main de la sienne, dont la paume était moite et collante. Un peu plus tard, Francine s'indigna quand Mathurin Lesage, qui portait mal son nom, lui mit la main aux fesses. Prenant très à cœur son rôle de protecteur, Arthur dut s'interposer trois fois.

— Il faut dire que vous êtes ravissantes, mes chéries ! s'exclama Léontine, quand elles vinrent relater leurs aventures. Les garçons ne s'y trompent pas.

Elles portaient en effet de jolies robes d'été à encolure drapée, qui leur descendaient en dessous du genou. C'était Eugénie qui les leur avait offertes le jour où elles s'étaient rendues toutes les trois au magasin de nouveautés, à Loches. Suzette avait choisi la sienne dans un ton vert qui flattait son teint délicat et faisait ressortir ses prunelles ambrées, tandis que Francine, avec ses cheveux bruns et sa mine naturellement hâlée, portait le bleu roi à merveille. Toutes deux avaient agrémenté leur chevelure d'une couronne de pâquerettes qu'elles avaient confectionnée la veille. Elles attiraient tous les regards.

— Vous devriez danser avec Arthur, les encouragea Eugénie. Depuis tout à l'heure, il se démène pour éloigner les mauvais garçons.

Suzette lui accorda un fox-trot. Arthur ne sachant pas danser, ce furent trois minutes d'un interminable fou rire aussi bien pour l'un que pour l'autre. À la fin du morceau, la jeune fille s'immobilisa tout à coup sur la piste. Elle réagit à peine quand l'orchestre entama le *Voulez-vous, madame* de Tino Rossi. Ses yeux venaient de se poser sur le plus beau garçon qu'il lui ait été donné de voir. Il était grand, brun, et son regard était du même bleu que celui d'un ciel d'été. Adossé à un pilier près de l'estrade, il discutait avec ses amis, inconscient de l'effet qu'il produisait sur elle. Figée au milieu de la foule, Suzette était clouée sur place, indifférente aux autres danseurs qui la bousculaient. Se sentant fixé, le jeune homme regarda alors dans sa direction et lui adressa le plus merveilleux des sourires. Son cœur se mit à battre follement. Dans ses veines, son sang coulait plus vite que jamais.

Quelqu'un la saisit soudain par le coude, et elle pivota, irritée d'être ainsi dérangée. C'était Arthur.

— Bah alors, tu es plantée là depuis bientôt cinq minutes ! Ta mère a cru que tu ne te sentais pas bien.

Suzette voulut ramener son regard sur le bel inconnu, mais celui-ci n'était plus là.

— J'ai… J'ai vu un garçon, bafouilla-t-elle, en se laissant entraîner vers les chaises.

Arthur ne put s'empêcher de ricaner.

— Des garçons, il y en a à la pelle, ce soir.

— Tu ne comprends pas, répondit-elle, agacée.

Eugénie voulut savoir ce qui se passait, mais Suzette refusait d'évoquer son trouble devant sa mère.

— Tu t'es laissé tourner la tête, ma chérie ? insista néanmoins Eugénie. Tu peux m'en parler, c'est normal à ton âge.

Blanche renchérit en parlant de l'inclination de Francine pour Corentin. Ulcérées, les deux adolescentes se décalèrent afin de s'éloigner de leurs mères. Suzette tendit le cou pour tenter d'apercevoir à nouveau l'inconnu. Hélas, il semblait s'être évaporé.

Elle essaya de décrire le jeune homme à Arthur et Francine. Son amie esquissa une moue dubitative.

— À mon avis, ce gars vient d'un autre village, ou bien tu l'as rêvé, parce que ça ne me dit rien. Il paraît que notre bal est le meilleur des environs…

Francine se mit alors à disserter sur la soirée. Suzette sentait une terrible frustration la gagner. Elle était certaine que ce garçon était bien réel, elle ne pouvait pas l'avoir imaginé. Tout son corps était encore fébrile de cet échange de regards.

— Je vais rentrer, déclara Arthur en étouffant un bâillement. Il est tard et je dois être debout aux aurores.

Suzette avait envie de rester pour retrouver son inconnu, mais elle vit que sa mère se levait déjà elle aussi. Un peu déçue, elle se redressa à son tour et dit au revoir à Francine et ses parents, non sans avoir jeté un dernier coup d'œil à la piste. Hélas, il n'y avait plus la moindre trace du garçon.

Sur le trajet du retour, Eugénie continua à discuter avec son frère et sa belle-sœur, tandis qu'Arthur marchait un peu plus loin devant eux. Suzette resta silencieuse ; elle était incapable de s'expliquer pourquoi un seul contact visuel avait suffi à la faire chavirer à ce point. Mais ne devait-elle pas se résigner ? À la fin du mois d'août, elle rentrerait à Paris et se consacrerait entièrement au chant. Au fond, ce n'était sans doute pas plus mal que ce jeune homme ait disparu dans la foule. À quoi bon se torturer l'esprit pour un garçon qu'elle ne reverrait jamais ?

27

Le mois d'août s'annonça chaud et sec. Suzette se languissait. Une sensation étrange lui donnait l'impression que le temps s'étirait à l'infini. Elle aurait voulu qu'il se produise quelque chose de décisif, sans trop savoir quoi exactement. Rien ne parvenait à captiver son attention plus de quelques minutes et elle se traînait comme une âme en peine, cueillant des fleurs ou ramassant des baies au gré de ses promenades. Elle écouta avec attention les confidences de Francine lorsque celle-ci lui annonça d'un ton extatique que Corentin lui avait déposé un chaste baiser au coin de la bouche, mais elle ressentait un curieux mélange d'ennui et d'envie. Rien d'exaltant ne lui arrivait, à elle ! Arthur et Gaspard passaient leurs journées aux champs. Léontine les aidait et même Eugénie, un large chapeau de paille enfoncé sur la tête, avait retroussé ses manches et accomplissait ses tâches avec ferveur.

— Comme au bon vieux temps ! disait-elle, le sourire aux lèvres.

Pour se distraire, Suzette disputait des parties de petits chevaux ou de crapette avec ses grands-parents, mais elle étouffait. Le soir venu, avant de monter se coucher, elle allait se réfugier dans le jardin, pour lire sous les rosiers. La fenêtre de sa chambre donnait juste au-dessus. Assise sur une chaise en fer, elle se laissait emporter par l'histoire de *Consuelo*, cette héroïne de George Sand, une jeune cantatrice vénitienne envoyée en Bohême. Arthur prit l'habitude de là rejoindre et, à sa demande, elle lui fit la lecture à voix haute. Tous deux se passionnèrent pour les péripéties de Consuelo à travers l'Europe du XVIIIe siècle et pour son amour contrarié par le fossé social qui la séparait de l'homme aimé.

— J'espère qu'un jour je saurai lire aussi bien que toi, lui dit Arthur, un soir.

Suzette ressentit une immense bouffée de sympathie. Ce garçon était doté d'une telle volonté !

— Tu progresses beaucoup grâce à Léontine, fit-elle remarquer. Si tu veux t'entraîner, je te laisserai mon livre quand je repartirai.

Arthur eut un mouvement de surprise gênée.

— Mais… Il est à toi, bredouilla-t-il. Pourquoi ferais-tu ça ?

La jeune fille se souvint qu'il n'avait sans doute jamais reçu le moindre cadeau de sa vie.

— Il était à ma mère, et avant elle à ma Tante Marie-Rose, répondit-elle. Ça me fait plaisir de le transmettre à mon tour à un ami.

Arthur baissa pudiquement la tête.

— C'est que je n'ai rien à te donner, moi, marmonna-t-il.

Suzette se pencha pour rencontrer son regard.

— Ton amitié me suffit, Arthur.

Malgré tout, la jeune fille trouvait toujours le temps long. Elle appréhendait les repas, où il n'était souvent question que de cet agitateur nazi qui dirigeait l'Allemagne. Quinze jours plus tôt, il avait fait brûler des milliers d'œuvres qu'il ne jugeait pas conformes à sa vision des choses.

— Il va nous mener droit à la guerre ! s'emporta Germain, un soir.

Suzette leva les yeux au ciel, excédée. Hitler, toujours Hitler ! L'été était magnifique et eux n'avaient que ce nom-là à la bouche.

Gaspard s'essuya avec sa serviette.

— Allons, tu vois tout en noir ! Hitler est fou à lier, c'est indiscutable, mais une guerre, tu y vas un peu fort.

La mine sombre, Eugénie secoua la tête.

— Il est assoiffé de pouvoir. Tu verras que Papa ne se trompe pas.

Augustine soupira avant de les réprimander :

— Vous n'avez pas des choses plus agréables à évoquer ? La guerre, c'était hier, et croyez-moi, je n'ai pas envie de revivre ça.

Germain protesta dans sa barbe :

— Ce n'est pas parce que tu n'en as pas envie que ça ne va pas arriver.

— Ce n'est pas mon affaire ! Et puis, t'as entendu ce que t'a dit le docteur, faut ménager ton cœur. Donc t'as pas besoin de causer de ça.

Eugénie admit que sa mère avait raison. Inutile de remuer des choses douloureuses. On changea de sujet pour commenter les derniers faits et gestes des villageois. Telle maison s'était vendue pour une bouchée de pain, tel vieillard perdait les pédales… Le père Mareuil agrandissait son café, qui allait désormais faire épicerie, puisque les Frémont partaient en retraite et qu'il n'y avait personne pour prendre leur suite. Ces banalités déprimaient Suzette. Son inconnu du 14 Juillet lui trottait encore dans la tête. Le souvenir de ses yeux si bleus rivés aux siens suffisait encore à lui couper le souffle, elle en rêvait même la nuit. Cela avait-il duré une seconde ou bien une éternité ? Elle se maudissait de penser encore à lui, c'était si absurde ! Pourtant, plusieurs fois, elle s'était surprise à minauder devant la glace, relevant ses cheveux pour observer son profil et tenter de paraître davantage femme. Hélas, elle s'était trouvée plus ridicule qu'autre chose. Faire du charme n'était pas dans sa nature.

— Oh, tu as entendu ça, ma Suzie ? s'exclama tout à coup Eugénie.

La jeune fille sortit de sa rêverie. Sa mère semblait au comble de la joie.

— Quoi ?

— J'en connais une qui était dans la lune, railla Gaspard.

— Elle ne pense qu'à son concours de chant ! affirma Augustine, donnant sans le savoir une excuse toute prête à sa petite-fille.

— C'est vrai, concéda Suzette. Ça m'angoisse un peu.

Arthur, qui n'était pas dupe, lui lança un regard moqueur auquel elle répondit en faisant les gros yeux. Puis elle reporta son attention sur sa mère.

— Donc, Maman, tu disais ?

Enthousiaste, Eugénie reprit :

— Le vieil Edmond Vallet cède sa boulangerie. Il faut absolument que j'en parle à ton père, depuis le temps qu'on envisage l'ouverture d'une seconde boutique !

Suzette sentit quelque chose s'effondrer en elle.

— Ici ? demanda-t-elle d'une faible voix. Sa mère acquiesça avec vigueur.

— Ce serait formidable, non ?

La jeune fille hocha la tête sans grande conviction. Elle avait tellement hâte de rentrer et pouvoir reprendre le cours de sa vie qu'elle avait du mal à se réjouir. Et puis, elle ne voulait pas quitter Paris alors qu'elle était si près de toucher à son but !

Le lendemain, Eugénie téléphona à Marcel tôt dans la matinée. Suzette, qui était en train de terminer son petit déjeuner, n'entendit pas les réponses de son père, mais le sourire de sa mère s'effaça au fil de leur conversation.

— Mais je croyais qu'on était d'accord !... Comment ça, trop tôt ?...

Eugénie poussa un long soupir, puis reprit :

— Non, Marcel, je t'assure que c'est l'occasion ou jamais. Nos affaires ne se sont jamais aussi bien portées...

Elle s'arrêta une seconde, paraissant retenir son souffle. Après quoi, son visage refléta la plus cruelle des déceptions.

— Promets-moi au moins d'y réfléchir. Tu ne peux pas fermer la porte comme ça !

Lorsqu'elle raccrocha, Eugénie était au bord des larmes. Suzette se mordit la lèvre. Voir sa mère aussi bouleversée lui brisait le cœur.

— Oh, Maman, je n'aime pas que tu sois triste ! déplora-t-elle, inquiète.

— Ça va aller, ma Suzie. C'est juste que les hommes sont parfois si têtus !

Les jours suivants, la jeune fille constata qu'Eugénie avait l'air de porter un lourd fardeau. Elle ne parlait pas beaucoup, mais faisait en sorte que leurs promenades quotidiennes durent un maximum, regardant les paysages verdoyants avec nostalgie, comme si c'était la dernière fois qu'elle les voyait. Un après-midi, elle s'arrêta face à la rivière, et soupira avant de murmurer :

— Il n'a pas idée de la peine qu'il me fait...

Si Eugénie pensait que Suzette ne l'avait pas entendue, cette dernière comprit que sa mère faisait référence à Marcel. Le bonheur de sa famille était-il en péril ? Le soir même, depuis sa chambre où elle était montée pour écrire dans son journal, l'adolescente surprit les bribes d'une conversation entre sa mère et Léontine. Les deux femmes discutaient dans le jardin, à la fraîcheur du crépuscule, près des rosiers qui embaumaient l'air.

— Il finira par se ranger à ton avis, disait la tante Léontine.

Intriguée, Suzette tendit l'oreille.

— Ça m'étonnerait, déplora Eugénie. Au téléphone, il fait comme si cette discussion n'avait jamais eu lieu.

— Il lui faut peut-être du temps. Les hommes ont souvent besoin de croire que les idées viennent d'eux, pour les accepter.

Eugénie renifla.

— Quoi qu'il en soit, ça me chagrine de devoir rentrer à Paris sans avoir tenté de saisir l'occasion. Quand on s'est mariés, il m'avait laissé entendre qu'un jour nous reviendrions dans le coin… J'y ai cru, tu sais.

— Tu n'es pas si mal que ça, à Paris.

— Non, bien sûr, admit Eugénie. Mais je me sens incomplète. Ça me plaît de m'investir dans la pâtisserie et d'élever Suzie, ne te méprends pas. Cela dit, elle va bientôt prendre son envol, et moi, je sens qu'il me manque quelque chose : ma terre, ma famille.

Elle fit une pause qui dura une bonne minute et Suzette crut qu'elle allait s'arrêter là. La jeune fille ne savait quoi penser de tout cela.

Sa mère reprit alors, d'une voix plus assurée :

— Ouvrir une seconde boutique Rossignol, qui plus est à Cressigny, ce serait un accomplissement. Ma place est ici, elle l'a toujours été.

— Marcel finira bien par s'en apercevoir, répondit gentiment Léontine, avant de se lever pour rentrer.

Suzette reposa son stylo dans un profond soupir. Des sentiments ambivalents livraient une sourde bataille en elle. Elle comprenait l'amour viscéral de sa mère pour la campagne. Ici, la vie était plus calme, et c'était très agréable de voir chaque jour la nature en se réveillant. Mais si son père rachetait la boulangerie, n'allait-on pas la priver de ses rêves ? Elle culpabilisait de penser ainsi, car elle voulait, de tout son cœur que sa mère soit heureuse.

Plus tard dans la nuit, la jeune fille se réveilla subitement, en nage, en proie à un cauchemar. Le cœur battant à se rompre, elle resta un instant allongée, les yeux grands ouverts dans l'obscurité, abattue par un soudain élan de solitude. Dans cet horrible songe, ses parents la forçaient à travailler dans la boutique, on lui faisait vendre des gâteaux du matin jusqu'au soir, lui interdisant de chanter. C'était si déroutant qu'elle frémit sous le couvre-lit matelassé, en dépit de la douceur des températures.

— Qu'est-ce qui t'arrive ? la questionna Francine, le lendemain.

Elles étaient toutes les deux assises dans l'herbe, adossées au muret de pierre qui délimitait cette partie du jardin. Non loin de là, des draps blancs séchaient et battaient dans la brise qui soufflait légèrement. Le nez au soleil, Suzette réfléchit un instant. Un poids d'une tonne lui écrasait la poitrine, mais elle n'avait pas envie d'avouer ce qui la tourmentait, par peur de paraître égoïste.

— Il ne m'arrive rien. Pourquoi tu me demandes ça ?

Francine se redressa sur ses genoux et la scruta avec attention.

— Je te trouve bizarre. On dirait que tu boudes.

Suzette tenta une nouvelle fois de se défiler.

— Ce n'est pas important.

— Tu n'aurais pas l'air aussi malheureuse, si ce n'était pas important.

Suzette poussa un soupir. Son amie voulait toujours avoir le dernier mot ! Elle savait qu'elle ne la laisserait pas s'en tirer facilement, aussi finit-elle par lui concéder :

— Mes parents se sont disputés, si tu veux tout savoir.

Tout en effeuillant une pâquerette, elle lui expliqua le sujet de la discorde. Après l'avoir attentivement écoutée, Francine analysa :

— Alors tu as peur de ne pas pouvoir passer ton concours à l'Opéra ? C'est ça qui te contrarie ?

Suzette confirma.

— Si mes parents quittent Paris, je devrai sans doute faire une croix sur le chant. Je ne peux pas imaginer ma vie sans cela, tu comprends ?

Son amie hocha la tête sans grande conviction et Suzette sut que non, elle ne comprenait pas. Elle ne savait pas ce qu'était avoir une passion et des rêves, elle percevait sûrement ça comme de la grandiloquence dont on pouvait se dispenser. Bientôt, Francine travaillerait, elle deviendrait couturière, comme sa mère, puis elle se marierait, avec Corentin, si elle avait de la chance. Elle aurait des enfants et mènerait une existence tranquille, sans se poser la moindre question. C'était ainsi que l'on vivait à la campagne et il n'y avait aucune raison pour que cela change.

Suzette ouvrit la bouche pour parler d'autre chose, mais un soudain vacarme retentit dans la cuisine, dont la porte ouverte donnait sur la cour. Alarmées par les bruits de voix affolées et les gémissements de Pompon, le chien, elles restèrent coites une seconde avant de s'élancer vers la maison. Arrivée sur le seuil, Suzette s'immobilisa, les yeux arrondis d'horreur. Son grand-père était allongé par terre, Augustine accroupie près de lui.

— Il ne respire plus, se lamentait-elle.

Penchée sur le corps inerte, la tante Léontine murmurait des paroles de réconfort. À côté, une chaise gisait, renversée. En relevant la tête, l'adolescente constata que sa mère était au téléphone et s'exprimait de façon saccadée.

— Oh mon Dieu ! cria Francine en réalisant ce qui se passait.

En voyant les deux jeunes filles, Léontine redressa la tête.

— Suzette, dit-elle sans se départir de son calme, va chercher Gaspard, s'il te plaît. Il est dans le champ.

Mais l'adolescente était comme sclérosée, le regard toujours écarquillé.

— Est-ce qu'il est… Est-ce qu'il est…

Léontine n'eut pas besoin de répondre. Elle cilla, une expression douloureuse dans les yeux. Eugénie raccrocha le téléphone.

— Le docteur arrive, annonça-t-elle d'une voix blanche.

Le silence retomba alors sur la pièce. Un silence entrecoupé par les sanglots d'Augustine, qui avait à présent le visage enfoui dans le torse de son mari.

— Tu ne peux pas nous abandonner, Germain !

Eugénie s'écroula à son tour face à la détresse de sa mère.

— Papa ! hurla-t-elle, comme un animal blessé.

Suzette ne put refouler son chagrin plus longtemps.

Les larmes, dévastatrices, affluèrent à ses paupières, menaçant de ne jamais vouloir s'arrêter. Au bout de quelques minutes, Francine la prit par le coude.

— Viens. On doit aller prévenir ton oncle.

Sans prendre la peine de répondre à son amie, Suzette partit en courant. Elle remonta le chemin à en perdre haleine, les joues trempées de ses larmes qui continuaient de couler. Un point de côté lui labourait le ventre, mais la douleur était moindre comparée à celle qui lui déchirait le cœur. Parvenue en haut de la côte, elle tourna à droite. Penchés sur leur travail, Gaspard et Arthur étaient loin d'imaginer le drame qui venait de se produire. Ils se retournèrent brusquement en entendant Suzette, qui pleurait et hoquetait. Démuni de la voir dans cet état, son oncle lâcha sa fourche et lui ouvrit ses bras, dans lesquels elle se réfugia.

— Allons, ma Suzie, fit-il en lui caressant doucement les cheveux pour la calmer. Qu'est-ce qui t'arrive ?

En silence, Arthur lui désigna Francine, qui venait d'arriver. L'adolescente avait eu du mal à suivre la course effrénée de Suzette, elle était essoufflée.

— C'est votre père, m'sieur Gaspard ! haleta-t-elle. Il… Je crois qu'il est…

Gaspard desserra brusquement son étreinte autour de sa nièce et esquissa un pas vers Francine.

— Quoi, mon père ?

Encore sous le choc de la scène à laquelle elle avait assisté, elle balbutia :

— Il était par terre et votre mère a dit qu'il ne respirait plus. Elles ont appelé le docteur, mais…

Gaspard partit sans attendre la fin de sa phrase et dévala la côte au pas de course. Resté seul avec les jeunes filles, Arthur demanda :

— Il est mort, c'est ça ?

Le visage tordu de tristesse, Francine acquiesça. Le jeune homme s'approcha alors de Suzette.

— Tu vas devoir être forte, lui souffla-t-il, avant de passer un bras autour de son épaule pour la forcer à redescendre vers la ferme.

Ce soir-là, Suzette dormit chez Francine. Elle ne se sentait pas capable de rester dans cette maison où l'on veillait la dépouille de son grand-père, terrassé par une nouvelle crise cardiaque, ainsi que le leur avait appris le docteur. En partant, elle avait aperçu Arthur assis devant la grange, sa casquette entre les mains. Elle aurait pu jurer qu'il pleurait, lui aussi.

Avant que les filles n'aillent se coucher, Blanche, la mère de Francine, leur prépara une tasse de lait chaud, dans lequel elle ajouta du miel.

— Ça vous fera du bien.

Francine se sentait un peu mieux, mais Suzette, elle, était plongée dans une espèce d'hébétude. Elle n'avait rien pu avaler au dîner. Elle refusait de croire qu'à son tour, Germain n'était plus là, et pourtant la profonde tristesse qu'elle ressentait était bien réelle.

Blanche lui tendit une tasse fumante.

— Il t'aimait beaucoup, ton pépé, dit-elle en caressant la tempe de la jeune fille.

Suzette essuya une nouvelle larme qui perlait au bord de sa paupière.

— J'aurais dû passer plus de temps avec lui, objecta-t-elle en reniflant.

Elle se trouvait injuste d'avoir parfois soupiré à l'idée d'entamer avec lui une énième partie de cartes. Si seulement elle avait su ! À présent, ces moments ne reviendraient plus. À ce constat, elle serra sa tasse à s'en faire blanchir les jointures des doigts.

Blanche jeta un coup d'œil à Francine, endormie sur le canapé, et entreprit de réconforter Suzette :

— Allons, Suzie, tu ne dois pas t'en vouloir. Il était très fier de toi, ça le rendait heureux de t'entendre chanter. J'espère que tu continueras, pour honorer sa mémoire.

Suzette eut un geste de dénégation.

— Même si j'en trouvais la force… les projets de Maman risquent de m'en empêcher.

Blanche plissa les sourcils.

— Tu parles de la boulangerie ?

— Vous êtes au courant ?

L'affaire devait être très sérieuse, alors !

— Eugénie a évoqué le sujet avec moi, oui. Mais rien n'est fait. Et quand bien même, ne va pas te mettre martel en tête. Ta mère ne brisera jamais tes rêves, tu peux me croire.

Elle était si catégorique que Suzette en oublia momentanément son chagrin pour l'interroger du regard. Blanche posa une main sur la sienne et parut chercher ses mots.

— Quand ses parents l'ont envoyée à Paris, reprit-elle, ta mère n'avait pas du tout envie de quitter le village. Je suppose qu'elle se voyait épouser un gars du coin et continuer à vendre les légumes de la ferme au marché… Mais à cette époque, on sortait de la guerre, la plupart des garçons de notre âge avaient péri dans le Nord.

— Cela a dû être une époque terrible à vivre.

Blanche acquiesça.

— On n'a connu ni le sang ni les tirs d'artillerie, et pourtant, on en a subi toutes les conséquences, de cette guerre, c'est vrai. Ton grand-père était convaincu qu'un meilleur avenir attendait ta mère dans la capitale. Il ne s'est pas trompé, Eugénie était la plus intelligente de la classe quand on était petites. Et regarde comme elle a bien réussi sa vie.

— Elle ne m'a jamais raconté tout ça, murmura Suzette.

Blanche eut un drôle de sourire, mais elle ne s'en expliqua pas.

— Je me doute qu'elle ne t'a rien dit. Elle n'est pas du genre à s'épancher sur le passé, notre Ninie. Toujours est-il qu'elle s'est fait le serment de revenir vivre un jour à Cressigny. Mais ça ne veut pas dire qu'elle te fera renoncer à ton destin, elle sait trop le mal que ça fait d'aller à l'encontre des rêves de ses enfants.

Marcel arriva le lendemain en fin d'après-midi. Prévenu par Eugénie, il avait pris le premier train qui partait de la gare d'Austerlitz ce matin-là. Suzette, qui était de retour à la ferme quand son père apparut, se précipita dans ses bras et laissa libre cours à une nouvelle salve de larmes.

— Je suis là, ma Suzie chérie, chuchota-t-il à son oreille. Je suis là et je ne repartirai pas sans vous.

L'enterrement de Germain réunit un grand nombre de personnes, qui s'entassèrent dans la petite église du village. L'éloge fut émouvant. Entièrement vêtue de noir, Augustine, entourée de Gaspard et Eugénie, resta digne. En une nuit, elle s'était voûtée, abattue par la mort de son mari, et les traits de son visage étaient altérés par la douleur. Mais elle ne s'effondra pas. En revanche, Eugénie manqua de s'évanouir au cimetière, quand on fit descendre le cercueil dans la terre fraîchement retournée. Elle était tendue et très fatiguée, pâle commc la craie. Suzette l'enlaça, se refusant de la lâcher, et elles restèrent un instant à pleurer dans les bras l'une de l'autre, jusqu'à ce que Marcel les entraîne doucement vers la sortie.

Puis deux ou trois jours s'écoulèrent, durant lesquels il fallut s'habituer à l'absence de Germain. Augustine tenait bon et faisait bonne figure la journée, mais Suzette entendait les crises de larmes qui la secouaient quand elle se retrouvait seule dans sa chambre.

— C'est normal, lui confia Léontine lorsque la jeune fille s'en ouvrit à elle. Le deuil est une étape très douloureuse, mais on est là pour elle.

Les parents de Suzette décidèrent de prolonger leur séjour d'une semaine. Le drame avait aboli leur bel été, mais il n'était pas question de rentrer à Paris comme ça, après des heures si éprouvantes. Gaspard et Arthur étaient retournés aux champs. Rien ne valait le travail pour atténuer la douleur. Suzette passa quelques après-midi chez Francine afin de se changer les idées, mais le cœur n'y était plus. Le soir, quand elle n'arrivait pas à trouver le sommeil, elle redescendait de sa chambre et allait se promener près de la rivière, dans la fraîcheur nocturne. Dans ces cas-là, Arthur la suivait et s'asseyait à côté d'elle. Tous deux écoutaient, sans mot dire, les bruits de la campagne dans le crépuscule violet et rose qui éclairait les champs. Les silences d'Arthur avaient quelque chose de réconfortant, il avait compris que Suzette avait juste besoin d'une présence calme et rassurante. Son amitié lui faisait autant de bien que le soleil en faisait au printemps.

La veille du départ, Suzette monta dans sa chambre d'un pas traînant afin de rassembler ses affaires. Ces vacances avaient été si éprouvantes ! Ses émotions n'avaient eu de cesse de faire les montagnes russes. Retrouver le confort de leur appartement de Montmartre lui ferait certainement le plus grand bien, même si au fond, quitter Cressigny la rendait un peu triste. Par la fenêtre ouverte, elle entendit le chant d'un merle, qui saluait la fin de la journée. Dehors, les ombres s'allongeaient sur la campagne et une douce brise charriait avec elle des odeurs de paille, adoucissant le parfum des roses, plus capiteux en cette fin de saison.

C'est alors que Suzette les vit. Ses parents marchaient, main dans la main. Ils venaient d'effectuer une dernière balade à travers champs et revenaient vers la ferme, sans se presser. En arrivant en bas, ils s'arrêtèrent sous les rosiers et Eugénie s'assit sur le muret. Dissimulée derrière le rideau, Suzette vit son père extirper un trousseau de clés de son veston et l'agiter sous le nez de son épouse.

— D'où sortent ces clés ? voulut savoir Eugénie.

Marcel entrelaça ses doigts aux siens.

— J'ai bien réfléchi ; tu as raison, il est temps de nous agrandir. La boulangerie de ce village est à nous.

Eugénie libéra sa main pour la porter à son cœur.

— Es-tu sérieux, Marcel ? Je ne veux pas que tu fasses cela pour me consoler de la mort de mon père. Tu finirais par le regretter et m'en vouloir.

Retenant sa respiration, Suzette regarda son père prendre le visage de sa mère entre les mains.

— Je suis on ne peut plus sérieux, ma chérie. Je veux racheter cette boulangerie et je le fais par amour pour toi. Ne t'ai-je pas fait la promesse, au lendemain de notre mariage, de te rendre heureuse ?

— Tu sais que même sans cela je serais rentrée. Je ne veux pas que tu aies le sentiment de te sacrifier.

— Oui, bien sûr, je sais que tu serais rentrée à Paris. Mais mon entêtement à ignorer ton bien-être aurait brisé quelque chose entre nous. Et cette idée m'est insupportable parce que je t'aime.

— Mon Dieu…, souffla-t-elle, émue.

Marcel l'embrassa tendrement.

— Nous sommes encore jeunes, Eugénie, reprit-il. Nous sommes à la lumière de nos jours et c'est pendant que sa lueur brille que nous devons avancer vers elle. Ça aussi, je l'ai compris.

— Oh, mon amour…

Marcel se rapprocha encore de son épouse. Par pudeur, Suzette ferma la fenêtre et tira le rideau, analysant tout ce qu'elle venait d'entendre. Elle était envahie par des sensations confuses. Elle éprouvait de la joie de voir ses parents heureux, et en même temps une crispation douloureuse lui contractait l'estomac. En cet instant, les paroles de Blanche ne revêtaient plus aucun sens. Après tout, la mère de Francine pouvait se tromper. De l'eau avait coulé sous les ponts, depuis leur jeunesse et peut-être que sa mère se contrefichait de ses rêves. À sa grande surprise, une immense fatigue s'abattit sur elle et elle s'endormit sitôt installée dans son lit.

Le lendemain, Marcel et Eugénie profitèrent du petit déjeuner pour annoncer la grande nouvelle. Suzette eut bien du mal à jouer les étonnées.

— Où allons-nous habiter ? s'enquit-elle.

L'angoisse étouffait presque sa voix.

— Dans un premier temps, nous resterons à Paris, lui apprit son père. Nous allons devoir effectuer des travaux dans la boulangerie et recruter une vendeuse, mais nous espérons ouvrir en janvier.

Augustine arrondit grand les yeux.

— Ça alors ! commenta-t-elle. C'est pas rien, que *c't'affaire-là*. Je croyais pourtant qu'une fois qu'on a goûté à la ville, on ne veut plus en revenir.

— Vous savez bien qu'Eugénie ne fait jamais rien comme tout le monde, plaisanta Marcel.

— Mais comment vous allez faire pour tout mener de front ?

— Ce sera une organisation, reconnut Eugénie, mais nous pourrons ensuite résider ici à l'année. Marcel compte nommer Maurice responsable de la boutique à Paris, il le mérite amplement.

Elle était radieuse. Cela faisait des semaines que Suzette ne lui avait pas vu la mine aussi animée ! L'adolescente remua vigoureusement son café au lait.

— Et moi, qu'est-ce que je deviens, dans tout ça ? demanda-t-elle d'un ton plus âpre qu'elle ne l'aurait voulu.

Eugénie lui posa une main apaisante sur l'épaule.

— Eh bien, ma Suzie, il ne fait aucun doute qu'après ton concours, une grande carrière va s'offrir à toi. Tu devras saisir chaque opportunité qui se présentera, et si j'en crois M. Mancini, elles seront nombreuses.

Les lèvres tremblantes, Suzette fixa tour à tour son père et sa mère. Marcel se leva et vint lui planter un baiser sur le sommet du crâne.

— Quand ta mère et moi serons absents, Charlaine ou Marie-Rose veilleront sur toi. Nous gardons l'appartement, de toute façon.

La jeune fille ressentit un soulagement si vif qu'elle se mit à rire et à pleurer en même temps.

Deux heures plus tard, tout le monde se dit au revoir. Gaspard devant les emmener à la gare de Loches, il n'était pas question de traîner. Toutefois, avant de s'en aller, Suzette voulut voir Arthur. Sous les regards intrigués des adultes, elle l'entraîna un peu plus loin dans la cour, chassant Pompon qui leur tournait autour, en quête de caresses.

Ils se jaugèrent un instant, tous les deux embarrassés. Puis le jeune homme leva les yeux vers le ciel, qui s'était assombri.

— On va avoir des trombes d'eau, marmonna-t-il. Et tes parents t'attendent.

Suzette lui sourit.

— Je tiens à te remercier, Arthur. Tu as été un véritable ami, dans ce que nous avons traversé.

Elle lut la surprise sur ses traits.

— Je n'ai pas fait grand-chose, se défendit-il.

— Tu as été là. C'est déjà beaucoup et je ne l'oublierai pas. Tiens, ajouta-t-elle en lui tendant le livre de George Sand.

— C'est plutôt à moi de te remercier, dit-il en acceptant son cadeau. Pour le livre et parce que tu m'as évité de gros ennuis, avec Francine.

— C'est oublié depuis longtemps.

Suzette s'avança vers lui pour lui faire la bise.

— Je reviendrai très vite, lui promit-elle.

Elle allait tourner les talons quand Arthur lui lança :

— Attends ! Il faut que tu saches quelque chose : ce type du 14 Juillet…

À la mention de l'inconnu, Suzette se figea. Guettant sa réaction, Arthur continua :

— Il s'appelle Maxime Lagarde et il vit à Maillé.

Son cœur fit un bond dans sa poitrine.

— Comment… Comment est-ce que tu le sais ?

— Les gars avec qui il discutait ce soir-là sont d'ici. Comme j'ai vu que tu pensais toujours à lui, je suis allé leur demander. Mais avec l'agitation de ces derniers jours…

Suzette ouvrit la bouche. Aucun son n'en sortit.

— Suzie ! On doit y aller ! l'appela son père.

— J'arrive ! cria-t-elle.

Puis, se tournant à nouveau vers Arthur, elle leva la main d'un geste fataliste.

— De toute façon, ça m'étonnerait que je le revoie un jour.

28

Julia, 2013

Je reposai le carnet sur la table basse, balançant entre l'envie de poursuivre ma lecture, et celle d'aller me coucher. Il était près de deux heures du matin, la seconde option me paraissait donc plus raisonnable. Cependant, je n'arrêtais pas de penser à ce que Suzette avait écrit durant cet été 1937. Je venais d'apprendre pas mal de choses, notamment que son mystérieux inconnu n'était autre que mon grand-père. J'en conclus que, puisque j'étais là, ils avaient dû finir par se revoir. Mais quand ? Était-ce grâce à Arthur ? Arthur… J'ignorais qu'elle l'avait connu au cours de cet été. Ma grand-mère était très claire dans ses écrits : ce qu'elle ressentait pour lui n'était rien d'autre qu'une amitié profonde. Alors je ne pouvais pas m'empêcher de me demander comment ils en étaient arrivés à se marier, des années plus tard.

Toi aussi, c'était une amitié avec Ben, au départ. Ça n'a pas empêché.

Dépliant mes jambes pour m'installer plus confortablement, je refoulai Ben au tréfonds de mon cerveau. Ce n'était pas comparable, fin de la digression. Les réponses à mes questions se trouvaient sûrement dans les pages suivantes, mais j'avais quelques scrupules à fouiller ainsi l'intimité de Suzette. Et puis, il était tard, je devais être en forme pour affronter ce qui m'attendait dans moins de neuf heures.

Une fois que je fus couchée, ce furent Marcel et Eugénie, qui s'invitèrent dans mes pensées. Le geste que mon arrière-grand-père avait fait pour sa femme était si beau ! Eugénie n'aurait jamais demandé le divorce s'il avait voulu rester à Paris. Elle l'aimait, quoi qu'il advienne, et de toute façon divorcer était un acte mal perçu dans les années trente. Ce que je trouvais remarquable, c'est que Marcel aurait pu lui imposer sa volonté, au lieu de quoi il avait fait preuve d'une certaine avance sur son temps en se remettant en question. Une phrase en particulier tournait en boucle dans mon esprit. J'ignorais si Suzette l'avait rapportée avec exactitude, mais il y avait de la poésie dans la façon dont son père voyait les choses.

« *Nous sommes encore jeunes, Eugénie. Nous sommes à la lumière de nos jours et c'est pendant que sa lueur brille que nous devons avancer vers elle.* »

Et toi, est-ce que tu serais prête à avancer vers cette lumière ? Je dus m'endormir sur cette réflexion, car lorsque j'ouvris à nouveau les yeux, le jour s'infiltrait à travers les volets. J'eus un instant de stupéfaction en ne reconnaissant pas ma chambre d'enfant. Puis je me souvins que j'étais de retour à Paris. Nous étions vendredi et je devais me préparer à affronter un moment angoissant. Douche. Vêtements. Café. Une barre de céréales, histoire de tenir. J'esquissai chacun de mes gestes de façon automatique, veillant à ce que mes pensées restent déconnectées de mon cœur. Il n'était pas question de craquer. À l'heure convenue, je me présentai chez le notaire, trempée par une averse que je n'avais pas vu venir. La secrétaire m'introduisit dans la salle d'attente, où je découvris une Aurélie qui patientait de pied ferme.

— Oh, tu es venue ! m'exclamai-je, soulagée de la voir. Je pensais qu'on se retrouverait après, pour déjeuner.

Elle se redressa pour m'embrasser.

— Comme si j'allais te laisser seule dans un moment pareil ! Par contre, tu devrais investir dans un parapluie, grimaça-t-elle en avisant mes cheveux mouillés. Le look caniche tiré de la noyade, c'est très surfait.

Sa remarque parvint à me soutirer un petit rire. Satisfaite, Aurélie retourna s'asseoir, les mains plaquées contre ses reins. Son ventre, désormais proéminent, tirait sur son tee-shirt et elle avait l'air éreintée.

— Tu dors mal ? lui demandai-je.

Elle acquiesça, sans se départir de sa bonne humeur.

— Ne m'en parle pas ! S'il y a bien une chose dont on se garde de nous prévenir, c'est que le cauchemar des nuits courtes commence bien avant la naissance. Ne tombe jamais enceinte, Julia. Jamais. Je ne compte plus le nombre de fois où je me lève pour aller faire pipi…

La voix du notaire nous interrompit :

— Mademoiselle Lagarde ?

Aurélie me pressa la main pour m'encourager.

— Vas-y. Je ne bouge pas.

Les mains moites et les jambes tremblantes, je suivis donc maître Arnaud dans son bureau.

— Comment allez-vous ? s'enquit-il avec courtoisie.

Comme quelqu'un qui s'apprête à tirer un trait définitif sur sa mère.

À son regard inquiet, je vis qu'il se souciait réellement de moi.

— Ça va. Je vais tenir le coup.

— Bien. Je me doute que ce n'est pas facile, ajouta-t-il en faisant glisser les papiers devant moi.

Je pris une grande inspiration et acceptai le stylo qu'il me tendait. J'apposai ensuite ma signature, après avoir fait semblant de lire les termes de la vente. Il aurait pu y avoir écrit que, par la présente, je renonçais à percevoir le moindre centime, cela aurait été la même chose. Une sorte d'engourdissement cérébral s'était emparé de moi, annihilant tout le reste. Curieusement, alors que je m'étais attendue à fondre en larmes, mes yeux restèrent secs. Le notaire reprit les feuilles, après quoi il me donna un chèque.

Je sursautai en lisant le montant.

— C'est beaucoup d'argent.

Il m'adressa un sourire tout en retenue.

— Votre mère a laissé de quoi régler la succession, alors vous ne perdez rien.

— C'est vrai, répondis-je d'un ton mécanique.

À présent que tout était terminé, je me sentais totalement désorientée. Maître Arnaud me scruta un instant.

— Si vous avez besoin de quoi que ce soit, n'hésitez pas à vous adresser à moi. Qu'il s'agisse de placements ou de l'achat d'un bien immobilier…

— Oui. Merci.

Constatant qu'il n'obtiendrait rien de plus de moi pour aujourd'hui, il quitta son fauteuil et me raccompagna jusqu'à la salle d'attente.

— Prenez soin de vous, me recommanda-t-il, paternaliste. Vous pourriez peut-être partir en vacances.

Il me donna une tape d'encouragement sur l'épaule, avant de me saluer et de retourner dans son bureau. Je croisai les bras sur ma poitrine et les serrai fort, tant j'avais peur de me désagréger. Tout était fini. C'était comme si on venait de me sectionner un morceau du cœur.

Aurélie se leva de sa chaise et m'enlaça.

— On va aller manger un morceau.

Quelques minutes plus tard, nous étions attablées dans notre crêperie préférée, rue du Montparnasse. Mon amie attendit que la serveuse ait déposé nos assiettes devant nous pour entamer la discussion :

— Bon, je ne vais pas te demander comment tu te sens. C'est une évidence.

— Ouais, soupirai-je en coupant un morceau de galette. Ça fait comme un grand vide, tout à coup.

Tout en attaquant elle aussi son plat, elle continua :

— En tout cas, aussi fou que ça puisse paraître, tu as l'air moins crispée. On dirait que ce séjour chez ton père était pile-poil ce qu'il te fallait.

— Tu trouves ? Je suis pourtant encore plus perdue qu'il y a dix jours.

Aurélie plissa les yeux.

— C'est à cause de Ben ? Vous avez remis le couvert ?

— Non ! me récriai-je, en croisant les doigts pour ne pas être en train de rougir. Aucun risque. La dernière fois que je l'ai vu, il n'avait pas une tête à vouloir remettre ça, et moi non plus d'ailleurs.

Menteuse, espèce de menteuse ! Il t'en aurait fallu très peu pour lui retomber dans les bras.

— Alors, raconte-moi. Il a bien dû se passer quelque chose.

Je ne savais pas trop par où commencer, aussi tentai-je d'être la plus brève possible. Pêle-mêle, je m'entendis évoquer Marcel et Eugénie, mon cousin qui me tenait pour responsable des dix plaies d'Égypte, la proposition de Suzette et la découverte de son journal intime. En me confiant à Aurélie, je réalisai que tout cela mis bout à bout m'avait pas mal chamboulée.

— Les choses se sont aussi aplanies, avec mon père. Je pense qu'il est sur la voie de la guérison, terminai-je.

— Ah oui, quand même ! siffla mon amie. Dix jours loin d'ici et te voilà pratiquement devenue quelqu'un d'autre. C'est fabuleux !

— Je ne suis pas devenue quelqu'un d'autre, la contredis-je.

Elle s'empara de son verre d'eau.

— Tu ne le sais pas encore, c'est tout. Mais la petite lumière dans tes yeux est sans équivoque ; tu crèves d'envie de retourner là-bas.

— Les hormones te font délirer. Je ne peux pas me lancer dans une telle entreprise.

— Pourquoi pas ? La pâtisserie, c'était ton grand rêve.

— *C'était*, comme tu viens de le souligner. Imagine un instant que je me plante, comme je me suis plantée avec cette stupide émission ?

Elle haussa une épaule, fataliste.

— S'il existait un moyen de savoir avant, ça se saurait. Mais franchement, Julia, sans tout ce pataquès avec la télé, tu aurais foncé.

— Peut-être, concédai-je.

— Alors écoute ton cœur, pour une fois ! Si tu laisses tomber, tu vas regretter toute ta vie d'avoir raté cette occasion.

Je laissai la serveuse poser devant nous nos crêpes au sucre et beurre salé, puis ouvris la bouche pour protester. Aurélie me coupa la parole :

— N'essaie même pas de t'inventer des choses qui te retiendraient à Paris ! Tu sais aussi bien que moi que c'est faux. Oui, tu risques de te planter, mais on s'en fiche. Tu te relèveras. Tu avais besoin que ton existence change et ta grand-mère t'en donne l'opportunité. Il n'y a pas à hésiter.

Je n'étais pas tout à fait d'accord avec elle, mais je lui promis toutefois de réfléchir à la situation.

— À présent que je suis rentrée, je vais pouvoir faire le point, au calme.

Aurélie fit claquer sa langue contre son palais.

— Ça fait des mois que tu te retournes le cerveau dans tous les sens au sujet de ton avenir, sans parvenir à te décider. Pardonne-moi, mais tu te mets la tête dans le sable.

Elle ne me laissait aucun répit. Et le pire, c'est que tous ses arguments se tenaient. Nous terminâmes nos desserts en parlant d'autre chose, puis Aurélie me proposa de marcher un peu. Dehors, la pluie ne tombait plus et les gens étaient nombreux sur les trottoirs. Les uns regagnaient leurs bureaux, les autres se pressaient vers la gare des départs en Bretagne. Près de la station de métro Duroc, un homme bouscula Aurélie sans lui prêter attention, ce qui ne manqua pas de me faire bondir.

— Ce n'est rien, me répondit-elle. Il ne m'a pas fait mal.

— Ce n'est pas une raison ! tempêtai-je, excédée. Ça lui arracherait la bouche, de s'excuser ? Ce manque de civilité, je te jure !

Aurélie se mit à rire. Je la dévisageai avec perplexité.

— Quoi ? Encore un effet un peu louche de la grossesse ?

— Non, c'est juste que ça confirme ce que je disais ; tu t'es habituée à la campagne. Avant tu te serais contentée de soupirer et tu aurais passé ton chemin, comme toute Parisienne qui se respecte.

Je secouai la tête avant de me tourner. Nous étions arrêtées devant un kiosque à journaux. Machinalement, je jetai un coup d'œil aux unes des magazines. La couverture de l'un d'eux retint mon attention et je tendis la main pour m'en saisir.

— Oh, fit Aurélie, en comprenant de quoi il retournait.

Ainsi que le titre l'annonçait, le tournage de la nouvelle saison de « Pâtissiers Amateurs » avait débuté. Willy Dolenc avait lui-même choisi la personne qui me remplacerait : Élodie Jardin, une journaliste culinaire branchée avec laquelle on lui prêtait une relation depuis des mois. Vrai ou faux, on ne pouvait pas nier qu'ils étaient plutôt proches. L'article disait qu'elle comptait profiter de cette nouvelle notoriété pour lancer sa chaîne YouTube.

— Tu crois que c'est pour elle, qu'on m'a virée ? soufflai-je, déstabilisée par ce que je venais de lire.

Aurélie parcourut vite fait l'article et reposa le magazine.

— Peut-être, peut-être pas, répondit-elle. Au final, est-ce si important de le savoir ?

En rentrant chez moi, je posai mes courses sur le plan de travail. J'étais allée faire un tour à Montmartre, afin de retrouver l'emplacement de la Pâtisserie Rossignol. J'avais vite déchanté, constatant que c'était aujourd'hui un salon de thé et que la devanture, autrefois bleue, était devenue rose. C'était bête, mais l'idée qu'il ne reste dorénavant plus aucune trace du passé m'avait fait monter les larmes aux yeux. Quelle journée ! J'étais exténuée et encore sous le coup de la signature chez le notaire ; ce soir, je ressentais un gros besoin de calme. Ma discussion avec Aurélie m'avait remuée, aussi. Ce n'était pas tant cette histoire à propos de l'émission. « Pâtissiers Amateurs » avait été malgré tout une belle aventure, mais je n'étais pas faite pour la télé. Être sous les feux des projecteurs ne m'intéressait pas, j'avais envie de me servir de mon talent pour revenir à des choses simples. En somme, Aurélie avait vu juste, peu m'importait de n'avoir été qu'un pion, dans tout ça. Et ce constat était très libérateur.

Un léger picotement se réveilla au bout de mes doigts lorsque je rangeai une tablette de chocolat. Je reconnus ce fourmillement familier, annonciateur d'une irrépressible envie de me lancer dans la confection d'un gâteau. Toutefois, je n'avais rien sous la main, cela faisait belle lurette que j'avais perdu le réflexe de glisser dans mon panier de quoi faire de la pâtisserie. Que cette envie soit à nouveau là, si peu de temps après que j'ai réussi à faire une tarte aux pommes chez mon père me paraissait inouï. Or, là, face à mon plan de travail dépourvu de tout le nécessaire, je réalisai que ce n'était pas ma passion que j'avais rejetée en bloc, mais simplement la perspective d'un avenir heureux. En réalité, je me punissais d'avoir consacré autant d'énergie à ma vie professionnelle pendant que ma mère luttait contre son cancer. Cette soudaine révélation me laissa presque en état de choc. Pour la dixième fois au moins, l'envie de relire sa lettre s'imposa. Le papier commençait à se froisser, à force d'avoir été déplié et replié. Mes yeux balayèrent ses phrases que je connaissais désormais par cœur. Sa maladie, ses regrets, mon père. Mon devenir.

« *Aujourd'hui, la peur, c'est à ton corps qu'elle est chevillée.* »

Ces mots ne me faisaient plus pleurer, mais j'eus encore l'impression étrange que quelque chose clochait, comme la veille en quittant le village. *La fatigue*, me dis-je en posant la feuille sur la table basse. J'avais si peu dormi, ces derniers temps ! Je me préparai une salade composée pour le dîner et m'installai sur le canapé. Je délaissai cependant vite mon assiette, à nouveau tentée par le journal de Suzette, que j'attrapai. En tournant les pages, je vis qu'après l'été 1937, elle avait écrit de façon moins régulière. Et il n'était question que du chant. Suzette avait remporté le premier prix du concours et, comme je l'avais déjà lu dans sa biographie sur le Web, cela lui avait permis de décrocher un contrat avec une maison de disques. Le pseudonyme de Suzie Rossignol avait fait l'unanimité et, avec l'accord de ses parents, elle avait commencé à se produire sur les scènes parisiennes. On la couvrait de fleurs et de cadeaux, elle avait une foule d'admirateurs et on parlait d'elle comme d'un prodige. Ainsi qu'elle l'avait écrit en avril 1938, elle songeait de plus en plus à résider à Cressigny, entre deux représentations.

« *Papa et Maman vont s'y installer à l'année, leur deuxième boutique est un succès. Je crois que l'air de la campagne me serait bénéfique. Et puis, Arthur et Francine me manquent. Corentin a demandé Francine en mariage. C'est un peu fou, ils sont jeunes encore ! Cela dit, à la campagne, ça ne fait pas figure d'exception. Après tout, s'ils s'aiment... Quelle chance ! Des tas de garçons demandent à faire ma connaissance mais aucun d'entre eux ne m'intéresse. Tante Marie-Rose en rit, elle dit qu'elle était pareille à mon âge. Maman lui a fait les gros yeux, l'autre jour, en soulignant que ce n'était pas comparable. C'est peut-être idiot, mais je pense encore à ce bel inconnu du 14 Juillet. Maxime Lagarde. Je me pose beaucoup de questions depuis qu'Arthur m'a donné son nom. Nos chemins se recroiseront-ils un jour ?* »

Les trois pages suivantes ne concernaient que des anecdotes de récitals. Je retournai en arrière, m'attardant une nouvelle fois sur cette soirée d'août 1937, où Marcel avait annoncé à Eugénie que la boulangerie de Cressigny était à eux. Et toujours cette phrase qui me frappait :

« *Nous sommes à la lumière de nos jours.* »

C'était comme si la voix de Marcel, que j'imaginais posée et douce, traversait ce carnet pour venir me chuchoter une intemporelle vérité ; ce qui avait été possible pour eux l'était forcément pour moi. Pour la première fois depuis un bon moment, mon cœur se gonfla d'un authentique espoir.

Merde, qu'est-ce que je fiche encore ici ?

Je regardai les murs de mon appartement, saisie par quelque chose d'intense. Une certitude, voilà ce que c'était. Je devais prendre le taureau par les cornes et l'affronter, ma peur ! Alex allait m'insulter, mon père risquait de faire un arrêt cardiaque, mais il était tout à coup très clair que j'allais la saisir, cette opportunité. Aurélie avait raison, j'en crevais d'envie. Il n'était plus question de végéter, pas après tout ça. Oui, ma vie était pleine de possibles, il me suffisait de me remettre sur le bon sentier. Et c'était maintenant que je devais le prendre, ce tournant.

Une heure plus tard, en allant me coucher, ma décision était prise : le lendemain, je retournerais à Cressigny.

*

À plusieurs reprises je faillis renoncer et faire demi-tour. Dans ma tête, un oiseau de mauvais augure clamait haut et fort que j'étais en train de faire la plus grosse connerie de ma vie et que j'allais me planter en beauté. Mais je refusais de l'écouter. Étonnamment, j'avais passé une très bonne nuit et je m'étais mise en route, convaincue que mon instinct ne me trompait pas. J'étais à la fois excitée et terrorisée.

— Ah, enfin ! avait fanfaronné Aurélie, que j'avais appelée au saut du lit pour lui faire part de ma décision.

Tout en roulant, j'écoutais ma playlist des chansons qui me mettaient de bonne humeur. Après avoir chanté à tue-tête avec La Grande Sophie « *Du courage, du courage, du courage !* », je me concentrai sur la chanson suivante. Renan Luce y parlait d'une lettre, qu'il avait reçue par erreur.

— Bon sang ! m'écriai-je tout à coup.

Je venais enfin de mettre le doigt sur ce qui me turlupinait. L'évidence était là, sous mes yeux ! C'était ce que m'avait dit Suzette, la dernière fois que j'étais allée la voir.

« *Je me console en me disant que la lettre de ta mère t'aura au moins permis de te rapprocher de ton père.* »

Je ne lui avais *jamais* parlé de cette lettre ! Et j'étais prête à parier que Méline n'en avait rien fait non plus. Cela ne pouvait signifier qu'une seule chose : ma mère, qui était restée jusqu'à sa mort en contact avec Suzette, avait dû l'en informer. Savait-elle ce que ma grand-mère mijotait ? Et si elles avaient tout prévu, tout planifié ensemble ? Cette éventualité me sidérait, et en même temps… Je ne savais pas plus si je devais rire ou pleurer. La seule chose dont j'étais certaine, c'était que je devais aller jusqu'au bout.

J'arrivai à Cressigny peu après quinze heures. Les graviers crissèrent sous les pneus de ma voiture quand j'entrai dans la cour pour me garer. La porte de la maison s'ouvrit et mon père apparut sur le seuil, l'air complètement éberlué.

— Julia ?

Je parcourus les quelques pas qui me séparaient de lui et le regardai bien en face. Sa barbe était en bataille et, dans ses yeux, l'inquiétude se mêlait à une note plus douce, celle de l'espoir. Je n'avais pas réfléchi à la manière de lui annoncer mon retour, aussi, je lui dis la première chose qui me passait par la tête :

— Il va vraiment falloir débarrasser ma chambre. Je crois que je vais être là pour un bon moment.

Je n'eus pas l'occasion d'en dire plus, car je me retrouvai aussitôt plaquée contre son large torse, dans une étreinte maladroite mais sincère.

29

— Bon, j'imagine que tu vas résider en partie ici, déclara Méline, en reposant sa tasse de café sur la table.

Après avoir expliqué à mon père que, finalement, je prenais le pari d'ouvrir cette pâtisserie, nous avions téléphoné à ma tante pour lui demander de passer. Malgré ma certitude d'avoir fait le bon choix, il était hors de question que je m'embarque seule dans cette aventure et, à l'instar de Suzette, j'étais convaincue que ce projet ne pourrait pas se monter sans Alex. Méline avait accueilli mes paroles avec un grand sourire, en revanche je n'avais pas encore abordé l'épineux sujet que représentait mon cousin.

Je reconnus que cela faisait beaucoup de décisions à prendre.

— Je n'ai pas encore vraiment pensé à l'endroit où je vivrai, mais si je veux m'impliquer à cent pour cent, il me semble plus raisonnable d'être sur place, oui.

— Tu peux rester chez moi autant de temps que nécessaire, intervint mon père.

Je le remerciai d'un regard. Mon ambition n'était pas non plus de squatter chez lui pour une durée indéterminée. Je pouvais bien sûr vendre mon appartement à Paris et acheter quelque chose ici, mais je n'étais pas encore prête pour cela. Il n'était pas question de sauter dans le vide sans prendre mes précautions.

— Est-ce que tu penses qu'Alex me suivra? demandai-je à Méline.

Elle ne put retenir un soupir pessimiste.

— En toute franchise, ma chérie, je ne sais pas. C'est si tendu entre Tania et lui…

— Et il m'en veut pour ça, terminai-je à sa place.

— Tu n'as pas à culpabiliser. Tu n'es en aucun cas responsable de leurs problèmes.

— Peut-être que ces perspectives leur permettraient de prendre un nouveau départ? suggérai-je. Le logement au-dessus du bar n'attend qu'eux.

— Il y a quand même de gros travaux à effectuer, objecta mon père. Ça a un coût.

Cette question, j'y avais pensé. Et je n'avais pas eu à chercher bien loin pour trouver de quelle façon financer les rénovations. Je m'éclaircis la voix avant de leur révéler mon plan :

— Comme vous le savez, l'appartement de Maman a été vendu. J'ai perçu une coquette somme… Ce ne serait pas dénué de sens de la réinjecter dans ce projet.

Un silence méditatif accueillit ma déclaration.

— Est-ce que tu es sûre de vouloir faire ça, Julia? s'enquit Méline.

Je hochai la tête. J'avais assez d'argent sur mon compte pour repartir du bon pied, de plus je pouvais offrir à mon cousin un emploi dans lequel s'épanouir, ainsi qu'un logement. Il aurait été égoïste de ma part de le laisser dans la mouise.

— J'en suis certaine. Je n'ouvrirai pas cette boutique sans Alex.

Une heure plus tard, j'accompagnai donc ma tante chez elle, résolue à convaincre mon cousin. J'avais peur de ne pas réussir à prononcer les bons mots, mais je devais au moins essayer.

— Il doit être en haut, me souffla Méline, en constatant que le rez-de-chaussée était désert.

Elle ajouta que Tania et Léonore, parties faire du shopping, n'allaient plus tarder à rentrer. C'était donc le moment ou jamais. Prenant mon courage à deux mains, je montai l'escalier. Une porte ouverte m'indiqua qu'Alex se trouvait dans le bureau. Je restai quelques secondes sur le seuil, à l'observer en silence. Les yeux rivés à l'écran de son ordinateur, il semblait morose. Il inclina sa tête de droite à gauche pour détendre sa nuque et eut un petit sursaut de surprise en se rendant compte de ma présence.

— Une revenante, laissa-t-il tomber sans joie.

Et toi, tu viens proposer un travail au type le plus mal luné de cette planète.

— Oh, je t'en prie ! Cette fois, je n'ai mis que deux jours pour revenir vous voir, ironisai-je.

— Je vois ça, déclara-t-il en fermant l'ordinateur d'un geste las.

D'un ton hésitant, je lui fis remarquer que ça n'avait pas l'air d'aller fort. Je ne m'attendais évidemment pas à ce qu'il se confie à moi, mais il me fallait bien un angle d'attaque. Ce qui fonctionna, puisqu'il poussa un grand soupir.

— Toutes ces histoires de fric, ça me tue. Je me suis pris la tête avec mon patron et je suis là, complètement bloqué. Tu n'imagines pas à quel point c'est épuisant de travailler pour un type qui n'est là que pour le rendement et se fiche de ton avis.

— En effet, ce doit être rageant.

Il opina.

— Alors, tout ça, plus Tania qui m'en veut à mort…

— Oui, je sais. J'en ai entendu parler, grimaçai-je. Et je sais aussi que tu considères que c'est ma faute.

Il me coula un regard à la dérobée.

— Tu débarques et tu provoques un véritable foutoir. On n'avait pas besoin de ça.

Je pris une inspiration afin de ne pas m'énerver. Je devais rester concentrée sur mon objectif, sinon nous n'avancerions pas.

— Écoute, Alex, t'en prendre à moi te fait sûrement te sentir mieux, sur le coup. Mais ensuite ? Est-ce que cette colère est un moteur, pour toi ?

— Est-ce que tu es revenue pour remuer le couteau dans la plaie ? demanda-t-il, d'un ton agacé.

Je répliquai avec une grosse touche de sarcasme :

— Bien sûr ! Je ne suis bonne qu'à ça, n'est-ce pas ? Le petit Alex n'avait aucun problème avant que je ne remette les pieds ici !

Bon, moi qui ne voulais pas sortir de mes gonds, c'était plutôt raté. Au moins, mon cousin ne trouva rien à rétorquer. Mieux, la gêne lui fit baisser le regard.

— J'ai compris que tu m'en voulais de vous avoir laissé tomber, repris-je en retrouvant mon calme. J'ai compris que ça t'a fait mal de voir mon père s'enfoncer dans l'alcool et que ça t'a foutu en pétard que j'attende quatre ans pour rendre visite à Suzette. Mais maintenant je suis là, et je compte bien rattraper tout ce temps perdu.

— En claquant des doigts ?

— Non. En ouvrant cette pâtisserie.

Alexandre se releva d'un bond de son fauteuil.

— Tu as perdu la tête, Julia ?

— C'est ma décision.

— Eh bien, elle est absurde.

— Pas tant que ça. Ces deux jours à Paris m'ont permis d'y voir plus clair. On peut se donner les moyens d'y arriver si…

Il ne me laissa pas terminer.

— J'ai tenté d'ouvrir ma propre enseigne et ça n'a pas marché, crut-il bon de me rappeler. Tu penses être plus apte que moi à réussir, c'est ça ?

Il commençait sérieusement à me taper sur les nerfs !

— Je suis moins orgueilleuse, surtout ! ripostai-je. Si je suis montée te voir, c'est pour te dire que je ne le ferai pas sans toi.

Sans attendre sa réponse, je lui expliquai ce que j'avais exposé un peu plus tôt à sa mère. Pendant que je parlais, je voyais une certaine forme d'envie dans ses yeux et je pouvais presque entendre les rouages de son cerveau s'activer.

— Tu n'as pas l'air bien dans ton poste actuel, terminai-je. Donne-toi cette chance d'aller mieux.

À en juger par son air déconcerté, je venais de botter en touche.

— J'ai déjà foiré une fois, Julia, protesta-t-il en se détournant.

— Et, par conséquent, tu es obligé d'en faire une question de principe ? Tu ne t'es jamais dit que, parfois, tout perdre, c'est avoir l'occasion de recommencer en mieux ?

— C'est facile, pour toi…

Je lui attrapai le bras, le regardant avec insistance et tendresse.

— Facile, vraiment ? Tu crois que j'ai fait quoi, de mon côté ? Je n'ai plus de travail, Alex, plus rien ! Toi et moi, on s'est embourbés dans une ornière plutôt profonde. Mais Suzette nous tend la main, et, oui, j'ai une trouille monstrueuse, malgré mes belles paroles. Mais on serait quand même bêtes de refuser, non ?

Mon cousin soupira et se tourna à nouveau vers moi. L'expression de son regard était grave, il n'y avait cependant plus rien d'hostile.

— Laisse-moi y réfléchir.

Enfin, il semblait prêt à mettre un mouchoir sur son orgueil ! Le savoir si malheureux me rendait malade. Je n'osais même pas imaginer ce qu'il devait en être pour Tania et Léo. Tous les trois méritaient beaucoup mieux que ça.

— Si tu ne le fais pas pour toi ni pour moi, fais-le pour ta femme et ta fille, murmurai-je.

— Je me sens mis au pied du mur.

Quelqu'un toussota sur le pas de la porte et nous pivotâmes brusquement. Tania se tenait là et nous dévisageait, des larmes plein les yeux. Il y eut comme un moment de flottement, durant lequel j'eus le temps de me poser deux questions : depuis quand était-elle ici ? Qu'avait-elle entendu de notre conversation ?

— Tania, souffla mon cousin. Je…

Celle-ci leva la main pour l'empêcher de parler davantage.

— Je m'en fous Alex, dit-elle en hoquetant. La seule chose qui m'importe, c'est de retrouver mon homme, celui que j'ai connu avant toute cette merde. Alors si tu ne veux pas une procédure de divorce aux fesses, je te conseille d'accepter.

Sur ce, elle tourna les talons, nous laissant médusés. À demi tourné vers moi, Alexandre s'apprêta à dire quelque chose, que je ne devinai que trop bien. Aussi le devançai-je :

— Je te préviens, à la prochaine réflexion insinuant que c'est ma faute, j'embauche trois tueurs à gages.

Il ouvrit malgré tout la bouche, prêt à réitérer ses protestations.

— Trois tueurs à gages, insistai-je.

— T'es complètement barge, sérieux, capitula-t-il.

Je sus que je venais de remporter la partie.

*

Mon cousin me téléphona le lendemain pour me donner son feu vert. Le discours de Tania avait eu bien plus d'effet que le mien.

— Par contre, je ne démissionne pas tout de suite de la boulangerie, me prévint-il. Je ne peux pas me permettre de perdre mon salaire.

J'étais très tentée de lui proposer un prêt pour qu'il puisse se renflouer, mais je savais qu'il le refuserait. Il faisait déjà un effort énorme en acceptant d'ouvrir la boutique avec moi, je ne pouvais pas trop lui en demander. Notre collaboration serait faite de concessions, c'était inévitable, mais c'était mieux que rien. Il nous fallut ensuite prévenir Suzette, qui ne refréna pas sa joie en apprenant que la Pâtisserie Rossignol allait renaître de ses cendres. Elle appela immédiatement sa notaire afin de préparer les papiers, et nous convoqua le mardi.

— Je suis tellement heureuse de votre décision, mes amours ! s'exclama-t-elle, une fois le bail signé. Quand prévoyez-vous l'ouverture ?

— Tout dépendra de l'avancée des travaux, répondit Alex. Mais nous avons pensé que ton anniversaire serait la date parfaite pour l'inauguration.

En octobre, le froid reprenait son plein droit sur la campagne et les clients seraient beaucoup plus attirés par les pâtisseries qu'en plein été.

— Vous ne pouviez pas me faire plus plaisir, roucoula Suzette.

Nous lui fîmes part de notre intention de donner la part belle aux choux à la crème, puisque c'était LA spécialité familiale. J'avais plein d'idées pour les moderniser et les garnir de crèmes de différents parfums. Framboise, chocolat-noix de pécan, passion…

On pouvait les décliner à l'infini en conservant la recette de base de la pâte. Alex était d'accord avec moi sur ce point, et lui aussi fourmillait de suggestions. Chacun apporterait sa touche personnelle, ce que Suzette approuva.

— Je crois que c'est Méline qui possède le cahier de recettes de mon père.

Alex et moi acquiesçâmes de concert. Ma tante nous avait en effet remis le précieux carnet de notes. L'écriture en pattes de mouche de Marcel était difficilement lisible et les feuilles abîmées par le temps, mais j'avais entrepris de recopier les recettes qui pourraient nous inspirer. Si nous souhaitions un peu de modernité, nous étions conscients que les clients se dirigeraient également volontiers vers des gâteaux plus traditionnels.

— Cette affaire ne pourra que marcher ! se réjouit notre grand-mère.

Alex repartit vite car il devait récupérer Léo au collège.

— C'est admirable, ce que tu fais pour lui, me confia Suzette, une fois qu'il eut refermé la porte de la chambre. Pour être honnête, j'avais très peur que vous ne sachiez pas mettre de l'eau dans votre vin, tous les deux.

Je lui retournai un sourire.

— On a encore du chemin à faire, mais on y arrivera. J'espère qu'il me pardonnera un jour.

— Il croit que c'est contre toi qu'il est fâché, mais c'est à lui qu'il en veut. Ce projet va lui faire beaucoup de bien.

— À moins qu'il ne décide de me couler dans le béton, m'esclaffai-je.

— Il n'en fera rien. Ton arrivée nous a redonné à tous beaucoup d'énergie. Même à Alex, quoi qu'il en dise.

Profitant de ce moment de complicité, je lui posai la question qui me taraudait :

— Tu étais au courant depuis longtemps, pour la lettre de Maman, n'est-ce pas ?

Suzette se mordilla la lèvre inférieure d'un air coupable.

— J'osais espérer que tu n'aurais pas prêté attention à ma gaffe.

— Sur le coup, non. J'ai percuté samedi.

— Ta mère et moi sommes toujours restées en contact, malgré les événements. Elle aimait bien prendre de mes nouvelles et ça la rassurait que je lui en donne de ton père.

— Je le sais. Et donc… Cette lettre et le cadeau que tu nous fais, à Alex et moi, est-ce lié ? Est-ce que Maman m'a envoyée ici en sachant ce que tu nous proposerais ?

— Tu vas chercher un peu loin, ma chérie. Ta mère se faisait du souci pour toi, c'est vrai, et elle pensait qu'en te plongeant dans l'histoire de mes parents, ton envie de créer des gâteaux reviendrait, c'est tout. Le reste, c'est un peu le fruit d'une réaction en chaîne ; tu es revenue, Alex et toi étiez malheureux comme la pierre, alors j'ai compris ce qu'il me restait à faire. Je sais que ta maman aurait approuvé.

Je poussai un soupir, à la fois émue et soulagée. Je préférais, et de loin, que les choses soient venues naturellement plutôt que l'idée d'avoir été manipulée. Je faillis ensuite évoquer son journal, mais je m'abstins, par peur qu'elle le prenne mal. Cependant, rien ne m'empêchait de tâter le terrain. Je lui parlais donc du secrétaire, qui se trouvait dans sa chambre, lui laissant sous-entendre que j'aimerais le garder.

— Il faut voir ça avec ton père et ta tante, me répondit-elle. Pour ma part, il n'y a aucun inconvénient, bien au contraire, ça me ferait plaisir que ce meuble reste dans la famille.

Elle m'apprit que c'était Marcel qui le lui avait offert à l'occasion de l'un de ses anniversaires.

— Il l'a fait fabriquer sur mesure ? l'interrogeai-je, en pensant à la cavité cachée dans la face interne.

— Non, il l'avait déniché chez un brocanteur. Ce devait être l'année de mes douze ans, nous avions visité les châteaux de la Loire et j'avais décrété que je voulais des meubles de reine, ajouta-t-elle en riant.

Bien que l'anecdote me fasse rire aussi, je n'osai pas en dire plus. Suzette était heureuse et je ne voulais pas lui gâcher son bonheur.

*

Le lendemain matin, le journal de ma grand-mère serré contre moi, je pris la direction du verger. Il avait plu par intermittence durant deux jours, mais à présent, le ciel bleu était de retour et mon père voulait en profiter pour jardiner. N'ayant pas trop la main verte, je le laissai donc en tête à tête avec son potager. Passant par-dessus la clôture en bois, je m'installai sous les arbres d'un vert éclatant. Un peu plus bas, un cours d'eau serpentait entre les pâtures, dans l'arrondi de la vallée. Il y avait un je-ne-sais-quoi d'apaisant, à le suivre du regard. Après toutes les émotions qui m'avaient traversée en peu de temps, j'aspirais à ne rien faire, ce matin, à part offrir mon corps aux rayons du soleil et rester étendue dans l'herbe, à écouter le chant des oiseaux et feuilleter le carnet de Suzette. Je repris ma lecture là où je m'étais arrêtée la dernière fois, au mois d'avril 1938. Elle n'avait plus rien écrit jusqu'au 16 mai, où elle avait rencontré son idole.

« Tino Rossi est venu me voir chanter, Salle Gaveau ! C'est M. Mancini qui lui a parlé de moi. Oh, mon Dieu ! Si un jour on m'avait dit cela ! Il a ensuite tenu à me féliciter personnellement et m'a dit que je possédais l'une des plus belles voix qui lui ait été donné d'entendre. Je crois bien que j'en ai rougi ! Maman était aussi émue que moi. Il faut dire que M. Rossi est bel homme, avec ses cheveux coiffés à la brillantine, ses yeux noirs et son merveilleux sourire. Il était accompagné par Mireille Balin... Ils sont amants, d'après ce que la presse en dit. Ils ont tourné ensemble dans Naples au baiser de feu*, que j'ai vu l'année dernière avec Jeanne. Toujours est-il que Mademoiselle Balin était ravissante, dans son ensemble de Balenciaga. Quelle allure ! Quand je pense que Papa n'a pas voulu que je m'achète cette paire de gants Hermès au Bon Marché ! Il dit que je ferais mieux d'économiser mon argent pour l'investir dans quelque chose qui en vaudra davantage la peine. Mais c'est mon argent, justement ! Pourquoi doit-on toujours demander l'autorisation des hommes ?*

Revenons-en à Tino Rossi, ça me redonne le sourire. Après m'avoir complimentée, il m'a donné des conseils, dont je n'ai rien retenu tant j'étais sous le choc et époustouflée de le voir là, face à moi. Le photographe d'un journal nous a pris ensemble. Je n'arrête pas de regarder cette photo, j'ai du mal à croire que c'est réellement arrivé ! Jeanne se moque un peu de moi en me disant qu'il n'est qu'un chanteur de charme, mais elle n'est pas mieux, avec sa fixette sur cet acteur, Jean Gabin ! Depuis que Papa nous a emmenées voir La Grande Illusion*, elle en est folle amoureuse.* »

Je souris en imaginant Suzette adolescente. Une jeune fille comme tant d'autres, en somme, si ce n'est sa soudaine notoriété dans le monde de l'opéra. Grâce à ses parents, elle ne s'est pas laissé griser par le succès et a su conserver un sens des réalités bien ancré, écrivant chaque fois qu'elle avait hâte de retourner à Cressigny.

— Julia ?

Je sursautai en reconnaissant la voix de Ben. Mon ex se tenait là, devant moi. Les mains enfoncées dans les poches de son pantalon beige, il me fixait de façon incertaine, probablement embarrassé de me déranger en pleine lecture. Je refermai le journal.

— Je te cherchais, reprit-il, j'ai entendu dire que tu étais de retour.

Et moi, je t'évitais.

À présent que j'avais fait mon choix, j'étais consciente que je risquais d'être amenée à le côtoyer bien plus que je ne le voulais. Mais jusque-là, je m'étais efforcée de ne pas trop y penser. Je devais rester concentrée sur le plus important, la pâtisserie. Ce qui allait s'avérer compliqué, s'il déboulait comme ça, à l'improviste. J'arrachai quelques brins d'herbe pour me donner une contenance. À vrai dire, j'étais sans voix.

— Tu me cherchais, répétai-je, une fois que je fus à nouveau capable d'ouvrir la bouche.

Ben acquiesça, avançant d'un pas. Je me relevai prestement avant qu'il n'ait l'idée de s'asseoir près de moi. Comme avant, lorsque nous nous allongions main dans la main, pour rêvasser dans l'herbe grasse chauffée par le soleil.

— Ton père m'a indiqué que je te trouverais ici, commença-t-il.

— Mon père, sérieusement ? dis-je en époussetant ma jupe.

J'étais plutôt surprise. Papa avait peut-être reconnu ses torts, mais lui non plus ne devait pas s'attendre à voir débarquer Ben.

— Je t'avoue que je n'étais pas certain de son accueil, reconnut-il en grimaçant.

Bien sûr, il ne pouvait pas avoir oublié leur altercation, le soir de mes vingt ans, d'autant plus qu'ils ne s'étaient jamais recroisés depuis lors. Penser à nouveau à cela me mit mal à l'aise.

— Qu'est-ce qui t'amène ? le pressai-je.

— Je dois te montrer quelque chose, mais pas ici. Est-ce que tu pourrais passer chez moi en fin de journée ?

Je l'observai, essayant de deviner ses intentions. Son regard restait indéchiffrable.

— Aujourd'hui, je ne suis pas libre, rétorquai-je avec toute la dignité dont j'étais capable.

J'avais prévu de retrouver Alex à l'ancien bar, pour continuer de déblayer. Méline et mon père nous rejoindraient ensuite. Il y avait des chances que l'on dîne ensemble après cela.

— Et demain, est-ce que tu es disponible ? tenta néanmoins Ben.

Pour qu'il insiste de la sorte, cela devait être important. Ben n'était pas du genre à user de stratagèmes bidon pour filer des rencards.

— Oui, je passerai demain vers dix-huit heures, si tu veux, lui répondis-je. Mais tu m'inquiètes ; il n'y a rien de grave, au moins ?

— Ça, je l'ignore, fit-il en haussant légèrement une épaule. Tu en jugeras par toi-même.

Perplexe, je le raccompagnai jusqu'au portail. C'est le moment que choisit mon père pour surgir du potager. Et je savais que c'était volontaire ; s'il avait voulu rentrer, il serait passé par la porte de la cuisine, au lieu de faire le tour. Il fit mine d'être surpris en nous voyant et combla l'espace entre nous en quelques enjambées.

— Tu t'en vas ? demanda-t-il à Ben.

Mon ex semblait aussi tendu que moi. Je ne savais pas à quel jeu mon père était en train de jouer, mais je redoutais le pire.

— Je ne faisais que passer, répondit Ben à sa question. Je dois retourner travailler.

— Bon, à bientôt.

Stupéfaite, je vis alors mon père tendre la main à Ben, qui la lui serra en hochant la tête, dans un silence symbolique. Je n'étais pas certaine de ce qui venait de se produire, mais ça ressemblait fort à un acte de paix.

30

À mon arrivée au bar, je vis tout de suite qu'il y avait du grabuge. Alex se trouvait devant la porte et paraissait avoir maille à partir avec Loïc.

— Arrête tes conneries, mec, tu me fatigues ! lui lança mon cousin au moment où je m'approchai.

Loïc bomba le torse pour le provoquer.

— Tu me parles sur un autre ton, OK ?

Ils n'allaient pas se battre, au moins ?

— Allez, dégage de là ! rétorqua Alexandre, en le repoussant sur le trottoir.

— Oh ! m'écriai-je. Qu'est-ce qui se passe ? Vous n'allez quand même pas nous faire une démonstration de testostérone ?

— Cet abruti refuse de comprendre que le bar n'est pas à vendre ! vitupéra mon cousin.

Loïc se tourna vers moi, l'air radouci.

— Peut-être que toi, tu m'écouteras, Julia, tenta-t-il avec un sourire suave.

Sourire qui ne fonctionna pas sur moi. Les paroles de Maud concernant ses magouilles me trottaient encore dans la tête.

— Écouter quoi ? lui demandai-je. Il me semble que c'est clair, ma grand-mère ne vend plus le bar, il n'y a rien d'autre à ajouter.

— Moi, je dis qu'il y a pourtant matière à réflexion, argua-t-il en se penchant davantage vers moi. Cette baraque va prendre de la valeur, grâce à vos travaux. À la fin, ta grand-mère pourrait toucher un joli pactole.

Mon cousin poussa un grand soupir et rentra dans le bar, me laissant me dépatouiller de Loïc toute seule.

Merci, Alex, très sympa de ta part.

Agacée, je toisai mon ancien camarade de classe sans aménité.

— Et toi, je présume que tu aurais tout à y gagner, n'est-ce pas ?

Il se rengorgea, persuadé que j'étais en train de me laisser amadouer.

— Eh bien, si ta grand-mère accepte de passer par moi, je percevrai une commission, c'est vrai.

— Merci, mais non merci, dis-je en secouant la tête. Alex et moi avons un projet et comptons bien nous y tenir.

Il me regarda alors avec une curieuse expression dans les yeux.

— Je saurai te faire changer d'avis ! déclara-t-il d'un ton mauvais, avant de s'éloigner.

— C'est ça, marmonnai-je pour moi-même.

Tout en rejoignant mon cousin à l'étage, je me demandai ce que Maud avait bien pu trouver à Loïc. Un crétin mercantile et intéressé, tout ce que je détestais !

— Tu as réussi à t'en débarrasser ? s'enquit Alex, planté en haut de l'escalier.

— Ouais, je ne te remercie pas du cadeau.

— Soit je me barrais, soit je lui fichais mon poing sur la figure. Il m'insupporte, ce type.

J'admis que Loïc ne m'inspirait pas une confiance débordante.

— Il m'a tout l'air d'un rapporteur d'affaires en carton, non ?

Mon cousin opina.

— En carton, oui, c'est parfait pour le définir. Fut une période, il avait transformé un hangar en garage clandestin.

— Un garage clandestin ? Mais pour quoi faire ?

— Pour revendre des pièces détachées à la provenance douteuse, tiens ! Crois-moi, on ne peut rien attendre de bon, venant de sa part.

— J'espère qu'il ne nous posera pas trop de problèmes, car il ne semble pas prêt à lâcher le morceau.

— On avisera.

J'acquiesçai avec un sourire.

— Bon, assez parlé de Loïc, repris-je. Faisons plutôt l'état des lieux de ton futur logement.

Nous passâmes d'une pièce à l'autre, mesurant l'ampleur des rénovations à faire. Les parquets étaient en assez bon état, il n'y aurait pas besoin de les changer. Dans la salle de bains et les toilettes, les robinetteries dataient, mais avec un bon plombier pour une remise aux normes, ça pourrait être rapidement comme neuf. Dans les chambres, en revanche, le papier peint commençait à pendouiller un peu partout. Alex eut un geste de découragement.

— Combien de temps ça va nous prendre, tout ça ?

Je fis mon possible pour le remotiver. Hors de question qu'il se laisse abattre.

— Avec de l'huile de coude, pas si longtemps que ça, affirmai-je. Bien arrangé, ça peut devenir joli, il faut juste se projeter. Ce n'est pas très luxueux, certes, mais vous vous y sentirez bien.

Il eut un rire bref et résigné, comme s'il était à bout de forces.

— Je peux être honnête, Julia ?

— Si nous devons travailler ensemble, c'est préférable.

L'ombre d'un sourire s'esquissa au coin de sa bouche.

— Tu es une véritable enquiquineuse, me dit-il. S'il n'y avait pas tant d'enjeux, à la fois personnels et professionnels, j'aurais déjà laissé tomber.

Je lui donnai une bourrade dans l'épaule, puis répondis avec malice :

— Je sais, mais bientôt tu me remercieras, de t'avoir enquiquiné. On doit se serrer les coudes, Alex, ajoutai-je un peu plus sérieusement, c'est la seule façon d'y arriver.

Méline et mon père ne tardèrent pas à faire leur apparition, accompagnés de Léonore. Tous les trois avaient les bras chargés de cartons et de sacs-poubelle. Pendant plusieurs heures, nous continuâmes de vider les lieux, triant, dépoussiérant, riant en retrouvant un objet qui nous rappelait un souvenir amusant. Léo virevoltait et poussait des cris enthousiastes à chaque nouvelle trouvaille. Sa joie de vivre et son énergie étaient des plus communicatives, elle imaginait déjà la façon dont elle décorerait sa chambre, changeant d'avis toutes les minutes sur la future couleur des murs. J'étais ravie de voir mon père mettre du cœur à l'ouvrage lui aussi. La certitude que j'avais fait le bon choix s'enracinait en moi.

— J'en ai plein le dos ! m'annonça Méline, en s'étirant, alors que mon père et Alexandre venaient de se mettre en route pour la déchetterie.

— On a bien travaillé ! nous félicitai-je.

Nous venions de vider entièrement le secrétaire de Suzette.

— J'ai cru que nous n'en viendrions jamais à bout, ajoutai-je en le regardant.

— Vous croyez que je pourrais m'en servir de bureau ? demanda Léonore.

— Suzette en serait très heureuse, si tu veux mon avis. Elle m'a dit que son père le lui avait offert pour l'un de ses anniversaires.

— C'est drôle qu'elle t'ait parlé de ça, observa Méline.

Je lui mentis, prétendant que c'était venu dans la discussion. Je savais que si j'abordais le sujet du journal intime avec ma famille, soit ils me reprocheraient ma curiosité, soit ils voudraient le lire. Pour l'instant, j'aimais bien l'idée d'être la seule au courant. Ce secret que je n'étais pas encore prête à partager avec eux était comme un fil invisible qui me reliait à Suzette.

— Bon, en tout cas, ça avance vraiment bien, reprit ma tante. Nous allons pouvoir nous occuper des devis pour transformer le bar en pâtisserie. Comment te sens-tu ? Pas trop stressée ?

Je savais que, sur ce point, je pouvais être honnête avec elle.

— Je suis morte de trouille. Si je me plante, j'entraîne Alex avec moi, ça ajoute à la pression. Cela dit, ça me fait du bien de me remettre en mouvement.

— Tu as raison, ma chérie. Tant qu'on est dans l'action, on est dans la vie. Et c'est tout ce qui compte.

Sans aucune transition, elle me demanda si j'étais d'accord pour m'occuper du gâteau d'anniversaire de Léonore, maintenant que j'étais de retour.

— J'ai fait un essai, mais rien de concluant, grimaça-t-elle.

— C'est à ce point ?

— Un vrai désastre ! s'esclaffa Léo. On aurait dit que ça sortait d'une table d'autopsie.

Méline se mit à rire elle aussi et leva les yeux au ciel en faisant mine de s'offusquer.

— Tu es sans pitié pour ta pauvre grand-mère ! Qu'est-ce que j'y peux, moi, si la mousse à la framboise n'avait pas assez pris au froid ?

Ébouriffant les cheveux de Léo, je lui promis de faire ce qui serait en mon pouvoir pour lui confectionner un gâteau digne de ce nom.

*

Le lendemain matin, je me réveillai d'excellente humeur, après une bonne nuit consécutive à un agréable dîner chez Méline. Alexandre et Tania m'ayant confié les goûts de Léonore en guise de pâtisserie, ma tante avait été prise d'une soudaine illumination.

— Mais j'y pense ! La Pâtisserie Rossignol pourrait nous fournir les desserts pour les chambres d'hôtes.

Paul, trop conscient des ratés très courants de Méline en la matière, avait aussitôt approuvé. De surcroît, Alex et moi étions séduits par cette perspective. Cela faciliterait les choses pour Méline et nous amènerait une nouvelle clientèle, pour peu que ses hôtes apprécient nos spécialités.

Mon père et moi étions ensuite rentrés à pied, longeant les maisons étroitement serrées du bourg. Dans le calme du village endormi, il avait lâché un soupir de contentement.

— C'est si agréable quand tout semble décidé à fonctionner !

— C'est vrai, avais-je répondu sur le même ton enjoué. On dirait que tout s'aligne à la perfection… Et puis, les choses ont l'air d'aller mieux, entre Alex et Tania.

La femme de mon cousin restait un peu sur la réserve, ce qui était compréhensible compte tenu de la spirale dans laquelle il s'était laissé entraîner, mais au moins elle n'évoquait plus l'idée de divorcer. Et j'étais convaincue que ça jouerait en faveur du moral d'Alex.

Songeant à tout cela, je m'étirai longuement, optimiste quant à l'avenir. Puis je me souvins que ce soir, j'avais rendez-vous avec Ben. Un sentiment de panique me tomba dessus. Pourquoi tenait-il tant à me voir chez lui ? J'avais été bête de ne pas insister pour en savoir davantage. Hier, je n'avais pas eu une minute pour m'appesantir sur le sujet, mais à présent, la réalité me rattrapait de plein fouet. Je tentai toutefois de me raisonner ; je n'avais aucune raison particulière de m'angoisser. Peut-être que ce qu'il désirait me montrer était tout simplement en rapport avec sa maison et qu'il voulait le partager avec moi, en souvenir de notre enfance. Rassérénée par cette pensée, je descendis prendre mon petit déjeuner. J'étais en train de discuter avec mon père du chantier que nous allions entreprendre au bar, lorsque je reçus un SMS provenant d'un numéro inconnu.

Salut Julia, c'est Loïc. J'ai des révélations à te faire qui pourraient t'intéresser. Retrouve-moi au Paddock à quatorze heures. À tout.

Je fixai l'écran, perplexe. Comment s'était-il procuré mon numéro ? Ce n'était certainement pas Alex qui le lui avait donné. Maud ? S'il lui avait raconté un bobard, peut-être. Je n'allais pas l'embêter avec ça maintenant.

— Tout va bien ? s'enquit mon père.

— Loïc veut me voir.

J'omis de lui préciser l'intégralité du message. Mon instinct me soufflait qu'il risquerait de très mal réagir au mot « révélations ». Cette histoire ne me disait rien de bon.

— Méfie-toi de lui, Julia, réitéra-t-il, les sourcils froncés. Il ne me plaît pas, ce gars.

Je lui assurai que moi non plus, je ne le sentais pas. Pas du tout, même.

— Mais tu vas quand même y aller, devina-t-il.

— Il me donne rendez-vous au café, je ne m'expose pas à un grand danger. À mon avis, il voudra encore me convaincre de renoncer à ouvrir la pâtisserie.

— Si ça vire au harcèlement, il faudrait peut-être le signaler à la gendarmerie.

— On verra bien.

J'arrivai la première au Paddock, un peu avant l'heure convenue. C'était peut-être un peu bête, mais ça m'aidait à me sentir en position de force. Deux, trois piliers de bar me reluquèrent avec curiosité lorsque je m'installai à une table, face à la vitre qui donnait sur la place. À cette heure-ci de l'après-midi, les passants se faisaient rares, à l'exception d'un groupe d'adolescents en train de fumer sur un banc. Au loin, je vis que la vitrine de l'ancien bar avait été passée au blanc d'Espagne, probablement par Méline puisque ni Alex ni moi n'avions eu le temps de nous en occuper le matin. Nathan, le patron du café, surprit mon regard en s'approchant de moi pour prendre ma commande.

— Finalement, vous revenez pour de bon, me dit-il.

— Et oui ! Comme quoi, il ne faut jamais jurer de rien.

Son attitude se fit alors plus réticente.

— Je suppose que vous allez rouvrir le bar de vos grands-parents…

Devinant ce qui le chiffonnait, je m'empressai de le détromper :

— Vous n'y êtes pas du tout. J'ouvre une pâtisserie avec mon cousin.

Nathan eut l'air aussitôt soulagé.

— Ça aurait été compliqué d'avoir de la concurrence à quelques mètres, reconnut-il, en m'offrant cette fois-ci un franc sourire.

Assis au comptoir, un client qui n'avait visiblement pas perdu une miette de notre conversation, lui lança que même si ça avait été le cas, il n'aurait rien eu à craindre.

— Je connais des patelins, pas si loin, où il y a plus de bistrots que d'habitants, mon gars. Et ils se portent très bien. En tout cas, c'est une bonne idée, la pâtisserie, conclut-il dans un reniflement approbateur. Ça manquait, dans les parages.

Cool, enquête d'implantation validée.

Je commandai un café avant de reporter mon attention sur l'extérieur, juste au moment où Loïc arrivait. Il gara sa moto le long de la place, mit la béquille et enleva son casque avant de traverser la route.

— Salut, Julia, fit-il en entrant dans l'établissement.

Il s'assit face à moi et commanda lui aussi un café. Les types assis au bar nous toisèrent sans grande discrétion, se demandant sans doute ce qu'on fichait ensemble. À défaut d'avoir la réponse, ils retournèrent à leurs boissons et à leurs discussions, guettant du coin de l'œil la télé branchée sur une chaîne musicale.

J'attendis que Nathan nous eût servis pour attaquer la première :

— Qui t'a donné mon numéro ?

Loïc eut le toupet de me regarder avec condescendance.

— Je t'annonce que j'ai des révélations à te faire, et la seule chose qui t'intéresse, c'est de savoir comment j'ai obtenu ton numéro ? me nargua-t-il, en se donnant un petit air important qui ne faisait jubiler que lui.

Génial, il me tapait déjà sur le système. Mais je n'allais pas me laisser démonter pour autant.

— Je t'accorde dix minutes, pas une seconde de plus, Loïc. Qu'est-ce que tu as à me dire ?

— Je voudrais qu'on discute, toi et moi.

— Encore au sujet de l'ancien bar, je présume ? soupirai-je.

Il opina, tout en me fixant avec insistance, les paupières à demi fermées comme un fauve guettant sa proie. Les recommandations de mon père en tête, je touillai mon café, peu à l'aise.

— Je vais être honnête avec toi, Julia. J'ai besoin de ces commissions pour me remettre à flot.

OK, le mec me prend pour une œuvre de charité, maintenant.

— Et tu penses que ce sera suffisant pour me faire changer d'avis ?

Loïc eut un geste de dénégation.

— Bien sûr que non, je ne suis pas stupide. Mais ces révélations dont je t'ai parlé dans mon message, chuchota-t-il, elles pourraient bien te convaincre.

— Bien, je t'écoute.

Il eut un rire sardonique, tout à fait insupportable.

— Tu n'as pas compris, me reprit-il. Je suis navré, mais tout se monnaie. Je sais des choses sur ta famille, mais te les dirai uniquement si tu t'engages à me confier la vente du bar.

J'hésitai entre l'explosion de colère et le fou rire. Il avait beau sembler maître de lui, ce qu'il disait était ahurissant.

— Et qui te dit que ça m'intéresse ?

— Le tressautement de ta paupière, à l'instant, quand j'ai parlé de ta famille. À mon avis, tu es mauvaise au poker.

— Je ne joue pas au poker. Et tu dérailles, mon pauvre.

En réalité, j'étais furieuse qu'il ait pu remarquer ça.

Il resta cependant placide.

— Comme je suis plutôt sympa, je vais te donner un indice : nos grands-mères ont été très liées, par le passé. Et puis elles se sont brouillées, après la guerre. Avant de mourir, la mienne m'a confié pourquoi. Ça vaut le détour, crois-moi.

Je haussai un sourcil, interloquée.

— Ta grand-mère ?

— Oui, Francine Hénault.

Francine. Mais bien sûr !

L'amie de Suzette avait donc épousé Corentin Hénault, le fils de l'aubergiste. Comment n'avais-je pas fait le rapprochement avec son nom de famille, en lisant le carnet ? Je pris ma tasse entre mes mains, attendant la suite. Loïc esquissa un nouveau sourire carnassier.

— Je vois que tu commences à réfléchir.

— Oui, et j'en arrive à la conclusion que c'est du grand n'importe quoi. Tu voudrais que je te confie le bar en échange d'un secret, tu es sérieux ?

Excédée par ses manières, je secouai la tête.

— Je sais des choses qui concernent Eugénie, Suzette et la mort de ton grand-père, si tu vois ce que je veux dire, ajouta-t-il, certain que ça allait faire pencher la balance.

Sa réplique me désarçonna, mais je décidai de ne rien lui montrer.

— En gros, tu me fais du chantage.

— Tout de suite les grands mots ! Je préfère le terme de marchandage, c'est plus approprié.

— Tu es sordide, Loïc. Tes proches sont habitués à croire tes mensonges, n'est-ce pas ? Je suis heureuse que Maud n'ait pas gâché sa vie en restant avec toi.

C'était un coup bas, d'accord, mais j'avais besoin de lui faire comprendre que son petit numéro ne prenait pas avec moi. Un éclat de colère passa dans ses yeux ; il se fit violence pour se contenir.

— Laisse Maud en dehors de ça. Je l'aimais, mais je n'ai pas été à la hauteur. Ça arrive à tout le monde, non ? Regarde Ben, qui t'a larguée comme une merde.

Je serrai la mâchoire, me retenant de le gifler.

— Ce n'est en rien comparable.

— Ah oui, c'est vrai. Vous, les citadins, vous faites mieux que tout le monde. Et puis, je ne suis pas comme ce brave Benjamin, moi. Il s'est toujours cru plus intelligent que les autres. Tu te souviens, comme il lui arrivait de nous prendre de haut ?

De fait, il était parfois arrivé que Ben s'exprime de façon caustique, mais je ne l'avais jamais trouvé méprisant. Et puis, je ne pouvais pas le blâmer d'avoir remis Loïc en place une ou deux fois.

— Si tu as des comptes à régler avec Ben, je te suggère d'aller le trouver directement. En tout cas, je ne marche pas dans tes combines, désolée, terminai-je en laissant de la monnaie pour régler ma boisson.

En partant, je ne pus m'empêcher d'ajouter, bravache :

— En fait, c'est du bla-bla, tout ça. Il n'y a aucun secret, dans ma famille.

— Crois ce que tu veux. Mais tu le regretteras, Julia !

Je sortis sans même lui jeter un regard. Après cet échange perturbant, j'avais besoin de prendre l'air. La logique aurait voulu que je n'accorde aucun crédit à ses délires, mais enfin, c'était quand même troublant. J'ignorais que Suzette et Francine s'étaient fâchées. Pourtant, j'aurais pu le deviner puisque ma grand-mère n'avait jamais fait la moindre allusion à son ancienne amie devant moi. Elles ne se fréquentaient pas. Tout en réfléchissant à ce fait nouveau, je marchais vers le bar, décidée à aller prendre quelques mesures pour les futurs devis. Je m'arrêtai net en avisant André, le vieil homme que Méline avait renvoyé dans ses cordes, la dernière fois. Appuyé sur sa canne, il scrutait la vitrine avec circonspection.

— Je peux vous aider ? lui demandai-je sans brusquerie.

Vu la façon dont ma tante avait parlé de lui, je m'attendais à ce qu'il bougonne à nouveau un truc pas très sympa, comme la première fois que je l'avais croisé, au supermarché, mais il n'en fit rien.

— Alors comme ça, vous allez rouvrir la Pâtisserie Rossignol, ton cousin et toi.

Ce n'était pas une question. Et à en juger par son regard soupçonneux, il semblait convaincu que notre entreprise était synonyme de problèmes.

— Les nouvelles vont vite, répondis-je de façon lapidaire.

— Il en a toujours été ainsi, dans le coin. Les rumeurs se répandent comme une traînée de poudre.

Il se tut, le temps de me dévisager.

— Tu es le portrait craché de ta grand-mère, quand elle était jeune.

— On me le dit souvent. Vous l'avez bien connue, à cette époque ?

J'avais une petite idée quant à la réponse, puisque ma tante m'avait fait comprendre que mon grand-père et André ne s'appréciaient pas.

— Tout le monde l'a connue, esquiva-t-il. Elle tenait le bar.

Peut-être que le vieil homme saurait me renseigner quant à un potentiel secret impliquant Eugénie, Francine et Suzette ? Comme il l'avait lui-même souligné, tout se savait, dans ce village. Ça valait le coup d'essayer.

— En fait, je m'intéresse à mes racines et à l'histoire de ma famille. Je me disais que vous pourriez…

— Ne remue pas le passé, veux-tu ?! s'écria-t-il sans me laisser finir. Si tu es venue pour brasser tout ça, retourne à Paris !

Son teint avait viré au rouge. Il ne m'aurait pas toisée d'une autre façon si je l'avais traité de tous les noms d'oiseaux. Sa réaction me stupéfia, mais je tentai de me justifier :

— Ce sont mes attaches, j'ai envie de m'investir.

— Non ! tonna-t-il à nouveau. Tu ne dois pas chercher à savoir. Le passé est toujours dangereux, quand on le regarde d'un peu trop près.

Je m'aplatis contre le mur, mal à l'aise face à cet assaut de colère que j'avais déclenché. André m'adressa un nouveau coup d'œil assassin.

— Tu n'as rien à faire là ! déclara-t-il d'un ton péremptoire. Rien !

Puis il repartit, me laissant interdite, pour ne pas dire estomaquée. Je ne comprenais pas très bien ce qu'il venait de se passer, mais ce bled commençait sérieusement à me foutre les chocottes.

31

Trois heures plus tard, dans un état de nervosité extrême, je grimpai les marches inégales qui menaient à la maison de Ben. Je n'en menais pas large, encore remuée par le comportement ignoble de Loïc et mon altercation avec André. Si Ben m'avait convoquée lui aussi pour me faire du chantage ou m'agonir d'injures, je n'étais pas sûre de pouvoir me contenir. Je respirai à fond et redressai les épaules avant de sonner. La porte s'ouvrit sur le golden retriever, qui se redressa sur ses pattes arrière pour me faire la fête. Ben se trouvait juste derrière.

— Couché, Simba ! commanda-t-il au chien. Désolé, il est un peu gênant dans ses démonstrations d'amitié.

Je lui fis signe qu'il n'y avait aucun mal et entrai à sa suite dans le vestibule. C'était la première fois que je pénétrais dans cette bâtisse. L'entrée était haute de plafond et le sol carrelé de ciment à motifs anciens. Je levai la tête vers l'escalier qui desservait l'étage. La maison hantée avait des airs plutôt accueillants, en définitive.

— C'est impressionnant, de me trouver là.

Ben répliqua avec humour :

— Si ça peut te rassurer, je n'ai encore croisé aucun fantôme. Les murs craquent un peu la nuit, mais il n'y a rien d'extraordinaire à cela.

— Cette maison n'est pas de première jeunesse, c'est certain ! Mais je présume que ce n'est pas pour ça que tu voulais me voir, dis-je en le jaugeant.

— En effet.

Simba fila se coucher dans son panier et Ben me fit signe de le suivre dans la cuisine. Cette pièce avait été laissée dans son jus, si je me fiais au fourneau au-dessus duquel étaient accrochées des casseroles en cuivre et à la peinture des murs, d'un jaune écaillé.

— Tu veux boire quelque chose ? me proposa-t-il.

— Ce n'est pas de refus.

Il déboucha une bouteille de thé glacé. Nous en consommions des litres à l'époque où nous étions ensemble, c'était mon carburant quand je passais mes nuits dans les révisions. Sans doute s'en était-il souvenu.

— Tu bois encore ça ? lançai-je pour détendre l'atmosphère.

— Non, mais je pensais que toi, peut-être…

— Ça ira très bien, lui assurai-je avant d'en avaler une gorgée.

Puis, remarquant une pile de documents posée sur la table, je lui demandai :

— C'est ce que tu voulais me montrer ?

Ben acquiesça, s'emparant du dossier. Il paraissait avoir du mal à exprimer ce qu'il voulait dire, aussi, je l'encourageai du regard.

— Ce n'est peut-être pas grand-chose, commença-t-il, mais ça pourrait t'intéresser.

Je jetai un bref coup d'œil, sans trop comprendre de quoi il s'agissait.

— Ce sont des extraits cadastraux de cette maison, m'expliqua-t-il. Je voulais en savoir plus sur son histoire, avant de poursuivre les rénovations. Déformation professionnelle, sans doute, ajouta-t-il en souriant.

— Dois-je en déduire que tes recherches ont été fructueuses ?

Il opina une nouvelle fois.

— La maison a été construite en 1897 par un certain Anatole Bizeau, m'apprit-il. Il l'a conservée jusqu'à sa mort, en 1938.

C'était sûrement passionnant, mais ça ne me disait toujours pas pourquoi il tenait à ce que je voie ces papiers.

— Où est-ce que tu veux en venir ?

— La maison a trouvé un nouvel acquéreur, en mai 1939. Et cet acquéreur… c'était ton grand-père, termina-t-il en faisant glisser doucement l'une des feuilles jusqu'à moi.

Successivement, je regardai le papier, puis Ben. Je n'arrivais pas à croire ce que j'avais sous les yeux. Pourtant, c'était écrit noir sur blanc : Maxime Lagarde.

— Cette maison aurait appartenu à ma famille ? C'était complètement fou !

— Jusqu'en 1946, affirma-t-il en tapotant une troisième feuille du bout de l'index. Ta grand-mère l'a revendue à cette date.

— Environ deux ans après la mort de mon grand-père, donc.

— Ensuite, un couple de personnes âgées y a vécu près de trente ans et elle est tombée à l'abandon, jusqu'à ce qu'un Anglais la rachète en 2000.

Incrédule, j'observai les documents, comme s'ils allaient me dévoiler d'autres choses.

— Je ne sais pas quoi en penser, Ben. Je n'étais pas au courant.

— Je m'en doutais bien. C'est pour ça que je voulais te montrer ces papiers.

Je redressai la tête pour l'interroger :

— Est-ce que tu en as parlé à ma tante ?

Il m'indiqua qu'il n'avait pas osé le faire.

— Elle nous a tellement répété de ne pas nous approcher de cette maison, quand on était gamins… à présent, je me dis que ce n'était peut-être pas un hasard.

La réaction de Méline quand Colette lui avait appris le rachat par Ben me revint alors en mémoire.

— Tu as sans doute raison. Elle est d'ailleurs devenue toute blanche, quand elle a su que tu en étais le nouveau propriétaire.

— Mes parents n'ont pas sauté de joie non plus, grimaça-t-il.

— Ah bon ? Tu penses qu'ils pourraient savoir quelque chose ?

— Je n'en ai aucune idée. Mais je ne serais pas étonné d'apprendre qu'il s'est passé un truc, ici.

D'une voix incertaine, je lui racontai que j'étais tombée par hasard sur le journal intime de ma grand-mère.

— J'étais en train de lire, hier, quand tu es arrivé. J'ai quelques scrupules à en continuer la lecture, mais peut-être qu'elle fait allusion à cette bâtisse, à un moment ou un autre…

Après ce que venait de me révéler Ben, de toute façon, je savais que la première chose que je ferais en rentrant serait d'ouvrir le carnet. Ma curiosité était à nouveau éveillée.

— Je ne te force à rien, déclara-t-il, gravement. Tu as le droit de ne pas avoir envie de savoir.

Je lui coulai un regard éloquent, avant de lâcher un rire las.

— Franchement, Ben, tu es un emmerdeur. Dire que j'ai affirmé tout à l'heure à Loïc qu'il n'y avait aucun secret dans ma famille !

— Loïc ? Qu'est-ce qu'il vient faire là-dedans ? demanda-t-il, sur la réserve.

Je lui relatai l'odieux chantage dont notre ancien camarade avait tenté d'user sur moi.

— Il cherche un moyen de me contraindre, et comme il n'en existe pas de légal…

L'expression de son visage trahit aussitôt ses pensées.

— Quel salopard ! Il a toujours eu l'éthique de Tony Soprano, ce type.

— Il n'empêche qu'il a réussi à semer le doute en moi. Je n'ai aucune intention de lui céder, mais je me pose plein de questions, encore plus avec la couche que tu viens de rajouter.

Ben esquissa un petit sourire navré. Un sourire qui conservait tout son pouvoir sur moi malgré les années et la brutalité de notre rupture. Il se tenait si près de moi qu'il aurait pu combler l'espace juste en tendant la main. Mon cœur cognait trop vite dans ma poitrine, la tentation de me glisser entre ses bras, comme avant, était presque irrésistible. Une petite voix intérieure, qui avait curieusement les intonations d'Aurélie, me mit en garde :

Ne déconne pas, Julia. Remettre le couvert avec son ex ce n'est jamais un bon plan.

Je toussotai, gênée par le soudain silence qui venait de s'établir entre nous.

— Je pense que je vais y aller, dis-je en faisant semblant de consulter ma montre.

— Bien sûr, acquiesça-t-il. Pour être honnête, je n'étais pas certain que tu viendrais, alors…

Il laissa sa phrase en suspens, ce qui me fit plisser les sourcils.

— Comment ça, pas certain ? Je t'avais bien dit que je passerais, non ?

— Oui, mais tu dois me haïr pour ce que je t'ai fait.

Sa franchise me cloua le bec. Je m'attendais à tout, sauf à ce qu'il évoque ce sujet.

— Non, je ne te hais pas, parvins-je finalement à articuler.

Il soutint mon regard avec force.

— Je t'ai pourtant donné de bonnes raisons de me détester.

Ça, c'est le moins qu'on puisse dire.

La tournure qu'était en train de prendre cette conversation ne me plaisait pas du tout. Je n'avais pas envie de penser à des choses douloureuses. Voir l'homme solide qu'était devenu Ben m'emplissait déjà bien assez le cœur de nostalgie. Mais je préférai dédramatiser.

— Disons qu'après que tu m'as larguée, oui, j'ai peut-être parfois rêvé de te croiser juste pour pouvoir t'insulter. Mais ce n'est jamais arrivé, et je suppose que c'est mieux comme ça.

— Je t'ai fait très mal, ce jour-là. Tu ne peux pas imaginer comme je m'en suis voulu.

Je réprimai un soupir en comprenant qu'il avait apparemment l'intention qu'on s'explique, là, maintenant. Ça m'aurait soulagée de changer de sujet. Toutefois, je m'entendis répliquer :

— J'ai traversé l'enfer, quand tu as rompu, c'est vrai. Le pire pour moi, ça a été que tu coupes les ponts du jour au lendemain.

— J'étais convaincu que fuir était la meilleure solution pour que tu m'oublies. Pour que je t'oublie. En réalité, j'étais lâche.

— Tu n'as pas besoin de t'autoflageller, Ben. C'est du passé. Et puis, bon, l'attitude de mon père avait de quoi faire fuir.

Vas-y, ma fille, trouve-lui des circonstances atténuantes, aussi !

Il envoya valser ma dernière remarque.

— Je ne t'ai pas tout dit, Julia, avoua-t-il d'une voix basse. S'il n'y avait eu que ton père…

— Ben ! protestai-je, par peur d'entendre la suite.

Ignorant ma volonté, qui certes était plutôt faible, il continua :

— Quand je suis rentré chez moi, après ton anniversaire, mes parents ont tout de suite vu que j'étais contrarié. Ma mère a pété les plombs quand je lui ai raconté ce qui s'était passé avec ton père. Elle s'est mise à crier que ta famille n'était bonne qu'à semer les problèmes et qu'elle avait supplié maintes fois mon père de quitter Cressigny à cause de ça.

J'eus l'impression de recevoir une gifle en pleine figure. Pourtant, ça ne m'étonnait qu'à moitié. La mère de Ben avait toujours considéré notre relation d'un œil critique, même enfants, quand nous n'étions que des amis.

— Je n'ai jamais compris ce qu'elle me reprochait, soufflai-je.

— Et moi, je n'ai jamais eu le cran de le lui demander. C'est pour ça que je me considère comme un lâche, Julia. J'aurais pu m'opposer à ma mère et continuer notre relation comme si de rien n'était.

— Mais tu as rompu, constatai-je d'une voix étouffée.

— Oui.

Nous restâmes silencieux durant quelques secondes. Je ne savais plus quoi dire et je me sentais complètement idiote. Dépassée par les événements, aussi. Je ne pouvais pas prétendre qu'il m'avait menti, mais il avait omis une grosse partie de la vérité. C'était la réaction démesurée de sa mère qui était à l'origine de notre rupture, pas le comportement de mon père, du moins pas directement. Cela avait beau faire quatorze ans, c'était dur à avaler.

— Je crois qu'on devrait éviter de se recroiser, du moins jusqu'à ce que je digère un peu tout ça, dis-je en me levant pour prendre congé.

Ben parut ennuyé.

— Je suis convié à l'anniversaire de Léonore, demain soir…

La vie ne me facilitait vraiment pas les choses, ces temps-ci ! Elle avait même tendance à me piquer les yeux un peu trop souvent.

— Bon, eh bien, ce sera valable pour plus tard, déclarai-je en me dirigeant d'un pas pressé vers le vestibule.

Je n'avais qu'une envie, rentrer et me planquer sous la couette pendant les six prochains mois. Ben tint à me raccompagner jusqu'au portail. Je sentais qu'il n'était pas très à l'aise vis-à-vis de ce qu'il venait de me dire, mais le mal était fait. J'avais maudit mon père à cause de lui, merde !

Avant de regagner ma voiture, je lui posai toutefois une dernière question :

— Pourquoi es-tu revenu au village, au juste ?

Il déglutit et m'expliqua qu'il avait quitté San Francisco après s'être séparé de Shannon, sa petite amie, au bout de huit ans de relation.

— Elle voulait qu'on se marie, et ça m'a fait comme un électrochoc. Je me suis rendu compte que je ne l'aimais pas de cette façon-là. J'avais de l'affection pour elle, mais c'était un amour tronqué. L'épouser aurait été malhonnête de ma part.

— Tu aurais pu rester aux États-Unis.

Il fit non de la tête.

— J'avais besoin d'un retour aux sources, pour me fixer. Quand j'ai su que cette maison était à vendre, j'y ai vu comme un signe.

Sans cesser de me fixer, il ajouta :

— Il faut croire qu'il y a beaucoup de choses que je n'ai pas déracinées de mon cœur.

Son regard d'un bleu si intense manqua de me faire perdre les pédales. Je me fis la réflexion qu'il subsistait entre nous un lien plus profond que je n'aurais imaginé, avant de me souvenir que j'étais en colère. Je ne pus m'empêcher de remettre le sujet sur le tapis :

— J'ai détesté mon père parce que je le pensais responsable de notre rupture, murmurai-je. Comment as-tu pu me laisser croire ça ?

— Je sais, Julia. J'ai merdé sur toute la ligne.

— Et pas qu'un peu, déplorai-je en secouant la tête.

Je marmonnai un bref au revoir, puis m'éloignai prestement. En rentrant, j'étais en proie à l'abattement le plus complet. Mille émotions m'embrouillaient la tête et le cœur, et je ne desserrai pas les lèvres du dîner, laissant mon père monologuer. Je ressentais une immense colère, dirigée aussi bien contre Ben que contre moi. Pourquoi fallait-il que je me sente attirée par lui, en dépit de tout ? Ce n'était pas ainsi que j'étais censée réagir ! Ça ne rimait à rien, il fallait à tout prix que je me le sorte de l'esprit.

— Ça s'est bien passé, chez Ben ? m'interrogea mon père, en servant le fromage.

Bien entendu, mon changement d'humeur n'était pas passé inaperçu.

— Oui, il voulait juste qu'on s'explique.

Ce n'était surtout pas le moment de remuer cette histoire de cadastre. De toute façon, je n'en avais pas la motivation.

Mon père me considéra d'un air soucieux.

— Ça n'a pas été trop difficile ?

— Ce n'est jamais agréable, mais au moins c'est fait. Il m'a annoncé qu'en réalité, c'est à cause de sa mère qu'il a rompu. C'est tellement bête, tout ça, déplorai-je en secouant la tête.

Il ne me demanda pas en quoi la mère de Ben était mêlée à cela.

— Et Loïc, qu'est-ce qu'il te voulait ?

Je l'avais presque oublié, celui-là.

— Me faire changer d'avis, bien sûr. Comme je n'ai pas cédé, il m'a dit que je finirais par le regretter... Mais j'ai l'impression qu'il est plus grande gueule que dangereux.

— Je me méfierais quand même, à ta place. On ne sait pas de quoi il est capable.

Je passai le reste de la soirée dans le salon, à faire semblant de suivre le feuilleton policier devant lequel mon père s'était assis. Le lendemain matin, je me rendis de bonne heure chez Méline, en priant pour ne pas tomber sur Ben. Pour confectionner le gâteau de Léo, il me fallait être dans un état d'esprit positif, ce qui risquait d'être compromis si mon ex traînait dans les parages. Par chance, ce dernier était absent car il accueillait des ouvriers pour les travaux de sa propre maison, comme me l'indiqua ma tante autour d'un café.

— Par contre, enchaîna-t-elle, il sera présent ce soir, j'espère que ça ne te dérange pas. Léonore l'adore.

N'ayant pas envie de revenir sur la journée d'hier, je fis celle qui n'était pas au courant.

— Je tâcherai de rester courtoise et civilisée, promis-je en lui lançant un clin d'œil.

Mentalement, j'envisageais déjà des excuses pour pouvoir me retirer le plus tôt possible. Moins je verrais Ben, mieux je me porterais. Ma tante me tendit un tablier et je me mis au travail sans attendre. J'avais trois préparations à effectuer ; un biscuit madeleine pour ma base, une mousse à la framboise et un croquant réalisé à base de crêpes dentelle et de chocolat fondu, que je superposerais successivement. Pour parachever le tout, je poudrerais l'ensemble en rose afin d'obtenir un effet velours. C'était du boulot, mais dans ma tête, je visualisais un dessert aux allures de coussin arrondi, avec de beaux losanges sur le dessus, parsemé de petites étoiles comestibles.

Une fois mon gâteau monté, je le réservai au froid pour le faire prendre.

— C'est une telle évidence, pour toi ! se réjouit Méline.

— Ce sera un vrai gâteau de princesse, affirmai-je, satisfaite. Je reviendrai plus tard pour le poudrer.

— Je te fais confiance, ma chérie, c'est toi, l'experte ! Et merci, tu nous sauves l'anniversaire de Léo.

Le soir arriva bien trop vite à mon goût. Durant l'après-midi, j'avais nettoyé de fond en comble le futur logement d'Alex. Le ménage avait cette vertu de m'empêcher de penser. Hélas, la réalité me rattrapa et je dus faire bonne figure alors que Ben était assis juste en face de moi. Méline, très élégante dans sa robe jaune, avait dressé la table dehors et allumé de petites bougies. Léo rayonnait, ses parents souriaient. Colette était présente, elle aussi et, cerise sur le gâteau, même mon père avait décidé de se joindre à nous.

— Tournée de grenadine pour tout le monde ! lança mon oncle, tandis que Méline servait des petits fours.

Nous fîmes entrechoquer nos verres avec le même enthousiasme que s'ils contenaient du champagne et commençâmes à manger. J'écoutai la conversation plus que je n'y participai, évitant ostensiblement de regarder dans la direction de Ben. Ma tante apporta ensuite un soufflé au fromage, le plat favori de Léo.

— Chaud devant, ça sort du four ! annonça-t-elle, le posant sur la table.

— Je ne sais pas comment tu t'y prends pour qu'il ne retombe pas, observa Colette. Il est parfait.

Méline lui répondit :

— Il faut juste éviter d'ouvrir la porte du four pendant la cuisson. C'est le seul secret, du moins pour moi.

— En tout cas, il a l'air délicieux, fit mon père avec gourmandise.

Léo eut évidemment le privilège de le goûter la première et nous confirma qu'il était exquis. Je vis alors Alexandre se tourner vers Ben, qui était à sa gauche.

— Dis-moi, commença-t-il, j'ai pensé à un truc. Julia et moi avons pas mal de travaux à effectuer pour la pâtisserie. Est-ce que ça te dirait de nous dessiner les plans ? C'est ton boulot, non ?

Manquant m'étouffer avec mon soufflé, je dus avaler une gorgée d'eau pour le faire passer.

— Je suis architecte paysagiste, pas d'intérieur, se défendit Ben.

— Mais tu en serais capable ? insista mon cousin.

Ben me lança un coup d'œil plein d'hésitation.

— Probablement, concéda-t-il. On en rediscutera.

Ou pas. Car je comptais bien rappeler à Alex qu'il aurait pu me consulter, avant de demander une telle chose à Ben. Il était évident que mon ex excellait dans son domaine, il n'y avait qu'à voir comme le jardin de Méline prenait joliment forme, mais cette situation ne manquerait pas de me mettre mal à l'aise. Bien sûr, mon cousin ne pouvait pas deviner ce qu'il s'était passé hier, il aurait néanmoins pu se douter qu'il subsistait une sorte de malaise entre Ben et moi. Pour l'heure, je m'efforçai de ne plus y penser. Je n'allais pas gâcher la fête d'anniversaire de Léo avec mes petites considérations personnelles. À côté de moi, mon père et Colette, complices, riaient bruyamment. Méline intercepta mon regard et me sourit.

Puis il fut temps de servir le gâteau. Des exclamations retentirent lorsque les invités découvrirent ce que j'avais fait. Le dessert était exactement comme je l'avais imaginé.

— Waouh ! s'écria Léo, folle de joie. C'est le plus beau gâteau d'anniversaire que j'aie jamais eu !

— Merci, ma puce.

J'étais plus que ravie que ma création lui plaise.

Alexandre fit mine de s'offusquer :

— Non, mais oh ! Dis que mes gâteaux n'étaient pas bons.

Léonore se leva pour enlacer son père.

— Si, mais celui de Julia est plus…

— Attention à ce que tu vas dire, ma fille, se mit à rire mon cousin.

— Elle veut juste te dire que je suis fabuleuse, blaguai-je.

Mon dessert fit l'unanimité. Après une première bouchée, mon père le qualifia de divin.

— Il est léger tout en restant gourmand. Tu t'es surpassée.

— Tu n'es pas obligé d'en faire trop, Papa, répondis-je avec modestie.

Le regard de Ben croisa à nouveau le mien.

— Je suis d'accord avec ton père, c'est très bon.

Répugnant à lui sourire en retour, je lui adressai un bref hochement de tête en remerciement. L'expression de son regard me laissa penser qu'il voulait ajouter quelque chose, mais il n'en fit rien et termina son gâteau sans un mot de plus.

Moins d'une heure plus tard, nous nous tenions tous devant le portail, peu désireux de mettre un terme à cette belle soirée. Mon père et Colette discutaient avec Méline et Paul, quant à moi, je m'éternisais près de mon cousin et Tania. Ben, lui, devisait joyeusement avec Léo. Celle-ci revint vers nous et nous annonça qu'elle montait se coucher.

— C'était super génial ! déclara-t-elle, enthousiaste.

Ses parents la suivirent. Par conséquent, je me retrouvai seule, face à Ben. Les autres étaient toujours en grande conversation, près de la voiture de Colette garée devant. Pile ce que je voulais éviter. Mon ex me regarda un peu tristement, on aurait dit qu'il tentait de graver mes traits dans sa mémoire.

— Tu m'en veux, hein ?

Sa question, prononcée d'un ton fataliste, m'arracha un soupir. J'aurais voulu pouvoir me départir de ma fierté, mais j'étais encore blessée par ses aveux.

— Non, mentis-je, ne voulant pas qu'il comprenne combien cela m'affectait encore.

— Ton attitude m'indique pourtant le contraire.

— Je suis un peu sonnée par tout ça, Ben. Ça fait beaucoup de choses en même temps.

Et c'est trop le bordel dans mes émotions.

— Ouais, je n'ai pas été très délicat de te balancer tout ça maintenant, reconnut-il en soupirant à son tour. J'en suis désolé. Si tu n'as pas envie que je donne suite à la proposition de ton cousin, pour vos plans, je déclinerai.

— Je n'en sais rien. J'ai besoin d'y réfléchir.

Colette nous ramena, mon père et moi, puisque nous étions venus à pied. Prétextant une migraine, je les laissai papoter autour d'une tisane et montai vite dans ma chambre. Ma tête et mon corps étaient fatigués, mais je n'avais pas envie de dormir.

J'avais envie de rouvrir le carnet de Suzette pour découvrir la suite de ses aventures.

32

Suzette, 1938

Abandonnant la fraîcheur de la cuisine, Suzette sortit pour suivre Francine, venue la chercher à vélo. Dehors, tout était silencieux dans ce bel après-midi d'été, à l'exception du clocher de l'église qui, au loin, sonna deux coups.

— Prends ta bicyclette ! lui lança son amie.

— Par cette chaleur ? protesta Suzette.

La jeune fille était arrivée la veille à Cressigny. Comme elle trouvait le logement de ses parents, au-dessus de la boutique, un peu trop exigu à son goût, elle s'était installée à la ferme, pour le plus grand plaisir de sa grand-mère Augustine. La vieille femme se plaignait en effet de ne plus voir personne puisque Gaspard, Arthur et Léontine passaient leurs journées aux champs à moissonner, en compagnie de la main-d'œuvre recrutée pour l'occasion. Le soir, ils étaient si épuisés qu'ils s'endormaient sitôt leur souper avalé.

— Où est-ce que tu veux aller ? reprit Suzette.

— Il faut que je te montre quelque chose. Allez, viens !

Elles enfourchèrent chacune leur vélo et redescendirent la route de terre qui piquait vers le village. Mais au lieu de se diriger au cœur du bourg, comme s'y attendait Suzette, Francine bifurqua sur le sentier qui suivait la voie de chemin de fer. Le bas de leurs robes à carreaux battait dans la brise de juillet, révélant leurs jambes fines et bronzées. Tout en pédalant, Suzette regardait la vallée défiler, avec ses kilomètres de champs verts qui s'étendaient à perte de vue et l'odeur de paille chaude qui régnait dans l'air. Quel merveilleux sentiment de plénitude et de liberté !

Francine ralentit tout à coup à l'orée du bois.

— Comment va Arthur ? lui demanda-t-elle, sur le ton de la conversation.

— Je ne sais pas. Je ne l'ai pas encore vu car j'ai dîné chez mes parents, hier soir. Il dormait déjà quand je suis rentrée.

— Il paraît que le père Mareuil aimerait bien le faire travailler avec lui au bistrot.

Suzette n'était pas étonnée par la nouvelle. Arthur avait su s'intégrer parfaitement au village. Il était tout ce qu'on attendait d'un gars de la campagne : travailleur et serviable. Et encore jeune, de surcroît.

— Je ne suis pas au courant, répondit-elle, tout en jetant un coup d'œil scrutateur aux arbres qui les entouraient. Peux-tu me dire ce qu'on fiche à La Mercerie ?

Francine descendit de sa bicyclette et se mit à marcher sur le sentier en tenant son vélo par le guidon.

— La maison va être mise en vente, dit-elle.

— Quelle maison ?

— Celle d'Anatole Bizeau. Il a passé l'arme à gauche et ses héritiers ne veulent pas la conserver.

Suzette se souvint qu'un comte ou quelque chose du genre vivait en effet au hameau de La Mercerie. Elle avait entendu plusieurs fois sa mère se moquer de ce

M. Bizeau, qu'on ne voyait jamais faire ses courses à Cressigny, mais qui n'hésitait pas à traverser le bourg avec sa voiture flambant neuve et pétaradante, pour aller jusqu'à Tours.

— Je ne l'ai jamais vue, sa maison, déclara-t-elle.

— Moi non plus, hé ! Tu penses bien qu'il n'a jamais invité personne du bourg à venir chez lui. Mais il paraît qu'elle vaut le coup d'œil. C'est le moment de nous en assurer.

Mues par un sentiment de hardiesse, les deux jeunes filles se rapprochèrent de la propriété. La grille de l'entrée était solidement fermée par un cadenas. Elles purent néanmoins contempler la belle demeure qui se dressait entre les arbres et les bosquets. Suzette en resta sans voix. C'était une maison en pierre de deux étages, avec de lourds volets blancs. Du lierre grimpait le long de la façade, et les rebords des fenêtres étaient agrémentés de balustrades en fer ouvragé. De là où elle se tenait, elle pouvait même apercevoir une terrasse clôturée par d'élégants treillages. Cet endroit respirait le calme et la poésie.

— Magnifique ! souffla-t-elle au bout de quelques secondes.

Francine, elle, parut déçue.

— C'est plus petit que j'imaginais. Venant d'un comte, on aurait été en droit de s'attendre à un château.

— Tu es dure. Je trouve ce lieu charmant et propice à la rêverie.

Son amie leva les yeux au ciel en secouant la tête.

— Ce que tu peux être romantique, quand tu t'y mets ! pouffa-t-elle.

Suzette rit avec elle, mais au fond d'elle, une certitude était déjà en train de naître : elle avait l'impression, très forte, que cette maison l'attendait. Et qu'un jour, elle serait sienne.

Elles se promenèrent encore un peu et grimpèrent un coteau pour aller se poser dans l'herbe, qui leur arrivait à hauteur des genoux. Les chevilles croisées devant elle, Suzette suivit du regard une abeille qui butinait une fleur en bourdonnant. Rien ne semblait pouvoir troubler ce calme ambiant ! Rien, sauf Francine, qui se mit à papoter et voulut savoir si Tino Rossi était aussi beau en vrai qu'en photo. Suzette opina avec ferveur.

— Même ma mère est restée toute chose, ajouta-t-elle en riant. Si tu avais pu la voir, on aurait dit qu'elle avait notre âge.

— Qui ne serait pas sous le charme ? Ah, Tino… ! soupira Francine, béate.

— Sans vouloir te vexer, son cœur est déjà pris. Et je peux te dire qu'aucune d'entre nous ne peut rivaliser avec l'heureuse élue.

Son amie roula vers elle en faisant mine de la taper, ce qui les fit rire de bon cœur.

— Et le spectacle de Joséphine Baker, c'était comment ? reprit Francine. Tu ne m'as pas raconté !

Le mois dernier, Marie-Rose, de passage à Paris pour quelques semaines, avait en effet emmené Suzette voir une revue musicale de l'artiste de cabaret. Joséphine Baker chantait et dansait sur de la musique jazz comme personne.

— C'était époustouflant ! répondit la jeune fille. Elle nous a chanté *J'ai deux amours*, j'en ai eu des frissons.

— Il paraît que l'homme qu'elle aimait est mort, il y a deux ans. J'ai lu ça dans un journal.

— Oui, mais elle s'est mariée l'année dernière. Elle est française, maintenant. Quelle femme !

S'arrêtant de parler, Suzette se tourna alors vers son amie, une expression taquine dans le regard :

— En parlant de mariage, on va bientôt devenir Mme Corentin Hénault, alors ! Qu'est-ce que ça te fait ?

Les noces entre Francine et le jeune homme devaient avoir lieu en septembre.

— Je crois que je ne réalise pas tout à fait, lui confia son amie, le rose aux joues. J'ai hâte, si tu savais ! Et toi, tu n'as toujours aucun garçon en vue ?

Suzette esquissa un geste de dénégation.

— Je n'ai pas le temps. Les jours où je ne suis pas sur scène, je suis plongée dans mes livres d'études. Mes parents veulent à tout prix me faire passer le baccalauréat.

— Quelle chance ! Je ne connais personne qui l'a. On s'est tous arrêtés au certificat d'études, nous autres.

Elles discutèrent encore de choses et d'autres puis, chacune devant vaquer à ses occupations, elles finirent par se séparer. Suzette avait promis à sa grand-mère de l'aider à préparer le souper, car ses parents devaient venir dîner avec eux. La jeune fille décida de rejoindre la ferme en passant par le chemin caillouteux qui remontait vers les champs. Elle avait envie de surprendre Arthur et le saluer avant que tout le monde ne soit réuni. Malgré la mort de son grand-père, qui leur avait causé à tous un terrible chagrin, Suzette gardait de très bons souvenirs de ses précédentes grandes vacances. Elle n'avait pas oublié l'appui solide qu'avait été le garçon quand elle avait eu besoin d'une compagnie silencieuse et rassurante. Tout en se remémorant ces quelques bribes passées, elle marchait en tenant sa bicyclette, suant sous l'effort de la montée. Elle allait arriver dans un état pitoyable, le teint rouge, et complètement échevelée ! Heureusement, Arthur et l'oncle Gaspard n'en auraient rien à faire.

Suzette atteignit enfin les champs, dans lesquels une quinzaine d'hommes et de femmes s'échinaient à lier les gerbes de blé pour les mettre en meule. Deux chevaux tiraient la moissonneuse. Elle repéra immédiatement Arthur, perché sur une charrette, en train de réceptionner les gerbes. Il n'avait pas changé, bien qu'il eût peut-être gagné en carrure. La jeune fille lui fit un signe de la main lorsqu'il regarda dans sa direction. Surpris de la voir, il lui adressa un sourire en retour. Le saisonnier qui travaillait avec Arthur se retourna pour voir qui il saluait ainsi. Suzette se figea alors sur place ; l'ouvrier n'était autre que ce garçon croisé l'année dernière, au bal du 14 Juillet ! Ce dernier la regarda presque sans la voir, reporta machinalement son attention sur le travail, puis se tourna à nouveau dans un sursaut, posant sur elle de magnifiques yeux bleus. La jeune fille était certaine que son cœur venait de s'arrêter. C'était comme si plus rien autour d'elle n'existait ; par un étrange phénomène de distorsion, le temps était littéralement suspendu. Il aurait pu s'écouler aussi bien une minute que deux heures, cela n'aurait rien changé. Elle avait retrouvé Maxime Lagarde.

La voix de Léontine retentit, rompant le charme de l'instant :

— Suzie ! s'exclama-t-elle en venant à la rencontre de sa nièce. Tu ne devrais pas être là, en plein cagnard. Tu es toute rouge, ma chérie. Viens avec moi à la ferme, il te faut de l'eau fraîche.

*

— Deux cent mille soldats pour annexer l'Autriche ! Je vous dis qu'on va droit dans le mur.

La fourchette en l'air, Marcel faisait part de ses craintes concernant le Troisième Reich. Quelques mois plus tôt, Hitler avait en effet envahi son pays de naissance.

— Il est si dangereux que ça ? demanda Léontine, peu au fait des questions politiques.

Suzette soupira. Cela faisait un an qu'elle entendait son père répéter que ce fou furieux de Hitler allait semer le chaos dans toute l'Europe. Or, il ne s'était toujours rien produit, depuis cinq ans qu'il était au pouvoir. Elle regarda Marcel piquer avec rage un morceau de tourte sur sa fourchette.

— Il a pris le commandement de l'armée allemande, reprit-il. Si ce n'est pas du totalitarisme…

L'oncle Gaspard appuya les dires de Marcel, affirmant que de nombreux artistes avaient déjà fui l'Allemagne.

— J'ai peur que cela finisse très mal.

Eugénie, très en beauté dans sa robe à fleurs, intervint alors :

— Mais enfin, est-ce que vous vous entendez parler ? Ils ne seront jamais assez fous pour déclencher une nouvelle guerre ! La première nous a suffi… De toute façon, la ligne Maginot nous protège. Ils ont forcément tiré des leçons du passé.

Suzette constata que le sujet éveillait chez sa mère certaines émotions. Eugénie, pourtant convaincue l'année précédente qu'une guerre était inévitable, semblait ne plus vouloir en entendre parler. La jeune fille savait que sa famille avait souffert du dernier conflit, même si personne n'aimait en parler. Le visage déformé de feu son grand-père Carbolet avait valu tous les récits qu'ils auraient pu lui faire.

Une fois la vaisselle essuyée et ses parents repartis chez eux, Suzette annonça à sa grand-mère qu'elle allait marcher.

— Vas-y, ma minette, mais rentre avant la nuit.

La jeune fille lança un regard appuyé à Arthur, afin de lui faire comprendre qu'ils devaient discuter. Le jeune homme, qui avait accepté quelques mois plus tôt de ne plus dormir dans le grenier à foin, esquissa un signe de la tête et la rejoignit dehors lorsque tout le monde fut couché. Ils se dirigèrent en silence vers la rivière, au creux du vallon. Ici, il faisait presque frais et, tout en s'asseyant dans l'herbe, Suzette se dit qu'elle aurait dû prendre un gilet.

— Il n'est pas arrivé là par hasard, n'est-ce pas ? souffla-t-elle en fixant l'horizon parsemé de petits nuages rosés.

Arthur n'eut pas besoin de lui demander de précisions sur ce « il ». Ôtant de sa bouche le brin de foin qu'il était en train de mâchonner, il lui répondit sans hésiter :

— Tu ne me croiras peut-être pas, mais je te jure que je n'y suis pour rien.

Elle pivota à demi vers lui, perplexe.

— Tu es sérieux ?

— Ton oncle a mis une annonce au café pour recruter de la main-d'œuvre. Max a des copains dans le bourg, et comme il cherchait du travail pour l'été, ils lui ont indiqué où s'adresser.

— Ça, alors ! C'est fou.

— Pas tant que ça. Beaucoup de jeunes sont partis à la ville, les saisonniers ne courent pas les rues.

Il fit une pause et la scruta à la dérobée.

— Je n'aurais pas imaginé que tu penserais encore à lui, vu que vous ne vous êtes jamais parlé.

Suzette baissa les yeux et contempla un instant l'eau de la rivière qui coulait paisiblement, imperturbable. Expliquer à Arthur ce qu'elle ressentait n'était pas la chose la plus aisée.

— Je sais que ça peut paraître irrationnel, tenta-t-elle cependant, mais je n'ai jamais oublié la façon dont il m'a souri, lors du bal. On ne se connaît pas, non, et pourtant c'est comme si on s'était reconnus, ce soir-là.

Arthur hocha la tête, pensif.

— Il était un peu perturbé après t'avoir vue tout à l'heure, révéla-t-il.

Elle éprouva aussitôt un étrange sentiment de satisfaction. Un sourire se forma sur ses lèvres.

— Ça m'a fait tout drôle aussi. À mon avis, je n'étais pas loin de ressembler à un poisson pris à l'hameçon !

Arthur rit avec elle.

— Il est hébergé ici, à Cressigny ? s'enquit-elle.

— Oui, chez les Beauvais. Pierre, le fils aîné, est un de ses amis. Lui aussi aide aux moissons.

Dans le cerveau de Suzette, une véritable tempête d'émotions faisait rage. Elle brûlait d'envie de faire enfin officiellement la connaissance de Max. Mais que pouvait-elle espérer ? Elle avait conscience que peu d'hommes approuveraient la carrière qu'elle menait ; une carrière qui l'exposait aux regards de tous. C'était déjà un miracle que ses parents acceptent cela sans broncher. Sans parler du fait qu'elle devait rester à Paris durant une bonne partie de l'année pour donner ses récitals.

Comme s'il devinait ses tourments, Arthur lui indiqua que Gaspard avait prévu d'offrir un dîner aux saisonniers, à la ferme.

— Quand ça ? voulut-elle aussitôt savoir.

— Après-demain.

Suzette déglutit. Ce serait l'occasion ou jamais.

— Le jour décroît vite, fit alors remarquer le jeune homme, en se relevant. On ferait bien de rentrer.

Suzette l'imita et, sur le chemin du retour, elle l'interrogea sur ses projets d'avenir.

— On dit que le père Mareuil voudrait t'embaucher au café, c'est vrai ?

— P't-être bin…, répondit-il de manière évasive, dans le seul but de la taquiner.

— Mais ça te plairait ? insista-t-elle.

Arthur marchait à grandes enjambées, si bien que Suzette peinait à le suivre et à parler en même temps. Il ralentit un peu en entendant son souffle saccadé.

— Eh bien, le travail à la ferme ne me rebute pas…

— Mais ?

Il repoussa du bout du pied une brindille qui traînait au milieu du chemin, puis haussa les épaules.

— Je me dis que tenir le café, c'est quand même une meilleure situation. Je ne vais pas rester domestique de ferme toute ma vie.

— Tu vas devoir attendre ta majorité, non ?

Arthur n'ayant que dix-huit ans, il risquait de ne pas pouvoir accepter la proposition du père Mareuil avant trois ans.

— Dans les faits, je ne pourrai pas décider avant, lui confirma-t-il, alors qu'ils arrivaient à destination. À moins que ton oncle et m'sieur Mareuil en fassent la demande pour moi, là, ça pourrait changer les choses. Je dois y réfléchir encore, je ne veux pas être ingrat envers ta famille.

Frappée par cette hésitation qui le tenaillait, Suzette monta se coucher en songeant que le sort des enfants trouvés était bien aléatoire. Ça lui fendait le cœur de savoir tout ce qu'Arthur avait vécu avant d'atterrir ici, et elle espérait vivement qu'il pourrait faire un jour ce dont il avait envie. Cela étant, elle connaissait son oncle ; Gaspard était un homme bon, il ne s'opposerait jamais aux projets de l'adolescent, tant que ceux-ci étaient réalistes. Avant de s'endormir, la jeune fille repensa à Max et se demanda comment elle ferait pour tenir durant les deux journées suivantes. La tentation d'aller fureter près des champs, juste pour le plaisir de voir le jeune homme et s'assurer qu'il était bien réel, serait grande, mais elle savait qu'elle ne devait surtout pas déranger les ouvriers agricoles en plein travail.

Afin de ne pas céder aux supplications de son cœur, Suzette fila à la boulangerie dès le lendemain matin, sous prétexte de donner un coup de main à ses parents. Ces derniers avaient accompli un beau travail, dont Eugénie n'était pas peu fière. C'était son domaine, son œuvre, et derrière son comptoir, elle agissait telle une maîtresse de maison souriante et accueillante, heureuse d'être là. La petite boutique attirait tant de monde que Marcel avait dû recruter un jeune boulanger, Olivier. En bon gars de la campagne, ce dernier ne s'embarrassait pas des convenances et travaillait en maillot de corps, dévoilant aux clients son torse tout enfariné quand il faisait une apparition dans le magasin. Eugénie avait renoncé à lui faire enfiler une blouse, puisque de toute façon, ici, ça ne choquait personne ; on n'était pas à Paris. La fabrication du pain étant dévolue à Olivier, Marcel pouvait, de son côté, se consacrer entièrement aux gâteaux. Les villageois s'arrêtaient pour regarder avec envie les vitrines dans lesquelles choux à la crème, religieuses et tartelettes s'offraient à leur vue, côtoyant les brioches, pains au lait et croissants dorés. Les miches de pain, elles, étaient alignées sur des étagères métalliques sitôt sorties du four. On pouvait apercevoir l'intérieur du magasin depuis les deux étroites vitrines aux volets rabattables qui donnaient sur la rue. La pâtisserie étant en général réservée à une clientèle plus aisée, Marcel et Eugénie mettaient un point d'honneur à proposer des tarifs abordables et pratiquaient la facturation mensuelle, comme cela se faisait couramment. Suzette découvrit donc un ballet incessant, qui n'avait rien à envier à la boutique parisienne. Le carillon fixé à la porte tintinnabulait en permanence, les femmes du bourg aimaient venir discuter avec Eugénie, qui se prêtait volontiers au jeu. Suzette étant présente, on se déplaçait pour voir à quoi ressemblait cette jolie jeune fille qui chantait si bien. Ah, ça, son grand-père Dubois devait être bien fier d'elle, de là où il était !

— Eh bien, ma fille, tu t'avères excellente pour nos affaires ! lança Eugénie en riant, une fois la boutique fermée. On n'a jamais autant vendu de pains au lait pour le goûter des enfants.

Marcel ôta son tablier et se lava les mains.

— On devrait peut-être te garder avec nous, suggéra-t-il, en riant lui aussi.

— Jamais de la vie ! se récria l'adolescente, malicieuse, avant de passer sa main sous le filet d'eau pour éclabousser son père. Maman et toi êtes faits pour fabriquer et vendre des gâteaux… Moi, je suis faite pour les manger !

Suzette aimait cette complicité entre eux. À Paris, Charlaine et Tante Marie-Rose avaient beau s'occuper d'elle, ses parents lui manquaient. Les retrouver ici lui faisait un bien fou ! Reprenant son sérieux, elle leur demanda s'ils seraient présents au repas donné pour les saisonniers. Marcel secoua la tête.

— Non, c'est le genre de soirée qui s'éternise et nous devons ouvrir de bonne heure, le matin. Est-ce que tu voudras dîner avec nous et dormir ici ?

Suzette s'affola ; il n'était pas question qu'elle rate l'occasion d'être présentée à Maxime !

— Oh, non…, bredouilla-t-elle. Je… J'ai promis à Mémé que je l'aiderais, alors mieux vaut que je reste sur place.

Elle avait les joues en feu, détail qui n'échappa pas à Eugénie.

— Il n'y aurait pas un gars là-dessous, par hasard ? s'enquit-elle, avec un sourire en coin.

La jeune fille retint sa respiration.

— Non…, souffla-t-elle, consciente que le mensonge se lisait sur sa figure.

— Ah ? Je te trouve très proche d'Arthur, depuis l'année dernière, persista Eugénie. Je ne dis pas que c'est mal, mais enfin, c'est plutôt surprenant.

Soulagée, Suzette laissa échapper un rire muet.

— Arthur ? Je l'aime beaucoup, c'est vrai, mais c'est un ami, Maman. Un véritable ami. Il n'y a rien d'autre à imaginer. Bon, je me sauve avant que Mémé se fasse du mouron, ajouta-t-elle, pressée d'en finir.

Le jour J arriva très vite. Durant tout l'après-midi, Suzette seconda sa grand-mère dans la préparation des tartes aux cerises. Les fruits cuisaient lentement dans le four, embaumant jusque dans la cour. Leur odeur sucrée se mêlait à celle des foins, que l'on coupait, un peu plus loin. La jeune fille en salivait. Elles dressèrent ensuite les tables à tréteaux dans la cour afin de pouvoir accueillir tout le monde. Il y avait comme un air de fête, en cette avant-veille du 14 Juillet ! Enfin, il fut dix-neuf heures. Attendant fébrilement sur le pas de la porte, Suzette les vit tous redescendre le chemin, Gaspard en tête de la troupe. Les saisonniers se fendirent en petits groupes. L'adolescente dut d'abord se contenter d'observer Max, qui discutait avec son ami Pierre sans la remarquer. Sa frustration monta d'un cran quand Augustine la réquisitionna pour sortir les plats. Les ouvriers se précipitèrent autour de la table lorsque tourtes et volailles froides apparurent. Coincée entre Léontine et sa grand-mère, Suzette pouvait néanmoins voir Max, assis en biais par rapport à elle. Il parlait avec ses voisins, le sourire aux lèvres, ne semblant pas se rendre compte que Suzette le détaillait avec la plus grande attention. Son visage était fin et ses yeux bleus frangés de cils épais. La fine moustache qu'il s'était laissé pousser lui donnait un je-ne-sais-quoi de distingué. Il dégageait une certaine assurance, sans qu'il soit pour autant pénétré de supériorité. À travers les bribes de conversations, Suzette crut saisir que Max était étudiant, mais elle ne put en entendre davantage. Autour d'elle, c'était un tourbillon de rires. Le vin et la fatigue rendaient les jeunes gens euphoriques. On parlait des récoltes, particulièrement abondantes, cette année, et du prochain bal que tous attendaient avec hâte. Les tartes aux cerises furent dévorées en un rien de temps. Suzette essuyait un filet de jus qui lui avait coulé sur le menton lorsque Max se tourna enfin vers elle, amusé de la voir se débattre avec sa serviette et sa part de tarte. La jeune fille releva les yeux et leurs regards s'accrochèrent quelques secondes. Elle n'osa plus respirer, jusqu'à ce que Pierre capte à nouveau l'attention de son ami, en lui soufflant quelque chose à l'oreille.

Après cela, la table fut vite débarrassée. Une nouvelle journée de labeur les attendait le lendemain, ils ne devaient pas veiller trop tard. Gaspard proposa de mettre sa voiture à disposition pour en déposer quelques-uns au bourg, mais ils protestèrent de concert, préférant marcher à travers les chemins.

— Rien de mieux qu'une balade digestive, pour sûr ! lança un garçon dont le teint rougeaud révélait qu'il avait quelque peu abusé du vin.

Arthur fit un signe de la tête à Suzette. Comprenant le message, elle demanda l'autorisation de se promener elle aussi.

— Tant qu'Arthur reste avec toi, il n'y a aucun problème, lui accorda son oncle.

— Avec les saisonniers, il vaut mieux se méfier, approuva Augustine. Les ennuis sont vite arrivés.

Dans un élan de coquetterie, Suzette lissa sa robe rouge à pois blancs et se passa la main dans les cheveux pour les discipliner, avant de se mettre en route avec Arthur. Ils marchèrent tout d'abord un peu en retrait des autres, qui chantaient, pleins de gaieté, un air de Ray Ventura. Suzette n'avait d'yeux que pour Max. Celui-ci avançait devant, son veston négligemment jeté sur son épaule.

— C'est le moment de l'aborder ! l'encouragea Arthur.

— Je crois que je ne vais pas oser, chuchota-t-elle, à la fois tremblante et impatiente. On dirait que mon cœur va me tomber dans les talons.

Arthur leva les yeux au ciel et, sans crier gare, il appela :

— Max !

Suzette lui lança un regard de biche aux abois. Elle aurait voulu disparaître sous terre, mais Max les rejoignit en quelques enjambées. Arthur inventa un prétexte en rapport avec le travail, un détail concernant la moissonneuse. Suzette constata sans déplaisir qu'en répondant au garçon, Max lui jetait des coups d'œil à la dérobée. Elle chercha un moyen de trouver sa place dans la conversation, en vain.

Une fois encore, son ami servit d'intermédiaire, les présentant de façon un peu maladroite :

— Au fait, Max, tu ne connais sûrement pas Suzette, la nièce de Gaspard.

Max eut un sourire énigmatique en tendant la main à la jeune fille.

— J'ai le souvenir d'une belle inconnue croisée au bal du 14 Juillet, l'an passé. Elle portait une couronne de pâquerettes sur la tête… Vous lui ressemblez drôlement.

Suzette crut que le sol allait s'ouvrir sous ses pieds et l'avaler tout entière. Arthur fit un pas de côté afin de les laisser tranquilles.

— Il me semblait bien que c'était vous, répondit-elle d'une voix qu'elle espérait affermie. Je pensais ne jamais vous revoir.

Le jeune homme éclata de rire face à sa spontanéité, mais la façon dont il la regardait n'était pas empreinte de moquerie.

— Je n'ai eu de cesse de me demander qui vous étiez, lui avoua-t-il. Vous vivez là, alors ?

L'espoir s'était installé dans son regard.

—À moitié, si l'on peut dire, répondit prudemment Suzette.

— Et comment fait-on pour résider à moitié quelque part ?

Le ton était gentiment taquin. Suzette ne contrôlait plus les battements de son cœur, une force impérieuse l'attirait vers Max, mais elle devait garder la tête froide. D'un ton aussi posé que possible, elle lui raconta que ses parents tenaient la boulangerie du village depuis l'hiver dernier. Puis, en quelques mots, elle évoqua Paris et sa carrière naissante de cantatrice.

— Vous êtes une chanteuse ? répéta Max, d'un ton à la fois étonné et admiratif.

— Oui. Je vais enregistrer mon premier disque à la rentrée.

Arthur crut bon d'intervenir :

— Faut l'entendre, quand elle pousse la voix. Vrai, c'est quelque chose !

— Il faut toujours que tu exagères ! fit-elle modestement, avant de reporter son attention sur Max. J'ai entendu dire que vous êtes de Maillé ?

Sa question à peine terminée, elle se mordit la lèvre, consciente d'avoir laissé sous-entendre qu'elle s'était renseignée sur son compte. Elle n'osa plus le dévisager. Toutefois, Max eut la galanterie de ne pas relever.

— C'est exact, dit-il. Mes parents sont épiciers là-bas.

— Et vous travaillez avec eux ?

— Non, moi aussi je n'y habite qu'à moitié, précisa-t-il en souriant à nouveau. Je suis étudiant à l'école de médecine, à Tours.

Suzette prit soin de ne pas laisser transparaître les émotions qui l'assaillaient, mais son cerveau vrombissait autant que le tacot de l'oncle Gaspard. Max était le charme incarné, elle aurait pu se noyer dans ses grands yeux bleus. Il portait sur lui l'odeur de la terre et des épis de blé, l'odeur de l'effort et de l'été. Sa carrure était une invitation à se réfugier entre ses bras. Proche de l'état second, elle ne vit pas la pierre en plein milieu du chemin et trébucha. Max la rattrapa par le coude. Suzette lâcha un petit rire gracieux. Le contact de ses doigts sur la peau de son bras l'électrisait et son regard dardé sur le sien la chamboulait.

Arthur toussota.

— Je crois qu'on s'arrête ici.

Ils se trouvaient au croisement qui redescendait vers le bourg. Suzette, qui se tenait très près de Max, recula vivement d'un pas avant que les autres saisonniers ne remarquent quoi que ce soit.

— Est-ce que j'aurai le plaisir de vous revoir au bal, après-demain ? s'enquit le jeune homme.

Si ce n'était pas une invitation, cela y ressemblait fort !

— Oui, souffla Suzette, incapable de refréner un sourire. J'y serai.

33

Le soir du 14 Juillet, Suzette retrouva ses parents chez eux pour un dîner frugal, puis elle enfila une robe d'été blanche à manches ballon. Après s'être lavée avec son savon préféré, à la lavande, elle étala au doigt un peu de rouge sur ses lèvres et passa ses yeux au recourbe-cils. Après une courte nuit durant laquelle elle n'avait fait que se rejouer le film des quelques mots échangés avec Max, aucun artifice n'était de trop pour lui donner une allure fraîche et reposée.

— Est-ce que je suis présentable ? demanda-t-elle, nerveuse, à sa mère, quand celle-ci la rejoignit dans la salle de bains.

— Présentable ? Tu es éblouissante ! s'exclama Eugénie, la faisant virevolter sur elle-même. Tu deviens une vraie jeune femme, ma chérie, tu vas en faire tourner, des têtes !

Suzette savoura le contact de sa main sur sa joue, un contact apaisant, qui lui donna envie de s'y blottir et de redevenir une petite fille, juste un instant.

Lorsque tout le monde fut prêt, ils se rendirent sur la place du marché pour retrouver famille et amis. Suzette eut un coup au cœur ; Max n'était pas là. Il n'allait tout de même pas se débiner ? Résignée, elle se mit en place près de ses parents pour la retraite aux flambeaux, qui consistait à faire le tour du village, des lampions à la main. Elle entendit sa mère discuter avec d'autres femmes et son père assurer au curé qu'il ne regrettait pas d'être venu s'installer à Cressigny. Les rires et les pétards claquaient dans une joyeuse cacophonie au fur et à mesure que l'on approchait du terrain sur lequel avait lieu le bal, mais Suzette, passablement soucieuse, ne parvenait pas à en profiter.

— Que t'arrive-t-il, ma Suzie ? lui demanda Eugénie, en ajustant son chapeau. Tu as une petite mine, j'espère que tu ne couves rien.

Suzette ne lui répondit pas tout de suite. Elle venait enfin d'apercevoir Max, près de la buvette décorée de fanions tricolores. Tendant le cou, elle constata qu'il était en grande discussion avec Arthur.

— Tout va bien, Maman, se reprit-elle. Est-ce que je peux rejoindre Arthur ?

— Mais bien sûr, ma chérie ! Va t'amuser ! Si tu nous cherches, nous serons avec Gaspard et Léontine, là-bas, ajouta-t-elle en désignant les chaises disposées en retrait de la piste de danse.

Suzette fendit la foule pour se frayer un chemin jusqu'aux deux jeunes hommes. Arthur eut un sourire éloquent en la voyant, et il s'effaça quand elle arriva à leur hauteur. Le visage radieux, Max esquissa un pas vers Suzette.

— Vous êtes magnifique, lui dit-il.

Ils étaient tout proches, si proches qu'elle peina à trouver ses mots. Il fallait qu'elle dise quelque chose, mais aucun son ne parvint à franchir la barrière de ses lèvres. Max lui prit alors la main.

— M'accorderiez-vous une danse, Suzette ?

— Avec plaisir ! parvint-elle enfin à articuler.

Ils tournoyèrent inlassablement sur plusieurs morceaux. Elle avait l'impression de vivre un rêve éveillé. À la fois doux et ferme, Max la tenait enlacée.

— Pourquoi ai-je l'impression de te connaître depuis toujours ? lui murmura-t-il près de l'oreille.

Suzette prit une inspiration tremblante pour tenter, en vain, d'apaiser son rythme cardiaque. Elle était ensorcelée. Sans ses parents, qui ne la quittaient plus du regard depuis qu'elle dansait avec lui, elle l'aurait déjà embrassé. Après trois ou quatre danses, Max dut se résoudre à la lâcher pour aller bavarder avec ses copains ; assis à la buvette, ceux-ci les toisaient, l'expression gentiment railleuse. La mine contrite, le jeune homme paraissait ennuyé à l'idée de la laisser. Suzette l'encouragea, bien que tout son être voulût qu'il reste :

— Tu ferais mieux d'y aller avant qu'ils viennent te chercher.

— Ils vont jaser, n'est-ce pas ?

Amusée, la jeune fille opina.

— Les commérages sont une tradition locale, ici.

Max lui rendit son sourire, posant un index sur la fossette qui s'était creusée au coin de sa bouche.

— On se revoit tout à l'heure, lui promit-il, le regard brûlant.

Irradiant de bonheur, l'adolescente alla rejoindre sa famille.

— Qui est ce garçon avec qui tu dansais ? voulut savoir Marcel. Je ne crois pas l'avoir déjà vu.

Sous couvert de bavardage, il parlait en réalité d'un ton protecteur.

— C'est Maxime Lagarde, répondit Gaspard à la place de sa nièce. Je l'ai embauché à la ferme comme saisonnier.

— Ah oui ? fit Marcel, sans cacher sa surprise.

Lançant un clin d'œil à Suzette, Gaspard entreprit d'énumérer à sa sœur et à son beau-frère toutes les qualités du garçon. La jeune fille apprit ainsi que Max était bosseur et très sérieux.

— Bon, il est aussi un peu rêveur et sensible, mais je n'ai pas à m'en plaindre. Ses parents tiennent la petite épicerie, à l'entrée de Maillé. Ce sont des gens bien comme il faut. En tout cas, Maxime a très bonne réputation, termina-t-il.

— Quel âge a-t-il ? interrogea Eugénie, non sans avoir jeté un regard incrédule à sa fille.

— Vingt ans, déclara Suzette.

Max lui avait confié son âge quelques minutes plus tôt, alors qu'ils dansaient sur *Mon homme*, de Mistinguett. La tante Léontine se pencha vers la jeune fille et lui pressa le genou d'un geste complice.

— Il est beau gars, hein ?

Une fois encore, Suzette ne parvint pas à cacher son trouble et sentit ses joues se colorer.

— Eh ! siffla Marcel. Je crois bien que ma fille est amoureuse !

En dépit des airs blagueurs qu'il se donnait, Suzette crut déceler une lueur de mélancolie dans le regard de son père. Elle tritura nerveusement le bas de sa robe, ne sachant comment interpréter cette réaction. La mère de Francine, qui venait de les rejoindre, lui assena le coup de grâce :

— La belle affaire ! C'est de son âge ! La mienne va bien se marier à l'automne !

— C'est vrai, mais je ne m'y fais pas, répliqua Eugénie. Je crois que le jour où Suzie m'annoncera son mariage, je vais pleurer.

Blanche lui fit un clin d'œil, évoquant sans doute des souvenirs connus d'elles seules. Suzette jugea préférable de ne pas s'éterniser. Elle fila retrouver

Francine et entraîna son amie près de la rivière, où elles s'assirent pour échanger des confidences énamourées.

— Tu vois, je le savais que tu finirais par rencontrer quelqu'un ! lança victorieusement Francine, une fois que Suzette lui eut raconté toutes ces choses bizarres que Max déclenchait en elle.

— Rien n'est fait, temporisa-t-elle. On s'attire, c'est évident, mais qu'en sera-t-il quand il se rendra compte de ce qu'est ma vie ?

Francine haussa les épaules.

— Tu te poses trop de questions. Je vais te le dire, moi, ce qu'il va se passer : s'il tient à toi, il s'adaptera, c'est tout. Et puis, de toute façon, une fois mariée, tu comptes arrêter tout ça, non ?

Suzette ne répondit pas. Elle connaissait trop la mentalité étriquée du village pour se risquer à expliquer à Francine qu'elle cesserait de chanter quand elle le déciderait. Sûrement jamais. Et ce n'étaient pas les liens du mariage qui changeraient ça. Il était hors de question qu'elle devienne l'incarnation de la femme au foyer qui attendait le retour de son mari en lui concoctant un bon dîner. On ne l'avait pas élevée dans ces principes et ce n'était pas près de changer.

Deux heures plus tard, tout le monde quitta la fête. Marcel recommanda à sa fille de rentrer avec l'oncle Gaspard, mais celle-ci prétendit vouloir attendre Arthur. Peu dupe, Eugénie lui conseilla de ne rien faire qu'elle pourrait regretter par la suite.

— Maman ! soupira Suzette.

— Je sais que tu es sérieuse, ma Suzie, mais tu grandis aussi. Et quand j'avais ton âge… Eh bien, il m'en aurait fallu bien peu pour succomber à la tentation.

Eugénie ponctua sa phrase par une brève caresse sur la tempe de sa fille.

— Je ne vais rien faire d'inconsidéré, bougonna Suzette, gênée par cette discussion. Bonne nuit, Maman.

Non sans un dernier coup d'œil soucieux, Eugénie se résolut à suivre Marcel. Regardant ses parents s'éloigner dans la nuit, Suzette n'entendit pas Max se rapprocher. Elle tressaillit lorsque la voix grave et douce du jeune homme retentit derrière elle :

— Est-ce que je te raccompagne ?

— S'il te plaît, oui.

Ils marchèrent à petits pas dans les rues obscures du village, avant de remonter en direction de la ferme par les chemins. Le chant des grillons les accompagnait, rompant le silence qui s'était établi entre eux. Max montra les constellations à Suzette, qui s'efforçait de lever les yeux vers les étoiles qu'il lui indiquait. En réalité, elle aurait souhaité ne contempler que lui.

— C'était une belle soirée, murmura-t-elle, quand la cour se dessina face à eux.

Sa voix, pourtant si puissante lorsqu'elle chantait, n'était plus qu'un mince filet étranglé par un curieux mélange d'émotions. Max s'arrêta et lui sourit avec tendresse. Puis il tendit la main afin de lui remettre les cheveux derrière les oreilles. Ce geste avait quelque chose de si intime qu'il la chavira.

— Oui, une soirée merveilleuse, lui confirma-t-il. J'aimerais beaucoup qu'on se revoie, Suzette.

— Oh, moi aussi, Max ! Mais comment…

Le jeune homme la fit taire en plaçant son index sur sa bouche.

— Chut, Suzette. Nous verrons le moment venu. En attendant, je n'ai qu'une seule envie, c'est te prendre dans mes bras.

La jeune fille se rapprocha encore un peu plus de lui et il l'attrapa par la taille avec douceur. Suzette ferma les yeux et Max posa délicatement ses lèvres tièdes sur les siennes. Ce fut d'abord un baiser pudique, qui devint plus fougueux. Un brasier se déploya dans le corps de la jeune fille, qui s'accrocha de plus belle à Max.

— Stop, l'arrêta-t-il, alors qu'elle se pressait trop contre lui. Je ne veux pas te déshonorer.

— Alors embrasse-moi encore, susurra-t-elle contre sa bouche.

*

Les mois qui suivirent ce premier baiser furent idylliques. Suzette retourna à ses études et ses tours de chant dans une douce euphorie. Après un été parfait, la séparation avec Max avait été un crève-cœur, mais dès que son emploi du temps le lui permettait, la jeune fille sautait dans le premier train pour retrouver son amour, quand ce n'était pas lui qui montait à Paris. Chaperonnés par Marie-Rose ou Charlaine, ils faisaient alors de longues promenades dans les rues de la capitale et allaient au cinéma. Marie-Rose s'égayait de voir Suzette amoureuse, elle projetait sur elle sa jeunesse passée.

— Quand j'avais ton âge, j'attendais désespérément celui qui ferait battre mon cœur, lui confia-t-elle un jour, lors d'une halte au salon de thé du Ritz. Je rejetais systématiquement tous les vieux prétendants que mes parents me présentaient.

— C'était une autre époque, grimaça Suzette.

— Certes. J'aurais pourtant adoré connaître ce que tu vis avec ton Maxime.

— Tu as bien fini par rencontrer Walter.

Marie-Rose soupira.

— Ce n'est pas pareil. On peut considérer que j'étais déjà presque vieille le jour où je l'ai croisé pour la première fois. T'ai-je raconté les circonstances de notre rencontre ?

Oui, elle les lui avait racontées mille fois, mais Suzette ne s'en lassait pas. Marie-Rose enrobait joliment les anecdotes ; avec elle, des faits insignifiants pouvaient se transformer en fabuleuses péripéties.

— C'était par une claire journée d'avril 1926, commença-t-elle. Je me promenais avec mon amie Yvonne, celle qui a des grands pieds, à la recherche d'une nouvelle toilette pour un bal. Nous nous apprêtions à traverser, près de la place de l'Opéra, quand tout à coup…

— Une voiture sortie de nulle part a déboulé à toute vitesse, compléta Suzette.

— Oui. Yvonne a failli être renversée et le conducteur a pilé avant de se confondre en excuses, avec cet horrible accent américain. J'ai eu si peur que je l'ai traité de tous les noms d'oiseaux que je connaissais… ce qui en fait un paquet ! En retour, il m'a proposé d'aller boire, je cite, « un verre de quelque chose » pour me remettre de mes émotions.

Elle ponctua sa phrase par un rire cristallin.

— Tu l'as aimé au premier regard, termina la jeune fille.

— Et ta mère m'a accusée d'être trop romantique ; c'est l'hôpital qui se fiche de la charité ! Moi, j'ai toujours trouvé qu'il n'y avait pas plus romantique que son histoire avec ton père.

Elle s'interrompit, le temps d'avaler une gorgée de son thé, qui avait refroidi.

— Ah ! Ce que j'ai pu les envier, tes parents, avant de rencontrer Walter ! Eh bien, maintenant, c'est Max et toi, que j'envie ! Vous êtes si mignons, tous les deux.

Marcel et Eugénie apprirent eux aussi à connaître le jeune homme et à l'apprécier. Voyant qu'il s'agissait bien plus que d'une amourette estivale entre leur fille et lui, ils émirent le souhait de rencontrer ses parents. L'affaire fut arrangée et, un dimanche de septembre où il faisait encore très doux, Eugénie organisa un pique-nique au bord de la rivière. Elle avait apporté trois baguettes croustillantes, des tomates, du fromage et des tranches de jambon. Les parents du garçon, eux, s'étaient chargés du dessert, Suzette ayant formellement interdit à son père de leur en mettre plein la vue avec ses pâtisseries.

— Ne va pas les braquer. Ils ne sortent que rarement de leur village.

Louis, le père de Max était un grand homme jovial, qui s'entendit aussitôt avec Marcel. Roberte, sa mère, avait quant à elle l'apparence rustaude typique des femmes de la campagne et souffrait d'une légère timidité. Suzette et Eugénie surent la mettre à l'aise et elles bavardèrent bientôt comme si elles se côtoyaient depuis des années. Il fut évidemment question de Max et de Suzette. Les Lagarde s'étaient dévoués à leur fils depuis sa naissance et c'étaient eux qui l'avaient poussé à faire des études de médecine, alors qu'il était plutôt attiré par les métiers manuels.

— De nos jours, déclara Louis après avoir bu une lampée de vin, mieux vaut avoir un solide bagage, vous ne trouvez pas ?

Marcel leur rappela alors avec tact qu'il était pâtissier. Suzette retint son souffle, mais Roberte assura que ce n'était pas la même chose.

— Nous sommes bien épiciers, nous ! C'est une question de générations. La nôtre a fait des sacrifices. Je ne veux pas que nos enfants endurent des privations, eux aussi.

Eugénie ne put qu'approuver. La misère qu'elle avait subie l'avait certes endurcie, mais pour rien au monde elle n'aurait souhaité à sa fille de vivre la même chose. Louis et Roberte se montrèrent ensuite intrigués par la passion de Suzette pour le chant lyrique. Ils ne parvenaient pas à déterminer si c'était sérieux et si elle pouvait espérer une situation stable en se produisant sur scène. Comprenant leurs craintes, Suzette se jura de les convaincre. Plusieurs dimanches de suite, ils l'accueillirent chez eux, toujours avec joie. S'ils étaient encore un peu circonspects sur ses choix de carrière, elle sut néanmoins les conquérir avec sa grâce naturelle et sa bienveillance spontanée. Il devint très vite évident que Suzette et Max étaient fous amoureux. Tous deux s'encourageaient mutuellement, se dévorant des yeux avec la même flamme qu'au premier jour. Suzette le soutenait si jamais sa motivation pour ses études flanchait, et Max lui rappelait, les soirs où elle n'avait pas envie de rentrer à Paris, qu'elle devait honorer ses contrats, de plus en plus nombreux. Il était très fier de sa « petite étoile », comme il l'appelait. Il parlait à tout le monde de son timbre de voix unique qui émouvait tant le public. Même s'ils ne se voyaient pas assez à leur goût, c'était une période joyeuse. Personne ne fut donc étonné quand, par une froide journée de janvier, ils annoncèrent leur intention de se marier. Il n'y avait pas eu de grande demande romantique, le sujet était naturellement venu alors qu'ils se promenaient dans le jardin des Prébendes d'Oé, à Tours. Ils en avaient parlé avec une telle évidence qu'à la fin de leur conversation, Max avait dit à Suzette qu'il voulait l'épouser dans les mois à venir.

— J'ai tant envie de me réveiller chaque matin à tes côtés !

Folle de joie, elle lui avait sauté au cou, sous les regards amusés des passants, peu habitués à de telles démonstrations de la part d'une jeune fille.

— Max et moi devons vous parler, déclara-t-elle ce jour-là à ses parents.

Ils venaient de déjeuner avec Marcel et Eugénie et se trouvaient devant le feu crépitant de la cheminée, en train de déguster des oranges. Suzette trépignait depuis des heures d'un bonheur qu'elle avait hâte de partager. Max se lança. Il était nerveux, les mots se bousculaient en franchissant ses lèvres et il s'exprimait trop vite. Mais l'amour dans ses yeux bleus n'était pas feint. Marcel était ému. Des larmes emplissaient son regard, si similaire au sien, avec ses reflets ambrés qui enflammaient ses prunelles. Eugénie était ravie de la nouvelle elle aussi, mais elle semblait un peu plus dans la retenue.

— Est-ce que vous êtes sûrs de vous ? les questionna-t-elle. À votre âge, on aime avec intensité.

— Et tu sais de quoi tu parles, intervint Marcel, en la couvant du regard.

Eugénie lui rendit son sourire et avança ses mains au-dessus de l'âtre pour les réchauffer, avant de préciser sa pensée :

— Vous êtes tous les deux intelligents et je ne doute pas du fait que vous vous aimiez. Mais vous êtes jeunes, encore… Peut-être ne devriez-vous pas vous précipiter.

Elle se souvenait avec acuité d'un temps pas si lointain où elle croyait être amoureuse de Jean, le frère de Blanche. Vingt ans plus tôt, elle l'aurait suivi jusqu'à l'autel, s'il le lui avait demandé, au risque de se réveiller un matin en réalisant que son béguin d'adolescente avait disparu depuis longtemps. Et il aurait été trop tard pour revenir en arrière. Ce n'était pas ce genre d'avenir qu'elle souhaitait pour Suzette.

— Eugénie…, commença Marcel, sur le ton de la mise en garde.

En se retournant, celle-ci avisa l'air contrarié de sa fille et se sentit bête. À quoi bon projeter ses angoisses sur Suzie ?

— Désolée, je ne voulais pas passer pour la rabat-joie de service. Je suis très heureuse pour vous, bien sûr, je tenais seulement à m'assurer que vous ne commettiez pas une bêtise.

D'un signe de la tête, Suzette remercia silencieusement son père.

— Tu étais à peine plus âgée que moi, quand tu t'es mariée, Maman, fit-elle valoir. Tu n'as pas l'air de le regretter.

Dans une volonté de rassurer Eugénie, Max leur assura qu'ils en avaient longuement discuté au préalable. Ils n'imaginaient plus leur vie l'un sans l'autre.

— Le temps est venu de songer à notre avenir.

Heureux que sa fille soit tombée sur un jeune homme amoureux et droit, Marcel donna sa bénédiction. Suzette et Eugénie pleurèrent de joie en trinquant au champagne.

— Avez-vous pensé à l'endroit où vous vivrez ? voulut savoir cette dernière, toujours très pragmatique. Si besoin, nous pouvons vous laisser l'appartement de Montmartre.

Suzette pressa la main de celui qui était désormais son fiancé. Cette fois, c'était à elle de parler.

— Eh bien, c'est très gentil de ta part, Maman, mais à vrai dire nous avons une petite idée. J'ignore juste si c'est réalisable.

Suzette avait déjà montré la maison de ses rêves à Max, qui était conquis. Tous deux se projetaient sans peine dans ce havre de paix, en pleine nature. Ses parents l'écoutèrent avec attention.

— La Mercerie, dis-tu, répéta Marcel, pensif.

La jeune fille opina du chef.

— D'après Francine, elle est toujours à vendre. Apparemment, personne ne s'y intéresse, dans le coin. Alors si j'ai les fonds nécessaires, j'aimerais beaucoup l'avoir.

Son père promit de se renseigner. Ce soir-là, les deux jeunes gens prirent chacun leur train, ravis de l'avenir radieux qui se dessinait pour eux.

Ils se marièrent quatre mois plus tard, à Cressigny, devant leur famille et leurs amis. Tante Marie-Rose avait fait le déplacement de Paris et on l'entendit sangloter d'émotion lorsque Suzette prononça les vœux qui l'unirent à Max. Ce fut un beau mariage, on alluma un feu de joie à la sortie de l'église. La grange de la ferme fut à nouveau mise à contribution pour accueillir tout le monde et Marcel se chargea de la pièce montée. La fête dura jusqu'à une heure avancée de la nuit, après quoi le couple se rendit à l'auberge, où une chambre les attendait. Durant des heures, ils apprirent à se connaître, s'explorant des doigts et du regard, caressant courbes et creux avec gravité et avidité. Ils furent fébriles, tendres. Max était tellement prévenant et soucieux de son bien-être ! Cette nuit-là, Suzette sut au plus profond de son être que jamais elle ne pourrait regretter de l'avoir épousé. Il était l'homme de sa vie.

— Je suis si heureuse, murmura-t-elle, repue de plaisir, avant de s'endormir, la tête contre son torse.

Ils vécurent les premiers mois de leur mariage dans un ravissement intense. Marcel avait réussi à faire baisser le prix de La Mercerie afin que Max et Suzette puissent en devenir les propriétaires.

— C'est un très bon investissement, confia-t-il à sa fille, le jour de leur emménagement.

— J'espère que cette maison restera dans notre famille durant des générations ! lança-t-elle avec emphase.

Émue, Eugénie la serra dans ses bras.

— Ton père et moi sommes si fiers de toi ! Je suis certaine que personne n'aurait prédit tout ça lorsque nous nous sommes rencontrés pour la première fois, lui et moi !

Marcel lui coula un regard empreint de nostalgie heureuse.

— La guinguette du pont de la vallée ! C'est vrai que nous en avons parcouru, du chemin, depuis la zone.

Suzette était heureuse. Ses vœux les plus chers s'étaient réalisés. Elle vivait dans une jolie demeure qui sentait bon le bois ciré et les fleurs, aux côtés de celui qu'elle aimait ; rien n'aurait pu la combler davantage.

L'été fut de retour, avec ses chaudes journées ensoleillées. Max était en vacances, Suzette venait de signer un important contrat avec une maison de disques, mais on ne l'attendait pas avant l'automne à Paris. Ils avaient tout leur temps. Ils firent beaucoup l'amour, insatiables l'un de l'autre. Ils s'approprièrent chaque pièce de la maison, la décorant avec goût, au son des disques qui passaient sur le gramophone. Leurs préférences allaient à Maurice Chevalier, Édith Piaf, Yvonne Printemps… et Tino Rossi, bien sûr. Ils aimaient aussi passer leurs dimanches après-midi avec Francine et Corentin, qui attendaient leur premier enfant.

— Et vous, alors ? demanda un jour Francine. Le bébé est prévu pour quand ?

— Pas pour tout de suite, répondit Suzette, qui ne détestait rien tant que devoir se justifier à ce sujet.

Avec Max, ils étaient en effet tombés d'accord pour attendre. Ils voulaient encore profiter de leur bonheur à deux. Ils étaient jeunes et avaient toute la vie devant eux ! De plus, Suzette n'avait pas envie de mettre sa carrière entre parenthèses, c'était trop tôt.

— *Boudiou*, tu es bien moderne, commenta Francine. Mais faut dire que t'as été élevée à Paris, toi. Là-bas, les gens ne sont pas comme nous autres.

— Je n'en oublie pas pour autant d'où je viens, répliqua Suzette, un brin vexée par cette remarque.

Francine lui sourit.

— Encore heureux, ma vieille ! Je m'en voudrais de devoir te couper les cheveux au carré pour te rappeler nos six ans ! s'esclaffa-t-elle, avant de se tenir le ventre à deux mains parce que le bébé avait fait une cabriole.

— Et voilà ! applaudit Suzette. Il sait que tu te moques de sa marraine, ça ne lui plaît pas.

Ensemble, les quatre amis prenaient plaisir à aller flâner le long des berges. Ils étendaient une couverture dans l'herbe, jouaient aux cartes, mangeaient un morceau de fromage en buvant du vin et se baignaient dans les eaux clémentes de la Creuse, quand ils ne s'invitaient pas les uns chez les autres. Pierre Beauvais, le copain de Max, se joignait parfois à eux, c'est ainsi qu'il leur présenta Patricia, sa fiancée. L'existence était belle et paisible, on la croquait à pleines dents, avec insouciance. Rien n'aurait pu ternir ces heures si douces.

Pourtant, le 3 septembre, à la surprise quasi générale, la France déclara la guerre à l'Allemagne. L'ordre de mobilisation tomba : tous les hommes âgés de dix-huit à trente-cinq ans devaient partir au combat. Suzette faillit s'évanouir sous le choc. C'était impossible ! Jamais elle n'avait cru à l'éventualité d'un nouveau conflit et, pourtant, voilà que l'impensable se produisait. Comme vingt-cinq ans plus tôt, les hommes étaient envoyés à la boucherie. Son père n'était pas concerné, mais Max, Arthur et Gaspard faisaient partie des appelés, ainsi que Pierre et Corentin. Le monde entier était en train de basculer. Celui de la jeune fille s'écroula d'un coup et elle passa la nuit à sangloter contre le torse de son mari. Deux jours plus tard, elle l'accompagna dans le bourg, où un car venait chercher les hommes pour les emmener à la gare de Tours. Max alla décliner son identité au soldat qui attendait près de l'autobus. Abasourdie, Suzette retrouva sa mère et Léontine.

— J'étais si convaincue qu'ils n'oseraient plus ! éclata Eugénie, qui ne décolérait pas. Il faut croire qu'en définitive, une fois ne leur a pas suffi.

Ce jour-là, la chaleur était écrasante. Les femmes et les enfants ne parvenaient plus à retenir leurs larmes, on s'embrassait dans des adieux déchirants. Suzette en avait mal au ventre, mais elle devait tenir bon et encourager Max, quoi qu'il lui en coûte. Celui-ci revint vers elle pour la serrer contre lui.

— Je dois y aller, mon amour, lui dit-il avec douceur.

La jeune fille hoqueta de douleur.

— Promets-moi que tu reviendras ! souffla-t-elle d'une voix désespérée, en s'accrochant à lui alors qu'il allait monter dans le car aux vitres sales.

Max lui prit la main. Il la regarda avec des yeux inquiets et incertains.

— Je t'aime, Max.

Il enfouit son visage dans les beaux cheveux de sa femme, s'enivrant une dernière fois de leur parfum de lavande.

— Moi aussi, je t'aime, ma belle étoile, chuchota-t-il. On n'en fera qu'une bouchée, des Boches.

Le regard embué par l'émotion, il la relâcha et prit place avec les autres dans le véhicule. Suzette étreignit Arthur et Gaspard avec force, puis le car s'ébranla.

Les hommes partirent, laissant derrière eux vingt années d'insouciance et des femmes apeurées, mais fortes.

34

Octobre 1942

Suzette sortait de chez Francine, quand un gamin déboula en criant :

— Ils sont là !

Tout en remontant la rue principale, il précisa, à l'attention des villageois interloqués :

— Les Boches, ils arrivent !

Alors que les uns s'enfermèrent chez eux, pour les autres la curiosité l'emporta sur la crainte et ils sortirent sur le pas de leur porte. Suzette, elle, était figée sur le trottoir. Un convoi allemand ? Jusque-là, ils avaient pourtant été relativement épargnés !

Après de longs mois à avoir souffert de son absence et s'être inquiétée pour lui, Suzette avait eu le bonheur de voir Max revenir. Tout comme Gaspard, Arthur, Pierre et Corentin. Un véritable miracle. Les Allemands avaient mis l'armée française en déroute par une attaque surprise dans le Nord, le 10 mai. Dans cette « drôle de guerre », comme on l'appelait, deux millions d'hommes avaient été faits prisonniers. Les troupes allemandes étaient alors entrées dans Paris le 14 juin, ce qui avait provoqué l'exode de millions de civils venus s'abriter à la campagne. Pour la première fois de sa vie, Suzette avait vu son père à bout de nerfs, incertain quant au sort de la Pâtisserie Rossignol. Il avait soufflé uniquement quand Maurice, le responsable de la boutique, lui avait assuré rester sur place quoi qu'il advienne. Le 22 juin, deux jours après des bombardements allemands au-dessus de Tours, Suzette se trouvait chez ses parents lorsque Pétain avait pris la parole en direct à la radio, afin d'annoncer l'armistice. Il prenait ainsi les pleins pouvoirs sur la France, abolissant la république par la même occasion.

— Une capitulation ! s'était emportée Eugénie. C'est inadmissible ! Qui aurait cru ça venant d'un héros de guerre ?

Loin de baisser les bras, les Français avaient répondu à l'appel du général de Gaulle, sur la BBC. Une résistance intérieure s'était peu à peu organisée, par le biais de différents réseaux. Les Allemands n'avaient pas tardé à traverser la Loire pour établir un commandement à Tours, mais Cressigny, situé pas très loin de la zone libre, était encore tranquille. C'était *a priori* un bourg sans intérêt, si ce n'est qu'il se trouvait sur un axe parfait entre Tours et Poitiers. La vie suivait son cours, malgré un rationnement très dur et un hiver 1941 qui avait été l'un des plus froids depuis des années. Max et Suzette s'étaient retrouvés, ils s'aimaient d'un amour tendre et complice, comme au premier jour. Rien d'autre ne comptait à leurs yeux.

Au bout de quelques minutes, Suzette entendit le bourdonnement des moteurs. Des camions, des side-cars et une voiture traversèrent le village dans un grand vacarme. Stupéfaite, la jeune femme les regarda passer.

— Vous ne devriez pas rester là ! l'exhorta une vieille dame, à sa fenêtre. C'est dangereux pour une jolie femme comme vous.

Faisant fi de ses craintes, Suzette courut jusqu'au magasin de ses parents. Elle les trouva derrière la vitrine, en train de faire les cent pas. Des mèches s'échappant de son épais chignon foncé, Eugénie fulminait.

— Cela ne cessera donc jamais? s'écria-t-elle lorsque Suzette poussa la porte.

— Ils ne font sûrement que passer, tenta de l'apaiser Marcel. Je ne vois pas en quoi Cressigny pourrait les intéresser.

La mine sombre, Eugénie secoua la tête.

— Mme Lambert m'a dit avant-hier que des jeunes s'étaient cachés dans les bois pour échapper au STO. Si ces sales Boches leur tombent dessus…

— Les jeunes connaissent la forêt bien mieux qu'eux, intervint Max, en sortant de la pièce du fond.

Sans se préoccuper du tablier enfariné qu'il portait noué à la taille, Suzette se précipita dans les bras de son mari. À son retour des champs de bataille, celui-ci avait interrompu ses études de médecine pour travailler. Bien lui en avait pris, les étudiants étant, pour la plupart, envoyés dans des camps de travail, en Allemagne. Cette courte guerre avait fait de lui un homme déterminé. Olivier, le boulanger, était resté prisonnier des Allemands, alors Marcel avait pris son gendre sous son aile pour lui inculquer les secrets de la fabrication du pain, même si à présent ils devaient le préparer avec un mélange de farines de maïs, de seigle et d'orge.

— Je me demande s'ils ne sont pas là pour arrêter les Juifs de la région, supposa Max. Il paraît qu'ils les emmènent à bord de trains.

— À ma connaissance, aucun Juif ne vit à Cressigny, répondit Marcel. Il n'empêche que je redoute le pire ; ces Allemands ont l'air nombreux.

— Qu'allons-nous devenir, s'ils décident de s'installer ici ? murmura Suzette.

La jeune femme craignait plus que tout que sa maison soit réquisitionnée. Disposant de quatre chambres libres, elle passait pour l'une des plus belles des environs. Jamais elle n'admettrait que son petit nid douillet soit souillé par les bottes allemandes.

— Nous résisterons, tiens ! lança Eugénie, catégorique.

Les soldats et les officiers s'établirent finalement à une dizaine de kilomètres de là. On leur avait signalé un important réseau de Résistance dans les environs et ils comptaient tout mettre en œuvre pour le démanteler.

Suzette retrouva son calme, mais ce fut de courte durée. Un après-midi où elle était en train de préparer une soupe aux pommes de terre, Max et ses amis discutaient dans la cuisine aux vitres embuées. Elle les entendit dire qu'ils souhaitaient rallier le réseau mené par un prêtre, dans lequel opéraient déjà Arthur et l'oncle Gaspard.

Posant sa cuiller en bois près du poêle, Suzette se retourna, poings sur les hanches.

— Avez-vous perdu la tête ? s'exclama-t-elle.

Max leva vers elle une main apaisante.

— On ne risque pas grand-chose, mon cœur. Il suffirait de se tenir informés pour mettre au point des sabotages. Ils ont besoin de bras et d'oreilles.

Comme beaucoup d'habitants du coin, Suzette considérait l'occupant ennemi avec répugnance. Cependant, l'idée de perdre ses proches lui était encore plus insupportable.

— Et que croyez-vous qu'il va vous arriver, à agir sous leur nez ?

— Ces salauds de Boches doivent rentrer chez eux ! réagit aussitôt Pierre. Ce n'est pas parce que Pétain n'est qu'une larve qu'on va leur laisser le pays. Surtout avec les collabos qui s'en donnent à cœur joie.

— Justement, si l'un d'entre eux vous dénonçait? plaida-t-elle.

Depuis que les Allemands avaient franchi ce qui restait de la ligne de démarcation, la Résistance s'amplifiait alors que, paradoxalement, la collaboration avec l'ennemi s'intensifiait. Tante Marie-Rose, qui mettait son argent à profit pour aider des familles juives, lui avait parlé des exécutions arbitraires qui avaient lieu quand les nazis entreprenaient des expéditions punitives. L'un de ses proches amis en avait d'ailleurs été victime, abattu sans raison. D'autres disparaissaient après leur arrestation, purement et simplement. Si au départ on avait trouvé l'occupant Allemand poli, il planait désormais une sorte de malaise. Les gens avaient faim, il fallait se lever très tôt pour espérer se procurer un maigre morceau de viande. Pendant ce temps, les nazis prenaient du bon temps dans les cafés et étaient bien nourris. Suzette l'avait constaté de ses propres yeux la semaine précédente, alors qu'elle s'était rendue à Paris pour se produire sur la scène de l'ABC. Les artistes, lorsque cela s'avérait nécessaire, bénéficiaient d'*Ausweis*, de laissez-passer. Ce jour-là, des soldats s'étaient installés dans les rangs des spectateurs. Comme elle avait détesté cette sensation de chanter pour eux! Au point de s'esquiver avant que l'un d'eux n'émette le désir de la rencontrer. Ces nazis étaient du poison, en témoignait la chape lourde et obscure qui était tombée sur la capitale. Les bottes allemandes claquaient sur les pavés et la plupart des petites rues étaient barricadées. Suzette avait frémi en apercevant l'horrible croix gammée flottant au-dessus de la tour Eiffel et de l'Arc de triomphe. Cette vision lui faisait froid dans le dos. La propagande s'affichait sur tous les murs, Hitler était présenté comme le sauveur.

Suzette toisa Max, attendant une réponse.

— Je sais que tu as peur, lui dit-il doucement. Mais nous devons libérer la France.

— Aux dépens de nos vies ? répliqua-t-elle, des larmes dans la voix. Regarde ces hommes fusillés un peu partout, parce qu'ils n'ont pas choisi le bon camp ; est-ce que ça en vaut la peine ?

Ils observèrent un court silence. Puis Pierre se racla la gorge et leva les yeux vers la jeune femme.

— Oui, Suzette. Si c'est le prix à payer, nous n'hésiterons pas. La France doit rester la France.

— Ça fait un an que Fernand Girard, l'instituteur, est dans la Résistance, renchérit Max. Il est toujours vivant.

Consciente qu'ils ne reculeraient pas, Suzette poussa un soupir résigné. Elle se sentait partagée entre deux sentiments : la tristesse, liée à la peur de perdre son mari, et la fierté de savoir qu'ils étaient prêts à tout pour sauver le pays du joug allemand.

— Francine est partante pour nous suivre, annonça soudain Corentin. Les Boches se méfient moins des femmes…

Suzette tressaillit.

— Francine ? Mais que diable va-t-elle faire ?

— Elle distribuera des tracts.

— Que Dieu veille sur nous, marmonna-t-elle en retournant à sa soupe.

Que les hommes risquent leur peau, elle pouvait encore l'admettre, mais comment son amie pouvait-elle ainsi accepter de se mettre en danger, et sa famille avec elle ? C'était quelque chose qui la dépassait.

*

Durant les trois mois qui suivirent, Suzette n'entendit plus parler de Résistance. Elle savait que Max et les autres se donnaient parfois des rendez-vous dans la grange de la ferme familiale, et c'était tout. Son mari ne lui en parlait pas. C'était la première fois qu'il avait des secrets pour elle, mais elle ne trouvait jamais le bon moment pour l'interroger. Il était toujours si tendre et si bon ! Max aurait donné sa chemise pour aider son prochain, à tel point que Suzette se demandait parfois jusqu'où cette bonté allait les mener.

Un soir, alors qu'ils venaient de faire l'amour après avoir dansé au son du gramophone, ils restèrent un moment allongés nus. Chacun savourait ce doux sentiment de plénitude. Ils avaient dévoré une terrine et bu de la pousse d'épine, un alcool qu'Augustine préparait en cachette. Ils étaient si heureux, en cet instant, qu'ils auraient presque pu oublier que le monde était en guerre.

— Tu ne me dis jamais rien au sujet de vos opérations, chuchota tout à coup Suzette, en faisant courir son index sur le torse de son mari.

Pendant quelques secondes, Max garda les yeux rivés au plafond. Puis il la prit dans ses bras et la renversa sur le dos.

— C'est pour te protéger, mon amour. Tu ne pourras pas avouer ce que tu ignores, si jamais les gars et moi on se faisait prendre.

Dépitée, Suzette se redressa et s'assit sur le lit. Max alluma une cigarette, souffla la fumée et, songeuse, elle regarda les anneaux gris qui se formaient entre eux. Toutes ces histoires lui déplaisaient fortement, mais Francine lui avait fait comprendre que chaque action avait son importance. Elle lui avait même proposé de distribuer des tracts avec elle. Néanmoins, Suzette n'avait pas eu le cran d'accepter, si bien qu'à présent, elle se sentait inutile, pour ne pas dire mise à part. Même Eugénie et Marcel avaient décidé d'agir, à leur niveau, en confectionnant des petits pains pour ceux qui vivaient dans la clandestinité. Suzette savait que personne ne lui tenait rigueur de sa couardise, mais elle avait l'impression de passer à côté de quelque chose de fort, quelque chose de libérateur pour le pays.

Elle n'eut pas le temps d'expliquer tout cela à Max, car on sonna à la porte.

— Tu attends quelqu'un ? s'enquit-elle, tout à coup inquiète.

Un pli soucieux barrait à présent le front de son mari.

— Non, répondit-il en se rhabillant prestement. Je vais voir qui c'est. Reste ici.

— Tu ferais peut-être mieux de ne pas ouvrir, chéri !

Mais Max descendait déjà l'escalier en chêne massif. Quelques secondes après, Suzette l'entendit pousser une exclamation étonnée, puis entamer la discussion avec un homme. Elle ne connaissait pas cette voix, qui lui parvenait de façon étouffée, toutefois, à son grand soulagement, elle ne discerna aucun accent allemand. Avant de descendre à son tour, la jeune femme remit ses vêtements, un pull bleu marine à grosses mailles et un vieux pantalon de Max qu'elle avait ajusté à sa taille.

Max et l'inconnu se trouvaient dans le petit salon, face à la cheminée dans laquelle brûlait un feu généreux. Tous deux lui tournaient le dos.

— Bonjour ! lança-t-elle d'un ton interrogateur, en pénétrant dans la pièce, sa préférée de la maison.

Avant la guerre, elle avait installé ici un confortable canapé recouvert de tissu blanc et des bibliothèques, que Paulin, le père de Francine, lui avait construites sur mesure. Un grand tapis recouvrait une partie du sol et, à la belle saison, Suzette disposait des bouquets de fleurs sauvages ou de tulipes sur la table basse. Et puis il y avait le piano, près de la fenêtre. Une petite folie qu'elle assumait. La jeune femme ne jouait pas très bien de cet instrument, tout juste quelques notes balbutiantes, mais ça la rassurait de pouvoir chauffer sa voix en ayant un piano à côté d'elle.

Max et le nouveau venu pivotèrent de concert. Suzette détailla l'étranger sans chercher à s'en cacher : de taille moyenne, il avait de larges épaules et un visage carré, surmonté de deux yeux noirs au regard profond. Il était mal rasé et avait le menton un peu prononcé. Elle n'aurait pas dit qu'il était d'une beauté conventionnelle mais, à sa façon, il devait plaire aux femmes.

Max passa un bras autour des épaules de Suzette.

— Laisse-moi te présenter mon ami d'enfance, André Doucet. André, voici ma bien-aimée, Suzette.

L'homme fit un pas vers eux et serra la main de la jeune femme d'une poigne ferme.

— Enchanté. J'ai beaucoup entendu parler de vous.

— Et où donc ? questionna-t-elle, surprise.

Il n'avait assurément pas une tête à écouter de l'opéra.

— Par les parents de Max, dit-il, comme si cela coulait de source.

Suzette se tourna vers son mari, en quête d'une explication à la présence d'André sous leur toit. À sa connaissance, personne n'avait jamais fait allusion à lui auparavant. Max parut soudain embarrassé.

— Viens t'asseoir, Suzie.

Il attendit qu'elle soit installée sur le canapé pour reprendre :

— André arrive de Tours, où il est établi depuis quelques années, maintenant. Mais il a été obligé de fuir, les

Allemands en ont après lui. Mes parents hébergent sa femme et sa fille, le temps que les choses s'apaisent.

André pensait protéger son épouse en ne restant pas avec elle, ce que Suzette approuva. Mais elle ne voyait toujours pas où Max voulait en venir. Elle leva la tête vers André. Assis dans un fauteuil, celui-ci frottait nerveusement ses mains l'une contre l'autre, qui faisaient presque écho au crépitement de l'âtre.

— Qu'avez-vous donc fait de si terrible, pour qu'ils vous recherchent ? voulut-elle savoir.

— Eh bien, je…

Il s'arrêta, hésitant à trop en dévoiler.

— Tu peux faire confiance à ma femme, déclara Max, avant de se tourner vers Suzette. André est membre de la Résistance. Les Boches l'ont surpris en train de lacérer une de leurs affiches de propagande.

Un frisson la parcourut.

— Seigneur… Est-ce qu'ils vous ont arrêté ?

Cet acte était en effet passible de plusieurs mois de détention, voire de la peine de mort. Beaucoup de choses étaient interdites, *verboten*, comme les nazis aimaient le rappeler. On ne pouvait plus posséder d'armes, d'appareils photo, de radios, ni sortir après vingt et une heures ou allumer la lumière après la tombée de la nuit. Les cinémas et les théâtres étaient réservés aux Allemands, ainsi que les meilleurs aliments. Si l'on se faisait prendre à contrevenir à l'une de ces règles, on avait peu de chances d'en réchapper.

André se racla la gorge.

— J'ai pu m'enfuir, reprit-il. Cependant, quelqu'un leur a balancé mon nom. J'ai juste eu le temps de rassembler quelques affaires et de mettre ma famille à l'abri. Si la zone libre existait encore, j'aurais pu m'y réfugier.

Suzette opina lentement de la tête. Cette situation devait être impossible, et sa femme complètement terrorisée. À sa place, elle n'en aurait pas mené large.

— Je n'ose imaginer les heures sombres que vous traversez, compatit-elle avec la plus grande sincérité. Mais où comptez-vous aller ? Vous n'avez tout de même pas l'intention de rentrer chez vous ?

Ce fut Max qui répondit à la place de son ami :

— André va rester ici, à la maison. Nous allons le cacher.

Suzette crut tout d'abord à une plaisanterie. Puis elle vit que son mari était sérieux. Cette générosité lui ressemblait tant ! Et elle savait qu'il ne servirait à rien de protester. Elle-même se voyait mal renvoyer un homme dont la vie était menacée.

*

Une nouvelle routine se mit en place. André fut logé dans le grenier. On y accédait en ouvrant une trappe, de laquelle tombait une échelle meunière. Une ampoule nue pendant du plafond lui permettait de s'éclairer. Il prenait ses repas avec le couple, Max refusant qu'il vive comme un reclus. Suzette tâchait de se montrer accueillante, mais le soir, alors qu'ils soupaient tous les trois à la lueur des chandelles, dans la cuisine aux fenêtres occultées par de lourds rideaux, elle avait la sensation désagréable de vivre avec une épée de Damoclès au-dessus de la tête. Sa vie ne tenait qu'à une fouille. Une seule dénonciation et ce serait terminé. Par mesure de précaution, ils ne mirent dans la confidence que la famille et les amis faisant partie du réseau de Résistance. Rapidement, André s'enhardit à sortir de sa cachette pour prendre part aux actions qui se déroulaient la nuit. Tout esprit rebelle à l'occupant avait sa place parmi eux.

Toutefois, Arthur voyait cela d'un œil critique. Un dimanche où Suzette déjeunait à la ferme avec ses parents et son mari, il s'en ouvrit à eux.

— Écoutez, déclara-t-il alors qu'Augustine venait de déposer sur la table le plat de poissons que l'oncle Gaspard avait pêchés dans la rivière, ça m'embête de vous dire ça de but en blanc, mais à mon avis André vous fait courir des risques en sortant la nuit. Les Boches pourraient le filer et remonter jusque chez toi, Suzette.

Max le considéra un instant, un peu contrarié.

— André est prudent, lui opposa-t-il. On a grandi ensemble et je peux t'assurer qu'il est fiable.

Arthur ne semblait pas particulièrement convaincu.

— Oh, je n'en doute pas. Il n'empêche qu'il y a trop de fougue en lui. L'autre soir, encore, il s'est énervé contre un gars qui avait les pétoches de poser une bombe.

— C'est André, plaida Max. Il a toujours été entier. On ne peut pas lui en vouloir de bien faire les choses.

— Peut-être, mais ce n'est jamais bon, se renfrogna Arthur.

Après un court silence, la grand-mère Augustine suggéra :

— On devrait le cacher ici, dans le grenier à foin.

Eugénie protesta vivement :

— Enfin, Maman, es-tu consciente de ce que tu dis ? Je ne tiens pas à ce que tu finisses fusillée. Les Allemands visitent beaucoup les fermes, avec tous ces jeunes qui se cachent. André est bien plus en sécurité chez Suzette.

La vieille dame leva les yeux au ciel.

— Tu crois qu'ils me font peur, ces Allemands de malheur ? Ils ne nous ont pas eus en quatorze, ils ne nous auront pas maintenant. Je les attends de pied ferme. Tiens, d'ailleurs, vous savez quelle est la plus petite prairie du monde ?

Chacun la regarda avec la même expression interloquée.

— C'est l'uniforme des Boches ! reprit-elle d'un ton railleur. Il y a toujours une vache dedans.

Suzette gloussa, surtout parce que la mine malicieuse d'Augustine la faisait rire.

— Pour en revenir à André, nous verrons ça après mes deux récitals, trancha la jeune femme en terminant son assiette.

Jusque-là, Suzette avait confiance en l'ami de son mari, mais les craintes émises par Arthur avaient éveillé le doute en elle. André ne les trahirait pas, elle en était certaine, mais que se passerait-il si les Allemands se mettaient à les soupçonner ?

— Où vas-tu chanter ? s'enquit Gaspard.

— À Paris et à Tours, pour des œuvres de charité.

Max, Gaspard et Arthur échangèrent soudain un regard lourd de sens.

— Ce serait peut-être l'occasion de faire passer la liste, déclara mystérieusement l'oncle de Suzette.

— N'y pense même pas ! répliqua aussitôt Max.

Arthur abonda dans son sens.

— Suzette est trop sensible, on ne peut pas se permettre de l'impliquer là-dedans.

— Mais de quoi parlez-vous ? les interrogea Léontine, agacée par leurs cachotteries.

Suzette remercia sa tante du regard.

— Quitte à parler de moi, vous pourriez m'inclure dans la conversation ! Qu'en pensez-vous ?

Arthur se renfonça contre le dossier de sa chaise. Il avait l'air furibond. À vingt-deux ans, le jeune homme travaillait chez le père Mareuil depuis son retour du front, mais les journées étaient longues puisqu'on ne servait plus grand-chose à boire. Heureusement, son patron étant moins vaillant avec l'âge, la présence d'Arthur était jugée nécessaire au bar, ce qui lui avait permis d'échapper au STO.

— Il n'y a rien à dire, bougonna-t-il, les bras croisés sur son torse.

— Laisse-la en juger par elle-même, fit Gaspard, avant d'exposer les faits à sa nièce. Nous avons un contact à Tours, qui attend une liste de noms pour des faux papiers. Le problème, c'est qu'aucun de nous ne peut la lui apporter. Ça pourrait éveiller les soupçons, tu comprends ? Les chefs aimeraient mieux qu'une femme s'en charge.

— Francine n'a qu'à s'y coller, répondit sèchement Max. Elle distribue déjà des tracts, ça ne la changera pas tellement.

— Corentin s'y oppose, rétorqua Arthur. Et à raison ; c'est trop dangereux.

Le cœur battant soudain très vite, Suzette se tourna vers son oncle :

— Pour résumer, tu voudrais que je transmette cette liste. C'est ça ?

— Suzette…, siffla Max entre ses dents.

L'ignorant superbement, Gaspard hocha la tête.

— Tu nous rendrais un grand service. Ces papiers pourraient sauver des vies. Des enfants, pour la plupart.

La jeune femme prit une profonde inspiration. Ce n'était pas rien, ce qu'il lui demandait ! Cacher un fugitif était une chose, mais transporter des documents compromettants en était une autre. N'était-ce pourtant pas là une occasion de se rendre enfin utile ?

— Je vais y réfléchir, promit-elle.

Eugénie lança un regard noir à son frère.

— Ça ne te fait donc rien, de livrer ta nièce en pâture ?

Gaspard frappa du poing sur la table.

— Je croyais que tu étais de notre côté !

— Je le suis. Mais cette mission est périlleuse.

— Tu préférerais voir Suzie collaborer avec l'ennemi ? Je te connais, Ninie, à son âge tu n'aurais pas hésité à le prendre, ce risque ! Comme tu en prends chaque jour en mettant du pain de côté pour la cause.

— Sauf que là, il s'agit de ma fille, pas de moi ! Elle pourrait se faire tuer !

Eugénie avait le regard fiévreux, rempli de larmes. La naissance de Suzette lui avait provoqué une telle hémorragie qu'elle n'avait pu avoir d'autres enfants. Alors, sa Suzie, elle y tenait plus qu'à elle-même !

— Ça suffit ! s'écria Suzette, excédée. De toute façon, je n'ai pas encore pris ma décision.

Ce n'était pas un acte à prendre à la légère, il lui faudrait soupeser toutes les conséquences possibles. Marcel, qui jusque-là s'était abstenu de tout commentaire, posa une main sur la sienne.

— Fais ce qui te semble juste, ma chérie. Personne ne te jugera si tu ne t'en sens pas capable.

Les mots de son père la réconfortèrent. Parce qu'au fond d'elle, Suzette n'était pas certaine d'avoir le cran d'accepter ce que son oncle attendait d'elle. Pourtant, une semaine plus tard, un événement la fit basculer dans une détermination féroce. André rentra en pleine nuit, complètement affolé. Max et Suzette bondirent du lit en entendant les coups frappés à la porte de leur chambre.

— Que se passe-t-il ? demanda la jeune femme, inquiète, en nouant la ceinture de son peignoir, tandis que Max allumait la lampe à pétrole.

André pénétra dans la pièce.

— On a merdé, annonça-t-il, pâle comme la mort. Corentin est entre les mains des Boches.

Max poussa une exclamation.

— Quoi ? Mais comment… ?

André se laissa tomber sur une chaise et leur raconta qu'ils étaient partis en groupe pour incendier des voitures allemandes. Arthur et Corentin faisaient partie de l'expédition.

— Les Boches se sont vite rendu compte que ça flambait et ils ont donné l'alerte. On a eu le temps de se disperser dans les bois, sauf Corentin. Ils l'ont eu.

Au moment de leur fuite, le jeune homme avait trébuché sur la racine d'un arbre, se tordant la cheville au passage.

— Seigneur, murmura Suzette, les jambes coupées par l'angoisse. Francine et les enfants doivent absolument se sauver.

André secoua la tête dans un geste fataliste.

— Ils doivent déjà l'avoir tirée du lit.

Max fit des rondes autour de la maison durant tout le reste de la nuit, afin de s'assurer qu'André n'avait pas été suivi. Quant à Suzette, trop effrayée pour parvenir à se rendormir, elle n'eut de cesse de faire les cent pas du salon jusqu'à la cuisine. Aucun soldat ne se présenta chez eux.

En revanche, Arthur fut arrêté dès le lendemain. Quelqu'un avait fait son signalement. Trois jours d'angoisse la plus totale s'ensuivirent. Gaspard, Léontine et Eugénie montèrent à Tours, où on interrogeait les suspects. Lorsqu'ils furent reçus, ils n'hésitèrent pas à mentir en prétendant que le jeune homme n'avait pas quitté la ferme de la soirée.

— Il est victime d'une injustice, plaida Gaspard, d'un ton qui se voulait calme.

L'officier en face d'eux leur fit remarquer qu'une personne affirmait l'avoir vu sur les lieux du sabotage. Eugénie ne se laissa pas démonter.

— Cette personne doit avoir une vue sacrément perçante pour reconnaître un gars dans la nuit noire ! Et puis d'abord, que fichait-elle dehors, à cette heure ? Ce n'est pas *verboten*, ça ?

Faute de preuves, Arthur fut relâché. Son visage tuméfié témoignait des méthodes musclées des Allemands, qui l'avaient sommé de répondre à un feu nourri de questions. Quand il fut de retour à la ferme, Suzette découvrit avec horreur qu'il avait une lèvre fendue, les deux yeux au beurre noir et des ecchymoses un peu partout sur le corps.

— Ils savent que la Résistance a de solides appuis dans la région, leur raconta-t-il. Et ça les agace de ne pas réussir à en venir à bout.

— Selon la BBC, c'en sera bientôt fini d'eux, déclara Eugénie. Hitler serait en train d'essuyer revers sur revers.

Arthur opina en terminant sa tasse de l'ersatz de café qu'ils étaient contraints de boire, à défaut de mieux.

— C'est ce qui se murmure, ouais. Ces saloperies de Boches ne seraient pas si invincibles que ça, au bout du compte.

— Toujours est-il qu'ils opèrent vite et qu'on doit continuer de leur couper l'herbe sous le pied, enchaîna Max. Tu es toujours avec nous, Arthur ?

— Bien sûr, quelle question ! Tu ne crois quand même pas qu'un passage à tabac va m'arrêter ?

Deux autres jours passèrent. On apprit finalement que Corentin avait été fusillé pour l'exemple. Malgré les coups et la torture, il n'avait pas parlé, refusant de livrer ses compagnons d'armes. Les seules fois où il avait ouvert la bouche, cela avait été pour jurer que sa femme, interrogée de façon brutale elle aussi, n'était au courant de rien. Les Boches espéraient que l'exécution d'un bon père de famille ferait réfléchir les autres. Une stupeur muette tomba sur le village. Chacun se terra chez soi, par peur d'être le prochain. Ils rendirent le corps de Corentin à Francine pour qu'elle le fasse enterrer dans la plus grande discrétion. La jeune femme pleurait nuit et jour, c'était déchirant de la voir ainsi. À la souffrance physique liée à quelques côtes cassées s'ajoutait celle, morale, d'avoir perdu l'homme de sa vie. Elle s'efforçait de tenir debout pour ses enfants. Sidéré par la mise à mort de Corentin, le groupe d'amis se resserra autour de Francine. André jura de venger le jeune homme.

— On va les faire payer, ces saletés de *Schleus* ! On va les crever un à un.

— Et je vous y aiderai, répondit Francine, les dents serrées. Que Corentin ne soit pas mort pour rien !

Au départ, Suzette fut triste pour son amie, puis elle fut prise d'une rage grandissante, qui se transforma en une sourde révolte contre l'attitude monstrueuse des nazis. Qui étaient-ils pour décider de la mort de milliers d'hommes et briser des familles, piétiner le peuple ? Elle leur vouait une haine sans nom.

— Je vais transmettre la liste, annonça-t-elle un soir à Max, quinze jours avant son récital.

Ils se trouvaient tous les deux dans leur chambre, sur le point de se coucher. Max garda le silence assez longtemps pour qu'elle sache qu'elle l'avait surpris. Puis il la prit dans ses bras, la serrant à lui en faire mal. Suzette comprit qu'il était en colère de n'avoir pas su la dissuader. Une colère ambivalente, mâtinée de soulagement.

— Je présume que rien ne t'y fera renoncer, souffla-t-il avant de la relâcher.

— N'essaie même pas de me convaincre. Je dois le faire.

Max appuya son front contre le sien et plongea son intense regard bleu dans le sien.

— Promets-moi de rester prudente, mon étoile. Je t'aime tant.

Parcourue par un agréable frisson de volupté, Suzette se mit à le couvrir de petits baisers.

— Je t'aime aussi, Max, murmura-t-elle en faisant glisser la bretelle de sa combinaison en soie.

La jeune femme profita de son passage à Paris pour retrouver Marie-Rose dans les jardins du Luxembourg. Les soldats allemands s'y promenaient comme si ce parc leur appartenait, n'hésitant pas à siffler et à photographier les jolies filles.

— Regarde-les, ces rebuts de l'humanité ! s'offusqua Marie-Rose. On nous interdit de posséder le moindre appareil photographique, mais eux ont tous les droits.

— Dans certains endroits, ils distribuent des bonbons aux enfants pour se faire bien voir, renchérit Suzette, dégoûtée. Ils sont ignobles.

S'asseyant sur un banc, elle remarqua que Marie-Rose avait changé de manteau. Celui qu'elle avait choisi était beige et de coupe très classieuse, quoique plutôt simple. C'était étonnant, elle qui ne jurait que par Chanel !

— Te serais-tu lassée ? lui demanda-t-elle.

Marie-Rose sortit son fume-cigarette et secoua la tête de façon négative.

— La mère Chanel couche avec un haut placé de la Gestapo. Je refuse de lui donner mon argent.

— Comment peut-elle faire ça ? s'offusqua la jeune femme.

— Certains n'ont pas de scrupules. Regarde Sacha Guitry ou cet acteur, là, Raimu…

— Tu veux dire qu'ils collaborent ?

— Pas à ma connaissance, mais ils ferment volontiers les yeux pour pouvoir continuer à se produire, si tu vois ce que je veux dire.

— Ils ont besoin de gagner leur vie, avança prudemment Suzette.

— Et alors, c'est une raison ? Est-ce que tu irais chanter en Allemagne, toi ?

Suzette reconnut que non.

— C'est bien ce que je pensais. Au moins, il y a des artistes qui résistent, argent ou pas. Ton Tino Rossi en fait partie.

— Oui, il paraît qu'il a refusé d'enregistrer *Maréchal, nous voilà !* Je l'admire, vraiment. D'ailleurs, je voulais te parler de quelque chose de confidentiel.

Sous le regard attentif de Marie-Rose, elle fit part de la mission que lui avait confiée Gaspard.

— Si tu es sûre de toi, je ne peux que t'y encourager, Suzie.

La jeune femme eut une brève hésitation.

— En réalité, je suis morte de peur. Mais je dois le faire ! Je ne supporte plus de les voir parader, ces salopards de nazis. Seulement, je n'ai aucune idée de la meilleure façon de cacher ces papiers.

Marie-Rose s'esclaffa, puis reprit son sérieux à l'approche des soldats qui passaient devant elles. Une fois qu'ils se furent éloignés, elle se tourna vers Suzette en esquissant un grand sourire faussement innocent :

— Ma jolie, tu apprendras que le soutien-gorge est la meilleure invention au monde !

35

— Sois courageuse. Tu vas y arriver.

S'exhortant au calme, Suzette lissa une dernière fois sa coiffure face au miroir et sortit de la pièce qui lui servait de loge. Elle portait une robe vert foncé boutonnée sur le devant et ajustée à la taille par une fine ceinture marron. L'ensemble mettait ses yeux ambrés en valeur. Comme convenu, elle allait chanter devant les plus démunis, afin de leur offrir une distraction dans leur triste quotidien. La Croix-Rouge était organisatrice de l'événement. Personne ne devait la soupçonner, il était hors de question de leur attirer des ennuis.

En montant sur l'estrade, la jeune femme fut aussitôt acclamée. Tétanisée au fond d'elle, elle s'efforça de sourire. L'angoisse lui nouait l'estomac et les pensées s'entrechoquaient dans sa tête. Elle avait pris toutes ses précautions, mais si ça tournait mal ? Plus que tout, elle redoutait qu'un espion se soit infiltré dans la salle ou, pire, que les soldats allemands débarquent, prévenus par un mouchard. Elle avait vu ce qu'ils avaient fait à Arthur et à Francine, et elle ne pourrait jamais oublier la mise à mort de Corentin. Tout cela était terrifiant. Suzette déglutit. Elle ne devait surtout pas perdre sa mission de vue. Tout se jouerait à la fin de son tour de chant. Le contact était là, quelque part dans la salle. Elle ignorait son nom et son visage, on lui avait seulement dit que c'était une femme et que, par conséquent, l'échange aurait lieu dans les toilettes. Lorsque l'orchestre entama le premier air, Suzette ouvrit la bouche pour endosser le rôle de Suzie Rossignol. Les notes sortirent avec une clarté cristalline.

— *Quand nous chanterons le temps des cerises / Et gai rossignol, et merle moqueur / Seront tous en fête*...

Elle osait à peine bouger. Son collier brillait à chacun de ses mouvements, attirant les regards sur son décolleté, là où elle avait dissimulé les papiers enroulés en une petite liasse. Sa prestation dura une heure. Tout en reprenant des chansons populaires, la jeune femme se força à penser à ses deux grands-pères. Savoir qu'ils avaient combattu l'ennemi dans les tranchées et qu'ils étaient rentrés victorieux lui donnait du courage. Elle ne ferait pas honte à leur mémoire. À la fin, le public envoya un tonnerre d'applaudissements. Suzette accepta de signer des cartes à son effigie, après quoi elle fila s'enfermer dans les toilettes. Son cœur battait à se rompre. Chaque pas l'avait essoufflée alors qu'elle avait mis une application particulière à marcher de façon naturelle.

La peur, se dit-elle. *Maintenant, je sais vraiment à quoi elle ressemble.*

Suzette se figea quand une porte s'ouvrit. Venait-on l'arrêter ? Des bruits de pas. Des talons, une démarche lente et féminine. Elle retint un peu plus sa respiration lorsque la personne s'immobilisa face au battant qui les séparait, attendant le signal convenu. La femme pénétra finalement dans le box voisin du sien et Suzette entendit le sifflement.

Un rossignol vint sur ma main...

Sans plus attendre, la jeune femme siffla à son tour et plongea la main dans son soutien-gorge afin d'en extirper les papiers. S'agenouillant au sol, elle fit glisser la liasse de l'autre côté, priant de tout son cœur pour ne pas être tombée dans un piège. La personne s'empara des feuilles et ne s'attarda pas à les vérifier. Le loquet s'actionna, puis les talons s'éloignèrent dans un *clac-clac* libérateur. Soulagée, Suzette expira longuement et se laissa aller contre le mur pour se calmer. Elle l'avait fait ! Elle y était arrivée !

En quittant les toilettes, elle vit dans la glace à quel point elle était blême. Arthur avait raison : elle était beaucoup trop sensible. Elle ne serait jamais une héroïne de guerre.

Pourtant, à sa grande surprise, ses proches ne manquèrent pas de louer sa bravoure.

— Je tremblais tellement à l'idée que cette salle soit pleine de soldats nazis ! lui avoua Eugénie.

— Je n'en menais pas large non plus, Maman. Et à vrai dire, je ne sais pas si je serais capable de recommencer une telle chose.

La vie reprit son cours dans la vallée. La Résistance ne baissait pas les bras. Déjouant les ratissages des patrouilles allemandes, les hommes continuèrent de sortir la nuit pour saboter véhicules et lignes de chemin de fer. Leurs réunions secrètes avaient lieu dans l'arrière-boutique du café du père Mareuil. Malgré l'immense frayeur que lui avait causé son passage à Tours, Suzette décida de les aider, à sa façon. Elle ne se sentait pas assez vaillante pour distribuer des tracts en pleine nuit, mais elle accepta de cacher des plans et divers autres papiers chez elle, sous le couvercle de son piano. Les armes et tous les équipements fournis par la Résistance étaient camouflés dans la forêt avoisinante. André, lui, se planquait toujours dans le grenier, plus que jamais résolu à massacrer l'ennemi. Le réseau avait réussi à prendre une douzaine de soldats en embuscade ; tous avaient péri sous les balles de fusils de chasse.

— Êtes-vous obligés de les tuer ? leur demanda Suzette, un soir où ils dînaient tous les trois dans la cuisine faiblement éclairée.

— Oui, ma chérie, il le faut, répondit Max. Ils seront sans pitié avec nous si nous les laissons vivre.

— L'Allemagne est en ruine, enchaîna André. Stalingrad a sonné le début de la fin. Plus leur situation se dégrade, plus ils deviennent dangereux. On doit se défendre.

Son ton était sans appel. Max et André avaient tous les deux une forme de fièvre dans le regard, une fièvre ardente qui n'augurait rien de bon. Ils étaient déterminés et iraient jusqu'au bout.

*

Par un bel après-midi de juin, Suzette était en train d'arranger des fleurs sauvages dans un vase en écoutant un disque de Maurice Chevalier quand on frappa à la porte. André, qui lisait dans un fauteuil, se mit aussitôt en position d'alerte.

— Je monte au grenier, souffla-t-il. N'ouvre pas avant.

On toqua avec un peu plus d'impatience. Suzette sentit une boule se former dans sa gorge. Cela ne pouvait pas être Max, puisqu'il se trouvait à la boulangerie. Et si les Boches avaient tout découvert à leur sujet ? Non, elle ne voulait pas penser à cela, pas par une si belle journée. C'était probablement Francine. Ou sa mère.

S'assurant qu'André était hors de vue, elle alla ouvrir et s'immobilisa net en découvrant un Allemand.

L'homme portait un long manteau en cuir noir en dépit de la chaleur, et des bottes luisantes. Son uniforme surmonté d'une croix de fer ne laissait place à aucun doute.

S'agrippant au chambranle de la porte, Suzette demanda d'une voix tremblante :

— Monsieur ?

— Adjudant Heinrich Angermüller, se présenta-t-il, avec un accent à couper au couteau. Vous êtes madame Lagarde ?

Il la dévisageait avec attention. Ou bien n'était-ce qu'une impression ? Suzette cilla et cessa de respirer.

— Que puis-je faire pour vous ?

— Je travaille pour la Gestapo, madame, annonça-t-il, en lui tendant une feuille. On m'a fait appeler en renfort pour lutter contre les dissidents qui opèrent dans la région et ceci est un ordre de réquisition.

La jeune femme secoua la tête, pas certaine de comprendre.

— Un ordre de réquisition ? répéta-t-elle.

— Je vais habiter chez vous.

— Pardon ?

Héberger un gradé allemand, avec un fugitif caché sous son toit ? C'était impossible !

— Mes hommes et ma secrétaire particulière sont logés dans une autre maison, reprit Angermüller, mais j'ai besoin de solitude quand je rentre le soir. On m'a dit que votre demeure serait assez grande pour moi et…

Elle n'entendit même pas la suite. Ses oreilles se bouchèrent et l'air autour d'elle sembla tout à coup avoir été avalé par un immense trou noir. Sous le choc, elle s'évanouit.

Lorsqu'elle revint à elle, Suzette remarqua tout d'abord le calme. Elle était étendue sur le canapé et, dehors, un merle chantait. Puis elle sentit comme une odeur épicée, qui n'était pas désagréable en soi, si ce n'est qu'elle lui évoquait le parfum d'un homme qui s'était présenté à sa porte pour…

— Oh, non ! gémit-elle en se redressant vivement.

Au son de sa voix, Heinrich Angermüller fit son apparition.

— Vous voilà réveillée, constata-t-il en souriant. Vous êtes émotive. Voulez-vous boire un verre d'eau ?

Elle lissa rapidement sa jupe en tweed, son cœur battant à se rompre.

— Vous êtes toujours là, répondit-elle d'un ton placide.

— *Ja*, *Frau*. Je me suis permis d'aller chercher ma valise. J'ai trouvé une chambre à l'étage, je pense qu'elle fera l'affaire. Je vous ai bien sûr laissé la vôtre.

Déconcertée par tant d'aisance, Suzette observa le grand gaillard qui se tenait devant elle. Mince et musclé, il devait bien mesurer un mètre quatre-vingt-dix. Il avait des cheveux clairs coupés en brosse, des yeux gris dans un visage régulier, et le sourire facile. Pas plus de trente-cinq ans, à l'évidence.

— Combien de temps allez-vous rester ? s'enquit-elle.

— Cela, je l'ignore. Nous travaillons sans ménager nos efforts pour démanteler ce réseau de vauriens. Peut-être auriez-vous entendu des choses à ce sujet ?

Suzette serra nerveusement l'encolure de sa chemise. Angermüller était-il en train de la tester ?

— Non, déclara-t-elle en tentant de maîtriser sa voix. La rébellion ne m'intéresse pas.

— Et c'est tout à votre honneur.

La jeune femme parvenait à peine à masquer le dégoût que la fonction de l'homme lui inspirait.

— Je suis surprise que vous ayez choisi de cantonner à Cressigny. Ne devriez-vous pas être à Tours, afin d'interroger vos suspects ?

— Je laisse cela à d'autres. Pour ma part, je préfère les débusquer sur le terrain.

— Où sont vos chiens ?

En général, les hommes de la Gestapo ne se déplaçaient pas sans leurs bergers allemands.

— Avec mes agents, *Frau*.

Il s'exprimait avec une telle amabilité que n'importe qui aurait pu jurer qu'il parlait de la pluie et du beau temps.

— Bon, ajouta-t-il en faisant claquer ses bottes, je vais terminer de ranger mes vêtements et rejoindre mes hommes.

Une fois l'officier parti à bord de sa Citroën, Suzette monta l'escalier en courant, afin de vérifier qu'André se trouvait toujours dans sa cachette. Ce qui, fort heureusement, était le cas.

— C'est la merde, fit-il observer, quand la jeune femme fut près de lui.

— Je ne sais pas ce que nous allons faire, déplora-t-elle. J'ai tellement paniqué que je suis tombée dans les pommes. Tu ne dois surtout pas quitter cette pièce, sinon c'en est fini de nous tous.

Sa journée de travail terminée, Max rentra avant Angermüller. Il se décomposa lorsque Suzette lui fit part de la situation.

— Un Boche ici ! Nom de Dieu !

Il fila retrouver André afin d'élaborer une stratégie. Il n'était plus question de prendre le risque de sortir en pleine nuit, alors qu'un adjudant de la Gestapo résidait à présent chez eux. Violer le couvre-feu leur était désormais impossible. Il fallait également se débarrasser au plus vite des papiers compromettants dissimulés dans le piano. André en planqua une petite partie à la cave, Arthur passa récupérer le reste. Mis au courant de cette situation, les chefs promirent de fournir à André des faux papiers d'ici deux bonnes semaines.

— Est-ce vraiment faisable ? demanda Suzette, quand Max lui relata cela.

Épuisé, ce dernier rejeta la tête contre le dossier du canapé.

— Oui, les gars ont tout ce qu'il faut pour ça. André prendra la place de Corentin, à l'auberge. Dans quinze jours, nous préviendrons Angermüller qu'un de mes cousins vient s'installer ici.

Suzette se releva d'un bond.

— Ce n'est pas prudent, enfin ! Si André réussit à obtenir de faux papiers, autant qu'il aille ailleurs.

— Non, Suzie, répondit fermement Max. À moins de commettre une grossière erreur, il n'y aura jamais de fouille dans une maison occupée par un gradé. André sera en sécurité ici, fais-moi confiance.

Il se tut un instant, avant d'ajouter :

— Les gars comptent sur nous pour nous mettre Angermüller dans la poche et lui soutirer des informations.

Suzette eut l'impression de recevoir une gifle.

— Hors de question que je sympathise avec lui, déclara-t-elle, avant de se lever pour quitter la pièce.

*

Les jours suivants furent les plus étranges de leur existence. André et Max prirent garde à ne plus commettre aucune imprudence. Heinrich partait tôt le matin à bord de sa voiture et rentrait tard le soir, après avoir dîné avec les officiers. S'il était plutôt discret et souvent absent, il se montrait toujours très courtois. Le premier soir, il leur rapporta même de belles côtes de porc, comme ils n'en avaient pas vu depuis des mois, le cochon étant strictement réservé aux Allemands. L'adjudant se comportait tel un invité modèle, aidant Suzette à porter des charges lourdes quand elle se trouvait seule, faisant son lit chaque matin et veillant à laisser la salle de bains propre après son passage. Angermüller discutait avec eux comme si la situation était normale.

Un matin, il leur causa cependant une belle frayeur.

— Je sais qui vous êtes, dit-il en se penchant vers Suzette.

Il marqua une pause pour lui permettre de réagir. La jeune femme, qui était en train de tartiner une mince couche de margarine sur une tranche de pain à moitié rassis, suspendit son geste. Un climat de tension s'installa de façon palpable dans la pièce.

— Que voulez-vous dire ? s'enquit Max, soucieux de protéger sa femme.

Enjoué, l'Allemand s'esclaffa.

— Oh, si vous pouviez voir vos têtes ! Je suis un grand amateur d'opéra, vous savez ! affirma-t-il. Et j'ai réalisé seulement hier soir que je vis dans la maison de la cantatrice Suzie Rossignol !

Max et Suzette lâchèrent un imperceptible soupir de soulagement.

— Oui, c'est vrai, admit la jeune femme. C'est bien moi.

— Vous auriez dû me le dire, *Frau.* J'espère avoir le plaisir de vous entendre chanter, un jour.

Suzette lui répondit par un sourire poli, se faisant intérieurement le serment de ne jamais se produire pour les troupes du Führer. Elle préférait encore mourir. Une fois Heinrich parti, elle fila vite aux toilettes pour rendre son petit déjeuner. Elle était souvent prise de nausées depuis quelque temps et maigrissait à vue d'œil, ce qu'elle mettait sur le compte du stress généré par la présence de l'Allemand. Une dizaine de jours après l'arrivée d'Angermüller, elle accepta néanmoins d'être auscultée par le docteur. Une fois l'examen terminé, celui-ci annonça, la mine réjouie :

— Eh bien, ma chère petite ! Vous êtes enceinte d'au moins deux mois.

— Quoi ?

— Mais c'est formidable ! s'exclama Max, aux anges.

Suzette considéra son mari avec perplexité. Bien sûr, elle se sentait heureuse, l'amour qu'ils éprouvaient l'un pour l'autre allait bientôt faire naître un enfant, mais d'un autre côté, dans cette époque tourmentée et avec ce nazi qui vivait sous leur toit, n'était-ce pas la pire des sottises, d'accueillir un bébé ?

Sa famille ne fut pas d'accord sur ce point de vue. Marcel et Eugénie pleurèrent de joie à l'idée de devenir grands-parents. Ils voyaient cela comme une célébration de la vie dans la France occupée.

— Il faudra l'appeler Victoire ou Liberté, cet enfant ! lança Augustine, quand ils lui apprirent qu'elle allait devenir arrière-grand-mère.

— Vous semblez oublier Angermüller, grimaça Max en touillant son café. Nous ne pouvons pas le provoquer.

Gaspard rouspéta pour la forme :

— Vous auriez dû lui laisser la maison et venir habiter ici.

— Pas question ! bondit Suzette. Cette maison est la mienne et je refuse de l'abandonner.

— Vous n'avez pas pensé à l'égorger dans son sommeil ? s'enquit Léontine.

Max s'esclaffa.

— Pour voir toute la cavalerie débarquer ? Non, merci. Nous allons devoir prendre sur nous, et pendant un bon moment, se rembrunit-il.

Quand Heinrich fut informé de la grossesse de Suzette, il adopta envers la jeune femme une attitude encore plus prévenante que d'ordinaire. Lorsqu'il s'absentait plusieurs jours de suite, il revenait ensuite avec des aliments qu'on avait du mal à se procurer : tablettes de chocolat, lait, pommes de terre, beurre et sucre. Au début, Suzette n'en voulut pas, arguant que d'autres en avaient bien plus besoin qu'elle.

— Je ne peux pas, pas tant que les autres familles françaises en seront privées.

Mais l'adjudant resta implacable.

— C'est pour le bébé, *Frau*. Pour qu'il soit grand et fort.

Suzette voulut donner les sucreries aux enfants de Francine, pour les changer des filets de harengs et des biscuits enrichis en vitamines que le gouvernement avait fait fabriquer pour éviter les carences. Mais son amie refusa, sachant très bien d'où ils venaient.

— Je ne veux rien de ces salauds ! siffla-t-elle entre ses dents. Corentin s'en retournerait dans sa tombe. Grand bien te fasse si tu acceptes leur aide, mais pas moi.

Un matin, de passage à la boulangerie pour aider sa mère à contenir la file d'attente sur le trottoir, elle confia à ses parents à quel point ça la répugnait de bénéficier de ces denrées alors que d'autres mouraient pratiquement de faim.

— Max dit que c'est pour mon bien, mais j'ai le sentiment de jouer le jeu des Boches. Et Francine me bat froid à cause de cela. C'est affreux.

— Je suis d'accord avec ton mari, lui répondit Marcel. N'oublions pas que les soldats sont aussi des hommes, ils ont une famille. Angermüller a certainement des enfants.

Eugénie s'enflamma aussitôt.

— Comment peux-tu les humaniser, avec les atrocités qu'ils commettent ? Ce ne sont pas eux, à midi, qui doivent expliquer aux clients affamés qu'il n'y a plus de pain !

— Je sais, soupira Marcel. C'est toute l'ambivalence de la situation.

Max trouva la solution parfaite. Il prit les sucreries dont Suzette ne voulait pas et les fit distribuer aux jeunes qui se cachaient dans les alentours.

Dans toute cette tourmente, André obtint ses faux papiers et devint Léon Fleury. Quand Max expliqua à Heinrich qu'un de ses cousins allait s'installer chez eux, ce dernier n'y vit aucun inconvénient.

— Cette maison est la vôtre, Maxime. Je n'ai pas à décider de qui vous pouvez recevoir ou non… tant qu'il ne s'agit pas d'un membre de la Résistance, bien entendu ! ajouta-t-il en riant, avant de partir travailler.

Eugénie, qui se trouvait avec eux à ce moment-là, le suivit des yeux, l'expression peu amène.

— Il me laisse une drôle d'impression, ce coco, marmonna-t-elle. Je n'aime pas la façon dont il te regarde, Max.

— Est-ce que vous pensez qu'il me soupçonne ?

Eugénie le scruta une seconde sans pouvoir répondre.

— Non, dit-elle enfin. Au contraire, je pense qu'il t'aime bien. Faites très attention. Si ça venait à se savoir…

Suzette réagit au quart de tour.

— Il n'y a rien à craindre, Maman. Nous n'avons aucune amitié pour lui.

Eugénie leur lança encore un drôle de regard, puis elle hocha la tête.

— Oui. Je te crois, ma chérie.

Le lendemain, ils attendirent que Heinrich soit parti pour faire descendre André du grenier.

— C’est encore pire, maintenant que je vais devoir lui adresser la parole ! lança ce dernier, qui vouait une haine féroce à l’occupant.

Max et Suzette lui interdirent de tenter quoi que ce soit.

— Tu dois te comporter de façon normale.

— Mais qu’y a-t-il encore de normal, en ce monde ?

C’était très compliqué pour André, qui aurait donné n’importe quoi pour pouvoir enfin serrer sa femme et sa fille dans ses bras. Les parents de Max avaient beau donner régulièrement des nouvelles, la séparation n’en restait pas moins rude.

Un soir de juillet, Heinrich rejoignit Suzette dans la cuisine. Il avait un air si sérieux qu’elle ressentit aussitôt une sourde angoisse.

— Est-ce que tout va bien, *Herr* Angermüller ? s’efforça-t-elle de demander d’un ton naturel.

— Je vais organiser un dîner avec mes hommes, la semaine prochaine, lui exposa-t-il. Ici.

Suzette lâcha l’éponge avec laquelle elle frottait sa toile cirée.

— Eh bien, je… Je n’ai pas les vivres nécessaires, protesta-t-elle.

— Ne vous inquiétez pas pour cela, je vous les fournirai. Mais vous ne cuisinerez pas, quelqu’un d’autre s’en chargera.

Suzette fut soulagée de ce qu’elle prenait comme une injonction à quitter sa maison ce soir-là.

— Je préviendrai mes parents afin qu’ils nous accueillent chez eux, dans ce cas.

— Non, vous vous joindrez à nous, avec votre mari et son cousin. Ce sera une façon de vous remercier pour votre hospitalité. Mes hommes seraient ravis de vous entendre chanter.

Suzette déglutit.

— Je ne suis pas sûre d'être à l'aise parmi vos amis, répondit-elle pour gagner du temps. Quant à me produire en spectacle, avec le bébé…

Elle souligna ses propos en posant une main protectrice sur son ventre, qui s'arrondissait de jour en jour.

— Il s'agirait d'une seule chanson, *Frau*, rassurez-vous.

La jeune femme réprima non sans mal un soupir, consciente qu'elle n'avait aucun argument à lui opposer. Elle aurait voulu le connaître assez pour pouvoir déchiffrer son regard.

Heinrich déclara doucement :

— Vous savez, ça ne me plaît pas plus que ça, de faire partie d'une armée d'occupation.

Surprise par cet aveu, elle répliqua néanmoins :

— Ça ne vous a pas empêché de gravir les échelons.

Il émit un petit rire.

— Vous êtes très réservée à mon égard, Suzette. Vos sentiments transparaissent bien plus que vous le voudriez.

Refusant de lui faire le plaisir de lui montrer sa peur, Suzette décida de lui faire face, avec un courage dont elle se sentait pourtant dépourvue.

— Je n'ai rien contre vous, *Herr* Angermüller. Vous vous comportez de façon tout à fait respectable dans notre maison, on voit que vous avez été très bien élevé. Vous êtes poli en toutes circonstances.

Heinrich lui sourit, amusé.

— Mais ?

— Vos soldats ont fusillé l'époux de ma meilleure amie pour en faire un exemple. Il travaillait à l'auberge, c'est And… Léon, qui a repris son poste. Alors pardonnez-moi si je vous ai mal accueilli, mais voir ces deux orphelins de père et Francine devenue veuve si jeune, ça me brise le cœur.

— C'est sûrement déplaisant, mais qu'y puis-je ? Nous devons faire respecter l'ordre, c'est comme ça.

Ils se jaugèrent dans un silence pesant, puis Heinrich reprit :

— Je ne suis pas susceptible, alors je ne vous en veux pas. Par contre, ce n'est pas le cas de tous les hommes qui seront présents à cette soirée. Faites attention à vous.

Sa sentence sonnait plus comme un avertissement que comme une réelle menace. Constatant que Suzette n'avait rien à ajouter, il claqua des talons et sortit.

— Ah, le salopard ! s'exclama André, une fois que Max et lui furent rentrés.

Les yeux fiévreux et secs, Suzette venait de leur raconter la scène. Elle arpentait le salon de long en large, ressentant une immense colère.

— Allons, Suzie, calme-toi, supplia Max. Il n'y a rien de si dramatique.

Suzette et André lui coulèrent chacun un regard ulcéré.

— Tu plaisantes ? riposta la jeune femme. Nous allons être accusés de collaborer avec eux, ça nous pend au nez !

— Mais nous n'avons pas le choix, c'est lui qui commande. La maison est réquisitionnée, ça veut dire qu'il fait ce qu'il veut. Il pourrait tout aussi bien décider de nous en chasser.

— Cette soirée ne peut pas…

André l'interrompit :

— Cette soirée sera peut-être l'occasion de pêcher quelques infos. Faire bonne figure devant eux ne m'enchante pas, mais Max a raison, nous n'avons pas le choix.

Ce dîner fut un vrai cauchemar pour la jeune femme. Heinrich avait recruté une vieille femme d'un village voisin pour s'occuper de la cuisine et fait déployer le drapeau nazi dans la salle à manger. Suzette avait dû réprimer une nausée en découvrant cette horreur. Lorsque les neuf officiers arrivèrent, à dix-neuf heures, il y eut un retentissant « *Heil Hitler!* » bras levés en direction de l'étendard. André, Suzette et Max se regardèrent du coin des yeux, absolument consternés. L'un des collègues de Heinrich, particulièrement massif, leur faisait penser à un tank. Un tank qui buvait beaucoup et louchait sans vergogne sur le décolleté de Suzette. La nourriture, qui manquait un peu partout, était ici en abondance : il y avait du veau, des asperges, des pommes de terre, toutes sortes de légumes et une sauce mousseline. Divers fromages, de la crème brûlée et du gâteau au chocolat. Les nazis parlaient fort, le vin et le champagne coulaient à flots. Suzette était à la fois effarée et apeurée. Voir tous ces Boches bouffis d'arrogance réunis dans sa si belle maison lui laissait un sentiment d'écœurement. Elle toucha à peine à son assiette. Son regard croisa plusieurs fois celui de Heinrich, imperturbable, qui discutait avec son mari comme s'il était la personne la plus importante au monde. Mais au-delà de cette conversation, il lui sembla qu'il guettait le moindre faux pas de sa part. Elle s'efforçait de sourire, mais au fond, cette situation lui faisait horreur. Sans trop savoir comment, elle parvint à chanter un *Ave Maria*. Les Allemands l'applaudirent avec force. Quand elle s'assit à nouveau, elle était sur le point de pleurer tant elle se dégoûtait elle-même.

— Vous n'êtes pas trop fatiguée, au moins? lui demanda Heinrich, l'air soucieux. Je vous promets que mes hommes ne s'éterniseront pas.

Pourquoi fallait-il qu'il se comporte toujours comme un parfait gentleman?

Le lendemain après-midi, alors que Suzette quittait la boulangerie, elle croisa Francine dans une ruelle du bourg. Les cheveux tirés en un chignon très sobre, la jeune femme était vêtue d'une longue robe noire. Elle portait toujours le deuil de Corentin. Inévitablement, elle laissa éclater son courroux en arrivant à hauteur de Suzette :

— Alors, c'était comment ce gueuleton avec les *Schleus* ? On s'est fait des amis ?

Bien entendu, tout le monde était déjà au courant.

— Arrête, Francine ! Tu sais très bien que je n'ai pas eu le choix.

Son amie ne dissimula pas le dédain qu'elle ressentait.

— Balivernes ! Ça doit bien t'arranger, de manger à l'œil.

— Tu es injuste ! s'emporta Suzette. Si j'avais refusé, ils nous auraient jetés dehors. Qu'aurais-tu voulu que je fasse, à la fin ?

— Que tu leur laisses cette fichue baraque ! À ta place, c'est ce que j'aurais fait. Et ensuite, j'y aurais foutu le feu pendant que ce porc d'Allemand dormait.

Suzette la dévisagea, affligée.

— Ça ne me fait pas plaisir d'avoir Angermüller sous mon toit, mais je ne peux rien contre ça. Nous vivons une époque dangereuse.

Francine lui lança un regard plus cinglant qu'une gifle.

— Tu crois que je ne m'en étais pas rendu compte, que l'époque est dangereuse ?

Suzette savait qu'il ne servait à rien de parlementer. Son amie était encore sous le coup de la douleur. Elle-même n'était plus certaine d'avoir effectué les bons choix. Perdue et attristée, elle remonta le coteau verdoyant pour se rendre à la ferme. C'était le seul endroit où elle trouverait du réconfort. Assis dans la cuisine, Arthur et Augustine triaient des baies récoltées dans les ronciers.

— Ça n'a pas l'air d'aller fort, toi ! fit remarquer le jeune homme quand Suzette entra.

Elle se laissa choir sur une chaise et leur fit part des reproches dont l'avait accablée Francine.

— Je me fais presque horreur de rester dans ma maison, si vous saviez !

Sa grand-mère tenta de l'apaiser :

— Allons, tout le monde sait bien que vous n'avez pas votre mot à dire, dans c't'affaire. Moi non plus, je ne leur aurais jamais laissé la ferme, pour le peu qu'ils en auraient voulu.

— Francine va passer sa colère sur tout le monde, affirma Arthur. Et puis, un jour, elle se rendra compte qu'on a surtout fait ce qu'on a pu. Nous ne sommes que des êtres humains.

36

— Dis-moi que tu es seule, sinon je ne réponds plus de moi !

Suzette roula des yeux affolés vers l'escalier.

— Parle moins fort, Maman, Angermüller est dans la salle de bains.

Sans s'annoncer, Eugénie venait de faire irruption dans la cuisine de sa fille, qui débarrassait la table du petit déjeuner. Les joues colorées et les yeux rougis, elle semblait en proie à une vive émotion.

— Je me fiche qu'il m'entende ou non ! déclara-t-elle sans baisser la voix. Ces Boches de malheur ont tué Charlaine !

Il y eut un silence surpris de la part de Suzette. Puis elle s'exclama :

— Quoi ? Ta cousine ?

Eugénie acquiesça et renifla. Lui servant une tasse de café, Suzette la pressa de lui raconter ce qui était arrivé. Sa mère resta debout, adossée contre la table.

— Ils ont débarqué à l'hôpital où elle travaillait… Ils avaient ordre d'embarquer les enfants juifs qui y étaient soignés.

— Doux Jésus, murmura Suzette.

Eugénie contempla une seconde le fond de sa tasse, puis elle reprit :

— Charlaine s'est interposée et a refusé de les laisser passer. D'après ses collègues, un type de la Gestapo l'a giflée. Elle a riposté en lui crachant dessus.

Les choses avaient alors dégénéré ; Charlaine avait reçu un coup de poing, puis on l'avait poussée sans ménagement. Déséquilibrée, elle était tombée, et sa tête avait lourdement heurté le sol pierreux.

Le ton obstrué par un mélange de tristesse et de colère, Eugénie continua :

— L'un d'eux a continué à la frapper de coups de pied à la tête, alors qu'elle ne bougeait plus. Elle a fait une hémorragie interne. Et pendant ce temps, ils ont raflé les enfants, ces salopards !

Elle acheva sa phrase dans un cri poignant de désespoir. Suzette ne put refouler ses larmes plus longtemps. L'horreur n'avait décidément aucune limite. Ces enfants n'étaient que des innocents et Charlaine ne méritait pas de mourir ainsi !

— La vie est une chienne, souffla-t-elle.

Eugénie redressa la tête. Une lueur proche de la haine brillait dans ses yeux.

— Non, contrecarra-t-elle. Les chiens, ce sont ces salauds d'Allemands. Charlaine est morte parce qu'elle a agi de la façon la plus juste. Je leur souhaite l'enfer… Et encore, ce serait trop doux pour eux.

Suzette ne répondit pas, car un toussotement se fit entendre sur le pas de la porte. Elles pivotèrent de concert et découvrirent Heinrich, qui les toisait d'un air grave. Qu'avait-il entendu de leur conversation ? Instinctivement, Eugénie se déplaça comme pour protéger Suzette.

— Mesdames, fit-il avec un bref hochement de tête. Toutes mes condoléances.

Eugénie le fixa sans un mot, mais son regard parlait pour elle. L'espace d'un instant, Suzette redouta que sa mère riposte que ses condoléances, il pouvait se les mettre là où elle pensait. Heinrich baissa les yeux le premier. Eugénie prit alors une longue inspiration.

— Je dois y aller, dit-elle à Suzette. Fais attention à toi, ma chérie. Et si tu veux venir à la maison…

Elle jeta un nouveau coup d'œil lourd de sens à l'Allemand, puis tourna les talons. Heinrich partit vaquer à ses occupations comme si de rien n'était.

*

Au début de l'automne, Heinrich s'absenta durant trois semaines, et réitéra en décembre. Suzette s'en sentit chaque fois très soulagée. Le décès tragique de Charlaine avait instauré en eux tous un fort sentiment d'injustice. La jeune femme avait à présent du mal à admettre qu'Angermüller était un homme convenable. Depuis le drame, elle se sentait encore plus mal à l'aise en sa présence, brûlant de révolte et d'indignation. L'ambiance était lourde. Malheureusement, elle ne pouvait pas le jeter dehors. Eugénie, elle, refusait de venir chez sa fille.

— Je risque de le tuer, si je le croise.

Son entourage savait que ce n'étaient pas des paroles en l'air. Sa peine était déchirante. Charlaine comptait énormément pour Eugénie, qui commençait à partager avec Suzette les anecdotes des quelques mois qu'elles avaient passé ensemble, dans la zone.

Les absences de Heinrich furent l'occasion pour André et Max de prendre à nouveau part aux maraudes nocturnes. Il était question de bombarder certaines voies ferrées, mais la tâche était compliquée car les Allemands redoublaient de vigilance et patrouillaient sans relâche. Malgré les drames et l'oppression, Suzette décida qu'ils passeraient un doux Noël en famille. Ils en avaient grand besoin. Tout le monde se réunit à la ferme, où ils burent du cidre et mangèrent du pain d'épice provenant du marché noir. Un véritable trésor. Le 16 janvier 1944, Serge poussa son premier cri.

Suzette souffrit durant neuf longues heures pour donner naissance à un bébé costaud, de presque quatre kilos, et en pleine santé.

— Il sera grand ! se réjouit Max, le regard brouillé par l'émotion. Tu viens de m'offrir le plus merveilleux des cadeaux, mon étoile, ajouta-t-il en embrassant sa femme.

Toute la famille défila pour admirer ce beau nourrisson. Heinrich les félicita lui aussi, mais il semblait particulièrement soucieux. Lui, qui d'ordinaire était si jovial, arborait depuis peu une mine sombre et marquée, et évoquait les siens avec nostalgie. Ils apprirent ainsi qu'il avait grandi en Bavière, où vivaient toujours ses parents et ses deux sœurs.

— Les paysages arborés de ma patrie me manquent énormément ! leur confia-t-il.

— Votre épouse aussi, j'imagine, répondit Max, avec politesse.

— Je ne suis pas marié.

Suzette le vit lancer un drôle de regard à son mari, mais elle ne sut comment l'interpréter. De toute façon, elle limitait au maximum ses échanges avec cet homme, se rappelant chaque jour le sort funeste de Corentin et Charlaine.

Un soir où Heinrich dînait avec ses collègues, André annonça que l'Allemagne était en train de perdre la guerre.

— Angermüller devient vulnérable. On devrait tenter quelque chose.

Max sourcilla. Il n'était pas de cet avis.

— Évitons d'aller trop vite. Le moindre faux pas nous serait fatal.

Suzette déposa Serge dans son couffin et les rejoignit près de la cheminée.

— J'ai peur qu'il nous tue, s'ils sont réellement dans une mauvaise passe, dit-elle. On sait tous de quoi ils sont capables.

Max lui passa un bras autour des épaules, l'attirant contre lui.

— S'il avait dû nous tuer, il l'aurait déjà fait, mon amour. Mais moi aussi je le sens déstabilisé, depuis quelque temps. Je crois que c'est le bon moment pour essayer de lui soutirer des informations.

André secoua la tête avec force.

— Sans moi. Je n'arriverai jamais à me montrer amical envers lui.

— Moi non plus, affirma Suzette. Pas après ce qu'ils ont fait.

— Je n'avais pas l'intention de vous demander un tel sacrifice, temporisa Max. Vous vous souvenez de mon projet de fabriquer une balançoire pour le bébé ?

Suzette et André acquiescèrent, dubitatifs.

— Aussi étrange que cela puisse paraître, j'ai l'impression que Heinrich recherche ma compagnie. Alors je pourrais lui proposer de m'aider, qu'en dites-vous ?

André soupesa le problème.

— Tu penses que tu réussirais à le faire parler ?

Max haussa les épaules.

— Je ne perds rien à tenter, en tout cas.

Suzette resserra son étreinte autour de lui.

— Fais attention, mon chéri, je t'en prie ! S'il nous perce à jour, je n'ose même pas imaginer ce qu'il pourrait faire à notre enfant.

— Si je sens qu'il devient méfiant, nous déplacerons Serge, lui promit-il.

Sans tarder, Maxime mit son plan à exécution. Heinrich mordit à l'hameçon, du moins partiellement puisqu'il se contrôlait assez pour ne pas se laisser aller aux confidences. En revanche, c'était pour lui un plaisir évident de passer du temps avec Max dans la remise. Un soir de mars, il lui suggéra de s'atteler à nouveau à la balançoire, alors que la nuit était déjà tombée.

— Et le couvre-feu ? s'étonna Max.

Heinrich esquissa un geste condescendant et lui toucha le bras, de façon très appuyée.

— Je suis votre *Ausweis*, voyons ! J'aimerais beaucoup voir cette balançoire achevée avant mon départ.

Suzette tiqua au mot « départ ». Se pouvait-il qu'Angermüller ait prévu de s'en aller prochainement ? Elle n'osait croire en ce bonheur ! Max sortit avec lui, non sans avoir lancé un clin d'œil à la jeune femme. Cinq minutes après, André descendit de sa chambre, où il se réfugiait de plus en plus souvent afin de ne pas croiser le nazi. Vivre sans sa famille était déjà une souffrance permanente pour lui, mais le fait de devoir en plus cohabiter avec l'ennemi l'insupportait au plus haut point.

— Où sont les autres ? demanda-t-il, surpris de trouver la jeune femme esseulée.

— Heinrich a voulu bricoler la balançoire, dit-elle d'un ton placide.

André haussa un sourcil suspicieux.

— Tiens, tu l'appelles par son prénom, maintenant… Ne me dis pas que toi aussi, tu commences à le trouver sympathique ?

— Enfin, André, quelle idée ! Et puis pourquoi « moi aussi » ?

— Laisse tomber.

Mais Suzette n'était pas du style à s'en laisser conter. Elle se campa face à lui, poings sur les hanches.

— André Doucet, tu commences à me connaître suffisamment pour te douter que je ne laisserai pas tomber. Alors explique-moi le fond de ta pensée.

Les épaules d'André se voûtèrent sous un poids invisible lorsqu'il poussa un soupir.

— Bien, comme tu voudras, capitula-t-il. Des gars pensent que Max nous trahit.

Suzette agrippa avec fermeté le dossier d'une chaise.

— Tu n'as pas honte de colporter de telles allégations ?

— Ce n'est pas la peine de t'en prendre à moi, protesta André. Je ne fais que te rapporter ce qu'on m'a dit.

— Qui est ce « on » ? Pas Arthur, j'espère ? Ni Gaspard ?

Cette éventualité lui tordit le ventre.

— Pas eux, non. Au contraire, ils soutiennent que Max est de notre côté. Mais d'autres, dont l'un des chefs, se posent des questions.

Déçue, Suzette laissa éclater sa colère.

— On n'est pas près de gagner, avec un tel ramassis d'andouilles ! Et toi, tu les crois ?

— Je ne sais pas trop. C'est un peu bizarre, tout ce temps qu'ils passent ensemble à bricoler. Tu as vu comme Angermüller le regarde ? On dirait une jouvencelle.

— André !

Suzette avait beau jouer les offusquées, elle aussi avait remarqué l'attitude un peu étrange de l'adjudant, depuis qu'Eugénie avait fait une réflexion à ce sujet.

— Ça va faire deux semaines et Max n'a toujours récolté aucune information, insista André.

— Et selon toi, c'est suffisant pour douter de lui ? fit-elle, stupéfaite.

— C'est juste que je me demande ce qu'ils fichent réellement dans cette remise... Et il n'y a qu'une seule façon de le savoir, Suzette, c'est d'y aller.

La jeune femme tira sur sa main pour le retenir, mais André se dégagea et enfila son manteau.

— Arrête ! Tu vas nous attirer des ennuis.

Il se retourna, prêt à sortir.

— Les emmerdes, c'est plutôt ton bonhomme qui va se les attirer si ce que je soupçonne est vrai.

Serge dormant profondément dans son berceau, Suzette céda à une impulsion et se couvrit elle aussi, décidée à prouver que Max ne jouait pas le jeu des Allemands. Son homme avait de solides racines souterraines.

— Attends-moi, je viens.

Ils se coulèrent hors de la maison et se cachèrent derrière un bosquet assez dense, près de la remise. Il faisait si froid que l'humidité plaquait les cheveux de Suzette sur sa tête.

— Votre maison va beaucoup me manquer, était en train de dire Heinrich, tout en passant une planche à Max.

— Dois-je comprendre que vous nous quittez bientôt ? s'enquit celui-ci.

— C'est possible... Et je le regrette, car je me suis attaché à beaucoup de choses, ici.

Tout en parlant, il dévisageait Max avec ce fameux regard étrange, qui rappela à Suzette les premières heures de son histoire d'amour. La jeune femme se sentit gênée, comme si elle surprenait un vilain secret.

— Tu vois, souffla André, le Boche est pédé.

Suzette ouvrit la bouche pour s'indigner, mais elle se ravisa en entendant la suite de la conversation.

— Je peux vous comprendre, disait Max, inconscient des sentiments que Heinrich semblait nourrir à son encontre. C'est un privilège de vivre dans un si bel endroit que celui-ci.

Il se redressa pour assembler deux morceaux et fixa Heinrich, attendant une réponse de sa part.

— Vous êtes un homme chanceux, déclara ce dernier, avec un sourire dans lequel perçait l'émotion.

Max déposa tranquillement ses outils, frôlant l'adjudant sans le vouloir, et se tourna vers lui.

— C'est vrai. J'ai énormément de chance. J'ai un travail, une belle propriété et une femme talentueuse, qui m'adore. Et que j'adore, termina-t-il en souriant à son tour.

Il avait cette expression qui faisait toujours fondre Suzette, une expression irrésistible qu'il esquissait sans même s'en rendre compte. Heinrich se rapprocha encore de lui et posa sa main sur son bras.

— Et moi, est-ce que tu m'adores, Maxime ?

Sans lui laisser le temps de réagir, il l'attira à lui et plaqua sa bouche contre la sienne. Choqué, Max se dégagea vivement de cette étreinte non désirée.

— Enfin, qu'est-ce qui vous prend ? hurla-t-il.

Suzette aussi avait envie de crier. Elle enfonça son poing dans sa bouche pour s'en empêcher. Son cœur cognait avec violence, elle tremblait de stupeur.

— Ah, fit Heinrich. Je présume que c'est toujours mieux qu'un coup de poing.

Max le toisait comme s'il était devenu fou. L'Allemand désigna la remise d'un geste de la main.

— Quand vous m'avez demandé de venir vous aider, j'ai cru que… Enfin, je ne sais pas, je me suis dit que, peut-être, il y avait une mince possibilité pour que vous partagiez mes sentiments.

— Vos sentiments ?

Max était réellement sonné, Suzette connaissait trop bien son mari pour ne pas s'en rendre compte. Penaud, Heinrich se laissa aller aux confidences :

— Vous savez, ce n'est pas facile pour moi, de servir le Führer tout en étant ce que je suis. C'est réprouvé. Et jusque-là, j'ai toujours réussi à dissimuler ma nature profonde.

— Je ne dirai rien, si c'est ce que vous craignez, répliqua Max, pressé d'en finir. Mais ne recommencez jamais ça.

Heinrich le regarda pensivement pendant deux secondes.

— Vous m'avez plu dès le premier jour, Maxime. Je m'en suis voulu de vous aimer, car j'ai également une grande sympathie pour votre femme, quoi qu'elle en pense. Dans d'autres circonstances, nous aurions pu être amis.

— Ne me parlez surtout pas d'amitié, je vous en prie.

Suzette vit Max se détourner, l'air dégoûté. Heinrich semblait défait, mais cela ne l'empêcha pas de reprendre d'une voix plus affermie :

— Je ne suis pas dupe quant à votre implication dans plusieurs choses. J'ai aperçu des tracts que vous pensiez avoir bien dissimulés. Et j'ai fermé les yeux. Alors, oui, je m'estime en droit de parler d'amitié.

Suzette sentit tout à coup le sang déserter ses veines. À côté d'elle, André pâlit.

— Il a fouillé la cave, ce con ! chuchota-t-il.

Dans la remise, Max conserva son sang-froid.

— Je ne vois pas de quoi vous parlez, prétendit-il.

— Bien sûr, que vous ne voyez pas, répondit Heinrich, soudain très las. Quoi qu'il en soit, j'ai reçu un nouvel ordre d'affectation ; je pars dans deux jours. Il n'y aura plus personne pour vous protéger, comprenez-le bien.

Max s'efforçait de garder une expression impassible.

— Je n'ai pas besoin qu'on me protège.

— Alors c'est tant mieux. Mais si je puis vous donner un bon conseil, évitez de traîner dans les bois autour de Loches, durant ces deux prochaines semaines.

Il salua Maxime d'un hochement de la tête et se retira. Suzette et André eurent juste le temps de se faufiler hors de leur cachette pour rentrer avant lui.

Heinrich repartit de la même façon qu'il était arrivé, avec la plus grande courtoisie et en s'excusant pour le dérangement. Le jour de son départ, Marcel et Eugénie firent le déplacement, craignant qu'il ne s'en prenne à leur fille et à leur petit-fils. Mais cela ne faisait pas partie des intentions d'Angermüller, qui leur laissa même des conserves et des bouteilles d'alcool. Avant de passer le pas de la porte, il plongea ses yeux gris dans ceux de Suzette.

— Je sais ce que vous avez vu dans la remise, *Frau,* commença-t-il. Je vous en demande pardon. Mais, s'il vous plaît, ne me tenez pas pour responsable de ce qui est arrivé à votre cousine.

Incapable de formuler une réponse, Suzette ferma douloureusement les paupières. Max culpabilisait beaucoup, encore plus depuis qu'il avait dû jurer à André qu'il n'avait pas trahi la Résistance. Toute cette histoire le chamboulait, il ne savait plus quoi penser au sujet de Heinrich qui, en dépit de sa fonction, les avait protégés. Cette guerre les épuisait tous.

Eugénie s'avança alors et toisa Heinrich avec mépris.

— Puisque la maison de ma fille n'est plus réquisitionnée, je vous prie de la quitter, monsieur.

Blessé, Heinrich s'en alla sans se retourner.

— Il s'est passé quelque chose, dans la remise ? voulut savoir Eugénie, en regardant la voiture de l'Allemand s'éloigner.

Suzette poussa un soupir las.

— Tu avais vu juste ; Angermüller aimait beaucoup Max.

*

Au fil des mois qui passèrent, la posture des Allemands s'avéra de plus en plus critique. Alors que les hommes continuaient à mener leurs actions de nuit, Suzette sillonnait la campagne tout au long de la journée afin de distribuer des tracts. Elle laissait Serge à ses parents et partait à vélo, cachant les papiers dans la doublure d'une sacoche. Francine, qui s'était apaisée à son égard, l'accompagnait la plupart du temps. Toutes les deux avaient l'air de deux amies qui se promenaient en bavardant et en riant. Des voitures allemandes passaient parfois à leur hauteur, mais elles ne s'arrêtaient jamais pour les contrôler.

— Ça chauffe sec, en Aquitaine, lui dit un jour son amie. Il paraît qu'Angermüller a été envoyé là-bas et que sa répression contre les maquisards est terrible.

— C'est à ce point ? demanda Suzette, d'une voix tremblante.

— Il a de véritables tortionnaires à son service. Les arrestations se multiplient et le réseau serait affaibli. Finalement, c'est une chance, qu'il se soit entiché de ton bonhomme, termina-t-elle dans une grimace de dégoût.

Suzette ne put s'empêcher de tressaillir en songeant à quel point ils l'avaient échappé belle. Si Heinrich n'était en effet pas tombé amoureux de son mari, qui sait ce qu'il serait advenu d'eux ? Les membres du réseau en avaient été aussi surpris qu'elle, mais au moins, ils avaient compris que Max n'agissait pas en traître.

En juin, Suzette se rendit compte qu'elle était à nouveau enceinte. Le docteur estima sa grossesse à un mois.

— Ce sera à nouveau un bébé hivernal, mais cette fois vous devriez accoucher aux alentours de février.

Cette nouvelle les mit en joie et ils trinquèrent avec l'unique bouteille de champagne que Heinrich leur avait laissée. Les informations qui arrivaient du front étaient positives, la Normandie venait d'être libérée grâce à l'opération Overlord, orchestrée par Churchill et les Alliés. Il y avait de quoi se réjouir !

Pourtant, Suzette apprit vite que le bonheur était fugace. Plus les Alliés avançaient, plus les Allemands réprimaient dans le sang. Le 9 juin, à Tulle, la 2e division blindée SS *Das Reich* rafla une centaine d'hommes et en pendit quatre-vingt-dix-neuf, avant d'en déporter cent quarante-neuf autres. Le lendemain, en Haute-Vienne, un régiment de cette même division massacra la quasi-totalité des habitants du village d'Oradour-sur-Glane. La jeune femme versa des litres de larmes, tout le monde était consterné. Comment de telles atrocités étaient-elles possibles ? Pourquoi ces monstres tuaient soudainement hommes, femmes, enfants et vieillards sans aucune distinction ?

— Salauds de Boches ! ne cessait de clamer André. Je savais qu'on aurait dû le tuer, cet Angermüller.

Max, lui, était prostré d'horreur. Conscient de la détermination des Allemands, il avait remarqué combien ils devenaient impitoyables au fur et à mesure qu'ils se sentaient acculés. Quelle était l'implication de Heinrich dans le massacre de ces populations innocentes ? La question revenait sans cesse le torturer. Il avait l'écrasante sensation de ne pas en avoir assez fait.

Une nuit de la mi-août, il pleura dans les bras de Suzette.

— Nous avons hébergé un monstre. Je n'arrive plus à me regarder dans un miroir.

Serrant son mari contre elle pour l'apaiser, la jeune femme lui répéta les mots qu'il employait lui-même lorsqu'elle doutait :

— Nous n'avions pas le choix, mon chéri. Ce n'est pas comme si nous avions fait preuve de complaisance. Nos actes parlent pour nous, je suis fière de tout ce que tu as fait.

Porté par l'amour inconditionnel de Suzette, Max reprit le dessus, plus déterminé que jamais à vaincre l'ennemi. Le 18 août, en rentrant d'une réunion clandestine, il annonça qu'il y aurait sûrement besoin de renforts à Maillé, son village natal.

— On s'attend à des combats.

Une semaine auparavant, les cinq cents habitants du petit bourg avaient aidé un pilote canadien à se cacher. Les nazis le cherchaient partout, ils étaient sur les dents puisque la ligne ferroviaire qui traversait le patelin était régulièrement sabotée par la Résistance. De surcroît, un parachutage d'armes était prévu dans les prochains jours. Il allait falloir faire preuve de finesse. Quarante kilomètres séparaient les deux villages, mais on se tenait au courant *via* les différents réseaux. André voulut se rendre à Maillé pour récupérer sa femme et sa fille. Il n'était pas tranquille de savoir que, dorénavant, chaque camp concentrait ses forces là-bas.

— Je ne peux pas les laisser tomber, elles ont besoin de moi.

— Tu risques de te faire prendre, lui rappela Max. La capitulation des Boches est proche, ça vaut le coup d'attendre.

En effet, des centaines de soldats allemands avaient commencé à retraiter par la route nationale 10, mais ils restaient nombreux à tenir leur position. Les fouilles chez les gens se multipliaient, on les tirait de leur maison ou de leur boutique car la rumeur courait qu'ils étaient résistants. À Cressigny, on tentait de se convaincre qu'on était à l'abri, mais Arthur et l'oncle Gaspard ne dormaient plus sans leur fusil de chasse à portée de main. Quant à Suzette, elle barricadait toutes les issues de la maison sitôt la nuit tombée. Max et André avaient toutes les munitions nécessaires pour se défendre, mais elle ne pouvait s'empêcher de trembler pour Serge et le bébé à naître.

Le 25 août, vers dix-neuf heures, la jeune femme se trouvait avec son fils dans le jardin quand ses beaux-parents se présentèrent à la grille. Ils étaient livides. Pressentant le pire, elle les fit entrer dans la cuisine.

— Qu'est-il arrivé ? leur demanda-t-elle, songeant immédiatement à la famille d'André.

Il était évident qu'un événement avait eu lieu. Louis et Roberte n'étaient pas du genre à débarquer à l'improviste, encore moins avec la mine bouleversée.

— C'est terrible, chuchota Louis. Terrible.

Il répéta ce mot plusieurs fois, comme une litanie.

Serrant son petit-fils contre elle, la mère de Max fondit en larmes.

— Les Allemands ont massacré le village !

Les yeux écarquillés d'horreur, Suzette écouta le récit entrecoupé de larmes que lui firent les parents de Maxime. La veille, un mouchard avait prévenu les nazis que les résistants prévoyaient une embuscade aux alentours de Maillé. En conséquence, des échauffourées avaient eu lieu durant la nuit, faisant des victimes dans les rangs de l'occupant. Les Allemands avaient décidé de riposter.

— Ils ont encerclé le village ce matin, relata Louis, le visage ravagé par un mélange de terreur et de chagrin. Paraît qu'ils étaient trois cents…

Ils avaient commencé par incendier des fermes et, en progressant dans le bourg, avaient ouvert le feu sur tout ce qui bougeait, enfants et bébés compris. Les 196e et 197e régiments de sécurité étaient ensuite entrés dans les maisons pour massacrer les civils terrorisés, les tuant à coups de baïonnettes, d'engins incendiaires ou de grenades. La tuerie avait duré jusqu'à environ quatorze heures et, après le retrait des SS, un canon allemand avait pris le relais, tirant quatre-vingts obus sur le village.

— Mon Dieu, souffla Suzette, qui pleurait à présent à chaudes larmes. Comment avez-vous fait pour vous en sortir ?

La mère de Max renifla bruyamment.

— Nous étions chez ma sœur, à Châtellerault, depuis deux jours.

Elle raconta qu'ils étaient dans le train de retour quand celui-ci s'était brusquement arrêté avant Maillé.

— C'est là qu'on nous a tout expliqué. Le maire et le curé ont parlementé avec les Boches, qui ont laissé trente minutes aux survivants pour fuir. Ils encerclent toujours le village.

— Où sont la femme et la fille d'André ? voulut alors savoir Suzette.

Son beau-père secoua tristement la tête.

— On ignore si elles ont pu s'enfuir.

Les soldats libérèrent les accès à Maillé le lendemain. Les secours purent alors intervenir. André s'effondra quand on lui annonça que sa famille n'avait pas survécu. Max pleura avec lui comme l'aurait fait un frère.

On dénombra cent vingt-quatre personnes décédées, dont quarante-huit enfants et deux nouveau-nés. Les parents de Max restèrent en état de choc durant plusieurs jours. Leur épicerie était réduite en cendres, et ils n'avaient pas su protéger Paulette et Amandine. Ils vécurent des semaines particulièrement sombres. Pour autant, l'horreur ne s'arrêta pas là. Dans l'Indre, à une trentaine de kilomètres de Cressigny, des Hindous de l'armée anglaise prisonniers des Allemands furent chargés de dégager les routes du repli. Quatre jours après le massacre de Maillé, ils entrèrent dans les communes de Martizay et Mézières-en-Brenne, et ripostèrent aux embuscades en semant la terreur, pillant, brûlant et tuant. La sœur de Pierre, qui vivait là avec son mari, fut violée.

Après ces journées d'une violence sans précédent, la Touraine fut enfin libérée du joug allemand le 1er septembre. Les écoliers ramassèrent des fleurs des champs et les drapeaux tricolores s'agitèrent à nouveau un peu partout. On criait, on applaudissait. La France était de retour ! Loin de se mêler à la fête, le groupe d'amis vécut cela avec un sentiment amer. Cruellement frappé par la perte de sa femme et de sa fille, André commença à parler de vengeance. Il eut des mots avec Max, qu'il se mit à nouveau à soupçonner de trahison, allant jusqu'à l'accuser d'être resté en contact avec « ce sale Boche d'Angermüller ».

— La douleur te fait perdre la raison ! se défendit Maxime. Je te jure sur ma vie que je n'ai aucune nouvelle de lui.

— Et comment expliques-tu que tes parents, comme par miracle, ne se trouvaient pas à Maillé le jour du massacre ? s'écria André, plein de ressentiment. Je suis sûr que tu as été prévenu !

Sentant la colère enfler en elle, Suzette lui demanda de cesser ou de quitter leur maison. André monta rassembler ses affaires et partit en claquant la porte. Il trouva refuge chez Pierre, qui ne digérait toujours pas le traumatisme dont sa sœur avait été victime. Gaspard et Arthur tentèrent de calmer le jeu, en vain. Fernand Girard, l'instituteur, intervint lui aussi en faveur de Max, mais les deux hommes ne voulurent rien entendre.

— Ils sont encore sous le choc, dit Eugénie à Suzette, un après-midi où elles se promenaient ensemble dans la campagne. Souviens-toi de Francine, au début.

— Il n'y avait pas autant d'animosité en elle.

Laissant ses doigts courir sur les épis de blé qui habillaient les champs d'or, Eugénie médita un instant cette réponse.

— Elle pourrait peut-être leur parler, suggéra-t-elle. On l'a vue sortir de chez Pierre, l'autre soir.

Étonnée, Suzette regarda sa mère.

— C'est curieux. Elle ne m'a pas parlé de cette visite…

— Peut-être qu'elle a tenté de défendre Max. Comme me le disait Blanche il n'y a pas si longtemps, on ne peut jamais prévoir les réactions de Francine. La mort de Corentin l'a profondément affectée.

L'été passa. Durant des mois, on se consacra à reconstruire et reprendre une activité normale. Max souffrait d'avoir perdu ses meilleurs amis, aussi se plongeait-il dans le travail tandis que Suzette chantait à nouveau. Un dimanche de mi-octobre, Francine vint à La Mercerie. Après avoir bu un café, elle proposa une balade au bord de la rivière.

— Ça ne fera pas de mal aux petits de prendre l'air.

— Pas longtemps, alors, répondit Suzette. Mes parents viennent dîner ce soir.

Une ombre passa dans le regard de Francine.

— Oh, je ne savais pas. Je ne voulais pas déranger.

— Qu'est-ce que tu racontes ? s'esclaffa Suzette. Tu ne me déranges jamais, ça me fait plaisir d'avoir ta compagnie.

Ravie, elle enfila son béret sur sa tête et installa Serge dans son landau.

— Je ne propose pas à Max de se joindre à nous, précisa-t-elle à l'attention de son amie. Il est dans son potager, ça peut durer des heures, dans ces cas-là.

Elle poussa un soupir, faussement exaspérée, avant d'aller embrasser son mari.

— Nous ne rentrerons pas tard, lui promit-elle.

— Rien ne presse, ma chérie. Je peux accueillir tes parents. Francine a raison, une bonne balade vous sera bénéfique. Veille tout de même à ne pas faire trop d'efforts, ajouta-t-il en caressant tendrement son ventre arrondi. Je veux un bébé au moins aussi robuste que notre Serge.

— Je vous trouve bien exigeant, monsieur Lagarde ! riposta-t-elle en lui assenant une petite tape sur l'épaule.

— File avant que je ne sois tenté de t'ôter tous tes vêtements, fit-il, malicieux.

— Oh, chéri, tu es incorrigible ! Je me sauve.

Suzette et Francine cheminèrent sur les sentiers de leur enfance. Sylvie, la fille de Francine, demanda si l'on pouvait cueillir des champignons.

— Je n'ai pas pris mon panier, mon cœur !

Suzette sourit face à la normalité de cet échange.

Une mère et sa fille pouvant se promener dans les bois sans avoir peur des Allemands. Cela avait quelque chose de si nouveau !

— Comment vas-tu ? demanda-t-elle à son amie, alors que les enfants gambadaient devant.

Francine haussa une épaule et reporta son attention sur son fils. Le petit Dominique suivait sa sœur tant bien que mal du haut de ses deux ans.

— Mieux, dans l'ensemble, déclara-t-elle au bout de quelques secondes. La douleur de la perte ne s'efface pas, mais on apprend à vivre avec. Ça reste un peu dur, surtout avec deux chenapans à élever.

— Est-ce que tu penses que Max vous a trahis ?

Suzette n'avait pas voulu poser la question telle quelle, mais elle avait franchi la barrière de ses lèvres, comme un besoin impérieux. Francine alluma une cigarette pour ne pas avoir à répondre tout de suite.

— On se fiche de ce que je pense, Suzie, finit-elle par dire en expulsant la fumée.

Ces mots, choisis avec soin, la blessèrent. Mais Suzette ne laissa rien paraître et continua de marcher. Elles discutèrent de choses et d'autres, évoquant le quotidien qui se mettait en place. Il ne faisait aucun doute que l'Allemagne finirait par se rendre, tôt ou tard. Le soleil commençant à décliner, elles prirent lentement le chemin du retour.

À environ six cents mètres de la maison, Serge eut un éclat de rire dans son sommeil, ce qui fit sourire Suzette. Puis, tout à coup, une détonation déchira l'air, faisant sursauter tout le monde. Le coup de feu fut suivi d'un silence étonné, après quoi, les cris du bébé brusquement tiré de son sommeil remplirent tout l'espace.

Au loin, le bruit d'une voiture démarrant sur les chapeaux de roues.

Suzette se figea, le sourire évanoui.

— Max ! souffla-t-elle, envahie d'une horrible certitude.

Folle d'angoisse, la jeune femme rentra à toute allure tandis que Francine s'occupait des enfants. Elle eut beau fouiller la maison, Max n'était pas là. Remarquant des traces de lutte dans la cuisine, elle ressortit précipitamment. Ses pas la menèrent jusqu'à la grange, où elle découvrit son mari, étendu dans une flaque de sang. Son propre sang. Ses beaux yeux bleus, désertés par la vie, fixaient le plafond. Suzette eut la sensation de se désagréger.

— Non !

Elle poussa un hurlement de bête. La violence de la douleur lui coupait la respiration.

— Non ! répéta-t-elle, en se laissant tomber à genoux près de lui. Max ! Chéri, réveille-toi !

Elle n'aurait su dire combien de temps elle resta ainsi, à secouer le corps inerte de son amour. Francine pénétra dans la grange, ce qui lui fit redresser la tête. Elle vit alors le regard avec lequel son amie balaya la dépouille de Max. Un regard froid, glacial. Et elle comprit. Ils s'étaient vengés.

— Salope ! hurla-t-elle en se ruant sur Francine pour lui frapper la poitrine de ses poings rageurs. Tu le savais ! C'est pour ça que tu m'as entraînée dehors !

Francine parvint à se dégager, mais elle ne répondit pas. Son silence pesant était un aveu.

— Qui ? vitupéra à nouveau Suzette. Qui l'a exécuté ? André ? Pierre ?

— Je suis désolée pour tout, Suzie, bredouilla Francine, avant de s'enfuir en courant.

Debout au milieu de la grange, Suzette la regarda se diriger vers la maison pour récupérer ses enfants et se réfugier chez elle. Elle n'avait toujours pas bougé lorsque ses parents arrivèrent, près de vingt minutes plus tard. Il fallut que son père la soulève dans ses bras, comme il l'aurait fait avec une petite fille, pour la déloger de la grange.

— Non ! hurla à nouveau Suzette. Je veux rester avec Max !

Perclus de tristesse lui aussi, Marcel lui murmura des mots apaisants à l'oreille et la déposa sur le canapé. Puis il monta s'occuper de Serge. Eugénie prit le relais auprès de sa fille, la berçant contre elle.

— Ils ne s'en tireront pas comme ça, ma Suzie, lui chuchota-t-elle.

En haut, Marcel fredonnait une chanson pour Serge, la voix brisée.

Suzette sut que sa vie ne serait plus jamais la même. Elle sut qu'elle vouerait à jamais une haine féroce à ceux qui avaient tué son mari. Comme un pied de nez au drame qui venait de se dérouler, le bébé dans son ventre choisit cet instant précis pour lui donner son premier coup de pied.

La jeune femme eut un sanglot déchirant. Pleurant elle aussi, Eugénie la serra plus fort dans ses bras. C'était la promesse muette d'une mère à sa fille. Celle d'être toujours là. Suzette laissa libre cours au chagrin le plus dévastateur de son existence.

37

Julia, 2013

Je reposai le journal, complètement retournée par ce que je venais de lire. Un frisson glacial me parcourut la colonne vertébrale. Il me restait environ sept ou huit pages avant la fin, mais j'avais besoin d'une pause. Il était trois heures du matin et j'étais en larmes. Je comprenais mieux pourquoi ma grand-mère n'aimait pas évoquer le passé ; le drame qu'elle avait connu était trop intense pour en parler. Ce qu'elle avait vécu m'attristait profondément. Jamais je n'aurais songé que ce corps si frêle qu'était le sien aujourd'hui avait hébergé une jeune femme au destin incroyable. Cette carrière dans le chant lyrique, son implication certes timide, mais bien réelle dans la Résistance, l'assassinat de l'homme de sa vie et la terrible trahison de sa meilleure amie… Comment avait-elle trouvé la force de se relever après cela ? J'avais déjà entendu des histoires, au sujet des épurations parfois un peu hâtives, après la Libération. De ces mises à mort qui avaient eu lieu sur de simples présomptions. Mais pas de là à imaginer que mon grand-père aurait pu faire partie de ces hommes tués injustement !

Le carnet sous le bras, je descendis à la cuisine pour boire un verre d'eau. Le rez-de-chaussée était calme, plongé dans le silence de la nuit rythmée par le tic-tac de la vieille comtoise. Je tirai une chaise et m'assis pour feuilleter les dernières pages. Suzette avait recommencé à écrire environ deux semaines après le décès de Maxime.

« *André a osé se pointer, alors que je venais de mettre le petit à la sieste. Au départ, je n'ai pas voulu lui ouvrir, mais il s'est mis à crier. J'avais tellement peur qu'il affole Serge que j'ai cédé. Je lui ai trouvé les yeux cernés et le teint gris, mais je ne vais certainement pas le plaindre. Voyant que je ne l'invitais pas à s'asseoir, il a commencé à balayer la pièce du regard. Est-ce qu'à ce moment précis, il se souvenait de ce que Max et moi avions fait pour lui ? C'est bien possible. Quand je lui ai demandé pourquoi il avait besoin de venir me tourmenter jusqu'ici, il m'a répondu qu'il voulait que je sache la vérité.*

— La vérité, me suis-je alors écriée, c'est que vous n'êtes qu'une bande de criminels ! Max était quelqu'un de droit et fiable. Pas comme certains.

Mon ton était acrimonieux, j'ai cru qu'il allait se mettre à pleurer.

— Tu n'as pas idée du fardeau que je porte, a-t-il commencé à se lamenter.

Je n'ai pas réagi. Je lui aurais volontiers rétorqué qu'il ne pouvait pas savoir quel enfer, moi, je traversais depuis qu'ils m'avaient arraché Max, mais je me suis souvenue qu'au contraire, il ne le savait que trop bien puisque les Boches en ont fait de même avec sa famille.

J'ai failli me boucher les oreilles quand il s'est mis à me raconter que ce matin-là, Pierre venait d'apprendre que sa sœur, celle qui a été violée, attendait un enfant.

— Il n'arrivait pas à décolérer, et même encore maintenant je le comprends. Ça va être horrible pour sa sœur de devoir élever un enfant qu'elle ne pourra jamais aimer. Mets-toi à sa place.

Je n'ai fait aucun commentaire, refusant de montrer le moindre sentiment de pitié. André m'a ensuite avoué qu'ils ont vidé des bouteilles de vin et sont restés à ressasser sur ce que ces foutus nazis leur ont pris.

— Et je ne sais pas, Suzette, tout à coup, on a eu besoin de faire payer tout ce mal.

Et bien sûr, le coupable, ils l'ont vite trouvé : Max était forcément en partie responsable des drames qui leur étaient tombés dessus. Alors ils ont décidé d'aller le cueillir, soi-disant juste pour lui coller une rouste. À d'autres... Est-ce qu'on prend la peine d'amener un fusil si l'on n'a aucune intention de tuer ? Ils ont prévenu cette garce de Francine afin qu'elle me tienne occupée. Ah, celle-là, elle a bien caché son jeu !

Plus André parlait, plus je redoutais de lui vomir dessus. Je l'ai écouté me seriner que c'était tout de même bizarre, que mes beaux-parents aient pu échapper au massacre de Maillé. Et qu'il était convaincu que Max avait passé un pacte avec Angermüller pour balancer les futures actions de la Résistance. Je savais que ce n'étaient que les paroles insensées d'un homme brisé d'avoir perdu sa femme et sa fille, mais je lui ai hurlé de quitter ma maison. Il n'a pas insisté. En passant la porte, il s'est retourné une dernière fois et m'a dit :

— Ce n'est pas moi qui ai tiré, Suzette, je te le jure. Je n'ai pas pu.

Je crois que j'ai lâché une exclamation sarcastique. C'était ça ou je le frappais.

— Tu espères quoi, en me disant ça ? Mon absolution ?

Il est reparti sans me répondre. J'ai tant pleuré après cela que j'ai encore le goût du sel de mes larmes sur la langue.

Fernand, l'instituteur, est passé me voir ce matin. Il m'a dit qu'il n'a jamais cru en la culpabilité de Max.

— Tu sais, Suzie, ma femme et moi on a caché une famille juive. Y a pas beaucoup de monde qui l'a su, mais Max était au courant. Il ne nous a pas dénoncés, alors qu'il aurait pu tout balancer à Angermüller. Arthur et moi on a essayé de convaincre les autres qu'il ne nous avait pas trahis, mais je crois que le chagrin les a rendus fous.

Tout ça, je le savais déjà, mais ça m'a fait du bien de l'entendre. Fernand m'a ensuite demandé ce que je comptais faire. La seule certitude que j'ai, c'est que je ne peux pas garder cette maison. C'était mon petit morceau d'horizon, mais on me l'a entaché. Ici, tout me rappelle ce bonheur perdu à jamais. Je ne peux plus m'approcher de la grange sans revoir le corps de mon amour, et son si beau regard qui me subjuguait tant, privé de vie. Je souffre dans ma chair et dans mon sang, je souffre au plus profond de mon être, mon cœur est en lambeaux. Je vais devoir m'en aller pour ne pas devenir folle. »

La suite m'apprit que Suzette avait mis sa maison en vente et s'était installée à la ferme, où elle avait donné naissance à Méline, en février 1945. Au début, elle passa des journées entières prostrée à la fenêtre de la cuisine, le regard à la dérive. Les nuits, elle pleurait, incapable de donner le change. Sa famille se relayait pour l'aider à s'occuper de ses enfants. Elle avait conscience de son état et l'écrivait, car elle s'en voulait cruellement de ne pas réussir à s'extirper de son malheur. Arthur lui parlait toujours avec douceur, lui proposait des balades dans les champs, comme avant. Mais cela ne suffisait pas à apaiser sa peine, d'autant plus qu'il n'y eut aucun procès. On fermait volontiers les yeux sur ces purges. En douce, on les encourageait. Suzette ne pouvait même plus espérer que les coupables seraient punis. Un jour, peu après l'armistice, Eugénie débarqua et, d'un ton autoritaire, l'exhorta à se relever.

« *Je n'avais encore jamais vu Maman aussi déterminée. À côté d'elle, Papa n'en menait pas large. Je crois que c'est Léontine qui est allée les chercher car je n'avais pas touché à mon déjeuner, une fois de plus. Maman s'est plantée face à moi et m'a forcée à la regarder. Elle m'a parlé de Paris, de la zone, des conditions plus que précaires dans lesquelles vivaient Antoinette et Théodore quand elle a débarqué là-bas.*

— Tu as peur de l'avenir, c'est normal. Moi aussi, j'ai connu cette sensation, bien que ce ne soit pas comparable. Mais vivre, c'est affronter sa peur, Suzette ! Alors debout et la tête haute ! »

Ma grand-mère réagit donc à sa douleur en se jetant à corps perdu dans sa carrière. Les scènes parisiennes et internationales n'attendaient qu'elle et durant quelques années, elle accepta toutes les tournées qu'on lui proposait. L'Union soviétique et l'Amérique l'acclamèrent, elle gagna beaucoup d'argent et en envoyait à sa famille, qui s'occupait de ses enfants durant ses absences. Malgré tout, elle était incapable de se réjouir de son succès. Ce qu'elle avait perdu pesait trop lourd.

Ses enfants lui manquaient, c'était à peine si elle les voyait grandir. Elle était en permanence entourée d'une cour d'admirateurs, mais se sentait seule. Marie-Rose ayant définitivement quitté la France pour s'installer aux États-Unis, le pays de son mari, elle lui écrivait régulièrement. Celle-ci pensait que Suzette avait peut-être commis une erreur en acceptant de travailler sans compter ses heures, mais c'était pour elle une façon de faire son deuil. Remplir au maximum son agenda pour ne pas se morfondre. Suzette reconnaissait qu'elle y mettait moins d'entrain qu'avant, mais elle ignorait si elle serait un jour assez courageuse pour mener à nouveau une vie normale.

Je tournai une nouvelle page. L'avant-dernière. L'en-tête indiquait l'année 1952. Après un passage triomphal en Californie, Suzette était restée deux ans sans écrire le moindre mot.

« *Mémé Augustine est décédée le mois dernier. J'ai tout laissé en plan à Paris afin d'assister à ses obsèques. Tout le monde pleurait, c'était déchirant. Elle a eu une belle existence, malgré les deux guerres, mais c'est triste. Mémé a été là pendant les trente premières années de ma vie. C'est si long et si peu en même temps ! Évidemment, ça m'a rappelé l'enterrement de Max. On me scrutait du coin de l'œil, guettant des sanglots ou un évanouissement. Pour la première fois depuis ce lugubre automne 1944, j'ai réussi à pénétrer dans le cimetière et avancer jusqu'à sa tombe. Les larmes ont coulé, oui, je sens toujours cette fêlure dans mon cœur. Max y est gravé à tout jamais, mais ce n'est plus une douleur foudroyante comme avant. Le temps passe, l'âme cicatrise.*

Francine est venue à l'enterrement de Mémé. Elle s'est cachée au fond de l'église, mais j'ai immédiatement senti sa présence. Peut-être que dans d'autres circonstances, je l'aurais traînée dehors par les cheveux, mais par respect pour ma famille et ses parents, qui n'y sont pour rien dans tout ça, je l'ai ignorée et je me suis détournée quand elle a présenté ses condoléances. Maman refuse elle aussi de lui adresser la parole. Elle l'a même giflée le jour où Francine a osé pousser la porte de la pâtisserie pour acheter du pain. C'est peu, mais ça me console.

De toute façon, il faudra bien que je m'habitue à l'éventualité de la croiser; Arthur m'a proposé de l'épouser et j'ai dit oui. Sa demande en mariage m'a surprise, d'autant plus qu'il n'a jamais montré le moindre signe d'attirance envers moi. Il a fréquenté des filles, sans jamais se ranger. Pourtant, il m'a avoué qu'il m'aimait. Oh, bien sûr, peut-être pas d'un amour passionnel, mais du moins sincère. Cela m'a fait un choc, sur le coup. Comme il l'a souligné, il rêve d'avoir une famille, lui qui a été abandonné à la naissance. Mais il cherche aussi à m'aider, il veut m'offrir un foyer stable et réconfortant. Je lui ai d'abord répondu que je ne voulais pas faire preuve de faiblesse en acceptant cette solution de facilité. Il sait à quel point j'ai aimé Max.

— Tu n'es pas faible, m'a-t-il affirmé. Je n'ai jamais connu quelqu'un d'aussi déterminé que toi. Regarde comme tu as remonté la pente! Seulement, la vie balance parfois de tels coups qu'on a besoin d'une épaule solide sur laquelle s'appuyer. Et j'ai envie d'être cette épaule, aussi bien pour toi, que pour Serge et Méline.

Entre nous, ce ne sera jamais quelque chose d'intense, comme ce que j'ai connu avec Max, mais nous avons de la tendresse l'un pour l'autre, alors c'est raisonnable. J'ai besoin d'un nouveau départ, les enfants ont besoin d'un père. Ils connaissent Arthur, ils l'aiment. Il vient de racheter le café du père Mareuil et il compte mettre tout en œuvre pour que nous soyons heureux.

Gaspard et Léontine ont décidé d'aller s'installer dans le Limousin et de tout redémarrer dans une autre exploitation agricole. Maman a poussé quelques cris de protestation, mais je comprends qu'ils aient envie d'autre chose. Mes parents ont donc racheté les parts de Gaspard; ils comptent emménager à la ferme. Ils auront plus d'espace qu'au-dessus de la boutique.

Les années passent, les temps changent, c'est ainsi. Peut-être qu'en rentrant à Cressigny, la vie renaîtra. Peut-être serai-je à nouveau en mesure d'aimer. Mais ce n'est pas pour autant que j'oublierai le mal qui a été fait. Il est trois noms que je maudirai éternellement : Francine Hénault, André Doucet et Pierre Beauvais. Je les détesterai jusqu'à mon ultime souffle, oui.

Ce sont les derniers mots que j'écris dans ce carnet. Ce carnet que je conserverai tout le reste de ma vie, pour me souvenir de ce qu'ils m'ont pris, si jamais un jour je venais à m'adoucir à leur égard. »

Et plus rien. Suzette avait sans doute ensuite relégué son journal dans la cachette du secrétaire, jusqu'à ce que je l'en extirpe, soixante ans après. Je songeai à toutes ces personnes qui avaient traversé son existence, dont il ne restait plus que des noms sur des pierres tombales. Marcel, Eugénie, Gaspard, Arthur. Fernand Girard, leur ami instituteur, qui était le grand-père de Ben. Je le savais car à l'école il était venu nous parler de la Résistance. Quant à André, il ne faisait aucun doute qu'il était, avec Suzette, l'unique survivant de cette époque. C'était le vieil homme qui m'avait ordonné de ne pas fouiller le passé.

Tu m'étonnes... Il ne doit pas en mener large, pépère !

Il avait été complice du meurtre de mon grand-père et la loi n'avait puni aucun des coupables. Cette idée me révulsait. À cette époque, il importait surtout de faire payer les crimes nazis, mais je trouvais inadmissible que les gendarmes ne se soient pas davantage penchés sur ce dossier.

La voix de mon père me tira soudain de mes pensées.

— Tu ne dors pas ? demanda-t-il, étonné de me trouver dans la cuisine en plein milieu de la nuit.

Je refermai brusquement le carnet, bien que cela ne servît à rien.

— Non… J'ai trouvé un vieux journal intime de Suzette.

Mon père ouvrit un placard pour en sortir un verre, qu'il remplit d'eau. De dos, je ne pouvais pas voir sa réaction.

— Et tu l'as lu, présuma-t-il.

— Oui. J'ai découvert ce qui est arrivé à ton père.

Il s'approcha lentement de moi et s'assit à son tour, les yeux encore tout ensommeillés.

— Merde, soupira-t-il, j'étais persuadé qu'elle s'en était débarrassée.

Sa phrase ne manqua pas de me faire tiquer.

— Tu étais au courant de l'existence de ce journal ?

— Oui… Mais toi, où est-ce que tu l'as trouvé ?

Je lui racontai dans quelles circonstances j'étais tombée sur la trappe secrète du secrétaire. Il hocha la tête, assimilant l'information.

— Elle a dû le cacher là après coup, alors.

— C'est-à-dire ?

— Un jour, Méline a trouvé ce journal dans l'armoire de Maman, en voulant lui emprunter un gilet.

Elle savait qu'Arthur n'était pas notre père, bien sûr, mais elle a été choquée d'apprendre la vérité ainsi.

— Ça peut se comprendre.

— Elle était surtout sonnée par rapport à André, poursuivit-il. Le hasard a voulu que deux ans avant, elle l'avait eu comme professeur d'anglais, au lycée. Elle l'appréciait beaucoup parce qu'il lui distribuait systématiquement les meilleures notes, même quand ce n'était pas justifié.

— Bordel, soufflai-je. Tu penses que c'était une façon pour lui de se rattraper ?

— C'est probable. Quelques jours après avoir trouvé le journal, elle m'a téléphoné, furibonde. J'étais déjà à Paris, pour mes études. Le week-end suivant, je suis redescendu et Maman nous a tout expliqué. Elle nous a fait jurer de ne plus jamais reparler de tout ça… et nous avons tenu parole.

Je le regardai dans les yeux, sidérée par toutes ces révélations qui tombaient les unes après les autres. Je ne pouvais même pas lui reprocher de ne pas avoir abordé le sujet plus tôt ; niveau cachotteries, je n'étais pas mieux.

— C'est fou, tout ça… Comment Mamie a-t-elle fait pour vivre ici, si près des meurtriers de son mari ?

— Pierre Beauvais a quitté la région peu après la guerre. Quant aux deux autres, ils faisaient en sorte de ne pas la croiser. Aussi paradoxal que cela puisse te paraître, elle nous a confié qu'à partir du moment où elle s'est installée au bar, elle s'est sentie calme et apaisée. Arthur avait cet effet-là, sur elle.

— Est-ce qu'ils se sont aimés ?

À aucun moment, durant mon enfance, le couple qu'ils avaient formé ne m'avait semblé anormal. Il y avait une affection évidente entre eux.

— À leur manière, oui, ils se sont aimés, répondit mon père. Ma mère n'a jamais regretté d'avoir interrompu sa carrière. Seule sa famille comptait à ses yeux. Et nous avons été heureux.

*

Alex et moi nous lançâmes sans attendre dans les rénovations de la maison. J'acceptai finalement que Ben nous apporte son aide. Il était très compétent dans son domaine, alors il aurait été dommage de nous priver de son savoir-faire. Il nous dessina les plans demandés et nous pûmes nous occuper des devis. C'était une sensation très curieuse, de travailler avec lui. Ses sourires me désarmaient, je guettais sans cesse son regard, à la recherche de je ne sais quoi. Pourtant, je ne parvenais pas à m'ôter de l'esprit qu'il n'avait pas été tout à fait honnête lors de notre rupture. Et en même temps, cela remontait à quatorze ans, alors je pouvais bien passer l'éponge sur ma fierté et rester cordiale avec lui.

Un matin, Maud me téléphona. On lui avait rapporté m'avoir vue au Paddock en compagnie de Loïc, et ça l'intriguait.

— Ne va pas croire que je te fais une scène de jalousie ou quelque chose du genre, mais je pensais que tu avais compris qu'il n'est pas très net.

J'éclatai de rire à l'idée qu'elle puisse penser que j'avais eu un rencard avec Loïc.

— Notre rendez-vous tenait davantage du chantage que de la déclaration d'amour, la rassurai-je. Ce mec, c'est Lucifer, en fait.

Tout en faisant les cent pas dans le jardin, je lui expliquai que son ex était prêt à tout pour se faire un peu de blé.

— Et je dirais qu'il l'a plutôt mauvaise, que nous ne mettions pas la maison en vente.

— Il faut toujours qu'il soit infect, c'est plus fort que lui, soupira-t-elle. Je m'en veux, car c'est moi qui lui ai donné ton numéro. Il a prétexté qu'il avait besoin de te parler d'un truc urgent, mais je ne me doutais pas qu'il te causerait des problèmes.

— Bah, ne t'en fais pas ! relativisai-je. Pour l'instant, il ne s'est pas manifesté à nouveau, il a dû passer à autre chose.

Au fur et à mesure, nous tenions Suzette au courant de chaque étape de nos travaux. Je n'osais pas lui parler de son journal, consciente que je risquais de réveiller en elle de douloureux souvenirs, alors qu'elle méritait d'être en paix. Cependant, je n'arrivais plus à la regarder de la même façon qu'avant. Au même titre qu'Eugénie, ma grand-mère était devenue mon héroïne, une femme forte qui avait décidé d'affronter son destin pour guérir de ses maux. J'étais fière d'appartenir à cette lignée, fière de donner une nouvelle vie à la pâtisserie familiale. Plus d'une fois, je me surpris à sourire en songeant à M. Rossignol, ce petit artisan parisien, qui n'avait certainement jamais imaginé tout ce que son nom représenterait un jour : des choux à la crème réputés, une cantatrice talentueuse et un signe de reconnaissance dans des toilettes pour femmes, en pleine occupation allemande.

— Ça te prend souvent, de siffler des comptines pour enfants ? me fit un jour remarquer Alex, alors que nous étions en train de décoller le papier peint dans les chambres.

Nous étions le 1er juillet. Ces quinze derniers jours s'étaient écoulés à une vitesse folle.

— Moi, je sifflotais ? l'interrogeai-je innocemment, histoire de gagner du temps.

J'avais peur de sa réaction si je lui parlais du journal de notre grand-mère. J'en avais très envie, mais jusque-là, on ne pouvait pas dire que j'étais douée pour déclencher chez lui des élans de bonne humeur. Alors, si du jour au lendemain, je lui balançais que non seulement j'avais fouillé dans les secrets de Suzette et que par-dessus le marché notre grand-père avait été assassiné, je n'étais pas certaine de ne pas me faire jeter dehors *manu militari*. Nous avions réussi à nous accorder sur ce que nous voulions pour la future boutique, ce n'était déjà pas si mal.

— Mmmh, reprit-il, l'air taquin. C'est peut-être parce que Ben doit passer nous filer un coup de main demain.

En guise de réponse, j'arrachai férocement un pan de l'horrible papier marron et orangé.

— Arrête de dire n'importe quoi, Alex.

— Qu'est-ce que j'y peux, moi, si vous avez l'air de deux aimants qui se tournent autour sans réussir à se tamponner ?

Afin de bien souligner son propos, il frappa le creux de sa main avec son poing.

— J'espère que tu es plus romantique avec Tania, parce que ton histoire d'aimants qui se tamponnent ne me fait pas rêver.

— Tu vois très bien ce que je veux dire.

— Tout ce que je vois, c'est que les travaux ne vont pas se faire tout seuls, alors au boulot !

Bien entendu, je ne fis ensuite que ruminer ce qu'il venait de me dire. Très vite, je prétextai autre chose à faire dans la cuisine. Au fond, Alex avait raison. Si par un pur hasard il arrivait que je me retrouve seule avec Ben, que par accident il me plaque contre un mur et que sa bouche tombe pile sur la mienne… Un frisson me parcourut.

Ressaisis-toi, pauvre idiote !

Ben n'avait plus de place dans ma vie, point. S'il avait voulu me reconquérir, il s'y serait pris autrement qu'avec un « Tiens, au fait, je ne t'ai pas dit, c'est à cause de ma mère qu'on n'est plus ensemble ». Me dire la vérité l'avait certainement libéré. Il traversait une crise existentielle depuis qu'il avait rompu avec Madison, ou Beverley, ou Samantha, or, je ne connaissais rien de plus assommant qu'un homme en pleines considérations métaphysiques.

— Il y a quelqu'un ?

Je tressaillis en reconnaissant l'intonation de Loïc. Qu'est-ce qu'il fichait là, lui ? Quittant vivement la cuisine, je le trouvai planté à l'entrée de la boutique. Il avait sa tête des grands jours. Celle de Lucifer, donc. Charmeur, imbu de lui-même et calculateur.

— C'est toi que je cherchais, Julia, m'annonça-t-il. Je venais voir si tu avais réfléchi à notre petit arrangement.

Je le contemplai en plissant les yeux. Cette fois-ci, c'était moi le fauve et lui la proie, même s'il n'en avait pas encore conscience. M'avançant vers lui, je hochai la tête juste pour le plaisir de lui faire croire que la donne basculait en sa faveur.

— Oui, j'y ai réfléchi, Loïc.

Lucifer avait l'air si sûr de lui que c'en était risible.

— Bien, fit-il, la mine satisfaite.

Il était ferré. Parfait. Je m'attendais presque à ce qu'il allume un gros cigare et se frotte les mains l'une contre l'autre, le tout en me disant qu'il savait que je serais raisonnable.

Prenant mon ton le plus implacable, je rétorquai :

— J'y ai réfléchi et c'est non.

Son visage se métamorphosa. Le sourire s'envola.

— Quoi ? Mais enfin, Julia, ça ne t'intéresse pas de savoir comment est mort ton grand-père ? s'enquit-il, une nuance d'impatience dans la voix.

Ce fut à mon tour d'esquisser un grand sourire.

— Si, mais il se trouve que j'ai découvert la vérité par moi-même. Et je sais que ta grand-mère a été impliquée dans son meurtre. La mienne a laissé un journal, dans lequel elle a tout relaté.

Loïc se décomposa. Mais cela ne dura pas très longtemps. Redressant la tête, il me toisa et je vis la rage flamboyer dans son regard.

— Tu te crois maligne, hein ? Tu verras que tu changeras d'avis !

Puis il sortit et je le regardai s'éloigner à grands pas sur le trottoir. Si j'étais ravie de l'avoir pris de court, j'avais cependant la très nette sensation qu'à l'avenir, je ferais bien de me méfier de lui.

Soufflant un bon coup, je me retournai, prête à regagner la cuisine. Je ne fis pas plus d'un pas ; Alex se tenait dans l'embrasure de la porte et le regard qu'il dardait à présent sur moi ne laissait aucun doute sur ce qu'il avait entendu de notre conversation.

— C'est quoi, cette histoire de meurtre ? prononça-t-il d'une voix blanche.

38

C'était un fait, j'avais un don naturel pour toujours mettre les pieds dans le plat. Mentir à mon cousin en prétendant que Loïc et moi ne faisions que parler d'un thriller n'aurait servi à rien. L'entraînant dans la cuisine, je lui recommandai de s'asseoir, puis j'entamai le récit de ce qu'avait vécu Suzette. Bizarrement, il ne réagit pas trop mal. Il me sermonna un peu pour ne pas avoir partagé cela plus tôt avec lui, mais j'avais réussi à éveiller chez lui un vif intérêt.

— Je me doutais bien qu'il y avait un secret, me confia-t-il. Suzette n'a jamais abordé le passé avec nous. Pourtant, toutes les grands-mères adorent raconter des vieilles histoires.

— Sauf la nôtre, tu as raison, approuvai-je. À présent, on sait pourquoi.

— Est-ce que tu as ce carnet avec toi ? J'aimerais beaucoup le voir.

— Je te le donnerai demain.

Le lendemain, Ben était déjà là lorsque j'arrivai. J'hésitai à sortir le journal de mon sac à main, trouvant indélicat de le mêler à nos affaires de famille. Faisant moins de manières que moi, Alex me demanda directement si j'avais pensé à l'apporter. Au lieu de nous occuper du carrelage, comme nous l'avions prévu, nous nous retrouvâmes à feuilleter les pages remplies de l'écriture de Suzette. Je sentais mon cousin troublé de découvrir ces tranches de vie. À un moment, il soupira.

— Quand je pense qu'elle a traversé l'enfer sans broncher, et que moi j'ai réagi comme un con face à ma situation ! déplora-t-il.

— Tu ne pouvais pas savoir, Alex. Moi aussi, j'ai passé bien trop de temps à me morfondre. Mais nous sommes solides et soudés, désormais. Encore plus maintenant que nous connaissons cet héritage familial.

— Suzette et Eugénie ont fait preuve d'une telle force de caractère.

— Oui, et nous pouvons faire de même, dis-je en le regardant avec tendresse.

Ben se joignit à nous en entendant le nom de son grand-père. Il nous écouta attentivement quand nous lui fîmes part de l'amitié entre nos grands-parents. Le téléphone d'Alex sonna, et il nous laissa alors que j'étais en train d'évoquer le meurtre. Adossé contre l'évier, Ben m'apprit qu'il avait entendu Fernand radoter trois ou quatre fois au sujet d'un règlement de comptes, sans jamais citer de noms.

— Mais comme il était atteint d'Alzheimer, je n'y ai pas prêté davantage attention.

— De toute façon, aucun de nous n'aurait pu deviner ce qu'il en était.

Ben se rapprocha alors de moi. Il avait l'air ennuyé.

— Il n'était pas complice de cet assassinat, au moins ? m'interrogea-t-il.

Ouvrant le carnet à la page où Suzette relatait la visite d'André, je lui fis signe que non.

— Au contraire, il a toujours cru en l'innocence de Max.

Ben lut à son tour les mots de ma grand-mère. Son visage s'illumina d'un sourire quand il se redressa vers moi.

— Je suis soulagé qu'il n'ait pas été mêlé à ça. Tu as assez de griefs contre moi pour ne pas en ajouter d'autres.

— Je sais qu'ici il est de coutume de se reprocher entre descendants les faits commis par nos aïeuls… Mais je sais faire la part des choses.

— Ah oui, vraiment ?

Il me fixa d'un air malicieux. Son regard semblait me défier. L'odeur de son parfum mêlée à celle du papier ancien et des vieilles pierres me déstabilisa une fraction de seconde, et je m'imaginai… Mon Dieu, je m'imaginai bien trop de choses ! Le soleil qui tapait contre les vitres était en train de me provoquer une insolation.

— Bon ! déclarai-je en me détournant pour actionner le ventilateur de plafond. Ce serait bien que nos travaux avancent.

Mon cousin rentra et nous pûmes reprendre. Je les laissai tous les deux, filant m'occuper de la salle de bains. Ben avait un effet bien trop perturbant sur moi. Une pensée en entraînant une autre, je songeai à cet affreux cauchemar que j'avais fait à deux reprises ; et si cette horrible chose que Ben pointait derrière moi n'était rien d'autre que le passé ? L'inconscient pouvait être si plein de ressources ! Par moments, j'avais l'impression qu'un fil invisible nous reliait, Ben et moi, comme si nous étions sur la même longueur d'onde. C'était beaucoup trop dangereux. Il partit aux alentours de dix-sept heures et je descendis rejoindre Alex.

— Tu l'aimes toujours, hein ? lança-t-il dès qu'il me vit.

Sa question, si directe, me désorienta et je pris le temps pour répondre. Balancer un simple « non » aurait été me mentir à moi-même.

— C'est tellement bizarre, en fait, soupirai-je. Je devrais le détester, ou même avoir tiré un trait sur tout. Je croyais l'avoir fait, d'ailleurs. Pourtant, il y a toujours quelque chose qui m'attire, chez lui. C'est débile.

— Ça ne se commande pas, Julia. Est-ce qu'on se remet jamais d'un premier amour ?

— Sauf que je n'ai plus vingt ans.

— Quand on est faits l'un pour l'autre, l'âge n'a rien à voir, répliqua-t-il en commençant à ranger ses outils.

J'accueillis sa repartie avec une grimace désabusée.

— Pardon, Alex, j'étale mes états d'âme sans pudeur… Après ce que vous venez de traverser, Tania et toi, j'ai honte.

Il se retourna vers moi en souriant.

— C'est derrière nous, maintenant. Je me sens mieux depuis que nous avons commencé ce projet, et ça n'a pas échappé à Tania. À Léo non plus, ajouta-t-il en riant. Sache que tu as détrôné Taylor Swift au rang de ses idoles.

Je portai la main à mon cœur, dans un geste exagéré.

— J'ai toujours rêvé de coiffer Taylor Swift au poteau ! fis-je en riant.

Puis, reprenant mon sérieux :

— Je suis sincèrement contente que les choses s'arrangent entre vous.

— Tu n'as plus qu'à laisser une seconde chance à Ben, et la boucle sera bouclée ! me répondit-il en ponctuant sa phrase par un clin d'œil.

Il se prit un coup de torchon au moins aussi digne de ceux de Suzette.

*

Une dizaine de jours s'écoula dans une agréable routine. Léonore, qui était en vacances, prit l'habitude de venir nous aider. Elle avait hâte de voir sa chambre achevée et se projetait avec un entrain contagieux dans ce nouveau logement. Méline et Paul mettaient régulièrement la main à la pâte eux aussi, et à nous tous, nous avancions plutôt bien. Il y eut de joyeux dîners dans le jardin, à la lueur des bougies, les éclats de rire d'un bonheur retrouvé. Cressigny avait su à nouveau m'attraper le cœur et de plus en plus, je m'y sentais à ma place.

— Je te l'avais dit, que tu trouverais un nouveau sens à ta vie ! me nargua un jour Aurélie, au téléphone. Tu ne vaux pas mieux que ces nanas dans les romans feel good.

Elle accoucha le 9 juillet d'une jolie petite fille, que Romain et elle appelèrent Aya-Lise, un bon compromis à leurs envies respectives de prénom à la fois japonisant et ancien. Je fis donc un aller-retour express à Paris afin de faire la connaissance de ma filleule et en profitai pour rapatrier tous mes moules à gâteaux. J'avais décidé de m'inscrire en CAP pâtisserie pour consolider mes connaissances de base. Le diplôme n'était pas obligatoire pour ouvrir la boutique, mais il m'aiderait à me sentir plus légitime. En attendant, je m'exerçais à reproduire les choux de Marcel et autres douceurs sucrées. Mon père m'accusait de vouloir lui faire reprendre le ventre qu'il avait perdu tandis que les autres en redemandaient. Parmi ces mille occupations, j'évitais Ben tout en recherchant sa présence. Ses croquis ayant été validés, il n'avait plus vraiment de raisons de passer nous voir. Pourtant, en plus des quelques rénovations chez lui, il lui arrivait de venir plâtrer, peindre ou poncer. Ça m'embêtait de le déranger avec nos travaux, bien que personne ne le forçât. S'il était là, ça devait bien signifier quelque chose, non ?

Ça signifie qu'il a toujours été serviable. Te fais pas de films, ma vieille.

C'était un bel été qui s'annonçait. Les touristes commençaient à arriver et je compris pleinement tout le potentiel de notre emplacement. Ils aimaient photographier les façades fleuries du bourg. Celle de Méline ne faisait pas exception à la règle, avec ses beaux volets violets et ses rosiers grimpants.

— Il faudra qu'on demande à la mairie de nous donner des plants, annonçai-je un matin, en entrant dans notre future boutique. Nous aussi, nous devons avoir nos roses.

Nous voulions repeindre la façade dans un rouge élégant, sur laquelle l'enseigne « PÂTISSERIE ROSSIGNOL » serait tracée en lettres anciennes. Il était question d'ajouter un rossignol, en clin d'œil. Si des rosiers s'épanouissaient tout autour, ce serait du plus bel effet. Alex se montra emballé par mon idée et Suzette approuva lorsque j'allai la voir pour lui en parler.

— Ce sera encore plus beau que dans mon souvenir ! se réjouit-elle, aux anges.

Un peu avant que je ne prenne congé, ma grand-mère recommença à me scruter avec attention, de la même manière qu'elle l'avait fait le jour où elle avait tenté de déterminer si j'allais aussi bien que je le prétendais.

— Tu t'apprêtes à me demander quelque chose, Mamie, dis-je en riant.

Un sourire équivoque naquit sur ses lèvres. À quelle sauce allait-elle me cuisiner, cette fois-ci ?

— Tu as trouvé mon carnet, n'est-ce pas ?

J'eus l'impression d'être prise en faute. Mais impossible de prétendre que je ne voyais pas de quoi elle parlait.

— Oui, avouai-je à contrecœur. Comment est-ce que tu as su ?

Alex ou mon père ne seraient quand même pas allés l'importuner avec cette histoire ?

— Je m'en suis doutée le jour où tu m'as posé des questions au sujet de mon secrétaire, déclara-t-elle sans se départir de son sourire. Ça m'a mis la puce à l'oreille que tu t'y intéresses soudainement.

OK, niveau subtilité, j'ai encore de gros progrès à faire.

— Je ne voulais pas te froisser, Mamie. C'est pour ça que je ne t'ai rien dit.

— C'est drôle, tout de même. Moi qui suis partisane de l'oubli, je me suis surprise à repenser plusieurs fois au passé depuis ce jour-là.

— Je comprends ton choix d'avoir voulu garder cette histoire pour toi. C'est dur, ce que tu as vécu.

— Ça l'a été, oui. Il m'est arrivé de croire que je ne m'en relèverais pas. J'ai haï André, Pierre et Francine de toutes mes forces. Mais la vieillesse ramène à l'essentiel, c'est loin, tout ça.

Je fronçai les sourcils, étonnée par ces propos.

— Est-ce que tu veux dire que tu leur as pardonné ?

— Je n'irai pas jusque-là, non. Seulement, il n'y a plus aucune place pour la haine en moi. C'était une autre époque, ils souffraient beaucoup eux aussi. Ça n'excuse en rien leurs agissements, je me souviens encore avec acuité du choc que j'ai ressenti en découvrant le corps de Max… Mais j'aime mieux me cantonner au présent.

— Pourquoi as-tu gardé ce carnet, alors ? Papa m'a raconté que Méline l'a trouvé, un jour.

— Méline ! répéta Suzette, une pointe de tendresse dans la voix. Quand elle était jeune, elle sautait toujours avant de regarder où elle allait atterrir !

Elle se perdit un instant dans ses souvenirs, puis répondit à ma question :

— Mon journal contenait l'histoire de mon amour pour Max. J'aurais eu le sentiment de le tuer une seconde fois, si je l'avais jeté. Je ne pouvais pas m'y résoudre, d'autant plus que je ne possédais presque pas de photos de lui, puisqu'elles étaient interdites sous l'Occupation.

Ma grand-mère me désigna sa table de chevet, sur laquelle trônait la photo de ses noces avec Arthur.

— Il y a une boîte dessous, prends-la.

Je m'exécutai et la lui donnai. Elle en sortit une série de clichés, qu'elle conservait comme de précieux trésors. Des morceaux de vie imprimés en noir et blanc. Le mariage, en 1939. Leur groupe d'amis, assis au bord de la rivière sur une couverture à carreaux, souriant à l'objectif. Un portrait de Max, révélant ses longs cils et son profond regard. Mes grands-parents, heureux devant La Mercerie encore pimpante. L'émotion m'étreignit face à ce cadeau qu'elle me faisait : me montrer ces reliques qu'elle avait soigneusement préservées, hors des yeux indiscrets. Je la remerciai avec la plus grande gratitude. Néanmoins, un point me taraudait encore ; je me souvenais vaguement de Gaspard et Léontine, que j'avais rencontrés à plusieurs reprises dans mon enfance et qui étaient tous deux morts de vieillesse, mais j'ignorais ce qu'était devenue Marie-Rose, aux États-Unis. Son lien avec Eugénie m'avait touchée. La force de caractère de mon arrière-grand-mère était en partie née de cette période où elle côtoyait d'un côté sa cousine, une âme durcie par la misère, de l'autre Marie-Rose, féministe avant l'heure. Eugénie ! Sa vie aurait-elle été la même, sans leur influence ?

Ma grand-mère me révéla que Marie-Rose avait été presque centenaire.

— Son fils m'a prévenue de son décès au début des années quatre-vingt-dix. On s'écrivait moins, avec le temps, et nos familles ont fini par se perdre de vue.

*

Le soir du 14 Juillet, je rejoignis les autres pour assister au feu d'artifice. La fête avait toujours lieu au même endroit que naguère. C'était étrange de me dire que, d'une certaine façon, je mettais mes pas dans ceux de la jeune Suzette, qui s'apprêtait à tomber amoureuse de Max. Et de façon plus indirecte, dans ceux d'Eugénie, qui avait rencontré Marcel à la guinguette de Malakoff. Maintenant que je savais tout de leur histoire, mes ancêtres me hantaient, où que j'aille.

L'estrade avait été dressée et parée de guirlandes lumineuses. Une odeur de sandwichs à la merguez planait d'un côté, et de l'autre c'était celle des gaufres au sucre glace. J'avais enfilé ma petite robe rouge en lin et laissé mes cheveux retomber sur mes épaules. Léonore était heureuse de voir ses parents à nouveau complices, Paul et Méline dansaient, et mon père discutait avec Colette, qui s'était jointe à notre groupe. Un peu plus loin, Maud ne quittait pas la buvette, tenue par Nathan. Comme au temps de Suzette, des adolescents se cherchaient, rougissaient et bafouillaient, puis masquaient leur gêne par de grands éclats de rire. Rien ne pouvait venir troubler la douceur de cette soirée.

Lorsque la nuit commença à tomber, je me dirigeai vers la rivière. Je connaissais le spot parfait pour assister au feu d'artifice sans me mêler à la foule qui se presserait d'ici quelques instants de l'autre côté. C'était là, dans ce petit renfoncement, que Ben et moi nous glissions quand nous étions gamins, pour profiter du spectacle. Ben… Pourquoi fallait-il toujours qu'il s'invite dans mes pensées ? Les premiers tirs partirent et le ciel se para de gerbes de couleurs, la lumière des feux se reflétant sur l'eau. C'était magnifique, c'était comme un épilogue à ces derniers mois si intenses.

Une larme faillit rouler sur ma joue. Je la retins en percevant un bruit de pas étouffés par l'herbe. Mon souffle se suspendit, mais je savais que je n'avais rien à craindre. Je l'attendais. J'espérais que lui aussi se souviendrait de cet endroit.

— Tu es là.

Sans le voir, je devinai son sourire. Je ne bougeai pas. Ses deux mains se posèrent alors sur mes épaules.

— Ben…, protestai-je sans conviction, les yeux rivés sur l'horizon.

Toujours ce besoin d'être raisonnable…

— Ne dis rien, Julia, chuchota-t-il. J'ai seulement envie d'être contre toi et de ne penser à rien d'autre.

Je me laissai aller contre son torse, bouleversée par mille émotions. Nous assistâmes enlacés au bouquet final, sans prononcer un seul mot. Ben n'avait jamais été le genre de personne à combler les silences. À la fin, je me tournai vers lui et m'entendis lui dire :

— J'ai un peu froid. Ramène-moi.

Je n'eus pas besoin de lui préciser où je voulais aller. Toujours en silence, il nous conduisit à La Mercerie. Une fois dans le hall, nos regards s'agrippèrent. Mon cœur se mit à palpiter plus fort, si tant est que ce fût possible. Sa façon de me fixer avec intensité ne laissait aucun doute sur ce qu'il ressentait lui aussi. Je me rapprochai pour lui faire comprendre que j'avais envie de l'embrasser. Ben posa sa main sur ma joue, avec douceur.

— Est-ce que tu es sûre de toi, Julia ?

Sa voix n'était plus qu'un murmure. Sa barbe naissante, ses cheveux désordonnés, ses gestes doux, j'étais en train de fondre.

— Et toi ? lui demandai-je, sur le même ton.

Nos lèvres n'étaient séparées que par quelques millimètres. Ben semblait aux abois.

— J'ai beau lutter, tu es la femme la plus intelligente, belle et têtue que je connaisse. Et j'aime absolument tout de toi, comme avant, peut-être même plus.

Sa déclaration déclencha en moi une explosion de désir. Il m'embrassa et je m'accrochai à sa chemise, lui rendant son baiser avec avidité. J'avais presque oublié combien nos bouches étaient faites l'une pour l'autre. C'était une évidence, c'était comme une couverture de survie autour des épaules, comme rentrer à la maison. Ses bras m'enveloppèrent et j'eus envie de m'enivrer de lui tout entier.

— Ne me laisse plus jamais te perdre.

Ce furent ses derniers mots avant que ma partie raisonnable ne décide de se faire hara-kiri.

*

Le lendemain matin, ce ne fut pas la lumière du soleil qui nous réveilla, mais Simba. Le golden retriever sauta sur le lit, qui gémit sous son poids.

— Descends ! protesta Ben, peu convaincu.

Très obéissant, le chien roula sur le dos et agita ses pattes en l'air.

— Quelle autorité ! m'esclaffai-je en me lovant contre Ben.

Il déposa un baiser sur ma tête.

— Alors je n'ai pas rêvé, me dit-il en poussant un soupir d'aise. Tu es bien là, dans mes bras.

— Tu trouves que je n'ai pas l'air réelle ? le taquinai-je.

Simba se faufila entre nous deux.

— Lui, en tout cas, il l'est ! rit Ben.

Je le regardai tendrement. Le bonheur qui m'étreignait la poitrine était incroyable. Cette sensation m'avait manqué. Et à vrai dire, moi non plus, je n'étais pas très sûre que ce soit réel, mais c'était si bon !

— Bon ! m'exclamai-je en me levant. C'est bien joli, les histoires romantiques, mais j'ai faim. Est-ce que tu as de quoi préparer un petit déjeuner ?

J'enfilai sa chemise, ce qui le fit sourire.

— Je vois qu'on ne perd pas ses bonnes habitudes, fit-il remarquer en quittant le lit à son tour.

En bas, je préparai rapidement des gaufres, en consultant mon portable. Alex m'avait envoyé un SMS aux aurores.

Est-ce que je compte sur toi pour les travaux ou bien Ben t'a-t-il trop épuisée ? ;-)

Évidemment, tout le monde se doutait de la façon dont j'avais terminé ma soirée.

Alléché par l'odeur de ma pâte, Simba vint en quémander.

— Ne te laisse pas avoir par ses yeux doux, me recommanda Ben, en entrant dans la pièce. Ce n'est qu'un comédien.

Tout en observant Simba, je me remémorai les chiens successifs que mon père avait adoptés, par le passé. Dommage qu'il ait renoncé à accueillir un nouveau compagnon depuis la mort du précédent, ça lui aurait pourtant fait un bien fou !

— Tu penses à quoi ? voulut savoir Ben en m'enlaçant, avant de m'embrasser le cou.

Je brandis ma spatule en l'air.

— Qu'il va falloir que tu t'éloignes de moi si tu veux des gaufres ! le menaçai-je, avant de reprendre mon sérieux. Non, je me disais que ça ferait du bien à mon père, de reprendre un chien.

— Quel genre de chien ? s'enquit-il en faisant couler du café.

— Pas une race qui atteindra le gabarit d'un poney à l'âge adulte. À part ça, je suis ouverte à tout.

— La chienne d'un copain a mis bas le mois dernier. Ce sont des cockers. Tu penses que ça lui ferait plaisir ?

— Tu sais que tu es fabuleux, Ben ?

— Il paraît, répondit-il sans aucune modestie.

En mangeant, je scrutai la cuisine. Ça me faisait bizarre de songer que ma grand-mère avait vécu ici. Cela devint très vite l'objet de notre discussion.

— La mort de Max explique pourquoi Méline répugnait à ce qu'on approche de cette maison, fis-je remarquer à Ben. Dans un sens, la mémoire fait partie des lieux. Ce qui s'est déroulé ne s'en va jamais.

Ben acquiesça.

— Depuis que tu m'as raconté le drame, j'envisage de détruire la grange.

— C'est une bonne idée, oui. Qu'est-ce que tu voudrais faire, à la place ?

Je le connaissais assez pour savoir qu'il ne se contenterait pas de laisser un grand espace tout vide.

— Un jardin d'hiver, ça me plairait bien. Des verreries, du fer forgé, des meubles en osier.

— C'est très romantique, approuvai-je. Complètement différent de la grange, mais c'est ce qu'il faut. Il y a eu des drames, certes, mais aussi des bons souvenirs. Autant garder le positif.

— Pour le positif, je ne me fais aucun souci, répondit-il, l'œil pétillant de promesses.

Une nouvelle semaine s'écoula, puis deux, puis trois. La boutique avançait rapidement. Nous posâmes au sol du carrelage à motifs anciens et les ouvriers montèrent le nouveau comptoir, avec les vitrines. Il nous fallut ensuite nous attaquer à la cuisine, afin de la transformer pour y fabriquer les pâtisseries. À ma demande, mon père me décrivit celle dans laquelle travaillait Marcel.

— Il n'avait que deux petits plans de travail et un four. Les normes n'étaient pas les mêmes qu'aujourd'hui, bien sûr.

— Et leur magasin était situé où, au fait ? À aucun moment on ne me l'avait précisé.

— À côté de l'école, sur l'emplacement de l'actuel parking. À l'époque, il y avait des petits commerces. Quand Eugénie a pris la décision de tout fermer en 1977, deux ans après la mort de Marcel, la mairie a racheté les parcelles.

Je ne me lassais pas d'entendre notre histoire familiale. Plus Alex et moi en apprenions, plus nous étions déterminés à faire honneur à nos ancêtres.

Le soir, je rejoignais souvent Ben chez lui. Nous mettions une application toute particulière à rattraper le temps perdu. Ma famille était au courant pour nous deux et s'en réjouissait. Mon père en avait eu des larmes de soulagement, tant il était persuadé d'avoir tout gâché entre nous. Il souriait, chantonnait, faisait désormais son ménage. Je ne le reconnaissais plus ! Je soupçonnais Colette d'en être en partie responsable, puisqu'en rentrant, un matin, il me sembla l'apercevoir en train de filer furtivement entre le jardin de mon père et le sien.

Début août, alors que nous étions allongés sur sa pelouse, en train de rêvasser sous le soleil couchant, Ben m'annonça qu'il avait parlé de nous à sa mère. Je me redressai sur un coude pour le regarder dans les yeux.

— Elle t'a dit quoi ?

J'avais beau faire semblant d'être calme, au fond, je n'en menais pas large.

— Pas grand-chose, à vrai dire, me répondit-il. Elle s'en doutait. Elle n'a pas sauté au plafond, mais elle n'a pas crié non plus.

Je ne pus m'empêcher de grimacer ; pourquoi me rejetait-elle comme ça ? Le grand-père de Ben ne faisait pas partie des meurtriers du mien, alors où était le problème ? Malgré tout, je tentai une touche d'humour :

— Pour les déjeuners dominicaux, on va peut-être attendre encore un peu, alors.

Il prit mon visage entre ses mains et m'attira à lui.

— Sauf que cette fois, on reste ensemble, quoi qu'il advienne. Je t'aime, Julia.

— Je t'aime aussi, Ben.

Face à nous, les pierres de la maison viraient au doré sous les rayons du soleil. Tout n'était pas parfait, mais il y avait quand même un sacré avant-goût de bonheur.

*

Un matin, Ben me rappela mon idée d'offrir un chien à mon père.

— Les chiots dont je t'ai parlé sont sevrés, tu peux donc aller les voir. Yoann t'attend.

Ne pouvant venir avec moi le jour convenu, il me donna l'adresse de son ami, dans un village situé à une quinzaine de kilomètres de Cressigny. Léonore, qui adorait les animaux, me supplia de l'emmener.

— Peut-être que mes parents se laisseraient convaincre d'en prendre un, s'ils sont mignons ?

Incapable de lui résister, je l'embarquai avec moi.

Cela faisait deux jours que des rideaux de pluie s'abattaient sur la région. Les températures étaient dignes d'une fin septembre. Il était dix-huit heures lorsque nous nous mîmes en route. Une nouvelle averse battait son plein, déposant de grosses gouttes sur mon pare-brise, ce qui réduisait ma visibilité. Roulant au pas, je maudis intérieurement le mauvais temps. Le ciel était si sombre que je fus obligée d'allumer mes phares. Derrière, une voiture me collait beaucoup trop, ses lumières m'éblouissaient.

— Il n'a qu'à te doubler s'il trouve que tu ne vas pas assez vite ! maugréa Léo.

Le véhicule s'approcha davantage.

— Il est timbré, ou quoi ? m'écriai-je, sans parvenir à réprimer mon irritation.

Je klaxonnai furieusement pour lui faire comprendre de baisser ses phares. En vain.

Léonore se retourna en plissant les yeux.

— On dirait la Renault de Loïc.

Je faillis piler. Le sang se mit à pulser à mes tempes.

— Loïc, tu es sûre ? l'interrogeai-je, d'une voix étranglée par l'angoisse.

— Oui, je crois. Papa a remarqué qu'il en avait acheté une nouvelle alors qu'il n'a soi-disant pas de fric.

Je jetai un œil dans le rétroviseur pour tenter de vérifier. Tous mes sens étaient en alerte maximale. Mais avec la pluie, impossible de distinguer le visage du conducteur. Celui-ci fit une brusque accélération, et je crus qu'il allait nous rentrer dedans. Un océan d'acide se répandit dans mon ventre, mon corps était agité de tremblements. Voulant éviter la collision, je donnai un coup de volant et la voiture glissa… glissa…

Léo hurla. Je hurlai.

La tête en bas. La sensation, horrible, d'un manège infernal. Et d'un coup, plus rien. L'immobilité et le silence.

— Julia ? appela Léonore, affolée.

Elle est vivante. Merci, mon Dieu, elle est vivante.

— Je vais nous sortir de là, ma puce. Comment tu te sens ?

— Je crois que je me suis cogné la tête. Ma portière est bloquée.

— La mienne aussi, constatai-je, non sans inquiétude. Ne tente rien, Léo. Mais parle-moi.

Dans un grognement, je parvins à extirper mon portable de la poche de mon pantalon. Il ne me restait plus beaucoup de batterie, je devais prendre une décision, et vite. Je composai le numéro de mon père, par peur que ça coupe si je me risquais à appeler les pompiers. Au bout de trois tonalités, il me répondit.

— Papa, c'est moi, réussis-je à articuler. J'ai eu un accident.

— Quoi ? Mais où es-tu ?

Je tentai de me repérer.

— Je ne sais pas. Quelque part après la sortie sud de…

Mon téléphone s'éteignit.

39

Je m'en tirai avec quelques contusions sans gravité. Léonore passa un scanner, car elle s'était effectivement blessée à la tête, mais l'examen révéla qu'il y avait, fort heureusement, plus de peur que de mal. Quand les lumières des camions de pompiers sont entrées dans mon champ de vision, j'avais l'impression qu'il s'était écoulé une éternité. En réalité, ils n'avaient mis que dix minutes à nous localiser à partir du moment où ils avaient quitté la caserne. Mon père les talonnait et je lui suis tombée dans les bras lorsqu'ils nous ont désincarcérées, nous répétant que nous avions eu beaucoup de chance. Ma voiture était bousillée, mais ce n'était qu'une broutille compte tenu de ce qui aurait pu arriver si nous n'avions pas eu nos ceintures de sécurité ou si nous avions fini notre course dans un arbre.

— Vous pouvez remercier votre bonne étoile, me dit l'un d'eux. Après l'appel de votre père, on en a reçu un autre qui nous a signalé l'endroit exact l'accident.

Les gendarmes m'interrogèrent pour savoir comment cela s'était produit. Hélas, rien ne leur permettait d'arrêter Loïc. Sa voiture ne m'avait pas percutée, il n'y avait eu aucune agression. J'avais seulement perdu le contrôle de la mienne, parce que j'avais paniqué. Et si

Loïc était décidé à donner cette version, personne ne pouvait aller contre.

Alex ne décolérait pas :

— Ce connard a failli tuer ma gamine !

— C'est moi qui ai failli la tuer, lui répondis-je, en proie à une culpabilité monstre. C'est moi qui conduisais.

— On sait très bien l'un comme l'autre qu'il ne te collait pas au train par hasard, Julia.

Ben, lui, m'incita à déposer une main courante contre Loïc, histoire de me protéger. Sans rien dire à personne, je me pointai chez lui deux jours après l'accident. J'étais furax et bien décidée à le lui faire savoir. La trouille m'avait complètement désertée. Loïc vivait dans un lotissement, construit en périphérie du village. En me voyant débarquer dans sa cour, il se décomposa. Je remarquai bien l'œil au beurre noir qui ornait son visage, mais à cet instant précis, j'avais juste envie de laisser éclater ma colère.

— Toi ! m'exclamai-je en le pointant de l'index. Comment as-tu osé ?

— Je ne voulais pas, Julia ! commença-t-il alors que je m'avançai vers lui. Je te jure que je n'avais pas l'intention de vous faire du mal.

Je le toisai avec mépris.

— Ah non ? C'est marrant, j'aurais pu jurer du contraire, pourtant.

— Je… Je comptais juste te foutre la trouille. Je ne pensais pas que tu paniquerais autant.

Ça m'embêtait de le reconnaître, mais le désarroi dans ses yeux reflétait une certaine sincérité. Il ne pleurnichait pas, cependant il avait l'air sonné.

— J'étais mal quand j'ai vu ta voiture quitter la route, continua-t-il.

Je lâchai un rire sec.

— C'est censé t'excuser, ça ? Tu aurais pu nous tuer, Léo et moi ! Tu penses te racheter avec des regrets ?

Il secoua la tête, dépité.

— J'ai merdé, je le sais. Mais j'ai eu la peur de ma vie, Julia, tu dois me croire ! J'ai même appelé les secours.

Voilà qui confirmait ce que m'avait confié l'un des pompiers ; le coup de fil d'une autre personne. Il n'y avait rien d'autre à ajouter. Enfin…

— T'es trop con, Loïc. Tu n'as rien trouvé de mieux à faire que gâcher ta vie ? Tu as un gamin, merde !

Je m'interrompis, désignant son visage tuméfié.

— Un chantage qui a mal tourné ? demandai-je, sarcastique.

Enfonçant ses mains dans ses poches, Loïc marmonna :

— J'ai reçu la visite de ton père et d'Alex, hier.

— Oh.

Malgré moi, j'étais en train de sourire.

— Ils n'y sont pas allés de main morte, on dirait.

— Bof… Je suppose que c'était mérité.

— Ça l'était, lui confirmai-je. Est-ce que tu vas nous laisser tranquilles, dorénavant ?

— Je te le promets.

Lucifer semblait vaincu.

— Ouais, soupirai-je. Seul l'avenir le dira, j'imagine.

*

Aidée par Ben, je passai un après-midi à appliquer des couches de peinture sur les murs de la boutique. Alex et moi avions choisi une couleur neutre afin de pouvoir décorer ensuite. Nous avions l'intention d'accrocher le portrait de Marcel et Eugénie en bonne place, et de rendre aussi hommage à Suzette en encadrant ses disques. L'atmosphère serait surannée, avec un faux air des années 1930-1940.

Perchée sur un escabeau, j'étais en sueur. Le soleil était de retour, inondant la devanture de ses rayons encore chauds pour la saison. Ben me proposa d'aller boire un rafraîchissement. Simba trottant à côté de nous, nous traversâmes la place en direction du Paddock. Nous prîmes chacun une canette de thé glacé et nous assîmes sur un banc, sous une façade joliment recouverte de lierre et de rosiers blancs.

Ben but une longue gorgée et soupira de plaisir.

— Qu'est-ce qu'on est bien, ici !

— C'est seulement maintenant que tu t'en rends compte ? me moquai-je, songeant que nous avions sans doute l'air de deux adolescents en train d'attendre que le temps passe.

Mon sourire s'évanouit sitôt que je tournai la tête. André venait de faire son apparition. Et il se dirigeait droit vers nous, d'un pas plutôt alerte pour son âge. Ben me prit la main, dans un geste apaisant.

— Loïc m'a dit que tu étais au courant de tout, attaqua le vieillard, sans même nous saluer.

Sous l'effet de surprise, j'eus un mouvement de recul.

— Loïc ?

Qu'est-ce qu'il vient faire là-dedans, lui, encore ?

— Loïc Hénault, crut-il bon de préciser.

— Je sais qui est Loïc, merci, répliquai-je, sarcastique. Je suis juste très étonnée qu'il se soit confié à vous.

Durant une fraction de seconde, André parut aussi déconcerté que moi.

— Oh. Alors en réalité, tu ne sais pas vraiment tout.

Je regardai Ben, ne sachant plus sur quel pied danser. Est-ce que le vieux était en train de débloquer ? Apparemment non, puisqu'il reprit :

— Je présume que le mieux c'est de commencer par le début ; j'ai épousé Francine après la guerre, en 1950. On était peu à peu parvenus à faire le deuil de notre ancienne vie, et on s'est rendu compte qu'on se plaisait. Je suis alors devenu professeur d'anglais et j'ai élevé ses enfants comme les miens. Je considère donc Loïc comme mon petit-fils, puisque son père est né du premier mariage de Francine.

Voilà qui changeait la donne ! André et Loïc étaient en effet très liés. Je me relevai du banc et esquissai un pas pour lui faire face.

— C'est vous qui avez envoyé Loïc me menacer ?

Il eut la pudeur de baisser la tête. Cependant, il me répondit par la négative.

— Non, jamais je n'aurais fait ça, enfin ! Et je peux te dire que j'ai eu sacrément honte quand il m'a expliqué, pour le chantage et l'accident. Ton père et Alex ont bien fait de lui coller une dérouillée. En tout cas, je ne veux pas d'ennuis, moi.

Je lâchai un rire teinté d'amertume.

— Vous vous êtes comporté comme un monstre envers mon grand-père, mais vous ne voulez pas d'ennuis. C'est merveilleux.

— Je m'attendais à ce que tu me juges. Depuis le début, je dis que tu ressembles à Suzette. Tu es aussi vindicative.

— Admettez qu'il y a de quoi.

Le vieil homme secoua la tête. Il avait l'air fatigué.

— Francine et moi avions perdu les êtres qui nous étaient les plus chers au monde. La sœur de Pierre…

— A été violée, je sais, terminai-je à sa place. Mais cela ne justifie en rien ce que vous avez fait. Max était innocent !

Je compris que je venais de hausser la voix quand la main de Ben se posa sur mon épaule.

— Julia.

Près de nous, deux personnes venaient de s'arrêter, prêtes à intervenir si les deux trentenaires que nous étions osaient agresser un pauvre papi sans défense.

André leva la main dans un geste fataliste.

— Tu ne peux pas savoir comment tu aurais réagi à notre place. Cette guerre nous a tous changés profondément.

Il s'était forgé sa vérité personnelle, et à son âge, il n'adopterait pas d'autre point de vue.

— Vous voulez dire qu'elle a révélé les pires côtés de vos personnalités, insistai-je néanmoins. Quand je pense qu'aucun d'entre vous n'a payé pour ce crime odieux…

Le vieil homme écarquilla les yeux, comme si je venais de sortir une ineptie.

— Je trouve que Francine et moi avons payé au centuple ! Avec le mioche de Méline…

Je sursautai. L'entendre mentionner mon cousin me surprenait.

— Je ne vois pas le rapport avec Alex.

— Je ne te parle pas d'Alexandre, mais de l'autre. Thomas, son premier garçon.

Autour de moi, ce fut comme si tout se figeait. Il ne pouvait s'agir que d'une méprise.

— Méline n'a qu'un seul fils, le corrigeai-je.

— Oh, bon sang de bois ! jura André dans un grand soupir. Alors pour ça non plus, tu n'es pas au courant.

— Au courant de quoi ?

— Non, petite. Ce n'est pas à moi de t'apprendre cette vérité-là.

Sidérés, Ben et moi restâmes plantés un instant sur la place après qu'André fut parti.

— Tu crois qu'il bluffe ? me demanda-t-il.

Tout mon être pressentait l'inverse.

— Je pense qu'on ferait bien d'aller voir ma tante, soufflai-je en me dirigeant vers la boutique pour y récupérer mes affaires.

Moins de dix minutes plus tard, nous étions chez Méline.

— Oh, salut les jeunes ! lança-t-elle, tout sourire, en nous découvrant sur le seuil. Qu'est-ce qui vous amène ?

Un tablier passé autour de la taille, les cheveux retenus par une pince et ses lunettes sur le nez, elle était à mille lieues de s'imaginer ce qui nous avait poussés à venir.

— Tu es toute seule ? lui demandai-je en déposant mon sac à main sur une chaise.

Elle plissa le front.

— Vous semblez un peu bizarres, tous les deux, fit-elle remarquer en nous dévisageant l'un après l'autre. Mais pour répondre à ta question, Julia, oui je suis seule. Léonore est à la rivière avec ses copines, Tania travaille, et Paul et Alexandre sont partis vous ravitailler en pots de peinture.

Elle posa un pichet de citronnade sur la table et remplit trois verres.

— Est-ce que vous pouvez m'expliquer ces mines atterrées ?

Je la sentais réellement inquiète, à présent. Pourtant, j'avais du mal à aborder le sujet. Quelque chose en moi espérait encore qu'elle me dirait qu'André n'était qu'un vieux mythomane, cependant je ne parvenais pas à m'en convaincre et la suite me faisait peur.

Inspirant pour me donner du courage, je lui annonçai que nous venions de croiser le vieil homme.

— Et c'est lui qui t'a mis dans cet état, ma chérie ? Il a toujours été gratiné premium, tu sais. Faut pas écouter ses bêtises.

Encouragée par le regard de Ben, je lui répondis :

— Il avait l'air tout à fait sérieux, pourtant.

Sans plus réfléchir, je lui relatai ma découverte du journal intime de sa mère. Elle m'écouta sans ciller. Ses sourcils se froncèrent quand j'en vins aux propos que m'avait tenus André, à peine une heure plus tôt. Je déglutis, pouvant à peine prononcer la fin.

— Il m'a dit que… qu'avant Alex, tu as eu un autre fils.

Méline tressaillit, perdant quelques couleurs. Le doute n'était plus permis.

— Visiblement, il est temps que tu saches, soupira-t-elle.

— Alors, c'est vrai ? André n'a pas menti ?

— Non, ma chérie. Il a dit la vérité. Thomas est né quatorze ans avant Alex.

Thomas… Je revis tout à coup le dessin signé de ce prénom, dans un tiroir du secrétaire de Suzette.

— Est-ce qu'il est… ?

— Mort, oui. Il a eu un terrible accident, à l'âge de treize ans. Des garçons plus grands que lui semaient un peu la terreur parmi les collégiens. Ce jour-là, Thomas avait rendez-vous sur les berges avec Delphine Girard, la fille du directeur de l'école.

— Ma tante ? s'enquit Ben, étonné.

Méline acquiesça.

— C'était un piège. Les garçons lui sont tombés dessus. Dans les villages, les rumeurs ont tendance à se répandre et se déformer… D'après ce que j'ai compris, ils lui ont assené que son grand-père, Max, donc, avait couché avec un Allemand. Thomas a vu rouge et ils se sont mis à le courser. Delphine a débarqué au bar pour me prévenir, elle était très agitée. Je l'ai secouée en lui criant dessus jusqu'à ce qu'elle me dise où se trouvait exactement Thomas. Quand je suis arrivée sur place, il avait chuté de l'arbre dans lequel il s'était réfugié. Il était inconscient.

Je la vis ravaler une boule dans sa gorge.

— Les secours l'ont ranimé, mais le traumatisme crânien qu'il a subi avait touché une zone importante de son cerveau. Après cela, il a développé des troubles de la personnalité. Nous avons dû le faire interner, car il devenait dangereux, aussi bien pour lui-même que pour les autres. J'étais enceinte d'Alex, en plus.

— Mon Dieu, c'est affreux… Mais pourquoi André m'a-t-il dit qu'ils ont payé ?

Méline but une gorgée de citronnade afin de s'éclaircir la voix.

— Parce que Jacques, le meneur de la bande, n'était autre que le fils qu'il a eu avec Francine. Il est arrivé sur le tard, presque dix ans après leur mariage… et il est devenu l'incarnation parfaite de l'enfant roi, il avait tous les droits. Sa passion était de tyranniser les gosses plus petits que lui. Thomas en a fait les frais.

Je hochai la tête en assimilant l'information. C'était une nouvelle pièce du puzzle qui trouvait sa place.

— Que s'est-il passé, ensuite ?

— J'ai porté plainte et Delphine a accepté de témoigner. Jacques a été envoyé en maison de correction. Depuis, il mène une brillante carrière de cas social, à Poitiers. Bien sûr, André a eu du mal à digérer.

— Et Thomas ? l'interrogea doucement Ben.

Méline prit une lente inspiration.

— L'internement a été difficile pour lui. Il voulait devenir pâtissier et reprendre l'affaire familiale. Eugénie a vendu les boutiques quand elle a compris qu'il n'y avait plus aucun espoir. Nous lui rendions visite chaque semaine, mais Thomas partait à la dérive. Il a fait un arrêt cardiaque pendant une crise psychotique. C'était en mars 1990. Il avait vingt-six ans.

L'année où mon père avait pété les plombs et trompé ma mère. Les choses s'imbriquaient d'elles-mêmes. Méline essuya une larme qui avait roulé sur sa joue.

— J'étais au bar, quand l'hôpital psychiatrique m'a appelée pour me prévenir. La vie étant parfois mal fichue, la radio passait cette sublime chanson, *Une autre histoire*. Je n'ai jamais pu la réécouter depuis.

Je lui passai un bras réconfortant autour des épaules.

— Alex est-il au courant de tout ça ?

— Non. Nous avons voulu le protéger. J'avais peur que le fardeau soit trop lourd à porter pour lui.

Encore un secret, donc. Mais je me mettais sans mal à la place de Méline.

— Qui était le père de Thomas ? m'enquis-je. Tu ne nous as rien dit à son sujet.

— Eh bien, c'est la partie embarrassante de l'histoire, souffla-t-elle. Son père est le tien, Ben.

*

« *En 1963, Méline a dix-huit ans. Elle est grande, brune et très jolie. Elle aime l'été parce que le temps lui semble suspendu, elle aime danser, écouter les chansons de Françoise Hardy, la couleur jaune, les livres de Truman Capote et ceux de Françoise Sagan, les films de François Truffaut et ceux de Hollywood. Elle voudrait ressembler à Audrey Hepburn, elle est impulsive et tremble d'urgence de vivre. Elle aime l'insouciance de ses dix-huit ans.*

Pourtant, en ce jour de début septembre, elle remonte les rues du bourg en colère. Le clocher vient de sonner treize heures, le village est en pleine digestion, il n'y a pas un bruit dehors. Son tourne-disque Teppaz à la main et un petit sac dans l'autre, elle se dirige vers chez Fabienne. Elle a dit à Arthur et à sa mère qu'elle passerait la nuit chez son amie, ses parents sont toujours d'accord pour l'accueillir. Méline a besoin de souffler. Ce matin, en cherchant un gilet dans l'armoire de sa mère, elle est tombée sur un drôle de carnet avec une couverture en cuir. Cédant à la curiosité, elle l'a lu. Ce qu'elle a appris est atroce : son père biologique, celui qui est mort avant même qu'elle ne pousse son premier cri, a en fait été assassiné à la Libération. Le pire dans tout ça, c'est qu'André Doucet était dans le coup. Méline a l'impression de s'être pris une gifle. Elle l'aimait bien, M. Doucet, c'était son professeur d'anglais, au lycée, il y a deux ans. Avec lui, elle avait toujours de bonnes notes. Et puis, il n'était pas désagréable à regarder, ce qui ne gâchait rien. À présent, elle le déteste. Et elle en veut à sa famille de ne lui avoir rien dit. Maman a prétendu que c'est pour son bien. Selon elle, ressasser ses malheurs, c'est alourdir le fardeau des autres. Comment a-t-on pu lui cacher tout ça ?

Alors qu'elle longe le trottoir, le moteur d'une 2 CV retentit derrière elle. Un coup de Klaxon. C'est Jean-Marc, le fils du directeur de l'école. Il a trois ans de plus qu'elle, mais ils s'entendent bien. Elle était en classe avec l'une de ses nombreuses sœurs.

— Où tu vas, comme ça ? lui demande-t-il en s'arrêtant à sa hauteur.

Jean-Marc est toujours avenant. Maman dit qu'il est comme son père, il a le cœur sur la main. Il fait ses études à Tours et revient toujours pour les vacances. Tout à coup, Méline a une idée. Elle n'ira pas chez Fabienne.

— Emmène-moi quelque part, lui dit-elle en ouvrant la portière côté passager. Loin d'ici.

Jean-Marc éclate de rire. Les rayons du soleil jouent sur son bras musclé, qui tient toujours le volant.

— Tu es mineure, lui fait-il remarquer, je ne veux pas me faire accuser de rapt.

— T'es bête ! répond-elle en levant les yeux en l'air. Mes parents te connaissent. Et de toute façon, je leur ai dit que j'allais chez Fabienne. On y va, ou pas ?

— À votre service, jeune demoiselle !

Jean-Marc démarre. Méline se met à lui raconter ce qu'elle a découvert. Ça lui fait du bien d'en parler, d'autant plus que son ami l'écoute sans l'interrompre. C'est un gars calme. Ils roulent sur les chemins de campagne, mais très vite, ce n'est plus assez.

— Je veux voir la mer, décrète-t-elle tout à coup.

Jean-Marc lui demande si elle a perdu la tête. La mer, c'est à cinq heures d'ici. Mais Méline n'en démord pas, elle un besoin irrépressible de sentir l'air iodé. Il accepte, à condition de rentrer aussitôt. Méline lui tend un billet, pour l'essence. Sur la route, elle continue de parler. Elle ouvre son Teppaz et met son disque préféré, puis chante à tue-tête avec Françoise Hardy :

— C'est le temps de l'amour / Le temps des copains et de l'aventure…

Jean-Marc lui sourit et fredonne aussi. Secoué par les vibrations de la voiture, le disque n'arrête pas de sauter. Ils rient comme des baleines. Méline sait qu'avec lui, elle peut lâcher prise. La 2 CV file sur des kilomètres au son de la musique. Ils s'arrêtent dans un petit port de Bretagne. Sur la jetée, des enfants jettent à manger aux mouettes. Le ciel est encore un dôme bleu, mais plus pour longtemps. Le jour décline lentement. Ils se promènent un peu. Méline respire l'air marin à pleins poumons. Ils attendent que la nuit tombe pour s'asseoir à la terrasse d'un petit restaurant. Face à eux, la mer est d'un noir d'encre. L'air est doux et sent l'algue humide. Méline frissonne un peu, sous le gilet de sa mère. Ils mangent des huîtres en regardant les goélands tournicoter au-dessus des rochers. La serveuse leur apporte du rosé frais dans une carafe perlée de buée. Elle les prend pour des jeunes mariés, ils ne la détrompent pas.

Avant de prendre le chemin du retour, elle veut marcher sur le sable. Alors elle ôte ses ballerines et s'élance, reprenant encore la chanson de Françoise Hardy. Jean-Marc tente de la raisonner, elle se laisse tomber sur le sable humide. Dehors, il n'y a plus un chat. Le petit port est endormi.

— Tu veux que je te dise ? souffle-t-elle en appuyant la tête sur son épaule. Je me sens moins merdeuse, quand tu es dans les parages.

— Méline ! Si ta mère t'entendait... Elle va me tuer, d'ailleurs, si elle apprend qu'on est venus ici.

Méline se redresse sur ses genoux, se tourne vers lui.

— Laisse ma mère où elle est et embrasse-moi.

Il proteste, mais lorsque la jeune fille applique ses lèvres humides sur les siennes, il sent qu'il ne va pas pouvoir la repousser. Consciente de l'effet qu'elle lui fait, elle se plaque contre lui.

— Tu me désires, se réjouit-elle.

— C'est une réaction normale, veut-il se justifier. Tu es belle Méline, mais on risque de le regretter plus tard.

Elle glisse un bras autour de sa taille.

— On s'en fout de plus tard.

Ses mains s'aventurent déjà sur son corps. Non, il ne peut pas résister. Ils font l'amour là, sur la plage, au clair de lune, dans une forme d'urgence.

Un peu plus tard, dans la voiture, Jean-Marc s'en mord déjà les doigts.

— Je rentre à Tours la semaine prochaine.

Méline hausse les épaules.

— Je ne suis pas amoureuse de toi, si c'est ce qui te fait peur.

Elle avait besoin d'évacuer la colère emmagasinée dans son corps. Maintenant, elle se sent mieux et s'endort, bercée par le ronronnement de la 2 CV.

En arrivant à Cressigny, ils décident de ne plus jamais en reparler. »

*

Le silence emplit la pièce lorsque Méline termina son récit. Ben était blême comme la lune, quant à moi, je me sentais un peu comme quelqu'un qui vient de se réveiller d'un long coma. Désorientée. Par réflexe, je m'accrochai à sa main. Mon geste était pathétique, j'avais juste peur qu'il prenne mal ces révélations au point de me quitter une nouvelle fois. Il ne me repoussa pas, au contraire, et ses doigts s'entrelacèrent aux miens.

— Thomas était donc mon demi-frère, constata-t-il. Est-ce que mon père a su ?

— Pas dans l'immédiat, lui répondit Méline. Le jour où j'ai appris que j'étais enceinte, il avait déjà quitté le bourg. Je ne voulais pas qu'il arrête ses études pour moi, et encore moins devoir me marier avec lui… Je ne l'aimais pas de cette façon.

Elle nous raconta ensuite qu'elle était partie vivre à Paris, dans l'appartement situé au-dessus de la pâtisserie.

— Évidemment, me dit-elle, ton père n'a rien lâché tant que je ne lui ai pas donné l'identité du père du bébé. Il était furieux, il ne voulait pas croire que tout était arrivé par ma faute. À l'écouter, Jean-Marc avait abusé de ma faiblesse, ce qui était complètement idiot.

Méline était finalement rentrée à Cressigny en 1974. Thomas avait dix ans.

— La campagne me manquait trop, je n'étais pas faite pour l'agitation parisienne… Ce que je n'avais pas prévu, c'était que Jean-Marc reviendrait s'installer lui aussi au village, trois ans après moi. Thomas venait d'être interné. Quand il a eu vent des ragots, il a tout de suite compris qu'il était son fils.

Cela avait été difficile à avaler pour Jean-Marc, qui en avait voulu à Méline, sur le coup.

— Il a fini par comprendre que nos parents auraient insisté pour qu'on se marie, si je lui en avais parlé. Or, ce n'était pas ce que nous voulions, ni l'un ni l'autre. Avec le recul, j'ai pris conscience que j'ai privé Thomas d'un père, mais nous étions jeunes et certainement pas prêts. Cet enfant était là à cause de mon impulsivité, alors je devais l'assumer.

Jean-Marc a tout avoué à Corinne, avec qui il venait d'emménager. Ben n'était pas encore né.

— Ta mère m'a d'emblée considérée comme une menace à son bonheur, lui avoua Méline. C'est vrai qu'au début, Jean-Marc pensait nuit et jour à cette histoire.

Là encore, c'était très compréhensible. Le jour de son accident, Thomas avait rendez-vous avec Delphine, la plus jeune sœur de Jean-Marc. Et il ignorait qu'elle était sa tante, tout comme elle ne savait pas qu'il était son neveu. Cela avait dû ajouter une couche supplémentaire au traumatisme de chacun.

— Les choses ont fini par se tasser, reprit Méline. Hélas, quand Thomas est décédé, toutes les vieilles cicatrices se sont rouvertes. Pour tout le monde.

Elle me confirma que cela avait été l'élément déclencheur dans la longue descente aux enfers de mon père.

— Serge était le parrain de Thomas. Ils passaient tous les deux beaucoup de temps ensemble, quand nous étions à Paris. Ça lui a fichu un sacré coup au moral.

— Et c'est pour ça que le soir de mes vingt ans, il s'en est pris à Jean-Marc, en déduisis-je.

— Dès qu'il avait trop picolé, il ressassait, acquiesça-t-elle.

Je laissai passer quelques secondes de silence, puis repris pensivement :

— C'est pour ça aussi que Maman a préféré partir. Me déraciner, comme elle me l'a écrit dans sa lettre…

Méline opina encore.

— Pour elle non plus, ça n'a pas été une période facile. Elle disait que ce village était en train de tous nous bousiller. Elle avait peur de ce que tu pourrais vivre si tu restais là.

*

Trois heures plus tard, toujours sous le coup de la confession de Méline, je marchais avec Ben au bord de la rivière. Il venait de parler à ses parents et semblait calme.

— J'ai eu l'impression de les libérer d'un fardeau, m'expliqua-t-il. Mon père m'a dit qu'ils ont voulu me protéger en gardant le secret à propos de Thomas. Apparemment, ça a foutu un bazar pas possible, dans le bourg. Delphine culpabilisait à un tel point qu'elle est partie vivre dans le Sud et n'est plus jamais revenue.

J'esquissai un sourire mal assuré.

— Je suppose que l'attitude méfiante de ta mère à mon égard est liée à tout ça.

— Oui, soupira-t-il. Elle redoutait que tu finisses par apprendre la vérité et que tu me mettes au courant. Quel dommage, tout ce temps gâché pour rien !

— On ne peut pas en vouloir à tes parents, Ben. Ils pensaient agir pour ton bien. Comme ma tante l'a fait en ne disant rien à Alex.

— Tu crois qu'il va tenir le choc ?

À son tour, mon cousin devait être en train d'apprendre ce secret.

— Il s'en remettra. Je n'ai aucun doute à ce sujet.

Il était entouré d'amour, avec Tania et Léo. Il n'avait besoin de rien d'autre. La journée se terminait donc sur une note d'espoir. Méline s'était avouée soulagée que nous sachions la vérité.

— Vous méritez d'avancer dans la lumière, nous avait-elle dit, avant que Ben et moi ne la quittions.

Sa lumière, je lui avais demandé comment elle avait réussi à ne pas la perdre.

— J'imagine qu'en général, quand on perd un enfant, on s'arrête de croire que la vie est belle.

— La plaie est restée ouverte un moment, c'est vrai, mais j'avais Alex. Je ne pouvais pas laisser ma tristesse devenir toxique. Ça rouille trop le cœur.

Alors elle avait décidé d'aimer à nouveau le jaune, et l'été, et les chansons de Françoise Hardy. De sourire. Je la trouvais si courageuse d'avoir surmonté une telle épreuve !

Je m'arrêtai un instant pour contempler la rivière. Le soleil était en train de se coucher, caressant la surface de l'eau sur laquelle se réverbérait sa luminosité orangée. Derrière moi, Ben m'enlaça par la taille et posa son menton sur ma tête. Je me sentais en sécurité, là, avec lui. Je vivais l'instant présent sans plus me préoccuper du reste.

— Je crois que ce coucher de soleil est la preuve que les belles fins existent, murmura-t-il. Et cette belle fin, nous allons l'écrire ensemble.

Oui, j'en étais certaine. Cette fois, l'avenir s'annonçait radieux. Mon cœur était empli d'un incroyable et doux sentiment de destinée. C'étaient Marcel, Eugénie, Suzette, Max et les autres.

À la lumière de nos jours, tout devenait à présent possible.

Épilogue

Trois ans plus tard

Maman,

C'est très étrange de t'écrire à mon tour. Je me trouve dans ce petit hôtel de Sauzon, dans lequel tu aimais descendre quand tu venais passer du temps en Bretagne. Demain, nous prendrons le bateau pour disperser tes cendres dans l'océan, comme tu le souhaitais.

Je t'entends déjà rouspéter : « Ah enfin ! Je n'y croyais plus ! »

Tu connais mon côté sentimental, il m'a fallu du temps pour me sentir prête. Je suis triste, mais je dois t'avouer que ça commençait à me faire bizarre de vivre avec de la poussière de toi.

Ils ont tous tenu à m'accompagner pour t'adresser ce dernier au revoir : Papa, Méline, Paul et Ben. Alex est resté à Cressigny, il faut bien que quelqu'un s'occupe de la boutique, la Pâtisserie Rossignol... Tu aurais dû voir Alex, le jour de l'inauguration, avec ses yeux humides et son sourire tout de traviole. On a servi des mini-choux et du champagne, enfin sauf pour Papa, qui a eu droit à son verre de grenadine. J'étais dans un état de stress pas possible avec ces deux millions de gâteaux à superviser, et en même temps, c'était un bonheur si intense ! Tous les gens présents rayonnaient de joie. Maud a profité de l'inauguration pour officialiser sa relation avec Nathan. Aurélie m'a fait la surprise de débarquer de Paris, avec son bébé dans les bras (elle attend son deuxième, d'ailleurs, et se chamaille déjà avec Romain au sujet du prénom). On a tous un peu frémi quand Loïc a pointé le bout de son nez, mais il est revenu à de meilleures dispositions, depuis la légère rouste que Papa et Alex lui ont collée. Personne dans le bourg n'aurait tenu cela pour probable, pourtant il file droit.

Suzette était là, elle aussi, on a eu l'autorisation de venir la chercher pour la journée. J'ai pleuré de la voir si émue quand elle a découvert l'univers qu'Alex et moi avons réussi à recréer. C'est elle qui a coupé le ruban, devant la porte. Mamie... Le petit rossignol s'est malheureusement envolé l'année dernière. Elle a eu un nouvel AVC dans son sommeil. On a décidé de réhabiliter sa carrière de cantatrice. La mairie a créé une section « Suzie Rossignol » au musée. Les puristes défilent pour voir le village dans lequel elle a vécu. Si tu savais comme elle me manque ! Oh, suis-je bête ! Tu dois le savoir, je suis sûre que, là-haut, vous êtes en train de faire la fiesta en regardant chanter le beau Tino Rossi.

Non, ce n'est pas une larme qui vient de tremper la feuille. Il y a de la condensation, c'est tout.

En tout cas, notre affaire est un succès. Les clients plébiscitent les choux Rossignol et nous avons eu plusieurs articles élogieux dans des revues. De l'avis de Papa, Eugénie aurait adoré ! Nous sommes si fiers d'être les héritiers de cette lignée qui a traversé tant de choses ! Alex dit que nous devrions ouvrir une deuxième boutique, à Sauzon, où nous envisageons déjà d'acheter une grande maison de vacances pour nous tous. Mais tu crois que les Bretons apprécieraient une pâtisserie sans kouign-amann, toi ?

Maman, tu m'as quand même fait une drôle de blague, avec ta lettre. Je m'étais perdue en cours de route, et tout ce que tu as trouvé à faire, ça a été de m'envoyer en Touraine pour que je me réconcilie avec Papa. Désolée si je te vexe, mais ton plan était bancal, quand même. Oui, d'accord, tout ce qui compte, c'est que ça ait fonctionné. C'est pour ça que je voulais te remercier. Avec cette lettre, tu m'as ouvert une porte sur une aventure. Celle de la vie. J'ai mis le passé au jour et trouvé mon avenir par la même occasion. Je dois beaucoup à Eugénie et à Suzette, mais à toi aussi.

Tu m'as appris que chacun est libre d'écrire son histoire comme il l'entend. Je crois que c'est la magie de l'existence. Cette magie qui m'a permis de retrouver Ben. L'amour, ça peut parfois prendre plein de chemins étranges, c'est fou.

Je vais devoir arrêter de t'écrire, Maman, car la place va me manquer. Il faut quand même que je te dise encore deux ou trois choses. La maison d'hôtes de Méline cartonne, mais ça, tu ne seras pas surprise de l'apprendre. On lui fournit les desserts, car en matière de pâtisserie, elle a toujours deux mains gauches. Certaines choses ne changeront jamais. Colette et Papa sont ensemble, même s'ils font semblant que non. Ça va faire trois ans que leur manège dure, personne n'est dupe, mais on fait semblant nous aussi. Papa gâte outrageusement Irma, la petite cocker qu'il a adoptée. Il l'appelle même « mon bébé ». Tu y crois ?

Et puis, de ton petit nuage, là-haut, tu as dû voir que Ben et moi vivons ensemble à La Mercerie. Nous avons récupéré le piano de Suzette, j'aime l'idée qu'il ait servi à dissimuler des documents pendant la guerre. J'aime vivre dans cette maison et nous y créer de merveilleux souvenirs, au-delà des drames qui ont pu s'y produire. Elle est à notre image, mais aussi comme Suzette l'aimait, avec des senteurs bienveillantes de fleurs et de bois ciré. La grange n'existe plus, Ben a monté un jardin d'hiver. J'imagine déjà notre enfant gambadant sous cette ravissante structure.

Parce que tu vas être grand-mère, Maman. Un bébé est en train de grandir dans mon ventre. Ça t'en bouche un coin, hein ? Je m'émerveille de savoir que ce petit être portera en lui un bout de nous tous. Il saura que sans ta détermination, rien de tout cela n'aurait été possible. Si c'est une fille (ce dont je suis sûre), nous l'appellerons Eugénie. Garde-le pour toi.

Je t'aime Maman, et tu me manques.

Julia.

Remerciements

Ce neuvième roman a été pour moi une longue et belle aventure. Je le portais en moi depuis 2013, c'est la raison pour laquelle j'ai choisi de situer l'action contemporaine à cette date. À la base, je l'avais conçu comme une intrigue proche du thriller, c'est d'ailleurs ainsi que je l'avais présenté à mon éditrice, qui m'a répondu quelque chose du style « Tu es sûre ? » Elle me connaît décidément très bien ; j'étais en fait incapable de basculer dans un genre plus sombre. Mes personnages avaient besoin de lumière, cette notion si présente au fil du roman… et c'est ce que je voulais également pour eux. Alors, Laury-Anne, merci d'avoir su poser la bonne question et d'avoir cru en mon projet, une fois encore ! Est-ce que tu veux le pitch du roman de 2053 ? ☺

Merci à toute l'équipe Charleston, qui me soutient et me renouvelle sa confiance depuis près de six ans, déjà ! À Karine et nos incroyables aventures qui finissent parfois aux urgences, à Pierre-Benoît, Danaé, Alice, Caroline, Laure, Valentine, Stefania, Aurélien et toutes ces personnes qui œuvrent pour que mon manuscrit devienne un joli livre, celui que vous tenez entre vos mains. Merci à Christine, ma correctrice, pour ses relectures bienveillantes et ses suggestions ; promis, je ferai la traque aux adverbes la prochaine fois !

Comme je le note un peu plus haut, *À la lumière de nos jours* est très spécial à mes yeux. S'il se déroule en Touraine, c'est parce que j'ai eu la chance d'y vivre quelques années durant mon enfance. Tout en écrivant, j'ai pensé, avec une nostalgie positive, à mes anciens camarades de classe, ceux avec lesquels je passais des après-midi entiers à arpenter les sentiers à vélo ou simplement à jouer. J'ai perdu la trace de certains, je suis en contact avec d'autres, alors je tenais à vous le dire : Lucie, Charlotte, Émilie, Jonathan, Aurore, Maude, Adélaïde et les autres, merci pour ces beaux souvenirs.

Un merci tout spécial à Amélie, qui m'a parlé du village de Chédigny, ainsi qu'à mon père, ma sœur, Steeve et Armaël, qui ont accepté de le visiter avec moi, sous une chaleur écrasante, en plein mois d'août. Ce « village-jardin », baigné de lumière. Si Cressigny est un endroit fictif (pardonnez-moi !), Chédigny m'a en partie inspirée pour le créer. J'avais également en tête Yzeures-sur-Creuse, là où j'ai vécu, berceau de la cantatrice Mado Robin. Plus jeune, j'étais fascinée par ses robes, exposées dans le musée que la municipalité lui a consacré. Je vous invite à découvrir sa voix extraordinaire. Les vidéos ne manquent pas sur YouTube. La carrière de Suzette dans le chant lyrique est bien sûr un clin d'œil.

Assurément, ce roman n'aurait pas été le même sans les chouettes personnes qui ont gravité autour. À ce titre, je remercie du fond du cœur Clara et Stan, qui se sont prêtés au jeu des bêta-lecteurs. Les seuls moments où ils ont râlé, c'est parce que la suite n'arrivait pas assez vite ! Leurs impressions et nos échanges ont été très précieux dans mon processus d'écriture. On remet ça très vite ! Si le travail photographique d'Albert Kahn m'a beaucoup aidée à retranscrire Paris en 1920, mon amie Fanny m'a permis de développer mes connaissances grâce à une documentation très fournie. Merci pour ton implication !

Vous l'aurez remarqué, la pâtisserie est l'un des fils conducteurs de mon intrigue ; j'aime manger des gâteaux, mais mes notions pour les cuisiner sont très basiques. Si j'ai réussi à vous faire saliver au long de votre lecture, c'est grâce à Stéphanie Bienvenu (Steph Lmp8 sur Instagram). Merci d'avoir pris le temps de me parler de ta belle passion, de ton idée du chou parfait… et de la tarte aux pommes de ta grand-mère ! Je remercie aussi chaleureusement Élisabeth Bergerot, qui m'a autorisée à m'inspirer de sa recette pour le gâteau d'anniversaire de Léo. Vous pouvez retrouver ses divines créations sur le groupe Facebook « Dis, maman, c'est quoi le dîner ? ».

Merci aux libraires, aux lecteurs, aux bibliothécaires, aux blogueurs et instagrameurs pour cet enthousiasme qui ne faiblit pas, aux équipes commerciales grâce à qui mes romans ont trouvé leur place en librairie et à ma communauté, ces personnes qui prennent le temps de m'écrire pour me dire tout ce que mes mots, mes petites histoires sorties de mon cerveau, leur font ressentir. Je vous dois tant !

Enfin, merci à ma famille, dont ma grand-mère, qui, depuis mon plus jeune âge, ne rechigne jamais à partager avec moi les souvenirs de son enfance sous l'Occupation, et à mes amis. Une fois encore, je ne peux pas tous vous citer car il faudrait ajouter au moins dix pages, mais vous savez combien votre soutien sans faille compte pour moi.

Je tiens à dédier ce roman à Michel, qui nous a malheureusement quittés durant les corrections. Te connaître a été très enrichissant et je n'oublierai jamais tes petites anecdotes toujours pleines d'humour.

Imprimé en France par CPI
en février 2022
N° d'impression : 3047058

Pocket – 92 avenue de France, 75013 PARIS

S32243/01